唐诗学书系之六

书系主编　陈伯海

副主编　朱易安　查清华

唐诗汇评

陈伯海　主编

孙菊园　刘初棠　副主编

增订本

一

上海古籍出版社

图书在版编目（CIP）数据

唐诗汇评 / 陈伯海主编 .— 增订本 .— 上海：上海古籍出版社，2015.11（2025.5 重印）
（唐诗学书系）
ISBN 978‑7‑5325‑7776‑7

Ⅰ . ①唐… Ⅱ . ①陈… Ⅲ . ①唐诗—诗歌评论 Ⅳ . ① I207.22

中国版本图书馆 CIP 数据核字（2015）第 193312 号

唐诗学书系

唐诗汇评

（全六册）

陈伯海　主编

孙菊园　　刘初棠副主编

上海古籍出版社出版发行
（上海市闵行区号景路 159 弄 1–5 号 A 座 5F　邮政编码 201101）
（1）网址：www.guji.com.cn
（2）E-mail：guji1@guji.com.cn
（3）易文网网址：www.ewen.co
上海世纪嘉晋数字信息技术有限公司印刷
开本 890×1240　1/32　印张 155.25　插页 31　字数 3,800,000
2015 年 11 月第 1 版　2025 年 5 月第 3 次印刷
印数：1,251–1,550
ISBN 978‑7‑5325‑7776‑7
Ⅰ·2960　定价：698.00 元
如有质量问题，请与承印公司联系

上海社科「十二·五」规划重大项目
「唐诗学工程建设」最终成果

上海市高校高峰学科建设
「中国语言文学」阶段性成果

上海市高校「十二·五」内涵建设
「汉语言文学拔尖人才培养」项目

上海师范大学光启国际学者中心项目

《唐诗学书系》总序

　　唐诗作为人类文化艺术的瑰宝,在其一千多年的流传过程中,积累了丰硕的研究成果,有关著述汗牛充栋,人尽知晓,有什么必要再来添加这么一套"书系"呢? 当有以解说之。

　　从题目上看,这套"书系"的特点即在于标示出"唐诗学"的"学"字,这并不意味着我们要吹法螺,拉大旗,刻意抬高自己著作的地位,乃是切切实实地表明我们的宗旨,即以治专门之学的态度来对待唐诗研究,而不停留于一般的事象考证或作家、作品论析。唐诗研究自属整个古典文学研究中的有机组成部分,但它又有自身的独特性能所在,将其定位为"唐诗学",就是要把它同古典文学研究领域里的"诗经学"、"楚辞学"、"乐府学"、"词学"、"曲学"一样视作一项专门的学问,从学科建设的高度来清理其历史资源,以掌握其整体构架。这样的设想有没有根据呢? 当然是有的。据我们所知,唐以后的历代学者从未将"唐诗"简单看成唐朝人所写诗篇的统称。在他们心目中,"唐诗"代表着一种特定的传统,甚至是诗歌艺术的典范,流传久远的"宗唐得古"之说以及随后而起的"宗唐"与"宗宋"之争,都是围绕对这一典范意义的理解而展开的。"五四"以后的学者群中,亦不乏将唐诗认定为民族文化结晶和民族精神显现的主张(闻一多先生乃其中佼佼者,他编选《唐诗大系》并撰写《唐诗杂论》,实含带有从总体上构建唐诗学的意向),至今为众人认可。当然,自唐宋经明清以迄现代,人们对唐诗性能的领会上会不断发生变化,历来的"唐、宋诗之争"即包含对唐诗定位的重大分歧,而即使同属"宗唐"阵营,也曾有过"宗盛唐"与"宗晚唐"、"宗李杜"与"宗王孟"诸般歧异,至于研究唐诗的心得以选诗、编集、注释、考证、圈点、品评、论说、习作等不同形态出现,更为人所熟知。这不正表明唐诗学的建设不仅有其学理的支撑和历史的沿革,亦且有其门派的分立以及成果形式的丰富多样性,适足以构成一项专门的学问吗?立足于对这门学问的宏观把握与总体性探究,在总结既往历史经验的基础之上,为唐诗学学理的当代构建探索道路,以发扬民族优秀文化传统并促进其推陈出新,正是本"书系"编撰的基本目标所在。

然则,我们究竟打算怎样来实现这一目标呢?作为专门之学的"唐诗学"的建设,其结穴点必然要落到学理的构建上来,但学理不可能凭空结撰,须在历史演进中积累而成,所以又离不开对前人经验(包括其方方面面成果)的全面清理和积极继承。考虑到既往唐诗研究的成果虽丰,却大量散见于诗话、笔记、序跋、书信、志传、目录、评点乃至选本等各类著述之中,且常呈现为三言二语式的直观点悟,不利于作通贯性的把握,故今天的"唐诗学"建设似尚不宜在单一层面展开,而当以资料的收集、整理与理论的思考、概括同时并举。具体说来,我们是从如下三个方面来开展这一基础建设工作的:其一,目录学研究,即通过相关书目文献的广泛调查与考证,摸清唐诗学的"家底",掌握从事唐诗学建设所需涉及的资料范围,并对一些重要书籍、版本形成基本的概念。其二,史料学编纂,通过广泛搜采历代有关唐诗的各种论评和研究资料,按一定的线索予以条贯组合,编排成帙,不但能为今天的研究者提供充实的一手资源,更可藉以发现并把握唐诗学这门学科赖以构建和发展的内在逻辑,有助于进一步的学理提升。其三,理论性总结,乃是在汇集书目文献及历史论评资料的前提下,尝试就唐诗学学科的对象、性质、基本内容、结构体系、历史轨迹、演进脉络以及唐诗艺术的解析与品读方法等,作出一定的概括、论析,以形成能初步体现当今时代精神的唐诗学研究范式,为学界同人们的继续深入研讨打下相应的基础。三个方面相互配合,当足以承担唐诗学学科的"基建"任务,促使整个研究工作步入新的台阶,这也便是我们这套书系编撰的总体框架了。

按照这一基本思路,书系包容了如下八种专著:

1.《唐诗书目总录》——在广泛查证历史记录和当今馆藏图书资料的基础之上,汇录自古迄今(截至 2000 年)有关唐诗的书目约四千种,按总集、合集、别集、评论及资料四大类分类编次,逐一注明书名、卷数、作者、朝代并加简要提示及各种版本著录(稀见版本加注馆藏),更以"备考"形式附著历代文献上的相关资料录后。此书价值在于大致理清唐诗学的"家底",可用为进入唐诗学学科领域的入门向导。

2.《唐诗总集纂要》——从现存历代唐诗总集(主要是选本)中,选择有代表性的集子一百三十来种,各加千字左右的内容提要,介绍作者、时代背景、书名、卷数、编排体例、内容特点、世人评议、版本流传以及相关续书与仿作等情况,同时录存该集子与相关诸集里的各种有价值的序跋材料和类目小引文字,更附以部分评论文字缀后。俾使其能大致反映历代总集的概貌,为掌握唐诗"选学"(选本之学)的特殊性能与发展状况提供基本资源,既属唐诗目录学的进一步开发,亦属史料学上的一项重要建设。

3. 《唐诗论评类编》——调查上千种各类古代典籍,从中搜辑、摘录有关唐诗的论评资料,按总论、外部关系论、流变论、各体论、题材作法论、流派并称论、作家论、典籍论 8 大门类进行归类编次,大类中再分解成若干小类或更小的类别,挨个组成栏目。这不仅能为今人体认唐诗提供充分的历史资源,且能让以往唐诗学研究中业已形成的各个专题领域得到具体展示,甚至可藉以考察和发现各专题之间的逻辑关联和内在组合,使唐诗学这门学科所应具有或可能具有的总体布局构架得以呈现出来。

4. 《唐诗学文献集粹》——从历代典籍中择录有代表性的唐诗研究资料千余篇,围绕特定主题,组合成 169 个单元,每单元列正文一篇、附录文献若干篇,另说明文字一则用为提挈。各单元按时间顺序排列,计分唐五代、两宋、金元、明、清前中期和晚清民初六个时段,串合起来大体能显示唐诗研究的历史进程及其内在线索。本书与《类编》均属基础性史料建设,以一纵一横、一经一纬的方式编列唐诗学相关资料。前书重在显示各专题领域间的逻辑关系,本书则着眼于理顺这门学科演进的历史脉络;前书多取片语缀合的形式,本书则尽量录取全文或整段,便于全面观照所谈论的话题,此乃两书的基本的分工。

5. 《唐诗汇评》——唐诗研究离不开对唐人诗作的直接诵读与赏析。本书从《全唐诗》里选取较有代表性的诗人近 500 家及其诗作五千余首(占现存唐诗总量的十分之一,以期能具备《全唐诗》简编的功能),均附以诗人小传,并汇录有关评论资料分列各诗人、诗作名下,少者几则,多者达数十甚至上百条,既可用作大型唐诗读本,以面向广大唐诗爱好者,亦能为专业教学和研究工作提供极丰富、有用的参考资料。与前两种史料书相比,前者多录宏观层面的专题性论评,此书集中收辑具体诗人诗作的微观评议,相互区别而又共同配合。

6.《唐诗学史稿》——在目录学研究与史料学编纂的基础之上,亟需从事理论性概括。《史稿》尝试从接受学原理出发,就唐宋以迄近代一千多年来的唐诗学术史(亦即历代诗家和读者对唐诗传统的接受史)进行系统的梳理、总结,横向上涉及选诗、编集、注释、考证、圈点、品评、论说、习作多种接受形态,纵向上具体勾画唐诗学由萌生、成长、盛兴、总结以至蜕变、更新的演化轨迹,并力图发掘其内在动因,属国内论述较早且较完整的唐诗学术史专著。

7.《唐诗学引论》——作为唐诗学原理的构建,此书围绕"唐诗是什么"、"何以是"以及"如何是"之类根本性理念问题,设立"正本"、"清源"、"别流"、"辨体"、"学术史"五个篇章进行深度开发研讨,就唐诗的基本质性与质态、所赖以生成的历史文化渊源与文学传统、流变过程与分期标准、各类体式及其美学结构原则,连带学科发展的大致轮廓和内在线索等,一一作出初步归纳、总结,以期形成粗具现代意义与创新观念的唐诗学研究范式。本书因亦构成整套书系的理论纲领所在。

8.《意象艺术与唐诗》——中国古典诗歌艺术基本上是一种意象艺术,唐诗尤然,故考察唐诗不能停留于外部的考据工作,还须进入其内在的意象世界。本书立足于意象艺术的一般原理,从把握诗歌创作的意象思维、意象结构和意象语言入手,进以就古典诗歌意象艺术的流变和唐诗意象艺术的特点展开有重点的深入探讨,为领会唐诗艺术机能提示门径。如果说,《引论》一书偏重在宏观角度的"义理"阐发,那么,本书的写作恰恰是要将宏观性原理落脚于微观世界的"辞章"解析,就这个意义上讲,本书亦可视作《引论》的补编。

由以上叙说不难看出,我们这套撰著并非漫然杂凑而成,其所包含的 8 种专书,各有分工而又相互配合,从目录学、史料学直至理论性研讨,将唐诗学的构建形成为一个系列(具体编排上为突出学科意识,以《引论》居首,《史稿》结底,其余次序不变),名曰"书系",洵属允当。希望它的出版将有助于推进唐诗学的建设,促使这门学问日益发展成熟。

应该承认,我个人之起意策划这套书系由来已久。还是在上世纪 80 年代中叶,当我初次提出建设唐诗学的构想并得到学界首肯之时,已在胸中酝酿着这一计划,并找到部分合作者着手上马。记得当时还联系了某家出版社,准备苦干若干年,争取全套推出。不料时隔不久,市场经济大潮涌起,出版社担心经济效益,中止了已订的协议,于是不得不收缩原先的工程,另行寻觅书的出路,谈妥一种做一种,零敲碎打地将计划付诸实施。就这样,80 年代后期做成《引论》与《书录》,90 年代前期做成《类编》与《汇评》,延至新世纪初,又陆续做出《论评选》(即今《文献集粹》之前身)和《史稿》。虽散散拉拉地不成气候,也算交代得过去,遂不复萦心。2010 年冬,我应邀赴天津南开大学参加唐代文学年会,遇见大陆及台港各地的专家学者,有好些人问起已出的几种书,说其中一些很有实用价值,被许多学校指定为相关专业研究生的必备参考书,还说早年出的几种印量极少,难以觅得,建议我将各书集齐再版,统一发行,以产生规模效应。我很了解当前出版事业的困境,即以笑谢应之。不料有热心人听进去了,回沪后策动上海师范大学将此项计划纳入学校科研规划,并代为向上海市规划办申请立项,于次年上半年得列为市社科规划重大课题,争取到一定的经费资助。在这种情势之下,迫使我不得不强打精神,重温炉灶,征得朋友们的通力协作,将已成的 6 种书各加修订补充,更将待做的 2 种努力做出来,终于合成整套书系,以了却三十年来的夙愿。"书系"编撰过程中,朱易安、查清华协助承担了大量组织工作,各册主持人帮助通稿,上海师范大学及所属人文学院的相关部门和人士给予多方关怀与帮助,都是此项任务得以顺利完成的保证。上海古籍出版社领导人高克勤、赵昌平、田松青诸先生善意接纳整套书的出版,相关责任编辑为编审工作付出辛勤劳动,谨一并致以谢忱。本"书系"卷帙繁多,有欠精审及讹误不当之处,主要是我的责任,愿学界同人不吝是正为幸!

陈伯海

2014 年 9 月仲秋题于沪上

前　言

　　本书的编写,主要有两个目的:一是为广大唐诗爱好者和专业人员提供一个大体能反映《全唐诗》概貌的读本;二是收辑、汇萃前人的有关评语,以利于进一步了解、欣赏乃至教学和研究唐诗的工作。

　　为什么要这样做呢? 众所周知,唐诗作为中华民族的瑰宝,一直受到世人的爱重,千馀年来传诵不歇。要对它有全面的认识,自不能不读《全唐诗》。但该书卷帙浩繁,巨细备载,认真阅读一过,实非易事;更何况其以"全"为标榜,所收平庸、杂滥之作亦不在少数,对于只需了解基本情况的读者来说,也无一一研读的必要。于是,各种选本便应运而生,与《全唐诗》并行不悖。根据我们掌握的材料,从唐代以迄当今,见在的唐诗选本尚有五百馀种之多,这是一笔不可轻视的精神财富。

　　历来的唐诗选本虽多,大要可别为两类。一类是按特定目标设计、组织的读本,所选诗篇紧扣这一目标,不求反映唐诗自身的总体风貌。例如明人李攀龙的《唐诗选》专取格高调邑之作,钟惺、谭元春的《唐诗归》阐发幽深孤峭之趣,清人王士禛《唐贤三昧集》崇尚神韵凑泊之境,趋向各别,借选诗以为宣传、贯彻其文学主张的手段之一,其主观性强烈是无庸置疑的。还有一些选本不一定强调立"一家之言",而实用目的仍很显然。如清康熙、乾隆年间出版一大批选唐人应试诗的本子,当和科场取士新添试帖诗的做法有关。至于《千家诗》《唐诗三百首》之类为教习童蒙而设置的读本,更要考虑选用浅显明白、琅琅上口的篇什。它们同样不在意于唐诗自身的系统性,是不言而喻的。

与此同时,另一类选本虽亦体现编选者个人的宗旨,却更多着眼于展示唐诗的流衍变化与多采多姿,力图从中把握其发展轨迹和分门别派,以供读者比较鉴别。像明高棅《唐诗品汇》按初、盛、中、晚四时期及正始、正宗、大家、名家、羽翼、接武、正变、馀响、旁流九个品目来选编唐诗,便是突出的例子。清沈德潜《唐诗别裁》、近人闻一多《唐诗大系》规模稍有缩减,而亦作了较好的辨源别流工作。比之于前一类选本取径严、标格高、内涵专精的特点,后面这类选本则以门庭宽、包容广、格局宏大见长。对于希望较为确切地了解唐诗原貌的人来说,选读后者自然更有价值,不致于陷入"一叶障目"的境地。

尽管如此,我们仍不能以既有选本为满足,因为它们不可避免地要打上编选者所属时代的烙印,难以充分适应当今读者的口味。就拿《唐诗别裁》这个在旧时代流传甚广的本子来说,它诚然享有取材宏博、裁断精当的美誉,但出于"温柔敦厚"的诗教,有意回避某些尖锐抨击时政和大胆言情的作品,不能不说是个缺憾;而连篇累牍收载应制、应试、应酬诗篇,在今天也失去了其固有的政治和社会功能。"五四"以后的大型选本中,《唐诗大系》无疑是最具特色的一种,它能够打破传统"正变"观的束缚,自具手眼地从各时期创作中撷取艺术精品,读来耳目一新,不过偏重艺术技巧、向往隐逸出世的人生态度,也仍然在上面留下了印记。建国以后的一些选本,规模都比较小,似不足以承担反映唐诗总体风貌的任务。

我们这个本子,是为今天的读者系统学习和钻研唐诗而编选的。为了合理地继承遗产,我们注重发扬传统中那些能够与现代人的思想感情发生共鸣、交流的文学现象,亦不忽视最大限度地保留历史的真实面目,要使这个本子在某种程度上成为《全唐诗》的缩影。一切设计工作都是由此出发的。比如说,选多少首诗方足以体现《全唐诗》的概貌呢?我们作了估计:《唐诗品汇》选诗六千七百馀首,其中夹杂不少平正而无甚特色之作,看来收得宽泛了些。《唐诗别裁》选诗近二千首,却有若干重要方面的漏缺,似乎又嫌偏紧。于是,我们初定选诗在 3 000 与 5 000 之间,最后落实为 5 000 首,占《全唐诗》十分之一(作家近五百人,占五分之一强),这个比例看来是适当的。关于初、盛、中、晚各时期的分配,我们也作过粗略调查,现将结果列表如下:

	初唐(%)	盛唐(%)	大历(%)	元和(%)	晚唐五代(%)	其馀(%)
《唐诗品汇》	13.3	35.6	17.1	13.2	13.7	7.1
《唐诗别裁》	8.3	41.2	19	14.7	14.8	2
马允刚《唐诗正声》	9.3	16.9(未收李、杜)	18	18.6(未收韩、白)	33.2	4
《唐诗大系》	4.7	30.8	18.4	20.9	25.2	
科学院《唐诗选》	4.1	34.5	9.9	27.1	24.4	

从上表看,前两书选盛唐以前诗几近一半,晚唐寥寥,显示出编选者伸正诎变的偏好;后三种本子在三唐的划分上比较接近《全唐诗》的原貌,而马、闻二著于大历、元和间的安排似仍未脱前人窠臼。考虑到盛唐诗歌的成就确曾得到历史认可,而又不能抹杀元和以后诗风的新变,我们采取折衷的办法,初步框定各期比重为:初唐 8%,盛唐 32%,大历 10%,元和 26%,晚唐五代 22%,其馀

2%。实施下来，稍有调整，大致可行。说到具体选目的确定，我们也翻检过数十种代表性选本作为参考，力求多角度地摄取唐诗的精华，相对完整地概括这一伟大时代的风貌。这个意图究竟贯彻到什么样的程度，有待读者、专家们批评指教。

选诗的问题既已表过，再来谈一谈汇评。

唐诗有评，跟唐诗有选一样，起源都在唐代。现存《唐人选唐诗十种》间，殷璠《河岳英灵集》和高仲武《中兴间气集》都在所选诗人名下附以评语，概述其诗歌成就及风格特点，时或摘赏名篇佳句，这就是最早的评选本。至于离开选诗进行评论的，在唐人的文章、书信、序跋、笔记里亦不少见，不过它们常要联系某种文学现象加以生发，超越了单纯评诗的范围。和上述品藻式的评论并行，还有一种述事式的记载，围绕一首诗的创作、加工、流传、反响，搜录社会上的遗闻逸事、趣语琐谈，散见于唐五代人的笔记、小品及某些传状、碑志之中。这些被称作"本事"的材料，出自好事者的传播，难免有夸饰、变异乃至捕风捉影的成分，但亦可从中窥见社会风尚之一斑和人们对于诗歌的期望心理，列之于广义的诗评，是说得过去的。

入宋以后，诗话兴起，评论唐诗的风气更为炽盛。诗话之为体，集纪事与品藻于一身，分条札录，长短咸宜，这就为诗歌批评打开了广阔的天地。由于宋人学诗普遍以唐诗为门户，而后求得推陈出新，所以宋诗话中独多唐诗的评述，这一点也为后来的诗话所继承。此外，宋代开始对于唐人文集加以整理梓行，于杜甫、韩愈二集用力尤勤，一时号称"千家注杜"、"五百家注韩"。这些注文大都为训诂文字，偶或涉及作意文心，对诗歌欣赏不无借鉴。

明清两代是唐诗批评的鼎盛时期，除诗话愈益专精、论说愈形发达、笺注愈加周详外，评点之学的大发展引人注目。如上所述，评选唐诗始于唐代，但那只限于诗人的总评。就一首首诗作级以评语而言,宋刘辰翁《七家诗评》、谢枋得《注解选唐诗》、元方回《瀛奎律髓》实开其端(按严羽有李太白诗集评点,莫知真伪),而尚未蔚为大观。明清以后,选诗加评成了通例,不但选者加,后人还要追加,不但加评,还要加圈加点,这就形成了一门新的学问——评点唐诗。评点不同于一般的评论,它专为某首诗的鉴赏而发,从总体风格到一字一句的解析均可涉及,体会上自然要深细得多。早期的评点还比较浑沦,后来便转向具体化,到金圣叹选批唐诗,用八股文起、承、转、合的格局来分章分解,说解异常细密,也不免趋于繁琐,但对清人说诗影响很大。另外,评点多了,把前人评语汇辑起来的读本又会产生,晚明就出了不少这样的本子,它的好处是为我们保存和集中了许多散佚的材料。清代注家更将这套方法移植于他们所校笺的唐人别集中,像仇兆鳌《杜诗详注》、冯浩《玉谿生诗笺注》虽以注本名世,其汇评的作用也是不可低估的。

从上面简略的回顾可以看出,唐诗评论有悠久的历史和丰厚的积累,显示着我们的先人世世代代研读、传习唐诗的巨大成果,作为民族审美经验的结晶给予继承和发扬,其意义并不亚于唐诗本身。与此同时,当亦能看到,汇集、整理这浩如烟海般的材料,是一项十分艰巨的工程。它们散见于各类典籍,分布于全国各地,要一一搜访得来,爬罗抉剔,实在耗时费力。我们的做法是:先确定几百种书籍为基本收录范围,将其中有用的资料悉数摘出,予以分门别类,条贯梳理,再根据需要和可能去发展线索,补充更新。在这过程中碰到的问题,既有材料过多,也有材料不足。过多,是由于一些大家名篇,经过前人反复咀嚼,留下一大堆素材,没有可能全部收入本子。为此需要精心选择,删汰冗复,理清芜杂,使那些真正有价值的评语能突现出来。至于旧时代选家和评论家注意较少的诗人诗作,则又会显得材料不足,甚至根本付诸阙如。在这种情况下,我们一方面尽量扩大搜索范围,寻找新的资料来源;另一方面也不得不适当抽换篇目，以保证汇评的顺利进行。不过这样做是有条件的，以不违背选诗标准为限，不然的话，一味跟着评语走，所选诗篇必然成为前人煮熟嚼烂后留剩下来的大杂烩，还怎能适应当时代人对唐诗总体概括的需要呢？这个本子里最终仍然存有一部分无评语的诗，正是选诗与汇评这双重目标矛盾而未能统一的表征。

选诗加汇评，是本书的主要内容，并非全部。为了帮助读者对所选诗人及诗作有进一步了解，我们还给每位诗人撰写小传，就其字号、籍贯、世次、经历、科名、著作等加以简略介绍。这部分文字不多，所需工力不小，因为唐代诗人的传记资料原来就不足，还有许多讹误流传，今人作了大量考订，其积极成果为我们所吸收，所以本书小传是具有一定的学术价值的。另外，书后附录《历代唐诗论评辑要》，将那些从宏观角度论述唐诗，因而不能纳入诗人、诗作汇评的材料，按问题归类编排，汇纂印行，对治唐诗者亦足资借鉴。

末了，说一说书稿的分工：陈伯海负责选定诗目、设计和总审全书；孙菊园协助主编组织日常工作，并和刘初棠共同负责诗人、诗作汇评，池洁、欧阳忠伟、徐文茂、徐树仪、黄宝华、李剑冰、朱勤楚、朱子锐参与；陶敏、李一飞撰写小传；附录《历代唐诗论评辑要》由黄刚、张寅彭编纂，另"汇评引用书目"和"诗人笔画索引"由池洁整理编排。本书编写过程中，得到上海师范大学古籍整理研究所和浙江教育出版社的大力支持，张珍怀、朱易安、魏亦珀、张宗原、周志明、马伟军、沈洁、陈国平、王新华等同志先后参加过部分资料收集工作，责任编辑郑广宣为审读书稿花费大量精力，一并志谢。由于本人学识疏浅，此项工作又有相当难度，阙略舛误处在所难免，将博采善言以修订之。

陈伯海

1992 年 6 月于上海

凡　例

　　一、本书选录唐代四百多位诗人有代表性的诗作五千馀首，附以诗人小传和历代有关诗人、诗作的评论汇编，供具有大专以上文化水平的读者和专业人员阅读使用。遵循《全唐诗》及各种唐诗选本的通例，五代十国时期的诗人诗作亦包括在内。

　　二、所选诗歌本文，以《全唐诗》为底本；遇有异文，择善而从，个别文字据别本校改，不另加说明。《全唐诗》里有同一首诗系于不同作者名下者，择一而从，亦不加考订；明显误收者，则加删汰。

　　三、诗人诗作编排，一依《全唐诗》次序。少数补入作品，列于该作家诗作的末尾；补入诗人，列于全书末尾。

　　四、诗人小传系于各人名下，所叙内容皆有事实根据，容或与《全唐诗》所载诗人小传及其他传记材料有出入者，概不一一考辨。

　　五、收录历代评语，限于古人及少数近人，见在者不录。其内容以解析诗艺为主，间及诗歌作意与篇章脉络，一般串解文句者不录。评语过长者，考虑删节。

　　六、有关诗歌本事，便于了解作品的产生背景及流传、影响者，亦采入汇评中，不另加区分。其有后人致疑或显属不经之谈者，亦不作考辨。

　　七、评语引用诗句，因版本差异或引用人误记，与所选文本常有出入，且各条评语间亦不尽一致，今一仍其旧，不加校改，以存其真。

八、评语的编次，接所评诗人及诗作归类，各系其下；每类中再大致按时代先后排列。一组诗的总评，置末首诗评语之后。

九、书稿正文后面，附录有《汇评引用书目》、《诗人笔画索引》两种，以备参考检索。

十、为方便一般读者，本书采用规范化简体字排印，为避免歧义酌用少量繁体字、异体字。至于古书上的通假字、古今字凡现时尚通行者，一仍其旧。

总　目

诗人目录

第一册篇目表

李世民

李世民(598—649),陇西成纪(今甘肃秦安)人,高祖李渊次子。隋末天下大乱,劝其父起兵太原,亲临戎阵,屡建奇功。武德初,封秦王,九年,即帝位,是为唐太宗。在位二十四年间,励精图治,知人善任,去奢轻赋,宽刑严武,海内升平,威及域外,史称"贞观之治"。卒谥文。平生兼爱文学、艺术,于理万机之馀,或日昃夜艾,未尝少息。有《太宗集》四十卷,已佚。《全唐诗》存诗一卷。

【汇评】

文皇生更隋代,早事艺文,习气既闲,神标复秀,故绮发天葩,辉扬内藻,声音之本,不徒然矣。及乎大业成就,神气充扬,延揽英贤,流徽四座,其游幸诸作,宫徵铿然,六朝浮靡之习,一变而唐,虽绮丽鲜错,而雅道立矣,其为一代之祖,又何疑焉?然宫体之作,世南导之雅正;而《积翠池赋》,魏徵约君以礼。因词立意,又多格心之业,其为风化之端,谅不诬矣。(《唐诗品》)

唐文皇手定中原,笼盖一世,而诗语殊无丈夫气,习使之也。"雪耻酬百王,除凶报千古"、"昔乘匹马去,今驱万乘来",差强人意,然是有意之作。《帝京篇》可耳,馀者不免花草点缀,可谓远逊

汉武,近输曹公。(《艺苑卮言》)

钟云:太宗诗终带陈隋滞响,读之不能畅人。取其艳而秀者,句有馀而篇不足。(《唐诗归》)

太宗文武间出,首辟吟源,宸藻概主丰丽,观集中有诗"效庾信体",宗向微旨可窥。然如"一朝辞此地,四海遂为家"、"昔乘匹马去,今驱万乘来",与"风起云扬"之歌,同其雄盼,自是帝者气象不侔。(《唐音癸签》)

唐太宗诗虽偶俪,乃鸿硕壮阔,振六朝靡靡。伯敬以为终带陈隋滞响,读之不能畅,不知上口轻便非大手也。唐初作者,酝藉一代,专在凝而不流,奈何少之!(《诗辩坻》)

《大风歌》冲口而出,卓伟不群。即《鸿鹄》酸楚之音,犹有笼罩一世之气。太宗沾沾铺张功烈,粉饰治平,即此便输汉祖一筹,不徒骨之靡弱。(《载酒园诗话又编》)

帝京篇十首并序(选六首)

予以万机之暇,游息艺文,观列代之皇王,考当时之行事,轩昊舜禹之上,信无间然矣。至于秦皇周穆,汉武魏明,峻宇雕墙,穷侈极丽,征税殚于宇宙,辙迹遍于天下,九州无以称其求,江海不能赡其欲,覆亡颠沛,不亦宜乎!予追踪百王之末,驰心千载之下,慷慨怀古,想彼哲人,庶以尧舜之风,荡秦汉之弊,用咸英之曲,变烂熳之音,求之人情,不为难矣。故观文教于六经、阅武功于七德,台榭取其避燥湿,金石尚其谐神人,皆节之于中和,不系之于淫放。故沟洫可悦,何必江海之滨乎!麟阁可玩,何必两陵之间乎!忠良可接,何必海上神仙乎!丰镐可游,何必瑶池之上乎!释实求华,以人从欲,乱于大道,君子耻之。故述《帝京篇》以明雅志云尔。

其一

秦川雄帝宅，函谷壮皇居。

绮殿千寻起，离宫百雉馀。

连甍遥接汉，飞观迥凌虚。

云日隐层阙，风烟出绮疏。

【汇评】

《唐诗观澜集》：已开律径（"绮殿"二句下）。

其二

岩廊罢机务，崇文聊驻辇。

玉匣启龙图，金绳披凤篆。

韦编断仍续，缥帙舒还卷。

对此乃淹留，欹案观坟典。

【汇评】

《网师园唐诗笺》：典丽（"玉匣"句下）。

其三

移步出词林，停舆欣武宴。

雕弓写明月，骏马疑流电。

惊雁落虚弦，啼猿悲急箭。

阅赏诚多美，于兹乃忘倦。

【汇评】

《网师园唐诗笺》：摹写尽情，炼词工雅（"雕弓"二句下）。

其六

飞盖去芳园，兰桡游翠渚。

萍间日彩乱，荷处香风举。

桂楫满中川，弦歌振长屿。

岂必汾河曲，方为欢宴所。

【汇评】

《网师园唐诗笺》：亦娇亦韵（"萍间"二句下）。

其七

落日双阙昏，回舆九重暮。

长烟散初碧，皎月澄轻素。

搴幌玩琴书，开轩引云雾。

斜汉耿层阁，清风摇玉树。

【汇评】

《唐诗镜》：太宗丽色来自齐梁，苍骨本之隋氏。"长烟散初碧，皎月澄轻素"语藻而洁。

《唐诗观澜集》："长烟散初碧，皎月澄轻素"秀丽近小谢。化陈隋之绮靡，开初盛之浑穆，须看其起结脱换，有旋乾转坤之力。

其十

以兹游观极，悠然独长想。

披卷览前踪，抚躬寻既往。

望古茅茨约，瞻今兰殿广。

人道恶高危，虚心戒盈荡。

奉天竭诚敬，临民思惠养。

纳善察忠谏，明科慎刑赏。

六五诚难继，四三非易仰。

广待淳化敷，方嗣云亭响。

【汇评】

《唐诗归》：钟云：好起手（首二句下）。　　谭云：衮龙气（"奉天"二句下）。　　　钟云：末语有侈心矣。始戒终溢，雄主故态也。

《唐诗观澜集》：曲终奏雅。

【总评】

《唐诗分类绳尺》：六朝气习，欲脱未脱。

《汇编唐诗十集》：唐曰：题曰《帝京》，而通篇说君道，所谓在德不在险。

《唐诗选脉会通评林》：周珽曰：《帝京》篇什不失雅道。若比诸得天下于马上之汉高，《大风》之语，气概要胜此多多许矣。

《诗薮》：唐初惟文皇《帝京篇》，藻赡精华，最为杰作，视梁陈神韵少减，而富丽过之。无论大略，即雄才自当驱走一世。

《王闿运手批唐诗选》：长篇分为十首，即各自为咏，非古昔数篇相连只咏一事之体也。此体少有作者，亦取巧之法。

《诗学渊源》：（太宗）诗袭陈隋之馀，下渐唐律。凡其所作，足为师象。穷源竟委，唯此为宜。《帝京》十篇，规法陈隋，而精细尤甚，欲知齐梁陈隋之法，非读此不可。

经破薛举战地

> 昔年怀壮气，提戈初仗节。
> 心随朗日高，志与秋霜洁。
> 移锋惊电起，转战长河决。
> 营碎落星沉，阵卷横云裂。
> 一挥氛沴静，再举鲸鲵灭。
> 于兹俯旧原，属目驻华轩。
> 沉沙无故迹，减灶有残痕。
> 浪霞穿水净，峰雾抱莲昏。
> 世途亟流易，人事殊今昔。

长想眺前踪，抚躬聊自适。

【汇评】

《历代诗发》：英毅之气，勃勃行楮间。钟伯敬谓太宗诗终带陈隋滞响，读之不能畅人，似非通论也。

《唐诗观澜集》："营碎落星沉，阵卷横云裂"十字足抵范蔚宗叙昆明。"于兹俯旧原，属目驻华轩。沉沙无故迹，减灶有残痕"，沉郁顿挫，与汉高过沛歌风同一气象。

过旧宅二首（其一）

新丰停翠辇，谯邑驻鸣笳。
园荒一径断，苔古半阶斜。
前池消旧水，昔树发今花。
一朝辞此地，四海遂为家。

【汇评】

《庚溪诗话》：唐文皇既以武功平隋乱，又以文德致太平，于篇咏尤其所好。如曰："昔乘匹马去，今驱万乘来。"辞气壮伟，固人所脍炙。又尝观其《过旧宅》诗曰"新丰停翠辇，谯邑驻鸣笳"、"一朝辞此去，四海遂成家"。盖其诗语与功烈真相副也。

李隆基

李隆基(685—761),即唐玄宗,世称唐明皇。陇西成纪(今甘肃秦安)人,睿宗第三子。景云初,以诛韦氏功,立为皇太子。延和元年即帝位。天宝末安禄山叛乱,潼关失守后奔蜀,册太子亨即位灵武。两京收复后,还京。上元二年卒。隆基多才艺,知音律,善书法,工诗能文,有《玄宗集》,已佚。《全唐诗》存诗一卷。

【汇评】

或曰:"唐自神龙以还,品格渐高,颇通远调。"夫上有好者,下必甚焉,其于诗义,亦固然尔。玄宗内智明朗,睿心疏畅,既新国步,遂拾词华。开元之际,君臣悦豫,饯别临游,动纾文藻,而感旧瞩芳,探奇校猎,情欣所属,辄有命赋。一时赓歌之盛,上武虞皇,下收葑藻,词人竞进,六艺争长,固已陵夸建安之迹,而泳贞观之馀波矣。然贞观之初,浮靡虽去,而绮丽犹扬。殆乎垂拱之后,法章陈具,吏事深刻,人怀密志,无复疏节,先时风轨,为之一变。故感惕之言,易流于激,悲愤之调,不吐其华,骨气顿高,风神遂委,而藻思丽情渐异往时矣。天宝之后,治人凋谢,而乱梗外集,飘零奔溃,无复治朝之风,求之风人闲雅之意,盖亦微(微)矣。三变之端,殆

有出于此乎！(《唐诗品》)

明皇藻艳不过文皇，而骨气胜之。语象，则"春来津树合，月落成楼空"；语境，则"马色分朝景，鸡声逐晓风"；语气，则"翠屏千仞合，丹嶂五丁开"；语致，则"岂不惜贤达，其如高尚心"。虽使燕、许草创，沈、宋润色，亦不过此。(《艺苑卮言》)

钟云：六朝帝王鲜不能诗，大抵崇尚纤靡，与文士竞长，偏杂软滞，略于文字中窥其治象。至明皇而骨韵风力一洗殆尽，开盛唐广大清明气象，真主笔舌与运数隆替相对。(《唐诗归》)

经邹鲁祭孔子而叹之

夫子何为者？栖栖一代中。

地犹鄹氏邑，宅即鲁王宫。

叹凤嗟身否，伤麟怨道穷。

今看两楹奠，当与梦时同。

【汇评】

《瀛奎律髓》：三、四以下俱佳。

《唐诗援》：妙在不赞而叹，叹胜于赞也。

《唐诗归》：钟云：八句皆用孔子实事，不板不滞不砌，人不可以无笔。

《汇编唐诗十集》：唐云：妙在不发议论，发议论便俗。　又云：稳妥而雅，中含叹意，是盛唐杰作。从来选诗人不收，伯敬喜新调而采此，亦其目力妙处。

《唐律消夏录》：就《鲁论》成语作一问答，添入"一代中"三字，便见大圣一生忧悯心肠。以下只将夫子典故用几个虚字转折出来，并不另加一赞美之词，愈见大圣之大，后来无数孔子庙碑文，终不及此一诗也。　[增]"叹"字有二义，一为赞叹，一为嗟叹，此诗二义并见,读者苟具斯意,便知一结之尤妙也。

《唐诗别裁》:雄健有力,开盛唐一代先声。

《唐诗观澜集》:通首皆"叹"字意,起十字道出大圣人一生心事,可泣可歌。"犹"字、"即"字指点得妙。

《网师园唐诗笺》:摹天绘日,累幅难尽,特就夫子道大莫容意立言,驯雅。

《瀛奎律髓汇评》:纪昀:孔子更何赞?只以喟叹取神,最妙。五六"嗟"、"叹"、"伤"、"怨"用字重复,虽初体常有之,然不可为训。结处收"祭"字,密。　　许印芳:命题便高古。

幸蜀西至剑门

剑阁横云峻,銮舆出狩回。
翠屏千仞合,丹嶂五丁开。
灌木萦旗转,仙云拂马来。
乘时方在德,嗟尔勒铭才。

【汇评】

《开天传信记》:上幸蜀回,车驾次剑门,门左右岩壁峭绝。上谓侍臣曰:"剑门天险若此,自古及今,败亡相继,岂非在德不在险耶?"因驻跸题诗。……其诗至德二年普安郡太守贾深勒于石壁,今存焉。

《唐诗直解》:三、四对亦不板,尾联便拙。

《唐诗训解》:天藻蔚然,词人鲜及。

《唐诗选》:气骨风味高人数筹,对联俱整而不俗。

《唐风定》:高华雄整,气象笼盖一代,汉武《汾阴》,方之蔑矣。

《唐诗评选》:内好正匀,非但以骨气见拔厉,如王元美之所褒者。结入理语不酸,妙在一"才"字。

《唐诗观澜集》：四十字中雄浑工密，气象万千，觉沈宋、燕许皆在度内。

《说诗晬语》：唐玄宗"剑阁横云峻"一篇，王右丞"风劲角弓鸣"一篇，神气完足，章法、句法、字法，俱臻绝顶。

《唐诗别裁》：雄健有力，开盛唐一代先声。

《唐诗意》：归重在德而不在险，居然大雅矣。

《唐诗笺注》：大境界亦写得宏壮。

《闻鹤轩初盛唐近体读本》：陈德公先生曰：三、四丽而壮，乃为盛唐。丽是大雅，壮则生气。通首音象高丽，结处方见遭变抚叹之旨，盛时天子未便仓皇也。　　杨芝三曰：结既峭厉而意复遥深。

早度蒲津关

钟鼓严更曙，山河野望通。
鸣銮下蒲坂，飞旆入秦中。
地险关逾壮，天平镇尚雄。
春来津树合，月落戍楼空。
马色分朝景，鸡声逐晓风。
所希常道泰，非复候繻同。

【汇评】

《朱子语类辑略》：唐明皇资禀英迈，只看他做诗出来，是什么气魄。今《唐百家诗》，首载明皇一篇《早度蒲津关》，多少飘逸气概，便有帝王底气焰。

《唐诗归》：四语有响有光（首四句下）。

《唐风定》：雄奇瑰玮，足空作者，可称天文象纬矣。

《而庵说唐诗》：此作中四句，如淡云微界，遥山紧连，排律中能品。

《唐诗观澜集》：气雄骨峻，思密语工，诸和作皆不能及。

《瀛奎律髓汇评》：纪昀：字句犹带初体，气格已纯是盛唐。此风气初成之体也。　　冯舒：自足压倒一代。

《唐诗近体》：全诗雄壮中又极清妍，中写晓景，无刻画痕。

早登太行山中言志

清跸度河阳，凝笳上太行。

火龙明鸟道，铁骑绕羊肠。

白雾埋阴壑，丹霞助晓光。

涧泉含宿冻，山木带馀霜。

野老芽为屋，樵人薜作裳。

宣风问耆艾，敦俗劝耕桑。

凉德惭先哲，微猷慕昔皇。

不因今展义，何以冒垂堂。

【汇评】

《唐诗观澜集》：寻常景，写得笔走风电。

过大哥山池题石壁

澄潭皎镜石崔巍，万壑千岩暗绿苔。

林亭自有幽贞趣，况复秋深爽气来。

李 昂

李昂(809—840),即唐文宗。初名涵,陇西成纪(今甘肃秦安)人,穆宗第二子,敬宗之弟。宝历二年即位,在位十三年。开成五年卒,谥曰昭献。昂恭俭儒雅,勤政好学,暇馀与宰臣论诗,讽咏不辍。所作清峻有古声。《全唐诗》存诗七首。

【汇评】

文宗好五言诗,品格与肃、代、宪宗同,而古调尤清峻。(《唐语林》)

宫中题

辇路生秋草,上林花满枝。

凭高何限意,无复侍臣知。

【汇评】

《古今诗话》:唐文宗大和九年,诛王涯、郑注后,仇士良秉权。或登临游幸,往往独语,左右莫敢进问,因题诗曰:"辇路生秋草,上林花满枝。凭高何限意,无复侍臣知。"

《唐诗直解》：含情无限,写尽囚拘苦情。

《而庵说唐诗》："辇路生秋草","秋"字内寓无限感慨。秋非生草之时,而又在御辇经行之处,可怪也。"上林花满枝"此不是写眼中所见,是意中所想。上以"草"起,此以"花"承,妙极。夫诗既有法,不可不细细讨其消息。

武则天

武则天(625—707),自名曌(zhào),并州文水(今属山西)人。太宗时被召入宫,为才人,年十四。太宗崩,为尼感业寺。高宗复召入宫,拜昭仪。永徽六年立为皇后。中宗即位,尊为皇太后,临朝称制,睿宗文明元年,自称帝,改国号曰周。神龙元年传位于皇太子显,十一月卒。谥曰则天顺圣皇后。则天素多智计,辅政、当国数十年,颇有兴革,亦多弊政。兼涉文史,能诗,与近臣诗会,传为美谈。有《垂拱集》一百卷,《金轮集》十卷,均佚。《全唐诗》存诗四十六首。

腊日宣诏幸上苑

明朝游上苑,火急报春知。

花须连夜发,莫待晓风吹。

【汇评】

《唐诗纪事》:天授二年腊,卿相欲诈称花发,请幸上苑,有所谋也。许之,寻疑有异图,乃遣使宣诏曰:"明朝游上苑,火急报春知。花须连夜发,莫待晓风吹。"于是凌晨名花布苑,群臣咸服其异。

如意娘

看朱成碧思纷纷，憔悴支离为忆君。

不信比来长下泪，开箱验取石榴裙。

【汇评】

《唐诗归》：钟云：老狐媚甚，不媚不恶。

《唐诗选脉会通评林》：杨慎列为神品。　　周明杰曰：恐可忆者不少，那得许多憔悴！

《春酒堂诗话》："不信比来常下泪，开箱验取石榴裙"，此必非武后诗，好事者丑而拟之。武后何许人，乃肯拟《杨白花》耶？况较之《杨白花》又俚鄙甚。友人曰："君欲作梁公耶？奚烦为之湔洗！"

上官婉儿

上官婉儿(664—710),陕州陕(今河南陕县)人。高宗麟德元年,祖父仪、父庭芝同被诛,婉儿时在襁褓,随母配入掖庭。及长,有文词,明习吏事,为武后所重。中宗即位,令专掌制命,进拜昭容。景龙四年,李旦、李隆基举兵诛韦、武,婉儿亦被斩杀。婉儿天性韶警,善文章,尝劝广置昭文学士,盛引词学之臣,赐宴赋诗。所作词甚绮丽,时人讽诵。开元初,玄宗令收集其诗文,成《上官昭容集》二十卷,命张说作序,今集佚序存。《全唐诗》存诗三十二首。

【汇评】

上官昭容者,故中书侍郎仪之孙也。明淑挺生,才华绝代,敏识聪听,探微镜理。开卷海纳,宛若前闻;摇笔云飞,咸同宿构。(张说《上官昭容集序》)

逆韦诗什并上官昭容所制。昭容,上官仪孙女,博涉经史,研精文笔,班婕妤、左嫔无以加。(《朝野金载》)

昭容名婉儿,西台侍郎仪之孙。父廷芝,与仪死武后时。母郑方妊,梦巨人畀大秤,曰:"持此称量天下。"昭容生逾月,每戏曰:"称量者岂尔耶?"辄哑然应。后内秉机政,符其梦云。自通天以来，内掌诏命。中宗立，进拜昭容。帝引名儒赐宴赋诗，婉儿常代帝及后、长宁、安乐二公主，众篇并作，而采丽益新。又差第群臣所赋，赐金爵，故朝廷靡然成风。当时属辞，大抵浮靡，然皆有可观，昭容力也。(《唐诗纪事》)

彩书怨

叶下洞庭初，思君万里馀。
露浓香被冷，月落锦屏虚。
欲奏《江南曲》，贪封蓟北书。
书中无别意，惟怅久离居。

【汇评】

《四溟诗话》：杨升庵所选《五言律祖》六卷，独此一篇平妥匀净，颇异六朝气格。

江采蘋

江采蘋,即梅妃,《全唐诗》存诗一首。其诗及事出自旧题曹邺撰《梅妃传》。传云:采蘋莆田(今属福建)人。开元中,高力士选归,侍玄宗,大见宠幸。善属文,自比谢女。性喜梅,所居阑槛,悉植数株,帝名之曰梅妃。及杨玉环入宫,受嫉,迁居上阳东宫。安史乱起,陷贼被害。鲁迅认为梅妃实无其人,"盖见当时图画有把梅美人号梅妃者,泛言唐明皇时人",推断作者因造此传(见《中国小说史略》)。

谢赐珍珠

桂叶双眉久不描,残妆和泪污红绡。

长门尽日无梳洗,何必珍珠慰寂寥!

【汇评】

《梅妃传》:上在花萼楼,会夷使至,命封珍珠一斛密赐妃。妃不受,以诗付使者,曰:"为我进御前也。"……上览诗,怅然不乐,令乐府以新声度之,号《一斛珠》,曲名始此也。

李　贤

李贤（653—684），字明允，陇西成纪（今甘肃秦安）人。高宗第六子。上元二年，立为皇太子，寻令监国。贤处事明审，留心政要，专精坟典，尝集诸儒张大安等注《后汉书》。武则天忌之，调露二年废为庶人，幽于巴州。文明元年，武后临朝，逼令自杀。睿宗践祚，追赠皇太子，谥曰章怀。《全唐诗》存诗一首。

黄台瓜辞

种瓜黄台下，瓜熟子离离。

一摘使瓜好，再摘使瓜稀。

三摘犹自可，摘绝抱蔓归。

【汇评】

《资治通鉴》：李泌曰：昔天后有四子，长曰太子弘，天后方图称制，恶其聪明，酖杀之，立次子雍王贤。贤内忧惧，作《黄台瓜辞》。

《唐诗归》：钟云：深有汉魏遗响，妙于《煮豆》歌。

《唐诗选脉会通评林》：周珽曰：哀词虑远，伤心刺骨。

《载酒园诗话又编》：《黄台瓜辞》不唯音节似古乐府，"三摘犹自可，摘绝抱蔓归"，言外有身不足恤、忧在宗社意，较之《小弁》尤婉尤痛，读此益叹退之《履霜操》之浅。

《小清华园诗谈》：章怀太子之"种瓜黄台下"，意虽迫切而辞甚凄惋，闻者无不恻然动心。

鲍君徽

鲍君徽，生卒年不详，字文姬。善诗。德宗尝召入宫，与侍臣唱和。《全唐诗》存诗四首。

惜花吟

枝上花，花下人，可怜颜色俱青春。

昨日看花花灼灼，今朝看花花欲落。

不如尽此花下欢，莫待春风总吹却。

莺歌蝶舞韶光长，红炉煮茗松花香。

妆成罢吟恣游后，独把芳枝归洞房。

【汇评】

《唐风怀》：南邨曰：起六字嫣然欲绝，中段宛转慨叹，结语更见深惜。

《网师园唐诗笺》：深情无限。

李　璟

李璟(916—961),初名景通,字伯玉,徐州(今属江苏)人。南唐先主李昪长子。保大元年(943)嗣位。中兴元年(958)奉表附周,去帝号,称南唐国主。在位十九年卒,庙号元宗。璟多才艺,好文学,善诗词。《全唐诗》存诗二首。

保大五年元日大雪同太弟景遂汪王景逷齐王景逵进士李建勋中书徐铉勤政殿学士张义方登楼赋

珠帘高卷莫轻遮,往往相逢隔岁华。
春气昨宵飘律管,东风今日放梅花。
素姿好把芳姿掩,落势还同舞势斜。
坐有宾朋尊有酒,可怜清味属侬家。

【汇评】

《江表志》:保大五年,元日大雪。上诏大弟以下登楼展宴,咸命赋诗,令中使就私第赐李建勋。建勋方会中书舍人徐铉、勤政殿学士张义方于溪亭,即时和进。元宗乃召建勋、铉、义方同入,夜艾方散。侍臣皆有兴咏,徐铉为前后序,大弟合为一图,集名公图绘,曲尽一时之妙。

李　煜

李煜(937—978),初名从嘉,字重光,号钟隐,又自称钟山隐士、莲峰居士等,徐州(今属江苏)人。南唐中主李璟第六子。宋建隆二年(961)嗣位。开宝八年(975),宋军陷金陵,煜被俘,次年至汴京,封违命侯,改封陇西公。太宗太平兴国三年(978)七夕被毒死。追封吴王。李煜有多方面文学艺术才能,兼擅诗、词、文。善书,工画,知音律。其遭罹多故,好为凄苦之词。有文集三十卷,已佚。《全唐诗》存诗十八首。

【汇评】

江南伪后主李煜,字重光。早慧精敏,审音律,善书画。其作大字,不事笔,卷帛而书之,皆能如意,世谓撮襟书。复喜作颤掣势,人又目其状为金错刀。尤喜作行书,落笔瘦硬,而风神溢出,然殊乏姿媚,如穷谷道人、酸寒书生,鹑衣而鸢肩,略无富贵之气。要是当我祖宗应运之初,揭云汉奎壁,昭回在上,彼窃据方郡者皆奄奄无气,不复英伟,故见于书画者如此。方煜归本朝,我艺祖尝曰:"煜虽有文字,一翰林学士才耳!"乃知笔力纵或可尚,方之雄才大略之君,亦几何哉!(《宣和书谱》)

江南李煜既降，太祖尝因曲燕，问："闻卿在国中好作诗"，因使举其得意者一联。煜沉吟久之，诵其咏扇云："揖让月在手，动摇风满怀。"上曰："满怀之风，却有多少？"他日复燕煜，顾近臣曰："好一个翰林学士！"（《石林燕语》）

李后主号能诗，偶承先业，据有江南，亦僭称帝，数十州之主也。集中多有病诗，五言律云："风威侵病骨，雨气咽愁肠。夜鼎唯煎药，朝髭半染霜。"真所谓衰飒憔悴，岂"大风"、"横汾"之比乎？宜其亡也。或谓此乃已至大兴之后，即不然矣。七言有云："衰颜一病难牵复，晓殿君临颇自羞"，又云："冷笑秦皇经远略，静怜姬满苦时巡"，盖君临之时也。（《瀛奎律髓》）

感怀二首

其一

又见桐花发旧枝，一楼烟雨暮凄凄。

凭阑惆怅人谁会？不觉清然泪眼低。

其二

层城无复见娇姿，佳节缠哀不自持。

空有当年旧烟月，芙蓉池上哭蛾眉。

【汇评】

马令《南唐书》：后主昭惠后周氏，大司徒宗之女。甫十九岁，归于王宫。通书史，善音律，尤工琵琶。元宗赏其艺，取所御琵琶，时谓之烧槽者赐焉。后主即位，册为国后。后主尝演《念家山破》，后复作《邀醉舞》、《恨来迟新破》，皆行于时。季子仲宣，后尤钟爱，忽暴疾卒，后病遂亟，以元宗所赐琵琶及系臂玉环亲遗后主，沐浴正妆，口内含玉，殂于瑶光殿之西室，享年二十九。后主哀苦骨立，杖而后起，每于花朝月夕，无不伤怀。如"又见桐花发旧枝……"，皆因后作。

赐宫人庆奴

风情渐老见春羞，到处消魂感旧游。

多谢长条似相识，强垂烟态拂人头。

【汇评】

《西溪丛语》：毕景儒有李重光黄罗扇，写诗一首。……后细字云"赐庆奴"。庆奴似宫人小字，诗似柳诗。

《六砚斋三笔》：后主于黄罗扇上书一诗，赐宫人庆奴。……宋时犹传玩贵家，今亡矣。

孟 昶

孟昶(919—965)，初名承赞，字保元，邢州龙冈(今河北邢台)人，蜀主知祥第三子。后蜀明德二年(935)嗣位，在位二十八年，国亡降宋，封秦国公，卒，谥恭惠。《全唐诗》存诗一首。

避暑摩诃池上作

冰肌玉骨清无汗，水殿风来暗香暖。

帘开明月独窥人，欹枕钗横云鬓乱。

起来琼户寂无声，时见疏星渡河汉。

屈指西风几时来，只恐流年暗中换。

【汇评】

《墨庄漫录》：东坡作长短句《洞仙歌》，所谓"冰肌玉骨，自清凉无汗"者，公自叙云："予幼时见一老人，能言孟蜀主时事云：'蜀主尝与花蕊夫人夜起，纳凉于摩诃池上，作《洞仙歌令》。'老人能歌之。予但记其首两句，乃为足之。"……予友陈兴祖德昭云："顷见一诗话，亦题云'李季成作'，乃全载孟蜀主一诗……云：'东城少年遇美人，喜《洞仙歌》，又邂逅处景色暗相似，故隟括稍协律以赠之也。'"

　　《词综》：蜀主孟昶夜起避暑摩诃池上，作《玉楼春》。……按苏子瞻《洞仙歌》本隟括此词，然未免反有点金之憾。

陈叔达

陈叔达（约573—635），字子聪，吴兴长城（今浙江长兴）人。陈宣帝第十七子，封义阳王，官丹阳尹。年十馀岁，尝侍宴赋十韵诗，援笔而成，徐陵奇之。入隋，为内史舍人、绛郡通守。唐高祖起兵，叔达以郡降，授丞相府主簿，掌机密。武德初，授黄门侍郎，判纳言，封江国公。贞观中，官至礼部尚书，卒。有《陈叔达集》十五卷，已佚。《全唐诗》存诗九首。

早春桂林殿应诏

金铺照春色，玉律动年华。
朱楼云似盖，丹桂雪如花。
水岸衔阶转，风条出柳斜。
轻舆临太液，湛露酌流霞。

【汇评】

《唐诗笺注》：应诏诗是赋体，只骈丽辅叙，不讲骨格，然唐人气味犹厚。

初 年

和风起天路,严气消冰井。
索索枝未柔,厌厌漏犹永。

自君之出矣二首

其一
自君之出矣,红颜转憔悴。
思君如明烛,煎心且衔泪。

其二
自君之出矣,明镜罢红妆。
思君如夜烛,煎泪几千行。

魏　徵

魏徵(580—643),字玄成,馆陶(今属河北)人。少孤贫,出家为道士。隋末,李密起兵,召为典书记。密败,窦建德署为起居舍人。归唐,官太子洗马。太宗即位,擢谏议大夫,迁秘书监、侍中,封郑国公。以疾辞官,拜特进,仍知门下省事,卒谥文贞。徵性谅直,立朝多所谏诤,史称名臣。曾校辑秘府群书,受诏总领周、齐、梁、陈、隋诸史修撰事,序论多出其手。有《魏徵集》二十卷,已佚。《全唐诗》存诗一卷。

【汇评】

徵字元成,魏州人。相太宗,致太平。天下既治,惧帝喜武功,尝赋诗曰:“终籍叔孙礼,方知皇帝尊。”帝曰:“徵言未尝不约我以礼。”徵亡,帝赋诗曰:“望望情何极,浪浪泪空泫。无复昔时人,芳春共谁遣?”(《唐诗纪事》)

述　怀

中原初逐鹿,投笔事戎轩。

纵横计不就，慷慨志犹存。

杖策谒天子，驱马出关门。

请缨系南粤，凭轼下东藩。

郁纡陟高岫，出没望平原。

古木鸣寒鸟，空山啼夜猿。

既伤千里目，还惊九逝魂。

岂不惮艰险？深怀国士恩。

季布无二诺，侯嬴重一言。

人生感意气，功名谁复论！

【汇评】

《唐诗广选》：蒋春甫曰：起语参差胜人整。

《唐诗直解》：此已具盛唐之骨，离却陈隋滞靡，想见其人。"出没"二字，深得远望之神。

《唐诗镜》：挺挺有烈士风。"古木鸣寒鸟，空山啼夜猿"，是初唐一等格力。

《唐诗选脉会通评林》：高华秀丽，远驾六朝，真似朱霞半天。

《而庵说唐诗》：此唐发始一篇古诗，笔力遒劲，词采英毅，领袖一代诗人。须看其步趋古人不苟处。共二十句，却是五解。今人每恃才逞学，一笔扫将去，无论不如古人，则气亦易竭。谙乎解数，则下笔自有分寸，便得造古人地位矣。

《唐诗别裁》：气骨高古，变从前纤靡之习。盛唐风格，发源于此。

《网师园唐诗笺》：沉郁顿挫，格振神超。

褚　亮

褚亮(560—647),字希明,河南阳翟(今河南禹县)人。幼警敏能诗,江总等服其工。仕陈,为尚书殿中侍郎。入隋,大业中授太常博士,坐与杨玄感善,贬西海郡司户。薛举僭号陇西,以亮为黄门侍郎。举灭,从秦王李世民还京,授秦王府文学,为十八学士之一。贞观中,累迁员外散骑常侍,封阳翟县侯,致仕,终老于家。有《褚亮集》二十卷,已佚。《全唐诗》存诗一卷,其中杂有在隋之作。

【汇评】

亮幼聪敏,好学善属文,博览无所不至,经目必记于心。喜游名贤,尤善谈论。年十八,诣陈仆射徐陵,陵与商榷文章,深异之。陈后主闻而召见,使赋诗,江总及诸辞人在坐,莫不推善。(《旧唐书》本传)

晚别乐记室彦

穷途属岁晚,临水忽分悲。

抱影同为客,伤情共此时。

雾色侵虚牖，霜氛冷薄帷。

举袂惨将别，停杯怅不怡。

风严征雁远，雪暗云蓬迟。

他乡有岐路，游子欲何之？

杨师道

杨师道(? —647)，字景猷，弘农华阴(今陕西华阴)人。隋观德王杨雄子。入唐，尚高祖女桂阳公主，除吏部侍郎，改太常卿，封安德郡公。贞观十年，拜侍中，参预朝政，迁中书令。罢为吏部尚书，从太宗征辽，摄中书令。还，稍贬工部尚书，复为太常卿，卒。有《杨师道集》十卷，已佚。《全唐诗》存诗一卷。

【汇评】

师道退朝后，必引当时英俊，宴集园池，而文会之盛，当时莫比。雅善篇什，又工草隶，酣赏之际，援笔直书，有如宿构。太宗每见师道所制，必吟讽嗟赏之。(《旧唐书》本传)

师道字景猷，恭仁弟。清警有才思。……善草隶，工诗，每与有名士燕集，歌咏自适。帝见其诗，为摘讽嗟赏。后赐宴，帝曰："闻公每酣赏，捉笔赋诗，如宿构者，试为朕为之。"师道再拜，少选辄成，无所窜定，一坐嗟伏。(《新唐书》本传)

还山宅

暮春还旧岭，徙倚玩年华。

芳草无行径，空山正落花。

垂藤扫幽石，卧柳碍浮槎。

鸟散茅檐静，云披涧户斜。

依然此泉路，犹是昔烟霞。

【汇评】

《唐诗归》：钟云：声谐、气畅、法严，全是盛唐矣。语有真气，初盛转关之际（"空山"句下）。　　王、孟矣（"鸟散"句下）。

许敬宗

许敬宗(592—672)，字延族，杭州新城(今浙江富阳西南)人。隋大业中，举秀才中第，官至直谒者台，奏通事舍人事。入唐，为秦王府文学馆十八学士之一。贞观中，历著作郎、中书舍人、给事中、太子右庶子等，多兼史职。高宗即位，迁礼部尚书，历侍中、中书令、右相，任遇之重，当朝莫比。敬宗为人贪佞，修史多虚美隐恶，为世所讥。有《许敬宗集》八十卷，已佚。《全唐诗》存诗二十七首，《外编》辑诗一首，尚有遗佚。

【汇评】

许君仕道卑卑，心无说正。如《安德山池宴集》云："宴游穷至乐，谈笑毕良辰。"如《春日望海》云："惊涛含蜃阙，骇浪掩晨光。"命意芜浅，词亦波荡，并非颂声。乃其伟才挺出，髫年驰誉词林，雄长并列其左，遭遇文皇之好，遂掌丝纶。今所传录，总非门户。至如"鹊度林光起，凫没水文圆"，又"波拥群凫至，秋飘朔雁归"，并存风格，可称作者。(《唐诗品》)

拟江令于长安归扬州九日赋

本逐征鸿去，还随落叶来，
菊花应未满，请待诗人开。

李义府

李义府(614—666),瀛州饶阳(今河北饶阳)人。贞观八年(634)
对策擢第,补门下省典仪,寻除监察御史、太子舍人。高宗朝,迁中书
舍人,兼修国史。以赞立武昭仪为皇后,擢中书侍郎、同中书门下三
品,迁中书令。怙武后之势,蓄邪黩货,稔恶嫉贤,而貌似温恭,故人
谓"笑中有刀",又谓之为"李猫"。龙朔三年,除名长流嶲州,卒于流
所。有《李义府集》四十卷,已佚。《全唐诗》存诗八首。

【汇评】

(义府)与太子司议郎来济俱以文翰见知,时称"来李"。……
义府才思精密,所谓猩猩能言。(《旧唐书》本传)

咏 乌

日里飏朝彩,琴中伴夜啼。

上林如许树,不借一枝栖。

【汇评】

《隋唐嘉话》:李义府始召见,太宗试令咏乌,其末句云:"上林

多许树,不借一枝栖。"帝曰:"吾将全树借汝,岂惟一枝!"

《唐诗选脉会通评林》:周珽曰:此与郑惜《咏黄莺儿》意调相似。郑希假眷左右,李冀此邀恩宠,俱有小人热中干谒念头。

《而庵说唐诗》:字字便佞。吾见此诗,如揭其肺肝。然专意迎合,可谓"李狐乌";诗甚工,又可称"李乌"。

虞世南

虞世南(558—638)，字伯施，越州余姚(今浙江余姚)人。少受学于顾野王。为文祖述徐陵，陵以为类己；又师沙门智永书，妙得其体，故声名籍甚。仕陈，为建安王法曹参军。入隋，官秘书郎、起居舍人。隋亡，为窦建德黄门侍郎。李世民灭建德，引为秦王府参军，转记室，掌文翰。贞观中，转著作郎、秘书少监、秘书监，封永兴县公。太宗有失，世南必犯颜谏，甚得亲礼，谓世南有五绝：德行、忠直、博学、文辞、书翰。编有《北堂书钞》一百六十卷，今存；著《虞世南集》三十卷，已佚。《全唐诗》存诗一卷。

【汇评】

(世南)善属文，常祖述徐陵，陵亦言世南得己之意。……陈灭，与世基同入长安，俱有重名，时人方之二陆。(《旧唐书》本传)

虞监师资野王，嗜慕徐、庾。髫卯之年，婉缛已著；琨玛之美，绮藻并丰。虽隋皇忌人之主，贞观睿圣之朝，然而善始之爱，身存乱国，准伦之誉，竟列名臣，骈美二陆，不信知言矣乎？其诗在隋则洗濯浮夸，兴寄已远；在唐则藻思萦纡，不乏雅道。殆所谓圆融整丽，四德具存，治世之音，先人而兴者也。至如“横空一鸟度，照水百花燃"、"竹开霜后翠,梅动雪前香",天然秀颖,不烦痕削。又《长春宫应令》云"民瘼谅斯求",《江都应诏》云"顺动悦来苏",其视宫体之规,同归雅正。石渠、东观之思,自非圣主,何能扬休于后世哉!(《唐诗品》)

武德、贞观间,太宗及虞世南、魏徵诸公五言,声尽入律,语多绮靡,即梁陈旧习也。……按《唐书》:"世南文章婉缛,慕徐陵。太宗尝作宫体诗,使赓和。世南曰:'圣作诚工,然体非雅正,臣恐此诗一传,天下风靡,不也奉诏。'帝曰:'朕试卿耳。'后帝为诗一篇,述古兴亡,既而叹曰:'钟子期死,伯牙不复鼓琴,朕此诗何所示耶?'敕褚遂良即其灵座焚之。"今观世南诗,犹不免绮靡之习,何也?盖世南虽知宫体妖艳之语为非正,而绮靡之弊则沿陈隋旧习而弗知耳。且世南所慕徐陵,而谓之雅正,可乎?至如《出塞》、《从军》、《饮马》、《结客》及魏徵《出关》等篇,声气稍雄,与王褒、薛道衡诸作相上下,此唐音之始也。(《诗源辩体》)

从军行二首（其一）

> 涂山烽候惊,弭节度龙城。
>
> 冀马楼兰将,燕犀上谷兵。
>
> 剑寒花不落,弓晓月逾明。
>
> 凛凛严霜节,冰壮黄河绝。
>
> 蔽日卷征蓬,浮天散飞雪。
>
> 全兵值月满,精骑乘胶折。
>
> 结发早驱驰,辛苦事旌麾。
>
> 马冻重关冷,轮摧九折危。
>
> 独有西山将,年年属数奇。

【汇评】

《唐诗别裁》:犹存陈隋体格,而追琢精警,渐开唐风。

结客少年场行

韩魏多奇节,倜傥遗声利。
共矜然诺心,各负纵横志。
结交一言重,相期千里至。
绿沉明月弦,金络浮云辔。
吹箫入吴市,击筑游燕肆。
寻源博望侯,结客远相求。
少年垂一顾,长驱背陇头。
焰焰戈霜动,耿耿剑虹浮。
天山冬夏雪,交河南北流。
云起龙沙暗,木落雁门秋。
轻生殉知己,非是为身谋。

【汇评】

《唐诗镜》:独饶风骨。

《唐诗选脉会通评林》:周珽曰:首二语已概一篇之旨,中铺叙尽侠客之态,正"多奇节"处。"一言重"、"垂一顾"、"千里至"、"远相求",俱映照有情。结应起语,见遗名利以相谋,总是士为知己者用也。

《唐诗绪笺》:虞世南入唐,一变新声,振复古道,实为唐世五言古诗之始,读此尝其一脔矣。

赋得临池竹应制

葱翠梢云质,垂彩映清池。
波泛含风影,流摇防露枝。

龙鳞漾嶰谷,凤翅拂涟漪。

欲识凌冬性,唯有岁寒知。

侍宴应诏赋韵得前字

芬芳禁林晚,容与桂舟前。

横空一鸟度,照水百花然。

绿野明斜日,青山澹晚烟。

滥陪终宴赏,握管类窥天。

【汇评】

《唐诗镜》:五、六标格自成,不烦点饰。

《唐诗选脉会通评林》:体格正整,音调铿锵,同规合律,宁复有托喻耶! 何景明曰:情景开阔横放,何等风调!

《唐诗观澜集》:名句("横空"二句下)。 幽逸("绿野"二句下)。

春 夜

春苑月裴回,竹堂侵夜开。

惊鸟排林度,风花隔水来。

咏 萤

的历流光小,飘飖弱翅轻。

恐畏无人识,独自暗中明。

【汇评】

《闻鹤轩初盛唐近体读本》:佻细能饶圆唤。 吴协南曰:

不明点"萤"字,暗中摸索亦自得之,此咏物写生手也。结有寄托,故佳。

蝉

　　垂绥饮清露,流响出疏桐。
　　居高声自远,非是藉秋风。

【汇评】

　　《唐诗归》:钟云:与骆丞"清畏人知"语,各善言蝉之德。　　谭云:于清物当说得如此。

　　《唐诗别裁》:命意自高。咏蝉者每咏其声,此独尊其品格。

　　《诗法易简录》:咏物诗固须确切此物,尤贵遗貌得神,然必有命意寄托之处,方得诗人风旨。此诗三、四品地甚高,隐然自写怀抱。

　　《网师园唐诗笺》:末二句,占地步。

　　《岘傭说诗》:《三百篇》比兴为多,唐人犹得此意。同一《咏蝉》,虞世南"居高声自远,端不藉秋风",是清华人语;骆宾王"露重飞难进,风多响易沉",是患难人语;李商隐"本以高难饱,徒劳恨费声",是牢骚人语。比兴不同如此。

应诏嘲司花女

　　学画鸦黄半未成,垂肩蝉袖太憨生。
　　缘憨却得君王惜,长把花枝傍辇行。

【汇评】

　　《隋遗录》:洛阳进合蒂迎辇花,……其香气秾芬馥,或惹襟袖,移日不散,嗅之,令人多不睡。帝命(袁)宝儿持之,号曰"司花女"。时诏虞世南草《征辽指挥德音敕》于帝侧，宝儿注视久之，帝谓世南曰："昔传飞燕可掌上舞，朕常谓儒生饰于文字，岂人能若是乎？及今得宝儿，方昭前事，然多憨态，今注目于卿；卿才人，可便嘲之。"世南应诏为绝句，……上大悦。

王　绩

王绩(约590—644),字无功,号东皋子,绛州龙门(今山西河津)人。兄通,隋末名儒,号文中子。绩于隋大业末,应孝悌廉洁举,除秘书正字。不乐在朝,求为扬州六合县丞。因简傲纵酒被劾,弃官归里。高祖武德中,以前官待诏门下省。贞观中,因足疾罢归,乃结庐河渚,纵意琴酒,又躬耕东皋,时人号东皋子。绩简放嗜酒,其诗平淡质朴。有《王绩集》(吕才编)五卷,后仅以《东皋子集》三卷行世,五卷本遂隐,近重新发现刊行,其中诗较《全唐诗》王绩卷溢出六十馀首。今人王国安有《王绩诗注》。

【汇评】

(绩)性简傲,好饮酒,能尽五斗,自著《五斗先生传》。弹琴,为诗,著文,高情胜气,独步当时。(《唐才子传》)

旧传四声,自齐梁至沈、宋,始定为唐律。然沈、宋体制,时带徐、庾,未若王绩剪裁锻炼,曲尽情玄,真开迹唐诗也。(《周氏涉笔》)

王无功,隋人入唐,隐节既高,诗律又盛,盖王、杨、卢、骆之滥觞,陈、杜、沈、宋之先鞭也,而人罕知之。(《升庵诗话》)

盖当武德之初,犹有陈隋馀习,而无功能尽洗铅华,独存体质,又嗜酒诞放,脱落世事,故于情性最近。今观其诗,近而不浅,质而

不俗，殊有魏晋之风。（《四友斋丛说》）

诗之乱头粗服而好者，千载一渊明耳。乐天效之，便伤俚浅，唯王无功差得其仿佛。"陶王"之称，余尝欲以东皋代辋川。辋川诚佳，太秀，多以绮思掩其朴趣，东皋潇洒落穆，不衫不履，如"来时常道贳，惭愧酒家胡"、"家贫留客久，不暇道精粗"。至若"相逢宁可醉，定不学丹砂"、"昔我未生时，谁者令我萌？弃置勿重陈，委化何足惊"，真齐得丧、一死生之言。旷怀高致，其人自堪尚友，不徒音响似之。（《载酒园诗话又编》）

彭泽、东皋皆素心之士。陶为饥寒所驱，时有凉音；王黍秫果药粗足，故饶逸趣。（同上）

王无功以真率疏浅之格，入初唐诸家中，如鸾凤群飞，忽逢野鹿，正是不可多得也。然非入唐之正脉。（《石洲诗话》）

其源出于程晓、应璩，性情疏放，发为心声，直质放言，有汉魏间意。唯无往复之致，故或朴而不雅。乱头粗服，不没其佳，唯其有真气耳。（《三唐诗品》）

古意六首（选二首）

其二

竹生大夏溪，苍苍富奇质。

绿叶吟风劲，翠茎犯霄密。

霜霰封其柯，鹓鸾食其实。

宁知轩辕后，更有伶伦出。

刀斧俄见寻，根株坐相失。

裁为十二管，吹作雄雌律。

有用虽自伤，无心复招疾。

不如山上草，离离保终吉。

【汇评】

《历代诗发》：有意摹古，然非遗神取貌者，故可存。

《此木轩论诗汇编》：汉魏之风。

其三

宝龟尺二寸，由来宅深水。

浮游五湖内，宛转三江里。

何不深复深，轻然至溱洧？

溱洧源流狭，春秋不濡轨。

渔人递往还，网罟相萦䋺。

一朝失运会，刳肠血流死。

丰骨输庙堂，鲜腴藉笾簋。

弃置谁怨尤？自我招此否。

馀灵寄明卜，复来钦所履。

石竹咏

萋萋结绿枝，晔晔垂朱英。

常恐零露降，不得全其生。

叹息聊自思，此生岂我情？

昔我未生时，谁者令我萌？

弃置勿重陈，委化何足惊。

【汇评】

《唐诗归》：谭云：观生诗。　钟云：亦是忧生。达甚（"昔我"二句下）。

《唐诗选脉会通评林》：非但理至，风味亦适。得句即转，转处如环之无端，落笔常作收势，居然在陶、谢之先。　唐汝询曰：

无功,隋人诗,却脱尽隋套,有乐府馀响。　　陆钿曰:王无功以《周易》、《老庄》置床头,他书罕读也,故其为诗具有道骨。

《四库全书总目》:绩为王通之弟,而志趣高雅。……其《醉乡记》为苏轼所称,然他文亦疏野有致。其诗唯《野望》一首为世传诵,然如《石竹咏》意境高古,《薛记室收过庄见寻诗二十四韵》气格遒健,皆能涤初唐俳偶板滞之习,置之开元、天宝间弗能别。

《静居绪言》:王无功旷志绝俗,隋季弃六合丞,归耕东皋,作《五斗先生传》,酿藉渚田,隐偕子光,希慕柴桑、栗里之风切矣。其《石竹》一咏,雅见本怀。

田家三首（其一）

阮籍生涯懒,嵇康意气疏。

相逢一醉饱,独坐数行书。

小池聊养鹤,闲田且牧猪。

草生元亮径,花暗子云居。

倚床看妇织,登垅课儿锄。

回头寻仙事,并是一空虚。

【汇评】

《唐诗归》:钟云:说得不酸馋,只是一真。　　谭云:真至,可以开诗家气运。

晚年叙志示翟处士

弱龄慕奇调,无事不兼修。

望气登重阁,占星上小楼。

明经思待诏,学剑觅封侯。

弃繻频北上，怀刺几西游。
中年逢丧乱，非复昔追求。
失路青门隐，藏名白社游。
风云私所爱，屠博暗为俦。
解纷曾霸越，释难颇存周。
晚岁聊长想，生涯太若浮。
归来南亩上，更坐北溪头。
古岸多磐石，春泉足细流。
东隅诚已谢，西景惧难收。
无谓退耕近，伏念已经秋。
庚桑逢处跪，陶潜见吏羞。
三晨宁举火，五月镇披裘。
自有居常乐，谁知身世忧！

春　日

前旦出园游，林华都未有。
今朝下堂来，池冰开已久。
雪被南轩梅，风催北庭柳。
遥呼灶前妾，却报机中妇。
年光恰恰来，满瓮营春酒。

在京思故园见乡人问

旅泊多年岁，老去不知回。
忽逢门前客，道发故乡来。

敛眉俱握手,破涕共衔杯。

殷勤访朋旧,屈曲问童孩。

衰宗多弟侄,若个赏池台?

旧园今在否? 新树也应栽。

柳行疏密布,茅斋宽窄裁。

经移何处竹,别种几株梅?

渠当无绝水,石计总生苔。

院果谁先熟,林花那后开?

羁心只欲问,为报不须猜。

行当驱下泽,去剪故园莱。

【汇评】

《唐诗归》:谭云:只似家书。　　又云:此句问得不同("渠当"句下)。　　钟云:此句可住("为报"句下)。

春桂问答二首

其一

问春桂:桃李正芬华。

年光随处满,何事独无花?

其二

春桂答:春华讵能久?

风霜摇落时,独秀君知不?

野　望

东皋薄暮望,徙倚欲何依?

树树皆秋色，山山唯落晖。

牧人驱犊返，猎马带禽归。

相顾无相识，长歌怀采薇。

【汇评】

《唐诗直解》：浅而不薄。

《唐诗训解》：起句即破题。"秋色"补题不足，且生结意。"落晖"应"薄暮"，且生"返"、"归"二句。

《唐诗矩》：前写野望之景，结处方露己意。三、四喻时值衰晚，此天地闭、贤人隐之象也。故末寄怀"采薇"，盖欲追踪夷、齐之意，然含蓄深深，不露线索，结法深厚。得此一结，便登唐人正果，非复陈、隋小乘禅矣。

《唐律消夏录》：此立意诗。"薄暮望"、"欲何依"，主句也。下边"秋色"、"落晖"、"牧人"、"猎马"，俱是"薄暮望"之景；"皆"字、"惟"字、"归"字，俱是"欲何依"之情。所以用"相顾"句一总顿住。末句说出自己胸襟也。　　又：此诗说"无依"情绪，直赶到第七句。若胸中稍有不干净处，便要露出。"长歌"一言，壁立万仞矣。或问此句可以为主句否，盖此句是胸中主见，不是诗中主句，所谓主中主也。

《唐诗意》：惟有隐耳。隋日式微，无功伤之而作，即诗人"北风""雨雪"意。然唐兴之兆见矣。

赠程处士

百年长扰扰，万事悉悠悠。
日光随意落，河水任情流。
礼乐囚姬旦，诗书缚孔丘。
不如高枕上，时取醉消愁。

《唐诗快》：囚缚姬、孔，大指本之蒙庄，亦旷达人恒谈耳。此不足惊才士也，然已足惊小儒矣。

《载酒园诗话又编》：摩诘曰："五帝与三王，古来称君子。干戈将揖让，毕竟何者是？"识田中尚费此一番辗转。无功直曰："礼乐囚姬旦，诗书缚孔丘。不如高枕上，时取醉消愁。"个中纤影不留矣。

过酒家五首（选三首）

其一

洛阳无大宅，长安乏主人。

黄金销未尽，只为酒家贫。

【汇评】

《唐诗分类绳尺》：绝去六朝，一毫不染。

《唐诗镜》：唐人五绝病浅，浅则一览便尽。

其二

此日长昏饮，非关养性灵。

眼看人尽醉，何忍独为醒？

【汇评】

《四溟诗话》：屈原曰："众人皆醉我独醒。"王绩曰："眼看人尽醉，何忍独为醒？"……善于翻案。

《诗薮》：王无功"眼看人尽醉，何忍独为醒"，骆宾王"昔时人已没，今日水犹寒"，初唐绝句精巧，犹是六朝馀习。

《唐诗选脉会通评林》：周敬曰：第三句慨世，第四句悯世，得托酒之旨。唐孟庄曰："何忍"二字下得缓，有不得不饮意。

《古唐诗合解》：屈原曰："众人皆醉我独醒。"此却翻案曰：不忍独醒。非苟同于俗也，盖逃于酒以避乱，而得全其身耳！此玩世不恭之词也。

其三
竹叶连糟翠，蒲萄带曲红。
相逢不令尽，别后为谁空？

夜还东溪

石苔应可践，丛枝幸易攀。
青溪归路直，乘月夜歌还。

秋夜喜遇王处士

北场芸藿罢，东皋刈黍归。
相逢秋月满，更值夜萤飞。

孔绍安

孔绍安（577—626?），越州山阴（今浙江绍兴）人。少以文词知名。入隋，与词人孙万寿笃忘年之好，时称"孙孔"。大业末，官监察御史。归唐，拜内史舍人。武德四年，官中书舍人，受诏撰《梁史》，未成而卒。有《孔绍安集》五十卷，已佚。《全唐诗》存诗七首，其中杂有在隋之作。

【汇评】

（绍安）少与兄绍兴俱以文词知名。……时有词人孙万寿，与绍安笃忘年之好，时人称为"孙孔"。（《旧唐书》本传）

侍宴咏石榴

可惜庭中树，移根逐汉臣。
只为来时晚，花开不及春。

【汇评】

《旧唐书·文苑传上》：绍安大业末为监察御史，高祖为隋讨贼河东，诏绍安监高祖之军，深见接遇。高祖受禅，绍安自洛阳间行来奔,高祖见之甚悦,拜内史舍人。……时,夏侯端亦尝为御史监高祖军,先绍安归朝,授秘书监。绍安因侍宴,应诏咏石榴,诗曰:"只为时来晚,开花不及春",时人称之。

落　叶

早秋惊落叶,飘零似客心。

翻飞未肯下,犹言惜故林。

陈子良

陈子良（575—632），吴（今江苏南部）人。隋平陈，移居长安，以教授为生。后为杨素记室。入唐，官右卫率府长史，与萧德言、庾抱同为隐太子李建成学士。贞观元年，在果州相如县令任。有《陈子良集》十卷，已佚。《全唐诗》存诗十三首，其中杂有在隋之作。

咏春雪

光映妆楼月，花承歌扇风。

欲妒梅将柳，故落早春中。

上官仪

上官仪(？—664)，字游韶，陕州陕(今河南陕县)人。贞观初举进士，召授弘文馆直学士，累迁秘书郎。太宗每属文，遣仪视草，宴集未尝不预。高宗嗣位，迁秘书少监。龙朔二年，加银青光禄大夫、西台侍郎、同东西台三品。麟德元年，坐梁王忠事下狱死。仪工五言诗，以绮错婉媚为本，时人多效之，谓为"上官体"。又总结六朝以来诗歌中对仗方法，创为"六对"、"八对"之说，对律诗形成有促进作用。有《上官仪集》三十卷，已佚。《全唐诗》存诗一卷。

【汇评】

(上官仪)本以词采自达，工于五言诗，好以绮错婉媚为本。仪既显贵，故当时颇有学其体者，时人谓之"上官体"。(《旧唐书》本传)

上官仪诗律未脱徐、庾，然孤忠大节遂与褚河南相辉映于史。(《后村诗话》)

贞观、永徽吟贤，褚亮、杨师道、李义府、许敬宗、上官仪，其最也。吉光片羽，仅传人口。仪"鹊飞山月曙，蝉噪野风秋"，音响清

越,韵度飘扬,齐梁诸子,咸当敛衽矣。(《唐音癸签》)

早春桂林殿应诏

步辇出披香,清歌临太液。
晓树流莺满,春堤芳草积。
风光翻露文,雪华上空碧。
花蝶来未已,山光暧将夕。

【汇评】

《唐诗观澜集》:"晓树流莺满,春堤芳草积",已开韦公门径。

入朝洛堤步月

脉脉广川流,驱马历长洲。
鹊飞山月曙,蝉噪野风秋。

【汇评】

《隋唐嘉话》:高宗承贞观之后,天下无事。上官侍郎仪独持国政,尝凌晨入朝,巡洛水堤,步月徐辔,咏诗云:"脉脉广川流,驱马历长洲。鹊飞山月晓,蝉噪野风秋。"音韵清亮,群公望之,犹神仙焉。

《唐音癸签》:上官仪"鹊飞山月晓,蝉噪野风秋",率尔出风致语,佳耳。张说"雁飞江月冷,猿啸野风秋",似有意学之,那得佳?欧公力拟温飞卿警联不及,亦同此。

《唐诗观澜集》:"雀飞山月曙,蝉噪野风秋",徐、庾遗响。

《唐人万首绝句选评》:景语神采,在王、裴上。写景沉着,格调亦雍容满足。

《诗境浅说续编》:此早朝途中所作。"鹊飞"、"蝉噪"二句,写洛堤晓行，风景如画，诗句复清远而有神韵。昔张文潜举昌黎、柳州五言佳句，以韩之"清雨卷归旗"一联、柳之"门掩候虫秋"一联为压卷，上官之作，可方美韩、柳矣。

卢照邻

卢照邻（约630—约680后），字昇之，自号幽忧子，幽州范阳（今河北涿县）人。贞观二十三年前后，为邓王（元祐）府典签，王爱重，比之相如。高宗总章二年，拜新都尉，因染风疾去官，处太白山中，以服药饵为事。调露年间迁居阳翟（今河南禹县）具茨山下，疾益笃，不堪其苦，遂自投颍水而死。照邻长于七言歌行，词采富艳，境界开阔，与王勃、杨炯、骆宾王齐名，并称"四杰"。有《卢照邻集》二十卷，又《幽忧子集》三卷，已佚。今《幽忧子集》七卷乃明张燮所辑。《全唐诗》编诗二卷。今人任国绪有《卢照邻集编年笺注》。

【汇评】

昇之河朔英生，盛年振藻，典签之日，即擅相如之誉，可谓彬彬学士矣。然神情流荡，早痼伤困，废居太白山中，殆欲采掇若华，曜灵驻节，竟以不堪，自沉颍水，悲夫！壮士激志，而横骨朔野；忿妻感泪，而魂逐飘蓬。若生之死，谓之何哉？生感时尚法，作《五悲文》掎摭其志。作《幽忧子》三卷，皆出词赋之上。（《唐诗品》）

七言歌行长篇须让卢、骆。怪俗极于《月蚀》，卑冗极于《津阳》，俱不足法也。（《艺苑卮言》）

卢、骆五言，骨干有馀，风致殊乏。至于排律，时自铮铮。（《诗薮》）

范阳较杨微丰，喜其领韵疏拔，时有一往任笔不拘整对之意。（《唐音癸签》）

六朝之为有唐，四杰之力也。中间唯卢昇之出入风骚，气格遒古，非三子所可及。盈川"愧在卢前"，非虚语也。（《竹林答问》）

其源出于江记室，间以奇气，振其丰采，唯贪排对，致气格不凝。夫其雅情幽怨，凄清自写，虽繁弦损调，固无泛音。《长安古意》宛转芊绵，则七言佳体不让子山，开阖往来，犹以气胜。（《三唐诗品》）

（照邻）与骆宾王、王勃、杨炯，天下称为"四杰"，而卢居首。诗有奇气，实出陈隋之上。咏史诸作高古，几窥魏晋之藩。七言长篇，颇似子山。七绝则为李、杜所宗者也。当时近体为唐律之渐，未变陈隋之遗，故其《送梓州高参军还京》、《大剑送别刘右史》等篇，其第七句每用四平四仄，迨亦四子之创也。又有连用仄仄平平仄、平平仄仄平数联者，与虞世南应制诗同一机杼，为齐梁与唐律逗变之初。（《诗学渊源》）

关山月

> 塞垣通碣石，虏障抵祁连。
> 相思在万里，明月正孤悬。
> 影移金岫北，光断玉门前。
> 寄言闺中妇，时看鸿雁天。

【汇评】

《批点唐音》：气力虽厚，颇乏神采，大抵卢诗长胜于短。

紫骝马

骝马照金鞍，转战入皋兰。
塞门风稍急，长城水正寒。
雪暗鸣珂重，山长喷玉难。
不辞横绝漠，流血几时干？

梅花落

梅岭花初发，天山雪未开。
雪处疑花满，花边似雪回。
因风入舞袖，杂粉向妆台。
匈奴几万里，春至不知来。

结客少年场行

长安重游侠，洛阳富财雄。
玉剑浮云骑，金鞭明月弓。
斗鸡过渭北，走马向关东。
孙宾遥见待，郭解暗相通。
不受千金爵，谁论万里功！
将军下天上，虏骑入云中。
烽火夜似月，兵气晓成虹。
横行徇知己，负羽远从戎。
龙旌昏朔雾，乌阵卷胡风。
追奔瀚海咽，战罢阴山空。

归来谢天子，何如马上翁？

【汇评】

《批点唐音》：不事刻削而自佳，以有典则也，学者要识得。

早度分水岭

丁年游蜀道，班冀向长安。

徒费周王粟，空弹汉吏冠。

马蹄穿欲尽，貂裘敝转寒。

层冰横九折，积石凌七盘。

重溪既下漱，峻峰亦上干。

陇头闻戍鼓，岭外咽飞湍。

瑟瑟松风急，苍苍山月团。

传语后来者，斯路诚独难。

【汇评】

《批点唐音》：工（"貂裘"句下）。

赠益府群官

一鸟自北燕，飞来向西蜀。

单栖剑门上，独舞岷山足。

昂藏多古貌，哀怨有新曲。

群凤从之游，问之何所欲？

答言寒乡子，飘飖万馀里。

不息恶木枝，不饮盗泉水。

常思稻粱遇，愿栖梧桐树。

智者不我邀，愚夫余不顾。

所以成独立，耿耿岁云暮。

日夕苦风霜，思归赴洛阳。

羽翮毛衣短，关山道路长。

明月流客思，白云迷故乡。

谁能借风便，一举凌苍苍？

【汇评】

《唐诗选脉会通评林》：周珽曰：昇之盛年振藻，有志当世。其为诗气骨锋颖豪迈，洗尽委靡之习。如"不息恶木枝，不饮盗泉水。常思稻粱遇，愿栖梧桐树"数语，足占所志矣。故此诗自伤孤洁，有世莫我知之叹。以一鸟自喻，以群凤比群官，设为问答，以抒写其意。曰"智者不我邀，愚夫予不顾"，正"单栖""独舞"处，时暮、途远、羽短，即有古貌新词、择息慎饮之节，其谁怜之？结二句不无望于荐扬者，因之一振云霄中也。

同临津纪明府孤雁

三秋违北地，万里向南翔。

河洲花稍白，关塞叶初黄。

避缴风霜劲，怀书道路长。

水流疑箭动，月照似弓伤。

横天无有阵，度海不成行。

会刷能鸣羽，还赴上林乡。

【汇评】

《批点唐音》：二句（按指"避缴"一联）好。二句（按指"水流"一联）恶。此句（按指"横天无有阵"）恶。此句（按指"度海不成行"）好。

行路难

君不见长安城北渭桥边，枯木横槎卧古田。

昔日含红复含紫，常时留雾亦留烟。

春景春风花似雪，香车玉舆恒阗咽。

若个游人不竞攀，若个娼家不来折？

娼家宝袜蛟龙帔，公子银鞍千万骑。

黄莺一一向花娇，青鸟双双将子戏。

千尺长条百尺枝，月桂星榆相蔽亏。

珊瑚叶上鸳鸯鸟，凤凰巢里雏鹓儿。

巢倾枝折凤归去，条枯叶落任风吹。

一朝零落无人问，万古摧残君讵知？

人生贵贱无终始，倏忽须臾难久恃。

谁家能驻西山日，谁家能堰东流水？

汉家陵树满秦川，行来行去尽哀怜。

自昔公卿二千石，咸拟荣华一万年。

不见朱唇将白貌，唯闻素棘与黄泉。

金貂有时换美酒，玉麈但摇莫计钱。

寄言坐客神仙署，一生一死交情处。

苍龙阙下君不来，白鹤山前我应去。

云间海上邈难期，赤心会合在何时？

但愿尧年一百万，长作巢由也不辞！

【汇评】

《载酒园诗话又编》：《行路难》尘言滚滚，何以至是！少陵曰："王杨卢骆当时体，轻薄为文哂未休。"若如此篇，亦不得专咎人轻薄。

《王闿运手批唐诗选》：繁华不久，当时习语，结怨谤无体。

长安古意

长安大道连狭斜，青牛白马七香车。
玉辇纵横过主第，金鞭络绎向侯家。
龙衔宝盖承朝日，凤吐流苏带晚霞。
百丈游丝争绕树，一群娇鸟共啼花。
啼花戏蝶千门侧，碧树银台万种色。
复道交窗作合欢，双阙连甍垂凤翼。
梁家画阁天中起，汉帝金茎云外直。
楼前相望不相知，陌上相逢讵相识！
借问吹箫向紫烟，曾经学舞度芳年。
得成比目何辞死？愿作鸳鸯不羡仙。
比目鸳鸯真可羡，双去双来君不见。
生憎帐额绣孤鸾，好取门帘帖双燕。
双燕双飞绕画梁，罗帏翠被郁金香。
片片行云著蝉鬓，纤纤初月上鸦黄。
鸦黄粉白车中出，含娇含态情非一。
妖童宝马铁连钱，娼妇盘龙金屈膝。
御史府中乌夜啼，廷尉门前雀欲栖。
隐隐朱城临玉道，遥遥翠幰没金堤。
挟弹飞鹰杜陵北，探丸借客渭桥西。
俱邀侠客芙蓉剑，共宿娼家桃李蹊。
娼家日暮紫罗裙，清歌一啭口氛氲。

北堂夜夜人如月，南陌朝朝骑似云。

南陌北堂连北里，五剧三条控三市。

弱柳青槐拂地垂，佳气红尘暗天起。

汉代金吾千骑来，翡翠屠苏鹦鹉杯。

罗襦宝带为君解，燕歌赵舞为君开。

别有豪华称将相，转日回天不相让。

意气由来排灌夫，专权判不容萧相。

专权意气本豪雄，青虬紫燕坐春风。

自言歌舞长千载，自谓骄奢凌五公。

节物风光不相待，桑田碧海须臾改。

昔时金阶白玉堂，即今唯见青松在。

寂寂寥寥扬子居，年年岁岁一床书。

独有南山桂花发，飞来飞去袭人裾。

【汇评】

《批点唐音》：此篇铺叙长安帝都繁华，宫室之美，人物之盛，极于将相而止，然而盛衰相代，唯子云安贫乐道，乃久垂令名耳。但词语浮艳，骨力较轻，所以为初唐之音也。

《唐诗直解》：语有根据，足征胸中武库。主第侯家，一篇讽刺纲领。每段转落，有蛛丝马迹之妙。"双来双去"一联，实出意表。说尽豪华，末只将数语打迭，何等手眼！读至此，热肠令人顿冷。一结大见神韵。

《诗薮》：照邻《古意》、宾王《帝京》，词藻富者故当易至，然须寻其本色乃佳。

《唐诗镜》：端丽不乏风华，当在骆宾王《帝京篇》上。

《唐诗解》：此篇对偶虽工，骨力未劲，终是六朝残沪，非初唐健笔。

《唐诗选脉会通评林》：周敬曰：通篇格局雄远，句法奇古，一结更饶神韵,盖当武后朝,淫乱骄奢,风化败坏极矣。照邻是诗一篇刺体,曲折尽情,转诵间令人起惩时痛世之想。　　周珽曰:此诗如游丝布云,袅袅万丈,不知为烟为絮。

《载酒园诗话又编》:卢之音节颇类于杨,《长安古意》一篇则杨所无。写豪狞之态,如"意气由来排灌夫",尚不足奇,"专权判不容萧相",虽萧无此事,俨然如见霍氏凌蔑车千秋,赵广汉突入丞相府召其夫人跪庭下。至摹写游冶,"北堂夜夜人如月,南陌朝朝骑似云"亦为酷肖。自寄托曰:"寂寂寥寥杨子居,年年岁岁一床书,独有南山桂花发,飞来飞去袭人裾。"不唯视《帝京篇》结语酝藉,即高达夫"有才不肯学干谒"亦逊其温柔敦厚也。

明月引

洞庭波起兮鸿雁翔,风瑟瑟兮野苍苍。

浮云卷霭,明月流光。

荆南兮赵北,碣石兮潇湘。

澄清规于万里,照离思于千行。

横桂枝于西第,绕菱花于北堂。

高楼思妇,飞盖君王,

文姬绝域,侍子他乡。

见胡鞍之似练,知汉剑之如霜。

试登高而骋目,莫不变而回肠。

释疾文三歌

其一

岁将暮兮欢不再,时已晚兮忧来多。

东郊绝此麒麟笔，西山秘此凤凰柯。

死去死去今如此，生兮生兮奈汝何！

其二

岁去忧来兮东流水，地久天长兮人共死。

明镜羞窥兮向十年，骏马停驱兮几千里。

麟兮凤兮，自古吞恨无已。

其三

茨山有薇兮颍水有漪，夷为柏兮秋有实，

叔为柳兮春向飞。

倏尔而笑，泛沧浪兮不归。

【汇评】

《旧唐书·文苑传上》：（照邻）疾转笃，徙居阳翟之具茨山，著《释疾文》、《五悲》等诵，颇有骚人之风旨，甚为文士所重。

陇头水

陇坂高无极，征人一望乡。

关河别去水，沙塞断归肠。

马系千年树，旌悬九月霜。

从来共呜咽，皆是为勤王。

【汇评】

《唐诗选脉会通评林》：周珽曰：极惨极苦，可悲可恨。结语更有无限感慨之思，含而不露。大抵卢诗长胜于短，乐府诸篇气力虽厚，颇乏神采，如《陇头水》、《君马黄》、《关山月》，律调亦凄，寓意亦远。

《闻鹤轩初盛唐近体读本》：一结浑亮，最是高调。

《近体秋阳》：末联叫呼凄警，愈令构结高壮，此法最堪寻挹。

昭君怨

合殿恩中绝，交河使渐稀。

肝肠辞玉辇，形影向金微。

汉地草应绿，胡庭沙正飞。

愿逐三秋雁，年年一度归。

文翁讲堂

锦里淹中馆，岷山稷下亭。

空梁无燕雀，古壁有丹青。

槐落犹疑市，苔深不辨铭。

良哉二千石，江汉表遗灵。

【汇评】

《批点唐音》：卢诗独此可观。

《唐诗镜》："槐落犹疑市"语有馀想。

《唐诗选脉会通评林》：周敬曰：似乎刻削，不失冲淡。　　周珽曰：首二句咏当时建立之美盛。次二句言堂虽空寂而古迹不磨。五句见遗风犹可想也，六句见世久若可慨也。结颂文翁英灵如在，令人千载可仰止也。浑厚整饬，脱六朝之纠缠，立有唐之标准，工巧者何处着手？

《闻鹤轩初盛唐近体读本》：陈德公先生曰：中联苍婉，五、六尤见刻琢。　　评：起二领醒讲堂。中四承起，写得肃穆深沉，遗灵仿佛。第三是企羡语，与"孔林不生荆棘"同旨，非若薛道衡"空梁落燕泥",但描述一种荒凉景象也。第四乃讲堂中实迹,出对称惬。结亦是总缴法。

春晚山庄率题二首（其二）

田家无四邻,独坐一园春。
莺啼非选树,鱼戏不惊纶。
山水弹琴尽,风花酌酒频。
年华已可乐,高兴复留人。

【汇评】

《唐诗归》:钟云:卢此一诗,清润可敌子安,此即其高于骆丞处。谭云:语甚有清光("独坐"句下)。又云:"尽"字好。

《唐诗解》:首联得趣。次联轻而不浮。末五字有辞病,细味始知。

《唐诗选脉会通评林》:鱼鸟忘机,山水风花得兴,总指独坐春园景趣,优游自在,宁知年华消长。"留人"乃春兴留人也。妙在"独坐"句"一园春"三字,便多满前活泼处,弹琴酌酒何如鱼鸟飞跃于天渊也!

《唐诗别裁》:清稳诗,自开后人风气。

《唐诗意》:此得其性情之正,可为正风。

西使兼送孟学士南游

地道巴陵北,天山弱水东。
相看万馀里,共倚一征蓬。
零雨悲王粲,清尊别孔融。
裴回闻夜鹤,怅望待秋鸿。

骨肉胡秦外，风尘关塞中。

唯馀剑锋在，耿耿气成虹。

【汇评】

《唐诗解》：遍读卢集，温雅俊整，此诗为冠。

《唐诗选脉会通评林》：雅调精语，无限低徊，真老作家。　　郭濬曰：敞明中眼界特高。　　陆时雍曰：严紧。

《五七言今体诗钞》：四句出于尹式而胜之（首四句下）。

《诗源辩体》：初唐五言，虽未成律，然卢照邻"地道巴陵北"、骆宾王"二庭归望断"及陈子昂"日落苍江晚"三篇，声体尽纯而气象宏远，乃排律中翘楚，盛唐诸公亦未有相匹者。

《唐诗别裁》：前人但赏其起语雄浑，须看一气承接，不平实，不板滞。后太白每有此种格法。

《闻鹤轩初盛唐近体读本》：陈德公曰：首末四韵，爽亮沉雄，中二稍为率直。四杰笔法多尔。　　入手领清西南二绪，向后抒写情景便彼此共之。南游而翻言北，西使而故曰东，造语特别。

曲池荷

浮香绕曲岸，圆影覆华池。

常恐秋风早，飘零君不知。

【汇评】

《唐诗别裁》：言外有抱才不遇、早年零落之感。

《网师园唐诗笺》：末二句，托兴蕴藉。

《唐人万首绝句选评》：鶗鴂先鸣，骚人同悲。

《诗式》：以荷之芳洁自比，荷受秋风飘零，不为人知，以喻人负异才，流落无人知也。如班婕妤句"常恐秋节至，凉飙夺炎热"

是也。

《唐人绝句精华》：此诗亦《离骚》"恐美人之迟暮"之意，言为心声，发于不觉也。

李百药

李百药(565—648),字重规,定州安平(今属河北)人,隋内史令李德林子。七岁能属文。开皇初,授太子通事舍人,兼学士,辄谢病去。召袭父爵,署礼部员外郎。炀帝即位,废还乡里。入唐,太宗即位,拜中书舍人,历礼部侍郎,太子左、右庶子,散骑常侍,宗正卿。有《李百药集》三十卷,已佚。《全唐诗》存诗一卷。

【汇评】

李长于五言,下笔无滞。(卢照邻《南阳公集序》)

李百药,德林之子,才行相继,海内名流莫不宗仰。藻思沉蔚,尤工五言。太宗常制《帝京篇》,命其和作,叹其精妙,手诏曰:"卿何身之老而才之壮,何齿之宿而意之新?"及悬车告老,怡然自得,穿地筑山,以诗酒自适,尽平生之志。(《大唐新语》)

李安平藻思沉郁,尤长五言,如"柳色迎三月,梅花隔二年",含巧于硕,才壮意新,真不虚人主品目。(《唐音癸签》)

秋晚登古城

日落征途远，怅然临古城。
颓墉寒雀集，荒堞晚乌惊。
萧森灌木上，迢递孤烟生。
霞景焕馀照，露气澄晚清。
秋风转摇落，此志安可平！

晚渡江津

寂寂江山晚，苍苍原野暮。
秋气怀易悲，长波森难溯。
索索风叶下，离离早鸿度。
丘壑列夕阴，葭菼凝寒雾。
日落亭皋远，独此怀归慕。

【汇评】

《王闿运手批唐诗选》：有远势。结亦悠然。

韦承庆

韦承庆(640—706),字延休,京兆杜陵(今陕西西安)人。武后朝宰相韦思谦子。擢进士第,官太子司议郎。高宗永隆元年,太子李贤废,承庆亦出为乌程令。后累迁凤阁舍人,掌天官选。历沂、豫、虢三州刺史。长安中,拜凤阁侍郎,同凤阁鸾台平章事。神龙元年,以附张易之流岭表。岁馀,以秘书员外少监召,迁黄门侍郎,未拜,卒。有《韦承庆集》六十卷,已佚。《全唐诗》存诗七首。

寒食应制

凤城春色晚,龙禁早晖通。
旧火收槐燧,馀寒入桂宫。
莺啼正隐叶,鸡斗始开笼。
蔼蔼瑶山满,仙歌始乐风。

【汇评】

《近体秋阳》:雅而典,"收"字健老,"入"字爽腻("旧火"二句下)。　　三字(按指"始乐风")颇怪生新,然熟味之,要自不乏意致(末句下）。

凌朝浮江旅思

天晴上初日，春水送孤舟。
山远疑无树，潮平似不流。
岸花开且落，江鸟没还浮。
羁望伤千里，长歌遣四愁。

【汇评】

《唐诗广选》：老杜有"江平不肯流"本此，然此自胜（"潮平"句下）。

《汇编唐诗十集》：去华存质，朗秀虚明。

《唐诗别裁》：三、四眼前真景，可悟画理。

《唐诗笺注》："山远"二句，眼前景无人道得，真名句也。"岸花"一联，妙在"且"字、"还"字，是孤舟闲望情致。末句跟第二句来，"春水送孤舟"，已有"愁"字在。

《网师园唐诗笺》："山远"二句，画工，化工。

南中咏雁诗

万里人南去，三春雁北飞。
不知何岁月，得与尔同归。

【汇评】

《唐诗解》：此思归不得，故羡燕之北飞，"尔"者指雁而言。《品汇》作"别弟诗"，便如嚼蜡。

《唐诗别裁》：断句以自然为宗，此种最是难到。

《诗法易简录》：言外有归期无日之感。不烦斤削，自是天籁。

《诗境浅说续编》：此作不事研炼，清空如话，弥见天真。

宗楚客

宗楚客(？—710)，字叔敖。其先南阳(今属河南)人，后移居蒲州(今山西永济)。武则天从姊子。及进士第，武后朝，累迁户部侍郎，坐赃流岭外。岁馀还，检校夏官侍郎同平章事。又自文昌左丞贬播州司马。大足四年，复以夏官侍郎同鸾台凤阁平章事，旋贬原州都督。神龙初，武三思用事，引为太仆卿。四年，复官兵部尚书、同中书门下三品。三思死，附韦庶人，迁中书令。又与侍中纪处讷共为朋党，时人呼为"宗纪"。韦氏败，被杀。楚客能诗，景龙中，为修文馆大学士，常陪游宴唱和。《全唐诗》存诗六首，断句三，均应制之作。

奉和幸安乐公主山庄应制

玉楼银榜枕严城，翠盖红旗列禁营。
日映层岩图画色，风摇杂树管弦声。
水边重阁含飞动，云里孤峰类削成。
幸睹八龙游阆苑，无劳万里访蓬瀛。

【汇评】

《唐诗观澜集》："日映""风摇"中含"幸"字。中二联看其运化之妙。

《唐诗别裁》：八句皆对，能以麖实胜人。

《网师园唐诗笺》：庄丽（"云里孤峰"句下）。

张九龄

张九龄(673—740),一名博物,字子寿,韶州曲江(今广东韶关)人。武后长安二年(702)擢进士第,又连登材堪经邦及道侔伊吕科,授左拾遗。玄宗开元十一年,累迁至中书舍人。寻出为冀州刺史,改洪州都督,转桂州都督,充岭南道按察使。召拜秘书少监,集贤院学士,副知院事,再迁中书侍郎,二十一年以本官同平章事,累封始兴县伯。因李林甫排挤,于开元二十五年贬荆州长史。卒,谥文献。九龄为开元贤相之一,其诗词采富艳,而情致深婉。有《曲江集》二十卷行世。《全唐诗》编诗三卷。

【汇评】

曲江藻思翩翩,体裁疏秀,深综古意,通于远调,上追汉魏而下开盛唐,虽风神稍劣而词旨冲融,其源盖出于古之平调曲也。自馀诸子,驰志高雅,则峭径挺出,游泳时波,则蘼芜莫剪,安能少望其风哉?近体诸作,绮密闲澹,复持格力,可谓备其众美。虽与初唐作者骈肩而出,更后诸名家,亦皆丈人行也。而况节义相先,称古之遗直者耶!(《唐诗品》)

张曲江五言以兴寄为主,而结体简贵,选言清冷,如玉磬含风,

晶盘盛露，故当于尘外置赏。(《唐音癸签》)

曲江长律，鸣鸾佩琼，万象咳吐，与明皇诗赓歌倡答，如律吕之相应，可谓一德一心。(《唐诗观澜集》)

唐初五言古渐趋于律，风格未遒，陈正字起衰而诗品始正，张曲江继续而诗品乃醇。(《唐诗别裁》)

九龄守正嫉邪，以道匡弼，称开元贤相，而文章高雅，亦不在燕、许诸人下。《新唐书·文艺传》载徐坚之言，谓其文如轻缣素练，实济时用，而窘边幅。今观其《感遇》诸作，神味超轶，可与陈子昂方驾；文笔宏博典实，有垂绅正笏气象，亦具见大雅之遗。坚局于当时风气，以富艳求之，不足以为定论。(《四库全书总目》)

曲江公委婉深秀，远出燕、许诸公之上，阮、陈而后，实推一人，不得以初唐论。(《石洲诗话》)

张曲江襟情高迈，有遗世独立之意，《感遇》诸诗，与子昂称岱、华矣。(《读雪山房唐诗序例》)

张曲江以风雅之道，兴寄为上，故一篇一咏，莫非兴寄，此意是矣。然僻者为之，则又入于空泛，捕风捉影，似是而非。夫六义，风雅颂赋比兴兼之，奈何独主风与兴二端乎？大约天下义理及古今载籍文字，惟变所适，无所不备，但用各有当耳。不能观其会通而偏提一端，即为病痛。知味者鲜，所以末流多歧也。(《昭昧詹言》)

赤堇氏云：读张曲江诗，要在字句外追其神味。又云：曲江诗如蜘蛛之放游丝，一气倾吐，随风卷舒，自然成态。初视之，若绝不经营；再三读之，仍若绝不经营。天工言化，其庶几乎？(《白华山人诗说》)

其源出于鲍明远、江文通，次叙连章，见铺排之迹。《感遇》诸篇，犹为高调，情词芬恻，清亮音多，骨格未及拾遗，每以丰条伤干。至如汉上游女，遥褵古馨，清江白云，蔚发明秀，哀梨爽口，不必与橄榄同功，若斯之类，亦其独至也。(《三唐诗品》)

晨坐斋中偶而成咏

寒露洁秋空，遥山纷在瞩。

孤顶乍修耸，微云复相续。

人兹赏地偏，鸟亦爱林旭。

结念凭幽远，抚躬愒羁束。

仰霄谢逸翰，临路嗟疲足。

徂岁方晼携，归心亟踯躅。

休闲傥有素，岂负南山曲。

【汇评】

《网师园唐诗笺》：起势振拔（首四句下）。

杂诗五首（选二首）

其一

孤桐亦胡为？百尺傍无枝。

疏阴不自覆，修干欲何施？

高冈地复迥，弱植风屡吹。

凡鸟已相噪，凤凰安得知？

【汇评】

《昭昧詹言》：收句言贤者在下。

《王闿运手批唐诗选》：学刘公幹。

其三

良辰不可遇，心赏更蹉跎。

终日块然坐，有时劳者歌。

庭前揽芳蕙,江上托微波。

路远无能达,忧情空复多。

【汇评】

《昭昧詹言》:不遇将空怀抱,言之不信。

感遇十二首（选六首）

其一

兰叶春葳蕤,桂华秋皎洁。

欣欣此生意,自尔为佳节。

谁知林栖者,闻风坐相悦。

草木有本心,何求美人折!

【汇评】

《唐诗归》:钟云:平平至理,非透悟不能写出。　谭云:冰铁老人见透世故,乃有此感。

《唐诗选脉会通评林》:周敬曰:曲江公诗雅正沉郁,言多造道,体含风骚,五古直追汉魏深厚处。

《唐诗绪笺》:诗欲气高而不怒,怒则失于风流,此诗气高而不怒。

《唐风定》:透骨语出之和平。

《昭昧詹言》:言物各有时,人能识此意,则安命乐天。兴而比,收所谓"运命唯所遇"。

其四

孤鸿海上来,池潢不敢顾。

侧见双翠鸟,巢在三珠树。

矫矫珍木巅,得无金丸惧。

美服患人指,高明逼神恶。

今我游冥冥,弋者何所慕?

【汇评】

《批点唐音》:微露气骨。

《唐诗训解》:君子恬退,自与处位者异。

《唐诗镜》:气格棱棱,初唐绝色。

《唐诗评选》:"矫矫"下六句皆代鸿言。"美服"二句反赋作比。层折虽多,终不赘下论断语。诗惟能净,斯以入化。

《唐诗选脉会通评林》:唐汝询曰:筋骨虽露,典重可法。　　杨慎曰:佳处与子昂敌。

《昭昧詹言》:比而赋。

其七

江南有丹橘,经冬犹绿林。

岂伊地气暖,自有岁寒心。

可以荐嘉客,奈何阻重深。

运命唯所遇,循环不可寻。

徒言树桃李,此木岂无阴?

【汇评】

《唐诗归》:钟云:感慨蕴藉,妙于立言。　　谭云:就小物说大道理,古人往往如此。　　钟云:言外不尽(末句下)。

《昭昧詹言》:本屈子、鲍照。

其九

抱影吟中夜,谁闻此叹息?

美人适异方,庭树含幽色。

白云愁不见,沧海飞无翼。

凤凰一朝来，竹花斯可食。

【汇评】

《唐诗归》：钟云：拟《古诗十九首》若如此作，便妙合无痕；陆机诸人那得有此？

《唐诗选脉会通评林》：周珽曰：思沉湛而调清和，正始之音。　　程元初曰：思君不见，唯愿朝廷有道，来贤人以致治，忠爱无已之情也。

《昭昧詹言》：收二句，黄、农之思。

其十

汉上有游女，求思安可得？
袖中一札书，欲寄双飞翼。
冥冥愁不见，耿耿徒缄忆。
紫兰秀空蹊，皓露夺幽色。
馨香岁欲晚，感叹情何极！
白云在南山，日暮长太息。

【汇评】

《唐诗选脉会通评林》：周珽曰：名言深识，微参世变，不仅作长鲸怒鲵观。

《唐诗评选》：一气但在情上托笔，翔折不离。俗笔为之，必于“汉上有游女”下作数句妆点。题是《感遇》，以此诗为思君者大妄，不能令俗眼述其所云，不可作古诗，尤不可作《感遇》诗。

《网师园唐诗笺》：有不能惄然归隐意。

《昭昧詹言》：“冥冥愁不见”句，申言前旨，不见而将老死。

其十一

我有异乡忆，宛在云溶溶。

凭此目不觌，要之心所钟。

但欲附高鸟，安敢攀飞龙！

至精无感遇，悲惋填心胸。

归来扣寂寞，人愿天岂从？

【汇评】

《唐诗归》：谭云：安卑语正合风雅（"安敢"句下）。　钟云：子昂诗"幽居观元化"等，意皆藏"扣寂寞"三字中。　谭云："扣寂"与"憩寂"皆妙，一以内，一以外（"归来"句下）。

《唐诗评选》：古无其微至，唐无其和婉。

《昭昧詹言》：收句终然思之。

【总评】

《唐诗品汇》：高廷礼曰：神龙以还，品格渐高，颇通远调。前论沈、宋比肩，后称燕、许手笔，又如薛少保之《郊陕篇》、张曲江公《感遇》等作，雅正冲澹，体合风骚，骎骎乎盛唐矣。

《批选唐诗》：托兴婉切，旷达可风。

《唐诗归》：《感遇》诗，正字气运蕴含，曲江精神秀出；正字深奇，曲江淹密，皆出前人之上。盖五言古诗之本原，唐人先用全力付之，而诸体从此分焉。彼谓"唐无五言古诗而有其古诗"，本之则无，不知更以何者而看唐人诸体也。

《汇编唐诗十集》：筋骨虽露，典重可法。

《唐诗选脉会通评林》：周珽曰：曲江《感遇》诸诗，言言历落，字字玄微，《十九首》之后无此陆离精致。

《唐风定》：透骨语出之和平。

《诗筏》：张曲江《感遇》，则语语本色，绝无门面矣，而一种孤劲秀澹之致，对之令人意消。

《唐诗别裁》：《感遇》诗，正字古奥，曲江蕴藉，本原同出嗣宗，而精神面目各别，所以千古。

折杨柳

纤纤折杨柳，持此寄情人。

一枝何足贵？怜是故园春。

迟景那能久？芳菲不及新。

更愁征戍客，容鬓老边尘。

晚霁登王六东阁

试上江楼望，初逢山雨晴。

连空青嶂合，向晚白云生。

彼美要殊观，萧条见远情。

情来不可极，日暮水流清。

【汇评】

《近体秋阳》：中四句迢递放旷，飒沓生情。七句虽独跟一"情"字，而两联兴味，却尽入此。五言中绝不觉有偏承独顶之累，此亦终唐之世所仅见者也。

初发道中寄远

日夜乡山远，秋风复此时。

旧闻胡马思，今听楚猿悲。

念别朝昏苦，怀归岁月迟。

壮图空不息，常恐发如丝。

【汇评】

《瀛奎律髓》：雅淡有味。

《瀛奎律髓汇评》：纪昀：此在当时为雅昧，在后世辗转相摹，已为习调。但当学其气韵，不可复袭其意思。读盛唐诗，须知此理，方不坠入空腔。　　许印芳：此论甚精，明七子学盛唐而成为伪体，正坐不知此理耳。　　查慎行：七、八两句，曲江风度可想。　　纪昀：首句按题，次句又进一步，三句旁托一笔，四句合到本位。措词生动，变尽从前排解矣。

初入湘中有喜

征鞍穷郓路，归棹入湘流。

望鸟唯贪疾，闻猿亦罢愁。

两边枫作岸，数处橘为洲。

却记从来意，翻疑梦里游。

【汇评】

《瀛奎律髓》：此以还乡渐近为喜。

《唐律消夏录》：盖追想前日别家之愁，以形容今日归家之喜也。不但写"喜"字得神，连前日"愁"字神理亦夹写出来，此等笔力，殊难臆度。

《唐诗成法》：前半写行人将次到家一段快活情景，后半翻说枫岸橘洲，昔日曾从此过，何得竟如梦里。

《闻鹤轩初盛唐近体读本》：陈德公先生曰：是喜得归意况。三、四有鼓舞之致。五、六省力逸句，又以直注结语不住也。结气缘此亦得厚足。　　评：笔笔驰骤，一气折旋，轻浅中却饶森旺，与"寒瘦"家相去何啻莛楹！　　杨芝三曰：起二得初入情绪。

《瀛奎律髓汇评》：纪昀曰：此无佳处。

耒阳溪夜行

乘夕棹归舟,缘源路转幽。
月明看岭树,风静听溪流。
岚气船间入,霜华衣上浮。
猿声虽此夜,不是别家愁。

【汇评】

《唐诗分类绳尺》:赋景清幽。

赴使泷峡

溪路日幽深,寒空入两嵚。
霜清百丈水,风落万重林。
夕鸟联归翼,秋猿断去心。
别离多远思,况乃岁方阴。

【汇评】

《近体秋阳》:"归翼"以鸟言,"去心"以人言,六字工巧天然,至令人不觉主客对待之累,"联"字更奇俊("风落"一联下)。 末联虽总顶前六句,而情实紧跟颈联,言不能比归翼于夕鸟,徒伤去心于秋猿,借猿鸟实相摅去归虚情,收结警急矫举。

湖口望庐山瀑布泉

万丈洪泉落,迢迢半紫氛。
奔飞流杂树,洒落出重云。
日照虹霓似,天清风雨闻。

灵山多秀色，空水共氤氲。

【汇评】

《唐诗广选》：直欲逼真（"奔飞"句下）。

《唐诗归》：钟云："似"字幻甚、真甚（"日照"句下）。　　　钟云：惟望瀑布，故"闻"字用得妙。若观瀑，则境近矣。又何必说"闻"字。　　　谭云：瀑布诗此是绝唱矣。进此一想，则有可知不可言之妙。（"天清"句下）。

《唐诗选脉会通评林》：蒋一梅曰：摹揣最肖物。　　　周珽曰：结"空水"二字更奇，令人另豁眼缝。

《唐诗成法》：太白"秋风吹不断，江月照还明"，自是仙笔，全无痕迹。曲江"天清"句雄浑，又"共氤氲"三字传神。若"一条界破青山色"，虽未能免俗，东坡云"不为徐凝洗恶诗"不亦过乎？

《闻鹤轩初盛唐近体读本》：陈德公先生曰：通首生动有气势，结松率，然不忍刊。　　　评："洪"一作"红"，可与"紫"字相映。然庐山瀑布作"洪"，乃当从"万丈"生，"迢迢"字从"洪"字生，"紫"字取假对亦得。"似""闻"二字俱峭，"奔飞""洒落"亦乃排纵。

《唐诗近体》：清思健笔，足与太白相敌。

春江晚景

江林多秀发，云日复相鲜。

征路那逢此？春心益渺然。

兴来只自得，佳气莫能传。

薄暮津亭下，馀花满客船。

【汇评】

《唐诗笺注》：写景只在首二句，三、四却用虚笔。征行逢此，自觉春思渺然,赏心自得,莫可言传,只写情而景在其中。落句再补写春江景色,而渺然意自见。

旅宿淮阳亭口号

日暮荒亭上,悠悠旅思多。
故乡临桂水,今夜渺星河。
暗草霜华发,空亭雁影过。
兴来谁与晤? 劳者自为歌。

【汇评】

《唐诗解》:三、四走马对。五句秀于六句。

《唐诗镜》:气格独饶。

《唐诗选脉会通评林》:吴山民曰:通篇清秀,诵之悠然。　　郭濬曰:三、四流水较弱,"暗草"句妙。　　徐充曰:末联"谁"字、"自"字自相呼唤。周珽曰:因羁旅淮阴,自伤寡匹,有序有情,气爽调宛,与孙逖《淮阴夜宿》诗相似。

望月怀远

海上生明月,天涯共此时。
情人怨遥夜,竟夕起相思。
灭烛怜光满,披衣觉露滋。
不堪盈手赠,还寝梦佳期。

【汇评】

《增定评注唐诗正声》:郭云:清浑不著,又不佻薄,较杜审言《望月》更有馀味。

《唐诗镜》:起结圆满,五、六语有姿态,八为踯躅彷徨。

《唐诗归》：钟云：虚者难于厚，此及上作（按指《初发曲江溪中》）得之，浑是一片元气，莫作清松看。

《唐诗选脉会通评林》：通篇全以骨力胜，即"灭烛"、"光满"四字，正尽月之神。用一"怜"字，便含下结意，可思不可言。

《唐诗成法》："共"字逗起情人，"怨"字逗起相思。五、六亦是人月合写，而"怜"、"觉"、"滋"、"满"大有痕迹。七、八仍是说月，说相思，不能超脱，不过捱次说出而已，较射洪、必简去天渊矣。

《唐诗笺注》：首二句领得妙。"情人"一联，先就远人怀念言之，少陵"今夜鄜州月"诗同此笔墨。

《闻鹤轩唐诗读本》：陈德公先生曰：五、六生凄，极是作意。结意尤为婉曲。三、四一意递下，又复紧承起二情绪。落句更与三、四相映。

《五七言今体诗钞》：是五律中《离骚》。

秋夕望月

清迥江城月，流光万里同。
所思如梦里，相望在庭中。
皎洁青苔露，萧条黄叶风。
含情不得语，频使桂华空。

【汇评】

《汇编唐诗十集》：前篇（按指《望月怀远》）幽，此篇响，并望月妙作。

《唐律消夏录》：结语稍浅，然亦再深不得矣。此诗止就此间摹写，又有如许景象。可见诗无定局，亦无常法，止要想得进去，说得出来，则局法无不随之也。

《闻鹤轩唐诗读本》：陈德公先生曰：第六极有生气，通首亦是迥章。　　评：轻幽别趣，曲江本色。此及上章骤阅似觉淡率，顾笔流韵致，咀味不穷，此乃清迥家所长。三、四对而不对，妙在言外。

咏　燕

海燕何微眇，乘春亦暂来。

岂知泥滓贱？只见玉堂开。

绣户时双入，华轩日几回。

无心与物竞，鹰隼莫相猜。

【汇评】

《明皇杂录》：（李林甫）屡陈九龄颇怀诽谤。于时方秋，帝命高力士持白羽扇以赐，将寄意焉。九龄惶恐，因作赋以献，又为《归燕》诗以贻林甫。……林甫览之，知其必退，恚怒稍解。

《本事诗》：张曲江与李林甫同列，玄宗以文字精识深器之，林甫嫉之若仇。曲江度其巧谲，虑终不免，为《海燕》诗以致意，……亦终退斥。

《唐诗分类绳尺》：通篇沉重，结语忠恕。竟用免衬，可谓善赋矣。

《唐诗绪笺》：张曲江尝语人曰：学者常想胸次吞云梦，笔头涌若耶溪，量既并包，文亦浩瀚。今观其诗信然。

《石园诗话》：《咏燕》云：“无心与物竞，鹰隼莫相猜。”审用舍，明进退，是何等怀抱，何等识力！彼“良金美玉，无施不可”（张说评李峤语）者，未知有此种议论否？

庭梅咏

芳意何能早？孤荣亦自危。

更怜花蒂弱，不受岁寒移。

朝雪那相妒，阴风已屡吹。

馨香虽尚尔，飘荡复谁知！

【汇评】

《瀛奎律髓》：详味诗思，盖为李林甫所陷，先罢相，又坐举周子谅为御史，贬荆州长史。此荆州诗也。

《唐诗归》：钟云：难于不作情态。　　谭云：梅诗如此，无声无臭矣。"雪满山中高士卧，月明林下美人来"，肤不可言。

《唐律消夏录》：二诗想系曲江罢相后作。其慨世嗟生、忧谗畏讥之念，见于言表。既不诡随以求免，又不讦直以撄患，生平学问得力处，亦自然露出。

《载酒园诗话》：余观此诗，字字危栗，起结皆自占地步，正是寄托之词。亦犹《咏燕》，特稍深耳。若只作梅花诗看，更谓梅花诗必当如此作，岂惟作者之意河汉，诗道亦隔万重！

初秋忆金均两弟

江渚秋风至，他乡离别心。

孤云愁自远，一叶感何深！

忧喜尝同域，飞鸣忽异林。

青山西北望，堪作白头吟。

【汇评】

《唐诗归》：钟云："一叶"字如此用，觉寥落。

《历代诗发》：字字沉郁。

奉和圣制早发三乡山行

羽卫森森西向秦，山川历历在清晨。

晴云稍卷寒岩树,宿雨能销御路尘。

圣德由来合天道,灵符即此应时巡。

遗贤一一皆羁致,犹欲高深访隐沦。

【汇评】

《唐诗归》:钟云:妙语清出,在七言律尤难。　　景在"稍"字,轻而有力。谭云:应制诗孤高不得,即作冠冕语,亦非如此不可。

《贯华堂选批唐才子诗》:看他写山川,只用"历历"二字;看他写山川历历,只用"在清晨"三字。唐初人应制诗,从来人人骂其板重,又岂悟其有如是之俊爽耶?

《唐诗观澜集》:"晴云"、"宿雨"承"清晨"来写"早";"寒岩"、"御路"承"山川"来写"发",大家心细乃尔,气体尤极浑。

《唐诗笺注》:描写情景皆是轻轻着笔,秀媚异常,非可几而及也。五、六句一低一昂,赞颂有体,不落色相。七、八句一顿一宕,规讽自然,不露痕迹,亦是轻轻着笔,秀媚异常,非可几而及也。

奉和圣制早渡蒲津关

魏武中流处,轩皇问道回。

长堤春树发,高掌曙云开。

龙负王舟渡,人占仙气来。

河津会日月,天仗役风雷。

东顾重关尽,西驰万国陪。

还闻股肱郡,元首咏"康哉"。

【汇评】

《批点唐诗正声》:气象混谔,典重奇怪,无不兼有。

《唐诗直解》:典重矣,又能清拔,可睹此公风度。经语作结,终有饲钉气。

《诗薮》：初唐沈、宋外，苏、李诸子，未见大篇。独曲江诸作，含清拔于绮绘之中，寓神俊于庄严之内，如《度蒲关》、《登太行》、《和许给事》、《酬赵侍御》等作，同时燕、许称大手，皆莫及也。

《唐诗训解》：五、六句与前三、四句竞爽而较典。

《而庵说唐诗》：玄宗圣制从"关"字起，此作以"津"字起，绝不于题面上琐琐。　　唐贤作十二句排律诗，中间四句闲闲对仗。子寿此作，中四句何等气力，使前后二解愈加精彩。可见中四句最为得力。……请以人譬之：起是头，合是足，承是左手，转是右手，中四句是腹心。腹心无疾，则面目荣泽，四肢强健。

《唐诗观澜集》："河津会日月，天仗役风雷"，健笔凌云。

《网师园唐诗笺》：新警（"龙负"二句下）。

《闻鹤轩初盛唐近体读本》：陈德公曰：音格警亮，三、四、七、八皆足称名句。　　评：三、四警亮，七、八雄伟，结尤典切，巧不伤雅。

奉和圣制送尚书燕国公赴朔方

宗臣事有征，庙算在休兵。
天与三台座，人当万里城。
朔南方偃革，河右暂扬旌。
宠锡从仙禁，光华出汉京。
山川勤远略，原隰轸皇情。
为奏薰琴唱，仍题宝剑名。
闻风六郡伏，计日五戎平。
山甫归应疾，留侯功复成。
歌钟旋可望，衽席岂难行！

四牡何时入？吾君忆履声。

【汇评】

《唐诗直解》：起得台阁气象。同时明皇、罗从愿、张嘉贞俱有诗，无此沉着。篇中"休兵"字，最有深意。一结雍容。

《唐诗训解》：立意迥异，不以战胜为功，老臣忠君虑远之意溢于言表。

《唐诗镜》：三、四典雅玮丽，五、六"朔南"后惜不警。　　排律贵在严整，初唐惟沈、宋为佳，九龄以流利行之，便为损格。

《唐诗选脉会通评林》：唐汝询曰：何等台阁气！"轸皇情"三字下得好。"闻风六郡伏"勇健胜下句。结用事如此方好。

《唐诗观澜集》：无一字无下落，精金百炼，绕指成柔。

《网师园唐诗笺》：得体，庄重（首四句下）。

《闻鹤轩初盛唐近体读本》：陈德公曰：平调中有警语，在此家便为工琢。"原隰"句引起下四语是章法处。

酬赵二侍御使西军赠两省旧僚之作

> 石室先鸣者，金门待制同。
> 操刀尝愿割，持斧竟称雄。
> 应敌兵初起，缘边虏欲空。
> 使车经陇月，征旆绕河风。
> 忽枉兼金讯，非徒秣马功。
> 气清蒲海曲，声满柏台中。
> 顾己尘华省，欣君震远戎。
> 明时独匪报，尝欲退微躬。

【汇评】

《唐诗广选》：《选》诗多用此二字（"顾己"句下）。

《唐诗直解》：中数联用意亦浑。

《诗薮》：初唐沈、宋外，苏、李诸子，未见大篇。独曲江诸作，含清拔于绮绘之中，寓神俊于庄严之内，如《度蒲关》、《登太行》、《和许给事》、《酬赵侍御》等作，同时燕、许称大手，皆莫及也。

《唐诗训解》：转折走对，势如轻舟顺风，快哉！

《唐诗选脉会通评林》：陆时雍曰：体气遒紧。　　唐汝询曰：用事化境，用意沉着，"使车"已下三联字字雄浑。　　吴澄之曰：句句顾题，末寓自讼意。　　汪道昆曰：气格调畅，自然真实作手。　　周珽曰：高华极矣，却无一字落"闾阎"、"衣冠"习气，初唐妙品。

《闻鹤轩初盛唐近体读本》："气清"二句夹咏工秀。"顾己"字是曲江体。

同綦毋学士月夜闻雁

栖宿岂无意？飞飞更远寻。
长途未及半，中夜有遗音。
月思关山笛，风号流水琴。
空声两相应，幽感一何深！
避缴归南浦，离群叫北林。
联翩俱不定，怜尔越乡心。

【汇评】

《郐庵重订李于鳞唐诗选》：黄尔调曰：咏物诗必胸中实有一段至理深情，触景生怜，闻声知感，方有关切，此诗可法。

《唐诗归》：钟云：亦不用实，字字凄切，字字深远，老杜咏物诸作，得此法之妙。　　又云：深情妙理，触物为言。　　谭云：先说得有知了，妙妙（首句下）。　　钟云："未及半"三字凄甚。　　谭云：真是哀澹。　　钟云："俱不定"，"俱"字带人在内。同病相怜也,才说得有情(末二句下)。

郡内闲斋

郡阁昼常掩,庭芜日复滋。

檐风落鸟羽,窗叶挂虫丝。

拙病宦情少,羁闲秋气悲。

理人无异绩,为郡但经时。

唯有江湖意,沉冥空在兹。

【汇评】

《唐诗品汇》:刘须溪云:高爽沉着而句句婉美,韦苏州可得此风味。

《唐诗归》:钟云:清而不轻。

《唐风怀》:孙月峰:大约以冲淡胜,然须得次联点注,乃不寂寥。次联法亦自薛玄卿"蛛网"、"燕泥"句来。

《瀛奎律髓汇评》:纪昀:此诗谐婉。　　陆贻典:曲江诗远过左司,名亦在韦上。　　许印芳:律体而含古意,风格自高,惟联数畸零,不可为式。

西江夜行

遥夜人何在? 澄潭月里行。

悠悠天宇旷,切切故乡情。

外物寂无扰,中流澹自清。

念归林叶换,愁坐露华生。

犹有汀洲鹤,宵分乍一鸣。

《唐诗归》：钟云：清深。　　钟云：静思（"念归"句下）。

南还湘水言怀

拙宦今何有？劳歌念不成。

十年乖凤志，一别悔前行。

归去田园老，倘来轩冕轻。

江间稻正熟，林里桂初荣。

鱼意思在藻，鹿心怀食苹。

时哉苟不达，取乐遂吾情。

【汇评】

《瀛奎律髓》：似韦苏州。

《瀛奎律髓汇评》：纪昀：此诗犹带初体。

赋得自君之出矣

自君之出矣，不复理残机。

思君如满月，夜夜减清辉。

【汇评】

《唐诗归》：钟云：此题古今作者，毕竟此首第一。

《诗筏》："满"字、"减"字纤而无痕，殊近乐府。

《诗法易简录》：题本六朝，而特出巧思，亦得《子夜》诸曲之妙。若直言稍减容光，便平直少味，借满月以写之，新颖绝伦，其思路之巧，全在一"满"字。

照镜见白发

宿昔青云志，蹉跎白发年。

谁知明镜里，形影自相怜！

【汇评】

《增定评注唐诗正声》：周云："谁知"二字，无限哀感。

《唐诗广选》：下字自活。

《唐诗训解》：子寿以直道黜，故云然。

杨　炯

> 　　杨炯(650—?)，华阴(今属陕西)人。幼聪敏，高宗显庆四年
> (659)举神童，年仅十岁。上元三年制举及第，补校书郎。永淳元年
> 为太子李哲府詹事司直，迁崇文馆学士。武后光宅元年，坐堂弟神让
> 参与徐敬业讨武则天事，贬梓州司法参军。天授元年，秩满，选任盈
> 川(今浙江衢县附近)令。卒官。杨炯擅长五言律诗，工致而得明澹
> 之旨，与王勃、卢照邻、骆宾王齐名，并称"四杰"。有《盈川集》三十
> 卷，已佚。今《杨盈川集》十卷乃明童珮所辑。《全唐诗》编诗一卷。

【汇评】

　　杨生神明内颖，卓起少年，词华秀朗，为时令慕，与子安之徒并
称杰子，芝含三秀，凤耀四灵，岂不蔚然观美哉！其诗三十卷，不尽
传，今传二卷。五言律体，长于他作。炯尝自言："吾愧在卢前，耻
居王后。"子安词赋翩翩，波翻云写，杨生好欺人，故有此语。文士
信己，岂非珍其敝帚，自谓千金者哉！(《唐诗品》)

　　(炯)五言律工致而得明澹之旨，沈、宋肩偕。开元诸人去其纤
丽，盖启之也。诸作差次之。(张逊业《杨炯集序》)

　　盈川近体，虽神俊输王，而整肃浑雄，究其体裁，实为正始。然

长歌遂尔绝响。（《诗薮》）

盈川视王微加澄汰，清骨明姿，居然大雅。（《唐音癸签》）

五言自汉魏流至陈隋，日益趋下，至武德、贞观，尚沿其流，永徽以后，王、杨、卢、骆则承其流而渐进矣。四子才力既大，风气复还，故虽律体未成，绮靡未革，而中多雄伟之语，唐人之气象风格始见。……然析而论之，王与卢、骆绮靡者尚多，杨篇什虽寡，而绮靡者少，短篇则尽成律矣。炯尝曰："吾愧在卢前，耻居王后。"他日，崔融与张说评勃等曰："勃文章宏放，非常人所及，炯、照邻可以企之。"说曰："不然，盈川文如悬河，酌之不竭，优于卢而不减王。耻居后，信然；愧在前，谦也。"意炯当时必多长篇大什，而零落至此，惜哉！（《诗源辩体》）

古章残佚，不见本原，唯《西陵》一首，苍健立干，有任、范之体。律诗工对，其源盖出阴铿。才气无前，自谓"耻居王后"，第藻浮于质，时有衰音。（《三唐诗品》）

（炯）所为诗雄奇奔放，文质兼备，虽未逮卢之古雅、骆之蕴藉，以较子安，实为胜之。"卢前""王后"，宜彼不为屈也。（《诗学渊源》）

巫　峡

三峡七百里，唯言巫峡长。
重岩窅不极，叠嶂凌苍苍。
绝壁横天险，莓苔烂锦章。
入夜分明见，无风波浪狂。
忠信吾所蹈，泛舟亦何伤！
可以涉砥柱，可以浮吕梁。
美人今何在？灵芝徒有芳。
山空夜猿啸，征客泪沾裳。

从军行

烽火照西京，心中自不平。

牙璋辞凤阙，铁骑绕龙城。

雪暗凋旗画，风多杂鼓声。

宁为百夫长，胜作一书生。

【汇评】

《唐诗广选》：蒋仲舒曰：三、四实而不拙，五、六虚而不浮。

《唐诗镜》：浑厚，字几铢两悉称。首尾圆满，殆无馀憾。

《唐诗评选》：裁乐府作律，以自意起止，泯合入化。

《载酒园诗话又编》：杨盈川诗不能高，气殊苍厚。"宁为百夫长，胜作一书生"，是愤语，激而成壮。

《唐诗意》：此诗有《秦风·无衣》意。

《闻鹤轩初盛唐近体读本》：语丽音鸿，允矣，唐初之杰。 三、四着色，初唐本分。五、六较有作手，而音亦仍亮。一结放笔岸然，是大家。

《唐诗成法》：一、二总起，三、四从大处写其宠赫，五、六从小处写其热闹，方逼出"宁为"、"胜作"事。起陡健，结亦宜尔，但结句浅直耳。

刘　生

卿家本六郡，年长入三秦。

白璧酬知己，黄金谢主人。

剑锋生赤电，马足起红尘。

日暮歌钟发，喧喧动四邻。

《批点唐音》:(次联)自然达理。　　二句(按指"剑锋"一联)浅,三字(按指"起红尘")尤浅。

《唐诗选脉会通评林》:中四句极雄健,极奇艳。第"起红尘"三字觉浅。　　蒋一葵曰:任侠豪放是本色。

《闻鹤轩初盛唐近体读本》:通首丽而警,是"四杰"正声。结兴生旺,尤足振起馀韵,叠"喧喧"字生动。　　凡结有二法,或总缴,或另意,此另出一意法也。

骢　马

骢马铁连钱,长安侠少年。

帝畿平若水,官路直如弦。

夜玉妆车轴,秋金铸马鞭。

风霜但自保,穷达任皇天。

【汇评】

《唐诗矩》:尾联见意格。　　人马双起,不用虚字,法老。

《王闿运手批唐诗选》:靠字面生色。

梅花落

窗外一株梅,寒花五出开。

影随朝日远,香逐便风来。

泣对铜钩障,愁看玉镜台。

行人断消息,春恨几裴回。

折杨柳

边地遥无极,征人去不还。
秋容凋翠羽,别泪损红颜。
望断流星驿,心驰明月关。
薰砧何处在?杨柳自堪攀。

紫骝马

侠客重周游,金鞭控紫骝。
蛇弓白羽箭,鹤辔赤茸鞦。
发迹来南海,长鸣向北州。
匈奴今未灭,画地取封侯。

【汇评】

《批点唐音》:此(按指前四句)六朝遗韵,辁砌少气格,后四句
迥异矣。

《唐诗选脉会通评林》:周珽曰:亦是怀才思奋之意,机神
玄超。

送临津房少府

歧路三秋别,江津万里长。
烟霞驻征盖,弦奏促飞觞。
阶树含斜日,池风泛早凉。
赠言未终竟,流涕忽沾裳。

《批点唐音》：(起联)气宽。(二联)是六朝。(三联)点化好。

《唐诗选脉会通评林》：所别日长，所居地远，两句已尽离情矣。三、四见去，盖虽或暂停，而饯酒终莫迟留也。五、六即送别之景，赠言终未能竟者，因呜咽深重故也。结尽交情之至。

《闻鹤轩初盛唐近体读本》：陈德公先生曰：五、六"含"、"泛"字法最婉善，遂成佳句。一结语浅情深，已复弥永。　　对起已是稳括，三、四眼前情景，无限缠绵。　　童子范曰：五、六曰含、风泛，着"斜"、"早"字于内，更有意致。

送刘校书从军

天将下三宫，星门召五戎。

坐谋资庙略，飞檄佇文雄。

赤土流星剑，乌号明月弓。

秋阴生蜀道，杀气绕湟中。

风雨何年别？琴尊此日同。

离亭不可望，沟水自西东。

【汇评】

《邹庵重订李于鳞唐诗选》：篇法典雅。

《唐诗直解》：杨炯排律诗，已存温厚，为盛唐立极，但未开阔耳。

《唐诗训解》：收句宽缓。

《唐诗镜》：初唐排律最佳，语语凑泊。　　首四语一起一接，可谓壮甚。"杀气绕湟中"，语带俚气。

《唐诗选脉会通评林》：周敬曰：庄雅雄整，摆脱陈隋多矣。　　蒋一葵曰：次联是校书从军，字字工切。

夜送赵纵

赵氏连城璧，由来天下传。
送君还旧府，明月满前川。

【汇评】

《唐诗解》：借璧喻其才，结完璧归矣。幽境可求。

《唐诗镜》：末句人景双映。

《唐诗选脉会通评林》：蒋一葵曰：因姓故用赵事。

《郐庵重订李于鳞唐诗选》：完璧归矣，幽境可乐。　　疏淡。

《诗辩坻》：初唐四子，人知其才绮有馀，故自不乏神韵。若盈川《夜送赵纵》，第三句一语完题，前后俱用虚境。

宋之问

宋之问（656？—712），一名少连，字延清，虢州弘农（今河南灵宝）人。高宗上元二年（675）进士，授洛州参军，累转尚方监丞，左奉宸内供奉。倾附张易之兄弟，易之败，左迁泷州参军。未几遇赦归，起为鸿胪主簿。中宗景龙中，再转考功员外郎，知景龙二年贡举。寻转越州长史。睿宗即位，贬钦州。玄宗先天初，赐死于桂州。之问以文词知名，工五言律诗，声律精切，与沈佺期齐名，并称"沈宋"。有《宋之问集》十卷，已佚。今《宋学士集》九卷乃明张燮所辑。《全唐诗》编诗三卷。

【汇评】

唐兴，学官大振，历世之久，能者互出。而又沈、宋之流，研练精切，稳顺声势，谓之为律诗。由是而后，文体之变极焉。（元稹《故工部员外郎杜君墓系铭》）

魏建安后迄江左，诗律屡变。至沈约、庾信以音韵相婉附，属对精密。及之问、沈佺期又加靡丽，回忌声病，约句准篇，如锦绣成文。学者宗之，号为"沈宋"。（《新唐书·文艺传》）

语曰："苏李居前，沈宋比肩。"谓唐诗变体，始自二公，犹汉人

五言诗始自苏武、李陵也。(《唐才子传》)

宋之问,唐律诗之祖,诗未尝不佳,……字字细密。(《瀛奎律髓》)

六朝之末,衰飒甚矣,然其偶俪颇切,音响稍谐。一变而雄,遂为唐始;再加整栗,便成沈、宋。人知沈、宋律家正宗,不知其权舆于三谢,橐籥于陈隋也。(《艺苑卮言》)

沈詹事七言律,高华胜于宋员外。宋虽微少,亦见一斑,歌行觉自陟健。(《诗薮》)

沈七言律,高华胜宋;宋五言排律,精硕过沈。(同上)

沈、宋本自并驱,然沈视宋稍偏枯,宋视沈较缜密。沈制作亦不如宋之繁富。沈排律工者不过三数篇,宋则遍集中无不工者,且篇篇平正典重,赡丽精严,初学入门,所当熟习。右丞韵度过之,而典重不如;少陵闳大有加,而精严略逊。(同上)

延清排律,如《登粤王台》、《虚氏村》、《禹穴》、《韶州》、《清远峡》、《法华寺》等篇,叙状景物,皆极天下之工。且繁而不乱,绮而不冗,可与谢灵运游览诸作并驰,古今排律绝唱也。(同上)

萧亭答:七言律诗,五言八句之变也,唐初始专此体。沈、宋精巧相尚,然六朝馀气犹存。(《师友诗传录》)

宋古诗多佳,真苦收之不尽。律诗扈从、应制诸篇,实亦不能高出于沈;山水丽情,则沈犹竹生云梦,宋则伶伦子吹之作凤鸣矣。(《载酒园诗话又编》)

其源出于谢玄晖、沈休文。五言长篇蔚密,短篇明秀,高凌宣远,卑拟韩卿。七言短章,独开蹊径,玩词已尽,而寻味方永,实文坛之独帜,韵府之高言。《明河》发咏,为西昆之体所师意焉。应制律词,特饶风韵,后唯钱起足以方之。(《三唐诗品》)

之问诗文情并茂,虽取法齐梁,而古调犹未尽泯。自杜审言下逮蒋挺辈,并入近体,唯杂曲作齐梁耳。(《诗学渊源》)

初到陆浑山庄

授衣感穷节,策马凌伊阙。

归齐逸人趣,日觉秋琴闲。

寒露衰北阜,夕阳破东山。

浩歌步岑樾,栖鸟随我还。

【汇评】

《汇编唐诗十集》:唐云:几似摩诘,别在"衰"、"破"二字。

《唐诗归》:谭云:末二语直沈、宋中陶诗也。　　钟云:深厚诗若无此等语,便枯滞无情语。

夜饮东亭

春泉鸣大壑,皓月吐层岑。

岑壑景色佳,慰我远游心。

暗芳足幽气,惊栖多众音。

高兴南山曲,长谣横素琴。

【汇评】

《唐诗归》:钟云:静极。　　谭云:诗中有用一音静者,有用众音静者,其妙难言("惊栖"句下)。

《唐诗评选》:仅四十字而波折甚大,回合甚曲,深心静力,亦不知世有陈子昂也。

别之望后独宿蓝田山庄

鹡鸰有旧曲,调苦不成歌。

自叹兄弟少，常嗟离别多。

尔寻北京路，予卧南山阿。

泉晚更幽咽，云秋尚嵯峨。

药栏听蝉噪，书幌见禽过。

愁至愿甘寝，其如乡梦何？

【汇评】

《唐诗归》：钟云：客中作乡梦得家书，虽出无奈，亦是自遣一端。此则欲寝而畏乡梦，深一层矣。与老杜"反畏消息来"同一苦想。至"近乡情更怯"，又深一层。

《历代诗发》：离别情况，愈写愈深。

浣纱篇赠陆上人

越女颜如花，越王闻浣纱。

国微不自宠，献作吴宫娃。

山薮半潜匿，芒萝更蒙遮。

一行霸句践，再笑倾夫差。

艳色夺人目，敫嗽亦相夸。

一朝还旧都，靓妆寻若耶。

鸟惊入松网，鱼畏沉荷花。

始觉冶容妄，方悟群心邪。

钦子秉幽意，世人共称嗟。

愿言托君怀，倘类蓬生麻。

家住雷门曲，高阁凌飞霞。

淋漓翠羽帐，旖旎采云车。

春风艳楚舞，秋月缠胡笳。

自昔专娇爱，袭玩唯矜奢。

达本知空寂，弃彼犹泥沙。

永割偏执性，自长薰修芽。

携妾不障道，来止妾西家。

【汇评】

《唐诗归》：钟云：《浣纱篇赠陆上人》，题便妙矣。忽说出一段禅理，了无牵合，直是胸中圆透，拈着便是。　　谭云：将美色点化上人，是从来祖师好法门。大悟头，消人钝根。　　钟云：才说上赠上人话头，然只此二语已妙矣（"方悟"句下）。　　钟云："袭玩"二字写尽儿女之情。　　谭云：五字（按指末句）有但吃肉边菜意。钟云：正是食火吞针手段。自"钦子"以下皆作浣纱女归依口气，上人身分尽高矣，此映带之妙。

《唐诗选脉会通评林》：周启琦曰：悟足，故精华自生；识到，故枝叶自扫。从禅理摸出色空妙语，识力斩新，历六朝几人能着此眼，几人能下此手？

初至崖口

崖口众山断，嶔崟耸天壁。

气冲落日红，影入春潭碧。

锦缋织苔藓，丹青画松石。

水禽泛容与，岩花飞的皪。

微路从此深，我来限于役。

惆怅情未已，群峰暗将夕。

【汇评】

《唐诗归》：钟云：五字妙甚，且转得有力。谭云：予尝于南都钟楼西北寻径，每觉此而不能书，读之快然（"微路"句下）。

《唐诗评选》：密好成章，一结尤有留势。唐人古诗每用"我来"字转，如铁铸衣，摆动捣人，唯此暗带不觉。

《王闿运手批唐诗选》：作不尽语，居然有不尽意，此唐人独擅技。

洞庭湖

地尽天水合，朝及洞庭湖。

初日当中涌，莫辨东西隅。

晶耀目何在，滢荧心欲无。

灵光晏海若，游气耿天吴。

张乐轩皇至，征苗夏禹徂。

楚臣悲落叶，尧女泣苍梧。

野积九江润，山通五岳图。

风恬鱼自跃，云夕雁相呼。

独此临泛漾，浩将人代殊。

永言洗氛浊，卒岁为清娱。

要使功成退，徒劳越大夫。

【汇评】

《唐诗归》：谭云：舟中好眼！钟云：与"汉广不分天"同意，然"地尽"二字深于"汉广"矣。妙在不说出"广"字（"地尽"句下）。　　谭云：目境奇幻，心境奇幻，从来洞庭诗，只为心目说得有着落，故失之耳。钟云："心欲无"三字尤写尽浩渺（"晶耀"二句下）。　　钟云：六句敷衍可厌（"灵光"六句下）。　　谭云："云夕"妙。　　谭云：可住（"浩将"句下）。

见南山夕阳召监师不至

夕阳黯晴碧，山翠互明灭。

此中意无限,要与开士说。

徒郁仲举思,讵回道林辙!

孤兴欲待谁? 待此湖上月。

【汇评】

《唐诗归》:钟云:南山夕阳有何意,有何可说? 恐开士至亦竟无意无说矣。此中微甚、微甚。　　谭云:二句深蓄而荡漾("此中"二句下)。　　谭云:监师不至,自在言表矣,妙妙。无端又说向湖上月,与夕阳何干,妙甚(末句下)。

《唐诗快》:总在可解不可解之间,正当以不解解之。

寒食还陆浑别业

洛阳城里花如雪,陆浑山中今始发。

旦别河桥杨柳风,夕卧伊川桃李月。

伊川桃李正芳新,寒食山中酒复春。

野老不知尧舜力,酣歌一曲太平人。

【汇评】

《唐诗解》:此山居燕饮之诗。言城中花落如雪,而此地始开者,山深故耳。于是别河桥而归卧伊川,则桃李含英,春酒方熟,熙游圣化之中,酣饮而歌《击壤》之曲。非太平何以能此? 其开元致治之时乎!

《唐诗选脉会通评林》:此篇语意转折,亦唐初七古佳调。　　唐陈彝曰:次两句趣极。　　唐孟庄曰:"春"字说酒好,末二句辞则佳矣,时恐未然。

至端州驿见杜五审言沈三佺期
阎五朝隐王二无竞题壁慨然成咏

逐臣北地承严谴，谓到南中每相见。

岂意南中岐路多，千山万水分乡县。

云摇雨散各翻飞，海阔天长音信稀。

处处山川同瘴疠，自怜能得几人归！

【汇评】

《唐诗广选》：直如面谈。　　亦何尝刻意为工！

《唐诗直解》：情苦语直，真正高情。

《唐诗训解》：此诗语意三转而哀益深，可为趋时附势者之戒。

《汇编唐诗十集》：唐云：此如五盘岭，愈转愈深，一字一泪。

《唐诗评选》：此与沈佺期《遥同杜审言过岭》诗，神迹有何不相肖？初唐人于七言不昧宗旨，无复以歌行、近体为别，大历以降，画地为牢，有近体而无七言。

明河篇

八月凉风天气晶，万里无云河汉明。

昏见南楼清且浅，晓落西山纵复横。

洛阳城阙天中起，长河夜夜千门里。

复道连甍共蔽亏，画堂琼户特相宜。

云母帐前初泛滥，水精帘外转逶迤。

倬彼昭回如练白，复出东城接南陌。

南陌征人去不归，谁家今夜捣寒衣？

鸳鸯机上疏萤度，乌鹊桥边一雁飞。

雁飞萤度愁难歇，坐见明河渐微没。

已能舒卷任浮云，不惜光辉让流月。

明河可望不可亲，愿得乘槎一问津。

更将织女支机石，还访成都卖卜人。

【汇评】

《本事诗》：宋考功，天后朝求为北门学士，不许。作《明河篇》以见其意。末云："明河可望不可亲，愿得乘槎一问津。更将织女支机石，还访成都卖卜人。"则天见其诗，谓崔融曰："吾非不知之问有才调，但以其有口过。"盖以之问患齿疾，口常臭故也。之问终身惭愤。

《唐诗广选》：委婉流丽，亦初唐杰作。　　"已能舒卷任浮云，不惜光辉让流月"，不惟高情，亦是妙理。

《载酒园诗话又编》：《龙门应制》，宋生平最得意之时也。《明河篇》，极沮丧之事也。《明河》事丑耳，诗固佳。《龙门》流利畅达而已，意态层折大不如。

《此木轩论诗汇编》：不可逐句求此意。

《网师园唐诗笺》：运用题中典故作结，令人神远。

龙门应制

宿雨霁氛埃，流云度城阙。

河堤柳新翠，苑树花先发。

洛阳花柳此时浓，山水楼台映几重。

群公拂雾朝翔凤，天子乘春幸凿龙。

凿龙近出王城外，羽从琳琅拥轩盖。

云罕才临御水桥，天衣已入香山会。

山壁嶙岩断复连，清流澄澈俯伊川。

雁塔遥遥绿波上，星龛奕奕翠微边。

层峦旧长千寻木，远壑初飞百丈泉。

采仗霓旌绕香阁，下辇登高望河洛。

东城宫阙拟昭回，南陌沟塍殊绮错。

林下天香七宝台，山中春酒万年杯。

微风一起祥花落，仙乐初鸣瑞鸟来。

鸟来花落纷无已，称觞献寿烟霞里。

歌舞淹留景欲斜，石关犹驻五云车。

鸟旗翼翼留芳草，龙骑骎骎映晚花。

千乘万骑銮舆出，水静山空严警跸。

郊外喧喧引看人，倾都南望属车尘。

嚣声引飏闻黄道，佳气周回入紫宸。

先王定鼎山河固，宝命乘周万物新。

吾皇不事瑶池乐，时雨来观农扈春。

【汇评】

《隋唐嘉话》：武后游龙门，命群官赋诗，先成者赐以锦袍。左史东方虬既拜赐，坐未安，宋之问诗复成，文理兼美，左右莫不称善，乃就夺锦袍衣之。

《唐风怀》：南邨曰：清华蕴藉，洵是杰作。　　写境清深窈窕。

《唐诗观澜集》：逐层衔接，段落分明，其布词设彩亦极工稳匀称，初唐体格音节如此。

《网师园唐诗笺》：清词丽句，诗人之赋（"林下天香"四句下）。　　归重"观农"，立言得体（末二句下）。

下山歌

下嵩山兮多所思，携佳人兮步迟迟。

松间明月长如此，君再游兮复何时！

【汇评】

《邻庵重订李于鳞唐诗选》：黄尔调曰：短简中气自长，神自旺，意自足。

《唐诗归》：钟云：要知五言古至六句，七言古至四句、五句、六句、七句，促不得，薄不得，开散不得，须是全副元气付之。

《唐诗直解》：末两语道尽，妙，妙。

嵩山天门歌

登天门兮坐盘石之磷砌，

前泓泓兮未半，下漠漠兮无垠。

纷窈窕兮岩倚披以鹏翅，洞胶葛兮峰棱层以龙鳞。

松移岫转，左变而右易；

风生云起，出鬼而入神。

吾亦不知其灵怪如此，愿游杳冥兮见羽人。

重曰：天门兮穹崇，回合兮攒丛。

松万接兮柱日，石千寻兮倚空。

晚阴兮足风，夕阳兮艳红。

试一望兮夺魄，况众妙之无穷。

【汇评】

《唐诗归》：谭云：怪调须有妙想，尤须有真气。　　钟云：又须有至理。　　钟云：鬼工。谭云：句法倒下，奥玄。钟云："鹏翅"、"龙鳞"形容岩峰不奇，奇在用二"以"字，不可思议（"纷窈窕兮"二句下）。　　钟云："万接"字真甚、奇甚（"松万接"句下）。　　钟云："众妙无穷"四字，理语以状山水，非冥契山水人不知其解。山水何尝无理！

《唐诗解》：楚骚正调。

《唐诗选脉会通评林》：周珽曰：《下山歌》短简中气自长、神自旺、意自足，《天门歌》奇瑰中骨清爽、想灵幻、调疏越，真吞丹山之石，饰玄鸟之衣，忽吐而为鹦鹉赋，忽变而为啼鹃曲。

奉和立春日侍宴内出剪彩花应制

金阁妆新杏，琼筵弄绮梅。
人间都未识，天上忽先开。
蝶绕香丝住，峰怜艳粉回。
今年春色早，应为剪刀催。

【汇评】

《瀛奎律髓》：律诗至宋之问，一变而精密无隙矣。此诗流丽，与太白应制无以异也。

《唐律消夏录》：读应制诗须细看其次第、浅深、开阖、顿跌之法。

《唐诗观澜集》："金阁妆新杏，琼筵弄绮梅。人间都未识，天上忽先开"，言语妙天下。　　"春色早"三字觉通首笔墨皆化烟云，羚羊挂角如是如是。

《闻鹤轩初盛唐近体读本》：陈德公先生曰：三、四白话隽爽，五、六描刻尖而雅。"住"、"回"二字有力，结复情绝，是沈、宋擅场得意之笔。　　一结总承，妙在明明道破而又不嫌尽。　　胡宸诏曰：意极尖出而语仍质朴，是最高手笔。

《瀛奎律髓汇评》：冯舒：此之谓盛唐，较太白为秾厚。　　查慎行："装"、"弄"二字，与结处"剪刀"二字脉络相贯。　　纪昀：不及太白之自然。　　题本细巧，诗不得不以刻划点缀为工，虽初唐巨手亦不能行以浑朴。

扈从登封途中作

帐殿郁崔嵬，仙游实壮哉！

晓云连幕卷，夜火杂星回。

谷暗千旗出，山鸣万乘来。

扈从良可赋，终乏掞天才。

【汇评】

《增定评注唐诗正声》：郭云：阔大亦复温厚。"山鸣"暗用嵩呼语，妙。

《邾庵重订李于鳞唐诗选》：壮丽之极，所谓即事即景。

《唐诗分类绳尺》：气象冠冕。

《唐诗选脉会通评林》：周珽曰：气格高华，抒写之外别有隐秀。

《五七言今体诗钞》：沉雄之作，落句未免意尽。

《唐诗意》：形容千乘万骑之侈，晓出夜回之久，而无一毫及于民事，可作唐之变小雅。

《闻鹤轩初盛唐近体读本》：起结平调，三、四苍，五、六亮，俱见老手。　　"暗"、"鸣"作假对，"暗"字生"出"字，"鸣"字生"来"字，一丝不苟。　　虞安世曰：三、四云卷、火回，写晓景，看"连幕""杂星"字，便乃增致。

缑山庙

王子宾仙去，飘飘笙鹤飞。

徒闻沧海变，不见白云归。

天路何其远，人间此会稀。

空歌日云暮,霜月渐微微。

【汇评】

《唐诗分类绳尺》:古调远意,刊落色相。

《唐诗选脉会通评林》:周敬曰:通篇清雅流亮,善于志慨。　郭濬曰:就手为出,无甚深想。

《唐律消夏录》:王子晋一段事迹,千古求仙者艳羡。此诗首二句亦若实有其事者,以下渐渐说得恍惚渺茫,唱叹之间,使人自悟。　〔增〕朝廷之上,自有子晋后身雅游地。此时心头恐未能暂忘,何《缑山庙》一诗又写得如此清真旷远,岂悔悟之心萌于此耶?果尔,此诗千古,宜其无愧。

《唐诗成法》:诗之气味甚闲雅。

陆浑山庄

归来物外情,负杖阅岩耕。
源水看花入,幽林采药行。
野人相问姓,山鸟自呼名。
去去独吾乐,无然愧此生。

【汇评】

《汇编唐诗十集》:唐云:通篇幽寂,似物外矣。独一"愧"字,露出本相。

《唐诗评选》:晴光晓色,良自澹远,何用捉襟攒眉为?

《唐诗笺注》:通首写物外景,极其清幽。"去去"二句结到归来意。

《唐诗意》:闲情如此,不失正风。

《网师园唐诗笺》:"野人"二句,风趺云上。

送杜审言

卧病人事绝，嗟君万里行。
河桥不相送，江树远含情。
别路追孙楚，维舟吊屈平。
可惜龙泉剑，流落在丰城。

【汇评】

《批选唐诗》：含情无言，言所不及。

《唐诗镜》：三、四简炼精深，有意不尽言之妙。

《唐诗归》：钟云：与"垂死病中惊坐起，暗风吹雨入寒窗"深厚多少？所送之人不同，自然生情，且不亲送，又多生出一番情。

《网师园唐诗笺》：末二句淡永。

《诗境浅说续编》：病中不能送客，无以表意，而托诸江树，正见其情之无极。

汉江宴别

汉广不分天，舟移杳若仙。
秋虹映晚日，江鹤弄晴烟。
积水浮冠盖，遥风逐管弦。
嬉游不可极，留恨此山川。

【汇评】

《唐诗归》谭云：三字（按指"不分天"）耳，说尽汉江。　　钟云：恨得有情。谭云：厚道正论而发之以苦调。厚在"留"字，苦在"此"字（末句下）。

《唐诗评选》：重响不犯粗豪，笔锋之下，一留一回，乃以居胜。

宋诗大有直重而尽者,几与张燕公同为老笔,不登艺圃。

《近体秋阳》:"不可极"者,非自为裁制也,言欲极之而不可得也。兴情有馀而事会不足,乃反遗山川之恨哉! 奇绝,险绝,趣绝。

泛镜湖南溪

乘兴入幽栖,舟行日向低。
岩花候冬发,谷鸟作春啼。
沓嶂开天小,丛篁夹路迷。
犹闻可怜处,更在若邪溪。

【汇评】

《唐诗归》钟云:二语书异不觉("岩花"二句下)。　　谭云:此公善用"天小"字。　　钟云:尤妙在"天小"上,又加一"开"字("沓嶂"句下)。　　谭云:淡艳不穷(末句下)。

《唐诗评选》:深稳。结语与"不愁明月尽,自有夜珠来"一致。此作通首圆切,故去彼留此。

《唐律消夏录》:起句说"乘兴",则题前似有一首诗在。结句说"犹闻"、"更在",则题后似有一首诗在。然"可怜处"三字,便可当一首若耶溪诗读也。

途中寒食题黄梅临江驿寄崔融

马上逢寒食,愁中属暮春。
可怜江浦望,不见洛阳人。
北极怀明主,南溟作逐臣。
故园肠断处,日夜柳条新。

【汇评】

《唐诗归》：钟云：首二语各一意，浑然不觉。　　谭云：此诗可谓平极矣，何尝不动奇眼？

《唐诗选脉会通评林》：此诗淡雅中有奇气，看他次联与结语，何等感悲动人！

《唐律消夏录》：三、四直是拙笔，如云："可怜燕市望，不见虎丘人"，岂不可笑？其妙却在上二句，所谓点铁成金手。盖三、四句是铁，而上句之"逢"字、"属"字，为点金之丹也。

《闻鹤轩初盛唐近体读本》：起四流便，承以五六稳质之句，方不轻薄。结亦凄婉可人，足成完构。　　五、六白话恰是整老，结乃紧承之耳。　　胡宸诏曰：三、四意流语对，凄其欲绝；五、六亦是分承。

《唐宋诗举要》：缠绵悱恻。

题大庾岭北驿

阳月南飞雁，传闻至此回。
我行殊未已，何日复归来？
江静潮初落，林昏瘴不开。
明朝望乡处，应见陇头梅。

【汇评】

《唐风定》：凄咽欲绝。

《五七言今体诗钞》：沉亮凄婉。

《唐诗三百首》：四句一气旋折，神味无穷（首四句下）。

度大庾岭

度岭方辞国，停轺一望家。

魂随南翥鸟,泪尽北枝花。

山雨初含霁,江云欲变霞。

但令归有日,不敢恨长沙。

【汇评】

《唐诗归》:钟云:恨在"不敢"二字。

《闻鹤轩初盛唐近体读本》:三、四沉痛,情至之音,不关典色。第六亦是异句。结怨而不怒,得诗人温厚之旨。　　陈度远曰:辞苦思深,不堪多读。"雨含霁"、"云变霞"写景已别,着"初"、"欲"二字更极作致。

《唐宋诗举要》:吴曰:情景交融,杜公常用此法("泪尽"句下)。　　吴曰:深曲(末句下)。

登粤王台

江上粤王台,登高望几回。

南溟天外合,北户日边开。

地湿烟尝起,山晴雨半来。

冬花采卢橘,夏果摘杨梅。

迹类虞翻枉,人非贾谊才。

归心不可见,白发重相催。

【汇评】

《唐诗镜》:对仗极整,亦复语语担当。

《闻鹤轩初盛唐近体读本》:陈德公曰:三、四是《吴都赋》语,原相对出。"山晴雨半来",眼前语,恰能道出。七、八作意,在着"冬"、"夏"字。　　评:"南溟"下六句承第二开出,徘徊眺望,触目感怀,遂生末四句,章法次序,井井有条。

奉和晦日幸昆明池应制

春豫灵池会，沧波帐殿开。

舟凌石鲸度，槎拂斗牛回。

节晦蓂全落，春迟柳暗催。

象溟看浴景，烧劫辨沉灰。

镐饮周文乐，汾歌汉武才。

不愁明月尽，自有夜珠来。

【汇评】

《唐诗纪事》：中宗正月晦日幸昆明池赋诗，群臣应制百馀篇。帐殿前结采楼，命昭容选一首为新翻御制曲。从臣悉集其下，须臾纸落如飞，各认其名而怀之。既进，唯沈、宋二诗不下。又移时，一纸飞坠，竞取而观，乃沈诗也。及闻其评曰：二诗工力悉敌。沈诗落句云："微臣衰朽质，羞睹豫章材。"盖词气已竭。宋诗云："不愁明月尽，自有夜珠来。"犹陟健举。沈乃伏，不敢复争。

《瀛奎律髓》：用"春"字、"豫"字便好。"节晦蓂全落"，见得是正月三十日。急着"春迟柳暗催"一句，足其意。池象溟海而观浴日，既已壮丽，又引胡僧劫灰事为偶，则尤精切，可谓极天下之工矣。"镐饮"、"汾歌"一联，王禹玉袭为《上元应制诗》，殊不知之问已先用矣。尾句尤佳。"不愁明月尽"，谓晦日则无月也。池中自有大蚌明月之珠，如近世罾社湖珠现是也。妙甚。

《唐诗广选》：僧皎然曰：此诗家射雕手，使曹、刘降格，未知孰胜。　　王元美曰：此题沈、宋二作，中间警联无一字不称。特沈末是累句中累句，宋结是佳句中佳句。　　梅禹金曰：皇甫汸云："此诗结句，惟李诗'只愁歌舞罢，化作彩云飞'足以相似。"予谓宋意含而远，李意扬而竭，终当宋胜。

《唐诗直解》：起句用"春豫"字便好，后用事精切，影题思巧。

《唐诗镜》：三、四语气响湛。"象溟"二语擅扬，不及沈佺期"双星"二语色象尤胜。

《唐诗选脉会通评林》：此诗经昭容评后，遂为千秋绝调。然非天挺才华，神情焉得焕发萃美如此，即延清亦不自知其工也。

《唐诗观澜集》：严整精确，无懈可击。结尤神采，固当制胜。

《网师园唐诗笺》：从"晦日"翻进，巧映昆明（尾联下）。

《闻鹤轩初盛唐近体读本》：评：三、四警动，五、六生隽，七、八亦关栽琢，九、十平平一叙，结韵振发，"健举"非诬。

《唐诗近体》：严整中老气无敌。

早发始兴江口至虚氏村作

候晓逾闽峤，乘春望越台。

宿云鹏际落，残月蚌中开。

薜荔摇青气，桄榔翳碧苔。

桂香多露裛，石响细泉回。

抱叶玄猿啸，衔花翡翠来。

南中虽可悦，北思日悠哉！

鬒发俄成素，丹心已作灰。

何当首归路，行剪故园莱？

【汇评】

《瀛奎律髓》：之问此篇，"宿云"、"残月"一联前无古人，他佳句尤多。

《增定评注唐诗正声》：顾云：三、四奇绝，语能到此乃具眼。

《唐诗广选》：胡元瑞曰："宿云"一联与"一叶兼萤度，红云带雁来。劲风吹雪聚，渴鸟啄冰开"皆奇绝。能别此，乃具眼。

《唐诗直解》：下笔宛转不滞，流丽亦细净。

《唐诗选》：收来似散不散。

《唐诗选脉会通评林》：意况浑厚，调度秀洁，自是排律当家。　　蒋一葵曰："南中"一联，似散不散收来。

《初白庵诗评》：语巧而不觉其纤，所以为初唐（"宿云"句下）。

《瀛奎律髓汇评》：纪昀：第四句言月光斜长一线，如珠光之闪于蚌中耳。此一联故为奇语，已开雕琢风气。　　冯舒：第三句奇妙。第二联高古奇秀，老杜所无。　　无名氏：出笔纯乎《骚》、《雅》之气，迥异凡流。

发藤州

朝夕苦逴征，孤魂长自惊。

泛舟依雁渚，投馆听猿鸣。

石发缘溪蔓，林衣扫地轻。

云峰刻不似，苔藓画难成。

露裛千花气，泉和万籁声。

攀幽红处歇，跻险绿中行。

恋切芝兰砌，悲缠松柏茔。

丹心江北死，白发岭南生。

魑魅天边国，穷愁海上城。

劳歌意无限，今日为谁明？

【汇评】

《唐诗镜》："石发"二语有微韵，以所取名象亦佳。

《汇编唐诗十集》：唐云：于鳞选考功《始兴江》，与此作相似。但此以幽细，彼以深雄，中间秀句亦足相敌，而《始兴》体裁胜之。二选未易偏废。

《唐诗评选》：前一大段景语，绝不似怨，乃可以怨。"暗风吹雨入船凉"，其奈江山风月何？独尔褊碍！

灵隐寺

鹫岭郁岧峣，龙宫锁寂寥。
楼观沧海日，门对浙江潮。
桂子月中落，天香云外飘。
扪萝登塔远，刳木取泉遥。
霜薄花更发，冰轻叶未凋。
夙龄尚遐异，搜对涤烦嚣。
待入天台路，看余度石桥。

【汇评】

《本事诗》：宋考功以事累贬黜，后放还，至江南。游灵隐寺，夜月极明，长廊吟行，且为诗曰："鹫岭郁岧峣，龙宫隐寂寥。"第二联搜奇思，终不如意。有老僧点长明灯，坐大禅床，问曰："少年夜夕久不寐，而吟讽甚苦，何耶？"之问答曰："弟子业诗，适偶欲题此寺，而兴思不属。"僧曰："试吟上联。"即吟与之。再三吟讽，因曰："何不云'楼观沧海日，门听浙江潮'？"之问愕然，讶其遒丽，又续终篇曰："桂子月中落，天香云外飘。扪萝登塔远，刳木取泉遥。霜薄花更发，冰轻叶未凋。……待入天台路，看余度石桥。"僧所赠句，乃为一篇之警策。迟明更访之，则不复见矣。寺僧有知者曰："此骆宾王也。"之问诘之，曰："当敬业之败，与宾王俱逃，捕之不获。将帅虑失大魁，得不测罪，时死者数万人，因求戮类二人者，函首以献。后虽知不死，不敢捕送，故敬业得为衡山僧，年九十馀，乃卒。宾王亦落发，遍游名山，至灵隐，以周岁卒。当时虽败，且以匡复为名，故人多护脱之。"

《唐诗归》：钟云："霜薄"字妙。　　"夙龄"二语似古诗，入律觉妙。

《唐风定》：宏丽巍峨，初唐之杰，不必辨为骆、为宋。

渡汉江

岭外音书断，经冬复历春。

近乡情更怯，不敢问来人。

【汇评】

《唐诗归》：钟云：实历苦境，皆以反说，意又深一层。

《增订唐诗摘钞》："怯"字写得真情出。

《诗法易简录》："不敢问来人"，以反笔写出苦况。

《唐人万首绝句选评》：贬客归家心事，写得逼真的绝。

《岘佣说诗》：五绝中能言情，与嘉州"马上相逢无纸笔"同妙。

新年作

乡心新岁切，天畔独潸然。

老至居人下，春归在客先。

岭猿同旦暮，江柳共风烟。

已似长沙傅，从今又几年！

【汇评】

《碛砂唐诗》：涪曰：苏、李居前，沈、宋比肩，即如此篇，工力悉敌，自是不可及。

《瀛奎律髓》：三、四费无限思索乃得之，否则有感而自得。

《瀛奎律髓汇评》：纪昀：三、四乃初唐之晚唐，似从薛道衡《人日思归》诗化出。三、四二句，渐以心思相胜，非复从前堆垛之习

矣。妙于巧密而浑成，故为大雅。　　许印芳：三、四细炼，初唐
无此巧密。

和赵员外桂阳桥遇佳人

江雨朝飞浥细尘，阳桥花柳不胜春。
金鞍白马来从赵，玉面红妆本姓秦。
妒女犹怜镜中发，侍儿堪感路傍人。
荡舟为乐非吾事，自叹空闺梦寐频。

【汇评】

《唐诗归》：钟云：初唐七言律自有此风流一派，拘儒不知。

《唐七律选》：不直写佳人而仅写傍观者，以未亲见也。然其
及侍儿尤刻画，言侍者尚尔矣（"侍儿"句下）。

《唐诗合选详解》：赵二安曰：此题若落俗手，便满纸都是粉白
黛绿、目断魂销等语，不堪寓目矣，先生则用脱胎换骨之法。首联
先就桂阳桥点染一番，说得清绝，亦复丽绝。

《诗式》：落句从遇佳人旁面结，仍寓感叹之神。此诗前半描
写，后半寄托。［品］惋丽。

崔　湜

　　崔湜(671—713)，字澄澜，定州安喜(今河北定县)人。弱冠登进士第，累擢左补阙，预修《三教珠英》。附武三思，中宗神龙初，自考功员外郎骤迁中书舍人。又附上官昭容，景龙二年自兵部侍郎拜吏部侍郎，寻转中书侍郎、同平章事。坐赃贬襄州刺史。未几，入为尚书左丞。韦后临朝，复同中书门下三品。睿宗立，出为华州刺史，俄拜太子詹事。私附太平公主，复为相，官至中书令。玄宗立，流岭表，以曾预逆谋，赐死荆州驿中。《全唐诗》存诗三十八首。

【汇评】

　　(湜)与弟液、澄、从兄淮并以文翰居要官。……湜执政时，年三十八，尝暮出端门，缓辔讽诗。张说见之，叹曰："文与位固可致，其年不可及也。"(《新唐书·崔仁师传附崔湜传》)

　　初唐应制，千口一声，唯崔澄澜力自振拔，与崔、李较，文翎锦翰中，一抟霄翩也。(《载酒园诗话又编》)

塞垣行

疾风卷溟海，万里扬砂砾。
仰望不见天，昏昏竟朝夕。
是时军两进，东拒复西敌。
蔽山张旗鼓，间道潜锋镝。
精骑突晓围，奇兵袭暗壁。
十月边塞寒，四山泭阴积。
雨雪雁南飞，风尘景西迫。
昔我事讨论，未尝怠经籍。
一朝弃笔砚，十年操矛戟。
岂要黄河誓，须勒燕然石。
可嗟牧羊臣，海上久为客。

冀北春望

回首览燕赵，春生两河间。
旷然万里馀，际海不见山。
雨歇青林润，烟空绿野闲。
问乡何处所，目送白云还。

【汇评】

《网师园唐诗笺》：悠然。

婕妤怨

不分君恩断，新妆视镜中。

容华尚春日,娇爱已秋风。

枕席临窗晓,帷屏向月空。

年年后庭树,荣落在深宫。

【汇评】

《唐诗归》:钟云:"视"字有意。"已"字感甚。结似开而切。

《历代诗发》:如泣如诉。

《唐诗矩》:起二联紧紧呼应。"容华尚春日,娇爱已秋风",所谓美女不敝席也,爱憎倚仗之间,读之使人生感。咏婕妤未有不用团扇事者,此只以"秋风"二字影之,好手。结谓年年同后庭树,自荣自落于深宫之中,君王曾不之见也。言外找不见意,谓之意馀言外。

喜入长安

云日能催晓,风光不惜年。

赖逢征客尽,归在落花前。

【汇评】

《唐诗归》:钟云:"惜"字着"风光"上,妙。　　情深。"赖逢"二语非独喜之也,有怨惜意。

崔 液

崔液(？—714)，字润甫，定州安喜(今河北定县)人。崔湜之弟。先天中官至殿中侍御史，坐湜当配流，亡命郢州。遇赦还，道病卒。液工五言诗，有《崔液集》十卷，已佚。《全唐诗》存诗十二首。

【汇评】

　　液字润甫，尤工五言诗。湜叹，因字呼曰："海子，我家龟龙也。"官至殿中侍御史。坐湜当流，亡命郢州，作《幽征赋》以见意，词甚典丽。(《新唐书·崔仁师传附崔液传》)

上元夜六首

其一

玉漏银壶且莫催，铁关金锁彻明开。
谁家见月能闲坐，何处闻灯不看来？

其二

神灯佛火百轮张，刻像图形七宝装。

影里如闻金口说，空中似散玉毫光。

其三

今年春色胜常年，此夜风光最可怜。
鹔鹚楼前新月满，凤凰台上宝灯燃。

其四

金勒银鞍控紫骝，玉轮珠幰驾青牛。
骖骑始散东城曲，倏忽还来南陌头。

其五

公子王孙意气骄，不论相识也相邀。
最怜长袖风前弱，更赏新弦暗里调。

其六

星移汉转月将微，露洒烟飘灯渐稀。
犹惜路旁歌舞处，踟蹰相顾不能归。

【汇评】

《大唐新语》：神龙之际，京城正月望日，盛饰灯影之会。金吾弛禁，特许夜行。贵游戚属及下隶工贾，无不夜游。车马骈阗，人不得顾。王主之家，马上作乐以相夸竞。文士皆赋诗一章，以纪其事。作者数百人，惟中书侍郎苏味道、吏部员外郭利贞、殿中侍御史崔液三人为绝唱。

《唐诗选脉会通评林》：杨慎曰：液之六首，上元诗之绝唱。

崔　涤

望韩公堆

韩公堆上望秦川,渺渺关山西接连。

孤客一身千里外,未知归日是何年。

王 勃

王勃（650—676），字子安，绛州龙门（今山西河津）人。文中子王通之孙。未及冠，应幽素举及第。高宗乾封中，召为沛王府修撰，因戏撰《檄英王鸡文》，高宗斥之。客剑南。咸亨四年，补虢州参军。坐事当死，遇赦，革职，其父亦受累左迁交趾令。上元二年，勃往省父，次年渡南海时溺水，惊悸而死。勃聪慧，早有文名，与杨炯、卢照邻、骆宾王齐名，并称"四杰"。其诗格调高华，在仍被齐梁浮靡诗风笼罩的初唐，显示出转变的趋势。有《王勃集》三十卷，已佚（残卷存日本）。今《王子安集》十六卷乃明张燮所辑。《全唐诗》编诗二卷。清蒋清翊有《王子安集注》二十卷。

【汇评】

子安早握玄珠，天然艳发，登高而赋，钟石毕陈。盖其上薄云天之气，下缠幽寂之忿，蓄以疏才，发以盛藻，直举胸臆，俯瞰前古，宜其无可为节也。（《唐诗品》）

王子才富丽径捷，称罕一时。赋与七言古诗，可谓独步；然律及诸作，未脱六朝沿染，而沉思工致，亦未易及也。（张逊业《校正王勃集序》）

齐、梁、陈、隋五言古，唐律诗之未成者；七言古，唐歌行之未成者。王、卢出，而歌行咸中矩度矣；沈、宋出，而近体悉协宫商矣。至高、岑而后有气，王、孟而后有韵，李、杜而后入化。(《诗薮》)

大历之还，易空疏而难典赡；景龙之际，难雅洁而易浮华。盖齐、梁代降，沿袭绮靡，非大有神情，胡能荡涤？唐初五言律，惟王勃"送送多穷路"、"城阙辅三秦"等作，终篇不著景物，而兴象宛然，气骨苍然，实首启盛、中妙境。五言绝亦舒写悲凉，洗削流调。究其才力，自是唐人开山祖。拾遗、吏部，并极虚怀，非溢美也。(同上)

唐初五言绝，子安诸作已入妙境。七言初变梁、陈，音律未谐，韵度尚乏。(同上)

王勃高华，杨炯雄厚，照邻清藻，宾王坦易，子安其最杰乎？调入初唐，时带六朝锦色。(《诗镜总论》)

王子安虽不废藻饰，如璞含珠媚，自然发其彩光。(《唐音癸签》)

七言古自梁简文、陈隋诸公始，进而为王、卢、骆三子。三子偶丽极工，绮艳变为富丽，然调犹未纯，语犹未畅，其风格虽优，而气象不足。……然析而论之，王长篇虽少，而稍见错综，与卢、骆体制少异。(《诗源辩体》)

王子安七言古风，能从乐府脱出，故宜华不伤质，自然高浑矣。(《诗辩坻》)

王勃绝句，若无可喜，而优柔不迫，有一唱三叹之音。(《读雪山房唐诗序例》)

其源出于吴、何，而益谐音律，情词朗秀，结风隽响，但言外无妍，微伤深致。五言短绝，隽永见珍。《采莲曲》、《临高台》亦杂言新体之遗也。(《三唐诗品》)

咏 风

肃肃凉景生,加我林壑清。
驱烟寻涧户,卷雾出山楹。
去来固无迹,动息如有情。
日落山水静,为君起松声。

【汇评】

《批点唐音》:子安五言,独此篇语意皆到,可法。

《唐诗归》:钟云:只读末二句,知世人以王、杨、卢、骆并称,长为无眼人矣。又云:读至此,心眼始开,骨韵声光,居然一李颀,王昌龄矣。　谭云:子美咏物诸小诗,俱得此法之妙。又云:"为君"二字妙,待物如人矣。

《唐诗成法》:此首本五言古,然气味纯乎是律,姑录于此,识者味之。"加"字有斟酌,"寻"字妙,"君"字遥应"我"字,有情。

秋夜长

秋夜长,殊未央。
月明白露澄清光,层城绮阁遥相望。
遥相望,川无梁。
北风受节南雁翔,崇兰委质时菊芳。
鸣环曳履出长廊,为君秋夜捣衣裳。
纤罗对凤凰,丹绮双鸳鸯。
调砧乱杵思自伤。
思自伤,征夫万里戍他乡。
鹤关音信断,龙门道路长。

君在天一方,寒衣徒自香。

【汇评】

《批点唐音》:有情致。自"为君秋夜捣衣裳"以上,似建安。后段不着力。

《唐诗镜》:气格嶒峻。"北风受节南雁翔",语最古雅。

《唐诗选脉会通评林》:周珽曰:怀远自伤之词,乃托闺妇之情,以写其意。前半感秋夜景物以起思,后半缘秋夜情绪以致慨。通章以"为君秋夜捣衣裳"作主,承上接下,连横转折,莫不新奇合响,直令齐梁短舌,陈隋搁笔。

采莲曲

采莲归,绿水芙蓉衣,
秋风起浪凫雁飞。
桂棹兰桡下长浦,罗裙玉腕轻摇橹。
叶屿花潭极望平,江讴越吹相思苦。
相思苦,佳期不可驻。
塞外征夫犹未还,江南采莲今已暮。
今已暮,采莲花,渠今那必尽娼家。
官道城南把桑叶,何如江上采莲花?
莲花复莲花,花叶何稠叠。
叶翠本羞眉,花红强如颊。
佳人不在兹,怅望别离时。
牵花怜共蒂,折藕爱连丝。
故情无处所,新物从华滋。
不惜西津交佩解,还羞北海雁书迟。
采莲歌有节,采莲夜未歇。

正逢浩荡江上风，又值裴回江上月。

裴回莲浦夜相逢，吴姬越女何丰茸！

共问寒江千里外，征客关山路几重！

【汇评】

《批点唐音》：繁词急节，收尽前意。

《唐诗选脉会通评林》：周珽曰：诗意亦君子采芳怀远之词，是即"涉江采芙蓉"之意也。宛转相生，深篁引翠。　　又曰：情之所到，兴之所会，便为格调。如朝云暮霞，有何定质，而变化自在。解此，方可读子安此等什。

《载酒园诗话又编》：骆好征事，故多滞响；王工写景，遂饶秀色。……《采莲曲》末叙暮归曰："正逢浩荡江上风，又值徘徊江上月。徘徊莲浦夜相逢，吴姬越女何丰茸？共问寒光千里外，征客关山路几重？"不特迷离婉约，态度撩人，结处尤得性情之正。

临高台

临高台，高台迢递绝浮埃。

瑶轩绮构何崔嵬，鸾歌凤吹清且哀。

俯瞰长安道，萋萋御沟草。

斜对甘泉路，苍苍茂陵树。

高台四望同，帝乡佳气郁葱葱。

紫阁丹楼纷照耀，璧房锦殿相玲珑。

东弥长乐观，西指未央宫。

赤城映朝日，绿树摇春风。

旗亭百隧开新市，甲第千甍分戚里。

朱轮翠盖不胜春，叠榭层楹相对起。

复有青楼大道中，绣户文窗雕绮栊。

锦衾夜不袭，罗帷昼未空。

歌屏朝掩翠，妆镜晚窥红。

为君安宝髻，蛾眉罢花丛。

尘间狭路黯将暮，云间月色明如素。

鸳鸯池上两两飞，凤凰楼下双双度。

物色正如此，佳期那不顾？

银鞍绣毂盛繁华，可怜今夜宿娼家。

娼家少妇不须矉，东园桃李片时春。

君看旧日高台处，柏梁铜雀生黄尘。

【汇评】

《批点唐音》：此诗不过是登高台望见许多景物耳。铺叙优柔，不觉重复，然无大兴意，所以为初唐。一结收拾较安稳。

《唐音审体》：通篇侈陈壮丽，而以繁华不久终之，仍是临望伤情之旨。

滕王阁

滕王高阁临江渚，珮玉鸣鸾罢歌舞。

画栋朝飞南浦云，珠帘暮卷西山雨。

闲云潭影日悠悠，物换星移几度秋。

阁中帝子今何在？槛外长江空自流。

【汇评】

《增定评注唐诗正声》：流丽而深静，所以为佳，是唐人短歌之绝。

《唐诗广选》：只一结语，开后来多少法门。

《诗薮》：王勃《滕王阁》、卫万《吴宫怨》自是初唐短歌，婉丽和平，极可师法，中、盛继作颇多。第八句为章，平仄相半，轨辙一定，毫不可逾，殆近似歌行中律体矣。

《唐诗训解》：与卢《长安古意》局意虽阔，机致则同。此慨繁华易尽也！言此阁临江，乃滕王佩玉鸣鸾之地。今歌舞既罢，帘栋萧条，云雨往来，景物变改，而帝子终不可见，惟江水空流，令人兴慨耳。

《唐诗镜》：三、四高迥，实境自然，不作笼盖语致。文虽四韵，气足长篇。

《唐诗选脉会通评林》：周敬云：次联秀颖，结语深致，法力的的双绝。

《汇编唐诗十集》：唐云：富丽中见冷落，妙，妙（"珠帘暮卷"句下）。又云：平常中见代谢，幽细（"物换星移"句下）。

《唐诗评选》：浏利雄健，两难兼者兼之。"佩玉鸣鸾"四字，以重得轻。

《唐风定》：《临高台》、《秋夜长》犹沿绮靡，此方脱洒。

《师友诗传录》：萧亭答：若短篇，词短而气欲长，声急而意欲有馀，斯为得之。短篇如王子安《滕王阁》，最有法度。

《春酒堂诗话》：王子安《滕王阁》诗，俯仰自在，笔力所到，五十六字中，有千万言之势。

《唐诗合选详解》：吴绥云：止吊滕王，不及燕会，所以为高。且补序中所未及，又约子长论赞之法。

圣泉宴

披襟乘石磴，列籍俯春泉。
兰气熏山酌，松声韵野弦。
影飘垂叶外，香渡落花前。
兴洽林塘晚，重岩起夕烟。

《唐诗镜》：三、四琢矣，然琢而不伤，其气浑浑。

《唐诗选脉会通评林》：此宴于圣泉而叙其景，造语极幽润秀发。大抵子安写景多臻妙境。唐仲言谓其恨少骨力，秀趣在布景中者也。　　顾璘曰："乘"字、"俯"字、"熏"字、"韵"字、"影飘"、"香度"及"洽"字，观其下字，便见老成。次联风韵自别。　　唐孟庄曰："熏"字佳矣，"韵"字更胜，"飘"、"度"是眼，"外"、"前"亦活，结亦有致。

《古唐诗合解》：此诗字意颇重，以流丽而不觉。

《网师园唐诗笺》：趣绝，雅绝（"兰气"二句下）。

《诗式》：发句上乘石磴，下临圣泉，以初至圣泉起。颔联言兰气近酒，故熏山酌；松声类琴，故韵野弦，此所叙之景以宴于圣泉承。颈联"垂叶"、"落花"，照"春"字；"影飘"、"香度"，写同宴诸客领取此花香叶色，以山林春兴作转。落句言林塘入晚，见宴已多时，则朋兴自欢洽，而不觉重岩前夕烟已起也，以酒阑兴洽为合。　　［品］流丽。

别薛华

送送多穷路，遑遑独问津。

悲凉千里道，凄断百年身。

心事同漂泊，生涯共苦辛。

无论去与住，俱是梦中人。

【汇评】

《批点唐音》：通篇无月露之态，风格自完，说者言唐诗唯工于景，岂知大雅者也！

《唐诗镜》：率衷披写，绝不作诗思。末语解愁，愁情转甚。须知此等下语,意味深厚,后人便道出个中矣。

《唐诗归》:钟云:此等语后人读之烂熟,在子安实为创调,当为作者致想。又云:此始成律,陈隋之习变尽。 谭云:愁苦诗,又唤醒人不愁,妙,妙。

《唐诗选脉会通评林》:周敬曰:此与《杜少府任蜀州》篇全以情胜,所谓车行熟路,浑不着力者也。

重别薛华

明月沉珠浦,风飘濯锦川。

楼台临绝岸,洲渚亘长天。

旅泊成千里,栖遑共百年。

穷途唯有泪,还望独潸然。

【汇评】

《唐诗分类绳尺》:平易实语,不须造作而露丰姿。

《历代诗发》:秀整泓净,足为盛唐开山。

游梵宇三觉寺

杏阁披青磴,雕台控紫岑。

叶齐山路狭,花积野坛深。

萝幌栖禅影,松门听梵音。

遽忻陪妙躅,延赏涤烦襟。

【汇评】

《瀛奎律髓》:四十字无一字不工,岂减沈佺期、宋之问哉?

《初白庵诗评》:每句中两字着力,创调也("叶齐"句下)。

《闻鹤轩初盛唐近体读本》:陈德公先生曰:字眼皆极婉善,指点从容,想见大雅,子安正声如是。　　　评:对起警动,"披"、"控"二字法老,而"披"字尤作意。第三"狭"字从"齐"字生出,第四"深"字从"积"字生出,绝非妄着。　　　赵锡九曰:第五"栖禅影","影"字活,是写景写虚法。结承五、六缴足。意流语对,笔力矫然。

《瀛奎律髓汇评》:纪昀:装点是四杰本色。然有骨有韵,故虽沿齐、梁之格,而能自为唐世之者,第四句尤有神致。　　　无名氏曰:幽深精健,觉盛唐太壮矣。起笔尚沿旧习。

杜少府之任蜀州

城阙辅三秦,风烟望五津。
与君离别意,同是宦游人。
海内存知己,天涯若比邻。
无为在歧路,儿女共沾巾。

【汇评】

《批点唐音》:读《送卢主簿》并《白下驿》及此诗,乃知初唐所以盛,晚唐所以衰。

《增定评注唐诗正声》:郭云:苍然率然,多少感慨,说无为愁,我始欲愁。

《唐诗广选》:顾华玉曰:多少叹息,不见愁语。　　　胡元瑞曰:唐初五言律唯王勃《送薛华》及此诗,终篇不着景物而气骨苍然,实首启盛、中妙境。

《唐诗镜》:此是高调,读之不觉其高,以气厚故。

《唐诗归》:此等作,取其气完而不碎,真律成之始也。其工拙自不必论,然诗文有创有修,不可靠定此一派,不复求变也。

《唐诗矩》:前后两截格。　　　前二句实,后六句悉虚,恐笔力不到则易疏弱,此体固不足多尚。

《闻鹤轩初盛唐近体读本》：陈德公先生曰：通首质序，未免起率易之嫌。顾尔时开拓此境，声情婉上，正是绝尘处。陈伯玉之近调，高达夫之先驱也。　　五六直作腐语，气旺笔婉，不同学究。结强言耳，黯然之意，弥复神伤。

《唐诗意》：慰安其情，开广其急，可作正小雅。

《唐诗三百首》：陈婉俊补注云：赠别不作悲酸语，魄力自异。

《古唐诗合解》：此等诗气格浑成，不以景物取妍，具初唐之风骨。

《唐诗近体》：前四句言宦游中作别，后四句翻出达见，语意迥不犹人，洒脱超诣，初唐风格。

《唐宋诗举要》：吴北江曰：壮阔精整（首二句下）。　　又曰：凭空挺起，是大家笔力（"海内"二句下）。　　姚曰：用陈思《赠白马王彪》诗意，实自浑转。

《诗境浅说》：一气贯注，如娓娓清谈，极行云流水之妙。　　大凡作律诗，忌支节横断。唐人律诗，无不气脉流通。此诗尤显。作七律亦然。

郊　兴

空园歌独酌，春日赋闲居。
泽兰侵小径，河柳覆长渠。
雨去花光湿，风归叶影疏。
山人不惜醉，唯畏绿尊虚。

【汇评】

《批点唐音》：下字厚实（"河柳"句下）。

《全唐风雅》：赋景语清润可爱（"河柳"句下）。

《唐诗归》：钟云："雨去""去"字妙，才于"花光湿""光"字有情，若直言雨，则湿在"花"而不在"光"矣（"雨去"句下）。　　谭云："湿"言光，"疏"言影，即不寻常（"雨去"二句下）。

《唐诗评选》：大体清安，写生深润。自初唐绝技后，人但从高、岑起，且不知此，况望企及？

春日还郊

闲情兼嘿语，携杖赴岩泉。
草绿萦新带，榆青缀古钱。
鱼床侵岸水，鸟路入山烟。
还题平子赋，花树满春田。

【汇评】

《批点唐音》：此等处胜出六朝，又不落晚唐，最宜自得（"草绿"四句下）。

《唐诗镜》：三、四语有风味。人有问余二语何以佳，余谓此二语一似逢春而感，一似遇物而兴，非徒为草、榆咏也。

《唐诗评选》：全无扭捏，顺手逼出，无不平善精绝。结拗。

《唐诗成法》：起沉着，写闲情新而远。中二联分动静。"鸟路"句灵活。题是"还郊"，诗写得春日郊景，"还"字只次句写，若盛唐必更有妙意。

对酒春园作

投簪下山阁，携酒对河梁。
狭水牵长镜，高花送断香。
繁莺歌似曲，疏蝶舞成行。
自然催一醉，非但阅年光。

《唐诗归》：钟云：春园对酒便庸常矣。　　谭云：花高所以香断，语极幽润（"高花"句下）。　　口角爽甚（"自然"句下）。　　钟云：此君五言古殊为踧踖，唯《咏风》一首高妙，稍带律意。至五言律数首，秀整泓净，自出眼光，为开元以来诸子元功。

《唐诗评选》：韵足意净，盛唐人加以叱咤，大损风味。

铜雀妓二首

其一

金凤邻铜雀，漳河望邺城。

君王无处所，台榭若平生。

舞席纷何就，歌梁俨未倾。

西陵松槚冷，谁见绮罗情？

【汇评】

《唐诗成法》：上"金凤"、"铜雀"、"漳河"、"邺城"写得如君王仍在，忽接以"无处所"二句，如梦方醒。"西陵松槚"添一"冷"字，正与"金凤"二句对照。"谁见绮罗情"再问一句，孟德有知亦应失笑也。

《近体秋阳》：语简而尽，意浅而至。故曰：言莫奇口头，理莫窅于见前。不独诗，然而诗为甚（"台榭"句下）。

《闻鹤轩初盛唐近体读本》：陈德公先生曰：初日君臣，惟沿粉黛，百篇一色，蜡味索然。及乎"四杰"开津，渐流情节矣。　　各取对起，已紧凑，三、四最浑，神韵绝尘，结亦稳静。惟第五稍为生晦，未振齐梁。　　三、四淡雅，而情自黯然。结总缴仍顾"无处所"字绪。　　李白山曰：五句固似生晦，然意承三句，六句承四句说，故亦未足为嫌。

其二

妾本深宫妓，层城闭九重。

君王欢爱尽，歌舞为谁容？

锦衾不复袭，罗衣谁再缝？

高台西北望，流涕向青松。

【汇评】

《唐诗镜》：子安才雄，五言律往往有一气浑成之势，律自不得拘得。看渠一意转合，视之平平，拟之难到。中晚之视初唐，六朝之视汉魏，俱若此矣。

《唐诗归》：钟云：浑秀出脱。

《汇编唐诗十集》：唐云：至此才是真律调。

《唐诗选脉会通评林》：周敬曰：神满极矣，运词更以识胜，所以难及。

《唐风定》：凄婉无繁辞，以淡为神。

《唐律消夏录》：［增］此以古题作近体而不失古意，较之比邻拟乐府者，几于金矢之别也。初，魏武遗令中有"台上设帷帐，朔望上食奏乐，汝等望我西陵墓田"之语，故是诗专就此一段写出，闲挑冷逗，似弗欲深刻讥议，而讥议自切。斯便是古意所在，俾后世君公将相，不免情痴如阿瞒者，稍于此得一知解，其提撕警觉之功，埒于西方文字矣。

羁 春

客心千里倦，春事一朝归。

还伤北园里，重见落花飞。

林塘怀友

芳屏画春草，仙杼织朝霞。

何如山水路，对面即飞花？

【汇评】

《唐诗归》：钟云：境好。

春　游

客念纷无极，春泪倍成行。

今朝花树下，不觉恋年光。

临江二首

其一

泛泛东流水，飞飞北上尘。

归骖将别棹，俱是倦游人。

其二

去骖嘶别路，归棹隐寒洲。

江皋木叶下，应想故城秋。

【汇评】

《唐诗分类绳尺》：羁况转怜。

《唐诗解》：稳妥。

《唐诗选脉会通评林》：周珽曰：感慨沉汲，不纤不诡。

江亭夜月送别二首（其二）

乱烟笼碧砌，飞月向南端。

寂寂离亭掩，江山此夜寒。

【汇评】

《唐诗解》：烟升月转，见话别之久；亭掩夜寒，觉悄然无人。

《唐诗别裁》：意虽未深，却为正声之始。

《唐诗笺注》："寂寞"句根首句，"江山"句顶次句。"寒"字妙，一片离情，俱从此字托出。

《诗式》：首句，夜静无人，惟行者与送行者相坐于此亭中。二句，月色已上，正入夜深，见相坐话别，为时已久。三句、四句，行者、送行者均已去，故离亭寂寂而掩矣。人骤散去，江山如故，只增寒景，系从题后著笔。　　〔品〕凄清。

山　中

长江悲已滞，万里念将归。

况属高风晚，山山黄叶飞。

【汇评】

《增订评注唐诗正声》：顾云："况属"字有情。

《唐诗笺注》：上二句悲路远，下二句伤时晚，分两层写，更觉萦纡。

《网师园唐诗笺》：末二句，邈然。

《唐人万首绝句选评》：寄兴高远，情景俱足。

普安建阴题壁

江汉深无极，梁岷不可攀。

山川云雾里，游子几时还？

【汇评】

《桂苑丛谈》：风格意兴俱佳。

《唐诗选脉会通评林》：吴山民曰：结意宜玩。

《唐人绝句精华》：此诗写山高水深、云雾杳冥之中，游子有四顾茫然之感。写来无迹，久咏自知。

蜀中九日

九月九日望乡台，他席他乡送客杯。

人情已厌南中苦，鸿雁那从北地来！

【汇评】

《唐诗广选》：王元美曰：首二句与李于鳞"黄鸟一声酒一杯"一法，而各自有风致。崔敏童"一年又过一年春"二句，亦此法也，调稍卑，情稍浓。

《唐诗直解》：两"他"字好对，不板。

《唐诗训解》：首二句辟起，自有风致。

《唐诗解》：唐人绝句类于无情处生情，此联（按指下二句）是其鼻祖。

《汇编唐诗十集》：唐云：唐人绝句，大都托物抒情，借彼形我，此联（按指下二句）是其嚆矢。

《唐诗选脉会通评林》：周敬曰：写登高旅况，情中想情，境中构境，不求刻画，自觉深微，当与杜审言《渡湘江》诗并美。彼以南窜,欲返无期,觉北流之可羡;此以南留,日久怀旧,惊北飞之搅思。　　"已厌"、"那从"四字,无聊客况毕露。唐人绝句,类似无情处生情,如此诗呼唤转仄,巧妙尽法。时卢照邻、邵大震俱有九日诗,体制虽一,韵味倏别。又,子安《秋江送别》与此同调,亦隽永。

《唐诗别裁》:似对不对,初唐标格,不得认作律诗之半。

《读雪山房唐诗序例》:初唐七绝,味在酸咸之外。"人情已厌南中苦,鸿雁那从北地来"、"即今河畔冰开日,正是长安花落时",读之初似常语,久而自知其妙。

寒夜怀友杂体二首（其二）

复阁重楼向浦开,秋风明月度江来。

故人故情怀故宴,相望相思不相见。

李　峤

李峤(645—714),字巨山,赵州赞皇(今属河北)人。弱冠登进士第,举制策甲科。圣历初,累官至鸾台少监、知凤阁侍郎、同平章事。罢为成均祭酒,长安三年复为相。张易之败,贬通州刺史,数月后召回。神龙二年为中书令,次年加修文馆大学士,封赵国公,以特进同中书门下三品。睿宗立,罢知政事,除怀州刺史,致仕。玄宗立,贬滁州别驾,改庐州别驾,卒。峤富才思,所作人多传讽,与苏味道齐名,人称"苏李"。又与崔融、杜审言、苏味道并称"文章四友"。有《李峤集》五十卷,已佚。今《李峤集》三卷乃明人所辑。《全唐诗》编诗五卷。

【汇评】

峤富才思,有所属缀,人多传讽。……然其仕前与王勃、杨盈川接,中与崔融、苏味道齐名,晚诸人没,而为文章宿老,一时学者取法焉。(《新唐书》本传)

唐初诸子,词心共艳,律调俱扬,不可尚已。而擅古作者,宋、李二君之宗,尤为炳著。延清之七言,裁茂郁之幽思,按鸿朗之疏节,品第梁陈,固已含跨其上;而巨山五言,词华英净,节奏铿谐,置之晋宋之间,则潘岳之流调,惠连之靡富,微波尚传,不当擅美。若复澌其泾杂,骋其长驾,则七子之流,未知上下其论。(《唐诗品》)

汉称"苏李",唐亦曰"苏李",以今论之,巨山五言,概多典丽,将味道难为苏;延硕七言,尤富风华,亦复又难为李尔。(《唐音癸签》)

李峤五言古,平韵者止"奉诏收边服"一篇声韵近古,馀皆杂用律体;仄韵者虽忌鹤膝,而语自工。七言古调虽不纯,而语亦工。五言律在沈、宋之下,燕、许之上。其咏物一百二十首中有极工者。七言律二篇稍近六朝,然颇称完美。(《诗源辩体》)

其源远祖文通,近规江令。才多略格,每见率尔成篇。七言骋妍,有陈宫艳体。《汾阴》之作,盛传当时,亦只以章尾四言跌宕,振起全篇,前路铺排,已无深致。咏物累牍,取成事类,风味无成,角巧分题,源出梁陈杂体;试帖之兴,其滥觞矣。(《三唐诗品》)

秋山望月酬李骑曹

愁客坐山隈,怀抱自悠哉。
况复高秋夕,明月正裴回。
亭亭出迥岫,皎皎映层台。
色带银河满,光含玉露开。
淡云笼影度,虚晕抱轮回。
谷邃凉阴静,山空夜响哀。
寒催数雁过,风送一萤来。
独轸离居恨,遥想故人杯。

【汇评】

《网师园唐诗笺》:佳处似不在上四句。但写月,而"望"意、

"酬"意俱见。

奉使筑朔方六州城率尔而作

奉诏受边服，总徒筑朔方。

驱彼犬羊族，正此戎夏疆。

子来多悦豫，王事宁怠遑！

三旬无怨期，百雉郁相望。

雄视沙漠垂，有截北海阳。

二庭已顿颡，五岭尽来王。

驱车登崇墉，顾眄凌大荒。

千里何萧条，草木自悲凉。

凭轼讯古今，慨焉感兴亡。

汉障缘河远，秦城入海长。

顾无庙堂策，贻此中夏殃。

道隐前业衰，运开今化昌。

制为百王式，举合千载防。

马牛被路隅，锋镝销战场。

岂不怀贤劳？所图在永康。

王事何为者，称代陈颂章。

【汇评】

《唐诗镜》：真宏巨手，隐有古意。

《诗学渊源》：苏、李虽属一体齐名，而苏实不逮远甚。峤古诗如《奉使朔方》及《鹧鸪》一首，尤契古韵，又《拟东飞伯劳西飞燕歌》，虽七言而转韵，亦然，盖深得齐梁之遗也。尝作咏物诗百篇，体物浏亮，世尤传诵。

汾阴行

君不见昔日西京全盛时，汾阴后土亲祭祠。

斋宫宿寝设储供，撞钟鸣鼓树羽旂。

汉家五叶才且雄，宾延万灵朝九戎。

柏梁赋诗高宴罢，诏书法驾幸河东。

河东太守亲扫除，奉迎至尊导銮舆。

五营夹道列容卫，三河纵观空里闾。

回旌驻跸降灵场，焚香奠醑邀百祥。

金鼎发色正焜煌，灵祇炜烨摅景光。

埋玉陈牲礼神毕，举麾上马乘舆出。

彼汾之曲嘉可游，木兰为楫桂为舟。

棹歌微吟彩鹢浮，箫鼓哀鸣白云秋。

欢娱宴洽赐群后，家家复除户牛酒。

声明动天乐无有，千秋万岁南山寿。

自从天子向秦关，玉辇金车不复还。

珠帘羽扇长寂寞，鼎湖龙髯安可攀？

千龄人事一朝空，四海为家此路穷。

豪雄意气今何在？坛场宫观尽蒿蓬。

路逢故老长叹息，世事回环不可测。

昔时青楼对歌舞，今日黄埃聚荆棘。

山川满目泪沾衣，富贵荣华能几时？

不见只今汾水上，唯有年年秋雁飞！

【汇评】

《本事诗》：天宝末，玄宗尝乘月登勤政楼。命梨园弟子歌数阙。有唱李峤诗云："富贵荣华能几时，山川满目泪沾衣。不见只今汾水上，唯有年年秋雁飞。"时上春秋已高，问是谁诗，或对曰李峤。因凄然涕下，不终曲而起，曰："李峤真才子也"。又明年，幸蜀，登白卫岭，览眺久之，又歌是词，复言："李峤真才子。"不胜感叹。时高力士在侧，亦挥涕久之。

《诗薮》：李峤《汾阴行》，玄宗剧赏，然声调未谐，转换多颟，出沈、宋下。

《唐诗选脉会通评林》：周珽曰：此借汉事以刺时事也。

《唐诗别裁》：尔时风格乍开，故句调未能全合。

《网师园唐诗笺》：二句双锁上文（"昔时"二句下）。

《读雪山房唐诗序例》：步伐整齐，词旨凄恻，为有唐一代七言古正声所起。

《王闿运手批唐诗选》：平平铺叙，气仍健举，此非可以学得。

奉和送金城公主适西蕃应制

汉帝抚戎臣，丝言命锦轮。

还将弄机女，远嫁织皮人。

曲怨关山月，妆消道路尘。

所嗟秾李树，空对小榆春。

【汇评】

《网师园唐诗笺》：巧不伤雅（"还将"二句下）。　似非应制体，而措语自妙（末二句下）。

《闻鹤轩初盛唐近体读本》：评：起作互对，亦有生致。三、四极尖巧，结亦作波，可悟唐人不忌纤颖。似此用"秾李"字，便无滞色，且复雅切王姬下嫁，弥见作意。

甘露殿侍宴应制

月宇临丹地，云窗网碧纱。

御筵陈桂醑，天酒酌榴花。

水向浮桥直，城连禁苑斜。

承恩恣欢赏，归路满烟霞。

【汇评】

《唐诗品汇》：天宝三载，芮挺章编《国秀集》，以此篇为第一。

《唐诗镜》：三、四矜贵，五、六赋景落闲，是铺排体面。

《唐诗选脉会通评林》：其格调亦整，特乏神韵耳。　　吴山民曰：结幽旷。

《闻鹤轩初盛唐近体读本》：陈德公先生曰：本是隽句，涉笔能亮，乃见雄才。五、六止趋得结语"归路"二字耳。句法乃亦老健。　　评：落句氤氲流绕。第二"网"字是字法。只三、四道侍宴，后半全写宴罢情景，避实击虚，诗家一秘。"月宇"、"云窗"，特为题中"甘露"字作掩映耳。

晚景怅然简二三子

楚客秋悲动，梁台夕望赊。

梧桐稍下叶，山桂欲开花。

气引迎寒露，光收向晚霞。

长歌白水曲，空对绿池华。

【汇评】

《近体秋阳》："长歌"、"空对"四字，松动潇洒，浩洁虚明。

送李邕

落日荒郊外，风景正凄凄。

离人席上起，征马路旁嘶。

别酒倾壶赠，行书掩泪题。

殷勤御沟水，从此各东西。

【汇评】

《唐诗归》：钟云：五字写别景，直而可思。谭云：看此即如今日身自送人，见人起身光景（"离人"句下）。

《闻鹤轩初盛唐近体读本》：陈德公先生曰：纯用清气成章。三、四道送别情事，极生动。后半浅泛中有少致，故不觉为淡率。诗贵生致，要在不易。　　五、六赠酒曰"倾壶"，题书曰"掩泪"，是诗家琢句作致处。"御沟水"上缀"殷勤"二字，令陈语顿有情趣。

雪

瑞雪惊千里，同云暗九霄。

地疑明月夜，山似白云朝。

逐舞花光动，临歌扇影飘。

大周天阙路，今日海神朝。

【汇评】

《姜斋诗话》：咏物诗，齐梁始多有之，其标格高下，犹画之有匠作，有士气。征故实，写色泽，广比譬，虽极镂绘之工，皆匠气也。又其卑者，饾凑成篇，谜也，非诗也。李峤称"大手篇"，咏物尤其属意之作，裁剪整齐，而生意索然，亦匠笔耳。

《载酒园诗话又编》：读李巨山咏物百馀诗，固是淹雅之士，但整核而已，未甚精出。

《石洲诗话》：李巨山咏物百二十首，虽极工切，而声律时有未调，犹带齐梁遗习，未可遽以唐人试帖例视。

奉和初春幸太平公主南庄应制

原注：景龙三年二月十一日。

主家山第接云开，天子春游动地来。
羽骑参差花外转，霓旌摇曳日边回。
还将石溜调琴曲，更取峰霞入酒杯。
鸾辂已辞乌鹊渚，箫声犹绕凤凰台。

【汇评】

《唐诗评选》：吟此结联，笑"笙歌归院落，灯火下楼台"，何物冷淡生活，乃得滥称富贵语？即此可验心旌笔致。

《唐七律选》：八句皆偶对，自是初唐律法，而对必工切，精警流丽，无一懈字。此题工者甚多，巨山自当擅场。

《唐体馀编》：双结应双起，局势甚足，馀态倍妍。

《唐诗成法》：次句写宸游甚壮丽，结亦有馀韵，稍逊燕公中联耳。

《唐诗观澜集》：既浑成又雅切，是初唐佳境，天宝以后更不可得。

《网师园唐诗笺》："还将"四句，雕不失佻。

《桐城吴先生评点唐诗鼓吹》：看他通首纯用大笔大墨，绝不落一毫纤巧。唐初如此大篇，允为一代冠冕。

中秋月二首（其一）

盈缺青冥外，东风万古吹。

何人种丹桂,不长出轮枝?

送司马先生

蓬阁桃源两处分,人间海上不相闻。
一朝琴里悲黄鹤,何日山头望白云?

杜审言

杜审言(648?—708),字必简,祖籍襄阳(今湖北襄樊),父迁居巩县(今属河南)。高宗咸亨元年(670)擢进士第,授隰城尉,迁江阴尉,转洛阳丞。武后圣历元年,坐事贬吉州司户参军,寻免归,武则天召见,拜著作佐郎,迁膳部员外郎。中宗神龙初,坐与张易之兄弟交往,流峰州。不久召还,授国子监主簿,加修文馆直学士,卒。审言善五言诗,工书翰,与李峤、崔融、苏味道并称"文章四友"。有《杜审言集》十卷,已佚。今《杜审言诗集》三卷乃后人所辑。《全唐诗》编诗一卷。今人徐定祥有《杜审言诗注》。

【汇评】

学士高才命世,凌轹同等,律调琅然,极其华茂。然其心灵流畅,不烦构结,而自出雅致。旷代高之,以为家祖。少陵雄生后代,威凤之丸,不离苞素者也。《守岁》篇云:"宫阙星河低拂树,殿庭灯烛上薰天",气色高华,罕得其比。(《唐诗品》)

杜审言华藻整栗,小让沈、宋,而气度高逸,神情圆畅,自是中兴之祖,宜其矜率乃尔。(《艺苑卮言》)

杜必简性好矜诞,至欲"衙官屈、宋"。然诗自佳,华于子昂,质

于沈、宋，一代作家也。乃有杜陵卹其家风，盛哉！（《艺圃撷馀》）

初唐无七言，五言亦未超然。二体之妙，杜审言实为首倡。五言则"行止皆无地"、"独有宦游人"，排律则"六位乾坤动"、"北地寒应苦"，七言则"季冬除夜"、"毗陵震泽"，皆极高华雄整。少陵继起，百代模楷，有自来矣。（《诗薮》）

杜审言浑厚有馀。（《诗镜总论》）

钟云：初唐诗至必简，整矣，畅矣。吾尤畏其少。古人作诗不肯多，意甚不善。又云：必简数诗，开诗家齐整平密一派门户，在初唐实亦创作。（《唐诗归》）

杜审言五言律体已成，所未成者，长短两篇而已。今观沈、宋集中，亦尚有四、五篇未成者。然则五言律体实成于杜、沈、宋，而后人但言成于沈、宋，何也？审言较沈、宋复称俊逸，而体自整栗，语自雄丽，其气象风格自在，亦是律诗正宗。（《诗源辩体》）

五言律诗贵乎沉实温丽，雅正清远。含蓄深厚，有言外之意；制作平易，无艰难之患。最不宜轻浮俗浊，则成小人对属矣。似易而实难。又须风格峻整，音律雅浑，字字精密，乃为得体。初唐惟杜审言创造工致，最为可法。（《唐诗绪笺》）

必简诗用意深老，措辞缜密，虽极平常句中，一字皆不虚设。其于射洪，犹班之于史也。后来尽得其法者，唯文孙工部一人。（《唐律消夏录》）

杜必简散朗轩豁，其用笔如风发漪生，有遇方成珪、遇圆成璧之妙。即作磊砢语，亦犹苏子瞻坐桄榔林下食芋饮水，略无攒眉蹙额之态。此僻涩苦寒之对剂也。但上苑芳菲，止于明媚之观。（《载酒园诗话又编》）

杜必简于初唐流丽中，别具沉挚，此家学所有启也。（《石洲诗话》）

承流散藻，词非一骨，间有六代遗音，而律诗清柔，无复陈隋健响,于初唐最为晚派。自诞"衙官屈、宋",殊太过情。乃如"云霞出海"、"草绿长门",亦自独辟生蹊,发为孤秀,以罕见长耳。(《三唐诗品》)

南海乱石山作

涨海积稽天,群山高竝地。
相传称乱石,图典失其事。
悬危悉可惊,大小都不类。
乍将云岛极,还与星河次。
上竿忽如飞,下临仍欲坠。
朝暾煓丹紫,夜魄炯青翠。
穹崇雾雨蓄,幽隐灵仙闷。
万寻挂鹤巢,千丈垂猿臂。
昔去景风涉,今来姑洗至。
观此得咏歌,长时想精异。

【汇评】

《唐诗归》:钟云:极象("悬危"二句下)。　　钟云:奇语。谭云:乱中似说出整来,甚妙("乍将"二句下)。　　谭云:"蓄"字妙("穹崇"句下)。　　钟云:"景风"、"姑洗"学究语,戒之("昔去"一联下)。

蓬莱三殿侍宴奉敕咏终南山应制

北斗挂城边,南山倚殿前。
云标金阙迥,树杪玉堂悬。
半岭通佳气,中峰绕瑞烟。

小臣持献寿,长此戴尧天。

《唐诗直解》:冠冕称题。

《唐诗镜》:"挂"、"倚"字稍带粗气,三、四结构,语气郑重。

《唐律消夏录》:应制诗,有层次,有浅深,便是佳作,然力量亦有厚薄之不同。假如此题,或三、四写殿前,五、六写南山;或三、四写南山,五、六写殿前;未始不可。此诗却不写南山、殿前,专写"倚"字,却于"倚"字中分出层次浅深,非老笔不能。

《唐诗别裁》:初唐五言律不用雕镂,然后人雕镂者正不能到,故曰大巧若拙,陈、杜、沈、宋足以当之。诗咏终南而通篇说蓬莱,此应制体也。

《唐诗成法》:分合有法。

《唐诗观澜集》:宏音钜响,不愧工部先声。

赋得妾薄命

草绿长门掩,苔青永巷幽。
宠移新爱夺,泪落故情留。
啼鸟惊残梦,飞花搅独愁。
自怜春色罢,团扇复迎秋。

【汇评】

《唐诗镜》:轻轻款款,袅袅亭亭,绝似当年愁绪。三、四蕊色温香,却无梁人妖气,庶几雅音。"泪落故情留"语散温厚,盖怨生于爱,若抛却,即多无事矣。

《增订唐诗摘钞》:此诗怨而不怒,深得风人之旨。合崔湜、刘长卿《长门怨》诸作观之,始知其妙。崔湜开口云"不忿君恩断",觉满肚怨愤也。

《唐诗矩》：全篇直叙格。

《闻鹤轩初盛唐近体读本》：陈德公先生曰：三、四质语能韵，最难希诣，百倍月露风云。结尤颖倩。　　　评：质语难倍景联者，语质则易得直率，运以婉笔，便饶韵致，不落宋人矣。结亦使事出新法，"春""秋"取相绾合。

《诗式》：发句以君王不复临幸，徒见草绿苔青，门常掩而巷自幽也，此引事起法。颔联承上"长门"、"永巷"，言宠已移于新爱之人，为其所夺，然犹不忘君而泪常落，只为故情留之也。颈联为下"春色罢"作转，梦来即残，而啼鸟又惊之，愁起于独，而飞花又搅之，见妾命之薄，徒感物而自怜矣。落句合上，云鸟啼花落，春色已罢，如人之华年坐老，那得不自怜？然虽见弃于君，如团扇之弃于秋，而心自窃望，安敢遽忘团扇之复得迎秋乎？用意温厚乃尔，诗人之旨也。[品]哀怨。

和晋陵陆丞早春游望

独有宦游人，偏惊物候新。
云霞出海曙，梅柳渡江春。
淑气催黄鸟，晴光转绿蘋。
忽闻歌古调，归思欲沾巾。

【汇评】

《瀛奎律髓》：律诗初变，大率中四句言景，尾句乃以情缴之。起句为题目。审言于少陵为祖，至是始千变万化云。　　　起句喝咄响亮。

《升庵诗话》：妙在"独有"、"忽闻"四虚字。

《增定评注唐诗正声》：郭云：四句俱说景，腰字俱惊眼。格不甚高，起独有力。

《唐诗广选》：刘孟会曰：起得怅恨。"云霞"二句，便自浩然。

《诗薮》：初唐五言律，杜审言《早春游望》、《秋宴临津》、《登襄阳城》，陈子昂《次乐乡》，沈佺期《宿七盘》，宋之问《扈从登封》，李峤《侍宴甘露殿》，苏颋《骊山应制》，孙逖《宿云门寺》，皆气象冠裳，句格鸿丽。初学必从此入门，庶不落小家窠臼。

《唐诗镜》：三、四如精金百炼。"云霞出海曙，梅柳渡江春"，"曙"、"春"一字一句，古人琢意之妙。起结意势冲盈。

《唐诗选脉会通评林》：周敬曰："独"、"偏"、"忽"、"惊"、"闻"、"欲"等虚字，机括甚圆妙。

《唐诗评选》：意起笔起，意止笔止，真自苏、李得来，不更问津建安。看他一结，却有无限。《过秦论》"仁义不施而攻守之势异也"结构如此，俗笔于此必数千百言。

《唐律消夏录》：中四句说物候，偏是四句合写，具见本领。"出海"、"渡江"，便想到故乡矣。岑嘉州诗"春风触处到，忆得故园时"即此意，但此一句深厚不觉耳。

《增订唐诗摘钞》：朱之荆云：物候新，暗点早春，喝起中二联在一"惊"字。中二联写早春，中四字皆"惊"也。……"独有"、"偏惊"、"忽闻"是机括。

《唐诗成法》：中四句合写"物候"二字，颠倒变化，可学其法。"物候新"居家者不觉，独宦游人偏要惊心。三、四写物候到处皆新，五、六写物候新得迅速，具文见意，不言"惊"，而"惊"在语中。结和陆丞，以"归思"应"宦游"，以"欲沾巾"应"偏惊"。

《瀛奎律髓汇评》：纪昀：起句警拔，入手即撇过一层，擒题乃紧。知此自无通套之病，不但取调之响也。末收"和"字亦密。 冯班：次联做"游望"二字，无刻画痕。

《近体秋阳》："忽闻"字下得突绽，使末句精神透出。 此诗起结老成警洁，中间调高思丽。

《唐宋诗举要》：吴北江云：起句惊矫不群。　　高步瀛云：此等诗当玩其兴象超妙处。

《诗境浅说》：此诗为游览之体，实写当时景物。而中四句"出"字、"渡"字、"催"字、"转"字，用字之妙，可为诗眼。春光自江南而北，用"渡"字尤精确。

秋夜宴临津郑明府宅

行止皆无地，招寻独有君。

酒中堪累月，身外即浮云。

露白宵钟彻，风清晓漏闻。

坐携馀兴往，还似未离群。

【汇评】

《汇编唐诗十集》：唐云：温缓而细，工部源流。

《唐诗选脉会通评林》：此篇工妙，与《过郑七》篇相类，……二诗真所谓平中露奇、峻中带雅者也。

《唐风定》：顾云：与盛唐立极。

《唐诗评选》：一气始终，自是活底物事。

《唐律消夏录》：言情、写景、叙事、述怀，错杂而出。四十字抵一篇记序读。

《唐诗矩》：全篇直叙格。　　感人见招，无非寓己无聊之况，然语脉深浑。读子美诸律，便见初、盛之别。

《唐音审体》："云"、"月"虚用，"风"、"露"实用，不嫌其犯。

《唐诗成法》：从自己起，次明府，三宴，四开，得作法。五、六写秋夜，七、八言即饮毕而别，亦犹未别，以见今夜之饮，情深最极。若作归后解，便非。起突兀之甚，目空一世，方有此气象。

《唐诗别裁》："累月"、"浮云"，妙用活对。"月"与"云"皆活用也。故下有"霜"、"风"字而不嫌其复。

和康五庭芝望月有怀

明月高秋迥，愁人独夜看。
暂将弓并曲，翻与扇俱团。
雾濯清辉苦，风飘素影寒。
罗衣一此鉴，顿使别离难。

【汇评】

《瀛奎律髓》：起句似与其孙子美一同，以终篇味之，乃少陵翁家法也。

《增定评注唐诗正声》：郭云：语迭起四意，却又自然。五、六联尽出，光景奇幻。

《邹庵重订李于鳞唐诗选》：于无情中生出有情。

《唐诗镜》：五、六思苦，不借影衬，独披本相，意境最老。结语矜重，韵亦沉老。

《唐律消夏录》：［增］"弓"、"扇"二喻，并从情痴中想出。盖弓本屈，配以弦，便有圆满之时；扇本团，今既秋，不免弃捐之候。玩"暂"字、"翻"字自得。佳人才人不获其所，对景抒情，往往如是。

《唐诗矩》：全篇直叙格。　　三、四以"暂"字"翻"字寓意，言光景之速也。五、六折腰句，上四下一。五、六细腻，可救三、四粗率。今人必欲责备三、四，此不知章法救应之妙耳。"罗衣"指所怀之人，曰"一此"，曰"顿使"，与王昌龄"闺中少妇"一绝同意。只一"难"字，包尽无限情事，自是初唐人手法。"愁人"指康五，"罗衣"指五所怀者。只写所怀者，而五之有怀自不必说，用笔较深一层。

《唐诗成法》：因明月之迥，想其照到愁人，以下便句句从愁人口中说出，眼中看出。才睹新月如弯弓之曲，旋看月满如纨扇之团,确是愁人口吻。"清辉苦"、"素影寒"确是独夜景况。若罗衣之人以此为鉴,则将来断不教人容易别离也。　　诗法之妙在炼格、炼句、炼字。炼格、句易知,炼字难知。如此诗首句炼一"迥"字,言明月无处不照。次句炼"愁"、"独"二字,又著"看"字,言无时不想。其精神意思俱在言外。三、四人止知其以"弓"、"扇"比拟明月而已,不知"暂将"、"翻与"言外有岁月如流之意。五、六炼"苦"、"寒"二字,人月并见,全无痕迹。七、八只言将来离别之难,则愁人看月,一片深情,言外无穷。

《瀛奎律髓汇评》:查慎行:中联犹未脱六朝馀习。　　纪昀:起调最高,犹是初体。三、四太拙,是陈隋旧调。五、六亦好。结平平。

登襄阳城

旅客三秋至,层城四望开。

楚山横地出,汉水接天回。

冠盖非新里,章华即旧台。

习池风景异,归路满尘埃。

【汇评】

《瀛奎律髓》:"楚山"、"汉水"一联,子美家法。中四句似皆言景,然后联寓感慨,不但张大形势,举里、台二名,而错以"新"、"旧"二字,无刻削痕。末句又伤时俗不古,无习池山公之事,尤有味也。晚唐家多不肯如此作,必搜索细碎以求新。然审言诗有工密处,……则晚唐所无。

《唐诗分类绳尺》:气象雄伟,词语感慨,实为子美之法。

《唐诗选脉会通评林》:真浑涵深沉、锻炼精奇之作。

《唐诗评选》:起联即自然,是登襄阳城语,不景之景,非情之情,知者希矣。五六养局入化,近日谈诗者好言元气,乃不识何者为气,何者为元,必不得已,且从此等证入。

《唐诗别裁》:冠盖里、章华台、习郁池,皆在襄阳。吊古诗不应空写,即此可悟。

《唐诗意》:极形楚地之美,即《硕人》"河水洋洋"意。然彼是变风,此是正风。

《瀛奎律髓汇评》:纪昀云:子美《登兖州城》诗,与此如一版印出。此种初出本佳,至今日转辗相承,已成窠臼,但随处改换地名,即可题遍天下,殊属捷便法门。学盛唐者,先须破此一关,方不入空腔滑调。

旅寓安南

交趾殊风候,寒迟暖复催。
仲冬山果熟,正月野花开。
积雨生昏雾,轻霜下震雷。
故乡逾万里,客思倍从来。

【汇评】

《唐诗归》:钟云:六句记异,只是一个"热"字,"轻霜"句却是妙语("轻霜"句下)。　　又云:"倍从来"三字,新在无着落(末句下)。　　谭云:岁时记("仲冬"二句下)。

《唐诗镜》:即景自成,入手轻快。

《唐诗选脉会通评林》:徐充曰:以首一句提其纲,二句承其故。中二联实言其事。子美云"吾祖诗冠古",家法如此。

《近体秋阳》:俊朗倩逸("积雨"一联下)。

《瀛奎律髓汇评》:冯舒:平平八句,大历以还不可得。　　陆贻典:平平八句,却字字不可动摇,大历以前诗多如此。　　纪昀：中四句皆申首二句意。

送高郎中北使

北狄愿和亲，东京发使臣。

马衔边地雪，衣染异方尘。

岁月催行旅，恩荣变苦辛。

歌钟期重锡，拜手落花春。

【汇评】

《唐诗镜》：起结有体，语语老气当家。"恩荣变苦辛"语从意炼得来。

《唐诗矩》：全篇直叙格。七、八言归来拜赐，却用倒说，谓之倒收法。"拜手"自板"落花春"字韵，合来才见用事造句之妙。

《唐诗成法》：结用郑重字与轻丽字合而成句，又沉着又生新。

夏日过郑七山斋

共有樽中好，言寻谷口来。

薜萝山径入，荷芰水亭开。

日气含残雨，云阴送晚雷。

洛阳钟鼓至，车马系迟回。

【汇评】

《唐诗选脉会通评林》：首述来过之由，次叙相对所历，三记山斋时景，末致留恋之意。惟其有尊中嗜好，故致钟鼓已动，尚迟留忘别。开合结构，照应有情，曲尽幽思。

《唐诗评选》：晚唐即极雕琢，必不能及初唐之体物，如"日气含残雨"，尽贾岛推敲，何曾道得！三、四工妙，尤在"日气含残雨"

之上。

《唐诗别裁》：写日中之雨，雨后之雷，有情有景。

《诗式》：通首先写过山斋，后写夏日。起是初过，结是不忍回，一气相应，可悟章法之妙。　　〔品〕清婉。

送崔融

君王行出将，书记远从征。
祖帐连河阙，军麾动洛城。
旌旂朝朔气，笳吹夜边声。
坐觉烟尘扫，秋风古北平。

【汇评】

《唐诗广选》：结句老。

《唐诗直解》：雄伟词妙。

《唐诗选脉会通评林》：周敬曰：整而有致。

《唐诗矩》：尾联寓意格。八句浑而峭。

《唐诗成法》：题中无书记，次句即补出，通篇皆注意做书记。虽不及射洪（按指陈子昂《送著作佐郎崔融等从梁王东征》诗）之超迈绝伦，却是正法。学必简，所谓"刻鹄不成尚类鹜"者也；学射洪，所谓"画虎不成反类狗"者也。"祖帐"、"军麾"，热闹中有一书记在焉。至于朝看"朔气"，夜听"边声"，不知不觉而烟尘扫矣，非书记而何？　　必简题中无书记，而诗中全说书记；射洪题中有著作，而诗中全不说著作。古人题详者，诗略之；题略者，诗详之，此定法也。

大 酺

毗陵震泽九州通，士女欢娱万国同。

伐鼓撞钟惊海上，新妆祙服照江东。

梅花落处疑残雪，柳叶开时任好风。

火德云官逢道泰，天长地久属年丰。

【汇评】

《唐诗归》：谭云：痴痴钝钝，说得风雅，此真初唐人七言律本事。若应制中自有一等套语供给，假庄严者，非作者本色，不得吠声例服之。　　钟云：八句皆对。看他伐鼓撞钟，新妆祙服，火德云官，天长地久，作何打发支销。

《唐诗评选》：只是平淡。"柳叶开时任好风"，景外独绝。

《贯华堂选批唐才子诗》：俱用大笔大墨，大起大落（首四句下）。　　全唐钜作虽多，未见出其右矣。

《唐七律选》：毛奇龄云：此七律正体也。八句皆对仗，每句前四字皆觅实，每五、六律腹必倍加研练，此三唐一法也。降此渐变矣。　　前四字觅实，三唐皆有之，即中晚后极尚纤薄，犹有刘禹锡"楚关蕲水"、白居易"银台金阙"类。若五、六研练，则通道至此一弛散，便佻佻矣。观崔颢《黄鹤楼》通首全不对，而五、六必对，此易晓耳。

《唐诗成法》：前后金鼓鼎沸，中忽作笙箫雅奏，此法所谓"雄壮者半必细"也。少陵《送翰林张司马南海勒碑》用此法。　　实字连用，虽觉滞重，然规模宏大，是风气初开时笔墨。

《唐诗观澜集》：三、四秾丽，五、六间以轻婉，乃不滞。

春日京中有怀

今年游寓独游秦，愁思看春不当春。

上林苑里花徒发，细柳营前叶漫新。

公子南桥应尽兴，将军西第几留宾。

寄语洛城风日道,明年春色倍还人。

【汇评】

《唐诗归》:钟云:七言律结法如此灵活者,可救滞滥之苦。

《唐诗评选》:全自乐府歌行夺胎而出天迥。

《唐诗摘钞》:初唐出语有极细嫩者,此实未脱陈隋口吻,但其格律一变,故不复以纤巧见疵。

《山满楼笺注唐诗七言律》:看其以春日为题,却劈空将“不当春”三字立柱,便是不为题缚。

《唐诗成法》:“今年”独起下“不当春”。“徒”、“漫”承“愁思”,“应”、“几”承“独”字,虽分人、物,皆写“不当春”也。末言今年秦地春色已不当春矣,明年洛城当加倍还我耳。以洛城映秦,以“倍还人”,映“不当春”,以“寄语”结“有怀”,妙思奇语,迥非常境。　　通篇已臻精致,次联开后人熟滑之端。

《唐诗别裁》:造语新异,以后人熟诵不觉耳。

度石门山

石门千仞断,迸水落遥空。

道束悬崖半,桥欹绝涧中。

仰攀人屡息,直下骑才通。

泥拥奔蛇径,云埋伏兽丛。

星躔牛斗北,地脉象牙东。

开塞随行变,高深触望同。

江声连骤雨,日气抱残虹。

未改朱明律,先含白露风。

坚贞深不惮,险涩谅难穷。

有异登临赏,徒为造化功。

《唐诗广选》：蒋仲舒曰：状瀑布水只一言，而飞泉百道冷然沁人。

《唐诗归》：钟云：纯金好诗，易于太平。以上二篇（指此与《春日江津游望》）秀整深重中灵气常勃勃欲出，最可诵法。　谭云：通首高密精壮，排律圣境。

《唐诗选脉会通评林》：周敬曰：点缀灵秀，转折壮幻，的是度石门实境实情。有异登临赏兴，致造化之功，虚为设险也。总从石门山真景以成咏，而游度客怀和景写出，音调整厚而明响，初唐佳品也。

《唐诗镜》："江声连骤雨，日气抱残虹"，语气精绽。

《唐风定》：整密精工，而清疏流动，无一滞气，此体之圣。

赠苏味道

> 北地寒应苦，南庭戍未归。
> 边声乱羌笛，朔气卷戎衣。
> 雨雪关山暗，风霜草木稀。
> 胡兵战欲尽，汉卒尚重围。
> 云净妖星落，秋深塞马肥。
> 据鞍雄剑动，插笔羽书飞。
> 舆驾还京邑，朋游满帝畿。
> 方期来献凯，歌舞共春辉。

【汇评】

《批点唐诗正声》：杜审言才雄一世，直欲以屈、宋作衙官，观此诗亦不可少。

《增定评注唐诗正声》：郭云：高华雄劲，冠冕词流。

《唐诗选脉会通评林》：意调雄浑，为国家边士生色。

《唐诗评选》：迎头宽衍，迤逦入题，序次中凡五层，折合成一片，布格有神。久压沈、宋者，正以是尔。

《网师园唐诗笺》：雄健一气（"云净"四句下）。

《闻鹤轩初盛唐近体读本》：第四健。"云净"四句总警，"据鞍"句更生动，步步向警策。后四弥作兴会。

和李大夫嗣真奉使存抚河东

六位乾坤动，三微历数迁。

讴歌移火德，图谶在金天。

子月开阶统，房星受命年。

祯符龙马出，宝篆凤凰传。

地即交风雨，都仍卜涧瀍。

明堂唯御极，清庙乃尊先。

不宰神功运，无为大象悬。

八荒平物土，四海接人烟。

已属群生泰，犹言至道偏。

玺书傍问俗，旌节近推贤。

秩比司空位，官临御史员。

雄词执刀笔，直谏罢楼船。

国有大臣器，朝加小会筵。

将行备礼乐，送别仰神仙。

城阙周京转，关河陕服连。

稍观汾水曲，俄指绛台前。

姑射聊长望，平阳遂宛然。

舜耕馀草木，禹凿旧山川。

昔出诸侯上，无何霸业全。

中军归战敌，外府绝兵权。

隐隐帝乡远，瞳瞳肃命虔。

西河偃风俗，东壁挂星躔。

井邑枌榆社，陵园松柏田。

荣光晴掩代，佳气晓侵燕。

雨霈鸿私滂，风行睿旨宣。

茕嫠访疾苦，屠钓采贞坚。

人乐逢刑措，时康洽赏延。

赐逾秦氏级，恩倍汉家钱。

拥传咸翘首，称觞竞比肩。

拜迎弥道路，舞咏溢郊廛。

杀气西衡白，穷阴北暝玄。

飞霜遥渡海，残月迥临边。

缅邈朝廷问，周流朔塞旋。

兴来探马策，俊发抱龙泉。

学总八千卷，文倾三百篇。

澄清得使者，作颂有人焉。

莫以崇班阒，而云胜托捐。

伟材何磊落，陋质几翩翩。

江海宁为让，巴渝转自牵。

一闻歌圣道，助曲荷陶甄。

【汇评】

《唐诗援》：排律至老杜如泛沧溟，千奇万怪，不可端倪，然实滥觞于此。

《唐诗归》：钟云：高华严重，必须如此，岂得以寡趣为格高耶？　谭云：前半皆经典、大关系语，后半太多了些。　　　钟云："移"字可畏，有维命不于常意。庄雅中忽用此轻松字，动人妙笔（"讴歌"句下）。　　　谭云：甚确，甚新，何曾经人用过（"地即"二句下）！　　　钟云：健笔（"明堂"二句下）。钟云：语似有规（"中军"二句下）。

《汇编唐诗十集》：唐云：是篇不独词庄，正以法胜。工部极雄赡，不能越其范围，家学信有所本。

《唐诗选脉会通评林》：周珽曰：作法千古，何如紫衣拥剑，迭跃挥霍，挹光灵激，横若裂盘，旋若规尺。读必简此与《扈从长安》篇，知少陵《赠哥舒翰》、《上左相》等什，神龙原自有种也。

《五七言今体诗钞》：虽贡谀牝朝，而壮丽精切，实长律佳制。

《唐风怀》：静公曰：一种深奥之气郁然笔端，自然典贵不常。

赠苏绾书记

知君书记本翩翩，为许从戎赴朔边。

红粉楼中应计日，燕支山下莫经年。

【汇评】

《诗薮》：唐初五言绝，子安诸作已入妙境。七言初变梁陈，音律未谐，韵度尚乏。惟杜审言《渡湘江》、《赠苏绾》二首，结皆作对，而工致天然，风味可掬。

《唐风定》：初唐风华迥绝，已启盛、中妙境。

《网师园唐诗笺》：三、四流走作对，"红粉"、"燕支"，映合绝妙。

渡湘江

迟日园林悲昔游，今春花鸟作边愁。

独怜京国人南窜，不似湘江水北流。

【汇评】

《唐诗绝句类选》：蒋仲舒曰：末二句与王勃《蜀中九日》作意相似，配偶处不对而对，对而不对，佳。

《汇编唐诗十集》：唐云：初唐七绝之冠。

《唐诗选脉会通评林》：周敬曰：陈隋靡丽极矣，必简翻尽陈调。如"迟日园林"一章，练神修意，另出手眼，遂令光景一新。

刘允济

刘允济(？—711?)，字允济，洛州巩县(今属河南)人，其先出沛国相县(今安徽濉溪西北)。少孤，工文辞，与王勃齐名。举进士，补下邽尉，累迁著作佐郎。撰《鲁后春秋》二十卷进献，迁左史，兼直弘文馆。垂拱四年，献《明堂赋》，迁著作佐郎。为酷吏所构，下狱。后贬大庾尉。复为著作佐郎，修国史。长安中，官至凤阁舍人。预修《三教珠英》。出为青州长史，丁母忧去官家居。景龙中，召为修文馆学士，喜甚，乐饮数日，卒。有《刘允济集》二十卷、《金门待诏集》十卷，均佚。《全唐诗》存诗四首。

【汇评】

（允济）博学善属文，与绛州王勃早齐名，特相友善。……垂拱四年，明堂初成，允济奏上《明堂赋》以讽，则天甚嘉叹之，手制褒美。(《旧唐书》本传)

怨　情

玉关芳信断，兰闺锦字新。

愁来好自抑，念切已含嚬。

虚牖风惊梦，空床月厌人。

归期倘可促，勿度柳园春。

【汇评】

《唐诗选脉会通评林》：钟惺曰："月厌人"三字，怨得妙。　　陆时雍曰：语态怏怏。　　周珽曰：五、六古岩历炼语也，名作如林，似此无两。胡元瑞云"情思不减六朝"，信哉！

《唐诗成法》：起二句含"愁来"，中有"怨"字，三、四直接，方不突然。五、六景中有情。结说转去，写怨情更深。

《近体秋阳》：挚绝，惋绝，几但见情，而不复见怨。然情之至，辞必哀；哀之甚，怨必剧。此题之所以署"怨"，而系以"情"者也。

姚　崇

姚崇（650—721），字元之，本名元崇。其先吴兴（今浙江湖州）人，隋末移居硖石（今陕西陕县），后家于洛阳。应下笔成章举，授濮州司仓。武后朝，累迁至夏官侍郎、同平章事。出为灵武道大总管，亳、宋、常、越、许等州刺史。睿宗立，拜兵部尚书、同平章事，进中书令。复出为申、徐诸州刺史。玄宗开元初复入相，迁紫微令，封梁国公。崇长于吏道，号为名相，与宋璟并称"姚宋"。有《姚崇集》十卷，已佚。《全唐诗》存诗六首。

秋夜望月

明月有馀鉴，羁人殊未安。
桂含秋树晚，波入夜池寒。
灼灼云枝净，光光草露团。
所思迷所在，长望独长叹。

【汇评】

《瀛奎律髓》：欧公诗曰："元刘事业时无取，姚宋篇章世不知。"宋广平有《梅花赋》，姚元崇亦有此等诗，未可忽也。起句峭健最佳。

《汇编唐诗十集》：唐云：调响，句工，少韵。

《唐诗镜》：修洁。

《唐诗选脉会通评林》：程元初云："桂含秋树晚"喻伤时迟暮之意。"影入夜池寒"喻清虚寒苦之意。"灼灼云枝尽"申"桂含"句，喻言时虽迟暮而性行光洁莹净也。"光光草露团"申"影入"句，喻言光明徒团于草露，无人知之。意多含蓄，故佳。

《近体秋阳》："迷"、"独"二字，清冷委折，循响有声矣。

《瀛奎律髓汇评》：纪昀：初体之清脱有骨者。

夜渡江

夜渚带浮烟，苍茫晦远天。
身轻不觉动，缆急始知牵。
听草遥寻岸，闻香暗识莲。
唯看孤帆影，常似客心悬。

【汇评】

《唐诗归》：钟云：字字是夜渡江，"寻岸"二字，尤幻而细，非身历不知其妙。　　谭云：人人历此景，然非有静思妙手，不能出而为诗。　　钟云：静极（"闻香"句下）。

《唐风定》：五字（按指"听草遥寻岸"）似中唐以后人。

《历代诗发》：五、六佳。日后孟襄阳"露气闻芳杜，歌声识采莲"，则又青出于蓝矣。

《唐诗意》：晦夜能辨物如此，公之知人之鉴，精舍精矣。可作《小雅·鹤鸣》篇读。

《唐诗选脉会通评林》：周珽曰：元崇性体廉静，心镜光明，故其为诗亦多净洁高华，如《望月思家》、《夜渡江》，极静、极细、极响，宜当时以文章著名、德业钦世也。

苏味道

苏味道(648—705),赵州栾城人(今属河北)人。幼与同郡李峤俱以文辞显,时称"苏李"。弱冠登进士第。延载中,以凤阁舍人检校侍郎、同平章事。贬集州刺史,召为天官侍郎。圣历初,复以凤阁侍郎同平章事。坐事贬坊州,迁益州长史。神龙初,坐党附张易之贬眉州刺史,卒。味道久居相位,谙练官场故习,圆滑保身,世号"模棱宰相"。有《苏味道集》十五卷,已佚。《全唐诗》编诗一卷。

【汇评】

(味道)九岁能属辞,与里人李峤俱以文翰显,时号"苏李"。(《新唐书》本传)

盛有时名,藻思相称,惟其速达,故入境未宏。旧集阙残,未窥其所本,拟以连篇排比,其源盖出于王筠。初唐之古芳,实梁陈之支派也。"火树银花",时留俊赏,然丰肌靡骨,无复陈隋。(《三唐诗品》)

集中诗皆应制之什,未改陈隋旧习。用事典雅,后遂成馆阁一体。至蓄意含情,推事及物,则固唐诗之本色,异于六朝所尚者矣。(《诗学渊源》)

正月十五夜

火树银花合，星桥铁锁开。

暗尘随马去，明月逐人来。

游伎皆秾李，行歌尽落梅。

金吾不禁夜，玉漏莫相催。

【汇评】

《本事诗》：宰相苏味道与张昌龄俱有名，暇日相遇，互相夸诮。昌龄曰："某诗所以不及相公者，为无'银花合'故也。"苏有《观灯》诗曰："火树银花合，……"味道云："子诗虽无'银花合'，还有'金铜钉'。"昌龄赠张昌宗诗曰："昔日浮丘伯，今同丁令威。"遂相与拊掌大笑。

《瀛奎律髓》：味道武后时人，诗律已如此健快。古今元宵诗少，五言好者殆无出此篇矣。

《唐诗镜》：纤浓恰中。

《姜斋诗话》："火树银花合"，浑然一气。

《唐诗成法》：此诗人传诵已久，他作莫及者。元夜情景，包括已尽，笔致流动。天下游人，今古同情，结句遂成绝调。

《闻鹤轩初盛唐近体读本》：陈德公先生曰：三、四故是爽笔。"秾李""落梅"工切，便极见妍姿。结语得"金"、"玉"字小对，弥足增致；他处金玉繡黄、藻丽堆垛者，又复无致。此所须辨矣。

《瀛奎律髓汇评》：冯舒：真正盛唐。《品汇》所分，谬也。 纪昀：三、四自然有味，确是元夜真景，不可移之他处。夜游得神处尤在出句，出句得神处尤在"暗"字。 许印芳：八句皆对，唐律多如此。

郭　震

郭震(656—714),字元振,以字显。魏州贵乡(今河北大名东北)人。慷慨任侠,少有奇志。咸亨四年(673)登进士第,复中拔萃科,授通泉尉。武后索其文章,上《宝剑篇》,后览之嘉叹,授右武卫铠曹参军,使吐蕃。累迁凉州都督、金山道行军大总管。入朝,相睿宗。开元元年,以诛萧至忠等功,封代国公。出为朔方道大总管。未行,会玄宗讲武骊山,坐军容不整,流新州。寻起为饶州司马,道卒。有《郭元振集》二十卷,已佚。《全唐诗》编诗一卷。

【汇评】

唐人歌行烜赫者,郭元振《宝剑篇》,宋之问《龙门行》、《明河篇》,李峤《汾阴行》,元稹《连昌辞》,白居易《长恨歌》、《琵琶行》,卢仝《月蚀》,李贺《高轩》,并惊绝一时。(《诗薮》)

《宝剑篇》英气逼人,自是磊落丈夫本色。独其乐府诗,又何凄艳动人也。谁谓儿女情长,则英雄气短乎?(《载酒园诗话又编》)

古剑篇

君不见昆吾铁冶飞炎烟，红光紫气俱赫然。

良工锻炼凡几年，铸得宝剑名龙泉。

龙泉颜色如霜雪，良工咨嗟叹奇绝。

琉璃玉匣吐莲花，错镂金环映明月。

正逢天下无风尘，幸得周防君子身。

精光黯黯青蛇色，文章片片绿龟鳞。

非直结交游侠子，亦曾亲近英雄人。

何言中路遭弃捐，零落漂沦古狱边。

虽复尘埋无所用，犹能夜夜气冲天。

【汇评】

《唐诗纪事》：元振尉通泉，任侠使气，拨去小节。武后知所为，召欲诘。既与语，奇之。索所为文章，上《宝剑篇》。后览嘉叹，诏示学士李峤等。

《唐诗归》：钟云：自作自叹，异甚，然真赏人实有此境（"良工咨嗟"句下）。　　钟云：不是此数语，便落粗恶一道。谭云：将宝剑说得忠孝节义了（"幸得周防"句下）。　　钟云：善为古剑讲价（"亦曾亲近"句下）。　　钟云：不恶，然再粗不得矣，慎之（末二句下）。

《唐诗解》：体裁无爽，终是浅调。直可动武曌耳，真好文主恐未易动。

《唐诗绪笺》：元振诗每多讽刺，有合《风》、《骚》。此篇之自负如此，无愧于其言矣。

《王闿运手批唐诗选》：以不祥器说得吉祥，是生新出奇法。

塞　上

塞外虏尘飞，频年出武威。

死生随玉剑，辛苦向金微。

久戍人将老，长征马不肥。

仍闻酒泉郡，已合数重围。

【汇评】

《唐诗归》：钟云：苦志苦词。谭云：马曰"真堪托生死"，剑曰"死生随玉剑"，摹写壮士本色，俱以"死"、"生"二字连用为妙。若单云生存，便索然矣（"死生"句下）。　　钟云：末语怨。

《唐诗选脉会通评林》：周珽曰：忠心报国，不避死生辛苦；人羸马敝，常怀边思连绵。非深谙大体、蕴蓄大略者，不能言此廓清功业，所以为当时张燕公辈所推重也。　　陆时雍曰：语语清壮。　　周启琦曰："久戍"、"长征"二语，是代公警句也。宜能驱邪灭怪。

《唐诗绪笺》：郭代公诗每多讽刺，有合《风》《骚》。如此篇，曰"塞外"，则知警不在边防；曰"频年"，则知战争不息；曰"死生"，曰"久戍"，曰"长征"，曰"已合"，句句寓意含蓄，大得讽体。

《唐诗评选》：除"死生随玉剑"一语诞而不浃，其馀皆清安顺适，俗论不谓然。

寄刘校书

俗吏三年何足论，每将荣辱在朝昏。

才微易向风尘老，身贱难酬知己恩。

御苑残莺啼落日，黄山细雨湿归轩。

回首汉家丞相府，昨来谁得扫重门？

【汇评】

《唐诗选脉会通评林》：周珽曰：三、四高论不磨。

《唐诗评选》：感人处不以劀刻，亦近刘长卿。

春江曲

江水春沉沉，上有双竹林。

竹叶坏水色，郎亦坏人心。

【汇评】

《邹庵重订李于鳞唐诗选》：黄尔调曰：眼前境，口头语，便已情透。

《唐诗镜》：有古意而无古韵。

《唐诗归》：钟云：只此自好，不必求深。　　谭云：好《读曲》、《子夜》歌！

《唐诗选脉会通评林》：周敬曰：大有古意。

子夜四时歌六首（选二首）

春歌（其一）

陌头杨柳枝，已被春风吹。

妾心正断绝，君怀那得知！

【汇评】

《唐诗广选》：断肠语，复悠然。　　蒋春甫曰：含情不露。

《邹庵重订李于鳞唐诗选》：黄尔调曰：一片柔情，十分愁怨。六朝赋此题，语多淫亵，此得闺情之正。

《唐诗直解》：说来自不堪，正不须深。

《增订唐诗摘钞》：前二句含蓄得妙，因时序而怀人意自见，故后二句硬接有力。末句即君忘妾之意。

春歌（其二）

青楼含日光，绿池起风色。
赠子同心花，殷勤此何极。

【汇评】

《诗境浅说续编》：《子夜歌》亦乐府之遗，幽静古艳，即物兴怀，在五言诗中，别有神味。此歌以"同心花"三字为主，两情兼写。第四句重言以申之，表长毋相忘之意。歌凡二首，其次首云："妾心正断绝，君怀那得知"，乃怨歌之亚也。（按：《全唐诗》郭震名下《春歌》排列次序，以此处所云"次首"居先，本诗在后。）

王无竞

王无竞(652—705),字仲烈,东莱(今山东掖县)人。弱冠擢下笔成章科,授栾城尉。累迁殿中侍御史,预修《三教珠英》,徙太子舍人,与陈子昂、宋之问友善。神龙初,贬苏州司马。复坐党张易之,流岭南,为仇家榜杀。《全唐诗》存诗五首。

【汇评】

王无竞……气豪纵,下笔成章。(《唐诗纪事》)

巫 山

神女向高唐,巫山下夕阳。

裴回行作雨,婉娈逐荆王。

电影江前落,雷声峡外长。

朝云无处所,台馆晓苍苍。

【汇评】

《云溪友议》:秭归县繁知一闻白乐天将过巫山,先于神女祠粉壁大署之曰:"苏州刺史今才子,行到巫山必有诗。为报高唐神女道,速排云雨候清词。"白公睹题处,怅然,邀知一至,曰:"历阳刘郎中禹锡,三年理白帝,欲作一诗于此,怯而不为。罢郡经过,悉去千馀首诗,但留四章(按指沈佺期、王无竞、李端、皇甫冉四人诗)而已。此四章者,乃古今之绝唱也,而人造次不合为之。"……白公但吟四篇,与繁生同济,竟而不为。

《唐诗评选》:意直思永,乐天收之不妄。夕阳、云、雨、雷、电杂出,俗论必以为重沓,唯杨用修可与语此。

《闻鹤轩初盛唐近体读本》:陈德公先生曰:气调爽畅,结处氤氲不尽。 前半直述,一气流注,殊有神韵。五、六写景并活,影落声长,说向空际,故佳。 赵锡九曰:若后半,作致缥缈;前半直序,便嫌率易。

崔　融

崔融(653—706)，字安成，齐州全节(今山东济南东北)人。高宗仪凤元年(676)举词殚文律科，补宫门丞，兼崇文馆学士。武后朝，历著作佐郎、右史、著作郎、凤阁舍人等职，谄附张易之。易之伏诛，融左授袁州刺史。寻召拜国子司业。兼修史。受诏撰《则天哀册文》，用思精苦，发病卒。融为文典丽，朝廷大手笔多出其手。与李峤、杜审言、苏味道合称"文章四友"。有《崔融集》六十卷，已佚。《全唐诗》编诗一卷。

【汇评】

融为文华婉，当时未有辈者。朝廷大笔，多手敕委之。其《洛出宝图颂》尤工。撰《武后哀册》最高丽，绝笔而死，时谓思苦神竭云。(《新唐书》本传)

崔与苏味道、李峤齐名，似为秀出；又合杜审言为"文章四友"，则气力亦似差逊。(《载酒园诗话又编》)

崔司勋票疾，有似侠客一流。(《石洲诗话》)

关山月

月生西海上，气逐边风壮。
万里度关山，苍茫非一状。
汉兵开郡国，胡马窥亭障。
夜夜闻悲笳，征人起南望。

拟　古

饮马临浊河，浊河深不测。
河水日东注，河源乃西极。
思君正如此，谁为生羽翼？
日夕大川阴，云霞千里色。
所思在何处？宛在机中织。
离梦当有魂，愁容定无力。
凤龄负奇志，中夜三叹息。
拔剑斩长榆，弯弓射小棘。
班张固非拟，卫霍行可即。
寄谢闺中人，努力加飧食。

【汇评】

《唐诗归》：钟云：五字幽幻动人。谭云："当有"二字，不可知之词也，读不得（"离梦"句下）。　　谭云：寄谢闺人，有许多妙婉语，如何以此就韵（末句下）。

从军行

穹庐杂种乱金方，武将神兵下玉堂。

天子旌旗过细柳，匈奴运数尽枯杨。

关头落月横西岭，塞下凝云断北荒。

漠漠边尘飞众鸟，昏昏朔气聚群羊。

依稀蜀杖迷新竹，仿佛胡床识故桑。

临海旧来闻骠骑，寻河本自有中郎。

坐看战壁为平土，近待军营作破羌。

【汇评】

《唐诗归》：钟云：作一首七言排律看，则妙，若看作歌行，反减价矣。此有妙理，宜知之。　　又云：初唐七言律，反难得如此流丽。　　谭云：新调活思。（"匈奴运数"句下）。　　钟云："飞众鸟"三字，写边尘入妙（"漠漠边尘"句下）。　　谭云：轻动可法，拙人当日日诵之（"寻河本自"句下）。

《唐诗解》：音调谐，用事化。

《唐诗评选》：与蔡孚《打毬篇》俱自沈"攸君桂楫泛中河"来，近人不知，呼为七言排律。

吴中好风景

洛渚问吴潮，吴门想洛桥。

夕烟杨柳岸，春水木兰桡。

城邑高楼近，星辰北斗遥。

无因生羽翼，轻举托还飚。

户部尚书崔公挽歌

八座图书委，三台章奏盈。
举杯常有劝，曳履忽无声。
市若荆州罢，池如薛县平。
空馀济南剑，天子署高名。

【汇评】

《唐诗选脉会通评林》：周珽曰：挽诗乃碑、铭、表、诔馀词也，须摹肖其人，得真始妙。古来作者填实病板，虚模病肤。如此篇，述崔之位高责尽，忠贞德泽，素孚上下，而没后君民思念不忘。用事融化恰当，措调悲切感人，故是有唐巨笔。

阎朝隐

> 阎朝隐（？—712），字友倩，赵州栾城（今属河北）人。登进士第，中孝悌廉让科，补阳武尉。武后朝，累迁给事中，预修《三教珠英》。武后有疾，令祷于少室山，朝隐沐浴伏身俎盘为牺牲，请代后疾。还奏，擢麟台少监。其谄佞如此。中宗即位，流崖州。景龙初赦还，迁著作郎，复为秘书少监。坐事贬通州别驾，卒。有《阎朝隐集》五卷，已佚。《全唐诗》存诗十三首。

【汇评】

张说曰："阎朝隐之文，则如丽色靓妆，衣之绣绣，燕歌赵舞，观者忘忧；然类之《风》、《雅》，则为罪矣。"（《大唐新语》）

朝隐文章虽无《风》、《雅》之体，善构奇，甚为时人所赏。（《旧唐书》本传）

（朝隐）性滑稽，属辞奇诡，为武后所赏。（《新唐书》本传）

鹦鹉猫儿篇 并序

鹦鹉，慧鸟也。猫，不仁兽也。飞翔其背焉，啮啄其颐焉。攀之缘之，蹈之履之，弄之藉之，跄跄然此为自得，彼亦以为自得。畏者无所起其畏，忍者无所行其忍，抑血属旧故之不若。臣叨践太子舍人，朝暮侍从，预见其事。圣上方以礼乐文章为功业，朝野欢娱，强梁充斥之辈，愿为臣妾，稽颡阙下者日万计。寻而天下一统，实以为惠可以伏不惠，仁可以伏不仁，亦太平非常之明证。事恐久远，风雅所缺，再拜稽首为之篇。

> 霹雳引，丰隆鸣，猛兽噫气蛇吼声。
> 鹦鹉鸟，同资造化兮殊粹精，
> 鹔鹴毛，翡翠翼，鹓雏延颈，鹍鸡弄色。
> 鹦鹉鸟，同禀阴阳兮异埏埴。
> 彼何为兮，隐隐振振；
> 此何为兮，绿衣翠襟。
> 彼何为兮，窖窖蠢蠢；
> 此何为兮，好貌好音。
> 彷彷兮徉徉，似妖姬蹦步兮动罗裳；
> 趋趋兮跄跄，若处子回眸兮登玉堂。
> 爰有兽也，安其忍，觜其胁，距其胸，
> 与之放旷浪浪兮，从从容容。
> 钩爪锯牙也，宵行昼伏无以当，
> 遇之兮忘味；
> 抟击腾掷也，朝飞暮噪无以拒，
> 逢之兮屏气。
> 由是言之：贪残薄则智慧作，
> 贪残临之兮不复攫。
> 由是言之：智慧周则贪残囚，
> 智慧犯之兮不复忧。

菲形陋质虽贱微，皇王顾遇长光辉。

离宫别馆临朝市，妙舞繁弦杂宫徵。

嘉喜堂前景福内，合欢殿上明光里。

云母屏风文彩合，流苏斗帐香烟起，

承恩宴盼接宴喜。

高视七头金骆驼，平怀五尺铜狮子。

国有君兮国有臣，君为主兮臣为宾。

朝有贤兮朝有德，贤为君兮德为饰，

千年万岁今心转忆。

【汇评】

《唐诗归》：钟云：自首至尾全用作文排比法成诗，奇甚。正理奇调。　　谭云：忽然起止，雷霆风雨，确然陈诉，忠臣仁人，非以诗文为戏，乃一肚奇趣正理，触物动摇耳。千古而下，皆有感于斯文。

《一瓢诗话》：阎朝隐《咏猫诗》，风雅罪人；宋之问《浣纱篇》，莺花禅悦。钟伯敬议论，好肉剜疮；谭友夏评骘，缺口咬虱。

《王闿运手批唐诗选》：不伦不类，转以见奇。　　又作一排以振其气（"从从容容"句下）。

长孙正隐

　　长孙正隐,生卒年不详,当作长孙贞隐,乃避宋讳改。洛阳(今属河南)人。高宗朝,曾预高正臣等高氏林亭之唱和。官至太常博士。《全唐诗》存诗二首。

晦日宴高氏林亭

晦晚属烟霞,遨游重岁华。

歌钟虽戚里,林薮是山家。

细雨犹开日,深池不涨沙。

淹留迷处所,岩岫几重花。

【汇评】

　　《唐诗归》:谭云:写景入妙。如"开日""开"字,必是用字屡换不妙,忽然得之者,问之用心,诗人始知。　　钟云:此集诗凡数十首,此作第一。陈子昂亦与焉,其诗不如也,名之不可定人如此。

　　《唐诗矩》:起联总冒格。　　用景语作结,其味便长。

苏　颋

　　苏颋(670—727)，字廷硕，京兆武功(今属陕西)人。弱冠举进士，授乌程尉。神龙中，累迁至给事中，加修文馆学士，拜中书舍人。景云中，父丧免，起复为工部侍郎，袭爵许国公，转中书侍郎。开元四年，迁紫微侍郎、同平章事。八年，罢为益州长史、剑南道按察使。颋工诗能文，才思敏捷，与燕国公张说均以文章显，时号"燕许大手笔"。有《苏颋集》三十卷，已佚。今《苏许公文集》十一卷乃清苏廷玉所辑。《全唐诗》编诗二卷。

【汇评】

　　(颋)自景龙后，与张说以文章显，称望略等，故时号"燕许大手笔"。(《新唐书》本传)

　　开元彩笔，无过"燕许"，制册碑颂，春容大章。然比之六朝，明易差胜，而渊藻远却，敷文则衍，征事则狭。许之应制七言，宏丽有色，而他篇不及李峤；燕之岳阳以后，感慨多工，而实际不如始兴。(《艺苑卮言》)

　　许公天命英标，凤年妙悟，遭时丰豫，大启菁华，凡宴赏览游，靡不应制。虽君臣道合，侪辈同声，足以成其令节，而祥麟威凤，世所罕睹,盛时气候,亦可想见之尔。或曰:绮丽太胜,音节太缓,许公安得而辞焉?予解之曰:诗有六义,颂声独扬,非浑厚不足以庄其体,非藻丽不足以华其节,视之郁积感思之言,其尚异矣。识者谓许公有宫调,其殆此乎?(《唐诗品》)

苏颋七言律,较云卿虽甚流畅,而整栗雄伟弗如。至如"宫中下见南山尽,城上平临北斗悬"、"山光积翠遥疑逼,水态含青近若空",亦初唐佳句也。(《诗源辩体》)

"燕许"并称,燕警敏,许质厚。吾评两公,亦犹庞士元之目顾、陆,一有逸足之用,一任负重之能也。《饯阳将军兼源州都督御史丞》曰:"旗合无邀正,冠危有触邪",不唯得讽励体,兼两切其职,隐然有陈力就列之义。此真纶綍之才,安得不推为"大手笔"?(《载酒园诗话又编》)

苏公诗气味深醇,骨力高峻,想其落纸时总不使一直笔,故能字字飞动,而无伤于浑雅。(《唐诗观澜集》)

其源出于谢朓,故清俊有馀,偶遇佳题,亦能苍远。唯应制诸篇,词浮于质,自复成章,但为台阁之体。至如桃花温树,讽谏清言,乃亦破端为俊。(《三唐诗品》)

奉和圣制登骊山高顶寓目应制

仙跸御层氛,高高积翠分。
岩声中谷应,天语半空闻。
丰树连黄叶,函关入紫云。
圣图恢宇县,歌赋小横汾。

【汇评】

《唐风怀》:南邨曰:高华自不必言,更有一种隽越之气出人意表,应制似此,何等清贵!

《唐诗成法》："人"字好，若作"满"，便熟腐可笑。

《闻鹤轩初盛唐近体读本》：前半警亮，第四尤杰。　　　五六"连"、"人"二字，法浑然而实作意。　　　童子范曰：落句似是平调，然恰与登眺有情，"小横汾"亦非强缀可比。

边秋薄暮

> 海外秋鹰击，霜前旅雁归。
> 边风思鞞鼓，落日惨旌麾。
> 浦暗渔舟入，川长猎骑稀。
> 客悲逢薄暮，况乃事戎机。

【汇评】

《唐诗选脉会通评林》：周珽曰：首二句见边秋，中四句见薄暮。"边风"二语情景妙合，"思"、"惨"二眼可悲。"浦暗"二语喻筹边共事之臣，相时势辄多退避。收句用意凄楚，秉忧国之责者，可玩戎机为轻小，不思顺时一奋其志哉！"况乃"二字有味。

奉和春日幸望春宫应制

> 东望望春春可怜，更逢晴日柳含烟。
> 宫中下见南山尽，城上平临北斗悬。
> 细草偏承回辇处，飞花故落舞筵前。
> 宸游对此欢无极，鸟哢声声入管弦。

【汇评】

《升庵诗话》：唐自贞观至景龙，诗人之作，尽是应制。命题既同，体制复一，其绮绘有馀，而微乏韵度。独苏颋"东望望春春可怜"一篇，迥出群英矣。

《唐诗广选》：应制诸篇当以此为第一，吾喜其不涉应制中绮丽语。　　蒋仲舒曰：三、四"下"、"尽"、"平"、"悬"四字，遂尽高峻，不见形迹。五、六"偏"、"故"二字有情。

《唐诗选》：玉遮曰：诗庄丽兼有韵致。

《批选唐诗》：情境声华俱佳。

《唐诗选脉会通评林》：周敬曰：初唐声律雄浑厚丽，此如芙蓉赤精，发锷光莹。应制诸篇，当以此为第一。

《唐诗评选》：每得佳题，极难承受，步步拗出，步步生色，真擒生手也。

《贯华堂选批唐才子诗》：七字中凡下二"望"字、二"春"字，此比沈《龙池》，却是又一样叠字法，想来唐人每欲以此为能也。　　"更逢晴日"四字妙。亦只是寻常欣快，写来却异样踊跃。

《增订唐诗摘钞》：唐人近体，虽变古诗，其法与古文暗合。盖秦汉以前之文，大率字句简奥，蓄意有馀；后人文字多用虚字语助，衬贴易晓，往往一览而尽，所以不能复传。唐人创为近体诗，矩度所限，词不赴意，不得不生错综、套搭、倒装、缩脉诸法并复字，本意始明。

《唐七律选》：张南士云：三、四写地高，惟章八元《登慈恩浮屠》诗"却怪鸟飞平地上，自惊人语半天中"差足比拟，然尚有雅俗之辨。若其后句云："绝顶初攀似出笼"，则直贫相矣。时世之升降如此。

《唐诗成法》：次联典切。八能脱套。中四所谓"景叠者意必别"。

《唐诗别裁》："宫中下见南山尽，城上平临北斗悬"，写高峻意，语特浑成。

《唐诗笺注》：首句以"望春"着笔，起得飘逸。次言大地春色宜人。三、四写望春宫之高。五、六仍旧春日点缀，"偏"字，"故"字尖新。结收到"宸游",末又补写景色,荡漾有情,此亦画家皴染法也。

《山满楼笺注唐诗七言律》:"东望望春"开口几嫌起直,妙在接出"春可怜"三字,遂生无限情趣。"更逢晴日"一接又妙。

《而庵说唐诗》:七言律,初唐最称工丽,余于许公此作,赞叹不绝,不以其词之工丽,而以其用意之细也。

《唐诗观澜集》:"东望望春春可怜",无端起,巧妙雄逸。　"宫中下见南山尽,城上平临北斗悬","尽"字、"悬"字点化得妙。　结句俊。

《昭昧詹言》:起实破"望春"名义与事,奇。三、四实写望春之景,奇警切实。五、六带说"幸"字。收颂美,归愚所谓有颂无规也。

兴庆池侍宴应制

降鹤池前回步辇,栖鸾树杪出行宫。
山光积翠遥疑逼,水态含青近若空。
直视天河垂象外,俯窥京室画图中。
皇欢未使恩波极,日暮楼船更起风。

【汇评】

《唐诗评选》:巧不伤雅,即象外,即圜中,应制中唯此擅场。

《唐诗成法》:力大法密。　气味醇正,写景深细,而结有乐不可极之意。语甚和婉,又雄壮,又清灵,无美不备,细细读之,不觉为应制诗。

《网师园唐诗笺》:"直视"二句瑰宏,是作者所擅场。

扈从鄠杜间奉呈刑部尚书舅崔黄门马常侍

翠辇红旗出帝京，长杨鄠杜昔知名。
云山一一看皆美，竹树萧萧画不成。
羽骑将过持袂拂，香车欲度卷帘行。
汉家曾草巡游赋，何似今来应圣明！

【汇评】

《唐诗镜》：三、四风味清美，五、六绝无意致。

《唐诗评选》：寓目惊心，景外设景。

《唐诗观澜集》："云山一一看皆美，竹树萧萧画不成"，浑雅之极，似不着力，而气格高甚。

《唐七律选》：不设色锻炼，觉天致宛然（"云山一一"二句下）。

同饯阳将军兼源州都督御史中丞

右地接龟沙，中朝任虎牙。
然明方改俗，去病不为家。
将礼登坛盛，军容出塞华。
朔风摇汉鼓，边马思胡笳。
旗合无邀正，冠危有触邪。
当看劳还日，及此御沟花。

【汇评】

《唐诗直解》："摇"、"思"二字稍练，"旗"、"冠"二语牵合。

《唐诗选》：玉遮曰："然明"二句寓规讽意。

《唐诗镜》：三、四语极担当。

《唐诗选脉会通评林》：李梦阳曰：博识宏襟，雄才雅调，具见此作。　　顾璘曰：决非俗物可及。　　蒋一梅曰："朔风""边月"二句，千锤百炼，才有此语。　　周珽曰：有众岫扛云、夜海产日之妙。

《而庵说唐诗》："将礼登坛盛，……边马思胡笳"，此四句看去乃题中所当有，若论律当从简，则又可以无。此之所谓排人者也。　　"及此御沟花"，指花而言，五字如画。

《闻鹤轩初盛唐近体读本》：陈德公曰：通首稳亮，结更波秀。

山鹧鸪词二首（其二）

人坐青楼晚，莺语百花时。
愁多人易老，断肠君不知。

汾上惊秋

北风吹白云，万里渡河汾。
心绪逢摇落，秋声不可闻。

【汇评】

《唐诗广选》：胡元瑞曰："不可闻"三字自佳。

《唐诗直解》：语简而委婉，无限深情。

《删订唐诗解》：急起急收，而含蕴不尽，五绝之最胜者。

《唐诗别裁》：一气流注中仍复含蓄，五言佳境。

《唐诗笺注》：是秋声摇落，偏言心绪摇落，相为感触写照，秋声愈有情矣。

《诗法易简录》：首句写景，便已含起可惊之意。次句加以"万里"，又早为"惊"字通气。"心绪"句正写所以"惊秋"之故。前三句无一字说到"惊"，却无一字不为"惊"字追神取魄，所以末句只点出

"秋"字,而意已无不曲包。弦外之音,实有音在;味外之味,实有味在。所谓含蓄者,固贵其不露,尤贵其能包括也。

《唐人万首绝句选评》:大家气格,五字中最难得此。与王勃《山中》作运意略同,而此作觉更深成。

《唐诗近体》:起句飘然(首句下)。

《唐绝诗钞注略》:李瑛云:绝句贵含蓄。此诗先虚写,第四句始点"秋"字,截然而止,不言"惊"而意透。若三、四倒转便平衍,此用笔先后之法。

将赴益州题小园壁

岁穷惟益老,春至却辞家。
可惜东园树,无人也作花。

张敬忠

张敬忠,生卒年里贯均不详。神龙三年为监察御史,入朔方总管张仁愿幕,与何鸾、寇泚等分总军事。开元初,官司勋郎中、灵武道行军判官,北伐突厥。七年,拜平卢节度使。十二年,官剑南节度使。《全唐诗》存诗二首。

边　词

五原春色旧来迟,二月垂杨未挂丝。

即今河畔冰开日,正是长安花落时。

【汇评】

《唐诗绝句类选》:人多说边境之苦,而此诗想到长安,思更深苦。

《唐诗直解》:说得苦寒出。

《唐诗归》:钟云:只叙时物,许多情感,三百篇《草虫》等诗之法也。　　谭云:风土诗。

《唐诗选脉会通评林》:周敬曰:彼此相形,专以意胜,说得出。

《唐诗摘钞》：情在景中。只一意，用"今"、"旧"二字，翻作两层，只说边地苦寒，而征人之不堪自见。

《而庵说唐诗》：此诗不用深巧，只将"春色迟"三字写大意，而边地之苦自见，尚不失盛唐步武。

《网师园唐诗笺》：末二句，深情含蓄。

《唐诗合选详解》：王一士曰：写景最灵活，可救滞涩之病。

《诗境浅说续编》：凡作边词，每言塞外春迟，而各人诗笔不同。王之涣诗"羌笛何须怨杨柳，春风不度玉门关"，推为绝唱，然张诗自有初唐质朴之气。

《唐人绝句精华》：此边词而不言边塞之苦，但用对比手法，将"河畔"与"长安"两相形，而意在言外，且语意和平，可想见唐初国力之盛。

徐彦伯

徐彦伯(？—714)，名洪，以字行。兖州瑕丘(今山东兖州)人。少以文辞知名，对策擢第，累转蒲州司兵参军，以文词雅美，与司户韦嵩、司士李亘并称"河东三绝"。圣历中，自职方员外郎累迁给事中，预修《三教珠英》。历宗正卿、齐州刺史。中宗复位，改太常少卿，预修《武后实录》。后官至工部侍郎、太子宾客。有《徐彦伯前集》十卷、又《后集》十卷，均佚。《全唐诗》编诗一卷。

【汇评】

(彦伯)少以文章擅名，……景龙三年，中宗亲拜南郊，彦伯作《南郊赋》以献，辞甚典美。……自晚年属文，好为强涩之体，颇为后进所效焉。(《旧唐书》本传)

时司户韦嵩善判，司士李亘工书，而彦伯属辞，时称"河东三绝"。……武后撰《三教珠英》，取文辞士，皆天下选，而彦伯、李峤居首。……晚为文稍强涩，然当时不及也。(《新唐书》本传)

中宗与修文馆学士宴乐赋诗，每命彦伯为之序，文彩华缛。……彦伯为文，多变易求新，以凤阁为鹓阁，龙门为虬户，金谷为铣溪，玉山为琼岳，竹马为筱骖，月兔为魄兔，进士效之，谓之"徐涩体"。

（《唐诗纪事》）

其源出于沈休文，古体亦托傅咸遗咏，错采镂金，端可宝。《唐书》称其典缛，可谓知言。虽谢风雅之清尘，亦修文之嚆矢也。（《三唐诗品》）

题东山子李适碑阴二首并序

噫嘻李公，生自号东山子，死葬东山，岂其谶哉！神交者歌《薤露》以送子归东山，以诗镌于碑阴云。

其二

回也实天折，贾生亦脆促。

今复哀若人，危光迅风烛。

夜台沦清镜，穷尘埋结绿。

何以赠下泉？生刍唯一束。

孤烛叹

切切夜闺冷，微微孤烛然。

玉盘红泪滴，金烬彩光圆。

暖手缝轻素，嚬蛾续断弦。

相思咽不语，回向锦屏眠。

【汇评】

《唐诗选脉会通评林》：周珽曰：以"切切"、"微微"出题，便不胜凄咽。次写孤烛景况可悲。三即烛下情思难释。至不语背烛而眠，一种无聊态衷，只自知耳。通篇不作愤懑语，而令人自见，与"虚牖风惊梦，空床月厌人"，同得悲调之妙。

骆宾王

骆宾王(638?—685?),字观光,婺州义乌(今属浙江)人。弱冠为道王(元庆)府属。高宗咸亨年间,从军塞上。上元元年回京参选,历武功、长安主簿,擢侍御史,因上书言事,被诬下狱。后任临海(今浙江天台)丞,怏怏失志,弃官去。文明元年,从徐敬业讨武,兵败,被杀。或谓"投江而死",或谓"亡命不知所之"。宾王兼擅诗文,与王勃、杨炯、卢照邻齐名,并称"四杰"。有《骆宾王文集》十卷行世。《全唐诗》编诗三卷。清陈熙晋有《骆临海集笺注》十卷。

【汇评】

世称"王杨卢骆",杨盈川之为文,好以古人姓名连用,如"张平子之略谈,陆士衡之所记"、"潘安仁宜其陋矣,仲长统何足知之",号为"点鬼簿"。宾王文好以数对,如"秦地重关一百二,汉家离宫三十六",人号为"算博士"。(《唐诗纪事》)

骆宾王为诗,格高指远,若在天上物外,神仙会集,云行鹤驾,想见飘然之状。(《诗人玉屑》)

宾王五言律诗,秀丽精绝,不可易及。然《帝京篇》尤一代绝唱也。(张逊业《骆宾王文集序》)

卢、骆、王、杨，号称"四杰"，词旨华靡，固沿陈隋之遗，翩翩意象，老境超然胜之，五言遂为律家正始。内子安稍近乐府，杨、卢尚宗汉魏，宾王长歌虽极浮靡，亦有微瑕，而缀锦贯珠，滔滔洪远，故是千秋绝艺。（《艺苑卮言》）

沈、宋前，排律殊寡，惟骆宾王篇什独盛。佳者："二庭归望断"、"蓬转俱行役"、"彭山折坂外"、"蜀地开天府"，皆流丽雄浑，独步一时。（《诗薮》）

义乌富有才情，兼深组织，正以太整且丰之故，得擅长什之誉，将无风骨有可窥乎！（《唐音癸签》）

其源亦出阴、何，特能清远取神，苍然有骨，虽才非纯雅，固于胜处见优。存诗甚少，特见一斑，缘在初唐，仍称家数。（《三唐诗品》）

（宾王）诗不减齐梁诸人，而古质不及卢昇之。近体如《北眺》、《夏日》诸作，立意炼辞，实开盛唐之先路。（《诗学渊源》）

晚憩田家

转蓬劳远役，披薜下田家。

山形类九折，水势急三巴。

悬梁接断岸，涩路拥崩查。

雾岩沦晓魄，风溆涨寒沙。

心迹一朝舛，关山万里赊。

龙章徒表越，闽俗本殊华。

旅行悲泛梗，离赠折疏麻。

唯有寒潭菊，独似故园花。

从军中行路难二首（其二）

君不见玉关尘色暗边庭，铜鞮杂虏寇长城。

天子按剑征馀勇，将军受脤事横行。

七德龙韬开玉帐，千里鼙鼓叠金钲。

阴山苦雾埋高垒，交河孤月照连营。

连营去去无穷极，拥旆遥遥过绝国。

阵云朝结晦天山，寒沙夕涨迷疏勒。

龙鳞水上开鱼贯，马首山前振雕翼。

长驱万里詟祁连，分麾三命武功宣。

百发乌号遥碎柳，七尺龙文迥照莲。

春来秋去移灰琯，兰闺柳市芳尘断。

雁门迢递尺书稀，鸳被相思双带缓。

行路难，行路难，誓令氛祲静皋兰。

但使封侯龙额贵，讵随中妇凤楼寒！

【汇评】

《唐诗选脉会通评林》：周珽曰：宾王性质忠烈，故语多愤激，所志惟欲为君国树勋雪耻。如"君恩如可报，龙剑有雌雄"、"莫作兰山下，空令汉国羞"、"还立雪汉耻，持此报明君"等，言言令人肝胆激发。若此篇，托意征戍之士，谓既受天子阃外之寄，则扬尘远略，奋勇忘家，有所不辞者。前段叙军行节制所自，中段写军行威武所及，末段言军行志愿不负所期许。味"誓令氛祲静皋兰"一语与尾两句，忠义之气凛凛，不独见于讨武氏一檄矣。

帝京篇

山河千里国，城阙九重门。
不睹皇居壮，安知天子尊！
皇居帝里崤函谷，鹑野龙山侯甸服。
五纬连影集星躔，八水分流横地轴。
秦塞重关一百二，汉家离宫三十六。
桂殿嶔岑对玉楼，椒房窈窕连金屋。
三条九陌丽城隈，万户千门平旦开。
复道斜通越鹊观，交衢直指凤凰台。
剑履南宫入，簪缨北阙来。
声名冠寰宇，文物象昭回。
钩陈肃兰戺，璧沼浮槐市。
铜羽应风回，金茎承露起。
校文天禄阁，习战昆明水。
朱邸抗平台，黄扉通戚里。
平台戚里带崇墉，炊金馔玉待鸣钟。
小堂绮帐三千户，大道青楼十二重。
宝盖雕鞍金络马，兰窗绣柱玉盘龙。
绣柱璇题粉壁映，锵金鸣玉王侯盛。
王侯贵人多近臣，朝游北里暮南邻。
陆贾分金将宴喜，陈遵投辖正留宾。
赵李经过密，萧朱交结亲。
丹凤朱城白日暮，青牛绀幰红尘度。
侠客珠弹垂杨道，倡妇银钩采桑路。
倡家桃李自芳菲，京华游侠盛轻肥。

延年女弟双凤入，罗敷使君千骑归。

同心结缕带，连理织成衣。

春朝桂尊尊百味，秋夜兰灯灯九微。

翠幄珠帘不独映，清歌宝瑟自相依。

且论三万六千是，宁知四十九年非。

古来荣利若浮云，人生倚伏信难分。

始见田窦相移夺，俄闻卫霍有功勋。

未厌金陵气，先开石椁文。

朱门无复张公子，灞亭谁畏李将军！

相顾百龄皆有待，居然万化咸应改。

桂枝芳气已销亡，柏梁高宴今何在？

春去春来苦自驰，争名争利徒尔为。

久留郎署终难遇，空扫相门谁见知！

当时一旦擅豪华，自言千载长骄奢。

倏忽抟风生羽翼，须臾失浪委泥沙。

黄雀徒巢桂，青门遂种瓜。

黄金销铄素丝变，一贵一贱交情见。

红颜宿昔白头新，脱粟布衣轻故人。

故人有湮沦，新知无意气。

灰死韩安国，罗伤翟廷尉。

已矣哉，归去来！

马卿辞蜀多文藻，扬雄仕汉乏良媒。

三冬自矜诚足用，十年不调几遭回。

汲黯薪逾积，孙弘阁未开。

谁惜长沙傅，独负洛阳才！

【汇评】

《增定评注唐诗正声》：郭云：浮靡之调是初唐气运使然，其间铺叙串合，俱有大力，不过借学问点缀耳，非如浅人用事，一味堆垛。

《邾庵重订李于鳞唐诗选》：黄尔调云：读宾王长篇，如入王都之市，璀璨夺目，其妙处在布置得宜。

《汇编唐诗十集》：唐云：钟伯敬作《诗归》，极诋宾王，谓不当与子安列，此特一偏之论耳。宾王《帝京篇》虽用学问填塞，然其铺叙有法，抑扬有韵，借古文辞写己胸臆，而首尾照应，脉络无爽，非妙笔不能。譬之朝阳殿中众宝杂陈，必布置得宜，乃能眩目，苟非班倕，畴能作此？彼竹篱茅舍手，恐不当轻议之。

《载酒园诗话又编》：《帝京篇》，铨官时吏部侍郎裴行俭索文，作以献者也，故淋漓磊落，竭其才思。今人或病其过于横溢。余以读诗者如汉文节俭，自不作露台可耳，必不得谓未央壮丽，追罪萧何。

《而庵说唐诗》：宾王此篇，最有体裁，节节相生，又井然不乱。首望出帝居得局；次及星躔山川、城阙离宫；次及诸侯王贵人之邸第，衣冠文物之盛、车马饮馔之乐，乃至游侠倡妇，描写殆尽；后半言祸福倚伏，交情变迁。总见帝京之大，无所不有，所举仕宦皆在京师者，尤见细密处。　　又云：宾王此篇，做到"交衢直指凤凰台"句下，不知如何搁笔。沉吟上来，既将帝京布成一个大规模，若不入"剑履南宫入"十二句，则是空空一个帝京矣。此最一篇精神命脉之所，句最难下。若将朝廷声治铺排，累幅纸也写不尽，有何意味？看他下此八句，其用事极齐整，然却不落板。

《唐诗观澜集》：藻丽沿六朝，而愈增繁缛，唐初四子往往如此。此诗警豪华之难保，戒骄奢之终衰，移风易俗，有贾生之志焉，义近乎风。

畴昔篇

少年重英侠,弱岁贱衣冠。

既托寰中赏,方承膝下欢。

遨游灞陵曲,风月洛城端。

且知无玉馔,谁肯逐金丸?

金丸玉馔盛繁华,自言轻侮季伦家。

九陌争驰千里马,三条竞骛七香车。

掩映飞轩乘落照,参差步障引朝霞。

池中旧水如悬镜,屋里新妆不让花。

意气风云倏如昨,岁月春秋屡回薄。

上苑频经柳絮飞,中园几见梅花落。

当时门客今何在?畴昔交朋已疏索。

莫教憔悴损容仪,会得高秋云雾廓。

淹留坐帝乡,无事积炎凉。

一朝披短褐,六载奉长廊。

赋文惭昔马,执戟叹前扬。

挥戈出武帐,荷笔入文昌。

文昌隐隐皇城里,由来奕奕多才子。

潘陆词锋络驿飞,张曹翰苑纵横起。

卿相未曾识,王侯宁见拟!

垂钓甘成白首翁,负薪何处逢知己?

判将运命赋穷通,从来奇舛任西东。

不应永弃同刍狗,且复飘飘类转蓬。

容鬓年年异,春华岁岁同。

荣亲未尽礼,徇主欲申功。

脂车秣马辞京国，策辔西南使邛僰。
玉垒铜梁不易攀，地角天涯眇难测。
莺啼蝉吟有悲望，鸿来雁度无音息。
阳关积雾万里昏，剑阁连山千种色。
蜀路何悠悠，岷峰阻且修。
回肠随九折，迸泪连双流。
寒光千里暮，露气二江秋。
长途看束马，平水且沉牛。
华阳旧地标神制，石镜峨眉真秀丽。
诸葛才雄已号龙，公孙跃马轻称帝。
五丁卓荦多奇力，四士英灵富文艺。
云气横开八阵形，桥形遥分七星势。
川平烟雾开，游戏锦城隈。
墉高龟步转，水净雁文回。
寻姝入酒肆，访客上琴台。
不识金貂重，偏惜玉山颓。
他乡冉冉消年月，帝里沉沉限城阙。
不见猿声助客啼，唯闻旅思将花发。
我家迢递关山里，关山迢递不可越。
故国梅柳尚馀春，来时勿使芳菲歇。
解鞍欲言归，执袂怆多违。
北梁俱握手，南浦共沾衣。
别情伤去盖，离念惜徂辉。
知音何所托，木落雁南飞。
回来望平陆，春来酒应熟。
相将菌阁卧青溪，且用藤杯泛黄菊。
十年不调为贫贱，百日屡迁随倚伏。

只为须求负郭田，使我再干州县禄。
百年郁郁少腾迁，万里迢迢入镜川。
吴江沸潮冲白日，淮海长波接远天。
丛竹凝朝露，孤山起暝烟。
赖有边城月，常伴客旌悬。
东南美箭称吴会，名都隐轸三江外，
涂山执玉应昌朝，曲水开襟重文会。
仙镝流音鸣鹤岭，宝剑分辉落蛟濑。
未看白马对芦刍，且觉浮云似车盖。
江南节序多，文酒屡经过。
共踏春江曲，俱唱采菱歌。
舟移疑入镜，棹举若乘波。
风光无限极，归棹碍池荷。
眺听烟霞正流眄，即从王事归舻转。
芝田花发屡装回，金谷佳期重游衍。
登高北望嗤梁叟，凭轼西征想潘掾。
峰开华岳笋疑莲，水激龙门急如箭。
人事谢光阴，俄遭霜露侵。
偷存七尺影，分没九泉深。
穷途行泣玉，愤路未藏金。
茹茶空有叹，怀橘独伤心。
年来岁去成销铄，怀抱心期渐寥落。
挂冠裂冕已辞荣，南亩东皋事耕凿。
宾阶客院常疏散，蓬径柴扉终寂寞。
自有林泉堪隐栖，何必山中事丘壑！
我住青门外，家临素浐滨。
遥瞻丹凤阙，斜望黑龙津。

荒衢通猎骑，穷巷抵樵轮。

时有桃源客，来访竹林人。

昨夜琴声奏悲调，旭旦含辇不成笑。

果乘骢马发罳书，复道郎官禀纶诰。

冶长非罪曾缧绁，长孺然灰也经溺。

高门有阅不图封，峻笔无闻敛敷妙。

适离京兆谤，还从御史弹。

炎威资夏景，平曲况秋翰。

画地终难入，书空自不安。

吹毛未可待，摇尾且求餐。

丈夫坎壈多愁疾，契阔迍邅尽今日。

慎罚宁凭两造辞，严科直挂三章律。

邹衍衔悲系燕狱，李斯抱怨拘秦桎。

不应白发顿成丝，直为黄沙暗如漆。

紫禁终难叫，朱门不易排。

惊魂闻叶落，危魄逐轮埋。

霜威遥有厉，雪枉遂无阶。

含冤欲谁道？ 饮气独居怀。

忽闻驿使发关东，传道天波万里通。

涸鳞去辙还游海，幽禽释网便翔空。

舜泽尧曦方有极，谗言巧佞傥无穷。

谁能跼迹依三辅？ 会就商山访四翁。

【汇评】

《唐诗选脉会通评林》：周敬曰：宾王《畴昔》、《帝京》二作，不独富丽华藻，极揽天下之才，而开合曲折，尽神工之致。莫言中晚，即盛唐罕有与敌。歌行长篇绝技，舍两作更何格调可法？　　　黄家鼎曰：铺叙有法，抑扬有韵，借故文辞，写己胸臆，而首尾照应，脉络无爽，岂凑砌堆垛者比。

《诗辩坻》：初唐如《帝京》、《畴昔》、《长安》、《汾阴》等作，非巨匠不办。非徒博丽，即气概充硕，无纪渻之养者，一望却走。唐人无赋，此调可以上敌班、张。盖风神流动，词旨宕逸，即文章属第二义。钟、谭更目为板，独取乔知之《绿珠篇》。此等伎俩，为南唐后主构花中亭子可耳，安知造五凤楼乎！

《唐诗绪笺》：六朝七言古诗，通章尚用平韵转声，七字成句，读未大畅。至此韵则平仄互换，句则三五错综，而又加以开阖，传以神情，宏以风藻，七言之体至是大备矣。

艳情代郭氏答卢照邻

逍逍芊路望芝田，眇眇函关限蜀川。
归云已落涪江外，还雁应过洛水湄。
洛水傍连帝城侧，帝宅层甍垂凤翼。
铜驼路上柳千条，金谷园中花几色。
柳叶园花处处新，洛阳桃李应芳春。
妾向双流窥石镜，君住三川守玉人。
此时离别那堪道，此日空床对芳沼。
芳沼徒游比目鱼，幽径还生拔心草。
流风回雪傥便娟，骥子鱼文实可怜。
掷果河阳君有分，货酒成都妾亦然。
莫言贫贱无人重，莫言富贵应须种。
绿珠犹得石崇怜，飞燕曾经汉皇宠。
良人何处醉纵横？直如循默守空名。
倒提新缣成慊慊，翻将故剑作平平。

离前吉梦成兰兆，别后啼痕上竹生。

别日分明相约束，已取宜家成诫勖。

当时拟弄掌中珠，岂谓先摧庭际玉！

悲鸣五里无人问，肠断三声谁为续？

思君欲上望夫台，端居懒听《将雏》曲，

沉沉落日向山低，檐前归燕并头栖。

抱膝当窗看夕兔，侧耳空房听晓鸡。

舞蝶临阶只自舞，啼鸟逢人亦助啼。

独坐伤孤枕，春来悲更甚。

峨眉山上月如眉，濯锦江中霞似锦。

锦字回文欲赠君，剑壁层峰自纠纷。

平江森森分清浦，长路悠悠间白云，

也知京洛多佳丽，也知山岫遥亏蔽。

无那短封即疏索，不在长情守期契。

传闻织女对牵牛，相对重河隔浅流。

谁分迢迢经两岁，谁能脉脉待三秋。

情知唾井终无理，情知覆水也难收。

不复下山能借问，更向卢家字莫愁。

【汇评】

《王闿运手批唐诗选》：如分水犀，划开乃能合拢。

代女道士王灵妃赠道士李荣

玄都五府风尘绝，碧海三山波浪深。

桃实千年非易待，桑田一变已难寻。

别有仙居对三市，金阙银宫相向起。

台前镜影伴仙娥，楼上箫声随凤史。

凤楼迢递绝尘埃，莺时物色正装回。
灵芝紫检参差长，仙桂丹花重叠开。
双童绰约时游眺，三鸟联翩报消息。
尽言真侣出遨游，传道风光无限极。
轻花委砌惹裙香，残月窥窗觇幌色。
个时无数并妖妍，个里无穷总可怜。
别有众中称黜帝，天上人间少流例。
洛滨仙驾启遥源，淮浦灵津符远篮。
自言少小慕幽玄，只言容易得神仙。
珮中邀勒经时序，箫里寻思复几年。
寻思许事真情变，二八容华识少选。
漫道烧丹止七飞，空传化石曾三转。
寄语天上弄机人，寄语河边值查客。
乍可匆匆共百年，谁使遥遥期七夕？
想知人意自相寻，果得深心共一心。
一心一意无穷已，投漆投胶非足拟。
只将羞涩当风流，持此相怜保终始。
相怜相念倍相亲，一生一代一双人。
不把丹心比玄石，唯将浊水况清尘。
只言柱下留期信，好欲将心学松蘿；
不能京兆画蛾眉，翻向成都骋驷引。
青牛紫气度灵关，尺素虵鳞去不还。
连苔上砌无穷绿，修竹临坛几处斑。
此时空床难独守，此日别离那可久！
梅花如雪柳如丝，年去年来不自持。
初言别在寒偏在，何悟春来春更思。
春时物色无端绪，双枕孤眠谁分许？

分念娇莺一种啼，生憎燕子千般语。
朝云旭日照青楼，迟晖丽色满皇州。
落花泛泛浮灵沼，垂柳长长拂御沟。
御沟大道多奇赏，侠客妖容递来往。
宝骑连花铁作钱，香轮鹜水珠为网。
香轮宝骑竞繁华，可怜今夜宿娼家。
鹦鹉杯中浮竹叶，凤凰琴里落梅花。
许辈多情偏送款，为问春花几时满。
千回鸟信说众诸，百过莺啼说长短。
长短众诸判不寻，千回百过浪关心。
何曾举意西邻玉，未肯留情南陌金。
南陌西邻咸自保，还缲归期须及早。
为想三春狭斜路，莫辞九折邛关道。
假令白里似长安，须使青牛学剑端。
苹风入驭来应易，竹杖成龙去不难。
龙飙去去无消息，鸾镜朝朝减容色。
君心不记下山人，妾欲空期上林翼。
上林三月鸿欲稀，华表千年鹤未归。
不分淹留桑路待，只应直取桂轮飞。

【汇评】

《载酒园诗话又编》：《代女道士王灵妃赠道士李荣》曰："寄语河边值查客，乍可匆匆共百年，谁使遥遥期七夕"，大是情至语。后又云："假令白里似长安，须使青牛学剑端。苹风入驭来应易，竹杖成龙去不难"，用事尤切。

《王闿运手批唐诗选》：顿挫生姿，至此始化排偶之迹（"寻思许事"二句下）。　　极其妖媚，开李商隐轻薄一派（"双枕孤眠"句下）。　　亦乖诗法，词太显耳（末句下）。

从军行

平生一顾重，意气溢三军。
野日分戈影，天星合剑文。
弓弦抱汉月，马足践胡尘。
不求生入塞，唯当死报君。

【汇评】

《唐诗分类绳尺》：此篇词语不下杨炯，而意气胜之。

同辛簿简仰酬思玄上人林泉四首（其四）

俗远风尘隔，春还初服迟。
林疑中散地，人似上皇时。
芳杜湘君曲，幽兰楚客词。
山中有春草，长似寄相思。

【汇评】

《批点唐音》：缓语多情。

《唐诗选脉会通评林》：一腔忠愤，深心终在言外也。"春草"亦本楚词语，"寄相思"三字情远味永。　　周珽曰：不袭烟火，风韵自足。

送郑少府入辽共赋侠客远从戎

边烽警榆塞，侠客渡桑乾。
柳叶开银镝，桃花照玉鞍。
满月临弓影，连星入剑端。

不学燕丹客，空歌易水寒。

【汇评】

《唐诗镜》：三、四语色明媚，却与五陵裘马相宜。上句更自入手轻快。

在兖州饯宋五之问

淮沂泗水地，梁甫汶阳东。
别路青骊远，离尊绿蚁空。
柳寒凋密翠，棠晚落疏红。
别后相思曲，凄断入琴风。

【汇评】

《唐诗选脉会通评林》：周珽曰：前半的是在兖州饯别题面。五、六即别时之景。收以别后不胜怀念之情。

宪台出絷寒夜有怀

自应迷北叟，谁肯问南冠？
生死交情异，殷忧岁序阑。
空馀朝夕鸟，相伴夜啼寒。

【汇评】

《唐诗镜》：淡淡语，含情无限。结语悲甚。

在狱咏蝉并序

余禁所禁垣西，是法厅事也，有古槐数株焉。虽生意可知，同殷仲文之古树，而听讼斯在，即周召伯之甘棠。每至夕照低阴，秋蝉疏引,发声幽息,有切尝闻。岂人心异于曩时,将虫响悲于前听?嗟乎!声以动容,德以象贤。故洁其身也,禀君子达人之高行;蜕其皮也,有仙都羽化之灵姿。候时而来,顺阴阳之数;应节为变,审藏用之机。有目斯开,不以道昏而昧其视;有翼自薄,不以俗厚而易其真。吟乔树之微风,韵资天纵;饮高秋之坠露,清畏人知。仆失路艰虞,遭时徽缠,不哀伤而自怨,未摇落而先衰。闻蟪蛄之流声,悟平反之已奏;见螳螂之抱影,怯危机之未安。感而缀诗,贻诸知己。庶情沿物应,哀弱羽之飘零;道寄人知,悯馀声之寂寞。非谓之墨,取代幽忧云尔。

> 西陆蝉声唱,南冠客思侵。
>
> 那堪玄鬓影,来对白头吟?
>
> 露重飞难进,风多响易沉。
>
> 无人信高洁,谁为表予心!

【汇评】

《唐诗镜》:大家语,大略意象深而物态浅。

《唐诗归》:钟云:"信高洁"三字森挺,不肯自下。

《全唐风雅》:黄云:咏蝉诗描写最工,词甚雅正。

《唐诗选脉会通评林》:周珽曰:次句映带"在狱"。三、四流水对,清利。五、六寓所思,深婉。尾"表"字应上"侵"字,"心"字应"思"字,有情。咏物诗,此与《秋雁》篇可称绝唱。

《唐律消夏录》:五、六有多少进退维谷之意,不独说蝉,所以结句便可直说。

《唐诗矩》:尾联总冒格。　　序已将蝉赋尽,诗只带写己意,与诸咏物诗体格不同。　　语兼比兴("露重"句下)。

《闻鹤轩初盛唐近体读本》:陈德公先生曰:三、四现成恰好,转觉增凄。第二"客思侵"三字凑韵,信阳多犯此流弊。　　评:"客思侵"固似凑弱,但以对起,犹可掩拙,若复散行,更成率易,此又不可不知。　　李白山曰：结承五六缴足，更为醒快。

《唐宋诗举要》：以蝉自喻，语意沉至。

秋晨同淄州毛司马秋九咏（选二首）

秋　风

紫陌炎氛歇，青苹晚吹浮。
乱竹摇疏影，萦池织细流。
飘香曳舞袖，带粉泛妆楼。
不分君恩绝，纨扇曲中秋。

秋　雁

联翩辞海曲，遥曳指江干。
阵去金河冷，书归玉塞寒。
带月凌空易，迷烟逗浦难。
何当同顾影，刷羽泛清澜？

【汇评】

《唐诗选脉会通评林》：此篇亦托雁以自况也。次联去、归、冷、寒，三联凌、退、易、难，意味深在言表。末联"顾影"应"联翩"句，"刷羽"应"遥曳"句，不无呼号同类、揽辔澄清之想。　　徐用吾曰：富丽超拔。　　周珽曰：三、四典切，若有神助。五、六与《咏蝉》诗语意相类。

《网师园唐诗笺》：清稳（"阵去"二句下）。

晚度天山有怀京邑

忽上天山路，依然想物华。

云疑上苑叶，雪似御沟花。
行叹戎麾远，坐怜衣带赊。
交河浮绝塞，弱水浸流沙。
旅思徒漂梗，归期未及瓜。
宁知心断绝，夜夜泣胡笳！

【汇评】

《历代诗发》：恬细。

夕次蒲类津

二庭归望断，万里客心愁。
山路犹南属，河源自北流。
晚风连朔气，新月照边秋。
灶火通军壁，烽烟上戍楼。
龙庭但苦战，燕颔会封侯。
莫作兰山下，空令汉国羞。

【汇评】

《唐诗镜》："新月照边秋"，语有爽气。

《唐风定》：整丽温夷，气象浑成，无句可摘。

《网师园唐诗笺》："晚风"二句实疏。

在军中赠先还知己

蓬转俱行役，瓜时独未还。
魂迷金阙路，望断玉门关。
献凯多惭霍，论封几谢班。
风尘催白首，岁月损红颜。

落雁低秋塞，惊兔起暝湾。

胡霜如剑锷，汉月似刀环。

别后边庭树，相思几度攀。

[汇评]

《瀛奎律髓》：此篇乃字字入律，工不可言。

《瀛奎律髓汇评》：冯舒：字字精工。　　冯班：似小庾。　　查慎行："胡霜"、"汉月"一联，太白"边月随弓影"一联似之。　　纪昀：纯就自己一边说，又是一格，诗亦勃勃有气。　　通首俱承次句。

宿温城望军营

虏地寒胶折，边城夜柝闻。

兵符关帝阙，天策动将军。

塞静胡笳彻，沙明楚练分。

风旗翻翼影，霜剑转龙文。

白羽摇如月，青山断若云。

烟疏疑卷幔，尘灭似销氛。

投笔怀班业，临戎想顾勋。

还应雪汉耻，持此报明君。

[汇评]

《唐诗广选》：杨用修曰：此篇与《边城落日》作大意同，其写景尽胸中之悲壮，用事悉军中之容态，所以为难。

《唐诗直解》：一片忠肝义胆，妙。

《唐诗选》："风旗"句，杜诗"旌旗日暖龙蛇动"即此意，此尤胜。

《唐诗选脉会通评林》：周敬曰：慷慨激昂，俯视一世，宾王忠肝义胆可见。　　唐汝询曰：起便壮健，次联弘远，三联亦练，四

联上句胜下句,五联虽用成语,声调可佳,六联细密。　　　宗臣曰:
词气卓越。　　　顾璘曰:精致。　　　徐中行曰:工丽壮烈。

幽絷书情通简知己

昔岁逢杨意,观光贵楚材。

穴疑丹凤起,场似白驹来。

一命沦骄饵,三缄慎祸胎。

不言劳倚伏,忽此遘遭回。

骢马刑章峻,苍鹰狱吏猜。

绝缣非易辨,疑璧果难裁。

揆画惭周道,端忧滞夏台。

生涯一灭裂,岐路几裴徊。

青陆春芳动,黄沙旅思催。

圆扉长寂寂,疏网尚恢恢。

入穽先摇尾,迷津正曝腮。

覆盆徒望日,蛰户未经雷。

霜歇兰犹败,风多木屡摧。

地幽蚕室闭,门静雀罗开。

自悯秦冤痛,谁怜楚奏哀。

汉阳穷鸟客,梁甫卧龙才。

有气还冲斗,无时会凿坏。

莫言韩长孺,长作不然灰。

【汇评】

　　《诗薮》:宾王《幽絷书情》十八韵,精工俪密,极用事之妙,老
杜多出此。如"地幽蚕室闭,门静雀罗开"、"自悯秦庭痛,谁怜楚奏
哀"、"绝缣非易辨,疑璧果难裁"、"覆盆徒望日,蛰户未惊雷"之类,

皆前所未有。

在军登城楼

城上风威冷，江中水气寒。

戎衣何日定？歌舞入长安。

【汇评】

《增订评注唐诗正声》：唐云：绝无中流击楫意。

《而庵说唐诗》：有讽敬业意。

《唐诗笺注》：只着"歌舞"句，而在军中之苦，俱从反面托出矣。五字何等气魄！

于易水送人

此地别燕丹，壮士发冲冠。

昔时人已没，今日水犹寒。

【汇评】

《唐诗正声》：吴逸一曰：只就地摹写，不添一意，而气概横绝。

《唐诗直解》：似无味，然未尝不佳。

《诗辩坻》：临海《易水送别》，借轲、丹事，用一"别"字映出题面，馀作凭吊，而神理已足。二十字中游刃如此，何等高笔！

《增订唐诗摘钞》：因临易水而想古人，其水犹寒，侠气凛然。

《而庵说唐诗》：何作此变徵声？……寓意深远，人卒未知也。

《网师园唐诗笺》：末句黯然。

《唐人万首绝句选评》："此地"二字有无限凭吊意，因地生意，并不说到自身，如此已足。

《诗境浅说续编》：此诗一气挥洒，怀古苍凉，劲气直达，高格也。

玩初月

忌满光恒缺，乘昏影暂流。
既能明似镜，何用曲如钩？

【汇评】

《批点唐音》：比上句多少用心（"乘昏"句下）。

《唐诗绪笺》：此诗壮怀雅志、自爱不屈之意俱可想见，此其所以为贤也。

《载酒园诗话》：骆义乌《玩初月》诗"忌满光恒缺"，虽着议论，故自佳。但后二句"既能明似镜，何用曲如钩"，何为又别立论头，不顾前旨也。

咏　鹅

鹅鹅鹅，曲项向天歌。
白毛浮绿水，红掌拨清波。

【汇评】

《补唐书骆侍御传》：宾王生七岁，能诗。尝嬉戏池上，客指鹅群令赋焉，应声曰："白毛浮绿水，红掌拨清波。"客叹诧，呼神童。

乔知之

乔知之(？—697)，同州冯翊(今陕西大荔)人。垂拱二年，官左补阙，时金微州都督仆固叛，命左豹韬卫将军刘敬周讨之，以知之摄侍御史护其军事。后官至左司郎中。知之有美婢窈娘，善歌舞，为武承嗣所夺。知之怨惜，作《绿珠篇》以寄情。婢得诗，感愤自杀。承嗣怒，讽酷吏罗织诛之。有《乔知之集》二十卷，已佚。《全唐诗》存诗一卷。

【汇评】

知之与弟侃、备，并以文词知名。知之尤称俊才，所作篇咏，时人多讽诵之。(《旧唐书》本传)

左司以风骚自命，藻思横陈，寄情宛委，摘琢俊丽。如《定情篇》，在汉魏诸子，亦当推其闲雅。《绿珠》、《嬴骏》之作，梁陈虽往，径榭更新。然《绿珠》恨情如海，竟召铅华之祸，词虽合节，志实流荡，风人令轨，曷有于此？至若"豫游龙驾转，大乐凤箫闻"，太平景象，宛在言前；"空馀歌舞地，犹是为君王"，感人之泪，闻者倾脱。可谓宫商并奏，风雅综出，艺家门户，鸿朗郁纡者也。(《唐诗品》)

弃妾篇

妾本丛台右，君在雁门陲。

悠悠淇水曲，彩燕入桑枝。

不因媒结好，本以容相知。

容谢君应去，情移会有离。

还君结缕带，归妾织成诗。

此物虽轻贱，不用使人嗤。

【汇评】

《唐诗归》：谭云：真率有趣（"不因"二句下）。　　钟云：儿女使性语，妙（"还君"二句下）。　　愤极（末句下）。

《历代诗发》：怨愤语，直而不俚。　　真率得妙（"不因"二句下）。

苦寒行

胡天夜清迥，孤云独飘飏。

遥裔出雁关，逶迤含晶光。

阴陵久裴回，幽都无多阳。

初寒冻巨海，杀气流大荒。

朔马饮寒冰，行子履胡霜。

路有从役倦，卧死黄沙场。

羁旅因相依，恸之泪沾裳。

由来从军行，赏存不赏亡。

亡者诚已矣，徒令存者伤。

【汇评】

《唐诗归》：钟云：从古边塞之苦，在"无多阳"三字，最堪不得。

若云"无阳",苦反不极矣（"幽都"句下）。　　冤讼书（末二句下）。　　谭云：徘徊处哀澹之极。

《历代诗发》：惨淡凄抑，音节入古。

定情篇

共君结新婚，岁寒心未卜。
相与游春园，各随情所逐。
君爱菖蒲花，妾感苦寒竹。
菖花多艳姿，寒竹有贞叶。
此时妾比君，君心不如妾。
簪玉步河堤，妖韶援绿荑。
凫雁将子游，莺燕从双栖。
君念春光好，妾向春光啼。
君时不得意，弃妾还金闺。
结言本同心，悲欢何未齐？
怨咽前致辞，愿得申所悲：
人间丈夫易，世路妇难为。
始如经天月，终若流星驰。
天月相终始，流星无定期。
长信佳丽人，失意非蛾眉。
庐江小吏妇，非关织作迟。
本愿长相对，今已长相思。
复有游宦子，结援从梁陈。
燕居崇三朝，去来历九春。
誓心妾终始，蚕桑奉所亲。
归愿未克从，黄金赠路人。

洁妇怀明义，从泛河之津。

于今千万年，谁当问水滨？

更忆娼家楼，夫婿事封侯。

去时恩灼灼，去罢心悠悠。

不怜妾岁晏，十载陇西头。

以兹常惕惕，百虑恒盈积。

由来共结褵，几人同匪石？

故岁雕梁燕，双去今来只。

今日玉庭梅，朝红暮成碧。

碧荣始芬敷，黄叶已淅沥。

何用念芳春，芳春有流易；

何用重欢娱，欢娱俄戚戚。

家本巫山阳，归去路何长。

叙言情未尽，采菉已盈筐。

桑榆日及景，物色盈高冈。

下有碧流水，上有丹桂香。

桂花不须折，碧流清且洁。

赠君比芳菲，爱惠常不歇；

赠君比潺湲，相思无断绝。

妾有秦家镜，宝匣装珠玑。

鉴来年二八，不记易阴晖。

妾无光寂寂，妾至影依依。

今日持为赠，相识莫相违。

【汇评】

《唐诗归》：谭云：妙在"春光"二字，若春鸟春花，则于"向"字太痴，"啼"字亦不悲矣。诗趣在有无之间如此。钟云："春色"、"春光"，"色"字、"光"字意景不甚相远，然以入诗，各有所宜，有极移不得时,要知之("妾向"句下)。　　钟云:前段已怨极矣,此复说向情好上,潦倒淋漓,无聊无赖,妙甚妙甚,非深情人不能读("相思"句下)。

《唐诗选脉会通评林》:周珽曰:得古今艳诗之髓,故语语生香。陈眉公有云:"灵岩山香艳中高古,苎萝馀粉,散为玄墓三十梅花,西子不死也。"足参此诗之妙。

《载酒园诗话又编》:左司虽负柔情,实饶气性,观其生平所作,如"羞将憔悴日,提笼逢故夫"、"还君结缕带,归妾织成诗",常有宁玉碎不瓦全之意。即《定情篇》,新婚之始也,相与游园,遘感寒竹,而曰:"君念春光好,妾向春光啼。"中间叙述班姬、刘兰芝、秋胡妇,下逮娼楼,凡男子之负心者,刺刺不休。能体贴妇人娇妒至此,必自情深,不解作薄幸事矣。

绿珠篇

石家金谷重新声,明珠十斛买娉婷。

此日可怜君自许,此时可喜得人情。

君家闺阁不曾难,常将歌舞借人看。

意气雄豪非分理,骄矜势力横相干。

辞君去君终不忍,徒劳掩袂伤铅粉。

百年离别在高楼,一代红颜为君尽。

【汇评】

《朝野佥载》:周补阙乔知之有婢碧玉,姝艳能歌舞,有文华,知之时幸,为之不婚。伪魏王武承嗣暂借教姬人妆梳,纳之,更不放还知之。知之乃作《绿珠怨》以寄之。……碧玉读诗,饮泪不食,三日,投井而死。承嗣撩出尸,于裙带上得诗,大怒,乃讽罗织人告之。遂斩知之于南市,破家籍没。

《唐诗归》：钟云：初唐诗题用"篇"字者，如《帝京篇》、《明河篇》等作，其诗无不板样，独此诗妙绝，人不可以无情。

《载酒园诗话又编》："石家金谷重新声，明珠十斛买娉婷。此日可怜君自许，此时可喜得人情"，起甚急遽。"君家闺阁不曾难，常将歌舞借人看。意气雄豪非分理，骄矜势力横相干"，叙甚切直。"辞君去君终不忍，徒劳掩袂伤铅粉。百年离别在高楼，一代红颜为君尽"，语甚决绝。盖胸中悲愤填膺，无暇为温柔之音矣。尝思徐生之"无复嫦娥影，空留明月辉"，即崔郊"从此萧郎是路人"，皆哀婉而不甚激烈。

《王闿运手批唐诗选》：措词得体，自悔之词。

羸骏篇

喷玉长鸣西北来，自言当代是龙媒。

万里铁关行入贡，九重金阙为君开。

蹀躞朝驰过上苑，趑趄暝走发章台。

玉勒金鞍荷装饰，路旁观者无穷极。

小山桂树比权奇，上林桃花况颜色。

忽闻天将出龙沙，汉主持将驾鼓车。

去去山川劳日夜，遥遥关塞断烟霞。

山川关塞十年征，汗血流离赴月营。

肌肤销远道，膂力尽长城。

长城日夕苦风霜，中有连年百战场。

摇珂啮勒金羁尽，争锋足顿铁菱伤。

垂耳罢轻赍，弃置在寒谿。

大宛蒲海北，滇壑隽崖西。

沙平留缓步，路远暗频嘶。

从来力尽君须弃，何必寻途我已迷！

岁岁年年奔远道，朝朝暮暮催疲劳。

扣冰晨饮黄河源，拂雪夜食天山草。

楚水澶溪征战事，吴塞乌江辛苦地。

持来报主不辞劳，宿昔立功非重利。

丹心素节本无求，长鸣向君君不留。

只应澶漫归田里，万里低昂任生死。

君主倘若不见遗，白骨黄金犹可市。

【汇评】

《唐诗选脉会通评林》：周珽曰：前段十句，叙士初进，才情为人怜取。次段十二句，比言见擢，尽力效用，不惮辛疲。三段十二句，比言见弃，自伤衰老，困苦无藉。末段十句，追言宿昔勤劳本心，甘于退黜，犹有恋主励忠之意。格律遒劲，语气古粹。论者病初唐七古拘挛缠束，气意多不舒展，如左司此篇，灏悍雄纷，倒困而出，如决川放溜犹恨口窄腕迟，而不能尽其思也。

刘希夷

刘希夷(651—?),字庭芝,一说字挺之。汝州(今河南临汝)人,一说颍川(今河南许昌)人。高宗上元二年(675)登进士第。卒年不可考,一说未及三十。善为从军、闺情之诗,词调哀苦。开元中孙翌编《正声集》,以希夷为集中之最,遂为时人所称。相传希夷舅宋之问爱其《代悲白头翁》中"年年岁岁花相似,岁岁年年人不同"之句,恳乞,希夷许而未与,之问怒,遂以土囊压杀之。其说未可信。有《刘希夷集》十卷,又《诗集》四卷,均佚。《全唐诗》编诗一卷。

【汇评】

希夷虽则天时人,然格律已有天宝以后之风矣。(《后村诗话》)

(希夷)苦篇咏,特善闺帏之作,词情哀怨,多依古调,体势与时不合,遂不为时所重。(《唐才子传》)

刘庭芝藻思快笔,诚一时俊才,但多倾怀而语,不肯留馀。如《采桑》一篇,真寻味无尽。《春女行》前半亦婉约可思,读至"忆昔楚王宫"以下,不觉兴阑人倦矣。钟氏盛称之,独贬其《代悲白头翁》。此诗悲歌历落,昔人之赏自不谬,特亦微嫌太尽。(《载酒园

诗话又编》)

　　刘诗如花落鸟啼,宋(按指宋之问)诗似云蒸霞蔚,不徒手笔迥异,各有所长。(同上)

　　刘汝州希夷诗,格虽不高,而神情清郁,亦自奇才。(《石洲诗话》)

　　希夷源出江、谢,脱手弹丸,宛转生情,歌行杂言,同辟新体,亦摹古而能自见者,然去古日远矣。(《湘绮楼论唐诗》)

将军行

　　将军辟辕门,耿介当风立。
　　诸将欲言事,逡巡不敢入。
　　剑气射云天,鼓声震原隰。
　　黄尘塞路起,走马追兵急。
　　弯弓从此去,飞箭如雨集。
　　截围一百里,斩首五千级。
　　代马流血死,胡人抱鞍泣。
　　古来养甲兵,有事常讨袭。
　　乘我庙堂运,坐使干戈戢。
　　献凯归京师,军容何翕习。

【汇评】

　　《唐诗归》:谭云:丰棱耸然(首四句下)。　　钟云:非唯不粗,反觉叙得质实("截围"二句下)。　　谭云:酸悲语,反在诗中气色("代马"二句下)。　　钟云:气象关系。　　谭云:极忠厚,真谋臣之言("古来"四句下)。　　钟云:二句可删(末二句下)。

秋日题汝阳潭壁

独坐秋阴生，悲来从所适。

行见汝阳潭，飞萝蒙水石。

悬瓢木叶上，风吹何历历。

幽人不耐烦，振衣步闲寂。

回流清见底，金沙覆银砾。

错落非一文，空胧几千尺。

鱼鳞可怜紫，鸭毛自然碧。

吟咏秋水篇，渺然忘损益。

秋水随形影，清浊混心迹。

岁暮归去来，东山余宿昔。

【汇评】

《唐诗归》：谭云：冷然。钟云：只此一语，如入泉壑深处。予尝夜观蒙、惠二泉，知之（"独坐"句下）。　　钟云：好行径（"悬瓢"句下）。　　谭云：禅。钟云："历历"二字著在"风吹"之下，解不出，却妙有真境（"风吹"句下）。　　谭云：有光。钟云：形容清物，却下"金沙""银砾"四字，不痴塞（"金沙"句下）。　　谭云："可怜"、"自然"字，安顿得妙（"鱼鳞"二句下）。　　钟云：三字（按指"忘损益"）深。　　谭云：《易》注（"渺然"句下）。　　钟云：精心体物之言（"清浊"句下）。　　谭云："夙昔"，他人起头字，希夷以之为止，便深（末句下）。

《历代诗发》：不无刻画之迹，而气味自古。　　起好。

《汇编唐诗十集》：唐云：模写泉石，不减康乐。受累"悬瓢"四句，删去便成完诗。

《王闿运手批唐诗选》：小巧语入古诗，不嫌其纤。

归　山

归去嵩山道，烟花覆青草。
草绿山无尘，山青杨柳春。
日暮松声合，空歌思杀人。

捣衣篇

秋天瑟瑟夜漫漫，夜白风清玉露泫。
燕山游子衣裳薄，秦地佳人闺阁寒。
欲向楼中萦楚练，还来机上裂齐纨。
揽红袖兮愁徙倚，盼青砧兮怅盘桓。
盘桓徙倚夜已久，萤火双飞入帘牖。
西北风来吹细腰，东南月上浮纤手。
此时秋月可怜明，此时秋风别有情。
君看月下参差影，为听莎间断续声。
绛河转兮青云晓，飞鸟鸣兮行人少。
攒眉缉缕思纷纷，对影穿针魂悄悄。
闻道还家未有期，谁怜登陇不胜悲。
梦见形容亦旧日，为许裁缝改昔时。
缄书远寄交河曲，须及明年春草绿。
莫言衣上有斑斑，只为思君泪相续。

【汇评】

《唐诗归》：钟云：吹细腰，腰盖细矣；浮纤手，手益纤矣。笔端之妙如此（"西北风来"二句下）。　　"攒眉缉缕"，"对影穿针"，不必说到"思纷纷"、"魂悄悄"，情景已不堪矣（"攒眉缉缕"二句下）。　　　添此二语应捣衣也,其实不必,反似弱手拈滞。不言捣衣,而意已尽矣(末二句下)。　　　此诗密理深情,远胜《公子行》等篇。

《围炉诗话》:刘庭芝《捣衣篇》通篇是赋。

《王闿运手批唐诗选》:炼字生妍,却不纤仄。

公子行

天津桥下阳春水,天津桥上繁华子。

马声回合青云外,人影动摇绿波里。

绿波荡漾玉为砂,青云离披锦作霞。

可怜杨柳伤心树,可怜桃李断肠花。

此日遨游邀美女,此时歌舞入娼家。

娼家美女郁金香,飞来飞去公子傍。

的的珠帘白日映,娥娥玉颜红粉妆。

花际裴回双蛱蝶,池边顾步两鸳鸯。

倾国倾城汉武帝,为云为雨楚襄王。

古来容光人所美,况复今日遥相见。

愿作轻罗著细腰,愿为明镜分娇面。

与君相向转相亲,与君双栖共一身。

愿作贞松千岁古,谁论芳槿一朝新!

百年同谢西山日,千秋万古北邙尘。

【汇评】

《增定评注唐诗正声》:通篇气格条畅,描得侠情淋漓,而感慨亦倍。

《唐诗广选》:谢茂秦曰:秦嘉妻徐淑曰:"身非形影,何得同而不离?"阳方曰:"惟愿长无别,合形作一身。"张籍曰:"我今与子非一身,安得死生不相弃?"何仲默曰:"与君非一身,安得不离别?"与希夷"与君"一联同出一律。

《唐诗直解》：两"可怜"及"此日"、"此时"叠用，便是急口熟调。情中妙语，欲涕无从。

《唐诗归》：钟云：情中妙语，然从陶公《闲情赋》语讨出。　希夷自有绝才绝情，妙舌妙笔。《公子行》、《代悲白头翁》本非其佳处，而俗人专取之，掩其诸作，古人精神不见于世矣。

《唐诗选脉会通评林》：周敬曰："倾国倾城"、"为云为雨"一联，天然偶语。

《唐诗评选》：忽从"杨柳"、"桃李"带出"伤心"、"断肠"四字，乍看亦是等闲，通首关生全从此出，脉行肉里，神寄影中，巧参化工，非复有笔墨之气。

《诗辩坻》：风流骀宕，有飘云回雪之致。

《而庵说唐诗》："马声回合青云外，人影摇动绿波里"，写得活现。"可怜杨柳伤心树，可怜桃李断肠花"，皆反用。"古来容光人所羡，况复今日遥相见"，此二句是为峰峦特起，神采焕发，且以起下，妙于无痕。

《唐诗别裁》：队仗工丽，上下蝉联，此初唐七古体，少陵云"劣于汉魏近风骚"也。明代何景明谓此得风人之正，而以少陵之沉雄顿挫为变体，因作《明月篇》以拟之。王渔洋《论诗绝句》云："接迹风人《明月篇》，何郎妙悟本从天。王杨卢骆当时体，莫逐刀圭误后贤。"得此论而初、盛之诗品乃定。

《诗法易简录》：此亦初唐体也。初唐声调源本齐梁，观此诗益见初唐人皆然，不独四子。

代悲白头翁

洛阳城东桃李花，飞来飞去落谁家？

洛阳女儿好颜色，坐见落花长叹息。

今年花落颜色改，明年花开复谁在？

已见松柏摧为薪，更闻桑田变成海。

古人无复洛城东，今人还对落花风。

年年岁岁花相似，岁岁年年人不同。

寄言全盛红颜子，应怜半死白头翁。

此翁头白真可怜，伊昔红颜美少年。

公子王孙芳树下，清歌妙舞落花前。

光禄池台开锦绣，将军楼阁画神仙。

一朝卧病无相识，三春行乐在谁边！

宛转蛾眉能几时？须臾鹤发乱如丝。

但看古来歌舞地，惟有黄昏鸟雀悲。

【汇评】

《大唐新语》：（希夷）尝为《白头翁》咏曰："今年花落颜色改，明年花开复谁在？"既而自悔曰："我此诗似谶，与石崇'白头同所归'何异也。"乃更作一句云："年年岁岁花相似，岁岁年年人不同。"既而叹曰："此句复似向谶矣，然死生有命，岂复由此？"乃两存之。诗成未周，为奸所杀，或云宋之问害之。

《唐诗直解》：《代悲白头翁》本非其佳处，而俗人专取之。五、六尤卑。

《诗辩坻》：一意纡回，波折入妙，佳在更从老说至少年虚写一段。

《网师园唐诗笺》："伊昔"老翁，即少年前车，追叙冶游，可悲处正在此。

《唐诗评选》：唯"长叹息"三字顺出一篇。幻生一白头翁闯入不觉，局阵岂浅人所测邪？一直中露本色风光，即此是七言渊系。后来排撰虚实，横立情景，如游子以他乡为丘垄，忘其本矣。

洛中晴月送殷四入关

清洛浮桥南渡头，天晶万里散华洲。
晴看石濑光无数，晓入寒潭浸不流。
微云一点曙烟起，南陌憧憧遍行子。
欲将此意与君论，复道秦关尚千里。

【汇评】

《唐诗归》：谭云："晴月"二字好（题下）。　　谭云：比"白纷纷"尤透（"晴看石濑"句下）。　　谭云：心细（"晓入寒潭"句下）。　　谭云："憧憧"二字虚妙（"南陌憧憧"句下）。

览　镜

青楼挂明镜，临照不胜悲。
白发今如此，人生能几时？
秋风下山路，明月上春期。
叹息君恩尽，容颜不可思。

【汇评】

《唐诗归》：谭云：以二语作览镜诗，前后人不能。钟云：似开实切。三读之，广人胸中拘滞（"秋风"二句下）。　　钟云：三字悲甚（末句下）。

《汇编唐诗十集》：唐云：通篇有深情，浅在第四句。

晚　春

佳人眠洞房，回首见垂杨。

寒尽鸳鸯被，春生玳瑁床。

庭阴幕青霭，帘影散红芳。

寄语同心伴，迎春且薄妆。

【汇评】

《唐诗归》：钟云：与"春日凝妆上翠楼，忽见陌头杨柳色"一意，然"眠"字又是一境，更觉愁困难耐。语亦简妙，知为初唐。

《唐风怀》：震青曰：字字浓丽，恰是晚春。

《唐律消夏录》：谭友夏云："下七句都从'眠洞房'生来。自'垂杨'至'散红芳'，俱床上望外景事，所以有'且薄妆'之语。盖急欲迎春，眠起不暇浓妆耳。"此解是矣。但"寒尽"二句，如何亦是望外景事？口气有怪得夜来暄暖，原来春色已如许了也。此一层意，便粗看过去。

《唐诗矩》：全篇直叙格。　　此迎春诗，题中"晚"字疑误，当作"早"字或"迎"字。属其薄妆，以急于迎春故。不直说迎春，却从眠洞房时缓缓写来，直觉有春气逼人、春色撩人之意，便见迎春刻不可缓。笔法之妙，句调之工，真是神品。

《唐诗成法》：晚春题甚宽泛，从"佳人眠洞房"说起，便有情致。　　"寒尽"二句，……中有一段独居无偶、青春不可虚度之意在言外。

《唐诗别裁》：六朝风致，一语百媚。

故园置酒

酒熟人须饮，春还鬓已秋。

愿逢千日醉，得缓百年忧。

旧里多青草，新知尽白头。

风前灯易灭，川上月难留。

卒卒周姬旦，栖栖鲁孔丘。

平生能几日？不及且遨游。

【汇评】

《唐诗归》：谭云："新知"妙，故人白头何足怪（"新知"句下）。　　"卒卒"二字说周公，妙（"卒卒"句下）。　　"不及"二字，自怨（末句下）。钟云：嘲谑圣贤，满肚不平在此（"栖栖"句下）。

《汇编唐诗十集》：唐云：调清而促，以伤浑厚，要不失为《山有枢》遗音。

陈子昂

陈子昂(661—702)，字伯玉，梓州射洪(今属四川)人。睿宗文明元年(684)登进士第，诣阙上书，拜麟台正字。武后垂拱二年从军北征，归朝，补右卫胄曹参军，迁右拾遗。万岁通天元年，以参谋从武攸宜北讨契丹，立志许国，然不为所用，贬署军曹。军回，辞官还乡。为县令段简构陷系狱，忧愤而卒。子昂为诗提倡"汉魏风骨"，所为书疏，亦全用散体，为唐代文学风气转变之先驱。有《陈伯玉文集》十卷行世。《全唐诗》编诗二卷。今人彭庆生有《陈子昂诗注》。

【汇评】

唐初王、杨、沈、宋擅名，然不脱齐、梁之体。独陈拾遗首唱高雅冲淡之音，一扫六代之纤弱，趋于黄初、建安矣！太白、韦、柳继出，皆自子昂发之。(《后村诗话》)

陈拾遗子昂，唐之诗祖也。不但《感遇诗》三十八首为古体之祖，其律诗亦近体之祖也。(《瀛奎律髓》)

陈子昂初变齐梁之弊，以理胜情，以气胜辞。祖《十九首》、郭景纯、陶渊明，故立意玄远而造语精圆。(周履靖《骚坛秘语》)

唐初律体声华并隆，音节兼美，属梁陈之艳藻，铲末路之靡薄,可谓盛矣,而古诗之流,尚阻蹊径。拾遗洗濯浮华,斫新雕朴,《感遇》诸作,挺然自树,虽颇峭径,而兴寄远矣。自馀七言诸体乃非所长,《春台》之作纯有楚声,此意寥寥,几乎尺有所短,竟使沈、宋扬波,宗称百代,慷慨瑰奇之气,尚诡于风人之度耶?(《唐诗品》)

唐无五言古诗,而有其古诗。陈子昂以其古诗为古诗,弗取也。(李攀龙《唐诗选序》)

陈正字陶洗六朝铅华都尽,托寄大阮,微加断裁,而天韵不及;律体时时入古,亦是矫枉之过。(《艺苑卮言》)

唐初承袭梁隋,陈子昂独开古雅之源,张子寿首创清淡之派。盛唐继起,孟浩然、王维、储光羲、常建、韦应物,本曲江之清淡,而益以风神者也;高适、岑参、王昌龄、李颀、孟云卿,本子昂之古雅,而加以气骨者也。(《诗薮·内编》)

五言律体,极盛于唐,要其大端,亦有二格:陈、杜、沈、宋,典丽精工;王、孟、储、韦,清空闲远,此其概也。(同上)

唐至陈子昂,始觉诗中有一世界。无论一洗偏安之陋,并开创草昧之意亦无之矣。以至沈、宋、燕公、曲江诸家,所至不同,皆有一片广大清明气象,真正风雅。(《唐诗归》)

唐人推重子昂,自卢黄门后,不一而足。如杜子美则云:"有才继骚雅"、"名与日月悬"。韩退之则云:"国朝盛文章,子昂始高蹈。"独颜真卿有异论,僧皎然采而著之《诗式》。近代李于鳞,加贬尤剧。余谓诸贤轩轾,各有深意。子昂自以复古反正,于有唐一代诗,功为大耳。正如黟涉为王,殿屋非必沉沉,但大泽一呼,为群雄驱先,自不得不取冠汉史。王弇州云:"陈正字陶洗六朝铅华都尽,托寄大阮,微加断裁,第天韵不及。"胡元瑞云:"子昂削浮靡而振古雅,虽不能远追魏晋,然在唐初,自是杰出。"斯两言良为折衷矣。(《唐音癸签》)

陈、杜诗体浑大，非若中晚下细小工夫，作小结果。(《唐诗选脉会通评林》)

子昂五言近体，律虽未成，而语甚雄伟。武德以还，绮靡之习，一洗顿尽。(《诗源辩体》)

陈伯玉律诗，清雄为骨，绵秀为姿，设色妍丽，寓意苍远。由初入盛，此公变之。沈、宋堂皇，悉皆祖构于此。(《诗辩坻》)

盛唐诸诗人，惟能不为建安之古诗，吾乃谓唐有古诗。若必慕汉魏之声调字句，此汉魏有诗而唐无古诗矣。且彼所谓陈子昂"以其古诗为古诗"，正惟子昂能自为古诗，所以为子昂之诗耳。(《原诗·内篇》)

唐初五言古，渐趋于律，风格未遒。陈正字起衰而诗品始正，张曲江继续而诗品乃醇。(《唐诗别裁》)

子昂胸中被古诗膏液熏蒸十分透彻，才下笔时，便有一段元气，浑颢驱遣，奔赴而来。其转换吞吐，有掩映无尽之致，使人寻味不置，愈入愈深，非上口便晓者比。但是他见得理浅，到感慨极深处，不过逃世远去，学佛学仙耳，此便是没奈何计较。(《觇斋诗谈》)

子昂、太白皆疾梁、陈之艳薄，而思复古道者。然子昂以精深复古，太白以豪放复古，必如此乃能复古耳。若其揣摩于形迹以求合，奚足言复古乎?(《石洲诗话》)

射洪风骨矫拔，而才韵犹有未充，讽诵之次，风调似未极跌荡洋溢之致。(《援鹑堂笔记》)

骨格清凝，苍苍入汉，源于《小雅》，故有怨诽之音。《感遇》诸篇，璆然冠代，称物既芳，寄托遥远，固当仰驾阮公，俯陵左相。《幽州》豪唱，述为名言，如《河梁赠答》，语似常谈，而脱口天成，适如人意。海内文宗，非虚誉也。(《三唐诗品》)

感遇诗三十八首（选十八首）

其二

兰若生春夏，芊蔚何青青。

幽独空林色，朱蕤冒紫茎。

迟迟白日晚，袅袅秋风生。

岁华尽摇落，芳意竟何成！

【汇评】

《唐诗品汇》：刘云：又以芳草为不足也。

《唐诗绪笺》：诗欲气高而不怒，怒则失于风流，此诗气高而不怒。

《汇编唐诗十集》：唐云：仅存汉魏口气。

《唐诗选评》：顾璘曰：叹君子失时而无成也。　　唐陈彝曰：
"空"字不泛下，"尽"、"竟"字迫。

其三

苍苍丁零塞，今古缅荒途。

亭堠何摧兀，暴骨无全躯。

黄沙幕南起，白日隐西隅。

汉甲三十万，曾以事匈奴。

但见沙场死，谁怜塞上孤？

其七

白日每不归，青阳时暮矣。

茫茫吾何思，林卧观无始。

众芳委时晦，鹍鹉鸣悲耳。

鸿荒古已颓，谁识巢居子！

《唐诗品汇》：刘云：起语如此，安得不矍然。"林卧观无始"定非俗物。

《批选唐诗》：有道情，有雅韵，不争声华艳丽之巧，高出唐人上。

《唐诗选脉会通评林》：周珽曰：穷力摹古，而浑穆之风朗然。

《汇编唐诗十集》：唐云：通篇自阮诗中陶洗出来。

《唐诗合选详解》：吴绥眉曰：此篇用意用笔皆法阮公。

其十

> 深居观元化，悱然争朵颐。
>
> 谀说相啖食，利害纷嘬嘬。
>
> 便便夸毗子，荣耀更相持。
>
> 务光让天下，商贾竞刀锥。
>
> 已矣行采芝，万世同一时。

【汇评】

《批点唐音》：此恶嗜利也。言天地之道在所养而已，物利相啖，小人嗜利，岂知养之以道哉！

《唐诗归》：旷甚。

《唐诗选脉会通评林》：唐汝询曰：此套"北里多奇舞"章法，在阮已浅，较此觉厚。"务光让天下"，鼠尾形从半头也，此等骂俗太露。末语阮句。

其十一

> 吾爱鬼谷子，青溪无垢氛。
>
> 囊括经世道，遗身在白云。
>
> 七雄方龙斗，天下久无君。

浮荣不足贵，遵养晦时文。

舒之弥宇宙，卷之不盈分。

岂徒山木寿，空与麋鹿群？

【汇评】

《唐诗品汇》：刘云：其诗多言世外，此又以鬼谷自负，非无能者。

《增定评注唐诗正声》：周云：观此可见子昂作用，"岂徒"、"空与"四字有力。

《唐诗别裁》：有体有用，尽此十字（"囊括"二句下）。

《网师园唐诗笺》："囊括"二句，借以自况，占地特高。　　　"舒之"四句，何等理致，何等身分！

其十二

呦呦南山鹿，罹罟以媒和。

招摇青桂树，幽蠹亦成科。

世情甘近习，荣耀纷如何？

怨憎未相复，亲爱生祸罗。

瑶台倾巧笑，玉杯殒双蛾。

谁见枯城蘖，青青成斧柯！

【汇评】

《批点唐音》：叹情爱之生祸也。

其十三

林居病时久，水木澹孤清。

闲卧观物化，悠悠念无生。

青春始萌达，朱火已满盈。

徂落方自此，感叹何时平！

【汇评】

《唐诗品汇》：刘云：是古诗得意者。

《批点唐诗正声》：“水木澹孤清”，“澹”字绝好，唐人意兴极佳处。

《增定评注唐诗正声》：既能观化，便不须感叹。

其十四

临岐泣世道，天命良悠悠。

昔日殷王子，玉马遂朝周。

宝鼎沦伊毂，瑶台成古丘。

西山伤遗老，东陵有故侯。

【汇评】

《批点唐音》：天命无常，人事随异。

《唐诗选脉会通评林》：周珽曰：起得超豁，的是选体。末二语见天命有属，即多忠义旧臣，徒博芳名千载，莫挽神器之不移也，主器者可弗慎与！言外意深。

其十五

贵人难得意，赏爱在须臾。

莫以心如玉，探他明月珠。

昔称天桃子，今为春市徒。

鸱鸮悲东国，麋鹿泣姑苏。

谁见鸱夷子，扁舟去五湖。

【汇评】

《唐诗品汇》：刘云：莫以心可玉不变，为之入海求珠，语自佳矣。此“如玉”字与前“桃李花”语，同参差不尽类，故是一病。结得好。

《唐诗选脉会通评林》：周敬曰：气格散朗，语复精研。　　唐陈彝曰："谁见"二字有深意。　　周珽曰："如玉"指贞心，"明珠"指爵禄，言我虽忠贞自信，未即能坚人主之爱，须识荣之所在，常为辱之所伏，故下文极言不可不鉴，知几也。

其十七

幽居观天运，悠悠念群生。

终古代兴没，豪圣莫能争。

三季沦周赧，七雄灭秦嬴。

复闻赤精子，提剑入咸京。

炎光既无象，晋房复纵横。

尧禹道已昧，昏虐势方行。

岂无当世雄？天道与胡兵。

呫呫安可言，时醉而未醒。

仲尼溺东鲁，伯阳遁西溟。

大运自古来，旅人胡叹哉！

【汇评】

《唐诗品汇》：刘云：沉着脱洒（"时醉"句下）。　　又云：晋、房并说已警至。"天道与胡"、"愿醉无醒"，谓周旋诸夏为溺，遁胡为高，使人反覆屡叹，能言能言！

《唐诗归》：钟云："豪圣"二字合用妙（"豪圣"句下）。　　钟云：古甚。

《唐风定》：博观旷瞩，立言如锥画沙。　　大运所向，豪圣难为。

其十九

圣人不利己，忧济在元元。

黄屋非尧意，瑶台安可论！

吾闻西方化,清净道弥敦。

奈何穷金玉,雕刻以为尊?

云构山林尽,瑶图珠翠烦。

鬼工尚未可,人力安能存!

夸愚适增累,矜智道逾昏。

【汇评】

《载酒园诗话又编》:朱子称"《感遇》诗词旨幽邃,音节豪宕,恨其不精于理,自托仙佛之间以自高"。此真眼中金屑之见。况"云构山林尽,瑶图珠翠烦。鬼功尚未可,人力安能存",正指尔时天堂大象诸事,方有讽谕,乃以为讥耶!

其二十三

翡翠巢南海,雄雌珠树林。

何知美人意,骄爱比黄金。

杀身炎州里,委羽玉堂阴。

旖旎光首饰,葳蕤烂锦衾。

岂不在遐远?虞罗忽见寻。

多材信为累,叹息此珍禽。

【汇评】

《唐诗选脉会通评林》:唐孟庄曰:"委"字好,有自弃意。"岂不在遐远"下转入正意。

《唐风定》:在遐远而见寻,斯可悲也。 材美多累。

《网师园唐诗笺》:"何知"四句,可感在此。 "岂不"二句,恺切。

其二十七

朝发宜都渚,浩然思故乡。

故乡不可见,路隔巫山阳。

巫山彩云没,高丘正微茫。

伫立望已久,涕落沾衣裳。

岂兹越乡感,忆昔楚襄王。

朝云无处所,荆国亦沦亡。

【汇评】

《唐诗品汇》:刘云:此首起结转换皆畅竭可诵。

《批点唐诗正声》:意古调高,入之《古诗》,可作二十首矣。

《增订评注唐诗正声》:郭云:言外别有悲讽。

《唐风定》:怀乡吊古,愈感愈深。

其二十九

丁亥岁云暮,西山事甲兵。

赢粮匝邛道,荷戟争羌城。

严冬阴风劲,穷岫泄云生。

昏噎无昼夜,羽檄复相惊。

拳踽竞万仞,崩危走九冥。

籍籍峰壑里,哀哀冰雪行。

圣人御宇宙,闻道泰阶平。

肉食谋何失,藜藿缅纵横。

【汇评】

《唐诗归》:谭云:好气象,他人为此则腐矣。此又妙在不腐("圣人"二句下)。

其三十

可怜瑶台树,灼灼佳人姿。

碧华映朱实,攀折青春时。

岂不盛光宠,荣君白玉墀?

但恨红芳歇,凋伤感所思。

【汇评】

《唐诗品汇》:刘云:古意。

《批点唐音》:忧贤人之不遇也。

其三十四

朔风吹海树,萧条边已秋。

亭上谁家子,哀哀明月楼。

自言幽燕客,结发事远游。

赤丸杀公吏,白刃报私仇。

避仇至海上,被役此边州。

故乡三千里,辽水复悠悠。

每愤胡兵入,常为汉国羞。

何知七十战,白首未封侯!

【汇评】

《唐诗品汇》:刘云:忽复造意至此。避仇常事,被役复苦,比古愈奇。

《批点唐音》:功名难立,浩荡生愁。

《唐诗选脉会通评林》:唐仲言以陈诗意在篇中,阮诗意在篇外,亦是确论。   杨慎曰:起句逸宕。

其三十五

本为贵公子,平生实爱才。

感时思报国,拔剑起蒿莱。

西驰丁零塞,北上单于台。

登山见千里,怀古心悠哉。

谁言未忘祸，磨灭成尘埃。

【汇评】

《唐诗品汇》与王粲意同（"平生"句下）。

《增定评注唐诗正声》：唐仲言云："感时"二语有气色。

《诗法易简录》：参用对偶句，以蓄其气。

《唐诗选脉会通评林》：吴山民曰：子昂倦策参谋，虑功无成，故有此叹。首四句自负，何等雄决，中四句有树勋意，末悟背初心。

其三十八

仲尼探元化，幽鸿顺阳和。
大运自盈缩，春秋递来过。
盲飙忽号怒，万物相纷劘。
溟海皆震荡，孤凤其如何！

【汇评】

《批点唐音》：仰元圣之特立，不及汉魏，远过梁齐，卓然与唐风作祖，可谓有功雅道者也。

【总评】

朱熹《斋居感兴二十首序》：余读陈子昂《感遇诗》，爱其词旨幽邃，音节豪宕，非当世词人所及。如丹砂空青，金膏水碧，虽近乏世用，而实物外难得自然之奇宝。……然亦恨其不精于理，而自托于仙佛之间以为高也。

《后村诗话》："世人拘目见"、"林居病时久"、"务光让天下"、"吾爱鬼谷子"、"临岐泣世道"等《感遇诗》，皆蝉蜕翰墨畦径，读之使人有眼空四海、神游八极之兴。

《唐诗品汇》：刘须溪云：古诗唯《参同契》似先秦文，他如道家《生神章》、《度人歌》，类欲少异世人者。此诗于音节犹不甚近，独刊落凡语，存之隐约，在建安后自为一家。虽未极畅达，如金如玉，概有其质矣。

《诗薮》：子昂《感遇》，尽削浮靡，一振古雅，唐初自是杰出。盖魏晋之后，惟此尚有步兵馀韵，虽不得与宋齐诸子并论，然不可概以唐人。近世故加贬抑，似非笃论。

《唐诗归》：子昂《感遇》，自为澹古窅眇之音，意多言外，旨无专属，不当逐句求之。　　又：《感遇》数诗，其韵度虽与阮籍《咏怀》稍相近，身分铢两，实远过之。俗人眼耳贱近贵远，不信也。　　又：子昂《感遇》诸诗，有似丹书者，有似《易》注者，有似咏史者，有似读《山海经》者，奇奥变化，莫可端倪，真又是一天地矣。　　又：《感遇诗》，正字气运蕴含，曲江精神秀出；正字深奇，曲江淹密。各有至处，皆出前人之上。

《唐诗选脉会通评林》：周敬曰：正字《感遇》诸篇，以秀韵传其藻采，直追阮籍，是千载埙篪之奏，不可以乏风骨少之。

《唐诗别裁》：《感遇诗》，正字古奥，曲江蕴藉，本原同出嗣宗，而精神面目各别，所以千古。

《艺概·诗概》：曲江之《感遇》出于《骚》，射洪之《感遇》出于《庄》，缠绵超旷，各有独至。

与东方左史虬修竹篇并书

东方公足下：文章道弊五百年矣。汉魏风骨，晋宋莫传，然而文献有可征者。仆尝暇时观齐梁间诗，采丽竞繁，而兴寄都绝，每以永叹。思古人，常恐逶迤颓靡，风雅不作，以耿耿也。一昨于解三处见明公《咏孤桐篇》，骨气端翔，音情顿挫，光英朗练，有金石声。遂用洗心饰视，发挥幽郁。不图正始之音，复睹于兹，可使建安作者，相视而笑。解君云："张茂先、何敬祖，东方生与其比肩。"仆亦以为知言也。故感叹雅制，作《修竹诗》一首，当有知音以传示之。

龙种生南岳，孤翠郁亭亭。

峰岭上崇崒，烟雨下微冥。

夜闻鼯鼠叫，昼聆泉壑声。

春风正淡荡，白露已清泠。

哀响激金奏，密色滋玉英。

岁寒霜雪苦，含彩独青青。

岂不厌凝冽？羞比春木荣。

春木有荣歇，此节无凋零。

始愿与金石，终古保坚贞。

不意伶伦子，吹之学凤鸣。

遂偶云和瑟，张乐奏天庭。

妙曲方千变，箫韶亦九成。

信蒙雕斫美，常愿事仙灵。

驱驰翠虬驾，伊郁紫鸾笙。

结交嬴台女，吟弄升天行。

携手登白日，远游戏赤城。

低昂玄鹤舞，断续彩云生。

永随众仙逝，三山游玉京。

【汇评】

《批点唐音》：君子出处之心，数语而足。

蓟丘览古赠卢居士藏用七首并序（选四首）

丁酉岁，吾北征，出自蓟门，历观燕之旧都，其城池霸业，迹已芜没矣。乃慨然仰叹，忆昔乐生、邹子，群贤之游盛矣。因登蓟丘，作七诗以志之，寄终南卢居士，亦有轩辕之遗迹也。

轩辕台

北登蓟丘望，求古轩辕台。

应龙已不见，牧马空黄埃。

尚想广成子，遗迹白云隈。

燕昭王

南登碣石馆，遥望黄金台。

丘陵尽乔木，昭王安在哉？

霸图怅已矣，驱马复归来。

【汇评】

《增定评注唐诗正声》：郭云：直写其胸中眼中，用阮不露痕迹。

《唐诗训解》：此慨世无礼贤之主而怀古人焉。

《唐诗选脉会通评林》：周珽曰：帷灯匣剑，令读者自想有得。　　唐汝询曰：正字复古，袭阮未厌，后人渔猎既多，便熟烂矣。蒋一梅曰：多少感慨。

《网师园唐诗笺》：好士者不作，宛然言外（末二句下）。

乐　生

王道已沦昧，战国竞贪兵。

乐生何感激，仗义下齐城。

雄图竟中天，遗叹寄阿衡。

燕太子

秦王日无道，太子怨亦深。

一闻田光义，匕首赠千金。

其事虽不立，千载为伤心。

《唐诗归》钟云：亦淡然，效之则愈薄矣。　　谭云：此句直写好（"其事"句下）。

《批点唐诗正声》：句意浑成，故佳，锻炼反不及。

《唐诗选》：迥然不群，调亦高古。

《唐诗广选》：蒋春甫曰：六诗浅薄宜弗取。　　徐伯成曰：拾遗洗濯浮华，斫新雕朴，挺然自树，兴寄颇远。七言诸体乃非所长。

《石洲诗话》：伯玉《蓟丘览古》诸作，郁勃淋漓，不减刘越石。而李沧溟止选其《燕昭王》一首，盖徒以格调赏之而已。

题居延古城赠乔十二知之

闻君东山意，宿昔紫芝荣。

沧洲今何在？华发旅边城。

还汉功既薄，逐胡策未行。

徒嗟白日暮，坐对黄云生。

桂枝芳欲晚，蕙苣谤谁明？

无为空自老，含叹负生平。

【汇评】

《唐诗选脉会通评林》：杨慎曰：语语伤感。　　吴山民曰：清畅凝曲，初唐五言之高者。末联转应首联。　　唐汝询曰：起四句咎其轻出。"还汉"二语，言功业安在；"桂枝"二语，不惟无功，而且获罪。结愿其反初服。按：乔知之唐史无传可考，疑是时亦从征，而与伯玉同为攸宜官属。盖陈既坐谪，乔亦被谤，故赠此诗。

答洛阳主人

平生白云志，早爱赤松游。

事亲恨未立，从宦此中州。

主人亦何问？旅客非悠悠。

方谒明天子，清宴奉良筹。

再取连城璧，三陟平津侯。

不然拂衣去，归从海上鸥。

宁随当代子，倾侧且沉浮。

【汇评】

《唐诗快》：叙述生平，亦复浩浩落落。

酬晖上人秋夜山亭有赠

皎皎白林秋，微微翠山静。

禅居感物变，独坐开轩屏。

风泉夜声杂，月露宵光冷。

多谢忘机人，尘忧未能整。

【汇评】

《瀛奎律髓》：盛唐人诗，多以起句十字为题目，中二联写景咏物，结句十字撇开，却说别意，此一大机括也。

《唐诗归》：钟云：景中禅，似右丞。　　谭云："多谢"妙。

《汇编唐诗十集》：唐云：通篇高古，俱是《文选》中来。

《瀛奎律髓汇评》：冯舒：首二句出题，千古常规也。大历后结句必紧收，已前则不必，而自妙贴，自开创。　　无名氏：一般景物入初唐之手，便尔高迥，此时代之别也。

酬晖上人夏日林泉

闻道白云居，窈窕青莲宇。
岩泉万丈流，树石千年古。
林卧对轩窗，山阴满庭户。
方释尘事劳，从君袭兰杜。

【汇评】

《唐诗广选》：蒋春甫曰：亦非《选》语。

秋园卧病呈晖上人

幽寂旷日遥，林园转清密。
疲疴澹无豫，独坐泛瑶瑟。
怀挟万古情，忧虞百年疾。
绵绵多滞念，忽忽每如失。
缅想赤松游，高寻白云逸。
荣辱始都丧，幽人递贞吉。
图书纷满床，山水蔼盈室。
宿昔心所尚，平生自兹毕。
愿言谁见知，梵筵有同术。
八月高秋晚，凉风正萧瑟。

【汇评】

《唐诗镜》：此诗绝无霸气，似为近雅。

《唐诗归》：钟云：深旷（"怀挟"句下）。亦收得宕（末句下）。　　谭云：可止（"幽人"句下）。

登幽州台歌

前不见古人，后不见来者。

念天地之悠悠，独怆然而涕下。

【汇评】

《升庵诗话》：其辞简质，有汉魏之风。

《唐诗归》：两"不见"，好眼。"念天地之悠悠"，好胸中。

《唐诗快》：胸中自有万古，眼底更无一人。古今诗人多矣，从未有道及此者。此二十二字，真可泣鬼。

《柳亭诗话》：阮步兵登广武城，叹曰："时无英雄，遂使竖子成名。"眼界胸襟，令人捉摸不定。陈拾遗会得此意，《登幽州台》曰："前不见古人，后不见来者。念天地之悠悠，独怆然而涕下。"假令陈、阮邂逅路歧，不知是哭是笑。

度荆门望楚

遥遥去巫峡，望望下章台。

巴国山川尽，荆门烟雾开。

城分苍野外，树断白云限。

今日狂歌客，谁知入楚来！

【汇评】

《唐诗分类绳尺》：平淡中亦有一种清味。

《诗薮》：子昂"野戍荒烟断，深山古木平"、"城分苍野外，树断白云限"等句，平淡简远，王、孟二家之祖。

《唐风定》：每于结句情深，酷似摩诘。

《唐诗选脉会通评林》：平大苍直，正字之以变古者，然蕴藉自在，未入促露。一结巧句雅成。

《唐律消夏录》："遥遥"、"望望"，行役者实有此苦。"尽"字、"开"字，行役者实有此喜。"城分"、"树断"，行役者实有此景。"今日"、"谁知"，行役者实有此快活。"狂歌客"三字添得恰好。

《增订唐诗摘钞》：末借楚狂完题。……以楚狂自喻，二字拆开，运化得妙。

《唐诗矩》：起联总冒。中二联写景，分一详一略。

《唐诗意》：虽适异国，有喜其得所意，当是正风。

《闻鹤轩初盛唐近体读本》：陈德公先生曰：体节高浑，独辟成家，初唐气雾扫尽矣。　　三、四分画地界，甚苍亮。五承四、六承三，居然可寻。结是使事出新法。

《瀛奎律髓汇评》：冯舒：如此出题，如此贴题，后人高不到此。　　冯班：如此方是《度荆门望楚》，一团元气成文。　　陆贻典：蒋西谷云：首句是"度荆门"，二句是"望楚"。然"遥遥"二字即带"望"字，"下"字回顾"度"字，古人法律之细如此。落句挽合"度"字有力。　　纪昀：连用四地名不觉堆垛，得力在以"度"字、"望"字分出次第，使境界有虚有实，有远有近，故虽排而不板。五、六写足"望"字。以上六句写得山川形胜满眼，已伏"狂歌"之根。结二句借"狂歌"逗出"楚"字，用笔变化。再一挨叙正点，则通体板滞矣。　　无名氏：峻整遒劲，看去仍生动。

晚次乐乡县

故乡杳无际，日暮且孤征。

川原迷旧国，道路入边城。

野戍荒烟断，深山古木平。

如何此时恨？噭噭夜猿鸣。

【汇评】

《瀛奎律髓》：盛唐律，诗体浑大，格高语壮。晚唐下细工夫，作小结裹，所以异也。学者详之。　　　起两句言题，中四句言景，末两句摆开言意，盛唐诗多如此。全篇浑雄整齐，有古味。

《唐诗广选》：胡元瑞曰：五言律仄起高古者，此等苦不多得。又曰："野戍"二语，平淡简远，王、孟二家之祖。

《唐诗直解》："古木平"便奇，若云"山平"、"路平"则不成语。

《唐诗选》：当此境才有此语。

《汇编唐诗十集》：唐云：通篇纯雅，无字可摘，独"古木平"三字自经语化出，更见精炼。

《唐诗选脉会通评林》：周敬曰：子昂《次乐乡》、《度荆门》二诗，古淡雅远，超绝古今。

《唐风定》：顾云：有句法，有字法，天然之妙。

《唐律消夏录》：将行役之苦说得一层深似一层，至第七句一齐顿住，跌起结句，究竟此苦仍说不了。故乡杳然矣，日暮矣，且孤征矣，迷旧国矣，入边城矣，野戍荒烟亦断矣，深山古木且平矣，此时之恨无可如何矣，而夜猿又嗷嗷鸣矣。〔增〕读原评是诚然矣。第末句似当云：而独复嗷嗷哀鸣，暮情旅思尚何言哉！如是方得此结之意。

《唐诗矩》：全篇直叙格。五、六写景平淡而极天然之趣，后来王、孟之祖也。七句用"如何"二字振起，章法警动。次乐乡则去故乡益远，此时未免有恨，如何更有夜猿嗷嗷、增我断肠乎？"如何"二字略断，以下句五字续之，"此时恨"三字另读，谓之断续句。

《唐诗意》：自述旅情，此诗气骨苍古。

《初白庵诗评》："故乡"、"旧国"犯重，唐初律诗不甚检点，以后讲究渐精细，乃免此病。

《闻鹤轩初盛唐近体读本》：评：拔起自杰。中联是其高浑正调。结欲稍开，亦复琅琅在耳。　　徐中崖曰：三、四亦是分承一、二，此时恨系根上，六复作开展，笔更矫岸。

《瀛奎律髓汇评》：纪昀：此种诗当于神骨气脉之间得其雄厚气味。若逐句拆看，即不得其佳处。如但摹其声调，亦落空腔。　　晚唐法亦如此，但气格卑弱耳。盖诗之工拙，全在根柢之浅深，诣力之高下，而不在某句言情、某句言景之板法，亦不在某句当景而情，某句当情而景，及通首全不言景，通首全不言情之变法。虚谷不讥晚唐之用意猥琐，而但诋其中联之言景，遇此等中联言景之诗，既不敢诋，又不欲自反其说，遂不能更置一语，但以"多如此"三字浑之。盖不究古法，而私用僻见，宜其自相窒碍也。

送魏大从军

匈奴犹未灭，魏绛复从戎。
怅别三河道，言追六郡雄。
雁山横代北，狐塞接云中。
勿使燕然上，惟留汉将功。

【汇评】

《瀛奎律髓》：唐之方盛，律诗皆务雄浑。尾句虽拗平仄，以前六句未用意立论，只说行色形势，末乃勉励之。此一体也。

《唐诗别裁》：绛本和戎，今曰"从戎"，此活用之法。一结雄浑。

《网师园唐诗笺》：末四句勉以立功，义正词雄。

《闻鹤轩初盛唐近体读本》：陈德公先生曰：五、六自然雄句，不假怒张。陈律纯以音格标胜，绝不刻划，索之无异，上口便觉其高。于鳞尚格取音，故选陈诗无遗美。　　评：陈诗虽胜在音格，然生气跃然，中饶骨力，故能诣极浅。夫袭其皮毛，虚枵直率之弊，所必不免。

落第西还别魏四懔

转蓬方不定，落羽自惊弦。

山水一为别，欢娱复几年。

离亭暗风雨，征路入云烟。

还因北山径，归守东陂田。

送　客

故人洞庭去，杨柳春风生。

相送河洲晚，苍茫别思盈。

白苹已堪把，绿芷复含荣。

江南多桂树，归客赠生平。

【汇评】

《批点唐诗正声》：第二句风致，"生"字尤佳。全首可诵。

《唐诗归》：钟云：语直自然多情。尤妙在无着落。　谭云：此三字（按指"赠生平"）有分两。

《唐律消夏录》：题曰送客，志不忘也。　此因秋日怀思，追想春日送别。妙在平分两半，并不另用跌落之法，止以"已"字、"复"字暗暗转接下来，章法古奥，旨趣隽永，俱从《骚》《雅》中得来也。《诗》曰："昔我往矣，杨柳依依。今我来思，雨雪霏霏。"的是此诗章法，但换用耳。

春夜别友人二首 （其一）

银烛吐青烟，金樽对绮筵。

离堂思琴瑟，别路绕山川。

明月隐高树，长河没晓天。

悠悠洛阳道，此会在何年？

【汇评】

《唐诗广选》：田子艺曰：八腰字皆仄，不觉其病，然亦当戒。　　蒋仲舒曰：起语奇拔，后来岑参多用此。

《唐诗选》：蒋一葵云：五、六语佳，第"明月""长河"似秋夜，不见春景。

《唐诗直解》：蒋仲舒以"明月"一联似秋夜，不知"隐"字内已有春在。或以八腰字皆仄为病，若将平声换去"隐"字，有何意味！

《唐诗评选》：雄大中饶有幽细，无此则一笨伯。结宁弱而不滥，风范固存。

《唐律消夏录》：清晨送别，乃于隔夜设席饮至天明。此等诗，在射洪最为不经意之作，而后人独推之，何也？此诗不用主句，看他层次照应之法。　　射洪识见高超，笔力雄迈，胸中若不屑作诗，即一切法若不屑用，故读者一时难寻其端倪，及详绎之，则纵横变化之中，仍不失规矩准绳之妙。此文章中之《国策》、《史记》也。唐人清旷一派，俱本乎此。

《唐诗矩》：全篇直叙格。　　拈著便起兴，体极佳。明月已隐高树，长河又没晓天，别思之急可知。用"已"、"又"二字分背面，谓之背面对，使不知此对法，未有不以"隐"、"没"二字为重复者矣。用"此会"二字绾住起处，写景方有着落。此题有二首，"春"字在第二首见，昔人病其五、六不切春景，终管窥之论也。

《唐诗成法》：五六是秋夜，非春夜，断不可学。若易"明月"、"长河"作"柳月"、"华星"，庶可耳。　　六句句法皆同，此亦初唐陈隋馀习，盛唐不然。

《五七言今体诗钞》：从小谢《离夜》一首脱化来。

《闻鹤轩初盛唐近体读本》：陈德公先生曰：第四极作意语，亦乃苍然。"吐"、"隐"、"没"字眼俱高。顾在此家已关深刻，缘其气爽，仍是浑然。　　　评：第四乃豫道征途阅历，是空际设想语。五、六由昏达旦，启行在即。结黯然神伤，凄其欲绝。

遂州南江别乡曲故人

楚江复为客，征棹方悠悠。
故人悯追送，置酒此南洲。
平生亦何恨，凤昔在林丘。
违此乡山别，长谣去国愁。

【汇评】

《汇编唐诗十集》：唐云：绝无对偶，音韵半调，入古为当。

《唐诗归》：钟云：陈正字律中有古，却深重；李太白以古为律，却轻浅。身分气运所关，不可不知。

《唐律消夏录》："复"字有多少行役苦楚在内，"悯"字有多少故人情谊在内。妙在下首以"亦何恨"三字跌出主意，末句仍复开去，更觉黯然。

送东莱王学士无竞

宝剑千金买，平生未许人。
怀君万里别，持赠结交亲。
孤松宜晚岁，众木爱芳春。
已矣将何道，无令白首新。

【汇评】

《唐诗绪笺》：子昂送以此诗，剑以喻其坚刚，松以喻其贞操，众人竞趋艳阳，独卓立寒苦，今虽谪去，尤当及时有为，愿望之情何其谆切，而惜贤之意深矣。徐用吾曰：刊落铅华，远去六朝。

送著作佐郎崔融等从梁王东征 并序

古者凉风至，白露下，天子命将帅，训甲兵，将以外威荒戎，内辑中夏，时义远矣。自我大君受命，百蛮蚁伏，匈奴舍蒲萄之宫，越裳重翡翠之贡，虎符不发，象译攸同，实欲高议灵台，偃兵天下。而林胡遗孽，渎乱边甿，驱蚊蚋之师，忽雷霆之伐，乃窃海裔，弄燕陲。皇帝哀北鄙之人罹其辛螫，以东征之义降彼偏裨，犹恐威令未孚，亭塞仍梗，乃谋元帅，命佐军，得朱邸之天人，乃黄阁之元老，庙堂授钺，凿门申命，建梁国之雄旗，吟汉庭之箫鼓，东向而拜，北道长驱。蜺旌羽骑之殷，戈翻落日；突鬓蒙轮之勇，剑决浮云。方且猎九都，穷踏顿，存肃慎，吊姑馀，彷徨赤山，巡御日域，以昭我王师，恭天讨也。岁七月，军出国门，天晶无云，朔风清海。时比部郎中唐奉一、考功员外郎李迥秀、著作佐郎崔融并参帷幕之宾，掌书记之任。燕南怅别，洛北思欢，顿旌节而少留，倾朝廷而出饯。永昌丞房思玄，衣冠之秀，乃张蕙囿，席兰堂，环曲榭，罗羽觞，写中京之望，纵候亭之赏。尔乃投壶习射，博弈观兵，镗金铙，戛瑶琴，歌《易水》之慷慨，奏《关山》以徘徊。颓阳半林，微阴出座，思长风以破浪，恐白日之蹉跎。酒中乐酣，拔剑起舞，则已气横辽碣，志扫獯戎。抗手何言，赋诗以赠。

金天方肃杀，白露始专征。
王师非乐战，之子慎佳兵。
海气侵南部，边风扫北平。
莫卖卢龙塞，归邀麟阁名。

【汇评】

《唐诗广选》：蒋春甫曰：杜审言亦有送崔诗。杜诗庄，此诗活；杜诗祝，此诗规。

《唐诗直解》："方"、"始"二字，引下有力。

《唐诗成法》：首句时，次句东征，三承首句，四承次句，言王者顺时而征，之子宜体此意，立言得体。五、六言是应敌，非穷兵者比。以讽结。通首俱好。正字立意极高，题是送著作，诗是讽主将，大家手笔。如此勿谓与书记无涉也。

《唐诗意》：唐云：赏不期要，名当勉立，谆谆以好杀为戒，而勉之以威望服远，可作大雅。

《闻鹤轩初盛唐近体读本》：评：三、四直语，俶笔出之，爽节仍尔，高亮复得。五、六开振，遂成合构，不归腐拙。　杨芝三曰：起二意流语对，下六承递而下，同一笔法，结则寓规于勉，弥得风人忠厚之旨。

《瀛奎律髓汇评》：纪昀：末二句用田畴事，无理。况三、四已含此意，必说破，亦嫌太尽。

月夜有怀

美人挟赵瑟，微月在西轩。
寂寞夜何久，殷勤玉指繁。
清光委衾枕，遥思属湘沅。
空帘隔星汉，犹梦感精魂。

【汇评】

《唐诗归》：钟云：温秀之甚。子昂诗如此细润者少，写得幽处难堪。　谭云：不清远，不足以为情诗。每诵此八句，摇宕莫禁，可思其故。

《汇编唐诗十集》：唐云：如此沉着，才是情诗，工字句者不足道。

《唐律消夏录》：此射洪在湘沅时望月思家之作，妙在竟从美人说起。第六句倒说美人想到此间，然后结出本意。其旨趣于《离骚》得来。

《唐诗成法》：一有怀，二月夜，三承二，四承一，五月夜，六美人怀此间也，结承六句。　　诗甚明白，但结句费解，犹言帘隔星汉，亦犹梦中相见，迷迷离离，不能分明耳。承第六句来，并不着自家一字，而通首俱写"怀"字，妙绝。前五句写美人在家无聊光景，正为六句思湘沅地。

《唐诗意》：积思所至。思人如此，是得其性情之正，可为正风。

春日登金华观

白玉仙台古，丹丘别望遥。
山川乱云日，楼榭入烟霄。
鹤舞千年树，虹飞百尺桥。
还疑赤松子，天路坐相邀。

【汇评】

《批点唐诗正声》：气格雄浑，为一代文宗，信哉！

《诗式》：发句写观，而以"别望"写"登"字，以起下联。"鹤舞"形容树，"虹飞"形容桥。落句合云：似此仙境，定有赤松子坐天路以相邀也。后半应首句，章法尤完密　　［品］奇幻。

白帝城怀古

日落沧江晚，停桡问土风。

城临巴子国，台没汉王宫。

荒服仍周甸，深山尚禹功。

岩悬青壁断，地险碧流通。

古木生云际，孤帆出雾中。

川途去无限，客思坐何穷。

【汇评】

《瀛奎律髓》：陈子昂《感遇》古诗三十八首，极为朱文公所称。天下皆知其能为古诗，一扫南北绮靡，殊不知律诗极精。此一篇置之老杜集中，亦恐难别，乃唐人律诗之祖。

《唐诗直解》："停桡"五字，包一篇主意。稳妥好诗，然再狼犹不得。

《诗薮》：子昂"古木生云际，归帆出雾中"，即玄晖"天际识归舟，云中辨江树"也。子美"薄云岩际宿，孤月浪中翻"，即仲言"白云岩际出，清月波中上"也。四语并极精工，卒难优劣。然何、谢古体，入此渐启唐风；陈、杜近体，出此乃更古意，不可不知。

《唐诗镜》："古木生云际，孤帆出雾中"，景色写人霏微。

《唐诗选脉会通评林》：吴国伦曰：通篇语意温厚沉着。　　周珽曰：模写的是实境，虽画亦不能尽其妙。

《网师园唐诗笺》："古木"二句，写景雅健。

《闻鹤轩初盛唐近体读本》：陈德公曰：力振靡习，中四韵全见浑拔，而七、八、九、十尤警。　　评：第四"没"字法老。九、十着"云际"、"雾中"，遂觉"古木"、"孤帆"迷离杳霭，成为极隽之联。结即承此。"坐何穷"，盖言坐是故耳。

《瀛奎律髓汇评》：纪昀："问土风"三字，领下四句。与下《岘山》一首，俱以气格压一切。　　无名氏：气格浑融，而才锋溢出，真奇作也。

岘山怀古

秣马临荒甸,登高览旧都。
犹悲堕泪碣,尚想卧龙图。
城邑遥分楚,山川半入吴。
丘陵徒自出,贤圣几凋枯。
野树苍烟断,津楼晚气孤。
谁知万里客,怀古正踟蹰!

【汇评】

《瀛奎律髓》:此老杜以前律诗,悲壮感慨,即无纤巧砌凿。

《唐诗直解》:此诗起结有法,俯仰慷慨,气格豪迈,绝去浮靡之习。

《唐诗选》:玉遮曰:末题出怀古,亦是一法。

《唐诗镜》:"野树苍烟断,津楼晚气孤",语气高古。子昂古色苍茫,淡口写意,其趣已足。

《唐诗选脉会通评林》:郭濬曰:俯仰慷慨,气格豪迈,绝无浮靡之习。　　周敬曰:伯玉《怀古》二诗,楷正之极,唐初妙品。此诗起结有法,对联严整,不在《白帝怀古》下。

《闻鹤轩初盛唐近体读本》:陈德公曰:浑浑高格。二章皆射洪本色也。"丘陵"二句白语,无限苍凉,堪人朗咏。　　评:对起便警。九、十"断"、"孤"二字法老,亦正与七、八情景相称。结虽率不弱。

和陆明府赠将军重出塞

忽闻天上将,关塞重横行。

始返楼兰国,还向朔方城。

黄金装战马,白羽集神兵。

星月开天阵,山川列地营。

晚风吹画角,春色耀飞旌。

宁知班定远,犹是一书生。

【汇评】

《瀛奎律髓》:盛唐诗浑成。"晓风吹画角"犹"池塘生春草",自然诗句,亦是别用一意。

题祀山烽树赠乔十二侍御

汉庭荣巧宦,云阁薄边功。

可怜骢马使,白首为谁雄?

【汇评】

《唐诗训解》:捷足易蹍,朴志难效,从古为然。

《唐诗解》:此见时不可为,故白首沦落,非拙于用世也。　　起二句太直,不直启下无力。下不必含蓄,愤激自见。

张 说

张说(667—731),字道济,一字说之,河东(今山西永济)人,居洛阳。天授元年(690)应制科举,授太子校书,转右补阙,预修《三教珠英》。擢右史、内供奉、凤阁舍人。为张易之所构,流钦州。中宗即位,召为兵部员外郎,历工、兵二部侍郎。睿宗景云二年,同平章事,监修国史。玄宗即位,以定策诛太平公主功拜中书令,封燕国公。与姚崇不协,出守相、岳二州。开元九年复入相,官至右丞相兼中书令。十八年十二月二十八日卒。说前后三秉大政,掌文学之任凡三十年,朝廷大手笔多出其手,与许国公苏颋并称"燕许大手笔"。有《张说之文集》三十卷行世。《全唐诗》编诗五卷。

【汇评】

(说)为文精壮,长于碑志,朝廷大述作多出其手。诗法特妙。晚谪岳阳,诗益凄婉,人谓得江山之助。(《唐才子传》)

燕公精藻逼人,敷华当世,文堪作栋,调亦含宫,于绮丽鲜错之中,有神惊独运之美。故时体稍变,适其旨趣。自岳州而后,声鬯益隆,华要并存,清辉四远。时称燕、许手笔,何惭何惑!惟古风凋委,差谢前流,综理遗篇,仅有《杂兴》一首,可窥曹、谢,珪璋未合,

良有馀恨。(《唐诗品》)

二张(按指说与九龄)五言律,大概相似于沈、宋、陈、杜,景物藻绘中,稍加以情致,剂以清空。学者间参,则无冗杂之嫌,有隽永之味。然气象便觉少隘,骨体便觉稍卑。品望之雌,职此故耶?(《诗薮》)

燕国如《岳州燕别》、《深度驿》、《还端州》,始兴如《初秋忆弟》、《旅宿淮阳》、《豫章南还》等作,皆冲远有味,而格调严整,未离沈、宋诸公,至浩然乃纵横自得。(同上)

张燕公说诗率意多拙,但生态不痴。律体变沈、宋典整前则,开高、岑清矫后规。(《唐音癸签》)

张说五言律,才藻虽不及沈、宋,而声气犹有可取。至如"西楚茱萸节"一篇,则宛似少陵。排律尚多有失粘者。七言律气格苍莽,不足为法。(《诗源辩体》)

燕公大雅之才,虽轩昂不受羁绁,终带声希味澹之致。唯"秋风不相待,先到洛阳城",未免与利齿儿竞慧,特其气浑,固不类中晚。(《载酒园诗话又编》)

燕公五排如幽燕老将,气韵沉雄,时于坚壁中作浑脱舞。后人竭力效之,终不可至。(《唐诗观澜集》)

其源出于谢玄晖,而词取排丽,深容苍态,自谢古人。惟古音璆然,有六朝遗则。名并燕、许,不独出廷硕一头。迁谪后词益以凄惋,人谓得江山之助,良不虚言。(《三唐诗品》)

诗以七言为胜。初尚宫体,谪岳州后,颇为比兴,感物写怀,已入盛唐,苏颋不及也。(《诗学渊源》)

代书寄吉十一

一雁雪上飞,值我衡阳道。

口衔离别字,远寄当归草。
目想春来迟,心惊寒去早。
忆乡乘羽翮,慕侣盈怀抱。
零落答故人,将随江树老。

【汇评】

《唐诗归》:钟云:一幅好画(首句下)。　　钟云:景中字字
是情("远寄"句下)。　　谭云:忆乡慕侣并急,可见交游不缓于
骨肉矣("忆乡"二句下)。

岳州作

夜梦云阙间,从容簪履列。
朝游洞庭上,缅望京华绝。
潦收江未清,火退山更热。
重斁视欲醉,懵满气如噎。
器留鱼鳖腥,衣点蚊虻血。
发白思益壮,心玄用弥拙。
冠剑日苔藓,琴书坐废撤。
唯有报恩字,刻意长不灭。

山夜闻钟

夜卧闻夜钟,夜静山更响。
霜风吹寒月,窈窕虚中上。
前声既春容,后声复晃荡。
听之如可见,寻之定无像。
信知本际空,徒挂生灭想。

《唐诗归》：钟云：钟声宏远，不比琴笛之类。说得幽静，皆从山夜生出，妙，妙。　谭云：耳根灵通。钟云：观音微理（"寻之"句下）。

杂诗四首（选二首）

其一

抱薰心常焦，举箭心常摇。

天长地自久，欢乐能几朝。

君看西陵树，歌舞为谁娇？

《唐诗品》：《杂兴》一首可窥曹、谢。

其二

山间苦积雨，木落悲时遽。

赏心凡几人，良辰在何处。

触石满堂侈，洒我终夕虑。

客鸟怀主人，衔花未能去。

剖珠贵分明，琢玉思坚贞。

要君意如此，终始莫相轻。

《唐诗归》谭云：真古诗，觉古人杂诗未必静细如此。　钟云：唐人古诗胜魏晋者甚多，今人耳目自不能出时代之外耳（诗题下）。　钟云：五字说得婉娈（"衔花"句下）。　三字深（"剖珠"句下）。

《唐诗选脉会通评林》：周珽曰：思则九曲明珠，局则连环交嫭。"剖珠"、"琢玉"二语,世人未易能者。

邺都引

君不见魏武草创争天禄,群雄睚眦相驰逐。

昼携壮士破坚阵,夜接词人赋华屋。

都邑缭绕西山阳,桑榆汗漫漳河曲。

城郭为虚人代改,但有西园明月在。

邺傍高冢多贵臣,娥眉曼睩共灰尘。

试上铜台歌舞处,唯有秋风愁杀人。

【汇评】

《增定评注唐诗正声》:郭云:无甚深意,却自悲感。

《唐诗选脉会通评林》:周珽曰:创业之始,声势极其雄盛;改世之日,眺听不胜萧条。夫开国承统,何代无之?抚邺都而想见其奸雄之处,即老瞒有知,亦应有弑夺之悔矣。此诗从群雄争逐、壮士词人,说到贵臣娥眉同归灰尘,思致岂不深沉?似笑似悲,似訾似吊耶!

《唐诗别裁》:声调渐响,去王、杨、卢、骆体远矣。　　"草创"二字,居然史笔。"昼携壮士"二句,叙得简老。

奉和圣制登骊山瞩眺应制

寒山上半空,临眺尽寰中。

是日巡游处,晴光远近同。

川明分渭水,树暗辨新丰。

岩壑清音暮,天歌起大风。

【汇评】

《唐诗成法》:燕公整练不及必简,剪裁不及沈、宋,而笔力开阔过此三人。

《唐律消夏录》：起首虚笼二句，以"是日"两字转下，应制诗如此顿跌，具见笔力。

《唐诗观澜集》："明"字、"暗"字都从晴光远近内写出，因"明"知为渭水，因"暗"辨为新丰，远近分贴，字字有脉。

元气所流，转换如意，此真一笔书也，安得以近体目之。

《闻鹤轩初盛唐近体读本》：陈德公先生曰：爽笔浑气，自尔不恒如此。三、四绝无警处而承起二流出，自成伟音。　评：三、四浑，须得五、六以称之，"分"、"辨"二字正从"同"字中开来，末句出公笔，便尔莽然，此关才分。

幽州夜饮

凉风吹夜雨，萧瑟动寒林。
正有高堂宴，能忘迟暮心？
军中宜剑舞，塞上重笳音。
不作边城将，谁知恩遇深！

【汇评】

《唐诗广选》：蒋仲舒曰：显浅处最圆活。

《唐诗直解》：结处倒说恩遇，妙甚，远臣不可不知。

《唐诗选脉会通评林》：周敬曰：三、四深妙，结句雄厚。

《唐律消夏录》：边塞之地，迟暮之年，风雨之夜，如此苦境，强说恩遇，其心伪矣。　"正有"、"能忘"、"宜"字、"重"字、"不作"、"谁知"，只在虚字上用力。要说是恩遇，却究竟拗不过"边塞"、"迟暮"、"风雨"六字。诗可以观，岂不信哉！

《唐诗成法》：一、二景中有情，故四得插入。五、六写其雄壮，正见悲凉，与一、二对看。结与四对看，自知用意所在。

《而庵说唐诗》：说上说下，总是一个不乐幽州。世称燕公诗为大手笔，吾嫌其尖利。此诗毕竟非忠厚和平之什，不免狭小汉家矣。

《闻鹤轩初盛唐近体读本》：陈德公先生曰：前如一气直笔，五六稍一顿，结以浑厚语意振之，遂不淡率。　评：满腔萧瑟之感。五六剑舞、笳音，亦见止此或堪自遣耳。结故微言边城不若内臣之恩遇，章法最有开拓。

《唐诗近体》：结法后唯老杜有之，边将宜作是想。

《五七言今体诗钞》：托意深婉。

《唐诗意》：乐处已忘其老，而不忘其君，此正小雅。

南中别蒋五岑向青州

　　　老亲依北海，贱子弃南荒。
　　　有泪皆成血，无声不断肠。
　　　此中逢故友，彼地送还乡。
　　　愿作枫林叶，随君度洛阳。

【汇评】

《近体秋阳》：直是信口而道，略无文致。此从五言汉古而来。诗必不可实，然而必不可不真，职此故也。　无一字不天然用材，而自是工迥，击节耸心动人（"无声"句下）。　真绝，浩绝。诗情笔致，亦似忽忽欲飞去（末句下）。

《唐诗快》：对此茫茫，百端交集，四十字可抵文通一赋。

岭南送使

　　　秋雁逢春返。流人何日归？
　　　将余去国泪，洒子入乡衣。

饥狄啼相聚,愁猿喘更飞。

南中不可问,书此示京畿。

【汇评】

《唐诗归》:钟云:说不出,却妙在平平浅浅说来。

《唐诗意》:此则哀而伤矣,变风何疑?

南中赠高六戬

北极辞明代,南溟宅放臣。

丹诚由义尽,白发带愁新。

鸟坠炎洲气,花飞洛水春。

平生歌舞席,谁忆不归人?

【汇评】

《唐诗归》:钟云:句沉重("丹诚"句下)。 谭云:"坠"、"气"妙("鸟坠"句下)。

还至端州驿前与高六别处

旧馆分江日,凄然望落晖。

相逢传旅食,临别换征衣。

昔记山川是,今伤人代非。

往来皆此路,生死不同归。

【汇评】

《唐诗直解》:苦调,感慨系之。

《唐诗选》:玉遮曰:淡中得感慨之致。

《唐诗镜》:三、四缱绻凄然,五、六老气,结更可伤。凡人到真处,闲言巧语自不暇及。

《汇编唐诗十集》：唐云：此正不能忘情处（"临别"句下）。

《唐诗选脉会通评林》：周珽曰：地是人非，生死异路，情悲语咽，令人读不能终篇。

《唐律消夏录》：气惨情伤，声泪俱下，字字从心坎中说出，非口头悲悼者比也。

《网师园唐诗笺》：一意环旋，深情凄婉。

《闻鹤轩初盛唐近体读本》：陈德公先生曰：五、六如是率句，结韵承以渐莽之笔，遂觉一片淋漓苍莽不尽。　　评：得此一结，并使五、六不觉为率。且三、四追溯从前，情绪款挚，插入五、六，倍足黯伤，非可藉为口实。

四月一日过江赴荆州

春色沅湘尽，三年客始回。
夏云随北帆，同日过江来。
水漫荆门出，山平郢路开。
比肩羊叔子，千载岂无才！

【汇评】

《闻鹤轩初盛唐近体读本》：陈德公先生曰：起四有得意处，结亦极见意兴，同挟飞舞。五、六现成警伟，伯玉不能辨之。　　评：前半刻划四月一日，人第知三、四为佳，不知有首句"春色尽"，则"夏云"乃非突然；抑有二句"客始回"，则"过江"非同浪人。五、六皆过江来所见，结又紧承"荆门"、"郢路"，随地感触，一气贯注，律细乃尔。

深渡驿

旅泊青山夜，荒庭白露秋。

洞房悬月影，高枕听江流。

猿响寒岩树，萤飞古驿楼。

他乡对摇落，并觉起离忧。

【汇评】

《唐诗镜》：三、四语气清高，非追琢可拟。

《唐诗成法》："悬"、"听"二字犹有痕迹，而杜之"卷帘残月影，高枕远江声"远矣。

《唐诗笺注》：上六句何尝不是离忧，结语却以"他乡对摇落"句钩勒，觉离忧意在言外，似通首皆言"摇落"。意分两层，妙。

《闻鹤轩初盛唐近体读本》：陈德公先生曰：高警不浮，唐人正调，绝未容易。"洞"、"高"二字于"悬"、"听"有情，知非泛著。　　通首重"秋"字，故有第七。前六莫非感触，结二缴束，"并"字最有力。　　评：五、六出句更胜，著"响"字是字法，若近人便着"啸"字矣。"寒岩"、"古驿"皆现成字，"寒"与"猿响"有情，"古"与"萤飞"有情，叠字亦极不苟。

湄湖山寺

空山寂历道心生，虚谷迢遥野鸟声。

禅室从来尘外赏，香台岂是世中情？

云间东岭千寻出，树里南湖一片明。

若使巢由知此意，不将萝薜易簪缨。

【汇评】

《唐诗直解》：五、六写景妙，结亦深。

《唐诗训解》：从境中画出景来，善描写。

《唐诗援》：此燕公初谪宦时作，绝无怨尤之意，而和平恬澹如此，可觇公之器量。

《唐诗选》：玉遮曰："云间"句造语颇微。

《唐诗笺注》：道心因寂历而生，鸟声以虚谷而传，二语已有绝尘物外景色，故下接"禅室"二语。三联补写湖山，真如一幅图画。落句言巢由有意逃名，若使同此欣赏，亦决不以"萝薜易簪缨"也。

《唐体馀编》：钱、刘清润之品，实本诸此。必以时代先后强画界分，盖未识其源流相接耳，如开宝中王、岑、高、李诸作，即大历之先声也（"云间东岭"二句下）。

《唐宋诗举要》：姚曰：此是燕公在岳州诗，所谓得江山之助者也。　　又曰：谢宣城云："我行虽纤徂，兼得穷回豁。"结句即其义，言不以迁谪为病，而正得山水之乐也。盖其意实憾，其词反夸也。　　方曰：此诗全在五、六句振起，不特篇章，即作意亦在此句得力。

幽州新岁作

去岁荆南梅似雪，今年蓟北雪如梅。
共知人事何常定？且喜年华去复来。
边镇戍歌连夜动，京城燎火彻明开。
遥遥西向长安日，愿上南山寿一杯。

【汇评】

《唐诗广选》：次联接得流走。

《唐诗直解》：前半真切，不厌其浅。上寿近俗，但君王不得不尔。

《唐诗训解》：首四句气格好。

《唐诗选脉会通评林》：周敬曰：风神气韵，为盛唐立准。　　周珽曰：南多梅，北多雪，风气既殊；昨荆南，今蓟北，人事莫定。宦游感此，得不怆然，况当新岁之候，戍歌燎火，京城边镇,景象顿别耶？通篇淡雅超脱,结以新岁,用上寿语恰当,且志切慕君,不失风雅正体。

《贯华堂选批唐才子诗》：笔态扶疏磊落,读之疑其非复韵语（首四句下）。

《近体秋阳》：常调尔,顾但见其老,而不嫌其俗,以其气清语真也。

《昭昧詹言》：起句衬一笔,次句点本题,而以梅、雪为兴象,乃不枯质。三四忽将首二句兜里成一气,而情词流转极圆美,诵之惬心不厌。五六实写幽州新岁,题中正位。收切新岁,颂圣得体,亲切不肤。古人诗文,只是恰好如题便无事,不节外生枝,为客气溢语。

奉和圣制途经华岳应制

西岳镇皇京,中峰入太清。

玉銮重岭应,缇骑薄云迎。

霁日悬高掌,寒空类削成。

轩游会神处,汉幸望仙情。

旧庙青林古,新碑绿字生。

群臣愿封岱,还驾勒鸿名。

【汇评】

《批点唐诗正声》：读此诗,如空中清磬,韵越可想。

《唐诗直解》：三、四切"途经",妙矣,犹恨下句说不出。

《唐诗选》：华岳景易构,只是途经华岳语难得,工在三、四句。"处"字未坚,"情"字亦嫩。

《唐诗观澜集》："西岳镇皇京,中峰入太清",笔如岳立。

《闻鹤轩初盛唐近体读本》：陈德公曰：简琢之篇,翻得五、六,突兀见警拔。七、八、九、十承以成章,结更出一绪,是"途经"之意。

将赴朔方军应制

礼乐逢明主,韬钤用老臣。

恭凭神武策,远御鬼方人。

供帐荣恩饯,山川喜诏巡。

天文日月丽,朝赋管弦新。

幼志传三略,衰材谢六钧。

胆由忠作伴,心固道为邻。

汉保河南地,胡清塞北尘。

连年大军后,不日小康辰。

剑舞轻离别,歌酣忘苦辛。

从来思博望,许国不谋身。

【汇评】

《唐诗归》:谭云:"不日小康辰"对法妙。

《唐诗镜》:一起四语得体。"胆由"二语当属佳句。"汉保河南地"以下意欠精陡。

《唐诗选脉会通评林》:通篇以老法引奇情,规翔矩步中自有掀髯慷慨之气。　　吴山民曰:次句"用"字决于自任,若改作"属"字,意便温厚。次联归美于上,殆于上联有照应。

《唐诗观澜集》:起笔苍凝端重,一气浑成。中叙述无痕,结更坚苍。　　骨脉坚凝,气体雄厚,此工部先鞭也。

《网师园唐诗笺》:收转到"将赴",神旺理完(末四句下)。

蜀道后期

客心争日月,来往预期程。

秋风不相待,先至洛阳城。

《唐诗正声》:吴逸一评:诗意巧妙,非百炼不能,又似不用意而得者。

《唐诗广选》:"争"字、"预"字,见得题中"后"字出,一字岂可轻下?

《唐诗选脉会通评林》:周敬曰:想头远异。

《增订唐诗摘钞》:"后期"者,不果前所期也。此何干秋风,而怨其不相待?"诗有别趣,而不关理",即此之谓。

《而庵说唐诗》:人知其借秋风作解嘲,而不知其将秋风来按捺日月,故"争"字奇,"不相待"更奇。

《唐诗别裁》:以秋风先到,形出己之后期,巧心浚发。

《网师园唐诗笺》:烘托入妙(末二句下)。

《唐人万首绝句选评》:"后"字从对面托出,一句不正说,妙绝。责秋风微妙,此谓言外意。

岭南送使二首(其一)

狱中生白发,岭外罢红颜。
古来相送处,凡得几人还?

送梁六自洞庭山作

巴陵一望洞庭秋,日见孤峰水上浮。
闻道神仙不可接,心随湖水共悠悠。

【汇评】

《唐诗广选》:蒋仲舒曰:但言悠远,而别意自见。美人秋水之思，当是别后意耳。

《唐诗镜》：后二语托兴，兼寓别情。

《唐诗别裁》：远神远韵，送意自在其中。此洞庭为神仙窟宅，然身不至，唯送人之心与湖水俱远耳。

《网师园唐诗笺》：不着一字（末句下）。

《诗式》：开首先写洞庭，再入"山"字，所谓就题起也，然却有突兀高远之势，而一种送别之情已含在其中，要在"一望"、"日见"四字咀嚼而得。三句入送梁六，言梁入朝如神仙之不可接迎。四句从送后落笔，言只心随湖水悠悠而去，不特题后摇曳生情，似此缠绵悱恻，不失诗人敦厚之旨，盛唐作者所以为正声也。

《诗境浅说续编》：此诗言烟波浩渺中，神仙既不可接，客帆亦天际迢遥。末句之悠悠凝望，即送别之心也。

《唐人绝句精华》：首二句实写洞庭湖山，中夹第三句，遂使实境化成缥缈之景，引起第四句别情，便觉悠然无尽。

张 均

张均,生卒年不详,河东(今山西永济)人,居洛阳。张说长子。开元中自太子通事舍人累迁主爵郎中、中书舍人、户、兵二部侍郎,袭父爵燕国公。贬饶、苏二州刺史。天宝中,官户部侍郎、刑部尚书、大理卿。自以才当为宰辅,意常郁郁。禄山之乱,受伪署为中书令。肃宗返京,论罪当死,诏免,流合浦郡。有《张均集》二十卷,已佚。《全唐诗》存诗七首。

岳阳晚景

晚景寒鸦集,秋风旅雁归。

水光浮日出,霞彩映江飞。

洲白芦花吐,园红柿叶稀。

长沙卑湿地,九月未成衣。

【汇评】

《唐诗直解》:写景灵活,可救滞涩。

《唐诗选》:"九月"句真而切,无限感慨。

《批选唐诗》：声色高华。

《唐诗选脉会通评林》：周敬曰：章法整，不病板；对法工，不嫌排。句调优柔明秀，不刻不肤，居然燕公家传。

《唐诗评选》：不妨近情，作语终远凡陋，一结用事活。

《唐诗成法》："水光"从地说到天，"霞彩"从天说到地，少陵《秋兴》"江间波浪"二句亦是此法。

《近体秋阳》：六句皆景，独脱落二句，以题外意结，法变而气高。

《唐诗笺注》：意致哀恻，含情无限。

《闻鹤轩初盛唐近体读本》：陈德公先生曰："晚"即日去霞飞耳。写日去乃云"水浮"，写霞飞乃云"江映"，便足增致，此可悟写景增致之法。然使云"日光浮水去"，则更工也。

薛 稷

薛稷(649—713),字嗣通,蒲州汾阴(今山西万荣西)人。擢进士第,长寿三年(694)中临难不顾徇节宁邦科。累迁礼部郎中、中书舍人。景龙末,为谏议大夫、昭文馆学士。睿宗即位,迁黄门侍郎,参知机务。与崔日用不协,罢为左散骑常侍,历太子少保、礼部尚书。先天二年,窦怀贞伏诛,稷因预知反谋,赐死狱中。稷以辞章名,工书善画,尤善画鹤。有《薛稷集》三十卷,已佚。《全唐诗》存诗十四首。

【汇评】

李峤、崔融、薛稷、宋之问之文,如良金美玉,无施不可。(《大唐新语》引张说语)

稷举进士,累转中书舍人。时从祖兄曜为正谏大夫,与稷俱以辞学知名,同在两省,为时所称。(《旧唐书》本传)

薛稷诗明健激昂,有建安七子之风,不类唐人。(时天彝《唐百家诗选评》)

早春鱼亭山

春气动百草，纷荣时断续。
白云自高妙，裴回空山曲。
阳林花已红，寒涧苔未绿。
伊余息人事，萧寂无营欲。
客行虽云远，玩之聊自足。

【汇评】

《唐诗归》：谭云："白云"着"高妙"字，绝好品题（"白云"句下）。

《汇编唐诗十集》：唐云：稳妥可喜，终欠"陕郊"一筹。

《历代诗发》："白云"着"高妙"二字，形容入化。

秋日还京陕西十里作

驱车越陕郊，北顾临大河。
隔河望乡邑，秋风水增波。
西登咸阳途，日暮忧思多。
傅岩既纡郁，首山亦嵯峨。
操筑无昔老，采薇有遗歌。
客游节回换，人生知几何！

【汇评】

《批点唐音》：气壮语健，近乎晋魏。

《批点唐诗正声》：古雅冲淡不可得。"隔河望乡邑，秋风水增波"，寄兴攸远，楚骚"洞庭波兮木叶下"句与此敌。

《增定评注唐诗正声》：的的《选》体。

《诗源辩体》：唐人五言古，自有唐体。初唐古、律混淆，古诗每多杂用律体。惟薛稷《秋日还京陕西作》，声既尽纯，调复雄浑，可为唐古之宗。

《唐诗绪笺》：此诗能从容于古法之中，而托意简远，自非拘拘模拟者所可及。

《唐风定》：真气浑浑，莫寻其端。

《唐诗评选》：顺序荥纡，自全其雅。"傅岩"四句，唐人每作两句说尽，便得凌器，唯此不失古制。

《唐诗别裁》：高浑超诣，火色俱融。少陵云："少保有古风，得之陕郊篇。"见重于哲匠，不偶然也。

秋朝览镜

客心惊落木，夜坐听秋风。

朝日看容鬓，生涯在镜中。

【汇评】

《唐诗解》：此感秋而伤迟暮也。闻落木秋风而客怀已切，观镜中衰鬓而生涯可知。

《唐诗选脉会通评林》：唐孟庄曰：所谓"一夕秋风白发生"也，落句含蓄得妙。

富嘉谟

富嘉谟(? —706),雍州武功(今属陕西)人。举进士,为寿安尉。圣历中,预修《三教珠英》。长安中,为晋阳尉,时吴少微亦尉晋阳,尤相友善,与太原主簿魏郡谷倚并称"北京三杰"。时天下文章宗尚徐(陵)、庾(信),嘉谟、少微以经典为本,人多钦慕,称"富吴体"(亦作"吴富体")。神龙初为左台监察御史,卒。有《富嘉谟集》十卷,已佚。《全唐诗》存诗一首。

【汇评】

张说曰:"富嘉谟之文,如孤峰绝岸,壁立万仞,丛云郁兴,震雷俱发,诚可畏乎! 若施于廊庙,则为骇矣。"(《大唐新语》)

嘉谟与少微在晋阳,魏郡谷倚为太原主簿,皆以文词著名,时人谓之"北京三杰"。倚后流寓客死,文章遗失。(《旧唐书·文苑传中》)

先是文士撰碑颂,皆以徐、庾为宗,气调渐劣。嘉谟与少微属词,皆以经典为本,时人钦慕之,文体一变,称为"富吴体"。嘉谟作《双龙泉颂》、《千蠋谷颂》,少微撰《崇福寺钟铭》,词最高雅,作者推重。(同上)

明冰篇

北陆苍茫河海凝,南山阑干昼夜冰,素彩峨峨明月升。
深山穷谷不自见,安知采斫备嘉荐,阴房洭洭掩寒扇。
阳春二月朝始暾,春光潭沱度千门,明冰时出御至尊。
彤庭赫赫九仪备,腰玉煌煌千官事,明冰毕赋周在位。
忆昨沙漠寒风涨,昆仑长河冰始壮,漫汗崚嶒积亭障。
嗺嗺鸣雁江上来,禁苑池台冰复开,摇青涵绿映楼台。
豳歌七月王风始,凿冰藏用昭物轨,四时不忒千万祀。

【汇评】

《唐文粹》:陈霆曰:三句转韵,出《老子》"明道若昧"章。

《唐诗观澜集》:阳开阴阖,笔有化工。每三句一换韵,开后人法门。

吴少微

吴少微(？—706)，新安(今安徽歙县)人。举进士，长安中官晋阳尉，与同官富嘉谟、太原主簿谷倚并称"北京三杰"。神龙初，迁左台监察御史。二年，少微在病中，闻富嘉谟卒，作诗悼之，大恸，亦卒。有《吴少微集》十卷，已佚。《全唐诗》存诗六首。

【汇评】

（富嘉谟、吴少微、谷倚）并负文辞，时称"北京三杰"。天下文章尚徐、庾，浮俚不竞，独嘉谟、少微本经术，雅厚雄迈，人争慕之，号"吴富体"。（《新唐书·文艺传中》）

诗与乐通，其声宜直廉，不宜粗厉。凡号雅音者，不徒黜淫哇之音，并宜去噪嗷也。吴少微、富嘉谟力矫颓靡，张说譬之"浓云郁兴，震雷俱发"，亦犹丘门怪由瑟之意，故必"穆如清风"者，斯为承。（《载酒园诗话又编》）

古　意

洛阳芳树向春开，洛阳女儿平旦来。

流车走马纷相催，折芳瑶华向曲台。
曲台自有千万行，重花累叶间垂杨。
北林朝日镜明光，南国微风苏合香。
可怜窈窕女，不作邯郸娼。
妙舞轻回拂长袖，高歌浩唱发清商。
歌终舞罢欢无极，乐往悲来长叹息。
阳春白日不少留，红荣碧树无颜色。
碧树风花先春度，珠帘粉泽无人顾。
如何年少忽迟暮，坐见明月与白露。
明月白露夜已寒，香衣锦带空珊珊。
今日阳春一妙曲，凤凰楼上与君弹。

王　适

王适,生卒年不详,幽州(今北京)人。武后时,敕吏部糊名考选入判,以求才彦,适与刘宪等相次判入第二等,官至雍州司功参军。曾谪居蜀中,时陈子昂初为诗,适见之惊曰:"此子必为文宗矣!"有《王适集》二十卷,已佚。《全唐诗》存诗五首。

江滨梅

忽见寒梅树,开花汉水滨。

不知春色早,疑是弄珠人。

【汇评】

《升庵诗话》:"忽见寒梅树"云云,此王适诗也。《唐音》选之,一首足传矣。

《诗薮》:古今梅诗,五言惟何逊,七言惟老杜,绝句惟王适,外此无足论者。

《唐诗选脉会通评林》:唐陈彝曰:事切汉水,移他处不得。　　唐孟庄曰：咏物之高华者。

　　《唐诗摘钞》：用汉皋神女事，故以痴语见趣。

　　《网师园唐诗笺》：三、四黏合江梅，不得以句近晚唐少之。

沈佺期

沈佺期(656？—714)，字云卿，相州内黄(今属河南)人。高宗上元二年(675)登进士第。武后圣历中累迁通事舍人，转考功员外郎，授给事中，坐交张易之，流驩州，稍迁台州录事参军。中宗景龙间，拜起居郎，修文馆直学士，历中书舍人，太子少詹事。开元初卒。佺期工诗，尤长于律体，与宋之问并称"沈宋"。有《沈佺期集》十卷，已佚。今存清抄本《沈云卿文集》五卷。又有《沈詹事诗集》七卷，乃明人所辑。《全唐诗》编诗三卷。

【汇评】

云卿诗，其命意周委，如雪舞岩林，随形宛转，无象不得。其奏词丽则，如春在瑶池，气色照映，自含华态，可谓意象纵横、词锋姿媚者也。其拙语如田家，而殊深俊朗；其形器如木石，而更被华要。仰承贞观，弥见周留；俯待开元，先咀意旨。旷代高之，无以为过。置之往哲之中，岂但叔源失步、明远变色者耶！(《唐诗品》)

沈诗五言宛丽，迥出一时。(《沈诗评》)

五言至沈、宋，始可称律。律为音律、法律，天下无严于是者，知虚实平仄不得任情而度，明矣。二君正是敌手，排律用韵稳妥，事不傍引，情无牵合，当为最胜。摩诘似之，而才小不逮。少陵强力宏蓄，开合排荡，然不无利钝。馀子纷纷，未易悉数也。(《艺苑卮言》)

沈佺期吞吐含芳，安详合度，亭亭整整，喁喁叮叮，觉其句自能言，字自能语，品之所以为美。苏、李法有馀闲，材之不逮远矣。(《诗镜总论》)

初唐七言古，自王、卢、骆再进而为沈、宋二公。宋、沈调虽渐纯，语虽渐畅，而旧习未除。……然析而论之，沈气为促，宋实胜之。(《诗源辩体》)

七言古，沈如"水晶帘外金波下，云母窗前银汉回"、"燕姬彩帐芙蓉色，秦子金炉兰麝香"、"灯华灼灿九衢映，香气氤氲百和然"、"朝霞散彩羞衣架，晚月分光让镜台"、"玳瑁筵中别作春，琅玕窗里翻成昼"等句，偶俪极工，语皆富丽，与王、卢、骆相类者也。(同上)

五言自王、杨、卢、骆，又进而为沈、宋二公。沈、宋才力既大，造诣始纯，故其体尽整栗，语多雄丽，而气象风格大备，为律诗正宗。或问：以入录观沈、宋五言律，制作实工，而后人独推盛唐，何耶？曰：盛唐五言律入圣者，虽人止数篇，然化机流行，在在而是。沈、宋制作虽工，而化机尚浅，此升堂、入室之分也。(同上)

沈、宋工力悉敌，确是对手。其高妙不及射洪，遒密不及必简，然闲情别绪，句剪字裁，已极文人之致。若沈虽沉切处时有轩豁，宋虽显露处更觉粘滞，此则两人心地中事也。(《唐律消夏录》)

古称沈为靡丽，今观之，乃见朴厚耳。……然朴厚自是初唐风气，不足矜，当取其厚中带动，朴而特警者。如《芳树》、《和赵麟台元志春情》、《叹狱中无燕》、《和元万顷临池玩月》，最其振拔。(《载酒园诗话又编》)

长律至沈而工，较杜、宋实为严整。然唯"卢家少妇"篇首尾温丽，馀亦中联警耳。结语多平熟，易开人浅率一路，若从此入手，恐

不高。（同上）

沈、宋诸公七律之高华典重，以应制故，然非诸诗皆然，而可立为初唐之体也？（《围炉诗话》）

七律肇自唐初，工于沈、宋，浸淫渐盛，率务高华。（《唐诗英华》）

陈德公先生曰：沈、宋上接六代，下开盛唐，进绮丽而益工，运便妍而极秀。音韵吐含，温婉不迫；姿态流媚，生溢行间。王、岑由此准绳，钱、刘亦共嗣续。唐代正音，端在是尔。济南止拔华亮，不录尖新，所谓崇雅昧于生致者欤？（《闻鹤轩初盛唐近体读本》）

沈、宋律句匀整，格自不高。杼山目以"射雕手"，当指字句精巧胜人耳。（《石州诗话》）

沈、宋应制诸作，精丽不待言，而尤在运以流宕之气。此元自六朝风度变来，所以非后来试帖所能几及也。（同上）

其源亦出谢、沈，植骨清隐，舒芬华秀，在考功之亚，名并当时。律体特取风神，开盛唐之派。（《三唐诗品》）

过蜀龙门

龙门非禹凿，诡怪乃天功。
西南出巴峡，不与众山同。
长窦亘五里，宛转复嵌空。
伏湍煦潜石，瀑水生轮风。
流水无昼夜，喷薄龙门中。
潭河势不测，藻葩垂彩虹。
我行当季月，烟景共春融。
江关勤亦甚，嶔崿意难穷。
势将息机事，炼药此山东。

《沈诗评》：气概雄壮。

《唐诗归》：钟云：一"煦"字写尽山水，幽晦入妙。

初达骧州

流子一十八，命予偏不偶。

配远天遂穷，到迟日最后。

水行儋耳国，陆行雕题薮。

魂魄游鬼门，骸骨遗鲸口。

夜则忍饥卧，朝则抱病走。

搔首向南荒，拭泪看北斗。

何年赦书来？重饮洛阳酒。

【汇评】

《静居绪言》：沈云卿诗，亦脱略时习，自得古情。《初达骧州》一篇，凿奇出险，创杜、韩之始，……皆不受牢笼，自骋天步。言诗者往往不录，岂真无马邪！

古 歌

落叶流风向玉台，夜寒秋思洞房开。

水晶帘外金波下，云母窗前银汉回。

玉阶阴阴苔藓色，君王履綦难再得。

璇闺窈窕秋夜长，绣户徘徊明月光。

燕姬彩帐芙蓉色，秦女金炉兰麝香。

北斗七星横夜半，清歌一曲断君肠。

《沈诗评》：万卉霞蒸，烂然夺目。

《唐诗选脉会通评林》：周珽曰：前六句咏秋夜之景，为孤寂可怜。后六句咏秋宫之情，为幽独可恨。此与《古意》一篇总是寓言，意深词丽，情苦调悲，然含蓄浑厚。《古歌》更觉有说不出无聊无赖一种怨思，所以为妙。

七夕曝衣篇

君不见昔日宜春太液边，披香画阁与天连。

灯火灼烁九微映，香气氤氲百和然。

此夜星繁河正白，人传织女牵牛客。

宫中扰扰曝衣楼，天上娥娥红粉席。

曝衣何许曛半黄，宫中彩女提玉箱。

珠履奔腾上兰砌，金梯宛转出梅梁。

绛河里，碧烟上，

双花伏兔画屏风，四子盘龙擎斗帐。

舒罗散縠云雾开，缀玉垂珠星汉回。

朝霞散彩羞衣架，晚月分光劣镜台。

上有仙人长命绺，中看玉女迎欢绣。

玳瑁帘中别作春，珊瑚窗里翻成昼。

椒房金屋宠新流，意气娇奢不自由。

汉文宜惜露台费，晋武须焚前殿裘。

【汇评】

《升庵诗话》：佺期此诗，首以藻绘，终归讽戒，深可钦玩。

《沈诗评》：高岭披云，别是一天景象。

入少密溪

云峰苔壁绕溪斜,江路香风夹岸花。

树密不言通鸟道,鸡鸣始觉有人家。

人家更在深岩口,涧水周流宅前后。

游鱼瞥瞥双钓童,伐木丁丁一樵叟。

自言避喧非避秦,薜衣耕凿帝尧人。

相留且待鸡黍熟,夕卧深山萝月春。

【汇评】

《网师园唐诗笺》:只就本题作结,言下悠然有馀味(末二句下)。

霹雳引

岁七月,火伏而金生。

客有鼓琴于门者,奏霹雳之商声。

始戛羽以骁睪,终扣宫而砰铃。

电耀耀兮龙跃,雷阗阗兮雨冥。

气呜唅以会雅,态欻翕以横生。

有如驱千旗,制五兵,截荒虺,斫长鲸。

孰与广陵比意,别鹤俦精?

而巳俾我雄子魄动,毅夫发立;

怀恩不浅,武义双辑。

视胡若芥,剪羯如拾。

岂徒慷慨中筵,备群娱之翕习哉!

【汇评】

《沈诗评》:读之一过,霹雳在耳,客鼓未必至此。

《唐诗归》：钟云：似文，似赋，似铭，奇甚。　　谭云："傅精"
二字新（"孰与"二句下）。

《王闿运手批唐诗选》：此盖有韵之序，而亡其诗。

送金城公主适西蕃应制

金牓扶丹掖，银河属紫阍。

那堪将凤女，还以嫁乌孙。

玉就歌中怨，珠辞掌上恩。

西戎非我匹，明主至公存。

【汇评】

《唐诗归》：谭云："就"字、"辞"字新妍。　　钟云：周旋可谓
极得体矣。

《唐诗镜》：佺期诗思优柔，语最入人深际，结语何温。

《唐律消夏录》：此诗结语，深见大体。　　予前说主句在下，
上面句句皆要奔注。试看此诗，"那堪"、"还以"四字已经奔注，妙
在五、六将现在情景顿住，两句意思便不直下，词语并不单薄。此
深于奔注之法者也。

《闻鹤轩初盛唐近体读本》：陈德公先生曰：三、四巧似巨山，
第六亦出隽笔，结语得体，虽朴而雅。　　评：起二用反振，三、四
转入，五、六承说，结句笔意妙绝。一权宜事耳，并说向经常，作用
何等含蕴。　　潘一山曰：结语腐直，不沦赵宋者，非惟笔婉，亦
且调高。

铜雀台

昔年分鼎地，今日望陵台。

一旦雄图尽，千秋遗令开。

绮罗君不见，歌舞妾空来。

恩共漳河水，东流无重回。

【汇评】

《批点唐音》：独此篇似正音。

《沈诗评》：峻坂流丸。

《唐风定》：与子安作同妙，皆远过六朝。

《唐诗选脉会通评林》：徐中行曰：一笔扫来，气格复别。吴山民曰：通篇作讥诮语，却又含蓄不露。次联简至。　　周明辅曰：眼前语，多少叹息。正始之音。

春　闺

铁马三军去，金闺二月还。

边愁离上国，春梦失阳关。

池水琉璃净，园花玳瑁斑。

岁华空自掷，忧思不胜颜。

【汇评】

《唐诗选脉会通评林》：周珽曰：融意摘词，如蕉心莲瓣，剥换不穷。　　〔训〕语意丽而永。

《唐诗镜》："春梦失阳关"一语变局，转入转深，有梦无从，愁何可奈？乃知梦可疗思，片时怳惚，犹胜三秋之慨涕耳。

陇头水

陇山飞落叶，陇雁度寒天。

愁见三秋水，分为两地泉。

西流入羌郡，东下向秦川。

征客重回首，肝肠空自怜。

【汇评】

《沈诗评》：倒峡之泉，势不可遏。

《历代诗发》：何等风格！

《唐诗近体》：篇法一气相生。

关山月

汉月生辽海，曈昽出半晖。

合昏玄菟郡，中夜白登围。

晕落关山迥，光含霜霰微。

将军听晓角，战马欲南归。

【汇评】

《沈诗评》：赋中有比，凄断悲凉。

《唐诗摘钞》：不言人而言马，语便含蓄。

《唐诗成法》：结言外见将军看月不眠至晓，故听角而欲南归也。以"听"字映"看"字，以"角"字换"月"字，灵妙。

折杨柳

玉窗朝日映，罗帐春风吹。

拭泪攀杨柳，长条踠地垂。

白花飞历乱，黄鸟思参差。

妾自肝肠断，傍人那得知。

【汇评】

《唐律消夏录》：一起将春光明媚闲写两句，紧以"拭泪"二字接下,异常悲楚,正面略一点过。又因花历乱、鸟参差触起伤心,顿然结住,便觉题之前后左右,行间字里,尚有无限情景在。此等诗,虽盛唐人亦难著笔也。

唐人此题不下百馀首,读者参看,始知此作之妙。　　[增]唐人最喜使六朝语,即如此结,是王子敬对谢文靖者,但以"傍"字换"外"字耳。卷中往往有此类,聊书其一于是,不更烦也。

《唐诗成法》:"朝日"、"春风"、"玉窗"、"罗帐"中已自泪流,乃拭泪出闺,强为消遣。见长条踠地,一攀折而花鸟感触,又至肠断更甚于"朝日"、"春风",此情此恨谁能知者?　　此首前半与王昌龄"闺中少妇不知愁"前二句相反,后半与王后二句一意,而此较深厚。

被试出塞

十年通大漠,万里出长平。
寒日生戈剑,阴云拂旆旌。
饥乌啼旧垒,疲马恋空城。
辛苦皋兰北,胡霜损汉兵。

【汇评】

《唐诗镜》:语足悲凉,中四语是长篇短赋。

《唐诗解》:云卿对律精工,落句最下,"胡尘损汉兵"大非名家语。

《唐诗选脉会通评林》:周珽曰:云卿《出塞》诗也,可谓凄楚矣。"饥乌啼旧垒,疲马恋空城",凄楚中更含伤感。律体造极深微,所以作盛唐龟鉴也。

杂诗三首(其三)

闻道黄龙戍,频年不解兵。

可怜闺里月，长在汉家营。

少妇今春意，良人昨夜情。

谁能将旗鼓，一为取龙城！

【汇评】

《沈诗评》：古今绝响，太白"长安一片月"准此。

《唐诗归》：钟云："少妇"二句娇怨之甚，壮语懈调。

《唐诗选脉会通评林》：说者谓语晦而浅，不知作诗之妙，正以似深非深，似浅非浅，有可解不可解之趣也。

《唐诗评选》：五、六分承，三、四顺下，得之康乐，何开阖承转之有？结语平甚，故或谓之懈。然宁懈勿淫，初唐人家法不紊，乃以持数百年之穷。

《唐律消夏录》：五、六就本句看，极是平常，就通首看，则无限不可说之话尽缩在此两句内，初唐人微妙至此。其"卢家少妇"七律亦是此法，而用意尤觉深婉。　　［增］五、六句极平常，妙不说尽。"其新孔嘉，其旧如之何"，千古闺情绝唱也，岂必艳辞为？

《增订唐诗摘钞》：结联和起联相应，局法甚紧。

《唐诗从绳》：即景见情，此全篇直叙格也。五怀春，六梦远，"怀"字、"梦"字藏于句中。结句即私情以见公义，何等柔婉。

《唐宋诗举要》：一气转折，而风格自高，此初唐不可及处。

游少林寺

长歌游宝地，徙倚对珠林。

雁塔风霜古，龙池岁月深。

绀园澄夕霁，碧殿下秋阴。

归路烟霞晚，山蝉处处吟。

《瀛奎律髓》：唐律诗初盛，少变梁陈，而富丽之中稍加劲健，如此者是也。

《沈诗评》：渤澥茫茫，平吞云梦。

《汇编唐诗十集》：吴云：有气势，有光彩，使结联超拔，则高不可及矣。

《唐诗选脉会通评林》：周珽曰：精严雄整，沉理玄趣俱到，初唐自少劲敌。

《唐诗评选》：此四十字中，有惜墨如身血之意。

《瀛奎律髓汇评》：何义门：五、六不但字法之妙，能使"风霜"一联精神又倍。　　纪昀：气味自厚，故华而不靡。　　无名氏：劲中带苍。

早发平昌岛

解缆春风后，鸣榔晓涨前。

阳乌出海树，云雁下江烟。

积气冲长岛，浮光溢大川。

不能怀魏阙，心赏独泠然。

【汇评】

《沈诗评》：长虹饮川，红绡烨烨。

《唐诗镜》：中联语气高朗。

《汇编唐诗十集》：唐云：雅淡有致，恨中联叠四虚字，不堪入盛唐。

《唐律消夏录》：同一迁谪诗，之问《经梧州》结句"流光虽可悦，会自泣长沙"，何等咽塞；此诗"不能怀魏阙"句，何等洒然！

夜宿七盘岭

独游千里外，高卧七盘西。

山月临窗近，天河入户低。

芳春平仲绿，清夜子规啼。

浮客空留听，褒城闻曙鸡。

【汇评】

《沈诗评》：花馆流波，赏心娱目。

《近体秋阳》：此诗高灏，而抑复纵逸不羁，落落彼开宝作家风味，其庶几此肇乎！

《网师园唐诗笺》：的是岭上暮景（"山月"二句下）。

《闻鹤轩初盛唐近体读本》：三、四隽出，后半欲启襄阳。

《唐诗意》：虽有行役之劳，而有景物自娱，尚是正风。

喜　赦

去岁投荒客，今春肆眚归。

律通幽谷暖，盆举太阳辉。

喜气迎冤气，青衣报白衣。

还将合蒲叶，俱向洛城飞。

【汇评】

《沈诗评》：结句道出喜意，绝佳。

《闻鹤轩初盛唐近体读本》：陈德公先生曰：五、六拓落纵笔，反觉婉隽，通首有飞舞之兴。杜陵《收京作》意态与此正同，足明诗家所尚断在生气也。　评：每谓少陵肖沈，于此可见。

奉和立春游苑迎春

东郊暂转迎春仗，上苑初飞行庆杯。
风射蛟冰千片断，气冲鱼钥九关开。
林中觅草才生蕙，殿里争花并是梅。
歌吹衔恩归路晚，栖乌半下凤城来。

【汇评】

《唐诗镜》：三、四是生获语，犹胜熟套。

《唐诗评选》：五、六得明远佳处，不起法意自人圣证。

《唐诗成法》：三、四不过言东风解冻，阳气上升意，却写得生新雄壮，练句之妙。五、六与"梅花落处疑残雪"同法。

《唐诗观澜集》：精锐之色，俊逸之气，包络于浑成、安顿中，真老手也。

奉和春初幸太平公主南庄应制

主家山第早春归，御辇春游绕翠微。
买地铺金曾作垺，寻河取石旧支机。
云间树色千花满，竹里泉声百道飞。
自有神仙鸣凤曲，併将歌舞报恩晖。

【汇评】

《唐诗镜》：五、六语带风味。

《唐诗选脉会通评林》：周敬曰：云卿之诗每有咀嚼，如此篇诚言成锦、歌成律者。

《湘绮楼说诗》：写景入典，工妙超丽（"买地铺金"句下）。

《诗式》：[评] 发句上句切南庄，下句切幸南庄。颔联切南庄

之贵丽,颈联切南庄之景物。落句结出"和"字意,带指公主。通体
不脱"春"字,尤为切题。 ［品］华丽。

奉和春日幸望春宫应制

芳郊绿野散春晴,复道离宫烟雾生。
杨柳千条花欲绽,蒲萄百丈蔓初萦。
林香酒气元相入,鸟啭歌声各自成。
定是风光牵宿醉,来晨复得幸昆明。

【汇评】

《历代诗发》:五、六开合俱妙。

《唐诗成法》:"欲绽"二字有分寸。"元相人"、"各自成",下字
生新。"风光"合结上六句,"宿醉"结五、六,"昆明"结望春宫。只
二、八两句是应制,馀只是游春作,佳极。

《唐诗评选》:轻安一色。只一"成"字用韵,古今少到,所谓生
杀双收也。

龙池篇

龙池跃龙龙已飞,龙德先天天不违。
池开天汉分黄道,龙向天门入紫微。
邸第楼台多气色,君王凫雁有光辉。
为报寰中百川水,来朝此地莫东归。

【汇评】

《邹庵重订李于鳞唐诗选》:用经语入诗,非具化工手段,未易
融洽。

《唐诗广选》:田子艺曰:人但知太白《凤凰台》出于《黄鹤楼》,

不知崔颢又出于《龙池篇》；若《鹦鹉洲》，又《凤凰台》馀意耳。四篇机抒一轴，天锦灿然，各用叠字成章，尤为奇也。

《唐诗选》：五"龙"、四"天"、两"池"，律诗下字重者，惟此为多，分明故意，亦是一法。

《唐诗镜》：前四语法度恣纵，后四语兴致淋漓，此与《古意》二首，当是唐人律诗第一。

《汇编唐诗十集》：唐云：以律为颂，典雅有法，第不免少年失笑耳。

《唐诗评选》：凝载推排，入神合漠。崔颢《黄鹤楼》诗本此，乃此固自然。

《删订唐诗解》：起句超拔，次联于今为俗，于昔为新。

《唐诗成法》：五"龙"字，二"池"字，四"天"字，崔之《黄鹤楼》所本，而神韵过之，然此味较厚。结句，一时应制诸公俱不能到。

《而庵说唐诗》：此诗前一解以"龙池"二字播弄，层见叠出，直是作大文手法，律中巨观也。

《唐诗观澜集》：夭矫变化，亦有龙跳天门之势，崔灏《黄鹤楼》作脱胎于此，犹觉逊其雄浑也。

《说诗晬语》：沈云卿《龙池》乐章，崔司勋《黄鹤楼》诗，意得象先，纵笔所到，遂擅古今之奇。所谓"章法之妙，不见句法，句法之妙，不见字法"者也。

《唐诗别裁》：经语入诗，体格亦复超拔，一结有万国来朝之意。

《诗法易简录》：首句龙已飞，指明皇即位后言也。次句推本龙德，原其所以能飞之故。三、四句分顶"龙池"二字，写足"飞"字，一气相生，体格超拔。五、六句以池上楼台、池中凫雁作旁面渲染。结以百川来朝，尤得尊题之体。

《唐七律隽》：诗之奇岂在叠字？《龙池》、《黄鹤》俱以歌行风调行于律体之间,故有翩若惊鸿、婉若游龙之态,而为千秋绝调也。

《石洲诗话》:《龙池篇》大而拙,其势开启三唐,而非七律之尽善者。"卢家少妇"一篇,斯其佳作。

兴庆池侍宴应制

碧水澄潭映远空,紫云香驾御微风。

汉家城阙疑天上,秦地山川似镜中。

向浦回舟萍已绿,分林蔽殿槿初红。

古来徒羡横汾赏,今日宸游圣藻雄。

【汇评】

《增定评注唐诗正声》:郭云:将"天上"、"镜中"影出池来,妙妙。　王云:风格矫然。

《沈诗评》:繁花依草,点缀增妍。

《唐诗直解》:音律调畅,骈丽精工,初唐压卷。

《批选唐诗》:声色高华。

《贯华堂选批唐才子传》:此为避实笔,取虚笔,非俗儒之所以与矣。

《唐风怀》:南邨曰:"汉家"二语,指点生云烟,故知妙笔自挟灵隽之气。

《唐体徐编》:非徒写景韶丽,当玩其细腻入微处("汉家城阙"二句下)。用"横汾"者多矣,不若此之切("古来徒羡"句下)。

《唐诗观澜集》:"汉家城阙疑天上,秦地山川似镜中",写景空阔,妙在池上收纳而入。

《网师园唐诗笺》:"汉家"二句,卓立开张。

《昭昧詹言》:起句破兴庆池,次句破宴,皆带兴象。中二联,两大景、两细景分写。收侍宴应制。气象高华浑罩,与右丞同工。

古意呈补阙乔知之

卢家少妇郁金堂,海燕双栖玳瑁梁。

九月寒砧催木叶,十年征戍忆辽阳。

白狼河北音书断,丹凤城南秋夜长。

谁为含愁独不见,更教明月照流黄。

【汇评】

《增定评注唐诗正声》:郭云:此诗比兴多,用古绝不堆垛。

《升庵诗话》:宋严沧浪取崔颢《黄鹤楼》诗为唐人七言律第一,近日何仲默、薛君采取沈佺期"卢家少妇郁金堂"一首为第一,二诗未易优劣。或以问予,予曰:崔诗赋体多,沈诗比兴多。

《邾庵重订李于鳞唐诗选》:起得古,绝异莫愁情绪。

《艺苑卮言》:何仲默取沈云卿《独不见》,严沧浪取崔司勋《黄鹤楼》,为七言律压卷。二诗固甚胜,百尺无枝,亭亭独上,在厥体中,要不得为第一也。沈末句是齐梁乐府语,崔起法是盛唐歌行语。如织官锦间一尺绣,锦则锦矣,如全幅何?

《批选唐诗》:化近体为古意,风韵淹雅,而略少意趣。近体不主意而主风韵,故冠冕初唐不可易也。

《诗薮》:"卢家少妇",体格丰神,良称独步,惜颔颇偏枯,结非本色。 同乐府语也,同一人诗也,然起句千古骊珠,结语几成蛇足。

《唐诗镜》:高古浑厚,绝不似唐人所为。三、四迥出常度,结更雄厚深沉。

《唐音癸签》:沈诗篇题原名《独不见》,一结翻题取巧,六朝乐府变声,非律诗正格也。不应借材取冠兹体。

《唐诗选脉会通评林》:钱光绣云:语语从古调淘洗,作律诗看佳,作乐府看亦佳。　　　周珽曰:深情老笔,此十年梨花枪也。　　　陈继儒曰:云卿初变律体,如此篇虽未离乐府馀调,而落笔圆转灵通,要是腹角出龟龙、牙缝具出赤绿者。

《唐风定》:"起语千古骊珠,结句几成蛇足",此论吾不谓然。六朝乐府,行以唐律,瑰玮精工,无可指摘。

《唐诗评选》:从起入领,羚羊挂角;从领入腹,独茧抽丝。第七句狮吼雪山,龙含秋水。合成旖旎,韶采惊人。古今推为绝唱,当不诬。其所以如大辨才人说古今事理,未有豫立之机,而鸿纤一致,人但歆歆于其珠玉。

《增订唐诗摘钞》:燕双栖而人独宿,此反映法。愁不见月,倍增愁思,故怨及无情,若有人指使而然。

《围炉诗话》:八句如钩锁连环,不用起承转合一定之法者也。

《唐体馀编》:仍本六朝艳体,而托兴深婉,得风人之旨,故为佳什。若王、李诸公必以此为七律第一首,则吾又不得其解也。

《近体秋阳》:纯乎古作,安得不高?　　　《凤凰台》、《黄鹤楼》,要彼命篇实有不同尔,即以体气论,吾未见能过此也。

《说诗晬语》:骨高,气高,色泽情韵俱高,视中唐"莺啼燕语报新年"诗,味薄语纤,床分上下。

《昭昧詹言》:此诗只首句是作旨本义,安身立命正脉。盖本为荡妇室思之什,而以"卢家少妇"实之,则令人迷,如《古诗》以"西北高楼"、"杞梁妻"实歌曲一样笔意。本以燕之双栖兴少妇独居,却以"郁金堂"、"玳瑁梁"等字攒成异彩,五色并驰,令人目眩,此得齐梁之秘而加神妙者。三、四不过叙流年时景,而措语沉着重稳。五六句分写行者、居者,匀配完足,复以"白狼"、"丹凤"攒染设色。收拓开一步,正是跌进一步。曲折圆转,如弹丸脱手,远包齐梁,高振唐音。

《唐诗近体》:精细严整中血脉流贯,元气浑然。以此入乐府,真不可多得之作。

《唐七律隽》：崔赋体多，沈比兴多，以画家法论之，沈诗披麻皴，崔诗大斧劈皴也。余意诗无定品，兴会所至，自能动人，然须才法两尽。崔诗才气胜，沈诗法律胜，以三唐人诗而必以孰为第一，何异旗亭甲乙耶？

遥同杜员外审言过岭

天长地阔岭头分，去国离家见白云。

洛浦风光何所似？崇山瘴疬不堪闻。

南浮涨海人何处？北望衡阳雁几群。

两地江山万馀里，何时重谒圣明君？

【汇评】

《唐诗直解》：交情在"遥同"二字。前六句字字是遥同，却不明说，第七句明说反浅。

《唐诗训解》：题中"遥"字妙。三"何"字是瑕，不可效之。

《唐风定》：不著景物，写送清空，初唐唯此一篇。

《唐体馀编》：预愁见耳，先写闻，更惨栗（"崇山瘴疬"句下）。

《唐诗成法》：事本失意，诗亦悲凉，写"遥同"无痕。

《唐诗评选》：如海平波定无縠绉。三、四蝉连无迹。

和上巳连寒食有怀京洛

天津御柳碧遥遥，轩骑相从半下朝。

行乐光辉寒食借，太平歌舞晚春饶。

红妆楼下东回辇，青草洲边南渡桥。

坐见司空扫西第，看君侍从落花朝。

《唐诗评选》：本色风光。云卿诗得此，脱去自家蹊径尽矣。

《贯华堂选批唐才子诗》：看他故用"东"字、"南"字、"西"字作章法，使读者心头眼头，便有争流竞秀之观，真为奇绝笔墨也。　只此"饶"、"借"二字，便压杀他人无数拖笔沓墨，想见先生手法之高妙（"行乐光辉"二句下）。

《唐诗成法》：总结中四，其明暗分合、起结照应，无不可法者。

《唐诗笺注》：此等诗，句句清新，字字秾丽，细读一过，便当令人口香十日。

钓竿篇

朝日敛红烟，垂竿向绿川。

人疑天上坐，鱼似镜中悬。

避楫时惊透，猜钩每误牵。

湍危不理辖，潭静欲留船。

钓玉君徒尚，征金我未贤。

为看芳饵下，贪得会无筌。

【汇评】

《优古堂诗话》：《潘子真诗话》云："'船如天上坐，人似镜中行'，又'船如天上坐，鱼似镜中悬'，沈云卿诗也。杜子美诗云：'春水船如天上坐，老年花似雾中看'，盖触类而长之。"予以云卿之诗，盖原于王逸少《镜湖》诗所谓"山阴路上行，如在镜中游"之句。然李白《入青溪山》诗亦云："人行明镜中，鸟度屏风里。"虽有所袭，然语益工也。

酬苏员外味道夏晚寓直省中见赠

并命登仙阁，分曹直礼闱。

大官供宿膳，侍史护朝衣。

卷幔天河入，开窗月露微。

小池残暑退，高树早凉归。

冠剑无时释，轩车待漏飞。

明朝题汉柱，三署有光辉。

【汇评】

《瀛奎律髓》：此诗三联紧峭精神，尾句亦善用郎署事，即田凤、季宗"堂堂乎张，京兆田郎"者也。出《三辅录》。

《唐诗直解》：意高词古，排律当家。

《唐诗训解》：善揄扬，辞亦雅隽。此等题便用明朝。

《唐诗镜》：三、四典雅，"小池"二语松秀。

《唐诗选脉会通评林》：骨秀气老，辞生于情，非逞工靡丽者可比。　　徐中行曰：用韵妥而引事确，五言高手。　　周敬曰：高卓渊泓，尔雅典则，言言合节，大启律门。　　黄家鼎曰：寓直之荣、禁中之景、夙夜匪懈之心，一一写出透彻。

《唐诗观澜集》：气韵清迥，如听三霄笙鹤。

《网师园唐诗笺》：写寓直，切夏晚（"卷幔"四句下）。

《闻鹤轩初盛唐近体读本》：陈德公曰：五、六、七、八味景得秀，故是诗人分内。三、四叙眼前事，觉为典绮。由其笔饶婉韵，故能运时成雅，最关工力。

《瀛奎律髓汇评》：冯舒：发闱阖，谒紫宸，所见所闻无人间气息，诗至沈、宋，人巧极而天工错矣。　　何义门：中二联叙夏景极洒脱，"冠剑"一联转结到寓直，落句收员外，应起处"并命"，又转出题柱一层，皆以君恩襄结，意味深厚，盛世之文。　　纪昀：初唐诸作多骨有馀而气不足，肉有馀而神不足。此作最有格韵，非复板重之习矣。

《唐诗近体》：先写寓直之乐，次写省中之胜，末兼颂祝之意，清雅绝俗。

和韦舍人早朝

阊阖连云起，岩廊拂雾开。

玉珂龙影度，珠履雁行来。

长乐宵钟尽，明光晓奏催。

一经推旧德，五字擢英才。

俨若神仙去，纷从霄汉回。

千春奉休历，分禁喜趋陪。

【汇评】

《批点唐诗正声》：律严法整，是何等句，何等气格！

《唐诗直解》：自是廊庙气骨，不近猥琐，格严法整。

《唐诗选》：玉遮曰：起句整丽，如冠裳佩玉。

《唐诗训解》：一起雄健，有突出千仞之势。　　收语可法。

《诗薮》：凡排律起句，极宜冠裳雄浑，不得作小家语。唐人可法者，卢照邻："地道巴陵北，天山弱水东。"骆宾王："二庭归望断，万里客心愁。"杜审言："六位乾坤动，三微历数迁。"沈佺期："阊阖连云起，岩廊拂雾开。"玄宗："钟鼓严更曙，山河野望通。"张说："礼乐逢明主，韬钤用老臣。"李白："独坐清天下，专征出海隅。"高适："云纪轩皇代，星高太白年。"此类最为得体。

《闻鹤轩初盛唐近体读本》：评：通首稳称，三、四故最绮亮。七、八亦是直置语。

《唐诗近体》：次第明画,格律严整。

夜　游

今夕重门启,游春得夜芳。

月华连昼色,灯影杂星光。

南陌青丝骑,东邻红粉妆。

管弦遥辨曲,罗绮暗闻香。

人拥行歌路,车攒斗舞场。

经过犹未已,钟鼓出长杨。

【汇评】

《瀛奎律髓》：元夕者,太平之所宜有而离乱多,富贵之所宜有而寂寞多。读此诗欲逢此辰,不可得也。

《唐诗镜》：轻凝、熨贴,语带微芳。

《唐诗解》：风格卑卑,是陈隋故态,独音声流利,稍胜"火树银花"。

《唐风怀》：震青曰：绮丽难忘,得齐梁之佳韵。

《瀛奎律髓汇评》：纪昀：此亦典雅,华而不缛。　　许印芳：三、四、七、八,腰字精工,写景真而有神。九、十第二字稳贴。皆炼字法也。

入鬼门关

昔传瘴江路,今到鬼门关。

土地无人老,流移几客还？

自从别京洛,颓鬓与衰颜。

夕宿含沙里,晨行冈路间。

马危千仞谷，舟险万重湾。

问我投何地？西南尽百蛮。

《沈诗评》：寒怆之甚。

寒　食

普天皆灭焰，匝地尽藏烟。

不知何处火，来就客心然。

邙　山

北邙山上列坟茔，万古千秋对洛城。

城中日夕歌钟起，山上唯闻松柏声。

【汇评】

《沈诗评》：向隅之泣满堂惨。

《唐诗广选》：蒋仲舒曰：寄慨不尽。

《唐诗选脉会通评林》：何景明曰：自是盛唐家数。

卢　僎

卢僎(？—约749后)，字手成(一作字子诚)，范阳(今河北涿县)人。开元六年，自前闻喜县尉入为集贤学士，累官祠部、司勋员外郎、襄阳令，与孟浩然为"忘形之交"。天宝初，官吏部员外郎。八载，官临汝郡长史，卒。著有《卢公家范》一卷，已佚。《全唐诗》存诗十四首。

十月梅花书赠

君不见巴乡气候与华别，年年十月梅花发。

上苑今应雪作花，宁知此地花为雪？

自从迁播落黔巴，三见江上开新花。

故园风花虚洛汭，穷峡凝云度岁华。

花情纵似河阳好，客心倍伤边候早。

春候飒惊楼上梅，霜威未落江潭草。

江水侵天去不还，楼花覆帘空坐攀。

一向花前看白发，几回梦里忆红颜。

红颜白发云泥改，何异桑田移碧海？

却想华年故国时，唯馀一片空心在。

空心吊影向谁陈？云台仙阁旧游人。

傥知巴树连冬发，应怜南国气长春。

途中口号

抱玉三朝楚，怀书十上秦。

年年洛阳陌，花鸟弄归人。

【汇评】

《唐人万首绝句选评》：语意工绝，"弄"字是句眼，括得上二句稳足。

南望楼

去国三巴远，登楼万里春。

伤心江上客，不是故乡人。

【汇评】

《唐诗正声》：吴逸一评：纯雅真切，是初唐第一义。

《唐诗广选》：语简而委婉，无限深情。

《唐诗训解》：情真何嫌直致？

《唐诗选》：玉遮曰：语语含意，"伤心"句应"去国"，"不是"句又应着"登楼"。

《唐诗选脉会通评林》：周敬曰：语简而情意深宛。　　李梦阳曰：悲慨有味。　　蒋一梅曰：只末句五字，有许多委曲。

《诗境浅说续编》：人当客途，已切相思，及登楼四望，云山新异，更惊身在他乡，故作者为之咏叹。

东方虬

东方虬，生卒年不详，平原厌次（今山东惠民东南）人。武后朝，历左史、礼部员外郎等职。曾作《咏孤桐篇》，深得陈子昂赞赏，然其诗已佚。《全唐诗》存诗四首。

【汇评】

东方公足下：文章道弊五百年矣，汉魏风骨，晋宋莫传，然而文献有可征者。仆尝暇时观齐梁间诗，采丽竞繁，而兴寄都绝，每以永叹。思古人，常恐逶迤颓靡，风雅不作，以耿耿也。一昨于解三处见明公咏《孤桐篇》，骨气端翔，音情顿挫，光英朗练，有金石声。遂用洗心饰视，发挥幽郁。不图正始之音，复睹于兹；可使建安作者，相视而笑。解君云："张茂先、何敬祖，东方生与其比肩。"仆亦以为知言也。故感叹雅制，作《修竹诗》一篇，当有知音以传示之。（陈子昂《与东方左史虬修竹篇书》）

春 雪

春雪满空来，触处似花开。

不知园里树，若个是真梅？

【汇评】

　　《唐诗快》：只似口头语耳，然拈来自妙。

郑蜀宾

郑蜀宾,生卒年不详,荥阳(今属河南)人。善五言诗。长寿中,年已老,方授江左一尉。竟卒于官。《全唐诗》存诗一首。

【汇评】

长寿中,有荥阳郑蜀宾颇善五言,竟不闻达。(《大唐新语》)

别亲朋

畏途方万里,生涯近百年。

不知将白首,何处入黄泉?

【汇评】

《大唐新语》:(蜀宾)年老方授江左一尉,亲朋饯别于上东门。蜀宾赋诗留别,……酒酣自咏,声调哀感,满座为之流涕。竟卒于官。

郭利贞

郭利贞,生卒年里贯均未详。神龙中,官吏部员外郎,与贾曾、蒋钦绪为友。时京城正月十五日大张灯会,文士赋诗纪其事者数百人,惟郭利贞与苏味道、崔液所作为绝唱,事见《大唐新语》卷八。《全唐诗》存诗一首。

上 元

九陌连灯影,千门度月华。

倾城出宝骑,匝路转香车。

烂熳惟愁晓,周游不问家。

更逢清管发,处处落梅花。

【汇评】

《大唐新语》:神龙之际,京城正月望日,盛饰灯影之会,车马骈阗,士女云集。文士皆赋诗一章,以纪其事。作者数百人,惟中书侍郎苏味道、吏部员外郭利贞、殿中侍御史崔液三人为绝唱。

《唐诗评选》:如莺初啼,如花未放,所谓一年春,好处正在此。

李澄之

李澄之,生卒年不详,一作登之,尉氏(今属河南)人。以五言诗名,蹉跌不偶。神龙中,年六十馀,为宋州参军,卒。《全唐诗》存诗一首。

秋庭夜月有怀

游客三江外,单栖百虑违。
山川忆处近,形影梦中归。
夜月明虚帐,秋风入捣衣。
从来不惯别,况属雁南飞。

【汇评】

《唐诗选脉会通评林》:次联有怀之情,三联秋夜之景,首尾总见游客单栖不堪,多所怀感。   徐充曰:五、六词意俱佳。

《近体秋阳》:以进一层结,文气最高,几不可仿法,然而最生人兴趣,留人顾盼。

郑 愔

郑愔(？—710)，字文靖，沧州南皮(今河北南皮南)人。年十七，进士及第，累官至殿中侍御史，谄事张易之兄弟。二张败，贬宣州司士参军。神龙初，附武三思，官中书舍人。景龙中，为修文馆学士，常陪游宴属和。三年三月，自太常少卿为吏部侍郎、同平章事，坐赃贿，贬江州司马。旋召入。景云元年，自秘书少监贬沭州刺史，迟留洛阳。与谯王李重福谋反，伏诛。《全唐诗》存诗一卷。

咏黄莺儿

欲转声犹涩，将飞羽未调。

高风不借便，何处得迁乔？

【汇评】

《唐诗解》：此以新莺喻己之求仕也。诗言志，信哉！

韦 述

韦述(? —约 758),京兆(今陕西西安)人。少聪敏,家有书二千卷,记览皆遍。景龙二年(708)登进士第。开元五年官栎阳尉,入秘书省录四部书。转右补阙,充集贤直学士,迁起居舍人。十八年,兼知史官事。转屯田员外郎、职方吏部二郎中、国子司业。天宝中,历左右庶子、工部侍郎。安史乱中陷贼,授伪职。两京收复,流渝州,为刺史薛舒所辱,不食而卒。述史才博识,在书府四十年,居史职二十年,著《唐职仪》、《高宗实录》、《御史台记》等书二百馀卷。《全唐诗》存诗四首。

晚渡伊水

悠悠涉伊水,伊水清见石。

是时春向深,两岸草如积。

迢递望洲屿,逶迤亘津陌。

新树落疏红,遥原上深碧。

回瞻洛阳苑,遽有长山隔。

烟雾犹辨家,风尘已为客。

登陟多异趣，往来见行役。

云起早已昏，鸟飞日将夕。

光阴逝不借，超然慕畴昔。

远游亦何为？归来存竹帛。

【汇评】

《唐诗归》：钟云：妙景深情（"烟雾"句下）。　　钟云：说得寂寂（末句下）。

广陵送别宋员外佐越郑舍人还京

朱绂临秦望，皇华赴洛桥。

文章南渡越，书奏北归朝。

树入江云尽，城衔海月遥。

秋风将客思，川上晚萧萧。

【汇评】

《唐诗选脉会通评林》：周珽曰：高峭跌宕。

《近体秋阳》：气清法老。送别庄雅，无愈此作者。

胡 皓

胡皓,生卒年不详,洛阳(今属河南)人。景云中官检校秘书丞,兼昭文馆学士。开元初,迁著作郎。官终秘书少监。《全唐诗》存诗六首。

【汇评】

才清调远,寓兴皆新。(苏颋《授胡皓著作郎制》)

出 峡

巴东三峡尽,旷望九江开。

楚塞云中出,荆门水上来。

鱼龙潜啸雨,凫雁动成雷。

南国秋风晚,客思几悠哉!

李适之

李适之(? —746),名昌,陇西成纪(今甘肃秦安)人,恒山王承乾之孙。神龙初,起家拜左卫郎将。开元中,历通州刺史、秦州都督、陕州刺史、河南尹、御史大夫。二十七年,兼幽州大都督府长史,知节度事。天宝元年,自刑部尚书代牛仙客为左相,与右相李林甫不叶。五载,罢相,守太子少保,坐与韦坚善,贬宜春太守。御史罗希奭奉使杀韦坚等于贬所,经宜春,适之惧,服药自杀。适之嗜酒,与李白、贺知章等合称"饮中八仙"。《全唐诗》存诗二首。

罢相作

避贤初罢相,乐圣且衔杯。

为问门前客,今朝几个来?

【汇评】

《本事诗》:开元末,宰相李适之疏直坦夷,时誉甚美。李林甫恶之,排诬罢免。朝客来,虽知无罪,谒问甚稀。适之意愤,日饮醇醑,且为诗曰:"避贤初罢相,……"李林甫愈怒,终遂不免。

《唐诗广选》:敖子发曰:此诗良有风刺。　　蒋仲舒曰:雀罗之感,发得含蓄。

《唐诗直解》:写得厚道,亦难为人,良有风。

《诗辩坻》:李适之《罢相作》,敖子发以为不如钱起《暮春归故山草堂》,不知李诗朴直,钱诗便巧,李出钱上自远,子发未审格耳。

《唐诗笺注》:写世态炎凉,意致深婉。

李　泌

　　李泌(722—789)，字长源，祖籍辽东襄平(今辽宁辽阳)，后徙居京兆(今陕西西安)。七岁能文。天宝中，玄宗召讲《老子》，待诏翰林。因赋诗讥刺杨国忠等，诏斥置蕲春郡。肃宗即位灵武，参预军国大政，拜元帅广平王行军司马，二京收复，归隐衡山。代宗朝，召还，为澧、杭二州刺史。朱泚之乱，德宗奔奉天，召泌为左散骑常侍。乱平，为陕虢观察使。贞元三年，拜中书侍郎、同平章事，累封邺县侯，卒。有《李泌集》二十卷。已佚。《全唐诗》存诗四首，残句三。

【汇评】

　　用比兴之文，行易简之道，赞事盛圣，辨章品物，疏通以尽理，闳丽而合雅。(梁肃《丞相邺侯李泌文集序》)

　　(泌)少聪敏，博涉经史，精究易象，善属文，尤工于诗，以王佐自负。(《旧唐书》本传)

长歌行

　　天覆吾，地载吾，天地生吾有意无？

不然绝粒升天衢，不然鸣珂游帝都。
焉能不贵复不去，空作昂藏一丈夫？
一丈夫兮一丈夫，千生气志是良图。
请君看取百年事，业就扁舟泛五湖。

张　谔

张谔，生卒年里贯均未详。景龙二年(708)登进士第，开元中官至太祝。岐王李范好学工书，雅爱文士，谔与阎朝隐、刘庭琦、郑繇等皆游其门，篇题唱和。时玄宗禁诸王与外人交接，谔坐与范饮酒赋诗，贬山茌丞。后复为陈王掾。《全唐诗》存诗十二首。

百子池

旧闻百子汉家池，汉家渌水今逶迤，
宫女厌镜笑窥池。

身前影后不相见，无数容华空自知。

【汇评】

《唐诗归》：谭云：美人诗不在艳语，而在艳情，如此诗则情语俱艳矣。语艳亦非龌龊浓词也。

九　日

秋来林下不知春，一种佳游事也均。

绛叶从朝飞著夜,黄花开日未成旬。

将曛陌树频惊鸟,半醉归途数问人。

城远登高并九日,茱萸凡作几年新。

【汇评】

《唐诗归》:钟云:字字流,字字艳,人亦不以为初唐七言律。　　钟云:此与下作(按指《延平门高斋亭子应岐王教》),流丽不伤真气,更难于庄整者。　　谭云:无赘语,无饰语,律诗至此圣矣。当以为法。

《唐诗选脉会通评林》:周敬曰:谔诗古拙朴厚,另一机局。

《唐诗评选》:吟此如春日初晴,韶风装袂。

《唐七律选》:《西河诗话》曰:李商隐《七月十二日桂含爽气三秋》首"萱吐中旬二叶新",世称隽巧,不知只学得李峤《人日》"桂吐半轮迎此夜,萱开七叶应今朝"耳。谁识张谔《九日》只一句括之?然则谓初唐郛廓,冤矣。

《唐诗成法》:五六不写佳游,却写游罢,则游时之盛可知,法高。九日诗多悲壮,此独潇洒和平,可贵。

《唐七律隽》:毛秋晴云:善入人意,前人所云诗有性情,正指此("半醉归途"句下)。　　余谓此诗幽不入寂,巧不伤雅,有自然之致。

刘庭琦

刘庭琦,生卒年未详,沛国相县(今安徽濉溪西北)人。开元中,官万年尉。岐王李范好学工书,雅爱文士,庭琦与阎朝隐、张谔、郑繇皆游其门,篇题唱和。时玄宗禁诸王与外人交结,庭琦坐与范饮酒赋诗,贬雅州司户。后复官西河郡长史。《全唐诗》存诗四首。

奉和圣制瑞雪篇

紫宸飞雪晓裴回,层阁重门雪照开。
九衢晶耀浮埃尽,千品差池赞帛来。
何处田中非种玉?谁家院里不生梅?
埋云翳景无穷已,因风落地吹还起。
先过翡翠宝房中,转入鸳鸯金殿里。
美人含笑出联翩,艳逸相轻斗容止。
罗衣点著浑是花,玉手拚来半成水。
奕奕纷纷何所如?顿忆杨园二月初。
羞同班女高秋扇,欲照明王乙夜书。

姑射山中符圣寿，芙蓉阙下降神车。

愿随睿泽流无限，长报丰年贵有馀。

【汇评】

《唐诗选脉会通评林》：周珽曰："埋云翳景"四句写雪，性情态度已极妙境。玩"因"字、"迟"字、"先过"、"转入"字，诚非精思曲拟不得有此。"美人含笑"四句，亦无非形容雪之轻逸，有可即不可着景趣。至"羞同"、"欲照"二语，方出瑞意。结四句复直赋其所以瑞也。 周甸曰：只"千品"一句，于题面已奇描，虚唱入神。

许景先

许景先（？—约731），祖籍常州义兴（今江苏宜兴南），后徙居洛阳（今属河南）。少登进士第，授夏阳尉。神龙初，因献赋擢左拾遗。以论事切直，外补滑州司士。后连登手笔俊拔、茂才异等诸科，进扬州兵曹。开元初，入为左补阙，历殿中侍御史、中书舍人、给事中。十三年，玄宗自择刺史，景先自吏部侍郎出守虢州，徙岐州，入为工、吏二部侍郎，卒。工诗文。《全唐诗》存诗五首。

【汇评】

许景先之文，有如丰肌腻体，虽秾华可爱，而乏风骨。（《大唐新语》引张说语）

自开元初，景先与中书舍人齐澣、王丘、韩休、张九龄掌知制诰，以文翰见称。中书令张说尝称曰："许舍人之文，虽无峻峰激流辖绝之势，然属词丰美，得中和之气，亦一时之秀也。"（《旧唐书》本传）

神龙初，东都造服慈阁，景先献赋，李迥秀见其文，畏叹曰："是宜付太史！"擢左拾遗。（《新唐书》本传）

折柳篇

春色东来度渭桥，青门垂柳百千条。
长杨西连建章路，汉家林苑纷无数。
萦花始遍合欢枝，游丝半胃相思树。
春楼初日照南隅，柔条垂绿扫金铺。
宝钗新梳倭堕髻，锦带交垂连理襦。
自怜柳塞淹戎幕，银烛长啼愁梦著。
芳树朝催玉管新，春风夜染罗衣薄。
城头杨柳已如丝，今年花落去年时。
折芳远寄相思曲，为惜容华难再持。

贺知章

贺知章(659—744),字季真,会稽永兴(今浙江萧山)人。少以文词知名。证圣元年(695),擢进士第,又登超拔群类科,授四门博士,累迁太常博士、户部员外郎、起居郎。开元十年,入丽正殿修《六典》等。十三年,迁礼部侍郎、集贤院学士,历工部侍郎、秘书监、太子宾客。天宝三载,因病恍惚,上疏请度为道士,求还乡里。玄宗许之,返乡不久卒。知章工书能诗,尤善草隶,神龙中与吴越文士包融、张旭、张若虚俱以文词扬名上京,合称"吴中四士"。性放旷,晚年无复拘检,自号"四明狂客"。又嗜酒,与李白等合称"饮中八仙"。后人辑有《贺秘监集》一卷行世。《全唐诗》存诗一卷。

【汇评】

(知章)醉后属词,动成卷轴,文不加点,咸有可观。(《旧唐书》本传)

神龙中,知章与越州贺朝、万齐融,扬州张若虚、邢巨,湖州包融,俱以吴越之士,文词俊秀,名扬于上京。……数子人间往往传其文,独知章最贵。(同上)

若虚与贺季真同时齐名,遽分初盛,编者殊草草。吾读诗至贺

秘书,真若云开山出,境界一新,毋宁置张于初,列贺于盛耳。(《载酒园诗话又编》)

晓　发

江皋闻曙钟,轻栧理还舻。

海潮夜约约,川露晨溶溶。

始见沙上鸟,犹埋云外峰。

故乡杳无际,明发怀朋从。

【汇评】

《唐诗归》：双字叠出妙来("海潮"二句下)。

送人之军

常经绝脉塞,复见断肠流。

送子成今别,令人起昔愁。

陇云晴半雨,边草夏先秋。

万里长城寄,无贻汉国忧。

【汇评】

《唐诗广选》：蒋春甫曰：精切流动,结亦正。

《唐诗镜》：五、六指点如次,语致复雅,如卢象《竹里馆》"腊月闻山鸟,寒崖见蛰熊",太觉粗笨矣。

《唐诗选脉会通评林》：开口便是凄恻,以"常经"、"复见"应带"成今别"、"起昔愁"来,所谓得意疾书、非关思议者。"陇云"二语要亦"今"、"昔"、"经"、"见"中景意。末致以勉励之辞,不失送人从军本色。昔人赏其典,吾更赏其韵。　　钟惺曰：三、四浅浅道出,结得郑重。　　谭元春曰：烂好。

《唐律消夏录》:"常经"、"复见",当时无限苦辛;"绝脉"、"断肠",说来尤觉惨沮。下面将送别横插一句,然后缴足上意,则送别时黯然景况不言可知。五、六将"陇云"、"边草"异样处再顿两句,接出规勉意作结。情真意笃,法老格高,初唐杰作也。高达夫《送郑侍御谪闽中》诗,亦是此意,单薄多少。　　用蒙恬绝地脉语对"断肠",奇绝(首二句下)。

题袁氏别业

主人不相识,偶坐为林泉。

莫谩愁沽酒,囊中自有钱。

【汇评】

《唐诗广选》:是一个四明狂客。

《唐诗分类绳尺》:专以实胜,直削六朝浮华。

《唐诗训解》:善谑。　　此篇用意,因人而生,而后篇(按指杨炯《夜送赵纵》)用意,因地而生。

《唐诗选脉会通评林》:何景明曰:逸兴俱飞。

《而庵说唐诗》:此诗纯写自己胸襟。　　"自有"二字似乎矜,而不知此是深知喜幸之辞。盖胸襟高洒人囊中何必有钱?今既有钱,自觉无求于世,口中不免作满溢语。

《唐诗笺注》:闲适之情,可消俗虑;潇洒之致,可涤烦襟。

咏　柳

碧玉妆成一树高,万条垂下绿丝绦。

不知细叶谁裁出,二月春风似剪刀。

《唐诗归》：钟云：奇露语开却中晚。

《唐诗快》：尖巧语，却非由雕琢而得。

《唐诗笺注》：赋物入妙，语意温柔。

采莲曲

稽山罢雾郁嵯峨，镜水无风也自波。

莫言春度芳菲尽，别有中流采芰荷。

【汇评】

《批点唐音》：《采莲曲》，季真弃官学道，诏赐镜湖一曲，故其说如此。言富贵外别有可乐者。

回乡偶书二首（其一）

少小离乡老大回，乡音难改鬓毛衰。

儿童相见不相识，笑问客从何处来。

【汇评】

《对床夜语》：杨衡诗云："正是忆山时，复送归山客。"张籍云："长因送人处，忆得别家时。"卢象《还家》诗云："小弟更孩幼，归来不相识。"贺知章云："儿童相见不相识，笑问客从何处来。"语益换而益佳，善脱胎者宜参之。

《唐诗品汇》：刘云：说透人情之的。

《唐诗归》：钟云：似太白。

《唐诗解》：摹写久客之感，最为真切。

《古唐诗合解》：此作一气浑成，不假雕琢，兴之偶至，举笔疾书者。

《网师园唐诗笺》：情景宛然，纯乎天籁。

《唐诗真趣编》：人皆知气象开展、音节宏亮为盛唐，不知盛唐中有如此淡瘦一种，却未尝不是高调。　　刘仲肩曰：朴实语，无限感慨。

包　融

　　包融，生卒年不详，润州延陵（今江苏丹阳西南）人。工诗。神龙中，与贺知章、张旭、张若虚等吴越之士，俱以文词俊秀扬名上京，合称"吴中四士"。开元中，张九龄引为怀州司户参军，后官至大理司直、集贤院学士。与孟浩然、殷遥友善。有《包融诗》一卷，已佚。殷璠集融及储光羲、殷遥等润州籍诗人十八人诗，编为《丹阳集》，亦佚。《全唐诗》存诗八首。

【汇评】

　　（融诗）清幽语奇，颇多剪刻。（《吟窗杂录》引殷璠《丹阳集》评语）

　　（包）佶……父融，集贤院学士，与贺知章、张旭、张若虚有名当时，号"吴中四士"。（《新唐书·刘晏传》）

　　润州延陵有包融、储光羲，曲阿有丁仙芝、缑氏主簿蔡隐丘、监察御史蔡希周、渭南尉蔡希寂、处士张彦雄、张朝、校书郎张晕、吏部常选周瑀、长洲尉谈戭，句容有殷遥、硖石主簿樊光、横阳主簿沈如筠，江宁有右拾遗孙处玄、徐延寿，丹徒有江都主簿马侹、武进尉申堂构，十八人皆有诗名，殷璠次为《丹阳集》。（《唐诗纪事》）

（包）融，延陵人。开元间仕历大理司直。与参军殷遥、孟浩然交厚，工为诗。二子何、佶，纵声雅道，齐名当时，号"三包"。（《唐才子传》）

登翅头山题俨公石壁

晨登翅头山，山暧黄雾起。
却瞻迷向背，直下失城市。
暾日衔东郊，朝光生邑里。
扫除诸烟氛，照出众楼雉。
青为洞庭山，白是太湖水。
苍茫远郊树，倏忽不相似。
万象以区别，森然共盈几。
坐令开心胸，渐觉落尘滓。
北岩千馀仞，结庐谁家子？
愿陪中峰游，朝暮白云里。

【汇评】

《唐诗归》：谭云：口齿伶俐（"青为"二句下）。　谭云：看得心细。钟云：好画家心眼（"倏忽"句下）。　钟云：此处住了尽妙，为题壁一段添却许多不紧语（"森然"句下）。

阮公啸台

荒台森荆杞，蒙笼无上路。
传是古人迹，阮公长啸处。
至今清风来，时时动林树。
逝者共已远，升攀想遗趣。

静然荒榛门，久之若有悟。

灵光未歇灭，千载知仰慕。

【汇评】

《唐诗归》：钟云：雨雪荒榛，静者皆是悟头，躁浊者不知（"久之"句下）。

送国子张主簿

湖岸缆初解，莺啼别离处。

遥见舟中人，时时一回顾。

坐悲芳岁晚，花落青轩树。

春梦随我心，悠扬逐君去。

【汇评】

《唐诗归》：钟云：写得妙（"莺啼"句下）！　　钟云：说所送之人"回顾"，情便深（"时时"句下）。　　钟云：幻（"春梦"句下）。

丁仙芝

丁仙芝，生卒年不详，润州曲阿（今江苏丹阳）人。初，举进士不第，与储光羲同为太学诸生。开元十三年（725）登进士第，官主簿、余杭尉。有《丁余杭集》二卷，已佚。殷璠集仙芝及包融、储光羲等润州籍诗人十八人诗，编为《丹阳集》，亦佚。《全唐诗》存诗十四首。

【汇评】

（仙芝诗）婉丽清新，迥出凡俗，恨其文多质少。（《吟窗杂录》引殷璠语）

馀杭醉歌赠吴山人

晓幕红襟燕，春城白项乌，
只来梁上语，不向府中趋。
城头坎坎鼓声曙，满庭新种樱桃树。
桃花昨夜撩乱开，当轩发色映楼台。
十千兑得馀杭酒，二月春城长命杯。
酒后留君待明月，还将明月送君回。

《唐诗训解》：首四句喻吴山人。　　结有意趣。　　仙芝尝为馀杭尉，在县与山人同游，美其闲逸而进以酒也。

《汇编唐诗十集》：唐云：高华浑雅，无法可寻，论字句者，未足语此。

《唐诗选脉会通评林》："城头坎坎"二句奇特，"酒后留君"二句幽亮。

《网师园唐诗笺》：比兴，得古乐府神韵（"不向"句下）。趣绝，雅绝。

《唐诗合选详解》：王翼云曰：此篇中用二句一韵，后用六句一韵，趁笔势立局。　　四句分而似串，亦奇。

江南曲五首（选三首）

其一

长干斜路北，近浦是儿家。

有意来相访，明朝出浣纱。

【汇评】

《唐诗广选》：蒋春甫曰：浅深直曲俱难到。

《唐诗归》：谭云：有情至此极矣。

其二

发向横塘口，船开值急流。

知郎旧时意，且请拢船头。

其三

昨暝逗南陵，风声波浪阻。

入浦不逢人，归家谁信汝！

【汇评】

《批点唐音》：此人想是初唐，犹有《子夜》遗音。

《唐诗归》：钟云：多心得妙。

《唐诗摘钞》：此郑卫遗音，直接《国风》，后为《山歌》、《挂枝》之祖。

张　潮

张潮,生卒年未详,润州曲阿(今江苏丹阳)人。玄宗时处士。殷
璠集潮及包融、储光羲等润州籍诗人十八人诗,编为《丹阳集》,已佚。
《全唐诗》存诗五首。另有残句二,乃他人诗误入。

【汇评】

潮诗委曲怨切,颇多悲凉。(《吟窗杂录》引殷璠语)

江风行

婿贫如珠玉,婿富如埃尘。
贫时不忘旧,富日多宠新。
妾本富家女,与君为偶匹。
惠好一何深,中门不曾出。
妾有绣衣裳,葳蕤金缕光。
念君贫且贱,易此从远方。
远方三千里,思君心未已。
日暮情更来,空望去时水。

孟夏麦始秀，江上多南风。

商贾归欲尽，君今尚巴东。

巴东有巫山，窈窕神女颜。

常恐游此方，果然不知还。

【汇评】

《唐诗归》：钟云：全诗只是一"妒"字。　　谭云：绝句中妙语（"空望"句下）。　　"果然"二字翻案者反无味矣（末句下）。

《汇编唐诗十集》：情切而核，似胜青莲《长干行》。

《唐诗选脉会通评林》：周珽曰：隽韵撩人，不杂梁陈妖艳气，句字朗发，直脱手之弹丸，第太白《长干行》近古耳。

采莲词

朝出沙头日正红，晚来云起半江中。

赖逢邻女曾相识，并着莲舟不畏风。

【汇评】

《唐诗归》：谭云："并着莲舟"畏其相失，女郎与女郎有情，更比此一意又妙（末句下）。

《唐诗归折衷》：吴敬夫云：诗有同一意而以衬贴得妙者，如此二语（按指后二）即崔国辅"相逢畏相失，并着采莲舟"意，而词气加婉转矣。

江南行

茨菰叶烂别西湾，莲子花开犹未还。

妾梦不离江水上，人传郎在凤凰山。

【汇评】

《唐诗训解》：此客游而代闺人之词。

《唐诗选》：玉遮曰：无限低回。

《唐诗归》：钟云：要知"妾梦"、"人传"总非实境才妙。

《唐诗选脉会通评林》：李梦阳曰：神思恍惚，词意宛曲，最得闺情。　　焦竑曰：曲折玲珑，写意宛然，当是绝唱。　　周启琦曰：乐府逸调，能令陆地生莲。

《唐风定》：风味乃绝体之隽，顾抵之非是。

《唐诗摘钞》："茨菰"、"莲子"，并切水乡之物。"莲子花"三字酷似妇女声口。因在江上分手，故梦不离此处，不知行人却在凤凰山也。沈休文"梦中不识路，何以慰相思"，此似化其意用之。顾华玉以浅俗目之，予谓正恐不能浅、不能俗耳。浅到极处，俗到极处，便去《三百篇》不远。难与一切文士道也。

《载酒园诗话》：妙得风闻恍惚、惊疑不定之意。

《而庵说唐诗》：此诗纯是神机，可当一部语录。篇中用字人看去似乎稍俗，而不知题是乐府，语须带质，质近于古，质与俗不可不辨审也。

《唐诗别裁》：总以行踪无定言，在山在水，俱难实指。

《唐诗笺注》：黄曰：首句纪初别之时，次句感怀人之候，第三句通乎别后言之，第四句则总结归期之未定。缠绵曲至，却只如话。"凤凰山"又与"西湾"相映。

《网师园唐诗笺》：是古乐府神理。

《诗法易简录》：三、四句即"有梦也难寻觅"（按系《西厢记》语）之意，而语特微婉。"茨菰"、"莲子"纪时令，即就眼前景物写来，得风人之体。

《唐诗真趣编》：真情幻景，愈幻愈真，笔致跳脱之甚。

殷　遥

殷遥，生卒年不详，润州句容（今属江苏）人。家贫，少产业，曾卜居许州西。玄宗时官校书郎、忠王府仓曹参军。中年卒，家贫不能葬，亲友捐助葬于汝州石楼山。遥好佛，与王维、储光羲友善。殷璠集遥及包融、储光羲等润州籍诗人十八人诗，编为《丹阳集》，已佚。《全唐诗》存诗五首，杂有他人作品。

【汇评】

遥诗闲雅，善用声。（《吟窗杂录》引殷璠语）

（殷遥）与王维结交，同慕禅寂，志趣高疏，多云岫之想。……工诗，词彩不群，而多警句，杜甫尝称许之。（《唐才子传》）

谭云：此君诗少而能妙，王摩诘、储光羲哭得不错。（《唐诗归》）

春晚山行

寂历青山晚，山行趣不稀。

野花成子落，江燕引雏飞。

暗草薫苔径，晴杨扫石矶。

俗人犹语此，余亦转忘归。

【汇评】

《唐诗镜》：三、四景色浅浅自成。

《唐诗矩》：尾联见意格。　　字字协律。

《唐三体诗评》：一如开宕，有馀味。

《唐诗成法》：写晚春最细。

《唐贤三昧集笺注》：体物工细，不失风人之致。　　"暗草"、"晴杨"属字名对，不得不批。

《唐贤清雅集》：语意自然，拈来即是，真乃高妙。

沈如筠

沈如筠，生卒年不详，润州句容（今属江苏）人。早岁即以诗驰名，为吏部侍郎卢藏用所赏，又与道士司马承祯友善，然白首方得一尉。约开元末，官横阳主簿。有《正声集》，诗三百首，已佚。殷璠集如筠及包融、储光羲等润州籍诗人十八人诗，编为《丹阳集》，亦佚。《全唐诗》存诗四首，残句二。

闺怨二首（其一）

雁尽书难寄，愁多梦不成。

愿随孤月影，流照伏波营。

【汇评】

《唐诗正声》：善于诉情，又善于运古。

《批点唐诗正声》：上句亦自常语，着下二句便佳胜。

《唐诗解》：此为征南诏而作，故诗有"伏波"之语。

《唐诗选脉会通评林》：吴山民曰：运用齐干语佳。

《诗法易简录》：借月写情，与曲江"思君如满月"之作，可称异曲同工。

　　《唐人绝句精华》：此亦代征人妇之词。天宝中讨南诏，故用伏波故事。

樊　晃

樊晃，生卒年不详，郡望南阳湖城（今河南唐城湖城镇），后徙居淮南。天宝初，举进士。肃宗朝，官祠部度支二员外郎、汀州刺史。大历五年，官润州刺史，集杜甫遗文二百九十篇为《杜甫小集》六卷，自为序。开元中又有硖石主簿樊光，句容（今属江苏）人，或以为即樊晃。《全唐诗》收诗一首，原属樊晃，出《国秀集》；又残句一，原属樊光，出《吟窗杂录》。

南中感怀

南路蹉跎客未回，常嗟物候暗相催。
四时不变江头草，十月先开岭上梅。

李　邕

李邕(675—747),字太和,郡望江夏,后徙家扬州江都(今江苏扬州)。父善注《文选》,人号"书簏"。邕少知名,博闻强志。长安初,召拜左拾遗。中宗时,坐与张柬之善,出为南和令,又贬富州司户。玄宗即位,召拜左台殿中侍御史,改户部员外郎,贬崖州舍城丞。开元三年召为户部郎中,贬为括州司马。征为陈州刺史,又贬钦州遵化尉。后历括、淄、滑、卫诸州刺史。邕素负美名,为执政所忌,故屡遭贬谪。天宝初,为汲郡、北海二郡太守,世称"李北海"。宰相李林甫陷以罪,杖杀之。邕久擅才名,尤长碑颂,有《李邕集》七十卷,已佚。明人辑有《李北海集》。《全唐诗》存诗四首。

【汇评】

邕早擅才名,尤长碑颂。虽贬职在外,中朝衣冠及天下寺观,多赍持金帛,往求其文。前后所制,凡数百首,受纳馈遗,亦至钜万。……其《张韩公行状》、《洪州放生池碑》、《批韦巨源谥议》,文士推重之。(《旧唐书》本传)

(李)峤为内史,与监察御史张廷珪荐邕文高气方直,才任谏诤,乃召拜左拾遗。……邕之文,于碑颂是所长,人奉金帛请其文,前后所受钜万计。邕虽谪不进,而文名天下,时称"李北海"。卢藏用尝谓:"邕如干将莫邪,难与争锋,但虞伤缺耳。"后卒如言。(《新唐书》本传)

李邕、苏源明诗中极多累句,余尝痛刊去,仅各取其半,方为尽善。(《石林诗话》)

《金石录》曰:唐《六公咏》,李邕撰,胡履灵书。余初读杜甫《八哀》诗云:"朗咏《六公》篇,忧来豁蒙蔽。"恨不见其诗。晚得石本,其文辞高古,真一代佳作也。六公者,五王各为一章,狄丞相为一章。(《杜工部草堂诗话》)

铜雀妓

西陵望何及? 弦管徒在兹。
谁言死者乐,但令生者悲!
丈夫有馀志,儿女焉足私?
扰扰多俗情,投迹互相师。
直节岂感激? 荒淫乃凄其。
颍水有许由,西山有伯夷。
颂声何寥寥,唯闻铜雀诗。
君举良未易,永为后代嗤。

王　湾

　　王湾,生卒年不详,洛阳(今属河南)人。先天元年(712)登进士第。开元初,官荣阳主簿。玄宗命马怀素等校正群书,王湾亦预其事。十一年,湾与殷践猷等重修成《群书四部录》二百卷。后官洛阳尉。湾词翰早著,为天下所称。《次北固山下》"海日生残夜,江春入旧年"之句,张说题于政事堂,令为楷式。《全唐诗》存诗十首。

【汇评】

　　湾词翰早著,为天下所称最者不过一二。游吴中作《江南意》诗云:"海日生残夜,江春入旧年",诗人已来少有此句。张燕公手题政事堂,每示能文,令为楷式。又《捣衣篇》云:"月华照杵空随妾,风响传砧不到君。"所有众制,咸类若斯,非张、蔡之未曾见也,觉颜、谢之弥远乎!(《河岳英灵集》)

　　湾诗精思俊气,如极秀迈人,虽布袄芒靴,必剪制不同,迥出尘外。每读一作,使人志意由说,肘腋骞然,未可以一时盛名诸君漫为匹拟者也。(《近体秋阳》)

奉和贺监林月清酌

华月当秋满，朝英假兴同。

净林新霁入，规院小凉通。

碎影行筵里，摇花落酒中。

清宵凝爽意，并此助文雄。

【汇评】

《近体秋阳》：此疏"清酌"，琐细而风流，妍婉而浩落，两法相背，而二美相兼，妙（"摇花"句下）。

次北固山下

客路青山外，行舟绿水前。

潮平两岸阔，风正一帆悬。

海日生残夜，江春入旧年。

乡书何处达？归雁洛阳边。

【汇评】

《唐诗直解》：皇甫子循曰：王湾《北固》之作，燕公揭以表署，才闻两语，已叹服于群公；"不见只今汾水上，惟有年年秋雁飞"，曾不终篇，遽增悲于时主。美岂在多哉！　　中联真奇秀而不朽。

《诗薮》："清晖能娱人，游子憺忘归"，凡登览皆可用。"微云淡河汉，疏雨滴梧桐"，凡燕集皆可书。"海日生残夜，江春入旧年"，北固之名奚与？"天阙象纬逼，云卧衣裳冷"，奉先之义奚存？而皆妙绝千古，则诗之所尚可知。今题金山而必曰金玉之金，咏赤城而必云赤白之赤，皆逐末忘本之过也。

《唐诗训解》：三、四工而易拟，五、六太淡而难求。

《唐诗选脉会通评林》：徐充曰：此篇写景寓怀，风韵洒落，佳作也。　　"生"字、"入"字淡而化，非浅浅可到。

《唐诗镜》："潮平"二语，俚气殊甚。"海日生残夜"，略有景色。"江春入旧年"，此溷语耳。

《唐风定》：高奇与日月常新，非摹仿可得。

《初白庵诗评》：大历以后无此等气格矣。

《唐贤三昧集笺注》：力量酣足。

《唐诗别裁》：江中日早，客冬立春，本寻常意，一经锤炼，便成奇绝。与少陵"无风云出塞，不夜月临关"一种笔墨。

《唐诗从绳》：五、六以"残夜"反拖"早"字，以"旧年"反拖"新"字，名正言反挑法，亦奇秀不可言。"何处达"，言无处达也。洛阳正在邛雁边，乡书即从何处达？深见思乡之情，顺看即不然。此唐人句调，粗心人未易识也。

《唐诗笺注》："潮平"一联写得宏阔，非复寻常笔墨。

《网师园唐诗笺》："潮平两岸失"，"失"字炼。

《闻鹤轩初盛唐近体读本》：陈德公先生曰：盖是侵晓行舟，复值岁前春旦，字字工刻，作语故极婉琢，足以脍炙一时。　　评：五、六"残夜"、"旧年"，字法作意不必言，著"海"、"江"二字更为增致。

观抟筝

虚室有秦筝，筝新月复清。
弦多弄委曲，柱促语分明。
晓怨凝繁手，春娇入曼声。
近来唯此乐，传得美人情。

【汇评】

《唐诗归》：谭云：王稚钦诗本此，只觉古人深厚（"晓怨"句下）。　钟云：结得无意而深（末句下）。

《汇编唐诗十集》：唐云：字字炼，字字响，切而不滞，缓而有情，堪于乐谱中压卷。

《唐诗矩》：全篇直叙格。　三、四承一、二，五、六又承三、四，七、八又承五、六，衔尾而下，章法极紧。　阅"柱促语分明"，便宛然玉房素手刺刺对弹。弦不能语，分明似语；诗不能画美人，亦分明从纸上出一美人矣。　艳而清，便非俗艳。

史 青

史青，生卒年不详，零陵（今属湖南）人。聪明强记。开元初，上书自荐能诗，玄宗试以《除夕》、《上元》、《竹火笼》等诗，应口而出，玄宗称赏，授左监门卫将军。《全唐诗》存诗一首。

应诏赋得除夜

今岁今宵尽，明年明日催。
寒随一夜去，春逐五更来。
气色空中改，容颜暗里回。
风光人不觉，已著后园梅。

王泠然

王泠然（692—725），字仲清，太原（今属山西）人。开元五年（717）登进士第，授太子校书。秩满，迁右威卫兵曹参军。性豪爽，当言无所回忌，曾上书宰相张说，责其尸禄备员，不能进贤举善、济世拯民。《全唐诗》存诗四首。

【汇评】

山阴尉孙逖、桃林尉张镜微、湖城尉张晋明、进士王泠然，皆一时茂秀。（《新唐书·王丘传》）

（泠然）工文赋诗，气质豪爽，当言无所回忌，乃卓荦奇才，济世之器。（《唐才子传》）

汴堤柳

隋家天子忆扬州，厌坐深宫傍海游。
穿地凿山开御路，鸣笳叠鼓泛清流。
流从巩北分河口，直到淮南种官柳。
功成力尽人旋亡，代谢年移树空有。

当时彩女侍君王，绣帐旌门对柳行。

青叶交垂连慢色，白花飞度染衣香。

今日摧残何用道？数里曾无一枝好。

驿骑征帆损更多，山精野魅藏应老。

凉风八月露为霜，日夜孤舟入帝乡。

河畔时时闻木落，客中无不泪沾裳。

张子容

张子容，生卒年不详，襄阳（今湖北襄樊）人。早年隐居襄阳白鹤岩，与孟浩然友善。先天元年（712）登进士第。开元中，谪为乐城尉，又曾官晋陵尉。《全唐诗》存诗一卷。

【汇评】

（子容）初与孟浩然同隐鹿门山，为死生交，诗篇倡答颇多。后值乱离，流寓江表，尝送内兄李录事归故里云："十年多难与君同，几处移家逐转蓬。白首相逢征战后，青春已过乱离中。行人杳杳看西日，归马萧萧向北风！汉水楚云千万里，天涯此别恨无穷。"后竟弃官归旧业。有诗集。兴趣高远，略去凡近。当时哲匠，咸称道焉。（《唐才子传》）

"朝云暮雨连天暗，神女知来第几峰"，意艳而词则雅，不愧襄阳之友。"树色烟轻重，湖光风动摇"、"归路烟中远，回舟月上行"，亦甚肖孟氏意态。（《载酒园诗话又编》）

子容诗略似孟公，然气味较薄，意境较近，故终非孟之比。（《瀛奎律髓刊误》）

春江花月夜二首（其一）

> 林花发岸口，气色动江新。
> 此夜江中月，流光花上春。
> 分明石潭里，宜照浣纱人。

【汇评】

《唐诗归》：谭云：此题琐碎，而若虚之多，子容之简，不妨并妙。简者尤难耳。　　钟云：语亦有光。四句写题，分摆得妙，"春江花月夜"五字，只当不曾说出（首四句下）。　　钟云：情在"宜"字，见月不苟照也。妙，妙（末句下）！

《批唐贤三昧集》：题甚繁，诗甚简，勿看他运题手法，看他诗外有多少诗在。

《历代诗发》："流光"五字，如何团聚，兴趣独绝。

泛永嘉江日暮回舟

> 无云天欲暮，轻鹢大江清。
> 归路烟中远，回舟月上行。
> 傍潭窥竹暗，出屿见沙明。
> 更值微风起，乘流丝管声。

【汇评】

《唐诗归》：钟云："月上"妙，"月下"则庸矣（"回舟"句下）。

《近体秋阳》：翩然而起，飒然而止，此别一种结构也，却无伤于体裁，究竟盛朝手笔。

《唐诗评选》：只于心目相取处得景得句，乃为朝气，乃为神笔。景尽意止，意尽言息，必不强括狂搜，舍有而寻无。在章成章，在句成句,文章之道,音乐之理,尽于斯矣。　　"轻鹢大江清",舟清邪?中唐人作此含糊语,便得不通。落韵之难,非其才孰望哉!　　一直结,竟是《十九首》,竟是《二南》。

《闻鹤轩初盛唐近体读本》:陈德公先生曰:此家唯工松倩如此。五六亦费吟琢,能有老致,且皆有月色在言外,故更佳。结是另意法。　　评:起二太松,顾句尚婉倩,兼后六生颖,未忍刊弃。第四最是隽句,佳在"上"字。

张 旭

张旭，生卒年不详，字伯高，吴郡（今江苏苏州）人。工书能诗。
神龙初，与贺知章、包融、张若虚等吴越文士俱以文词扬名京师，合称
"吴中四士"。初仕为常熟尉。天宝初，官金吾长史。又曾官左率府
长史。旭嗜酒，与李白等合称"饮中八仙"。又善草书，每大醉，狂叫
呼走，乃下笔，或以头濡墨而书，时称"张颠"。唐文宗时，诏以旭草书
与李白歌诗、裴旻剑舞为"三绝"。《全唐诗》存诗六首。

【汇评】

钟云：张颠诗不多见，皆细润有致，乃知颠者不是粗人，粗人
颠不得。（《唐诗归》）

清溪泛舟

旅人倚征棹，薄暮起劳歌。
笑揽清溪月，清辉不厌多。

桃花溪

隐隐飞桥隔野烟,石矶西畔问渔船。

桃花尽日随流水,洞在清溪何处边?

【汇评】

《唐诗归》:钟云:境深,语不须深。

《汇编唐诗十集》:唐云:闲雅有致,初不见浅。

《唐诗摘钞》:长史不以诗名,然三绝恬雅秀润,盛唐高手无以过也。高适赠张诗云:"世上谩相识,此翁殊不然",又"白发老闲事,青云在目前",必高闲静退之士。今观数诗,其襟次可想矣。

《唐贤三昧集笺注》:诗中有画。

《唐诗三百首》:四句抵得一篇《桃花源记》。

山行留客

山光物态弄春晖,莫为轻阴便拟归。

纵使晴明无雨色,入云深处亦沾衣。

【汇评】

《唐诗解》:响调未尝不佳。

《唐诗归》:谭云:极有趣谐练语。

《唐诗摘钞》:"入云深处亦沾衣",非熟识游趣者不能道。

《此木轩论诗汇编》:"纵使晴明无雨色",不工死句。

《唐贤三昧集笺注》:巧稳可诵("纵使晴明"句下)。

《唐人万首绝句选评》:清词妙意,令人低徊不止。

《唐诗真趣篇》:恐客未谙山中事,误认将雨也。"留"字意雅甚。 身在云中,不见云也,湿气濛濛而已,结语信然。

《诗境浅说续编》：凡游名山，每遇云起，咫尺外不辨途径，襟袖尽湿，知此诗写山景甚确。

《唐人绝句精华》：此诗末句，最能写出深山云雾溟濛景色。

柳

濯濯烟条拂地垂，城边楼畔结春思。

请君细看风流意，未减灵和殿里时。

【汇评】

《唐贤三昧集笺注》：有诗人之口吻。

《唐贤清雅集》：寄意如此深婉，谁谓此君颠？

贺　朝

贺朝，生卒年不详，越州（今浙江绍兴）人。神龙中，与贺知章、张若虚等吴越文士，俱以文词俊秀，扬名京师。开元中，官山阴尉。《全唐诗》存诗八首，有刘孝孙等人诗混入。

【汇评】

休烈……善属文，与会稽贺朝、万齐融、延陵包融为文词之友，齐名一时。（《旧唐书·于休烈传》）

南　山

湖北雨初晴，湖南山尽见。

岩岩石帆影，如得海风便。

仙穴茅山峰，彩云时一见。

邀君共探此，异箓残几卷。

【汇评】

《唐诗归》：钟云：石帆已非真矣，又从石帆上生出"海风便"，幻想，然贵不入魔。

张若虚

张若虚，生卒年不详，扬州（今属江苏）人。神龙中，与贺知章、包融、张旭等吴越文士，俱以文词俊秀扬名京师，合称"吴中四士"。后官至兖州兵曹参军。《全唐诗》存诗二首。

【汇评】

天宝中，刘希夷、王昌龄、祖咏、张若虚、孟浩然、常建、李白、杜甫虽有文章盛名，俱流落不偶，恃才浮诞而然也。（《明皇杂录》）

《春江花月夜》，其为名篇不待言，细观风度格调，则刘希夷《捣衣》诸篇类也。此诚盛唐中之初唐。且若虚与贺季真同时齐名，遽分初盛，编者殊草草。吾读诗至贺秘书，真若云开山出，境界一新，毋宁置张于初，列贺于盛耳。（《载酒园诗话又编》）

若虚开元初人，与贺知章、张旭齐名。（《唐诗别裁》）

张若虚《春江花月夜》用《西洲》格调，孤篇横绝，竟为大家。李贺、商隐挹其鲜润，宋词、元诗尽其支流，宫体之巨澜也。（王闿运《湘绮楼论唐诗》）

春江花月夜

春江潮水连海平，海上明月共潮生。

滟滟随波千万里，何处春江无月明！

江流宛转绕芳甸，月照花林皆似霰。

空里流霜不觉飞，汀上白沙看不见。

江天一色无纤尘，皎皎空中孤月轮。

江畔何人初见月，江月何年初照人？

人生代代无穷已，江月年年只相似。

不知江月待何人，但见长江送流水。

白云一片去悠悠，青枫浦上不胜愁。

谁家今夜扁舟子，何处相思明月楼？

可怜楼上月徘徊，应照离人妆镜台。

玉户帘中卷不去，捣衣砧上拂还来。

此时相望不相闻，愿逐月华流照君。

鸿雁长飞光不度，鱼龙潜跃水成文。

昨夜闲潭梦落花，可怜春半不还家。

江水流春去欲尽，江潭落月复西斜。

斜月沉沉藏海雾，碣石潇湘无限路。

不知乘月几人归，落月摇情满江树。

【汇评】

《诗薮》：张若虚《春江花月夜》流畅婉转，出刘希夷《白头翁》上，而世代不可考。详其体制，初唐无疑。

《唐诗直解》："摇"、"满"二字幻而动，读之目不能瞬。

《唐诗镜》：微情渺思，多以悬感见奇。

《唐诗归》：钟云：浅浅说去，节节相生，使人伤感，未免有情，自不能读，读不能厌。　　钟云：将"春江花月夜"五字，炼成一片奇光，分合不得，真化工手。　　谭云：春江花月夜，字字写得有情、有想、有故。

《唐诗选》：绮回曲折，转入闺思，言愈委婉轻妙，极得趣者。

《唐诗选脉会通评林》：周珽曰：语语就题面字翻弄，接笋合缝，铢两皆称。黄家鼎曰：五色分光，合成一片奇锦。不是补天手，未免有痕迹。　　汪道昆曰："白云一片"数语，此等光景非若虚笔力写不到，别有一种奇思。

《唐诗评选》：句句翻新，千条一缕，以动古今人心脾，灵愚共感。其自然独绝处，则在顺手积去，宛尔成章，令浅人言格局、言提唱、言关锁者，总无下口分在。

《诗辩诋》：不着粉泽，自有腴姿，而缠绵酝藉，一意萦纡，调法出没，令人不测，殆化工之笔哉！

《围炉诗话》：《春江花月夜》正意只在"不知乘月几人归"。

《柳亭诗话》：唐人有"春江花月夜"一题，同时张若虚、张子容皆赋之。若虚凡二百五十二言，子容仅三十言，长短各极其妙，增减一字不得，读此可悟相体裁衣之法。

《古唐诗合解》：此篇是逐解转韵法。凡九解：前二解是起，后二解是收，起则渐渐吐题，收则渐渐结束，中五解是腹。虽其词有连有不连，而意则相生。至于题目五字，环转交错，各自生趣。"春"字四见，"江"字十二见，"花"字只二见，"月"字十五见，"夜"字亦只二见。于"江"则用海、潮、波、流、汀、沙、浦、潭、潇湘、碣石等以为陪，于"月"则用天、空、霰、霜、云、楼、妆台、帘、砧、鱼、雁、海雾等以为映。于代代无穷乘月望月之人之内，摘出扁舟游子、楼上离人两种，以描情事。楼上宜"月"，扁舟在"江"，此两种人于"春江花月夜"最独关情。故知情文相生，各各呈艳，光怪陆离，不可端倪，真奇制也。

《而庵说唐诗》：首八句使人火热，此处八句（按指"江天一色"以下八句）又使人冰冷。然不冰冷则不见火热，此才子弄笔跌宕处，不可不知也。　　"昨夜闲潭梦落花"此下八句是结，前首八句是起。起用出生法，将春、江、花、月逐字吐出；结用消归法，又将春、江、花、月逐字收拾。此句不与上连，而意则从上滚下。此诗如连环锁子骨，节节相生，绵绵不断，使读者眼光正射不得，斜射不得，无处寻其端绪。"春江花月夜"五个字，各各照顾有情。诗真艳诗，才真艳才也。

《唐诗别裁》：前半见人有变易，月明常在，江月不必待人，惟江流与月同无尽也。后半写思妇怅望之情，曲折三致。题中五字安放自然，犹是王、杨、卢、骆之体。

《历代诗发》：层层灵活，如剥蕉心，全不觉字句牵合重复。

《王闿运手批唐诗选》：接入春江，浩渺幽深。就便从花谈到月，又说到江，意境幽曲。

《王志·论唐诗诸家源流》陈兆奎按：《春江花月夜》，萧、杨父子时作之，然皆短篇写兴，即席口占。至若虚乃扩为长歌，秾不伤纤，局调俱雅。前幅不过以拨换字面生情耳，自"闲潭梦落花"一折，便缥渺悠逸。王维《桃源行》似从此滥觞。

薛　业

薛业,生卒年里贯均未详。玄宗朝处士。肃宗时,曾西游庐山,独孤及、赵骅、王定、张有略等均作文送行。代宗初尚在。《全唐诗》存诗二首。

【汇评】

薛侯敦于诗,困于学,敏于行。时然后言,言而寡尤;口弗言禄,禄亦不及。识其真者以为永叹,而薛侯居之澹如。君子哉,若人也!(独孤及《送薛处士业游庐山序》)

洪州客舍寄柳博士芳

去年燕巢主人屋,今年花发路傍枝。
年年为客不到舍,旧国存亡那得知?
胡尘一起乱天下,何处春风无别离!

【汇评】

《唐诗广选》:蒋仲舒曰:语不烦而意尽,直捷中有委婉。

《唐诗训解》:是开爽之作。此世乱客游思故友也。

《唐诗归》：钟云：悲在插"春风"二字。

《唐诗选》：辞不烦而意尽。　　末句映带，佳甚。

《唐诗选脉会通评林》：燕巢花发，不无今昔之感；客舍怀友，辄兴离别之悲。此诗殆作于安史反乱、民不聊生之日，故曰"胡尘一起乱天下"，且曰"旧国存亡那得知"。直捷中有委婉，机调与贾至《巴陵寄李张诗》弄奇撮合，各得简炼之妙。

孙逖

孙逖(696—761),潞州涉县(今属山西)人,郡望乐安武水(今山东聊城东南)。年十五,谒雍州长史崔日用,命赋《土火炉赋》,援笔而成,词理典赡,由是知名。开元元年(713),举哲人奇士科,授山阴尉。又连登文藻宏丽、贤良方正诸科,授左拾遗。历左补阙、起居舍人。二十一年,以考功员外郎知贡举,颜真卿、李华、萧颖士皆出其门下。迁中书舍人,掌诰八年。天宝中,历刑部侍郎、左庶子、太子詹事。卒。逖擅文能诗,有《孙逖集》二十卷,已佚。《全唐诗》存诗一卷。

【汇评】

其序事也,则《伯乐川记》及诸碑志,皆卓立千古,传于域中;其为诗也,必有逸韵佳对,冠绝当时,布在人口;其词言也,则宰相张九龄欲掎摭疵瑕,沉吟久之,不能易一字。(颜真卿《尚书刑部侍郎赠尚书右仆射孙逖文公集序》)

逖幼而英俊,文思敏速。始年十五,谒雍州长史崔日用,日用小之,令为《土火炉赋》。逖握翰即成,词理典赡,日用览之骇然,遂为忘年之交,以是价誉益重。……掌诰八年,制敕所出,为时流叹伏。议者以为自开元以来,苏颋、齐瀚、苏晋、贾曾、韩休、许景先及

逊,为王言之最。逊尤善思,文理精练,加之谦退不伐,人多称之。(《旧唐书》本传)

(逊)幼而有文,属思精敏,援笔成篇。……善诗,古调今格,悉其所长。(《唐才子传》)

古人饯别,如《烝民》、《韩奕》,皆因事赠言,辞不妄发。陈子昂《送崔著作融从梁王东征》曰:"王师非乐战,之子慎佳兵",为黩武之时言也。孙逊《送李补阙充河西节度判官》曰:"西戎虽献款,上策耻和亲",为忘战之时言也。唐诗送人之塞下者多矣,惟此二篇,缓私情,急公义,深合古意。(《载酒园诗话又编》)

山阴县西楼

都邑西楼芳树间,逶迤霁色绕江山。
山月夜从公署出,江云晚对讼庭还。
谁知春色朝朝好,二月飞花满江草。
一见湖边杨柳风,遥忆青青洛阳道。

【汇评】

《唐诗广选》:工致甚,然音调落律矣("山月夜从"句下)。

《唐诗训解》:虽不安素位,语却流丽可爱。　　此逊宦游山阴不得志而思洛也。

《唐诗选脉会通评林》:唐陈彝曰:"山月"、"江云"二句,能述此景,便非俗吏。　　唐孟庄曰:后四句即所谓"客里春光不奈看"。

春日留别

春路逶迤花柳前,孤舟晚泊就人烟。
东山白云不可见,西陵江月夜娟娟。

春江夜尽潮声度，征帆遥从此中去。

越国山川看渐无，可怜愁思江南树。

【汇评】

《唐诗归》：钟云：只"花柳前"三字，别景不堪矣（首句
下）。　　钟云：写尽泊舟，"就"字尤妙（"孤舟晚泊"句下）。　　钟
云：下句之可怜愁思，又从"看渐无"三字生出（"越国山川"句下）。

《唐诗别裁》：以上诸篇（按指张若虚《春江花月夜》等），志初
唐入盛之渐。

宿云门寺阁

香阁东山下，烟花象外幽。

悬灯千嶂夕，卷幔五湖秋。

画壁馀鸿雁，纱窗宿斗牛。

更疑天路近，梦与白云游。

【汇评】

《唐诗广选》：谢茂秦曰："悬灯"二句与"窗中三楚尽，林外九
江平"立意造句皆同，总描写高意。

《唐诗直解》：多写高意。

《唐诗解》：次联语壮，结语超。　　幽花，物之嘉也。千嶂、
五湖，眺之迥也。壁馀鸿雁，寺之古也。窗宿斗牛，阁之高也。因
阁之高，故思梦与云游。

《唐诗选脉会通评林》：周明翙曰：次句缥缈，三、四远兴，
妙。　　李东阳曰：情兴高逸。与《登蒋山开善寺》诗可以并观。

《唐诗摘钞》：写景欲阔大，初唐景语无出三、四二句之
上。　　通篇形容寺阁之高，却不露"高"字，笔意可想。

《唐诗从绳》：此尾联进步格。中二联分承"象外幽"说。结更

进一步,便有呼吸通帝座之意。中二联写景分远近。前六句是见寺阁之高,乃梦也直与白云为侣,更疑天路从此可升至,高更何如!

《网师园唐诗笺》:句警("悬灯"二句下)。

《唐诗评选》:刻炼深奇,束结完好,虽于人为脍炙,而知味者不百一也。　　三、四为高阁夕景,曲写三毛。"画壁馀鸿雁"拾景入神。　　疑者未梦,不必梦也,而因以生梦。语虽玄寥,自有来去;无来去而玄寥者,为狂而已。

《唐诗评注读本》:从登阁直起,以下就阁中近视远眺,俯视仰瞻,总以形容阁之高古。字字贴切,绝无泛语。

《唐宋诗举要》:吴曰:句句精湛,乃盛唐炼句之法。

崔国辅

崔国辅，生卒年不详，清河（今山东益都）人。开元十四年（726），登进士第，授山阴尉。二十三年，应县令举，授许昌令。开元末、天宝初，入为左补阙，迁起居舍人。天宝十载前后为礼部员外郎、集贤直学士。十一载，坐王铣近亲，贬竟陵司马。至竟陵，与处士陆鸿渐游三岁，交情至厚。国辅工诗，长于乐府。有《崔国辅集》，已佚。《全唐诗》存诗一卷。今人万竞君有《崔国辅诗注》。

【汇评】

国辅诗，婉娈清楚，深宜讽味。乐府数章，古人不及也。（《河岳英灵集》）

谭云：此君诗少，却是妙手。读《行香》、《荷池》二诗，不分今人效崔国辅体，止以艳手待之也。（《唐诗归》）

少陵献《三大礼赋》，上令集贤学士于休烈、崔国辅试之。诗人中最为先达，与颢并称艳手。司勋高浑，集贤韶秀，正复不同。"归来日尚早，更欲向芳洲。渡口水流急，回船不自由。"酷肖小女子不胜篙楫之态。"相逢畏相失，并着采莲舟"，描写邻女相见，一段温存旖旎，尤咄咄逼真。然是生于水乡书所见耳，汴中安有此风景？

至如"不能春风里,吹却麝兰香","独有镜中人,由来自相许",自矜自惜,真为深入个中三昧。戎旅诗亦相敌。独至七言古,则大不如司勋,华子鱼当办幅巾迎孙策也。(《载酒园诗话又编》)

齐梁遗音在唐初者,长篇则烦而易滥,短篇则婉而多风,如崔国辅五言小乐府是也。(《石洲诗话》)

专工五言小诗,自崔国辅始,篇篇有乐府遗意。(《读雪山房唐诗序例》)

杂　诗

逢著平乐儿,论交鞍马前。

与酤一斗酒,恰用十千钱。

后余在关内,作事多迍邅。

何肯相救援,徒闻宝剑篇。

【汇评】

《唐诗归》:钟云:写尽泛交及孟浪假侠,又哭又笑。"徒闻宝剑篇"五字扫尽意气人兴。　　谭云:此粗浅痴呆,滥于轻信,笑杀千古。

《唐诗选脉会通评林》:周珽曰:急难蔑有救援,何取平时肝胆?因不识亲语,圣贤何常欺人!

石头滩作

怅矣秋风时,余临石头濑。

因高见远境,尽此数州内。

羽山数点青,海岸杂光碎。

离离树木少,森森波潮大。

日暮千里帆，南飞落天外。

须臾遂入夜，楚色有微霭。

寻远迹已穷，遗荣事多昧。

一身犹未理，安得济时代？

且泛朝夕潮，荷衣蕙为带。

【汇评】

《唐诗归》：钟云：高视孤往（"余临"句下）。　　谭云：妙（"海岸"句下）。　　钟云：说得沓然、忽然。

《批唐贤三昧集》：高调峻势。

《历代诗发》：登眺之诗，以此种为上驷，为其写实事有虚神也。

《石洲诗话》：崔司马国辅诗最有古意。如"怅矣秋风时，余临石头濑"，更何必以工于发端目古人乎？

《唐贤三昧集笺注》：高山上眺观，写出逼真。

怨词二首（其一）

妾有罗衣裳，秦王在时作。

为舞春风多，秋来不堪着。

【汇评】

《批点唐音》：作怨辞者多矣。未有如此篇者。

《批点唐诗正声》：读此细末，一唱三叹，即令临气洒泣者，未必有此怨。

《唐诗境》：语意古。

《唐诗归》：钟云：怨在此句，不须终篇（"秦王"句下）。　　钟云："春风"、"秋来"，下字有意，感深（末二句下）。

《唐诗解》：此为旧宫人之词，疑崔有所寄托也。

《唐诗归折衷》：吴敬夫云：无限盛衰新故之感，从一罗衣上说来，便蕴藉，便委婉。

《唐诗摘钞》：是乐府，不是绝句。绝句宜婉，乐府宜直，须分别观之。

《诗法易简录》：不言其人之失宠，而但言罗衣之不堪着，且推其不堪着之故于"为舞春风多"，转若承恩颇久，合当弃置者。诗可以怨，此种足以当之。

《唐贤清雅集》：此意甚矜贵，徒作先荣后悴解便浅。

《唐贤三昧集笺注》：寓感慨之意。

《唐绝诗钞注略》：此代旧宫人写怨也，红颜零落，悲戚欲绝，只就舞衣说，含蓄不尽。

《唐人万首绝句选评》：此为旧宫人之辞，以"春"、"秋"替"今"、"昔"字，自负自怜，却有意，极深妙。

《唐人绝句精华》：此宫怨词，但以旧日舞衣不堪再着为言，而怨情自见。"春"、"秋"二字表今昔盛衰。"春风多"三字中包含旧情无限。

襄阳曲二首（其二）

少年襄阳地，来往襄阳城。

城中轻薄子，知妾解秦筝。

【汇评】

《唐诗归》：钟云：五字喜之若嗔之也，妙妙（末句下）！

《唐诗笺注》：不知是自颂自悔，只言其少负盛名，如此妙！

魏宫词

朝日照红妆，拟上铜雀台。

画眉犹未了，魏帝使人催。

【汇评】

《围炉诗话》：唐人诗中用意有在一二字中，不说破不觉，说破则其意焕然。如崔国辅《魏宫词》，……称"帝"者，曹丕也。下一"帝"字，其母"狗彘不食其馀"之语自见，严于斧钺矣。

《唐贤三昧集笺注》：作者小乐府擅绝一时。　　似失于露骨。

《静居绪言》：崔国辅五言乐府，绝似六朝人口吻。《魏宫辞》……即李义山"薛王沉醉寿王醒"一种笔墨，轻薄侵巧，不如他作含容，毋谓言者无罪也。

《唐人万首绝句选评》：诗中"魏帝"指文帝言，如此看，方见妆者妆，催者催，言外悠然不尽，诗意极微婉。

《唐宋诗举要》：此诗刘海峰以为刺曹丕，然丕已腐骨，又安足刺？其殆意感武才人之事，不能明言，而姑托于丕乎？

《诗境浅说续编》：魏主之色荒及宫妃之得宠，皆于后二句见之。魏宫琐事，作者何由知之，当是借喻唐宫也。

长信草

长信宫中草，年年愁处生。

故侵珠履迹，不使玉阶行。

【汇评】

《唐诗直解》：婉转清楚，深宜风味。

《唐诗选》：玉遮曰："年年"句巧妙。

《唐诗选脉会通评林》：君幸不至，宫多生草。"不使"二字归怨于草，妙。"愁处生"三字尤妙。

《唐诗笺注》：曰"年年"，曰"故侵"，曰"不使"，意促而词婉。

长乐少年行

遗却珊瑚鞭,白马骄不行。

章台折杨柳,春日路傍情。

【汇评】

《唐诗归》:钟云:次句绰有古意。

《唐诗笺注》:遗鞭折柳,少年自衒自媒如画。

《唐人万首绝句选评》:末句妙,是少年本色。

《诗境浅说续编》:借折柳以喻访艳,写少年荡子随处流连之状。崔善赋小诗,虽非高格,而皆有手挥目送之致。

湖南曲

湖南送君去,湖北送君归。

湖里鸳鸯鸟,双双他自飞。

【汇评】

《唐诗归》:钟云:"他自"二字,羡甚妒甚,怨在于此。

《唐诗摘钞》:送君从湖南去,送君罢,则已独自从湖北归。句法便如此,大是古朴。　　人不能双,故妒物之成双者,妒意在"他"字见出。

《唐诗笺注》:"他"字妙,羡与妒俱有。

中流曲

归时日尚早,更欲向芳洲。

渡口水流急,回船不自由。

《批点唐音》：此篇宛转有古意。

《唐诗归》：钟云：情深（"更欲"句下）。

《载酒园诗话又编》：酷肖小女子不胜篙棹之态。

采莲曲

玉溆花争发，金塘水乱流。

相逢畏相失，并着采莲舟。

《批点唐音》：亦善说情。

《唐诗选脉会通评林》：徐用吾曰：起语奇拔。

《载酒园诗话又编》：描写邻女相见，一段温存旖旎，尤咄咄逼真。

《诗境浅说续编》：前二句极妍炼。后二句莲浦相逢，仙侣并舟，低徊不去，有目逆而送之意。作者含意未申，语殊蕴藉。

子夜冬歌

寂寥抱冬心，裁罗又聚聚。

夜久频挑灯，霜寒剪刀冷。

《唐诗归》：钟云："冬心"妙！　　钟云：二语有"冬心"二字在内（末句下）。

小长干曲

月暗送潮风，相寻路不通。

菱歌唱不彻,知在此塘中。

【汇评】

《唐诗归》:谭云:"唱不彻"比"只在此山中,云深不知处"深得多,而俗人又只称彼何也?

《唐诗笺要》:"唱不彻"妙！比"只在此山中,云深不知处",又是一般情致。

《唐诗笺注》:所谓两处总牵情也。

刘　晏

刘晏(715—780),字士安,济阴(今山东定陶西北)人,开元九年(721),举神童,年七岁。授秘书省正字。开元末,为洛阳尉,天宝中,迁夏县令。历殿中侍御史,迁度支郎中,杭、陇、华三州刺史。上元中,迁河南尹。入为京兆尹,再拜户部侍郎、判度支。代宗宝应二年,进吏部尚书、平章事,领度支盐铁转运租庸使。大历十三年,为尚书左仆射。德宗时,为杨炎所构,贬忠州刺史,赐死。晏善于理财,能诗。《全唐诗》存诗二首。

咏王大娘戴竿

楼前百戏竞争新,唯有长竿妙入神。

谁谓绮罗翻有力,犹自嫌轻更著人。

【汇评】

《唐诗纪事》:明皇御勤政楼,大张声乐,罗列百技。时教坊有王大娘者戴百尺竿,竿上施木山,状瀛洲方丈,命小儿持绛节出入于其间,歌舞不辍。刘晏以神童为秘书省正字,方十岁,帝召之,贵妃置之膝上,为施粉黛,与之中栉。帝问晏:"汝为正字,正得几字?"晏曰:"天下字皆正,唯朋字未正得。"贵妃复令咏王大娘戴竿,晏应声曰:"楼前百戏竞争新,唯有长竿妙入神。谁谓绮罗翻有力,犹自嫌轻更着人。"

卢　象

> 卢象(？—约763)，字纬卿，汶上(今属山东)人。开元中，登进士第。补秘书省校书郎，转右卫仓曹掾。张九龄为相，擢为左补阙，历河南府司录、司勋员外郎。为飞语所中，左迁齐州司马，转汾、郑二州司马。入为膳部员外郎。安史乱中，为叛军所执，授伪职。肃宗还京论罪，贬果州长史，再贬永州司户，移吉州长史。后征为主客员外郎，道病留武昌，卒。象工诗，与王维、崔颢齐名，又与李颀、李白、贺知章等交游。有《卢象集》十二卷，已佚。《全唐诗》存诗一卷。

【汇评】

象雅而不素，有大体，得国士之风。曩在校书，名充秘阁。其"灵越山最秀，新安江甚清"，尽东南之数郡。(《河岳英灵集》)

(象)始以章句振起于开元中，与王维、崔颢比肩骧首，鼓行于时。妍词一发，乐府传贵。(刘禹锡《唐故尚书主客员外郎卢公集纪》)

卢象，开元时人，诗亦清妙，要非后来所及也。(《唐百家诗选》时天彝评)

卢君排律，才藻深厚，音节宏振，较崔司勋、王龙标似为过之。(《唐诗笺要》)

杂诗二首（其一）

家居五原上，征战是平生。

独负山西勇，谁当塞下名？

死生辽海战，雨雪蓟门行。

诸将封侯尽，论功独不成。

【汇评】

《瀛奎律髓》：感慨有味。但五原、山西、辽海、蓟门四处地相辽远，诗人寓意辛苦无成者，以讥夫偶然而成名者未必皆辛苦也。

《唐诗选脉会通评林》：刘辰翁曰：末十字才有沉着之意。　　陈继儒曰：五、六叙述凄楚。　　　　周珽曰：激激烈烈，酸酸楚楚，欲读不得，欲不读不得，令人挥戈而击壶。

《瀛奎律髓汇评》：冯班：第三未稳。　　　何义门：吴均体。　　纪昀：以为同一辛苦，而独不成功，尤为深厚。

送祖咏

田家宜伏腊，岁晏子言归。

石路雪初下，荒村鸡共飞。

东原多烟火，北涧隐寒晖。

满酌野人酒，倦闻邻女机。

胡为困樵采，几日罢朝衣。

【汇评】

《唐贤三昧集笺注》：自有田家况味。

《唐贤清雅集》：笔力苍浑，写山村寒暮景象阴沉在目。从岁晏言归入想，便有情致。

八月十五日象自江东止田园移庄
庆会未几归汶上小弟幼妹尤嗟
其别兼赋是诗三首（其一）

谢病始告归，依然入桑梓。

家人皆伫立，相候衡门里。

畴类皆长年，成人旧童子。

上堂家庆毕，愿与亲姻迩。

论旧或馀悲，思存且相喜。

田园转芜没，但有寒泉水。

衰柳日萧条，秋光清邑里。

入门乍如客，休骑非便止。

中饮顾王程，离忧从此始。

【汇评】

《唐风定》：凄苦中何其温茂！

叹白发

我年一何长，鬓发日已白。

俯仰天地间，能为几时客？

惆怅故山云，裴回空日夕。

何事与时人，东城复南陌！

【汇评】

《唐诗选脉会通评林》：唐孟庄曰：有及时行乐意。　周珽曰："能为几时客"一语，针骨见血。

王　维

王维(701—761)，字摩诘，太原祁(今山西祁县)人，迁居蒲州(今山西永济)。开元九年(721)，登进士第，调太乐丞，因伶人违制舞黄狮子受累，谪济州司仓参军。张九龄执政，擢为右拾遗。二十五年秋，入河西节度使崔希逸幕，为监察御史兼节度判官。天宝初，入为左补阙。十一载，拜吏部郎中，迁给事中。安史叛军陷京，被迫受伪职。复京后论罪，因曾作诗抒写对唐室的忠心，仅降为太子中允。迁左庶子、中书舍人，复拜给事中，转尚书右丞，卒。维多才艺，诗、书、画、乐无不精通。其诗众体兼擅，尤工五律、五绝。与孟浩然同为盛唐山水田园诗派代表诗人。有《王维集》十卷(宋明刊本作《王摩诘文集》、《王右丞集》或《王右丞文集》)，今存。《全唐诗》编诗四卷。

【汇评】

维诗词秀调雅，意新理惬，在泉为珠，着壁成绘，一句一字，皆出常境。(《河岳英灵集》)

王右丞、韦苏州澄澹精致，格在其中，岂妨于遒举哉！(司空图《与李生论诗书》)

味摩诘之诗，诗中有画；观摩诘之画，画中有诗。(《东坡题

跋·书摩诘蓝田烟雨图》)

右丞、苏州皆学于陶，王得其自在。（《后山诗话》）

王右丞如秋水芙蕖，倚风自笑。（《诗人玉屑》引《臞翁诗评》）

世以王摩诘律诗配子美，古诗配太白，盖摩诘古诗能道人心中事而不露筋骨，律诗至佳丽而老成。……虽才气不若李、杜之雄杰，而意味工夫，是其匹亚也。摩诘心淡泊，本学佛而善画，出则陪岐、薛诸王及贵主游，归则餍饫辋川山水，故其诗于富贵山林，两得其趣。（《岁寒堂诗话》）

韦苏州诗，韵高而气清。王右丞诗，格老而味长。虽皆五言之宗匠，然互有得失，不无优劣。以标韵观之，右丞远不逮苏州，至于词不迫切，而味甚长，虽苏州亦所不及也。（同上）

王摩诘诗，浑厚一段，覆盖古今。但如久隐山林之人，徒成旷淡。（《苕溪渔隐丛话》引《蔡百衲诗评》）

右丞诗发秀自天，感言成韵，词华新朗，意象幽闲。上登清庙，则情近珪璋；幽彻丘林，则理同泉石。言其风骨，固尽扫微波；采其流调，亦高跨来代。于《三百篇》求之，盖《小雅》之流也。而颂声之微，夫亦风气所临，不能洗濯而高视也。（《唐诗品》）

摩诘以淳古澹泊之音，写山林闲适之趣，如辋川诸诗，真一片水墨不着色画。及其铺张国家之盛，如"九天阊阖开宫殿，万国衣冠拜冕旒"、"云里帝城双凤阙，雨中春树万人家"，又何其伟丽也！（《震泽长语》）

右丞五言，工丽闲澹，自有二派，殊不相蒙。"建礼高秋夜"、"楚塞三江接"、"风劲角弓鸣"、"扬子谈经处"等篇，绮丽精工，沈、宋合调者也。"寒山转苍翠"、"一从归白社"、"寂寞掩柴扉"、"晚年惟好静"等篇，幽闲古澹，储、孟同声者也。（《诗薮》）

盛唐七言律称王、李。王才甚藻秀，而篇法多重。"绛帻鸡人"，不免服色之讥；"春树万家"，亦多花木之累。"汉主离宫"、"洞

门高阁",和平闲丽,而斤两微劣。"居延城外"甚有古意,与"卢家少妇"同,而音节太促,语句伤直,非沈比也。(同上)

太白五言绝自是天仙口语,右丞却入禅宗。如:"人闲桂花落,夜静深山空。月出惊山鸟,时鸣春涧中"、"木末芙蓉花,山中发红萼。涧户寂无人,纷纷开且落"。读之身世两忘,万念皆寂,不谓声律之中,有此妙诠。(同上)

仲默云:右丞他诗甚长,独古作不逮。读其集,大篇句语俊拔,殊乏完章;小言结构清新,所少风骨。(《唐音癸签》)

摩诘写色清微,已望陶、谢之藩矣,第律诗有馀,古诗不足耳。离象得神,披情著性,后之作者谁能之? 世之言诗者,好大好高,好奇好异,此世俗之魔见,非诗道之正传也。体物著情,寄怀感兴,诗之为用,如此已矣。(《诗镜总论》)

王摩诘、孟浩然才力不逮高、岑,而造诣实深,兴趣实远,故其古诗虽不足,律诗体多浑圆,语多活泼,而气象风格自在,多入于圣矣。(《诗源辩体》)

摩诘才力虽不逮高、岑,而五七言律风体不一。五言律有一种整栗雄丽者,有一种一气浑成者,有一种澄淡精致者,有一种闲远自在者。如"天官动将星"、"单车曾出塞"、"横吹杂繁筎"、"不识阳关路"等篇,皆整栗雄厚者。如"风劲角弓鸣"、"绝域阳关道"、"建礼高秋夜"、"怜君不得意"等篇,皆一气浑成者也。如"独坐悲双鬓"、"寂寞掩柴扉"、"松菊荒三径"、"言从石菌阁"、"岩壑转微径"等篇,皆澄淡精致者也。如"清川带长薄"、"寒山积苍翠"、"晚年惟好静"、"主人能爱客"、"重门朝已启"等篇,皆闲远自在者也。至如"楚塞三湘接"既甚雄浑,"新妆可怜色"则又娇嫩。若高、岑才力虽大,终不免一律耳。(同上)

摩诘七言律亦有三种:有一种宏赡雄丽者,有一种华藻秀雅者,有一种淘洗澄净者。如"欲笑周文"、"居延城外"、"绛帻鸡人"

等篇，皆宏赡雄丽者也。如"渭水自萦"、"汉主离宫"、"明到衡山"等篇，皆华藻秀雅者也。如"帝子远辞"、"洞门高阁"、"积雨空林"等篇，皆淘洗澄净者也。是亦高、岑之所不及也。（同上）

摩诘五言绝，意趣幽玄，妙在文字之外。摩诘《与裴迪书》略云："夜登华子冈，辋水沦涟，与月上下；寒山远火，明灭林外；深巷寒犬，吠声如豹；村墟夜舂，复与疏钟相间。此时独坐，僮仆静默，每思曩昔携手赋诗，倘能从我游乎？"摩诘胸中滓秽净尽，而境与趣合，故其诗妙至此耳。（同上）

唐无李、杜，摩诘便应首推，昔人谓"如秋水芙蕖，倚风自笑"，殊未尽厥美，庶几"咳唾落九天，随风生殊玉"耳。三人相较，正犹留侯无收城转饷之功，襟袖带烟霞之气，自非平阳、曲逆可伍。（《载酒园诗话又编》）

少陵绝句多不甚着意，太白七言独步，五言其稍次也。味淡声希，言近指远，乍观不觉其奇，按之非复人间笔墨，唯右丞也。昔人谓读之可以启道心、浣尘虑。（《唐音审体》）

右丞五排，秀色外腴，灏气内充，由其天才敏妙，尽得风流，气骨遂为所掩。一变而入郎、钱，秀丽胜而沉厚之气亦减，此风气之一关也。（《唐诗观澜集》）

右丞诗荣光外映，秀色内含，端凝而不露骨，超逸而不使气，神味绵渺，为诗之极则，故当时号为"诗圣"。（同上）

意太深、气太浑、色太浓，诗家一病，故曰"穆如清风"。右丞诗每从不着力处得之。（《唐诗别裁》）

右丞五言律有二种：一种以清远胜，如"行到水穷处，坐看云起时"是也；一种以雄浑胜，如"天官动将星，汉地柳条青"是也。当分别观之。（同上）

辋川于诗，亦称一祖。然比之杜公，真如维摩之于如来，确然别为一派。寻其所至，只是以兴象超远，浑然元气，为后人所莫及；

高华精警，极声色之宗，而不落人间声色，所以可贵。然愚乃不喜之，以其无血气无性情也。譬如绛阙仙宫，非不尊贵，而于世无益；又如画工，图写逼肖，终非实物，何以用之？称诗而无当于兴、观、群、怨，失《风》《骚》之旨，远圣人之教，亦何取乎？政如司马相如之文，使世间无此，殊无所损。但以资于馆阁词人，酝酿句法，以为应制之用，诚为好手耳。（《昭昧詹言》）

辋川叙题细密不漏，又能设色取景，虚实布置，一一如画，如今科举作墨卷相似，诚万选之技也。（同上）

摩诘五言古，雅淡之中，别饶华气，故其人清贵；盖山泽间仪态，非山泽间性情也。（《岘傭说诗》）

摩诘七古，格整而气敛，虽纵横变化不及李、杜，然使事典雅，属对工稳，极可为后人学步。（同上）

摩诘七律，有高华一体，有清远一体，皆可效法。（同上）

其源出于应德琏、陶渊明。五言短篇尤劲，《寓言二首》直是脱胎《百一》。"楚国狂夫"诸咏，则《咏贫士》之流；"田舍"诸篇，《闲居》之亚也。七言矩式初唐，独深排宕；律诗神超，发端亦远。夫其炼虚入秀，琢淡成腴，变六代之深浑，发三唐之明艳，而古芳不落，夕秀方新，司空表圣云："如将不尽，与古为新"，诚斯人之品目，唐贤之高轨也。（《三唐诗品》）

赵铁岩曰：右丞通于禅理，故语无背触，甜澈中边。空外之音也，水中之影也，香之于沉实也，果之于木瓜也，酒之于建康也，使人索之于离即之间，骤欲去之而不可得，盖空诸所有而独契其宗。（《唐宋诗举要》）

姚曰：盛唐人诗固无体不妙，而尤以五言律为最。此体中又当以王、孟为最，以禅家妙悟论诗者正在此耳。　　吴曰：王、孟诗专以自然兴象为佳，而有真气贯注其间，斯其所以为大家也。（同上）

姚曰：右丞七律能备三十二相似，而意兴超远，有虽对荣观燕处超然之意，宜独冠盛唐。（同上）

献始兴公

原注：时拜右拾遗。

宁栖野树林，宁饮涧水流。

不用坐粱肉，崎岖见王侯。

鄙哉匹夫节，布褐将白头。

任智诚则短，守仁固其优。

侧闻大君子，安问党与仇？

所不卖公器，动为苍生谋。

贱子跪自陈：可为帐下不？

感激有公议，曲私非所求。

【汇评】

《唐诗归》：钟云：不读此等诗，不知右丞胸中有激烈悲愤处。　钟云："坐"字写尽贪恋情状可悲（"不用"句下）。　谭云："崎岖"二字妙！说得权门人人退步不前（"崎岖"句下）。钟云：如此自鄙妙甚（"布褐"句下）！　钟云：感慨之言，胸中目中真有所见（"动为"句下）。　钟云：低回慷慨（"可为"句下）。

赠刘蓝田

篱间犬迎吠，出屋候柴扉。

岁晏输井税，山村人夜归。

晚田始家食，馀布成我衣。

讵肯无公事，烦君问是非。

《唐诗归》：钟云：厚甚。唯此一句不入律内，然盛唐人不拘（"馀布"句下）。

《历代诗发》：着笔全不犹人。

《唐诗成法》：气味淳正，笔法疏落，从陶诗中涵咏深者。

《批唐贤三昧集》：前六句极写村人之淳朴安乐，所以美其政也。今人美县令诗，谁及此之大雅而深至者？末二句言岂必无公事，烦君一问是非，正见公事之稀也。立言之超妙无匹乃尔！

赠祖三咏

原注：济州官舍作。

蟏蛸挂虚牖，蟋蟀鸣前除。

岁晏凉风至，君子复何如？

高馆阒无人，离居不可道。

闲门寂已闭，落日照秋草。

虽有近音信，千里阻河关。

中复客汝颍，去年归旧山。

结交二十载，不得一日展。

贫病子既深，契阔余不浅。

仲秋虽未归，暮秋以为期。

良会诅几日，终日长相思。

【汇评】

《批点唐音》：步骤《选》体。

《唐诗镜》：诗家各有一种习气，磨灭不尽。摩诘似较少，太白亦不多见。五言古时时有之，以此知陶、谢之美。

《唐诗解》：四语一转，是《毛诗》分章法。

《唐诗选脉会通评林》：吴山民曰：直叙中有委曲。"闲门"、"落日"二句含情正远。末实境语，读之使人长叹。

《此木轩论诗汇编》：凡五章，读之只如书一通。真率温厚，情意可掬，又温丽。

《而庵说唐诗》：此诗共五解，如清水中数鱼，头头分明。作古诗法见于此。

《唐贤三昧集笺注》：取材《三百篇》，便觉色味俱高，此不可不知。　　四句一韵，深情远意，绵邈无穷。置之《毛诗》中，几不复可辨。此真为善学《三百》者也。

《唐贤清雅集》：昔人谓王、孟五言难分高下。蒙意王气较和，孟骨差峻；王可兼孟，孟不能兼王，即此微分。故首王而次孟，非同耳食漫推重右丞也。右丞各体俱佳，不谢不随，风规自远，古今绝调。　　兴体。诗凡五解，法本汉人，其音节天然安适，是右丞本色，《国风》遗韵。

春夜竹亭赠钱少府归蓝田

夜静群动息，时闻隔林犬。
却忆山中时，人家涧西远。
羡君明发去，采蕨轻轩冕。

【汇评】

《唐诗援》：不谓送行诗乃有如此深致，彼以诘曲为深者，视之天壤矣。

《唐诗别裁》：五言用长易，用短难，右丞工于用短。

《网师园唐诗笺》：曲尽幽景远情，言简意长（首句下）。

戏赠张五弟𬤇三首（其一）

原注：时在常乐东园，走笔成。

吾弟东山时，心尚一何远。

日高犹自卧，钟动始能饭。

领上发未梳，床头书不卷。

清川兴悠悠，空林对偃蹇。

青苔石上净，细草松下软。

窗外鸟声闲，阶前虎心善。

徒然万象多，澹尔太虚缅。

一知与物平，自顾为人浅。

对君忽自得，浮念不烦遣。

【汇评】

《王孟诗评》：不必其人，直自输写（"日高"一联下）。　　顾云：警语不在深（"阶前"句下）。

《唐诗归》：钟云：题中"戏赠"二字意颇难看，似嘲其隐志不能自坚。　　钟云：此"善"字押得甚有道气（"阶前"句下）。

《唐贤三昧集笺注》：有陶家遗韵。

奉寄韦太守陟

荒城自萧索，万里山河空。

天高秋日迥，嘹唳闻归鸿。

寒塘映衰草，高馆落疏桐。

临此岁方晏，顾景咏悲翁。

故人不可见，寂寞平陵东。

【汇评】

《唐诗广选》：王元美曰：由工入微，不犯痕迹。

《唐诗境》：疏冷。

《唐诗选脉会通评林》：唐陈彝曰：叙景潇洒。"顾影问悲翁"情惨。　　蒋一梅曰：淡而有味。

《唐贤三昧集笺注》：其妙处纯在自然。六朝人名句足千古者，莫不是自然。高致自然，读之使人气平。

《唐贤清雅集》：高疏细密。"寒塘"二语，尤见风调。

送魏郡李太守赴任

与君伯氏别，又欲与君离。

君行无几日，当复隔山陂。

苍茫秦川尽，日落桃林塞。

独树临关门，黄河向天外。

前经洛阳陌，宛洛故人稀。

故人离别尽，淇上转骖䯄。

企予悲送远，惆怅睢阳路。

古木官渡平，秋城邺宫故。

想君行县日，其出从如云。

遥思魏公子，复忆李将军。

【汇评】

《唐贤三昧集笺注》：右丞此派，实继"三百篇"而别成一格，与汉魏又自不同。后人鲜步武者何也？径住所谓言有尽而意无穷。　　时时插入对句，却觉有妙味。　　近人如随园亦喜为此格，但浅薄少酝酿耳。

《唐风定》：摩诘往往寓澹于浓，非澹不足也，其至处乃不尽于漕耳。

送宇文太守赴宣城

寥落云外山，迢递舟中赏。

铙吹发西江，秋空多清响。

地迥古城芜，月明寒潮广。

时赛敬亭神，复解邑师网。

何处寄相思？南风吹五两。

【汇评】

《唐贤三昧集笺注》："清响"字甚灵（"秋空"句下）。　　"地迥"十字最妙绝（"地迥"句下）。

《唐贤清雅集》：兴比清旷，字字响。

送　别

下马饮君酒，问君何所之。

君言不得意，归卧南山陲。

但去莫复问，白云无尽时。

【汇评】

《唐诗广选》：蒋仲舒曰：第五句一拨便转，不知言外多少委婉。

《唐诗归》：慷慨寄托，尽末十字，蕴藉不觉。深味之，知右丞非一意清寂、无心用世之人。

《唐诗援》：语似平淡，却有无限感慨，藏而不露。

《唐诗选脉会通评林》：周敬曰：淡然片语，悠悠自远。

《唐贤三昧集笺注》：此种断以不说尽为妙。结得有多少妙味。

《唐贤清雅集》：五古短调要浑括有馀味，此篇是定式。略作问答，词意隐现，兴味悠然不尽。

《唐诗合选详解》：王翼云曰：此与太白七绝《山中问答》意调仿佛。

齐州送祖三

相逢方一笑，相送还成泣。

祖帐已伤离，荒城复愁入。

天寒远山净，日暮长河急。

解缆君已遥，望君犹伫立。

【汇评】

《王孟诗评》：前四句只是眼前道不到者，末句短嫩意伤。

《唐诗广选》：起结凄断，令人不能已已。　　蒋仲舒曰：如此起句最老，而不易工。

《批点唐音》：积思甚多。"日暮长河急"句特异。

《唐诗归》：钟云：幽景入送别中。妙（"天寒"二句下）！谭云：送行图（末二句下）。

《汇编唐诗十集》：唐云：此篇是景体律诗，妙在结句。

《唐诗选脉会通评林》：周珽曰：诗神全在数虚字上。

《近体秋阳》：劲直澹怆，此近体中古作也。摩诘诗本由古得，兹且化古于律。然其在古体乃转有寝淫于近制者，端不如收此拗律之为愈矣。

《唐贤三昧集笺注》：足未出阁门者，不能解此诗之真味。

《网师园唐诗笺》：黯然入画（"天寒"句下）。

《唐诗评注读本》：不设色而意自远，是画中之白描高手。

送綦毋潜落第还乡

圣代无隐者，英灵尽来归。

遂令东山客，不得顾采薇。

既至君门远，孰云吾道非？

江淮度寒食，京洛缝春衣。

置酒临长道，同心与我违。

行当浮桂棹，未几拂荆扉。

远树带行客，孤城当落晖。

吾谋适不用，勿谓知音稀。

【汇评】

《王孟诗评》："带"字画意，"当"字天然（"远树"二句下）。
顾云：用意厚（末二句下）。

《唐诗归》：钟云：落第语说得气象（首二句下）。　　钟云：
"带"字着"行客"上便妙（"远树"句下）。

《唐贤三昧集笺注》：一幅暮村送别图。

《网师园唐诗笺》：识宏论卓（首句下）。　　周旋好（"既至"
句下）。　　行色如绘（"远树"句下）。　　足俾怨尤俱化（"吾谋"
句下）。

《唐宋诗举要》：《青轩诗缉》曰：右丞"远树带行客，孤城当落
晖"，"带"字、"当"字极佳，非得画中三昧者，不能下此二字。

观别者

青青杨柳陌，陌上别离人。

爱子游燕赵，高堂有老亲。

不行无可养，行去百忧新。

切切委兄弟，依依向四邻。

都门帐饮毕，从此谢亲宾。

挥涕逐前侣，含凄动征轮。

车徒望不见，时见起行尘。

余亦辞家久，看之泪满巾。

【汇评】

《王孟诗评》："切切"两语妙绝，写得此意出。

《唐诗归》：钟云：观别者与自家送别，益觉难堪，非深情人不暇命如此题。钟云：情真事真，游人下泪，不须读下二句矣（"不行"二句下）。　　钟云：贫士老于客游，方知此境（"切切"句下）。

《汇编唐诗十集》：唐汝询曰：浅浅说，曲尽别思，觉雕琢者徒苦。　　又曰：说他人，其切乃尔，已怀可知。《阳关》所以绝唱。

《唐诗选》：惜别情绪，紧恳痛快，真是遇风知寒，遇日知热。

《围炉诗话》：右丞《观别者》云："不行无可养，行去百忧新。切切委兄弟，依依向四邻。"当置《三百篇》中，与《蓼莪》比美。

《唐诗别裁》：只写别者之情，"观"字只末二句一点自足。

《网师园唐诗笺》：人情入理（"不行"句下）。　　"观"意一点便是（"余亦"句下）。

别弟缙后登青龙寺望蓝田山

陌上新离别，苍茫四郊晦。

登高不见君，故山复云外。

远树蔽行人，长天隐秋塞。

心悲宦游子，何处飞征盖。

【汇评】

《增定评注唐诗正声》：郭云：渺渺新别之情，与云山俱远。

《唐诗镜》：三、四无心佳句。

《唐诗解》：此言别弟之后，登高远望，则见四郊晦冥。不惟忆弟心劳，且觉怀乡念举，乃远树长天重为蔽隐，似若搅我之情耳。意此时游宦之子，能不伤心以趋路乎，此又体彼之情也。

《唐诗选脉会通评林》：吴山民曰："故山复云外"动情，"远树"、"长天"二语跟上联来。　　钱光秀曰：离奇片语，情景洞朗，胜人长辞，多少费力。

《唐贤三昧集笺注》：有情有色。

《唐贤清雅集》：情景真切。"远树"二句，就阔远处极力写去，收合来气局自大。

冬日游览

步出城东门，试骋千里目。
青山横苍林，赤日团平陆。
渭北走邯郸，关东出函谷。
秦地万方会，来朝九州牧。
鸡鸣咸阳中，冠盖相追逐。
丞相过列侯，群公饯光禄。
相如方老病，独归茂陵宿。

【汇评】

《王孟诗评》：下字佳（"青山"二句下）。　　平实悲壮，古意雅词，乐府所少（"冠盖"句下）。　　更似不须语言（结句下）。

《唐诗选脉会通评林》：周敬曰：运得妙，不觉其填。　　吴山民曰"青山""赤日"一联，景语旷。"丞相""群公"二句，意实有谓。

结有翛然之思。

蓝田山石门精舍

落日山水好，漾舟信归风。

探奇不觉远，因以缘源穷。

遥爱云木秀，初疑路不同。

安知清流转，偶与前山通。

舍舟理轻策，果然惬所适。

老僧四五人，逍遥荫松柏。

朝梵林未曙，夜禅山更寂。

道心及牧童，世事问樵客。

暝宿长林下，焚香卧瑶席。

涧芳袭人衣，山月映石壁。

再寻畏迷误，明发更登历。

笑谢桃源人，花红复来觌。

【汇评】

《增订评注唐诗正声》：郭云：游得幽远有趣，妙在以虚字
斡旋。

《唐诗镜》：语语领趣。

《唐诗归》：钟云：山水真境，妙在说得变化，似有步骤，而无端
倪，作记之法亦然。　　谭云：游得心细。　　钟云："及"字深妙
难言（"道心"句下）。

《唐诗选脉会通评林》：刘辰翁曰："遥爱"四句，此景亦常有
之。其诗亦若无意，故是佳趣。后四句世外好事语。　　周珽曰：
从入蓝田水陆行径，叙到深憩精舍中情景，始以无心，终若有得。
其间恍惚投足、幽寂悟机，一一从笔端倾出，毫不着相，手腕灵脱，

真是飞仙。　　黄尔调曰：有悟头人，涉足无非妙境。蒋一梅曰：挑在篮内便是菜，语入《选》。

《唐贤三昧集笺注》："漾舟"字奇。　　"安知"二句，柳子厚小记中沈确士引此以比拟，洵为佳境佳句。"涧芳"字亦奇。

《唐诗快》：伯敬云"及"字深妙难言。不但难言，亦且难想（"道心"句下）。　　一幅石门精舍图。读至"道心"二语，则又别有天地非人间矣。

《唐风怀》：南邨曰：摩诘诗中有画，如此篇佳境，恐画亦不易也。

《此木轩论诗汇编》：起数语神化已极，前无曹、刘，后无李、杜。

《网师园唐诗笺》：写山之妙，笔亦入妙（"安知"二句下）。

青　溪

言入黄花川，每逐青溪水。
随山将万转，趣途无百里。
声喧乱石中，色静深松里。
漾漾泛菱荇，澄澄映葭苇。
我心素已闲，清川澹如此。
请留盘石上，垂钓将已矣。

【汇评】

《唐诗归》：钟云：亦是真境（"随山"二句下）。　　谭云："喧"、"静"俱极深妙（"声喧"二句下）。　　谭云："如此"字奇（"清川"句下）。

《唐诗快》：右丞诗大抵无烟火气，故当于笔墨外求之。

《唐贤三昧集笺注》：诗亦太澹。

崔濮阳兄季重前山兴

秋色有佳兴,况君池上闲。

悠悠西林下,自识门前山。

千里横黛色,数峰出云间。

嵯峨对秦国,合沓藏荆关。

残雨斜日照,夕岚飞鸟还。

故人今尚尔,叹息此颓颜。

【汇评】

《唐诗品汇》:刘云:又别又别,有道之言(首四句下)。

《唐诗镜》:"秋色"潇洒语,虽浅浅却有真趣。

《唐贤三昧集笺注》:起爽朗,四语阔大,气格雄浑。此首略近青莲。

《唐诗快》:何其澹远。

渭川田家

斜阳照墟落,穷巷牛羊归。

野老念牧童,倚杖候荆扉。

雉雊麦苗秀,蚕眠桑叶稀。

田夫荷锄至,相见语依依。

即此羡闲逸,怅然吟式微。

【汇评】

《批点唐音》:晚色妙。

《唐诗镜》:景色依然。

《汇编唐诗十集》:唐云:右丞妙于田家,此是其得意作。

《唐诗选脉会通评林》：王世贞曰：田家本色，无一字淆杂，陶诗后少见。

《唐诗归》：钟云：厚风（"野老"句下）。

《唐诗评选》：通篇用"即此"二字括收。前八句皆情语，非景语，属词命篇，总与建安以上合辙。

《古唐诗合解》：《田家》诸作，储、王并推，写境真率中有静气。

《唐贤三昧集笺注》：此瓣香陶柴桑。　　顾云："田夫"二句恬澹。又云："即此"二句冲古。

《网师园唐诗笺》：田家情事如绘（"野老"句下）。

《唐贤清雅集》：真实似靖节，风骨各别，以终带文士气。

春中田园作

屋上春鸠鸣，村边杏花白。
持斧伐远扬，荷锄觇泉脉。
归燕识故巢，旧人看新历。
临觞忽不御，惆怅远行客。

【汇评】

《王孟诗评》：顾云：点化好（"村边"句下）。　　《卷耳》之后得此吟讽，情致自然，抑扬有态（"旧人"句下）。

《唐诗镜》：野趣。

《唐诗归》：谭云：情诗，闲寂诗，田家诗，右丞一一能妙。如闲寂、田家诗不妙，情诗便是俗艳。

《汇编唐诗十集》：唐云：结语差有味。

《唐贤三昧集笺注》：神境高极（"持斧"句下）。　　结从"嗟我怀人，置彼周行"化出。　　顾云：上六句叙事，末一转结束之。此有所思而作者，别一格局，亦高古。

过李楫宅

闲门秋草色，终日无车马。

客来深巷中，犬吠寒林下。

散发时未簪，道书行尚把。

与我同心人，乐道安贫者。

一罢宜城酌，还归洛阳社。

【汇评】

《唐诗镜》：自在处可托陶家宇下。

《唐诗解》：古朴，叙事如画。

《唐诗选脉会通评林》：写景自真，叙情自旷。　　蒋一葵曰：妙在一气呵成。吴山民曰：冲雅绝伦，绝不艰涩。乐道安贫，真同心人。　　周明辅曰：闲甚。然寄傲亦在此。

《而庵说唐诗》：人称摩诘"诗天子"，天子者，凭我指挥，无不如意之谓也。此真有天子气。

《唐贤三昧集笺注》："闲门秋草色"五字淡远。　　三、四自陶诗"犬吠深巷中，鸡鸣桑树巅"来。　　顾云：真率语，自是雅淡。

宿郑州

朝与周人辞，暮投郑人宿。

他乡绝俦侣，孤客亲僮仆。

宛洛望不见，秋霖晦平陆。

田父草际归，村童雨中牧。

主人东皋上，时稼绕茅屋。

虫思机杼悲，雀喧禾黍熟。

明当渡京水，昨晚犹金谷。

此去欲何言？穷边徇微禄。

【汇评】

《王孟诗评》：顾云：浅不近俗，当思其难处（"孤客"句下）。　蔼然恋阙之情（末句下）。

《汇编唐诗十集》：唐云：闲雅幽寂，有彭泽遗韵。

《唐诗选脉会通评林》：吴山民曰：起古。"宛洛"四句是一幅秋霖景，于此便动倦游意。

《唐风定》：深衷密绪，言外不尽。

《唐贤三昧集笺注》：为景入微。　顾云：真情真意，人所不道。　又云：一结含悔意。

《唐诗别裁》："孤客亲僮仆"、"雀喧禾黍熟"，此种句子，后人衍之，可成数言。

《唐贤清雅集》：前后回环映带，中间叙时景，章法秩然。"朝"、"暮"、"明"、"晚"等字都为题中"宿"字着意，不是漫用。去路结明本意。

早入荥阳界

泛舟入荥泽，兹邑乃雄藩。

河曲闾阎隘，川中烟火繁。

因人见风俗，入境闻方言。

秋晚田畴盛，朝光市井喧。

渔商波上客，鸡犬岸旁村。

前路白云外，孤帆安可论！

【汇评】

《唐诗归》：钟云：此句非亲历水害不知（"河曲"句下）。

又云:"安可论"三字,说孤帆便幻。

《汇编唐诗十集》:唐云:章法秀整,是右丞本色。

西施咏

艳色天下重,西施宁久微?

朝仍越溪女,暮作吴宫妃。

贱日岂殊众,贵来方悟稀。

邀人傅香粉,不自著罗衣。

君宠益娇态,君怜无是非。

当时浣纱伴,莫得同车归。

持谢邻家子,效颦安可希!

【汇评】

《王孟诗评》:语有讽味,似浅似深("贱日"二句下)。　　妙("君宠"二句下)。

《唐诗广选》:状出肉眼如画("贱日"二句下)。　　蒋仲舒曰:娇情如画。

《唐诗归》:钟云:情艳诗到极深细、极委曲处,非幽静人原不能理会,此右丞所以妙于情诗也。彼以禅寂、闲居求右丞幽静者,真浅且浮矣。　　谭云:写尽暴富人骄态("不自"句下)。　　谭云:冶情中人微之言。钟云:宫怨妙语("君怜"句下)。　　钟云:说得荣衰变态,咄咄逼人("莫得"句下)。

《全唐风雅》:黄绍夫云:写出新贵人得意之状,讽在言外。

《唐诗评选》:讽刺亦褊,其转折浑成,犹有元韵。

《唐贤三昧集笺注》:托意深远("艳色"句下)。　　寓意在言外,甚妙。

《唐诗别裁》:写尽炎凉人眼界,不为题缚,乃臻斯诣。入后人手,征引故实而已。

《网师园唐诗笺》：直为俗眼写照（"贱日"句下）。

《唐诗笺要》：摩诘极描暴贵娇养气象,不加褒贬,神致自肖。

偶然作六首（选二首）

其一

楚国有狂夫,茫然无心想。

散发不冠带,行歌南陌上。

孔丘与之言,仁义莫能奖。

未尝肯问天,何事须击壤。

复笑采薇人,胡为乃长往。

【汇评】

《唐诗归》：钟云：读此知狂不易言。孔子思狂,正是此一流人。　又云：傲即在此（"茫然"句下）。　写出横人（"仁义"句下）。

其二

田舍有老翁,垂白衡门里。

有时农事闲,斗酒呼邻里。

喧聒茅檐下,或坐或复起。

短褐不为薄,园葵固足美。

动则长子孙,不曾向城市。

五帝与三王,古来称天子。

干戈将揖让,毕竟何者是？

得意苟为乐,野田安足鄙！

且当放怀去,行行没馀齿。

《唐诗归》：谭云："五帝"二语，似《水浒传》不读书人语。
钟云："古来称君子"句，却是满肚慢世。"干戈"二句，庄、列之语，
说得儒者败兴。

《唐诗意》：此誉而实自嘲也。与《卫风·考槃》意同。

《唐诗选脉会通评林》：吴山民曰：起六句写出真乐，销尽人鄙
吝心。

【总评】

《唐诗归》：钟云：读王、储《偶然作》，见清士高人胸中皆似有
一段垒块不平处，特其寄托高远，意思深厚，人不能觉。然储作气
和而王作骨傲，储似微胜。

《唐诗选脉会通评林》：周珽曰：《偶然作》二诗，此空空儿匕首
也，当以铅丸摄之。

哭殷遥

人生能几何？毕竟归无形。
念君等为死，万事伤人情。
慈母未及葬，一女才十龄。
泱漭寒郊外，萧条闻哭声。
浮云为苍茫，飞鸟不能鸣。
行人何寂寞，白日自凄清。
忆昔君在时，问我学无生。
劝君苦不早，令君无所成。
故人各有赠，又不及生平。
负尔非一途，恸哭返柴荆。

《唐诗归》：钟云：王、孟之妙在五言，五言之妙在古诗，今人但知其近体耳。每读唐人五言古妙处，未尝不恨李于鳞孟浪妄语。　　钟云：此句妙（"浮云"句下）。　　谭云：似有声出馀纸外（末句下）。

《湘绮楼论唐诗》：右丞诸作，吐属高华，实宜台阁，唯《哭殷遥》诗，为特沉痛；《黄花川》、《石门》等作，亦能得山水理趣。

夷门歌

七雄雄雌犹未分，攻城杀将何纷纷。
秦兵益围邯郸急，魏王不救平原君。
公子为嬴停驷马，执辔愈恭意愈下。
亥为屠肆鼓刀人，嬴乃夷门抱关者。
非但慷慨献良谋，意气兼将身命酬；
向风刎颈送公子，七十老翁何所求！

【汇评】

《王孟诗评》：顾云：容易数语，悉尽曲折。

《批点唐诗正声》：逸气豪侠，自是一格。

《唐诗训解》：用段灼语，浑然如自己出。

《唐诗归》：钟云：取其一结（末句下）。

《汇编唐诗十集》：唐云：取其用成语浑融。

《唐诗选脉会通评林》：周珽曰："亥为屠肆"二句，太史公韵语。结用成语浑融。

《唐贤三昧集笺注》：七古句法，大约以三平为正调，平韵到底者，尤宜多用此调，句乃不平弱。　　顾云：太史公本传宛转千馀言，而此叙事数语，极简要明尽。又嘉公子无忌之重客，亥、嬴之任侠,溢于言外。结尤斩绝有力量,妙甚。

《唐贤清雅集》:朴实说去,自然浑劲,何等气骨!

《昭昧詹言》:王摩诘《夷门歌》"亥为屠肆"二句,与古文浮声切响一法。"非但慷慨"以下,转出波澜议论。

陇头吟

> 长安少年游侠客,夜上戍楼看太白
> 陇头明月迥临关,陇上行人夜吹笛。
> 关西老将不胜愁,驻马听之双泪流。
> 身经大小百馀战,麾下偏裨万户侯。
> 苏武才为典属国,节旄空尽海西头。

【汇评】

《王孟诗评》:次第转折,恨惋何限,非长篇可及。

《批点唐诗正声》:《陇头吟》音节气势,古今绝唱。

《唐诗选脉会通评林》:吴山民曰:起有乘衅邀勋意。次景语含情。次数奇之叹。结强引子卿自解,可伤。　　周启琦曰:结怨得婉。

《唐贤三昧集笺注》:三、四句有景有情。收句若倒转便少味。　　顾云:句法顿挫流丽,并使二事,一隐一显,是变幻作法,悲壮雄浑。

《网师园唐诗笺》:立功之难,从听者意中写出("关西老将"句下)。

《唐贤清雅集》:极凄凉情景,说得极平淡,是右丞家数。少年、老将,宾主相形法。

《唐宋诗举要》:方曰:起势翩然,"关西"句转,收浑脱沉转。有远势,有厚气,此短篇之极则。

老将行

少年十五二十时，步行夺得胡马骑。

射杀山中白额虎，肯数邺下黄须儿。

一身转战三千里，一剑曾当百万师。

汉兵奋迅如霹雳，虏骑崩腾畏蒺藜。

卫青不败由天幸，李广无功缘数奇。

自从弃置便衰朽，世事蹉跎成白首。

昔时飞雀无全目，今日垂杨生左肘。

路旁时卖故侯瓜，门前学种先生柳。

苍茫古木连穷巷，寥落寒山对虚牖。

誓令疏勒出飞泉，不似颍川空使酒。

贺兰山下阵如云，羽檄交驰日夕闻。

节使三河募年少，诏书五道出将军。

试拂铁衣如雪色，聊持宝剑动星文。

愿得燕弓射天将，耻令越甲鸣吾君。

莫嫌旧日云中守，犹堪一战取功勋。

【汇评】

《王孟诗评》：满篇风致，收拾处常嫩而短，使人情事欲绝。　　起语娇嫩，复胜老语。　　愈出愈奇（"苍茫古木"句下）。

《唐诗镜》：轻轻说起有法，接语天然。"自从弃置"句以下，写出老退。"贺兰山下"后，又突起一节，老当益壮，引用"云中守"结方有力。

《唐诗解》：对偶严整，转换有法，长篇之圣者。史称右丞晚年长斋奉佛，无仕进意，然观此诗，宦兴亦自不浅。

《唐诗选脉会通评林》：周珽曰："卫青"、"李广"二句，天然偶对。"苍茫"、"寥落"二句,忽入景,妙。尾数语雄浑,力可鞭策龙虎。　　吴山民曰:陡然起便劲健。次六语何等猛烈。"卫青"句正不必慕,"李广"句便自可叹。"苍茫"二句说得冷落。"誓令"二句猛气犹存。末六句老趫何如。

《唐风定》:绝去雕组,独行风骨,初唐气运至此一变。歌行正宗,千秋标准,有外此者,一切邪道矣。

《此木轩论诗汇编》:凡三章,章五韵,最整之格。每一韵为一章,一章之中又各两小章,而意则各于末句见之。前二章之末韵犹所谓过文,"卫青"二句渡下,"李广"句自谓也,"誓令"二句又渡下。结二句勿连读……章法最为清明整肃者也。　　看摩诘写此老将,何等有志气、有身份,不但本事绝人而已。如"李广无功"云云,实命不犹,悲而不怨,诗人之致也。"誓令疏勒"云云,赤心报主,说礼敦诗,名将之风也。推此类可见,不能一一具言之。

《历代诗发》:右丞七古,和平宛委,无蹈厉莽卤之态,最不易学。

《唐诗别裁》:此种诗纯以队仗胜。学诗者不能从李、杜入,右丞、常侍自有门径可寻。

《唐贤三昧集笺注》:从少说起。　　写得闲散,意象如画("寥落寒山"句下)。　　前路迤逦,其势蓄极,到此乃喷薄而出,须知其谐处俱不失其健("贺兰山下"句下)。　　此段驰骤,须放缓来收。音节乃尽抑扬之妙。

《唐贤清雅集》:起势飘忽,骇人心目。　　七古长篇概用对句,错落转换,全以气胜,否则支离节解矣。　　转接补干,用法精细,大家见识。

《唐宋诗举要》:高步瀛曰:雄姿飒爽,步伐整齐。

燕支行

汉家天将才且雄，来时谒帝明光宫。

万乘亲推双阙下，千官出饯五陵东。

誓辞甲第金门里，身作长城玉塞中。

卫霍才堪一骑将，朝廷不数贰师功。

赵魏燕韩多劲卒，关西侠少何咆勃。

报仇只是闻尝胆，饮酒不曾妨刮骨。

画戟雕戈白日寒，连旗大旆黄尘没。

叠鼓遥翻瀚海波，鸣笳乱动天山月。

麒麟锦带佩吴钩，飒沓青骊跃紫骝。

拔剑已断天骄臂，归鞍共饮月支头。

汉兵大呼一当百，虏骑相看哭且愁。

教战虽令赴汤火，终知上将先伐谋。

【汇评】

《批点唐音》：通篇大是学问。

《唐诗选脉会通评林》：周珽曰：此当有所指，或自喻所负也。……言言汪洋自恣，魄力俱大。　　梁有遇曰：空中驰骤，风雨交集。

《围炉诗话》：王右丞之《燕支行》，正意只在"终知上将先伐谋"。

桃源行

渔舟逐水爱山春，两岸桃花夹去津。

坐看红树不知远，行尽青溪不见人。

山口潜行始隈隩，山开旷望旋平陆。

遥看一处攒云树，近入千家散花竹。

樵客初传汉姓名，居人未改秦衣服。

居人共住武陵源，还从物外起田园。

月明松下房栊静，日出云中鸡犬喧。

惊闻俗客争来集，竞引还家问都邑。

平明闾巷扫花开，薄暮渔樵乘水入。

初因避地去人间，及至成仙遂不还。

峡里谁知有人事，世中遥望空云山。

不疑灵境难闻见，尘心未尽思乡县。

出洞无论隔山水，辞家终拟长游衍。

自谓经过旧不迷，安知峰壑今来变。

当时只记入山深，青溪几曲到云林。

春来遍是桃花水，不辨仙源何处寻？

【汇评】

《唐诗归》：钟云：将幽事寂境，长篇大幅，滔滔写来，只如唐人作《帝京》、《长安》富贵气象，彼安得有如此流便不羁？　　钟云："不知远"，远近俱说不得矣。写景幻甚（"坐看红树"句下）。　　钟云："散"字写景细（"近入千家"句下）。　　钟云：此处已是绝妙结句，因后一结更妙，故添一段不厌其多（"世中遥望"句下）。　　钟云：依然就"桃花水"上加"遍是"二字，写出仙凡之隔，又是一世界，一光景。下"不辨"句即从此二字生出。妙！妙（"春来遍是"句下）！

《唐风定》：质素天然，风流嫣秀，开千古无穷妙境。

《此木轩论诗汇编》：真千秋绝调。　　此诗亦作三停看。中三章是正面。"不疑"三韵与"山口"一章相准，"当时"二韵对首章。　　结二句老僧只管看，观之不足，赞之不尽。所以只如此写，如此住，此言外意也，若曰"吾老是乡耳"。　　七言古诗，此为第一。

《唐诗别裁》：顺文叙事，不须自出意见，而夷犹容与，令人味之不尽。

《唐贤三昧集笺注》：多参律句，尚沿初唐体。　　顾云：叙事展怀，段段血脉，段段景象，亲切如画，殊非人境，令人忘世。流丽醇雅。　　收尽而不尽。

《唐贤清雅集》：长篇提缀铺叙，不板不浮，气体入妙。"空论"两句作纽，顾盼前后成章法。　　回环往复，去路杳然。

《网师园唐诗笺》：初入景光，写来便妙（"行尽清溪"句下）。　　叙述简尽（"樵客初传"句下）。

《历代诗发》：较胜靖节诗，其叙事转却处圆活入神。

洛阳女儿行

洛阳女儿对门居，才可容颜十五馀。
良人玉勒乘骢马，侍女金盘脍鲤鱼。
画阁朱楼尽相望，红桃绿柳垂檐向。
罗帷送上七香车，宝扇迎归九华帐。
狂夫富贵在青春，意气骄奢剧季伦。
自怜碧玉亲教舞，不惜珊瑚持与人。
春窗曙灭九微火，九微片片飞花琐。
戏罢曾无理曲时，妆成只是熏香坐。
城中相识尽繁华，日夜经过赵李家。
谁怜越女颜如玉，贫贱江头自浣纱！

【汇评】

《唐风定》：非不绮丽，非不博大，而采色自然，不由雕绘，此四子所以远逊也。

《唐诗快》：通篇写尽娇贵之态。

《唐宋诗举要》：吴北江曰：借此以刺讥豪贵，意在言外，故妙。

同崔傅答贤弟

洛阳才子姑苏客，桂苑殊非故乡陌。

九江枫树几回青，一片扬州五湖白。

扬州时有下江兵，兰陵镇前吹笛声。

夜火人归富春郭，秋风鹤唳石头城。

周郎陆弟为俦侣，对舞前溪歌白纻。

曲几书留小史家，草堂棋赌山阴墅。

衣冠若话外台臣，先数夫君席上珍。

更闻台阁求三语，遥想风流第一人。

【汇评】

《唐诗分类绳尺》：风度自是可人，但乏古意耳。此等结句令人情思欲绝。

《唐诗训解》：句自雄奇（"一片扬州"句下）。　连用地名，不见堆积（"秋风鹤唳"句下）。　美其歌舞书奕之技（"周郎陆弟"四句下）。　可想见其人之丰韵（末句下）。

《唐诗选脉会通评林》：吴山民曰：联语自然，以对语作结更闲雅。七言古所少者。　周启琦曰：跌宕。

《唐风定》：顾云：摩诘七言最高，情景故实，随取随足，此与下篇（按指《故人张谞工诗善易卜兼能丹青草隶顷以诗见赠聊获酬之》）俱可见。

寒食城东即事

清溪一道穿桃李，演漾绿蒲涵白芷。

溪上人家凡几家，落花半落东流水。

蹴踘屡过飞鸟上，秋千竞出垂杨里。

少年分日作遨游，不用清明兼上巳。

【汇评】

《王孟诗评》：自是活动（首二句下）。　　顾云：无紧慢说出
（"溪上人家"句下）。

《唐诗归》：钟云：此便是绝妙《帝京篇》、《长安古意》，岂得以
其少而弃之！钟云："穿"字说出深曲（"清溪一道"句下）。

《唐诗选脉会通评林》：周启琦曰：香艳简致。

不遇咏

北阙献书寝不报，南山种田时不登。

百人会中身不预，五侯门前心不能。

身投河朔饮君酒，家在茂陵平安否？

且此登山复临水，莫问春风动杨柳。

今人昨人多自私，我心不说君应知。

济人然后拂衣去，肯作徒尔一男儿！

【汇评】

《唐诗镜》：快小结，作浅着色。

《唐诗归》：谭云：真不堪（"百人会中"句下）。　　钟云："心
不能"，妙在"能"字，把不遇说得肮脏，不是穷愁（"五侯门前"句
下）。　　钟云：四语直而婉，是高、岑绝妙歌行。谭云：读此方知
右丞真简寂，经济人原躁不得（末四句下）。

《唐诗选脉会通评林》：周珽曰：作不遇诗，辄多怨尤，语易腐。
此独破胆选声，入云出渊。

答张五弟

终南有茅屋，前对终南山。

终年无客常闭关，终日无心长自闲。

不妨饮酒复垂钓，君但能来相往还。

【汇评】

《增订评注唐诗正声》：郭云：只在笔端拈弄，奇情缭绕。

《唐诗直解》："君但能来"四字意深。

《唐诗训解》：四"终"字弄出真趣，然也非安排可得。　此述幽居之闲适也。

《唐诗选》：玉遮曰：末句自在之极。

《唐诗镜》：语气清绝。

《汇编唐诗十集》：唐云：略不构思，语极清迥，无《考槃》、《衡门》心胸拈此不出。钟、谭未悟妙境，徒举四字标出，浅哉！浅哉！

《唐诗选脉会通评林》：周敬曰：这少许胜人多多许。　周启琦曰：澄水明霞。

《古唐诗合解》：六句四韵中，包含无限静思。右丞是学道人，出语精微，俱耐人想。古诗中用才情、用绮丽者，居其次矣。

《而庵说唐诗》：作诗要知伸缩法，能将古人长篇缩得短，方才是会作长篇的人。短诗要包含，长篇要无尽。吾说七言古多长篇，而短者则惟摩诘《答张五弟》一首。摩诘，道人也。一切才情学问洗涤殆尽，造洁净精微之地，非上根器人不喜看，看亦不知其妙也。

《唐诗合选详解》：王翼云曰：此篇五七言后以两句结，却有馀韵，妙在言外。

送友人归山歌二首（其二）

山中人兮欲归，云冥冥兮雨霏霏。
水惊波兮翠菅靡，白鹭忽兮翻飞，
君不可兮褰衣。
山万重兮一云，混天地兮不分。
树晻暧兮氛氲，猿不见兮空闻。
忽山西兮夕阳，见东皋兮远村。
平芜绿兮千里，眇惆怅兮思君。

【汇评】

《王孟诗评》：宋玉之下，陶潜之上，甚似晋人。不知者以为气短，知者以为琴操之馀音也。　　　顾云：丽句极多，骚之变也。　　　点景状意，色色自别（"云冥冥兮"句下）。

《唐诗选脉会通评林》：周敬曰：幽境中翻出新意，语语成锦。　　　周珽曰：寝食衣履于楚骚，故学积而气通，形神俱肖。

吴山民曰：起数语用楚辞比兴法，见世不可居。中引兴自佳。末芳草王孙之思。楚格、楚语，结撰自别。

《唐风定》：妙气氤氲，笔墨蹊径，无复可寻。

鱼山神女祠歌

迎　神

坎坎击鼓，鱼山之下。
吹洞箫，望极浦；
女巫进，纷屡舞；
陈瑶席，湛清酤。

风凄凄兮夜雨,不知神之来兮不来,

使我心兮苦复苦。

【汇评】

《唐诗解》:强为楚语,终露唐人本色。

《唐诗笺要》:此首虽逊汉人气骨,其藻翰亦可前后辉映。

送　神

纷进舞兮堂前,目眷眷兮琼筵。

来不言兮意不传,作暮雨兮愁空山。

悲急管兮思繁弦,神之驾兮俨欲旋。

倏云收兮雨歇,山青青兮水潺湲。

【汇评】

《批点唐诗正声》:二曲俱由楚骚变化,而《送神》尤精致。

《唐诗镜》:短箫绝浦,清响瀿瀿。

《唐诗选脉会通评林》:杨慎曰:语从楚辞出,亦自雅。　　　吴山民曰:闲雅。

《删定唐诗解》:右丞虽不登峰造极,而各体俱佳,因属天姿,亦由闲暇。子美曰:"文章憎命达",吾欲以此说解之。

《纻斋诗谈》:妙在恍惚,所以为神。

从岐王过杨氏别业应教

杨子谈经所,淮王载酒过。

兴阑啼鸟缓,坐久落花多。

径转回银烛,林开散玉珂。

严城时未启,前路拥笙歌。

《批点唐音》：三、四句内生意，若更细，便浅促。

《唐诗镜》："坐久落花多"意景适会。

《唐诗解》：起联用事妥，次"缓"字佳。

《唐诗选脉会通评林》：以子云况杨氏，淮南比岐王，起语已尽题情。中联酒阑客散之景。夜深始归，见王兴之尽，与从过之幸也。章法之妙，真有笙歌一派、峦巘千回。　　吴山民曰：摩诘善作丽语。此是其得意者。"回"跟"转"，"散"跟"开"，下字有法。　　陆钿曰：结句妙得规讽，含而不露。　　周明辅曰：此诗绝有步骤，兴致不薄。

《唐风怀》：胡元瑞曰：绮丽精工，沈、宋合调。

《唐诗评选》："坐久落花多"自是佳句。末四语巧心得现前之景。

《闻鹤轩初盛唐近体读本》：陈德公曰：王五律能胜嘉州。嘉州虽秀，百首一概；王则苍浑绣秀，真淡生幽，无所不具。

《唐诗别裁》：杨子云比杨氏，淮王比岐王。三、四言赏玩之久也。后言深夜始归，馀情无尽。

同崔员外秋宵寓直

建礼高秋夜，承明候晓过。

九门寒漏彻，万井曙钟多。

月迥藏珠斗，云消出绛河。

更惭衰朽质，南陌共鸣珂。

【汇评】

《王孟诗评》：顾云："藏"、"出"字有趣。

《瀛奎律髓》：了无深意，而气体自然高洁。"藏"字、"出"字炼得自然,不似晚唐、宋人之尖巧。末二句入崔员外却突兀。

《唐诗选脉会通评林》:周敬曰:三联句琢,"藏"、"出"二字眼有趣。　　杨慎曰:大概宏敞,"九门"二句雄丽卓绝。　　吴山民曰:三、四整而暇,五、六语丽。

《唐诗矩》:尾联见意格。一"更"字便唤醒前面,寓直之景皆与崔所同也。味结语便知崔在壮年,壮年之人立朝可以有为,今己方衰朽,展效无力,犹然窃位苟禄,对之能不怀惭。无限语意只以"惭"字见出,盛唐人笔力不可及者以此。右丞诗分艳、淡二种,艳在初年,淡归晚岁,所谓"绚烂之极,乃造平淡"者也。

《唐诗成法》:"建礼"、"秋夜"承以"漏彻"、"曙钟",似不写夜景矣,直到五、六方转笔写夜景,此倒叙法,唐人多有。"更惭"接上,简妙,言同直己惭矣。"更"字、"共"字相呼应。

《唐诗观澜集》:自然好("万井"句下)。　　清华秀丽,十字画出禁中秋宵("月迥"二句下)。

《闻鹤轩初盛唐近体读本》:陈德公曰:三、四迥亮,殆是名句。五、六彩丽,仍饶隽姿。王得四句眼字力,"藏"字更出意,"珠"、"绛"是作意色泽字,经隽笔俱增生致,故当不俗。　　鲍觉庭曰:结缴"同崔员外",意无漏绪。

《唐贤清雅集》:右丞多解语,襄阳多苦词,固是性情,亦由境遇不同也。右丞五律诗苍浑秀逸,气体甚大。襄阳清秀足相尚,而微偏峻厉,似当逊一筹。丽而逸,无士宦气。

辋川闲居赠裴秀才迪

　　　　寒山转苍翠,秋水日潺湲。
　　　　倚杖柴门外,临风听暮蝉。
　　　　渡头馀落日,墟里上孤烟。

复值接舆醉，狂歌五柳前。

【汇评】

《唐诗品汇》：刘云：类以无情之景述无情之意，复非作者所有。

《唐诗归》：钟云："转"字妙，于"寒山"有情（首句下）。　　钟云："上"字好（"墟里"句下）。

《唐诗镜》：三、四意态犹夷。五、六佳在布景，不在属词。彼"时倚檐前树，远看原上村"，语似逊此。

《唐风定》：起语高远空旷，然与嘉州不同。

《唐诗选脉会通评林》：周珽曰：淡宕闲适，绝类渊明。

《唐诗评选》：通首都有"赠"意在言句文身之外，不可徒以结用两古人为赠也。楚狂、陶令俱凑手偶然，非著意处，以高洁写清幽，故胜。

《唐诗矩》：虚实相间格。一、二、五、六用实，三、四、七、八用虚，相间成篇。

《唐贤三昧集笺注》：对起，上句尤妙，此从陶出。"渡头馀落日，墟里上孤烟。"景色可想。　　顾云：一时情景，真率古淡。

《闻鹤轩初盛唐近体读本》：陈德公曰：此篇声格与上诸作迥别，淡逸清高，自然绝俗。右丞有此二致，朝殿则绅黻雍容，山林则瓢衲自得，惟其称也。　　评：三、四绝不作意，品高气逸，与"采菊东篱下，悠然见南山"正同一格。五、六亦是直置语，淡然高老，无假胭脂。绮隽之外，又须知有此种，盖关乎性情，本之元亮，不从沈、宋袭得，独为千古。

《唐贤清雅集》：神韵止可意会，才拟议便非。

《唐诗三百首》：又从上"暮"字生出（"墟里"句下）。

《唐宋诗举要》：自然流转，而气象又极阔大。

寄荆州张丞相

所思竟何在？怅望深荆门。

举世无相识，终身思旧恩。

方将与农圃，艺植老丘园。

目尽南飞雁，何由寄一言！

【汇评】

《唐诗归》：钟云：悠然，渊然（"怅望"句下）。　　钟云：悲甚！厚甚！非过时人不知（"终身"句下）。　　钟云：此二句不说思旧，其意更深（"方将"二句下）。　　钟云：直朴，深致（末句下）。

《汇编唐诗十集》：唐云：八语一直说下，使人读不断。

《唐诗成法》：本为浮沉宦海，今将决计归田，回思旧恩举世无二，文义极顺，然不成作法矣。今先写丞相，接写感恩，决计归田反写在五、六，文势意味方陡健深厚。

《唐贤三昧集笺注》：顾云：清深质直，写情冲淡。

冬晚对雪忆胡居士家

寒更传晓箭，清镜览衰颜。

隔牖风惊竹，开门雪满山。

洒空深巷静，积素广庭闲。

借问袁安舍，翛然尚闭关？

【汇评】

《唐诗成法》：五、六写雪不着迹象，妙句。此首逐次写去，直到结句。

《唐诗别裁》：写"对雪"意，不削而合，不绘而工。"忆胡居士"只末一见。

《唐贤三昧集笺注》：雪诗如此，甚大雅，恰好。　　开后人咏物之门。

《网师园唐诗笺》：不假追琢，自然名贵（"隔牖"句下）。

《唐贤清雅集》：写得清朗照人，末收到居士家，气浑而语切。

酬虞部苏员外过蓝田别业不见留之作

贫居依谷口，乔木带荒村。

石路枉回驾，山家谁候门？

渔舟胶冻浦，猎火烧寒原。

唯有白云外，疏钟闻夜猿。

【汇评】

《唐诗归》：钟云：在归路寥落上看出主人不留意，妙！妙（"石路"二句下）！　　钟云：后四句似不沾题，映带蕴藉，妙在言外，此法人不能知。

《唐诗矩》：前后两截格。　　结若周旋，意实高傲，言外见山中之景，清寂如此，自无俗人坐处。

《此木轩论诗汇编》："石路枉回驾，山家谁候门"，如闻阿哟之声。"惟有"者，无一有也。此诗家三昧也。

《唐贤三昧集笺注》：顾云：起二句，此别业景可想见。第四应"贫居"。五、六善叙冬日之景。

《唐贤清雅集》：通首用缩笔藏锋法，古韵铿然，起四句俱活对。

酬比部杨员外暮宿琴台朝
跻书阁率尔见赠之作

旧简拂尘看,鸣琴候月弹。

桃源迷汉姓,松树有秦官。

空谷归人少,青山背日寒。

羡君栖隐处,遥望白云端。

【汇评】

《唐诗镜》:三、四意境之妙。大略意境既成,则神色自传,声调即不欲而合矣,此第一上流。

《闻鹤轩初盛唐近体读本》:三、四工而婉。第六尤警,作对更如不意。 赵横山曰:看简、弹琴着"拂尘"、"候月"字,便增多许情致。三、四亦止言桃与松耳,使典工琢,遂成绝隽名联。

酬张少府

晚年唯好静,万事不关心。

自顾无长策,空知返旧林。

松风吹解带,山月照弹琴。

君问穷通理,渔歌入浦深。

【汇评】

《唐诗援》:意思闲畅,笔端高妙,此是右丞第一等诗,不当于一字一句求之。

《唐诗归》:钟云:妙在酬答,只似一首闲居诗,然右丞庙堂诗亦皆是闲居。 谭云:妙绝(尾联下)。

《汇编唐诗十集》:唐云:庙堂酬答亦多不切闲居者,钟自不采耳。

《此木轩论诗汇编》："自顾无长策,空自返旧林",无一毫作伪,无一毫诡秘。

《唐诗成法》:一、二后即当接"松风"、"山月",却横插"自顾"二句,意遂深厚。

《唐贤三昧集笺注》:宕开收,言不尽意,此亦一法("渔歌"句下)。　　顾云:末酬张少府用《离骚·渔父》篇意,俊逸。

《唐诗别裁》:结意以不答答之。

《网师园唐诗笺》:悠然神远("松风"句下)。

《唐贤清雅集》:起接四句一气,下承"旧林",转结到"酬"字意,兴趣最远。　　理会了彻,随口都成灵籁。

《唐诗近体》:句句是酬却,末用"君问"一语倒转,去路转更悠然,所以末妙。

送丘为落第归江东

怜君不得意,况复柳条春。
为客黄金尽,还家白发新。
五湖三亩宅,万里一归人。
知尔不能荐,羞为献纳臣。

【汇评】

《唐诗镜》:稍近销削,开中唐之渐。

《王孟诗评》:顾云:起缓语妙。

《唐诗归》:钟云:似刘长卿句("万里"句下)。　　又云:此二语出先达口,则为自责;出贫士口,则为尤人。易地则失之矣(末联下)。

《唐诗选脉会通评林》:陈继儒曰:完气足,即盛唐亦不多得。　　　徐充曰：八句皆佳。　　　魏庆之曰：五、六连珠句法。

《唐诗矩》：尾联转换格。　　　三怜其困，四怜其老，五怜其穷，六怜其贱，如此写不得意，尽情尽状。则凡在相知不能效吹嘘之力者，对之自当抱愧，故结处不能再作他语，惟有痛自引咎而已。

《历代诗发》："黄金"、"白发"，如此用便新脱。后来"黄金"、"白发"雪尘积乾坤，本不关字面也。

《唐贤三昧集笺注》：追深好。三、四善道不得意客情。五、六最重。

《唐诗意》：慰人失意，而己反为之下泪，爱其情至，意其为变风矣。

《闻鹤轩初盛唐近体读本》：评：第二用第四微映增年之感，章法方成。五、六如是直置省力语，觉自爽亮。末对法又错落自放，故当未落中唐。

《唐宋诗举要》：吴曰：句中转折（"况复"句下）。　　　吴曰：凄婉（"还家"句下）。

送李判官赴东江

闻道皇华使，方随皂盖臣。
封章通左语，冠冕化文身。
树色分扬子，潮声满富春。
遥知辨璧吏，恩到泣珠人。

【汇评】

《唐诗选脉会通评林》：周珽曰：前四句写李充判，神扬气壮，度与常异。五、六赴江东之景。结二句，欲李亮节殚德，超越宦途。通篇机颖，直自逼人。

《唐贤三昧集笺注》：三、四写情，五、六写景，倍能振拨，五律要诀。　　　"左语"甚奇。

送严秀才还蜀

宁亲为令子，似舅即贤甥。
别路经花县，还乡入锦城。
山临青塞断，江向白云平。
献赋何时至？明君忆长卿。

【汇评】

《唐诗矩》：拾遗写蜀中山水极尽奇险，右丞只五、六澹澹二语已无不尽。譬之于画，杜似黄，王似倪，俱入神品，澹者尤不易到耳。

《闻鹤轩初盛唐近体读本》：陈德公曰：起二质序，能成隽笔。花县当是舅宦地，锦城则宁亲之所，章法不疏，语亦工秀。　评：五、六是唐人正调，高亮稳成，未尝容易。结拈长卿，取切蜀人，不为泛撦。

送元中丞转运江淮

薄赋归天府，轻徭赖使臣。
欢沾赐帛老，恩及卷绡人。
去问珠官俗，来经石蛙春。
东南御亭上，莫使有风尘。

【汇评】

《唐诗选脉会通评林》：周珽曰：作吏尽能如此诗，兆姓何输投之足苦？临歧赠言，响逾金石。

《此木轩论诗汇编》：人言应酬诗不能佳，此自不会摇舡耳。能如此，何得不佳！

《唐贤三昧集笺注》：顾云：意多含蓄，时政必有不轻徭薄税者。　　　高古。

送平澹然判官

不识阳关路，新从定远侯。
黄云断春色，画角起边愁。
瀚海经年到，交河出塞流。
须令外国使，知饮月氏头。

【汇评】

《唐诗直解》：壮怀磊落，尾联略见振作。

《唐诗分类绳尺》：用意用字，俊逸不凡。

《唐诗镜》：三、四意象深露，自然入妙，所以为佳。若刻之使深，逼之使露，则有伤根动窟之病，纵有佳句精彩，薄而气象浅矣。

《唐诗选》：玉遮曰："黄云"二句悲壮，不堪再读。

《唐诗选脉会通评林》：徐充曰：三、四"断"字、"起"字工甚。

《唐诗评选》：匀。

《五七言今体诗钞》：此首气不逮"绝域"一首，而工与相埒。

《此木轩五言律七言律读本》：落句即退之"先断腰膂"之意。

《唐贤三昧集笺注》：收亦最重，此极神旺。　　　顾云：筹边意雄浑。

《闻鹤轩初盛唐近体读本》：评：三、四自然警亮，盛音如是。　　　此及下章皆酬应正声，见公苍浑一斑矣。

送刘司直赴安西

绝域阳关道，胡沙与塞尘。

三春时有雁，万里少行人。

首蓿随天马，葡萄逐汉臣。

当令外国惧，不敢觅和亲。

【汇评】

《唐诗品汇》：刘云：无意之意。

《唐诗广选》：蒋春甫曰：是安西语。

《唐诗直解》：起便酸楚，中俱实境实事。

《唐诗镜》：三、四清警自在。

《唐诗选脉会通评林》：周敬曰：结语壮。与《送平澹然》诗同调。　周珽曰：唐时吐蕃强盛，每争安西，中国常与之和亲，以公主嫁吐蕃，大损国威。故此诗结励刘司直当别建远谟，俾夷人畏服，勿敢希蹈前图，致重国耻。通篇典雅醇正，音合大调。　黄家鼎曰：惨淡。

《唐贤三昧集笺注》：一气。　此是雄浑一派，所谓五言长城也。

《唐诗别裁》：一气浑沦，神勇之技。

《闻鹤轩初盛唐近体读本》：陈德公曰：起二已是纵笔。三、四亦错落作对。评：入手苍莽，承以凄楚之联，便觉满目萧条。五、六如是直置，引起结绪，章法浑成。

《唐诗近体》：末用勉以送之，结得雄健。

送赵都督赴代州得青字

天官动将星，汉上柳条青。

万里鸣刁斗，三军出井陉。

忘身辞凤阙，报国取龙庭。

岂学书生辈，窗间老一经！

《网师园唐诗笺》：一鼓作气，雄劲无前（"忘身"句下）。

《瀛奎律髓汇评》：许印芳按：前四句笔力雄大，右丞五律，每有此等篇什，如《送赵都督赴代州》。

送方城韦明府

遥思葭菼际，寥落楚人行。

高鸟长淮水，平芜故郢城。

使车听雉乳，县鼓应鸡鸣。

若见州从事，无嫌手板迎。

【汇评】

《唐诗品汇》：刘云：平平写到尽。

《唐宋诗举要》：吴曰：无限感慨而笔空灵（首四句下）。

又曰：通体奇逸，以起处"遥思"二字得势。东坡七律往往学之，"胶西高处望西川"一首，其最著也。   又曰：诙谐有趣。

送梓州李使君

万壑树参天，千山响杜鹃。

山中一夜雨，树杪百重泉。

汉女输橦布，巴人讼芋田。

文翁翻教授，不敢倚先贤。

【汇评】

《瀛奎律髓》：风土诗多因送人之官及远行，指言其方所习俗之异，清新隽永，唐人如此者极多。如许棠云"王租只贡金"，如周繇云"官俸请丹砂"，皆是。

《王孟诗评》：顾云："响"字奇。

《唐诗镜》：三、四是山中人得景深后语。

《唐诗归》：谭云：玲然妙语，乃于送行诗得之。更妙（"树杪"句下）。钟云："讼"字人不肯说，诗中说风土宜如此（"巴人"句下）。

《汇编唐诗十集》：唐云：好讼之俗宜先威明，不当倚文翁之教授。此见古人投赠有主意，不若今人竞作套语。

《唐诗选脉会通评林》：前四句通即送李之时景而成咏，音调高朗，绰有逸趣。陆伯生曰：起开爽有天趣。　　徐充曰：三、四句对而意连极佳。陆放翁"小楼一夜听春雨，深巷明朝卖杏花"用此体。

《唐诗评选》：明明两截，幸其不作折合，五、六一似景语故也。　　意至则事自恰合，与求事切题者雅俗冰炭。右丞工于用意，尤工于达意，景亦意，事亦意，前无古人，后无嗣者，文外独绝，不许有两。

《围炉诗话》：读王右丞诗，使人密气尘心都尽。《送梓州李使君》诗云："万壑树参天，千山响杜鹃。山中一夜雨，树杪百重泉。"竟是山林隐逸诗。欲避近熟，故于梓州山境说起。下文方说李使君。

《唐诗成法》：将梓州山水直写四句，声调高亮，令人陡然一惊，全不似送使君，只似闲适诗，妙极。下方写风俗、使君，七、八有馀意。

《近体秋阳》：形拟高雅，赠送周旋，无此天然恰称者矣。

《唐诗别裁》：斗绝（"万壑"句下）。　　从上蝉联而下，而本句中复用流水对，古人中亦偶见（"山中"二句下）。　　结意言时之所急在征戍，而文翁治蜀，翻在教授，准之当今，恐不敢倚先贤也。然此亦须活看。

《唐贤三昧集笺注》：好气势。前半如画。　　顾云：五、六风俗俭薄处，亦见事简。　　又云："不敢"二字勉词，若曰"得谓不敢乎"。

《网师园唐诗笺》：起势何等卓越(首四句下)！

《诗法易简录》：此诗起势尤为斗绝，三句承次句"山"字，四句承首句"树"字，一气相生相促，洵杰作也。

《瀛奎律髓汇评》：冯班：寻常景，写不出。　　钱湘灵：三联不是眼前语，他人何以道不出？　　查慎行：字字挑选。　　纪昀：起四句高调摩云，结二句不可解。

《唐贤清雅集》：落笔神妙，炼意工夫最深，人以为容易，不知其意匠经营惨淡也。

《唐宋诗举要》：吴曰：逆起神韵俊迈("千山"联下)。　　吴曰：撰出奇语("树杪"联下)。　　方植之曰：分顶上二语，而一气赴之，尤为龙跳虎卧之笔("树杪"联下)。

送张五谭归宣城

五湖千万里，况复五湖西。
渔浦南陵郭，人家春谷溪。
欲归江淼淼，未到草萋萋。
忆想兰陵镇，可宜猿更啼！

【汇评】

《王孟诗评》：最是自得。

《唐诗归》：钟云："未到"妙("未到"句下)。　　钟云："可宜"二字问得妙(末句下)。

《增订唐诗摘钞》：可宜者，岂可宜也，言因猿啼，益动相思之惨。

《唐诗成法》：一、二已虚写宣城，三、四实接，五、六复虚写，七又实接，八又虚写，虚实相间法也。以"千万里"喝醒"况复"，以"欲归"、"未到"拟途中情景,以"忆想"收上六句,起下"可宜",法密。 起突然,结悠然,有无限深情在语言之外。

《唐贤三昧集笺注》:起首远意。 句法第三字用实字,最有力,下用叠字,更动荡。施于五、六,尤得解。 顾云:水国荒远之景可想,平平写亦自雅。

《闻鹤轩初盛唐近体读本》:起境缥缈,后半全作轻盈。

王源涤曰:起二作两层入,三、四即承"五湖西",申说宣城境地。后半方及送归,结更委婉不尽。

送杨长史赴果州

褒斜不容幰,之子去何之?
鸟道一千里,猿声十二时。
官桥祭酒客,山木女郎祠。
别后同明月,君应听子规。

【汇评】

《唐诗归》:钟云:此等绝似太白。 谭云:"君应"二字,吞吐难言(末句下)。

《唐诗解》:首联亲知想头,次联天然浑成。三联纪道所历,以想其顿舍。

《唐诗选脉会通评林》:陈继儒曰:三、四清绝。 徐充曰:司空曙《送流人》诗云"山村枫子鬼,江庙石郎神",近此五、六句法。末二句言见月则同,听子规则异,意妙。

《唐风定》:摩诘包孕甚广。精丽近沈、宋,沈、宋无其闲澹;空秀似襄阳,襄阳逊以菁英。此体中神圣工巧备矣。

《五七言今体诗钞》:已似大历间人。

《唐贤三昧集笺注》:收忌太平熟,此惟得之。 顾云:荒落之景、凄楚之情可想。　　　清古。

《闻鹤轩初盛唐近体读本》：陈德公曰：佻倩之章。三、四最异，径笔能写出。三、四是此家直置一种本色，五、六亦尔，乃以过出结绪。

《唐宋诗举要》：吴曰：高华俊爽。

送邢桂州

铙吹喧京口，风波下洞庭。
赭圻将赤岸，击汰复扬舲。
日落江湖白，潮来天地青。
明珠归合浦，应逐使臣星。

【汇评】

《唐诗归》：谭云：爽甚。钟云：奇语（"日落"二句下）。

《唐诗从绳》：此又尾联寓意格。从京口经赭圻、赤岸，过洞庭而后达州，许多路程，叙得不板。"赭圻"、"赤岸"，"击汰"、"扬舲"，句中各自为对，各就句对。三、四对法不衫不履，故五、六狠作一联，以振其笔，此补救之妙。七、八言"明珠""应逐使臣星"而归浦，名套装结。下一"应"字，乃悬度之词。

《唐贤三昧集笺注》：对起。五、六大句。　　　顾云：正大尔雅。五六有老杜气格。

《唐诗成法》：一、二自京口往洞庭，三、四一路扬帆而去，五、六水行之景，雄俊阔大，七桂州，八人。不用虚字照应，以意贯串，此法最难。

《唐诗别裁》：三、四当句对，复用活对。"潮来"句奇警。末讽以不贪也。古人用意，曲折微婉。

《闻鹤轩初盛唐近体读本》：陈德公曰：起势标举，三、四各对法，最如欲纵。五、六豪朗名句，良不多得。结亦未肯寂寂。

评：三、四紧接第二，一气直下，得五、六豪朗景，承顿之局遂严。结用"珠"、"星"作联合，亦复巧切。

《唐贤清雅集》：雄阔，虽少陵无以过，神气各别。

《唐宋诗举要》：气象雄阔，涵盖一切（"潮来"句下）。

送孟六归襄阳

杜门不复出，久与世情疏。
以此为长策，劝君归旧庐。
醉歌田舍酒，笑读古人书。
好是一生事，无劳献子虚。

【汇评】

《唐诗归》：钟云：极真！极厚！不作一体面勉留套语，然亦愤甚，特深浑不觉。

《唐贤三昧集笺注》：虽清澈，学之易浅薄。　五、六平平中亦自有味。

《唐诗矩》：全篇直叙格。　劝人归休，非真正知心之友不肯作此语。盖王已饱谙宦情，孟犹未沾一命，故因其归赠以此诗。言外有许多仕路险巇、人情翻复之感，俱未曾说出。人言王、孟淡，不知语淡而意实深至，所以可贵。若淡而不深，则未免寡薄之诮矣，岂知真王、孟哉！

《五七言今体诗钞》：此诗即效孟公体。

《此木轩论诗汇编》：细玩之，亦伤于薄。

初出济州别城中故人

微官易得罪，谪去济州阴。

执政方持法，明君照此心。

间阎河润上，井邑海云深。

纵有归来日，各愁年鬓侵。

【汇评】

《唐诗归》：钟云："易"字可怜（"微官"句下）。　　钟云："持法"二字周旋感慨，立言甚妙！谭云：极忠厚，极不忠厚（"执政"句下）。　　钟云：细（"间阎"句下）。　　钟云：交情在"各"字，若单愁自己则浅矣（末句下）。

《唐诗选脉会通评林》：出调凄怆，寄情婉转，如此题必如此作，方得"可以怨"之旨。　　周珽曰：极灵透，极蕴藉，妙在心手之间。　　徐充曰：起句并三、四俱佳。

《唐诗矩》：尾联进步格。　　浅浅数语，关系时事，含蓄深至，怨而不怒，视拾遗之慷慨直陈，固有间矣。

《唐诗成法》：意犹谚云"闲将冷眼观螃蟹，看你横行到几时"也。语气和平，令人不觉，妙极。

登裴秀才迪小台

端居不出户，满目望云山。
落日鸟边下，秋原人外闲。
遥知远林际，不见此檐间。
好客多乘月，应门莫上关。

【汇评】

《唐诗归》：钟云：晚景之妙，无如此语（"落日"句下）。　　谭云：是小台，移不动。钟云：不说登处，却说望处，笔端妙！妙（"不见"句下）！

《唐诗评选》：自然清韵，较襄阳褊佻之音固别。　　起句拙好。

《唐律消夏录》：本是"日边鸟下"、"原外人闲"，看他句法倒转，便觉深妙。

《此木轩五言律七言律读本》：五、六用倩女离魂法。

《历代诗发》：肖题之工，必造此境，方为极诣。

《唐诗成法》：五、六是触目有会，幽静之极。结句从"落日"二字来。

《唐贤三昧集笺注》：顾云：第三句自然，三四模写如画。又云：冲雅。

《唐诗意》：朋友之间，彼此想念，情之至者，即风之正者。

《近体秋阳》：此联（按指"遥知"一联）从"端居"句来，骏而实，毫无用处，且以"遥知"、"不见"四虚字对起，开后来淫衍轻薄之风。乃孟浩然"重以观鱼乐，因之鼓枻歌"，则更甚矣。

《唐诗别裁》：转从远林望小台，思路曲折。远林，己之家中也，故结言应门有待，莫便上关。

《唐贤清雅集》：意兴闲远，神味在字句之外，静玩愈永。

《王闿运手批唐诗选》：亦用"遥"字，此更超远。

过香积寺

不知香积寺，数里入云峰。
古木无人径，深山何处钟？
泉声咽危石，日色冷青松。
薄暮空潭曲，安禅制毒龙。

【汇评】

《唐诗广选》：顾与新曰：幽深本色语，不杂一句，洁净玄微，无声无色。

《唐诗直解》：“古木”二句幽而浑，中晚人有此法，多失于卑。

《唐诗镜》：韵气冷甚。三、四偷律，病在不严。

《唐诗解》：起联与“独有宦游人”一法。

《唐诗选脉会通评林》：极状山寺深僻幽静，篇法句法字法入微入妙。“毒龙”，佛喻欲心也，用以收局，不失释氏面目。此与《登辨觉寺》诗，何如狮子捉物，象兔俱用全力耶？　　汪道昆曰：五、六即景衬贴荒凉意，“咽”字、“冷”字工。

《唐诗评选》：三、四似流水，一似双立，安句自然，结亦不累。

《唐诗摘钞》：幽处见奇，老中见秀，章法、句法、字法皆极浑浑，五律无上神品。

《唐贤三昧集笺注》：顾云：“不知”字玄妙，模写幽深处。又云：三、四甚是浅易，甚是深处，字法。五、六即景，衬贴荒深意。

《唐诗别裁》：“咽”与“冷”，见用字之妙。

《唐诗从绳》：此尾联寓意格也。起用“不知”二字，便是往时未到，今日方过，幽赏胜情，得未曾有，俱寓此二字内。中二联写景，分途中、本寺。五、六是“危石”边“泉声咽”、“青松”上“日色冷”，成倒装句。通篇从“过”字着画。

《绠斋诗谈》：“不知”两字领起全章脉。“泉声咽危石，日色冷青松”，泉遇石而咽，松向日而冷，意自互用。

《网师园唐诗笺》：炼字幽峭（“深山”句下）。

《闻鹤轩初盛唐近体读本》：评：三、四亦是隽逸句法。五、六特作生峭，“咽”、“冷”二字，法极欲尖出。写声写色，已难到地，着“咽”、“冷”字，妙更入神，是《子虚》、《上林》赋手。

《唐贤清雅集》：“古木”一联远写，“泉声”一联近写，总从“不知”生出，渐次行来，已至寺矣，故以“安禅”收住。　　构局炼句与《山居秋暝》略同，超旷稍异，乃相题写景法。

《唐宋诗举要》：吴曰：幽微复邈，最是王、孟得意神境。

《诗境浅说》：常建《过破山寺》咏寺中静趣，此咏寺外幽景，皆不从本寺落笔，游山寺者，可知所着想矣。

过感化寺昙兴上人山院

原注：与裴迪同作。

暮持筇竹杖，相待虎溪头。
催客闻山响，归房逐水流。
野花丛发好，谷鸟一声幽。
夜坐空林寂，松风直似秋。

【汇评】

《唐诗归》：钟云："催客"字妙（"催客"句下）。　　钟云：好路径（"归房"句下）。　　钟云：了不相干，写我幽情（"谷鸟"句下）。

《唐贤三昧集笺注》："待"、"催"二字相应。　　顾云：此景此意，只在目前，人不道著，幽邃可想。　　后半幽邃之景，宛然清雅。

登辨觉寺

竹径从初地，莲峰出化城。
窗中三楚尽，林外九江平。
软草承趺坐，长松响梵声。
空居法云外，观世得无生。

【汇评】

《瀛奎律髓》：此似是庐山僧寺。三、四形容广大，其语即无雕刻，而"窗中"、"林外"四字一了数千里，佳甚。

《唐诗广选》：无论兴象，兼是故事，此诗亦然。

《唐诗解》：摩诘梵刹诗率以了悟见赏，此则景象弘远，声调超凡，登眺中绝唱。

《唐诗选脉会通评林》：首叙寺宇原为佛地，次写登寺之景，三咏登寺之事，结言禅心空寂，觉有所得，见登寺之益。眼界开旷，舌峰秀丽，非深于禅理，不能语语造微入妙如此。　　黄家鼎曰：次联真豁然大观。

《唐贤三昧集笺注》：雅正。

《闻鹤轩初盛唐近体读本》：陈德公曰：三、四苍括，老手名句。第六亦乃警亮。

《瀛奎律髓汇评》：纪云：五、六句兴象深微，特为精妙。

喜祖三至留宿

> 门前洛阳客，下马拂征衣。
> 不枉故人驾，平生多掩扉。
> 行人返深巷，积雪带馀晖。
> 早岁同袍者，高车何处归？

【汇评】

《唐贤三昧集笺注》：顾云：五、六一时景色可想。　　又云：七、八言他人以见其高，冲古玄著。

《唐律消夏录》："门前"二句是阍人入报也。下面便应说出祖三，却将自己说话横插两句，先写"喜"字神情。又将晚景摹写两句，先作"留宿"地步。直至末句，方出祖三，又借"何处归"一问，与"洛阳客"反映作结。题中"喜"字、"留宿"字，俱不说出，而已尽情说出，章法奇奥。

《此木轩唐五言律诗读本》：三四十字作一句读。

晚春严少尹与诸公见过

松菊荒三径，图书共五车。

烹葵邀上客，看竹到贫家。

鹊乳先春草，莺啼过落花。

自怜黄发暮，一倍惜年华。

【汇评】

《瀛奎律髓》：三、四唐人不曾犯重，极新。第六句尤妙。

《王孟诗评》：顾云：开口信意，无不精到。

《唐诗镜》：三、四精雅，五六语韵恬适。

《唐诗归》：钟云："先"字、"过"字幻妙之甚！谭云："过"字尤不可思议（"莺啼"句下）。

《汇编唐诗十集》：唐云：四十字中草木居六，曾不厌重，何独《早朝》诗便多议论。

《唐诗意》：宾主之间，情景依依，是为正风。

《唐诗选脉会通评林》：刘辰翁曰：三、四有味外味。

《初白庵诗评》："过"字千锤百炼，而出以自然（"莺啼"句下）。

《唐诗从绳》：此乃尾联见意格。五、六起下意，言鹊乳甫先春草，莺啼倏过落花，此年华之所以可惜也。分明有"甫"、"倏"二字在句内，名缩脉句。"过"谓历其时，非历其地。诸公诗必有惜年华之语，故结处答其意，言自怜暮景，惜年华之心，比诸公更加一倍。此二句上仍有说话，谓之意在句前也。

《瀛奎律髓汇评》：陆贻典：三、四用事，天然凑合。　　　纪昀：句句清新，而气韵天成，不见刻画之迹。五、六句赋中有比，末句从此过脉，浑化无痕。

山居秋暝

　　空山新雨后，天气晚来秋。

　　明月松间照，清泉石上流。

　　竹喧归浣女，莲动下渔舟。

　　随意春芳歇，王孙自可留。

【汇评】

　　《王孟诗评》：总无可点，自是好。

　　《增订评注唐诗正声》：郭云：色韵清绝。

　　《唐诗归》：谭云：说偈（"明月"二句下）。　　钟云："竹喧"、"莲动"细极！静极！

　　《唐诗解》：雅淡中有致趣。结用楚辞化。

　　《唐诗选脉会通评林》：周珽曰：月从松间照来，泉由石上流出，极清极淡，所谓洞口胡麻，非复俗指可染者。"浣女"、"渔舟"，秋晚情景；"归"字、"下"字，句眼大妙；而"喧"、"动"二字属之"竹"、"莲"，更奇入神。

　　《唐诗评选》：凡使皆新，此右丞之似储者。　　颔联同用，力求切押。

　　《唐诗矩》：尾联见意格。　　右丞本从工丽入，晚岁加以平淡，遂到天成，如"明月松间照，清泉石上流"，此非复食烟火人能道者。今人不察其渐老渐熟乃造平淡之故，一落笔便想作此等语，以为吾以王、孟为宗，其流弊可胜道哉！

　　《历代诗发》：天光云影，无复人工。

　　《唐贤三昧集笺注》：写景太多，非其至者。　　顾云：翻案"春草年年绿，王孙归不归"句，谓岂必春草思归。"随意"字着"秋"，"留"字着"山居"，澹适。

《说诗晬语》：中二联不宜纯乎写景。如"明月松间照，清泉石上流。竹喧归浣女，莲动下渔舟"，景象虽工，讵为模楷？

《绲斋诗谈》："空山"两句，起法高洁，带得通篇俱好。

《闻鹤轩初盛唐近体读本》：陈德公曰：三、四极直置，而清寒欲溢，遂使起二句顿增生致，不见为率。五、六加婉琢矣。　评：三、四佳在景耳，景佳则语虽率直，不伤于浅。然人人有此景。人人不能言之，以是知修辞之不可废也。　梅坤承曰：语语作致，三、四是其自然本色。

《唐贤清雅集》：语气若不经意，看其结体下字何等老洁，切勿顺口读过。

《唐诗合选详解》：王翼云曰：前是写山居秋暝之景，后人事言情，而不欲仕宦之意可见。

《唐宋诗举要》：随意挥写，得大自在。

终南别业

中岁颇好道，晚家南山陲。

兴来每独往，胜事空自知。

行到水穷处，坐看云起时。

偶然值林叟，谈笑无还期。

【汇评】

《诗人玉屑》：此诗造意之妙，至与造物相表里，岂直诗中有画哉！观其诗，知其蝉蜕尘埃之中，浮游万物之表者也。山谷老人云：余顷年登山临水，未尝不读王摩诘诗，顾知此老胸次，定有泉石膏肓之疾。

《瀛奎律髓》：右丞此诗有一唱三叹不可穷之妙。

《王孟诗评》：无言之境，不可说之味，不知者以为淡易，其质如此,故自难及。

《批选唐诗》:迫近性情,悄然忘言。

《唐诗镜》:五、六神境。

《唐诗归》:钟云:此等作只似未有声诗之先,便有此一首诗,然读之如新出诸口及初入目者,不觉见成,其故难言。　　谭云:只是作人,行径幽妙。

《唐诗解》:此堪与"结庐在人境"竞爽。

《唐诗选脉会通评林》:周弻为一意体,以纵横放肆,外如不整,中实应节也。何新之为高古体。　　僧慧洪曰:不直言其闲逸,而意中见其闲逸,谓之遗意句法。　　玩"偶然"二字,得趣幽深。　　陆钿曰:律合古,意趣非言尽。盖有一种悠然会心处,所见无非道也。

《唐诗评选》:清靡为时调之冠,亦令人欲割爱而不能。

《唐律消夏录》:"行"、"坐"、"谈"、"笑",句句不说在别业,却句句是别业。"好道"两字,先生既云"空自知"矣,予又安能强下注脚?予友继庄先生曰:"此诗若只作文字读,辜负先生慈悲不少。然文字三昧,必须于此等诗领会得,方有悟门。"　　"还期"二字,与"别业"略一照应。

《此木轩论诗汇编》:观其意若不欲为诗者,其诗之绝境乎?　　"胜事空自知",正不容他人知。诗有两字诀,曰"无心"。

《古唐诗合解》:此诗不必粘题,亦不必分解,清微之至。

《唐诗成法》:一家别业之由,二别业,三、四承一、二,五、六承三、四,七、八承五、六结。无一语说别业,却语语是别业,神妙乃尔。　　以"中岁"生"晚家",以"独往"生"自知",以"行到"应"独往",以"坐看"应"自知",以"水穷"、"云起"应"兴来"、"胜事",以"林叟"、"谈笑"而用"偶然"字总应上,此律中带古法。

《唐诗意》：此诗言已造道之致，三联亦比体也。

《近体秋阳》：不脱落一切尘凡，便际此境界，未必有此领略。能此领略，道邪非邪？流对天然，占断终古。　　八句只如一句，近体中纤纤出尘，夷犹入道，未有过于此作者。孟浩然雅以泉石自骄，却无此等一作，以虽立品高清，而天怀不如右丞之夷旷也。然而气格严举，孟又当过之矣。

《唐诗从绳》：此全篇直叙格。五、六句法径直。此种句法不假造作，以浑成雅健为贵。通首言中岁虽参究此事，不免茫无着落，至晚年方知有安身立命之处。得此把柄，则行止洒落，冷暖自知，水穷云起，尽是禅机，林叟闲淡，无非妙谛矣。以人我相忘作结，有悠悠自得之意。

《岘斋诗谈》：一气贯注中不动声色，所向惬然，最是难事。　　古秀天然，杜不能尔。

《唐诗别裁》：行所无事，一片化机。末语"无还期"，谓不定还期也。

《网师园唐诗笺》：一往清气（"兴来"四句下）。

《历代诗评注读本》：第三句至第八句，一气相生，不分转合，而转合自分，自是化工之笔。

《瀛奎律髓汇评》：冯班：第三联奇句惊人。　　查慎行：五、六自然，有无穷景味。　　纪昀：此诗之妙，由绚烂之极归于平淡，然不可以躐等求也。学盛唐者，当以此种为归墟，不得以此种为初步。　　又云：此种皆熔炼之至，渣滓俱融，涵养之熟，矜躁尽化，而后天机所到，自在流出，非可以摹拟而得者。无其熔炼涵养之功，而以貌袭之，即为窠臼之陈言，敷衍之空调。矫语盛唐者，多犯是病。此亦如禅家者流，有真空、顽空之别，论诗者不可不辨。

归嵩山作

清川带长薄，车马去闲闲。
流水如有意，暮禽相与还。
荒城临古渡，落日满秋山。
迢递嵩高下，归来且闭关。

【汇评】

《王孟诗评》：顾云：造语已近自然。

《瀛奎律髓》：闲适之趣，澹泊之味，不求工而未尝不工者，此诗是也。

《批点唐音》：起是《选》语。

《唐诗归》：钟云："如有意"深于无意（"流水"句下）。

《唐诗笺要》：信心而出，句句自然，前辈所谓"闲适之趣，澹泊之味，不求工而自工者"，此也。

《唐律消夏录》：看右丞此诗，胸中并无一事一念。口头语，说出便佳；眼前景，指出便妙。情境双融，心神俱寂，三禅天人也。

《唐诗矩》：全篇直叙格。 二语虽是写景，却连自己归家之喜一并写出，看其笔墨烘染之妙，岂复后人所及（"流水"二句下）。

《而庵说唐诗》：右丞作此诗时，犹未到家也。诗做至此，工夫方满足。岂可尽人去做，信手涂来，辄矜敏捷也？

《唐贤三昧集笺注》：顾云：冲古。此等诗当知其作法条理，前四句叙归途景色之趣，后四句叙嵩山景色闲旷、可以超遁之趣。景自分属不窒。

《唐诗别裁》：写人情物性，每在有意无意间。

《网师园唐诗笺》：闲远（"暮禽"句下）。

《瀛奎律髓汇评》：纪昀：非不求工，乃已雕已琢，后还于朴，斧凿之痕俱化尔。学诗者当以此为进境，不当以此为始境，须从切实处入手，方不走作。　　冯班：第四直用陶句，非偷也。　　何义门：三、四见得鱼鸟自尔亲人，归时若还归故我。

《唐贤清雅集》：苍凉在目，神韵要体味。

《历代诗评注读本》：前六句一路写来，总为"迢递"二字作势，谓经多少夕阳古渡、衰草长堤，而嵩山尚远也。末句"且"字，乃深一层说，言时衰世乱，姑且闭门谢客耳。

归辋川作

谷口疏钟动，渔樵稍欲稀。
悠然远山暮，独向白云归。
菱蔓弱难定，杨花轻易飞。
东皋春草色，惆怅掩柴扉。

【汇评】

《唐诗归》：钟云：闲而傲（"独向"句下）！

《唐贤三昧集笺注》：一、二暝色如画，三、四承接，五、六人事之比。　　顾云：冲古。二篇（按指此诗与《归嵩山作》）皆仕而不得意之作，含蓄不露。

《唐贤清雅集》：意致简远，点"归"字老甚。　　"归"字深一步结。

山居即事

寂寞掩柴扉，苍茫对落晖。
鹤巢松树遍，人访荜门稀。

嫩竹含新粉，红莲落故衣。

渡头烟火起，处处采菱归。

【汇评】

《批点唐音》：决非俗物可到。

《唐诗镜》：三、四幽境自成，闲然清远。

《唐诗归》：钟云：松老从"遍"字看得出（"鹤巢"句下）。

《唐诗选脉会通评林》：周弼为四实体。　　　何新之为平淡体。　　　吴山民曰：趣事逸情，妙妙。

《唐律消夏录》：此诗首句既有"掩柴扉"三字，而下面七句皆是门外情景，如何说得去？不知古人用法最严，用意最活，如"掩柴扉"下紧接以"苍茫对落晖"句，便知"掩柴扉"三字是虚句，不是实句也。

《唐诗评选》：八句景语自然含情，亦自齐梁来，居然风雅典则。　　　俗汉轻诋六代铅华，谈何容易？　　　"落"字重用。

终南山

太乙近天都，连山到海隅。

白云回望合，青霭入看无。

分野中峰变，阴晴众壑殊。

欲投人处宿，隔水问樵夫。

【汇评】

《王孟诗评》：语不必深辟，清夺众妙。

《唐诗直解》：王摩诘"欲投人处宿，隔水问樵夫"，孟浩然"再来迷处所，花下问渔舟"，并可作画。　　　末语流丽。

《唐诗镜》："阴晴众壑殊"一语苍然入雅。

《唐诗选》：玉遮曰："入看无"三字妙入神。

《唐诗选脉会通评林》：蒋一梅曰：三、四真画出妙境。　周敬曰：五、六直在鲛宫蜃市之间。　周启琦曰：摩诘终南二诗，机熟脉清，手眼俱妙。

《唐风定》：右丞不独幽闲，乃饶奇丽，但一出其口，自然清冷，非世中味耳。

《唐诗评选》：工苦，安排备尽矣。人力参天，与天为一矣。"连山到海隅"非徒为穷大语，读《禹贡》自知之。结语亦以形其阔大，妙在脱卸，勿但作诗中画观也，此正是画中有诗。

《姜斋诗话》："欲投人处宿，隔水问樵夫"，则山之辽廓荒远可知，与上六句初无异致，且得宾主分明，非独头意识悬相描摹也。

《唐律消夏录》：通首俱写终南山之大。全是白云、青霭，一中峰而分野已变，历众壑而阴晴复殊，游将竟日尚无宿处，其大何如？

《增订唐诗摘钞》：结见山远人稀。

《唐诗观澜集》：屈注天潢，倒连沧海，而俯视一气，尽化烟云。一结杳渺寥沉，更有凭虚御风之气。

《而庵说唐诗》：是诗如在开辟之初，笔有鸿蒙之气，奇观大观也。

《唐贤三昧集笺注》：神境。　四十字中无一字可易，昔人所谓四十位贤人。

《唐诗别裁》："近天都"言其高，"到海隅"言其远，"分野"二句言其大，四十字中无所不包，手笔不在杜陵下。　或谓末二句似与通体不配。今玩其语意，见山远而人寡也，非寻常写景可比。

《纻斋诗谈》：于此看"积健为雄"之妙。"白云"两句，看山得三昧，尽此十字中。

《唐诗从绳》：此尾联补题格。中四句分承说，此立柱应法。回望处白云已合，入看时青霭却无，错综成句，此法与倒装异者，以神韵不动也。

《网师园唐诗笺》：得此形容，乃不同寻常登眺（"青霭"句下）。

《唐宋诗举要》：吴曰：壮阔之中而写景复极细腻（"青霭"句下）。　吴曰：接笔雄俊（"分野"句下）。

辋川闲居

一从归白社，不复到青门。
时倚檐前树，远看原上村。
青菰临水拔，白鸟向山翻。
寂寞于陵子，桔槔方灌园。

【汇评】

《瀛奎律髓》："山下孤烟远村，天边绿树高原"，与此"时倚檐前树，远看原上树"，予独心醉不已。

《唐诗援》："青"、"白"二字再见，想古人不以重用为忌。

《唐诗归》：谭云：偶然妙（"时倚"联下）。

《唐诗选脉会通评林》：周珽曰：喧艳时闭门谢俗，静读摩诘《辋川山居》等诗，真若游天台石梁，观瀑布飞泉，此际顿移世界。

《唐诗矩》：尾联出意格。　索性重用"青"、"白"二字，在大家不害其老，后人未可藉口。　亦只写"寂寞"二字。前篇（按指《归嵩山作》）用为冒则，从后读去，皆见寂寞之意；此篇用为结则，从前读来，皆见寂寞之意：章法两变，意味俱佳。

《而庵说唐诗》：此诗当为右丞五言律第一首，其言甚淡，其意甚微。人性急寻它头绪不出，把来放在一边，是诗亦不免于寂寞也。可叹，可叹！

《闻鹤轩初盛唐近体读本》：评：高洁不犯乎"青""白"二字，故全重，更落落。六句压"翻"字，不意如有势力。　王西宁曰：三、四语虽直置，却得自然，有元亮笔意。

《瀛奎律髓汇评》：何义门：三、四闲趣。　　纪昀："青"、"白"二字究是重复，不可为训。诗则静气迎人，自然超妙，不能以小疵废之。　　三、四自然流出，兴象天然。

春园即事

宿雨乘轻屐，春寒著弊袍。
开畦分白水，间柳发红桃。
草际成棋局，林端举桔槔。
还持鹿皮几，日暮隐蓬蒿。

【汇评】

《唐诗镜》：五、六语入绘笔。

淇上田园即事

屏居淇水上，东野旷无山。
日隐桑柘外，河明闾井间。
牧童望村去，猎犬随人还。
静者亦何事，荆扉乘昼关。

【汇评】

《瀛奎律髓》：右丞诗长于山林。"河明闾井间"一联，诗人所未有也。"牧童"、"田犬"句尤雅净。

《瀛奎律髓汇评》：冯班：次联俱说"无山"。　　纪昀：三、四如画。　　许印芳：右丞诗笔，无施不可，特以性耽丘壑，故闲适之作独多。虚谷遂谓其长于山林，岂知右丞者哉？

观 猎

风劲角弓鸣,将军猎渭城。
草枯鹰眼疾,雪尽马蹄轻。
忽过新丰市,还归细柳营。
回看射雕处,千里暮云平。

【汇评】

《王孟诗评》:气概("风劲"句下)。　　极是画意。

《批点唐音》:格高,语健,老手。

《唐诗广选》:胡元瑞曰:首起句绮丽精工,与沈、宋合调。蒋仲舒曰:发端近古,武元衡"草枯马蹄轻,角弓劲如石"正用右丞语。

《唐诗直解》:"草枯"二句,同是奇语,上句险,下句秀。结处淡而有味,可玩。

《唐诗训解》:发端近古。……枯而疾,尽而轻,甚妙,便是鸷鹰、骏马,矫健当前。结处淡而有味。

《唐诗镜》:会境入神。……三、四体物微渺,结语入画。

《唐诗选脉会通评林》:首美将军猎不违时,声响高华。中写出猎之景与已猎之事,绮丽精工,神凝象外。结见非疆域宁靖曷得此举,闲淡超逸,机圆气足。玩"回看"二字味深,转出前此为目中所见,终不失"观猎"题面。摩诘诗中尽画,岂虚语者!　　唐仲言曰:结难于联,起难于结。如此起语,唐人亦不多见。结谓边疆宴然,无复有射雕者,所睹独暮云寥寂耳,岂开元全盛之时乎?　　王玄曰:"草枯"、"雪尽"语比君臣道合也。当共赏音者细绎之。　　李梦阳曰:通篇妙。结句突出一意,更妙。

《唐诗评选》:后四语奇笔写生,毫端有风雨声。　　右丞之妙，在广摄四旁，圈中自显。如《终南》之阔大，则以"欲投人处宿，隔水问樵夫"显之；猎骑之轻速，则以"忽过"、"还归"、"回看"、"暮云"显之。皆所谓离钩三寸，鲅鲅金鳞。

《唐诗摘钞》：全篇直叙。起法雄警峭拔，三、四音复壮激，故五、六以悠扬之调作转，至七、八再应转去，却似雕尾一折起数丈矣。

《唐诗观澜集》：返虚积健，气象万千，与老杜《房兵曹马》诗足称匹敌。

《唐诗意》：雄悍之气，可敌《秦风·驷铁篇》。

《唐诗成法》："渭城"、"新丰"、"细柳"皆皇都近郊，似非可猎之地，而将军众兵游猎其速其远如此。玩"千里"字、"暮云平"字，意殆有讽乎？　　通篇不出"观"字，全得"观"字之神。

《唐贤三昧集笺注》：此首不过能品。　　顾云：三、四有是景，人所不及道。

《唐诗别裁》：章法、句法、字法俱臻绝顶，盛唐诗中亦不多见。　　起二句若倒转，便是凡笔，胜人处全在突兀也。结亦有回身射雕手段。

《纨斋诗谈》："风劲角弓鸣，将军猎渭城"一句空摹声势，一句实出正面，所谓起也。"草枯鹰眼疾，雪尽马蹄轻"，二句乃猎之排场闹热处，所谓承也。过新丰市，还归细柳营"，二句乃猎毕收科，所谓转也。"回看射雕处，千里暮云平"，二句是勒回追想，所谓合也。不动声色，表里俱彻，此初唐人气象。　　此如"永"字八法，遂为五律准绳。

《闻鹤轩初盛唐近体读本》：陈德公曰：前半极琢造，然亦全见生气。后半一气莽朴，浑浑落落，不在句字为佳。此等绝尘，沈、宋仿佛，雄才矣。　　评：起势生动，五、六全承第四而下，直骛至结，一片神行。

《精选评注五朝诗学津梁》：一起即押韵，精神团足。承联即从上文而来，心灵手敏。收句相称。

《唐宋诗举要》：用流动之笔，与前浓淡相剂（"还归"句下）。　　吴曰：逆起得势（首二句下）。　　　刻划精细（"雪尽"句下）。　　收亦不弱（末句下）。

汉江临泛

楚塞三湘接，荆门九派通。

江流天地外，山色有无中。

郡邑浮前浦，波澜动远空。

襄阳好风日，留醉与山翁。

【汇评】

《王孟诗评》：顾云：此等处本浑成，但难拟作，恐近浅率。

《瀛奎律髓》：右丞此诗，中两联皆言景，而前联尤壮，足敌孟、杜《岳阳》之作。

《增订评注唐诗正声》：郭云：气象涵蓄，浑浑无际，浅率者拟学不得。

《唐诗归》：钟云：真境说不得（"江流"句下）。

《唐诗解》：第四句对巧，五、六上句较胜。

《唐诗选脉会通评林》：刘辰翁曰：无意之意。　　魏庆之曰：三四轻重对法，意高则不觉。　　吴山民曰：起有注《水经》笔意。

《唐诗意》：胸中有一段浩然广大之致，适于泛江写出，可风亦可雅。

《唐诗成法》：前六雄俊阔大，甚难收拾，却以"好风日"三字结之，笔力千钧。题中"临泛"，不过末句顺带而已，此法亦整嗺鲶。

《唐贤三昧集笺注》：三四气格雄浑，盛唐本色。　　五、六即第三句之半。

《绂斋诗谈》："江流天地外，山色有无中"，学其气象之大。

《瀛奎律髓汇评》：冯舒：澄之使清矣，"壮"字不足以尽之。　陆贻典：顺题做法，落句推开。　查慎行：第一、第三句中两用"江"字。不但此也，"三江"、"九派"、"前浦"、"波澜"，篇中说水处太多，终是诗病。　纪昀：三、四好，五、六撑不起，六句尤少味，复衍三句故也。　无名氏：壮句仍冲雅，见右丞本色。

《唐诗近体》：三句雄阔，四句缥渺，此换笔之妙。

《唐宋诗举颏》：吴曰：雄伟有气力，学者宜从此等入手。

登河北城楼作

井邑傅岩上，客亭云雾间。

高城眺落日，极浦映苍山。

岸火孤舟宿，渔家夕鸟还。

寂寥天地暮，心与广川闲。

【汇评】

《唐诗分类绳尺》：王公诗典丽，然骨格自存，不流于容冶。

《唐贤三昧集笺注》：顾云：冲雅，情景俱胜。

使至塞上

单车欲问边，属国过居延。

征蓬出汉塞，归雁入胡天。

大漠孤烟直，长河落日圆。

萧关逢候骑，都护在燕然。

【汇评】

《王孟诗评》：亦是不用一辞。

《唐诗广选》：蒋仲舒曰：旷远之景，孤烟如何直，须要理会。

《唐诗镜》：五、六得景在"日圆"二字，是为不琢而佳，得意象故。

《唐诗选》："归雁"句自是别调。

《唐诗解》：李于鳞选律，多取边塞，为其尚气格也。此篇与《送平澹然》、《送刘司直》三诗，才情虽乏，神韵有馀，终是风雅正调。　　起得便。蒋仲舒云孤烟如何直，须要理会"。夫理会何难？骨力罕敌。

《唐诗选脉会通评林》：宗臣曰：阔大悲壮。　　黄家鼎曰：别调。

《唐诗评选》：右丞每于后四句入妙，前以平语养之，遂成完作。　　一结平好，蕴藉遂已迥异。盖用景写意，景显意微，作者之极致也。

《唐诗成法》：前四写其荒远，故用"过"字、"出""入"字。五、六写其无人，故用"孤烟"、"落日"、"直"字、"圆"字。又加一倍惊恐，方转出七、八，乃为有力。

《而庵说唐诗》："大漠"、"长河"一联，独绝千古。

《唐贤三昧集笺注》："直"、"圆"二字极锤炼，亦极自然。后人全讲炼字之法，非也；不讲炼字之法，亦非也。　　顾云：雄浑高古。

《闻鹤轩初盛唐近体读本》：评：五、六苍亮，骎骎气分，写景如生，足为名句。　　汪玉杓曰：前半气势莽苍，倒排山海。五、六写景如生，然亦是其自然本色中最警亮者。结另意，有开拓。

《岘斋诗谈》："大漠"两句，边景如画，工力相敌。

《唐贤清雅集》："直"字、"圆"字，十二分力量。

秋夜独坐

独坐悲双鬓，空堂欲二更。

雨中山果落，灯下草虫鸣。

白发终难变，黄金不可成。

欲知除老病，唯有学无生。

【汇评】

《王孟诗评》：顾云：极平易，有点化。

《唐诗镜》：三、四轻便。

《唐诗选脉会通评林》：黄俞言曰：自然语，要是锻炼中来。　　周启琦曰：出口语圆湛轻便。

《唐律消夏录》：上半首沉痛迫切，下半首直截了当。胸中有此一首诗，那得更有馀事？须知右丞一生闲适之乐，皆从此"悲"字得力也。

《此木轩五言律七言律诗选读本》：全首只注"唯有学无生"句。　　"双鬓"、"白发"、"老病"似乎言之复矣，须知是心口俱忙，不觉其然。悠悠生死海中者，何以知之？

《此木轩论诗汇编》：五、六从来不留顿，学者须一眼注定下文。识此，则知五、六之不求其工者，乃所以为工，而求工者多不成诗也。

《历代诗发》：神伤幽独，是夜情景，万古如生。

《唐贤三昧集笺注》：真意溢于楮墨，其气充足。　　清婉。

《闻鹤轩初盛唐近体读本》：陈德公曰：读之萧瑟，增人道念。　　评："欲二更"，"欲"字尖颖。后四婉不伤雅，笔高故然。

《唐贤清雅集》：一气说下，最浑成。

《唐宋诗举要》：吴汝纶评：挺起得势（"白发"句下）。

待储光羲不至

重门朝已启，起坐听车声。

要欲闻清佩，方将出户迎。

晚钟鸣上苑,疏雨过春城。

了自不相顾,临堂空复情。

《唐诗归》:钟云:"要欲"、"方将"等虚字下得极苦心,所谓苦吟,正如此("要欲"二句下)。　谭云:此十字正是待人,莫作境与事看("晚钟"二句下)。

《唐律消夏录》:上四句是"待",下四句是"不至",章法甚明。妙在从最早待至极晚。"要欲"、"方将"说得倾心侧耳。及上苑钟鸣、春城雨过,方知其"了自不相顾"也。"空复情","空"字说无数相待之情皆已成空,"复"字说无数相待之情仍然未已。

《闻鹤轩初盛唐近体读本》:评:中有生致,虽轻不萎。"要欲"、"了自",字去自高。

听宫莺

春树绕宫墙,宫莺啭曙光。

忽惊啼暂断,移处弄还长。

隐叶栖承露,攀花出未央。

游人未应返,为此始思乡。

【汇评】

《唐风怀》:雪庵曰:皆从"听"处入情。

《闻鹤轩初盛唐近体读本》:陈德公曰:三、四生情,"移处"二字对法尤逸。五、六稳秀,咏物能品也。　评:以春树引起,非惟出宫莺不突,即"叶"、"花"、"承露"、"未央"等字,皆有根据矣,古人作诗细密乃尔。结是另意法。

送秘书晁监还日本国并序

舜觐群后，有苗不格；禹会诸侯，防风后至。动干戚之舞，兴斧钺之诛，乃贡九牧之金，始颁五瑞之玉。我开元天地大宝圣文神武应道皇帝，大道之行，先天布化，乾元广运，涵育无垠。若华为东道之标，戴胜为西门之候，岂甘心于筑杖，非征贡于包茅。亦由呼耶来朝，舍于葡萄之馆，卑弥遣使，报以蛟龙之锦。牺牲玉帛，以将厚意，服食器用，不宝远物，百神受职，五老告期，况乎戴发含齿，得不稽颡屈膝？海东国，日本为大，服圣人之训，有君子之风，正朔本乎夏时，衣裳同乎汉制。历岁方达，继旧好于行人；滔天无涯，贡方物于天子。同仪加等，位在王侯之先；掌次改观，不居蛮夷之邸。我无尔诈，尔无我虞，彼以好来，废关弛禁。上敷文教，虚至实归，故人民杂居，往来如市。晁司马结发游圣，负笈辞亲，问礼于老聃，学诗于子夏。鲁借车马，孔丘遂适于宗周；郑献缟衣，季札始通于上国。名成太学，官至客卿。必齐之姜，不归娶于高国；在楚犹晋，亦何独于由余？游宦三年，顾以君羹遗母；不居一国，欲其昼锦还乡。庄舄既显而思归，关羽报恩而终去。于是稽首北阙，裹足东辕，篚命赐之衣，怀敬问之诏。金简玉字，传道经于绝域之人；方鼎彝尊，致分器于异姓之国。琅琊台上，回望龙门；碣石馆前，夐然鸟逝。鲸鱼喷浪，则万里倒回；鹢首乘云，则八风却走。扶桑若荠，郁岛如萍。沃白日而簸三山，浮苍天而吞九域。黄雀之风动地，黑蜃之气成云。淼不知其所之，何相思之可寄？嘻！去帝乡之故旧，谒本朝之君臣，咏七子之诗，佩两国之印，恢我王度，谕彼蕃臣。三寸犹在，乐毅辞燕而未老；十年在外，信陵归魏而逾尊。子其行乎，余赠言者。

积水不可极，安知沧海东？

九州何处远，万里若乘空。

向国唯看日，归帆但信风。

鳌身映天黑，鱼眼射波红。

乡树扶桑外，主人孤岛中。

别离方异域，音信若为通。

【汇评】

《唐诗广选》：姚合《极玄集》以此篇压卷。　　皇甫子循曰：首二语可谓工于发端矣。谢灵运《发海口盘屿山》诗："莫辨洪波极，谁知大壑东。"良自有本。

《唐诗镜》：此诗只语语的当，谓之压卷非也。

《唐诗归》：谭云：韵诗难得如此浑成，常宜诵之，以接喉间清气。　　钟云：亦复壮幻。

《唐诗选注》：神境具到，送日本诗无有过之者（"归帆"句下）。

《唐诗选脉会通评林》：周珽曰：句字葩流，直与蜃楼龙藏争奇。

《五七言今体诗钞》：奇警称题。

《唐风怀》：孙曰：四句雄绝古今，五、六亦工妙。

《唐诗笺要》：层转不穷，忘其骈俪。

《而庵说唐诗》："九州何处远，万里若乘空"，"若乘空"此三字从晁监心上写来者。"九州"、"万里"二句于法为承，而此若提笔作顿者，然笔下直是生龙活虎，不可捉摸也。　　总写不忍相别之情，可谓淋漓尽致矣。

《唐贤三昧集笺注》：顾云：正大雄浑。

《网师园唐诗笺》：起得突兀。　　紧贴还日本，语不泛设（"向国"句下）。

《闻鹤轩初盛唐近体读本》：陈德公曰：起四气势浩浩，称其题。"鳌身"二句奇横，推铄沈、宋矣，仍不堕入险怪，作俑长吉，故为盛音。五、六、九、十亦极秀琢也。

《唐人五言排律》：直从日本说起，起忽（"万里"句下）。结送意极真。

送李太守赴上洛

商山包楚邓，积翠蔼沉沉。
驿路飞泉洒，关门落照深。
野花开古戍，行客响空林。
板屋春多雨，山城昼欲阴。
丹泉通虢略，白羽抵荆岑。
若见西山爽，应知黄绮心。

【汇评】

《唐诗直解》：全篇叙行色，末书吊古意，老成醇雅。

《唐诗选》：玉遮曰：排律须庄次雄浑，警句亦不可少，如摩诘"野花开古戍，行客响空林"、"向国唯看日，归帆但信风"，语殊胜人。

《唐诗解》：通篇幽胜，几失太守。今人作此，安免行者之患？

《唐诗选脉会通评林》：吴登之曰：情景相适。　周启琦曰："板屋"二语，深山景象画出。

《闻鹤轩初盛唐近体读本》：陈德公曰：秀琢之章，王、岑正响。　三句"洒"字是大家字法。"行客"句自然隽雅。　起二亦极作异，"商山"、"西山"首尾映发，是缩合处，不得以重犯为嫌。

《唐诗别裁》：似欲讽其归意（末句下）。

《唐贤清雅集》：气局浑成，魄力自大。　应转"商山"，回环成章法。

晓行巴峡

际晓投巴峡，馀春忆帝京。

晴江一女浣，朝日众鸡鸣。

水国舟中市，山桥树杪行。

登高万井出，眺迥二流明。

人作殊方语，莺为故国声。

赖多山水趣，稍解别离情。

【汇评】

《王孟诗评》：自然好。　　顾云：不为甚巧。　　又云：近拙。

《增订评注唐诗正声》：真好巴峡诗，惜晓行意未畅。

《唐诗选脉会通评林》：周敬曰：秀拔匀称。　　徐中行曰：其言尽入妙境，可思而不可解。然只个中非有难晓。　　吴山民曰："晴江"二语如画。"人作"一联似拙。

《唐贤三昧集笺注》：顾云：清雅。　　人语已殊，只有莺声同于故国耳。顺叠收。

《闻鹤轩初盛唐近体读本》：陈德公曰：笔笔生，作结稍松耳。"际晓"、"馀春"字皆生着，有情致。　　评："晴江"下三韵皆写叙眼前景物，语语作致，声调高卓，是最能手。

《唐诗合选详解》：王翼云曰：黄钟大吕之音，迥异铮铮细响。

过沈居士山居哭之

杨朱来此哭，桑扈返于真。

独自成千古，依然旧四邻。

闲檐喧鸟鹊,故榻满埃尘。

曙月孤莺转,空山五柳春。

野花愁对客,泉水咽迎人。

善卷明时隐,黔娄在日贫。

逝川嗟尔命,丘井叹吾身。

前后徒言隔,相悲讵几晨!

【汇评】

《唐诗选脉会通评林》:周珽曰:哭得出。"独自"句幻境,"依然"句深沉,"曙月"二句悲景在言外,"野花"二句悲意在景中。　　吴山民曰:通篇清婉凄切。"成千古"、"旧四邻"二语,发出几许酸辛!"善卷"、"黔娄"引喻居士,佳。

《唐诗笺要》:有这才华,有这性情,方不是孟浪一哭,不然恐悲喜都无是处。

奉和圣制从蓬莱向兴庆阁道中留春雨中春望之作应制

渭水自萦秦塞曲,黄山旧绕汉宫斜。

銮舆迥出千门柳,阁道回看上苑花。

云里帝城双凤阙,雨中春树万人家。

为乘阳气行时令,不是宸游玩物华。

【汇评】

《王孟诗评》:顾云:此篇状物题景,春容典重,用字深厚,不见工力,结归之正,足见襟度。

《批点唐音》:盛唐用字只如此,不类小家。

《唐诗广选》:摩诘诗中有画,即此亦是。　　田子秋曰:王维《早朝》云:"方朔金门侍,班姬玉辇迎。仍闻遣方士,东海访蓬瀛。"

分明以声色神仙讥之，非体也。必如此首结句，方得应制之体。

《唐诗直解》：前六句就眼前光景拈出，意致有馀，结归雅正，更有回护。

《批选唐诗》：藻丽铿锵。

《唐诗镜》：前四语布景略尽，五、六着色点染，一一俱工。佳在写题流动，分外神色自饶。摩诘七律与杜少陵争驰。杜好虚摹，吞吐含情，神行象外；王用实写，神色冥会，意妙言先，二者谁可轩轾？

《唐诗归》：钟云：幽鲜（"雨中春树"句下）。

《汇编唐诗十集》：唐云：应制大都谀词，独此有箴规意。

《唐诗选脉会通评林》：周敬曰：起得完整，联多神采，结有回护，雅诗正礼。周珽曰：宏丽之中，更饶贵重。

《唐风定》：壮丽高奇，钧天之奏，非人间有。

《唐诗评选》：人工备绝，更千万人不可废，若"九天阊阖"、"万国衣冠"，直差排语耳。

《贯华堂选批唐才子诗》：看他一、二先写渭水自萦，黄山旧绕，即三、四之銮舆看花，阁道留辇，宛然便在无数山围水抱之中间也。先生为画家鼻祖，其点笔呋墨，布置远近，居然欲与造化参伍。只如此一解四句，便是其惨淡经营之至妙至妙也。　　　后解四句承上"花"字言，不知者以为为花也，其知者以为不为花也。夫阁道回看，正回看双凤阙耳，正回看万人家耳。"双凤阙"，言上天畏天眷；"万人家"，言下恤民岩。若"云里帝城"、"雨中春树"八字，只是衬色也。

《删订唐诗解》：所谓浓纤得中者也。微欠圣制意。

《唐诗摘钞》：风格秀整，气象清明，一脱初唐板滞之习。盛唐何尝不应制？应制诗何尝不妙？初唐逊此者，正是才情不能运其气格耳。后人厌其弊，并欲举气格而废之，谬矣！一、二不出题，三、四方出，此变化之妙。出题处带写景，此衬贴之妙。前后二联俱阁道中所见之景，而以三四横插于中，此错综之妙。

《此木轩论诗汇编》：字字冠冕，字字轻隽，此应制中第一乘也。　　真"诗天子"也，伏倒李、杜矣。

《唐诗成法》：五承一、二，六承三、四，七、八奉和圣制，兼为洗发。"为乘"、"不是"，正从"自萦"、"旧绕"应来，连环钩锁，用意深曲。

《而庵说唐诗》：右丞诗都从大处发意，此作有大体裁，所以笔如游龙，极其自在，得大宽转也。

《历代诗发》：题无剩意。一句中用"雨中春"三字，写"望"字入神，只添得四字成句也。诗家每设渲染，而不知白描之为上，思过半矣。

《唐诗观澜集》：端庄流丽，无字不妙。

《唐诗别裁》：结意寓规于颂，臣子立言，方为得体。应制诗应以此篇为第一。

《绒斋诗谈》：一、二从外景写"望"字，三、四阁道中写"望"字，五、六方切雨中望，末又回护作结，章法密致之极。

《山满楼笺注唐诗七言律》：一结得赞颂体，得规讽体，将通篇粉墨俱化作万顷烟波，此所谓"画中有诗"者非耶？

《网师园唐诗笺》：诗传画意（"云里帝城"句下）。　　颂不忘规（末句下）。

《闻鹤轩初盛唐近体读本》：五、六美丽秀溢，不愧名句。

《唐诗选胜直解》：八句整炼精工，应制之尽美者。

《唐贤清雅集》：壮丽有逸气，应制绝作。

《昭昧詹言》：起二句，先以山川将长安宫阙大势定其方位，此亦擒题之命脉法也。譬如画大轴画，先界轮廓，又如弈棋，先布势子，以后乃好依其间架而次第为之。三、四贴题中"从蓬莱向兴庆阁道"。五、六贴"春望"，贴"雨中"。收"奉和应制"字。通篇只一，还题完密，而兴象高华，称台阁体。

《唐七律隽》：二句是一幅禁城春雨宫殿图，此小家手笔所能梦见耶（"云里帝城"句下）？

《筱园诗话》："云里帝城双凤阙，雨中春树万人家"，秀健而欠雄厚，又逊一格矣。

《唐贤三昧集笺注》：颔联入画，然却是盛唐人语，故妙。

《唐宋诗举要》：吴曰：大句笼罩，气象万千（"雨中春树"句下）。　　方曰：兴象高华。

敕赐百官樱桃

原注：时为文部郎。

芙蓉阙下会千官，紫禁朱樱出上兰。
才是寝园春荐后，非关御苑鸟衔残。
归鞍竞带青丝笼，中使频倾赤玉盘。
饱食不须愁内热，大官还有蔗浆寒。

【汇评】

《唐诗广选》：胡元任曰：退之亦有《谢樱桃》诗，五、六语云："香随翠笼擎初重，色映银盘泻未停"，与此诗五六语相似，然摩诘诗浑然自胜。

《唐诗直解》：典而致，在三、四句尤见本事。

《唐诗选》："才"与下句方有照应，令作"总"者非。　　将无作有，若君恩有馀意。

《唐诗镜》：中联写得宛至。

《唐诗解》：五六对偶工，用事妥。别生议论作结，亦是巧思。

《贯华堂选批唐才子诗》：敕赐樱桃诗，妙在第一句全不提起樱桃，只奋大笔先书曰"芙蓉阙下会千官"。盖阙下即至尊也，阙下会千官，即会朝至尊也。如此便见君臣同德，日会阙下。朝廷之事，必有大者，而此樱桃，不过一日偶然宣赐之微物，此谓"笔墨所争甚微，而立言所关甚大"也。如出小人俗手，必将一起便写樱桃，则不知千官为樱桃故来会阙下乎，抑阙下为樱桃故召会千官乎？竟不成话说矣。三、四两使樱桃事，最精切。然妙实在写出一片敬爱其臣之盛，正不徒以精切为能也。五写先受赐者，六写后受赐者，不谓连百官之"百"字，先生妙笔，直有本事教都写出来，读之分明立在门左右，亲看其纷纷续续而去也。末又意外再写君恩无穷，又如逐员逐员宣谕之。

《此木轩论诗汇编》：初读之只觉其稳切耳。观崔君和章，乃叹摩诘真天人矣。结联味外有味。

《唐诗笺要》：典核都归韵度，颔联尤与题事惬当。

《唐诗成法》：诸虚字皆从"会"、"出"二字生来，不是凭空乱写，应制诗至此神矣、化矣，无以加矣。

《唐诗别裁》：起句敕赐之由，三、四见敬礼臣下，结见君恩无已。词气雍和，浅深合度，与少陵《野人送朱樱》诗，均为三唐绝唱。

《网师园唐诗笺》：立言有体（"非关御苑"句下）。

《唐贤清雅集》：即一赐樱桃，写得君恩深厚无已，是大家（首句下）。

敕借岐王九成宫避暑应教

帝子远辞丹凤阙，天书遥借翠微宫。
隔窗云雾生衣上，卷幔山泉入镜中。
林下水声喧语笑，岩间树色隐房栊。
仙家未必能胜此，何事吹笙向碧空？

【汇评】

《王孟诗评》：顾云：句法天成，更不可易。起语叙事从容曲尽，下联便见九成景物。结乃费咏，便成收束。

《唐诗选脉会通评林》：周敬曰：写景融情入妙。　　蒋一梅曰：玄思豁语不凡，结佳。

《唐诗摘钞》：右丞诗中有画，如此一诗，更不道李将军仙山楼阁也。"衣上"字、"镜中"字、"喧笑"字，更画出景中人来，犹非俗笔所辨。八句用吹笙事始切。

《唐诗成法》：辉煌正大中有典丽清新之致。全无笔墨痕。

《唐诗观澜集》：画亦难到（"卷幔山泉"句下）。　　处处切避暑意，设色直令心地清凉（"岩间树色"句下）。

《唐贤三昧集笺注》：对叠起最好，后人多不解此法。　　鲜润清朗，手腕柔和，此盛唐之足音也。　　顾云：颔联宫上景，颈联宫下景。　　又云：使太子晋事翻案，清新俊逸。

《近体秋阳》："何处"二字是实有所闻语，又似若有所闻意，意圆而句老。

《网师园唐诗笺》：读之忘暑，当不仅赏其吐属之秀（"卷幔山泉"句下）。

和贾舍人早朝大明宫之作

绛帻鸡人报晓筹，尚衣方进翠云裘。
九天阊阖开宫殿，万国衣冠拜冕旒。
日色才临仙掌动，香烟欲傍衮龙浮。
朝罢须裁五色诏，珮声归向凤池头。

【汇评】

《诗法家数》：荣遇之诗，要富贵尊严，典雅温厚。写意要闲雅美丽清细。如王维、贾至诸公《早朝》之作，气格雄深，句意严整，如宫商迭奏，音韵铿锵，真麟游灵沼，凤鸣朝阳也。学者熟之，可以一洗寒陋。后来诸公应诏之作，多用此体，然多老骄气盈。处富贵而不失其正者，几希矣。

《王孟诗评》：帖子语颇不痴重（"万国衣冠"句下）。　　顾云：此为铺写，景象雄浑，富丽造作，句律温厚深长，皆足为法。

《批点唐音》：右丞此篇真与老杜颉颃，后惟岑参及之，它皆不及，盖气象阔大，音律雄浑，句法典重，用字清新，无所不备故也。或犹未全美，以用衣服字太多耳。

《唐诗直解》：谢茂秦曰：王维曰"尚衣方进翠云裘"、"万国衣冠拜冕旒"，二公（按指王维、刘禹锡）重字，不害为大家。

《诗薮》：王、岑二作俱神妙，间未易优劣。昔人谓王服色太多，余以它句犹可，至"冕旒"、"衮龙"之犯，断不能为辞。

《批选唐诗》：意象俱足，庄严稳称，较胜诸作。

《唐音癸签》：《早朝》四诗，名手汇此一题，觉右丞擅场，嘉州称亚，独老杜为滞钝无色。

《唐诗选脉会通评林》：周珽曰：庙廊声响，自然庄重。

《唐风定》：雄浑天然，非初唐富丽之比。

《贯华堂选批唐才子诗》：此全依贾舍人样，前解通写早朝，后解专写两省也。若其中措手又有不同者，贾乃于起一句便安"银烛朝天紫陌长"之七字，是预从"早"字，先已用意；于是而三、四写"朝"字，便无过只是闲笔。此却于第四句始安"万国衣冠拜冕旒"之七字，是直到"朝"字，方乃用意；于是一、二写"早"字亦无过只是闲笔。此则为两先生各自匠心也。

《诗辩坻》：典重可讽，而冕服为病。结又失严。

《唐律偶评》：诸篇但叙入朝，此独从天子视朝之早发端，善变而有体。落句用裁诏收舍人，仍不离天子，是照应之密。

《唐诗观澜集》：此诗如日月五星，光华灿烂。后人嗤点流传，以为用衣太多，此井蛙之见也。

《唐诗成法》："衣裳"字太多，前人已言之矣。"早朝"字未合写，亦一病。

《唐诗别裁》：《早朝》倡和诗，右丞正大，嘉州明秀，有鲁、卫之目。贾作平平，杜作无朝之正位，不存可也。

《山满楼笺注唐诗七言律》：并未别出手眼，而高华典赡，无美不备。

《网师园唐诗笺》：博大昌明（"日色才临"句下）。

《瀛奎律髓汇评》：冯舒：盛丽极矣，字面太杂。　　冯班：才气驾驭，何尝觉杂？毕竟右丞第一。末句太犯，然名句相接便不觉。　　何义门：次联君臣两面都写到，所谓有体要也。　　无名氏（乙）：精彩飞动，虽叠用衣佩字面，位置当在第二。

《唐诗选胜直解》：应制诗庄重典雅，斯为绝唱。

《筱园诗话》："九天"、"冕旒"，气象阔大，而稍欠精切。

和太常韦主簿五郎温汤寓目之作

汉主离宫接露台，秦川一半夕阳开。
青山尽是朱旗绕，碧涧翻从玉殿来。
新丰树里行人度，小苑城边猎骑回。
闻道甘泉能献赋，悬知独有子云才。

【汇评】

《王孟诗评》：顾云：此篇铺写景象雄浑富丽，造作句律温厚深长，皆足为法。

《批点唐诗正声》：诗思宏丽，开阖变化，尤深典雅，近时何、李所极力模仿者。

《唐诗训解》：只拈面前意思，诗有别才如此。

《唐诗镜》：前四语带讽情。五、六景色妙入绘笔。

《唐诗归》：钟云：为"一半夕阳开"五字选之，要知此等诗却不曾深厚，不曾浑雅。 钟云：将小景写出大气象（"小苑城边"句下）。

《汇编唐诗十集》：唐云：请问七言律何者为深厚浑雅？岂"东家流水入西邻"反胜耶？此等几落晚唐人矣。

《唐诗选脉会通评林》：周敬曰：开口琳琅有声，后亦多锤炉之妙。

《唐风定》：音韵噌吰，气骨苍冷，深厚浑雅，众妙备矣。

《唐诗评选》：题云"温泉寓目"，固有规讽。 通篇皆含此旨，故首以"汉主"二字隐之，乃使浅人不测。

《贯华堂选批唐才子诗》：此前解是写温泉，然吾详玩其四句次第，却是细细又写寓目。譬如作大幅界画者，其正经主笔，本自定于一幅之居中，而其初时起手，却必是最下一角，先作从旁小景，既而渐渐添成，便是远近正偏，无数形势，一齐俱备矣。 某尝言：看好山水，眼中须有章法；述好山水，口中须有章法。如此一解四句，便是右丞满胸章法，其为画家鼻祖，岂无故而然乎（首四句下）？

《唐诗观澜集》：好景如画，然用意极深，看项联"尽是"、"翻从"，托出得蕴藉如许，前人论之详矣。

《唐贤三昧集笺注》：此种都是盛唐正轨。

《闻鹤轩初盛唐近体读本》：陈德公曰：爽笔写异景，绝不尖近，此为盛唐。三、四老成警出。五、六是其自然本色，亦有媚媚情致，不为衰率。又从题中"寓目"字抒写，故佳。

《唐贤清雅集》：法度整齐，分远、近写景，诗中有画。

《唐七律隽》：落句以甘泉比温泉。诗中只写离宫之景，将温泉淡淡点出，若落俗手，必将温泉极力描写。相席打令，不可不知也。

酬郭给事

> 洞门高阁霭馀辉，桃李阴阴柳絮飞。
>
> 禁里疏钟官舍晚，省中啼鸟吏人稀。
>
> 晨摇玉佩趋金殿，夕奉天书拜琐闱。
>
> 强欲从君无那老，将因卧病解朝衣。

【汇评】

《王孟诗评》：顾云：看渠结中下字，乃见盛唐温厚。右丞善作富丽语，自其胸怀本色，开口便是。结语深厚，作者少及。

《唐诗直解》：趣得闲适，中四语秀整有度。

《唐诗援》：结语多少蕴藉，令人一唱三叹。岑嘉州《西掖省》诗后四与此略同，但结语太直，为不及耳。

《唐诗镜》：三、四不妨清老。

《唐诗解》：起语闲雅，三、四深秀，五六峻整。

《唐诗选脉会通评林》：意深语厚，温雅之章。　　陈继儒曰：韵致高迥，自动奇眼。

《贯华堂选批唐才子诗》：看他写馀晖，却从"洞门高阁"字着手，此即"反景入深林，复照青苔上"文法，言馀晖从洞门穿入，倒照高阁也。再加"桃李"句，写馀晖中一人闲坐，真是分明如画。再如禁钟、省鸟，写此花阴柳絮中间闲坐之一人，方且与时俱逝，百事都指，真又分明如画也。　　前解先生自道，比来况味，只得如此。后解始酬郭给事也。言摇玉珮，奉天书，与君同事，岂不夙愿？然晨趋夕拜，老不堪矣。诵之使人油然感其温柔敦厚，不觉平时叫嚣之气皆失也。

《唐体馀编》：岑诗"官拙自悲白头尽，不如岩下掩荆扉"，以"官拙"二字顺带，此以"朝衣"二字倒煞，同一法。　　三字关锁，倘作"返岩扉",未尝不是,而局稍散矣。细心人试参之("将因卧病"句下)。

《唐诗成法》:前四夜之寓直寂寞,浑涵不露。五、六昼之公务不闲,逼出七、八欲谢病。和平典雅,具自然之致。

《唐贤三昧集笺注》:起句不可太平,熟读此种可思。　　清俊温雅。

《闻鹤轩初盛唐近体读本》:陈耔留曰:疏雅不群,试讽三、四,风情独绝。

《唐宋诗举要》:吴汝纶曰:收见右丞高致。

《诗式》:凡赠诗须切是人地位。给事在殿中,故发句上句曰"洞门高阁",起便壮丽;下句倍极风华。颔联"禁里疏钟"、"省中啼鸟",写景。颈联晨趋金殿、夕拜琐闱,写事。落句言未尝不欲从君,只以年老卧病,故解下朝衣而将老也。摩诘两居给事中,故尔云云。起联、颔联、颈联俱华贵,落句尤极蕴藉。题为摩诘《酬郭给事》,在摩诘口中必须推重给事,此即尊题之法。如李颀《宿莹公禅房闻梵》一首,落句云"始觉浮生无住著,顿令心地欲皈依",与此将毋同。　　〔品〕庄丽。

出　塞

原注:时为御史监察塞上作。

居延城外猎天骄,白草连山野火烧。
暮云空碛时驱马,秋日平原好射雕。
护羌校尉朝乘障,破虏将军夜渡辽。
玉靶角弓珠勒马,汉家将赐霍嫖姚。

【汇评】

《笺注唐诗》:先生诗温厚和平之气溢于言表,而其神俊逸,其势矫健,少陵而外,罕有为之匹者。

《全唐诗说》:"居延城外猎天骄"一首佳甚,非两"马"字犯,当足压卷。

《批选唐诗》:不著事理意趣,而声韵宏伟,正是近体。

《诗薮》:"居延城外"甚有古意,与"卢家少妇"同,而音节太促,语句伤直,非沈之比也。

《唐诗镜》:三、四妙得景色,极其雄浑,而不见雄浑之迹。诗至雄浑而不肥,清瘦而不削,斯为至矣。

《汇编唐诗十集》:仲言云:王元美欲取此为盛唐第一,恨其叠二"马"字,余复恨其连连失粘,然骨力雄浑,不失为开、天名作。

《唐诗选脉会通评林》:周敬曰:起劲而浑,次平而壮,三典而工,结讽而厚。周启琦曰:伸眉吐婉,转蕴生风,即渴虹下饮玉池,不过是也。

《唐风定》:唐人关塞、宫词罕有入七言律者,右丞此篇,千秋绝调,文房《上阳》次之。

《唐诗评选》:自然缜密之作,含意无尽,端自《三百篇》来,次亦不失《十九首》,不可以两押"马"字病之。   意写张皇边事,吟之不觉。

《贯华堂选批唐才子诗》:看他起笔"居延城外"四字,三、四"暮"字、"时"字、"秋"字、"好"字,却似一道紧急边报然。

《五七言今体诗钞》:右丞尝为御史,使塞上,正其中年才气极盛之时。此作声出金石,有麾斥八极之概矣。

《唐七律选》:二"马"字偶不检,无碍高句,似成语椎炼而无斧煅之迹。

《唐贤三昧集笺注》:气体甚好,然却不是声从屋瓦上震者,此雅笔俗笔之分,精气粗气之别,辨之。   虚字多用固不可,亦不能全不用。斟酌得宜,是在善学。   唐人以音节为主,故不拘平仄。　　第七句用三叠名法，倍见挥斥，此秘旨也。

《闻鹤轩初盛唐近体读本》：评：三、四峭健，纯用生笔，作使警动。结亦作意，错落娇秀。

《唐诗别裁》：上言疆场有警，下言命将出师。一结得"彤弓弨兮受言藏"之意。

《昭昧詹言》：此是古今第一绝唱，只是声调响入云霄。

《唐宋诗举要》：方曰：前四句目验天骄之盛，后四句侈陈中国之武，写得兴高采烈，如火如锦，乃称题。收赐有功，得体。浑颢流转，一气喷薄，而自然有首尾起结章法，其气若江海之浮天。

送杨少府贬郴州

明到衡山与洞庭，若为秋月听猿声？
愁看北渚三湘近，恶说南风五两轻。
青草瘴时过夏口，白头浪里出湓城。
长沙不久留才子，贾谊何须吊屈平！

【汇评】

《批点唐诗正声》：维诗调清气逸，诸律中之佳者。

《王孟诗评》顾云：善赋矣。临结又用一故实翻缴公案，用意忠厚，其味深长，他作所无。

《唐诗镜》：五、六语非漫下，正是别情种处。气自项联贯下，与"黄河碛里沙为岸，白马津边柳南城"者自别。

《唐诗解》：三、四弱在"愁看"、"恶说"四字。五六滥觞晚唐。

《唐诗选脉会通评林》：周敬曰：凄楚自在，结不沾惹君上，浑厚。

《钱何评注唐诗鼓吹》：三、四抽出笔来，曰"愁看"，曰"恶说"，又重写一段惜别光景，此真绝妙文章，绝细手笔也。

《贯华堂选批唐才子诗》：此前解，手法最奇。看他一、二，公然便向并未曾别之人，预先用勾魂摄魄之笔深探入去，逆料其后来到衡山，到洞庭，必不能对秋月而听猿声者。于是三、四方更抽笔出来，重写"愁看北渚"、"恶说南风"，目今一段惜别光景。此皆是先生一生学佛，深入旋陀罗尼法门，故能有如此精深曲畅之文也。

《唐七律选》：诗律至此，椎重之气稍息矣，然故未佻也。

《唐体肤诠》：六句郴州，尾联结出贬谪，易明。妙在六句中写景物风波之异，贬谪意已动。

《唐诗成法》：六句写愁景，句句令贬郴州者愁死，至七、八方逼出"不久"、"何须"四字，足令少府开颜。此前六一段，后二一段，格奇。然一首中七用地名，虽气逸不觉，必竟非法。

《唐贤三昧集笺注》：顾云：清响。　　此（按指"恶说"）是字法，极有关键，不同挑弄之虚字也。　　音节甚高，筋节亦动荡。

《唐诗别裁》：不能北归，反恶南风，语妙意曲。

《近体阳秋》：悲者语多婉，愤者气多直。二句直起，既浩而愤，复险而悲（首二句下）。

《湘绮楼说诗》：起不作势，却扫除门面语。

过乘如禅师萧居士嵩丘兰若

无著天亲弟与兄，嵩丘兰若一峰晴。
食随鸣磬巢乌下，行踏空林落叶声。
逆水定侵香案湿，雨花应共石床平。
深洞长松何所有？俨然天竺古先生。

【汇评】

《唐诗选》：玉遮曰：中四句俱新巧。

《唐诗镜》：三、四清真，绝去色相。

《唐诗归》：钟云：朴（"无着天亲"句下）。　　谭云：不贪（"嵩丘兰若"句下）。　　钟云：踏声妙甚。谭云：禅机（"行踏空林"句下）。

《唐诗选脉会通评林》：布格整而意超，用事恰而调逸。周珽曰：灵机慧语，自是青莲社中人口眼。　　陈继儒曰：蜜谛冷绝，一叶舟俄登彼岸矣。　　宗臣曰：逸思动荡。　　黄家鼎曰：起朴后静。中禅悟，未许躁人解参。

《贯华堂选批唐才子诗》：看他四句（按指后四句）二十八字，只为欲写"何所有"之三字，却乃翻作如此异样笔墨，真为翰林之罕事也。

《唐诗摘钞》：章法之开合，笔墨之神化，皆登无上神品矣。

春日与裴迪过新昌里访吕逸人不遇

桃源一向绝风尘，柳市南头访隐沦。
到门不敢题凡鸟，看竹何须问主人？
城外青山如屋里，东家流水入西邻。
闭户著书多岁月，种松皆老作龙鳞。

【汇评】

《王孟诗评》：青山流水自在。　　顾云：此篇似不经意，然结语奇突，不失盛唐。又云：信乎拈来，头头是道。不可因其直率，略其雅逸也。

《唐诗镜》："看竹何须问主人"，倏然雅意。五、六全入画意，正是于不遇时徘徊瞻顾景象。

《唐诗归》：钟云：非此妙笔，则此两事说不遇亦套矣（"到门不敢"一联下）。　　谭云：好光景（"东家流水"句下）。

《唐诗选脉会通评林》：蒋一梅曰：用事切题，做法更不可移动。 周珽曰：此诗淡淡着烟，深深笼水，即离之间，俱有妙景。"到门"二语，更饶神韵。

《贯华堂选批唐才子诗》：最奇最妙者，看先生于二、三、四句未写以前，忽然空中无因无依，随笔所荡，先荡出"桃源面面绝风尘"之七字。……试思先生如此高手，如此妙手，真乃上界仙灵。其吹气所至，皆化楼台，又岂下士笔墨之事所能奉拟哉！

《唐七律选》：只用两不遇事，而调度甚好（"到门不敢"二句下）。 此近人所称能实写当境无泛饰者，然曾有一字入俚嗲否？若此等，虽白傅亦伧父，况下此矣（"东家流水"句下）。

《唐体馀编》：不复回顾"不遇"，而摩娑瞻望、阗然之境可想，奇情化笔。

《唐诗成法》：前四写题已尽，转笔更写山水，究是承"绝风尘"。七转笔写人，究是承"隐沦"。八似虚拖一句，究是承"一向"，法之紧严如此。

《唐贤三昧集笺注》：一气清澈，便是绝妙好词。彼堆垛零星支架不起者，何止上下床之别？有志雅音，断宜去彼取此。 顾云：颔联使事切。

酌酒与裴迪

酌酒与君君自宽，人情翻覆似波澜。
白首相知犹按剑，朱门先达笑弹冠。
草色全经细雨湿，花枝欲动春风寒。
世事浮云何足问？不如高卧且加餐。

【汇评】

《王孟诗评》："草色"、"花枝"固是时景，然亦托喻小人冒宠、君子颠危耳。

《增订评注唐诗正声》：郭云："风""雨"托比深婉。

《唐诗广选》：王元美曰：王维七言律，自《早朝》诸篇外，往往不拘常调，至此篇四联皆用反法，亦初盛唐所无。

《唐诗选》：玉遮曰：此诗才是相知对酌口谭。

《唐诗归》钟云：直直命题，便藏感慨。　　钟云：好起（"酌酒与君"句下）。　　钟云：感慨矣，忽着此和细语。此诗去粗露一途亦近矣，此二语救之（"草色全经"二句下）。

《唐诗解》：五、六赋时景为此。结在王不浅，今人学之便浅。

《唐诗选脉会通评林》：周敬曰：此诗洞彻世态，发语凄怆。中四句正说人情反复，托意宏深。结束处便有厌弃尘世之思。又曰：五、六清健，气格矫矫。

《唐贤三昧集笺注》：炉火纯青，妙极矣。此又七律中高一着者也。　　极舒徐淡与之致，立论故不见其轻薄。第七句"世事浮云"，妙与"春风"、"细雨"相为映带。"何所问"三字，将上所论人情世事一切消纳。第八句乃为缴足，去路悠然。

《山满楼笺注唐诗七言律》：四联皆用拗体，另是一法。

早秋山中作

无才不敢累明时，思向东谿守故篱。
岂厌尚平婚嫁早？却嫌陶令去官迟。
草间蛩响临秋急，山里蝉声薄暮悲。
寂寞柴门人不到，空林独与白云期。

【汇评】

《唐诗选脉会通评林》：周启琦曰：醒快有古意。

《山满楼笺注唐诗七言律》：此等诗温厚和平，不失正始之遗，读之令人悠然自远。

《诗式》：发句上句从山中对面入，言不敢以无才而出，恐做坏了事，致累明时；下句承首句入题，"向东谿守故篱"，已在山中也。颔联上句言婚嫁之事俱了，盖身无所绊，可以归山中矣，岂厌其早乎；下句言今始在此山中，只为一官未能遽去，却嫌其迟也。用尚平、陶令事，所谓用事引证也。颈联写景分贴"早秋"均切。落句上句深收"山中"，言寂寞只是人不到之故，而寂寞如此，断亦无人到耳；下句言空林之下惟己与白云可以相期，亦也在山中人少也。必如此，乃写出山中真境。　　〔品〕超诣。

积雨辋川庄作

积雨空林烟火迟，蒸藜炊黍饷东菑。

漠漠水田飞白鹭，阴阴夏木啭黄鹂。

山中习静观朝槿，松下清斋折露葵。

野老与人争席罢，海鸥何事更相疑？

【汇评】

《石林诗话》：诗下双字极难，须是七言、五言之间除去五字、三字外，精神兴致全见于两言，方为工妙。唐人谓"水田飞白鹭，夏木啭黄鹂"为李嘉祐诗，摩诘窃取之，非也。此两句好处，正在添"漠漠"、"阴阴"四字，此乃摩诘为嘉祐点化，以自见其妙，如李光弼将郭子仪军，一号令之，精采数倍。

《王孟诗评》：写景自然，造语又极辛苦。　　顾云：结语用庄子忘机之事，无迹。此诗首述田家时景。次述己志空泊，末写事实，又叹俗人之不知己也。东坡云：摩诘"诗中有画，画中有诗"者，此耳。

《增订评注唐诗正声》：周云：妙在四叠字，易此便如嚼蜡。

《批点唐诗正声》："水田飞白鹭，夏木啭黄鹂"，人皆能为，比诸惟下"漠漠"、"阴阴"四字,诗意便胜。

《唐诗归》:钟云:"烟火迟"又妙于烟火新,然非积雨说不出("积雨空林"句下)。　　谭云:悟矣("山中习静"句下)。

《唐诗选脉会通评林》:周敬曰:清脱无尘,出世人语。摩诘诗往往多道气,要非寻常韵律间者。　　周珽曰:全从真景真趣摹写,灵机秀色,读之如在镜中游。　　陈继儒曰:语气殊静。蒋一梅曰:用事切题,做法更不可移动。

《唐诗贯珠笺释》:第二承烟火也。三、四雨后之景,用叠字独能句圆神旺。五言看破荣枯,六言甘于清虚。

《碛砂唐诗》:敏曰:今人每用叠字,非惟觉得单弱,且与全句精神俱失。试观此联,偏似无此叠字,径直无情,加此叠字,情景活现,则用叠字之法具在矣。况乎七言最忌五言句泛加二字,惟此真是七字句,并非五言泛加二字也("漠漠水田"一联下)。

《唐三体诗评》:悟富贵之无常,乃弥甘于藿食,无妨为农没世,入鸥群而不乱也。五六递对,无复笔墨之痕。

《历代诗发》:诗中写生画手,人境皆活,耳目长新,真是化机在掌握矣。

《唐贤三昧集笺注》:顾云:下"迟"字妙。　　又云:三、四自然如画。　　又云:此必有为而云,游思悠远恬澹,胸中绝无微尘。

《昭昧詹言》:此题命脉,在"积雨"二字。起句叙题。三、四写景极活现,万古不磨之句。后四句,言己在庄上。事与情如此。

《唐宋诗举要》:方曰:写景极活现("阴阴夏木"句下)。赵松谷曰:淡雅幽寂。

息夫人

莫以今时宠,能忘旧日恩。

看花满眼泪,不共楚王言。

【汇评】

《古今诗话》:宁王宪宅左有卖饼人妻,有色。王欲之,厚遗其夫,取之,宠嬖逾等。阅岁,因问云:"尚思饼汉否?"默然不对。因呼令见,其妻注眼泪下,若不胜情。时坐客十馀,莫不凄然。王请客赋诗,王摩诘先成,诗曰:"莫以今朝宠,宁忘旧日恩。看花满眼泪,不共楚王言。"

《王孟诗评》:正尔憔悴得人。　　顾云:只发一"楚"字,便有无穷悲怨。

《载酒园诗话》:摩诘"莫以今时宠"云云,正以咏饼师妇佳耳,若直咏息夫人,有何意味!

《唐诗笺要》:非嬉笑,非抢白,有吞有吐,拟容取心,情事宛合。

《唐贤三昧集笺注》:顾云:婉曲。

《围炉诗话》:唐人诗意不必在题中,如右丞《息夫人怨》……使无稗说载其为宁王夺饼师妻作,后人何从知之?

《纫斋诗谈》:体贴出怨妇本情,又不露出宁王之本情,真得《三百篇》法。止二十字,却有味外味,诗之最高者。

《诗法易简录》:只就"不言"一事点缀之,不加评论,诗品自高。

班婕妤三首（其二）

宫殿生秋草,君王恩幸疏。
那堪闻凤吹,门外度金舆。

【汇评】

《王孟诗评》:语皆不刻而近。

《唐诗选脉会通评林》：蒋一梅曰：凄然动人。　　　顾云：浑然。

《唐诗从绳》：本旨一毫不露，作法高绝。

《唐诗笺注》：意分两层，曲折沉挚。

《唐人万首绝句选评》：门内秋草日生，门外金舆自度，如此看便妙。

辋川集并序（选十二首）

余别业在辋川山谷，其游止有孟城坳、华子冈、文杏馆、斤竹岭、鹿柴、木兰柴、茱萸沜、宫槐陌、临湖亭、南垞、欹湖、柳浪、栾家濑、金屑泉、白石滩、北垞、竹里馆、辛夷坞、漆园、椒园等。与裴迪闲暇各赋绝句云。

孟城坳

新家孟城口，古木馀衰柳。

来者复为谁？空悲昔人有。

【汇评】

《王孟诗评》："复欲"二语，如此俯仰旷达不可得。

《批点唐诗正声》：物化忘尽，成壮烈极语。

《唐诗镜》：倒折，简而深。

《唐音癸签》：非为昔人悲，悲后人谁居此耳。总达者之言。

《汇编唐诗十集》：吴逸一云：寄慨来者，感兴自深。流利清婉。

《唐诗选脉会通评林》：周珽曰：见得到，说得出。

《诗法易简录》：四句中无限曲折，含蓄不尽。

《唐人万首绝句选评》：淡荡人作淡荡语，所以入妙。格调俊整，下二句一倒转，便不成语矣。所以诗贵调度得法。

《诗境浅说续编》：孟城新宅，仅馀古柳，昔年居此者，重重陈迹，荡焉无存。今虽暂为己有，而人事变迁，片壤终归来者。后之视今，犹今之视昔。……摩诘诚能作达矣。

华子冈

飞鸟去不穷，连山复秋色。

上下华子冈，惆怅情何极！

【汇评】

《王孟诗评》：萧然更欲无言。　　顾云：调古兴高，幽深有味，无出此者。

文杏馆

文杏裁为梁，香茅结为宇。

不知栋里云，去作人间雨。

【汇评】

《唐贤三昧集笺注》：顾云：当是馆在空山中，景色虚旷可想。

《诗法易简录》：玩诗意，馆应在山之最高处。首二句写题面，三四句写出其地之高。山上之云自栋间出而降雨，而人犹不知，则所居在山之绝顶可知。

鹿　柴

空山不见人，但闻人语响。

返景入深林，复照青苔上。

【汇评】

《王孟诗评》：无言而有画意。　　顾云：此篇写出幽深之景。

《批点唐诗正声》：不言处反胜有，言复不佳。

《唐诗广选》：李宾之曰：诗贵淡不贵浓，贵远不贵近。如杜诗

"钩帘宿鹭起，丸药流莺转"、李诗"桃花流水杳然去，别有天地非人间"与摩诘"返景"二语，皆淡而浓、近而远，可为知者道，难与俗人言也。

《唐诗直解》：无言而有画意，"复照"妙甚。

《唐诗训解》：不见人，幽矣；闻人语，则非寂灭也。景照青苔，冷淡自在。摩诘出入渊明，独《辋川》诸作最近，探索其趣，不拟其词。如"结庐在人境，而无车马喧"，喧中之幽也；"空山不见人，但闻人语响"，幽中之喧也。如此变化，方入三昧法门。

《唐诗选注》：玉遮曰：只四语，令人应接不暇。

《唐诗笺要》：景到处有情，情到处生景，可思不可象，摩诘真五绝圣境。

《而庵说唐诗》：此首眼目在"空山"二字。右丞笔下直是大光明藏，无有一字在也。

《唐贤三昧集笺注》：五绝乃五古之短章，最难简古浑妙。唐人此体，右丞可称妙手。

《唐诗别裁》：佳处不在语言，与陶公"采菊东篱下，悠然见南山"同。

《唐诗笺注》："不见人"、"闻人语"，以林深也。林深少日，易长青苔，而反景照入，空山阒寂，真麋鹿场也。诗细甚。

《诗法易简录》：人语响，是有声也；返景照，是有色也。写空山不从无声无色处写，偏从有声有色处写，而愈见其空。严沧浪所谓"玲珑剔透"者，应推此种。沈归愚谓其"佳处不可语言"，然诗之神韵意象，虽超于字句之外，实不能不寓于字句之间，善学者须就其所已言者，而玩索其不言之蕴，以得于字句之外可也。

《唐贤清雅集》：空而非空，宛而不宛，闲淡入妙。

《唐人万首绝句选评》：写出幽深。

《诗境浅说续编》：深林中苔翠阴阴，日光所不及，惟夕阳自林间斜射而入,照此苔痕,深碧浅红,相映成采。此景无人道及,惟妙心得之,诗笔复能写出。

木兰柴

秋山敛馀照,飞鸟逐前侣。

彩翠时分明,夕岚无处所。

【汇评】

《王孟诗评》:犹是《鹿柴》之馀。

《唐诗归》:钟云:此首殊胜诸咏,物论恐不然。

《唐贤三昧集笺注》:顾云:是咏木兰柴一时景色逼人,造化尽在笔端矣。

《唐人万首绝句选评》:令人心目俱远。

南 垞

轻舟南垞去,北垞淼难即。

隔浦望人家,遥遥不相识。

【汇评】

《唐贤三昧集笺注》:顾云:模写玄妙,不容更添一物。

《唐绝诗钞注略》:此作亦淡远有神。

《唐人万首绝句选评》:写得渺漫,如在目前。

《诗境浅说续编》:此诗纯咏水乡。舟行南垞,见北垞之三五人家,掩映于波光林霭间,一水盈盈,可望而不可即。写水窗闲眺情景,如身在轻桡容与中也。

欹 湖

吹箫凌极浦,日暮送夫君。

湖上一回首,青山卷白云。

《唐诗解》：摩诘辋川诗并偶然托兴，初不着题模拟。此盖送客歇湖而吹箫以别，回首山云，有怅望意。

《增订唐诗摘钞》：末句无限深情，却于景中写出。

栾家濑

飒飒秋雨中，浅浅石溜泻。

跳波自相溅，白鹭惊复下。

【汇评】

《王孟诗评》：顾云：此景常有，人多不观，唯幽人识得。

《唐诗镜》：古趣。

《唐贤三昧集笺注》：顾云：闲景闲情，岂尘嚣者所能领会，只平平写景自见。

《诗境浅说续编》：秋雨与石溜相杂而下，惊起濑边栖鹭，回翔少顷，旋复下集。惟临水静观者，能写出水禽之性也。

白石滩

清浅白石滩，绿蒲向堪把。

家住水东西，浣纱明月下。

【汇评】

《唐贤三昧集笺注》：顾云：此使西施浣纱石事咏之。如此白石滩，安得不浣纱，有"清斯濯缨"之意。曰"明月下"，景益清切。

北垞

北垞湖水北，杂树映朱阑。

逶迤南川水，明灭青林端。

《唐贤三昧集笺注》：顾云：犹是南垞馀景。"逶迤"、"明灭"字，曲尽丛林长流景色。

竹里馆

独坐幽篁里，弹琴复长啸。

深林人不知，明月来相照。

【汇评】

《王孟诗评》：顾云：一时清兴，适与景会。

《唐诗广选》：人不知而月相照，正应首句"独坐"二字。

《唐贤三昧集笺注》：幽迥之思，使人神气爽然。

《唐诗笺注》：《辋川》诸诗，皆妙绝天成，不涉色相。止录二首（指《鹿柴》及此诗），尤为色籁俱清，读之肺腑若洗。

《唐人万首绝句选评》：毋乃有傲意。

《诗境浅说续编》：《辋川集》中，如《孟城坳》、《栾家濑》诸作，皆闲静而有深湛之思。此诗言月下鸣琴，风篁成韵，虽一片静景，而以浑成出之。坊本《唐诗三百首》特录此首者，殆以其质直易晓，便于初学也。

《唐人绝句精华》：以上四诗（指《鹿柴》、《栾家濑》、《竹里馆》及《鸟鸣涧》），皆一时清景与诗人兴致相会合，故虽写景色，而诗人幽静恬淡之胸怀，亦缘而见。此文家所谓融景入情之作。

辛夷坞

木末芙蓉花，山中发红萼。

涧户寂无人，纷纷开且落。

【汇评】

《王孟诗评》：顾云：其意不欲着一字，渐可语禅。

《唐风定》：此诗每为禅宗所引，反令减价，只就本色观，自是绝顶。

《唐贤三昧集笺注》：思致平淡闲雅，亦自可爱。

《唐诗别裁》：幽极。　　借用楚词，因颜色相似也。

《诗法易简录》：幽淡已极，却饶远韵。

《唐人万首绝句选评》：刻意取远味。

《唐诗真趣编》：摩诘深于禅，此是心无挂碍境界。　　虽在世中，脱然世外，令人动海上三山之想。

《诗境浅说续编》：东坡《罗汉赞》："空山无人，水流花开。"世称妙悟，亦即此诗之意境。

【总评】

《王孟诗评》：顾云：王公《辋川》诸诗，近事浅语，发于天然。皎、岛辈十驾何用？

《震泽长语》：摩诘以淳古淡泊之音，写山林闲适之趣，如《辋川》诸诗，真一片水墨不着色画。

《诗薮》：右丞《辋川》诸作，却是自出机轴，名言两忘，色相俱泯。

《唐诗选脉会通评林》：黄家鼎曰：摩诘《辋川》诸诗，会心处翛然自得。观其"来者复为谁？空悲昔人有"、"涧户寂无人，纷纷开且落"等句，俗人亦自不能晓。

《此木轩论诗汇编》：小画有远景。

纪昀《批苏诗》：五绝分章模山范水，如画家有尺幅小景，其格创自《辋川》。尔后辗转相摹，渐成窠臼，流连光景，作似尽不尽之词，似解不解之语，千人可共一诗，一诗可题千处。桃花作饭，转归尘劫，此非创始者过，而依草附木者过也。

《岘傭说诗》：《辋川》诸五绝清幽绝俗，其间"空山不见人"、"独坐幽篁里"、"木末芙蓉花"、"人闲桂花落"四首尤妙，学者可以细参。

皇甫岳云溪杂题五首（选三首）

鸟鸣涧

人闲桂花落，夜静春山空。
月出惊山鸟，时鸣春涧中。

【汇评】

《王孟诗评》：皆非着意。　　顾云：所谓情真者。　　又云：何限清逸。

《批点唐诗正声》：闭关时有此佳趣，亦不寂寂。

《唐诗归》：钟云：此"惊"字妙（"月出"句下）！　　钟云：幽寂（末句下）。

《增订唐诗摘钞》：鸟惊月出，甚言山中之空。

《而庵说唐诗》："夜静春山空"，右丞精于禅理，其诗皆合圣教，有此五个字，可不必更读十二部经矣。"时鸣春涧中"，夫鸟与涧同在春山之中，月既惊鸟，鸟亦惊涧，鸟鸣在树，声却在涧，纯是化工，非人为可及也。

《唐贤三昧集笺注》：神清。　　顾云：如此好景，安得不歆动好情。

《唐诗笺注》：闲事闲情，妙以闲人领此闲趣。

《唐诗别裁》：诸咏声息臭味，迥出常格之外，任后人摹仿不到，其故难知。

《诗法易简录》：鸟鸣，动机也；涧，狭境也。而先着"夜静春山空"五字于其前，然后点出鸟鸣涧来，便觉有一种空旷寂静景象，因鸟鸣而愈显者，流露于笔墨之外。一片化机，非复人力可到。

《唐绝诗钞注略》：徐文弼云：有此一"惊"字，愈觉寂然。

《唐人万首绝句选评》：下二句只是写足"空"字意。

《诗境浅说续编》：昔人谓"鸟鸣山更幽"句，静中之动，弥见其静，此诗亦然。

鸬鹚堰

乍向红莲没，复出清蒲飏。

独立何褵褷，衔鱼古查上。

【汇评】

《唐贤三昧集笺注》：开后人咏物之门。

《诗境浅说续编》：甫入芙蕖影里，旋出蒲藻丛中，善写其凫没鸾举之态。后二句言既入水得鱼，乃在查头小立。鸬鹚之飞翔食息，于四句中尽之，善于体物矣。

萍　池

春池深且广，会待轻舟回。

靡靡绿萍合，垂杨扫复开。

【汇评】

《王孟诗评》：每每静意，得之偶然。

《唐人万首绝句选评》：即景点染，恐人即目失之。

《诗境浅说续编》：池水不波，轻舟未动，水面绿萍，平铺密合，偶为风中杨柳低拂而开，开而复合，深得临水静观之趣。此恒有之景，惟右丞能道出。

答裴迪辋口遇雨忆终南山之作

淼淼寒流广，苍苍秋雨晦。

君问终南山，心知白云外。

《唐贤三昧集笺注》：顾云：高古。隐寓佛家"此心常净明圆觉"意。

《唐贤清雅集》：不从题外求解，自有远神。长题五绝定式。

送　别

山中相送罢，日暮掩柴扉。

春草年年绿，王孙归不归？

【汇评】

《王孟诗评》：古今断肠，理不在多。

《唐诗绝句类选》：只标地写情而不缀景。

《唐诗援》：语似平淡，却有无限感慨，藏而不露。

《唐诗广选》：顾与新曰：翻用楚词语意，脱胎换骨，更为深婉。

《唐诗解》：扉掩于暮，居人之离思方深；草绿有时，行子之归期难必。

《汇编唐诗十集》：唐云：得汉魏和缓气。

《唐贤三昧集笺注》：此种断以不说尽为妙。结得有多少妙味。

《唐人万首绝句选评》：翻弄骚语，刻意扣题。

《诗境浅说续编》：所送别者，当是驰骛功名之士，而非栖迟泉石之人，结句言"归不归"者，故作疑问之词也。

临高台送黎拾遗

相送临高台，川原杳何极！

日暮飞鸟还，行人去不息。

《唐诗直解》："飞鸟还"，有一段想望在内。

《唐诗解》：模写居人之思，不露情态，是五绝最嘉处。

《增订唐诗摘钞》：只写其所见之景，而送客之怀、居人之思，俱在不言之表，高甚。

《而庵说唐诗》：此纯写临高台之意，勿呆看一字，方有得。　　"日暮飞鸟还"，送别不必在日暮，而云日暮，夫望去者远，则送者立之久。古人立意必造过几十层，有绝无文理者，此是跌顿法，不可不知也。既有"日暮"二字，即缀"飞鸟还"三字，作诗最要见景生情，将计就计，十分活脱。一句中不妨两边耀去，此等是也。

《唐贤三昧集笺注》：顾云：景中寓情不尽。　　古淡，极沉着。

《岘傭说诗》：所谓语短意长而声不促也，可以为法。

《唐人绝句精华》：二十字中不明言别情，而鸟还人去，自然缱绻。

崔九弟欲往南山马上口号与别

城隅一分手，几日还相见？
山中有桂花，莫待花如霰。

【汇评】

《批点唐音》：此兴自高，人道不得。

《唐贤三昧集笺注》：古甚。亦极有味，耐人领略。　　言外意不尽，冲淡自然。

《批唐贤三昧集》：右丞五绝全用天机，故尝独步一时。

杂诗三首

其一

家住孟津河，门对孟津口。

常有江南船，寄书家中否？

【汇评】

《唐诗广选注》：蒋春甫曰：远思却如此说来。

《唐诗笺注》：此系忆远之诗。言家在津口，江南船来，寄书甚便。语质直而意极缠绵。

其二

君自故乡来，应知故乡事。

来日绮窗前，寒梅著花未？

【汇评】

《唐诗解》："应知"二字括下联意。又一首同一问人，此作有味。

《唐诗笺注》：与前首俱口头语，写来真挚缠绵，不可思议。着"绮窗前"三字，含情无限。

《唐人万首绝句选评》：问得淡绝、妙绝。如《东山》诗"有敦瓜苦"章，从微物关情，写出归时之喜。此亦以微物悬念，传出件件关心，思家之切。此等用意，今人那得知？

《唐诗评注读本》：通首都是讯问口吻，而游子思乡之念，昭然若揭。

《唐宋诗举要》：赵松谷曰：陶渊明诗云："尔从山中来，早晚发天目。我居南窗下，今生几丛菊。"王介甫诗云："道人北山来，问松我东冈。举手指屋脊，云今如许长。"与右丞此章同一杼轴，皆情到之辞，不假修饰而自工者也。然渊明、介甫二作，下文缀语稍多，趣意便觉不远。右丞只为短句，一吟一咏，更有悠扬不尽之致。欲于此下复赘一语不得。

《诗境浅说续编》：故乡久别，钓游之地，朋酒之欢，处处皆萦怀抱，而独忆窗外梅花。论襟期固雅逸绝尘，论诗句复清空一气。所谓妙手偶得也。

其三

> 已见寒梅发，复闻啼鸟声。
> 心心视春草，畏向阶前生。

【汇评】

《唐诗直解》：翻用《楚词》"王孙游兮不归，春草生兮萋萋"意，脱胎换骨，更为深婉。

《唐诗选》：玉遮曰："畏向"二字更与"愁心"句稳贴。

《唐诗选脉会通评林》：徐中行曰：情致亦达。　　周明辅曰：闲缓，看他安顿之法。

《唐诗笺注》："心心"字妙，若作"愁心"，浅矣。

《唐人万首绝句选评》：何感春乃尔！

【总评】

《王孟诗评》：顾云：三诗皆淡中含情。

《唐诗归》：钟云：前二章问人，仓率得妙；后章自语，闲缓得妙。各自含情。

《唐贤三昧集笺注》：意甚浓至，冲淡隽永。　　闲雅之思，极其悠长。

崔兴宗写真咏

> 画君年少时，如今君已老。

今时新识人，知君旧时好。

【汇评】

《汇编唐诗十集》：唐云：意极圆转，觉传神者难于下笔。

相　思

红豆生南国，春来发几枝。
愿君多采撷，此物最相思！

【汇评】

《读雪山房唐诗序例》：王维"红豆生南国"、王之涣"杨柳东门树"、李白"天下伤心处"，皆直举胸臆，不假雕镂，祖帐离筵，听之恫恫，二十字移情固至此哉！

《唐诗评注读本》：睹物思人，恒情所有，况红豆本名相思，"愿君多采撷"者，即谆嘱无忘故人之意。

《诗境浅说续编》：红豆号相思子，故愿君采撷，以增其别后感情，犹郭元振诗，以同心花见殷勤之意。

《唐人绝句精华》：此以珍惜相思之情，托之名相思子之红豆也。

书　事

轻阴阁小雨，深院昼慵开。
坐看苍苔色，欲上人衣来。

【汇评】

《天厨禁脔》：《书事》："轻阴阁小雨，深院昼慵开。坐看苍苔色，欲上人衣来。"《若耶溪归兴》："若耶溪上踏莓苔，兴罢张帆载酒回。汀草岸花浑不见，青山无数逐人来。"前诗王维作，后诗舒王作,皆含不尽之意,子由谓之不带声色。

哭孟浩然

原注:时为殿中侍御史,知南选,至襄阳有作。

故人不可见,汉水日东流。
借问襄阳老,江山空蔡州。

【汇评】

《唐贤三昧集笺注》:老成凋谢,空馀蔡州之江山耳。王、孟交情无间,而哭襄阳之诗只二十字,而感旧推崇之意已至。盛唐人作近古如此,后人则尚敷衍。

阙题二首(其一)

荆谿白石出,天寒红叶稀。
山路元无雨,空翠湿人衣。

【汇评】

《东坡题跋·书摩诘蓝田烟雨图》:味摩诘之诗,诗中有画;观摩诘之画,画中有诗。诗曰:"蓝谿白石出,玉川红叶稀。山路元无雨,空翠湿人衣。"此摩诘之诗,或曰非也,好事者以补摩诘之遗。

田园乐七首(选四首)

其三

采菱渡头风急,策杖林西日斜。
杏树坛边渔父,桃花源里人家。

《唐诗笺注》：如此幽闲野趣，想见辋川图画中人。

其四

萋萋春草秋绿，落落长松夏寒。

牛羊自归村巷，童稚不识衣冠。

【汇评】

《绳斋诗谈》：比范石湖高数倍，宋人极力爽快处，正是低格。

《诗法易简录》：三、四写出田园真朴景象。

其五

山下孤烟远村，天边独树高原。

一瓢颜回陋巷，五柳先生对门。

【汇评】

《唐诗解》："先生对门"非讫然语，岂裴迪辈欤？

《画禅室随笔》："山下孤烟远村，天边独树高原。"非右丞工于画道，不能得此语。

其六

桃红复含宿雨，柳绿更带朝烟。

花落家童未扫，莺啼山客犹眠。

【汇评】

《诗人玉屑》：每哦此句，令人坐想辋川春日之胜，此老傲睨闲适于其间也。

《唐诗选脉会通评林》：周珽曰：上联景媚句亦媚，下联居逸趣亦逸。

《玉林诗话》：六言绝句，如王摩诘"桃红复含宿雨"及王荆公

"杨柳鸣蜩绿暗"二诗,最为警绝,后难继者。

《养一斋诗话》:或问六言诗法,予曰:王右丞"花落家僮未扫,鸟啼山客犹眠",康伯可"啼鸟一声春晚,落花满地人归",此六言之式也。必如此自在谐协方妙。若稍有安排,只是减字七言绝耳,不如无作也。

【总评】

《王孟诗评》:无一语可俗。　　顾云:首首如画。

《唐诗选脉会通评林》:周珽曰:摩诘《田园乐》诸篇,眼前口头自多灵机,铁鞋踏破、远觅千里者便觉多事。

《增订唐诗摘钞》:第一首景之胜,第二首俗之朴,第三首地之幽,第四首供之淡,第五首身之闲,极尽田园之乐(按本书所选当此处一、二、三、五首)。

少年行四首

其一

新丰美酒斗十千,咸阳游侠多少年。

相逢意气为君饮,系马高楼垂柳边。

【汇评】

《唐诗归》:钟云:此"意气"二字,虚用得妙。

《唐诗笺注》:少年游侠,意气相倾,绝无鄙琐踟蹰之态,情景如画。

《唐贤三昧集笺注》:豪侠凌励之气,了不可折。

其二

出身仕汉羽林郎,初随骠骑战渔阳。

孰知不向边庭苦,纵死犹闻侠骨香。

《增订评注唐诗正声》：初出身从军，是其侠烈真处。

《唐诗训解》：少年场中语，太白"纵死侠骨香，不惭世上英"正与此同。

《唐诗解》：此羽林少年羡布衣任侠而为愤激之词：安知不向边庭之苦者，乃能垂身后名。此盖指郭解之流，虽或捐躯，而侠烈之声不减。

《唐诗选脉会通评林》：黄家鼎曰：说得侠士壮怀，凛凛有生气。

《王右丞集笺注》：诗意谓死于边庭者，反不如侠少之死而得名，盖伤之也。

其三

一身能擘两雕弧，虏骑千重只似无。

偏坐金鞍调白羽，纷纷射杀五单于。

【汇评】

《唐贤三昧集笺注》：顾云：前半隐使李广事，后半隐使霍去病事，而矜才雄，虽散联而隐属对，皆作法之妙。

《诗式》：前二句写少年之技击，四句写少年技击奏功，要从三句转出。信哉！变化工夫全在第三句也。盖"坐金鞍"写少年方骑马，"调白羽"写少年方射箭，而"杀单于"三字自迎机而上矣。

［品］豪放。

其四

汉家君臣欢宴终，高议云台论战功。

天子临轩赐侯印，将军佩出明光宫。

【总评】

《唐诗选脉会通评林》：周珽曰：摩诘《少年行》诸篇俱激烈

慷慨。

《唐贤清雅集》：雄快事说得安雅，是右丞诗体。

《唐人绝句精华》：王维此题共四首，大抵美游侠能立边功，又悯其赏功不及，观第二首"孰知"二句与第四首末句，此意显然。

九月九日忆山东兄弟

独在异乡为异客，每逢佳节倍思亲。
遥知兄弟登高处，遍插茱萸少一人。

【汇评】

《批点唐音》：真意所发，切实故难。

《王孟诗评》：顾云：真意所发，忠厚蔼然。

《唐诗正声》：吴逸一曰：口角边说话，故能真得妙绝，若落冥搜，便不能如此自然。

《唐诗广选》：蒋仲舒曰：在兄弟处想来，便远。

《唐诗直解》：诗不深苦，情自蔼然。叙得真率，不用雕琢。

《唐诗解》：摩诘作此，时年十七，词义之美，虽《陟岵》不能加。史以孝友称维，不虚哉！

《唐诗选脉会通评林》：周敬曰：自有一种至情，言外可想。　　徐充曰："倍"字佳。"少一人"正应"独"字。

《唐贤三昧集笺注》：情至意新。　　《陟岵》之思。此非故学《三百篇》，人人胸中自有《三百篇》也。

《唐诗笺要》：右丞七绝，飘逸处如释仙仗履，古藻处如轩昊衣冠，其所养者深矣。

《唐诗别裁》：即《陟岵》诗意，谁谓唐人不近《三百篇》耶？

《绠斋诗谈》：不说我想他，却说他想我，加一倍凄凉。

《网师园唐诗笺》：至情流露，岂是寻常流连光景者？

《唐诗真趣编》：从对面说来，己之情自己，此避实击虚法。　　起二语拙，直是童年之作。

《诗式》：三、四句与白居易"共看明月应垂泪，一夜乡心五处同"，意境相似。

《碛砂唐诗》：谦曰：圣叹曾言，唐人作诗每用"遥"字，如"遥知远林际"、"遥知兄弟登高处"，皆用倩女离魂法也，极有远致。

《诗境浅说续编》：杜少陵诗"忆弟看云白日眠"，白乐天诗"一夜乡心五处同"，皆寄怀群季之作，此诗尤万口流传。诗到真切动人处，一字不可移易也。

渭城曲

渭城朝雨浥轻尘，客舍青青柳色新。

劝君更尽一杯酒，西出阳关无故人。

【汇评】

《王孟诗评》：更万首绝句，亦无复近，古今第一矣。　　顾云：后人所谓《阳关三叠》，名下不虚。

《笺注唐贤绝句三体诗法》：首句藏行尘，次句藏折柳，两面皆画出，妙不露骨。　　从休文"莫言一杯酒，明日难重持"变来。

《麓堂诗话》：作诗不可以意徇辞，而须以辞达意。辞能达意，可歌可咏，则可以传。王摩诘"阳关无故人"之句，盛唐以前所未道。此辞一出，一时传诵不足，至为三叠歌之。后之咏别者，千言万语，殆不能出其意之外。必如是，方可谓之达耳。

《批点唐诗正声》：《阳光三叠》，唐人以为送行之曲，虽歌调已亡，而音节自尔悲畅。

《唐诗绝句类选》：唐人别诗，此为绝唱。

《诗薮》："数声风笛离亭晚，君向潇湘我向秦"、"日暮酒醒人已远，满天风雨下西楼"，岂不一唱三叹，而气韵衰飒殊甚。"渭城朝雨"自是口语，而千载如新。此论盛唐、晚唐三昧。

《唐诗正声》：吴逸一曰：语由信笔，千古擅长，既谢光芒，兼空追琢，太白、少伯，何遽胜之！

《唐诗镜》：语老情深，遂为千古绝调。

《唐诗解》：唐人饯别之诗以亿计，独《阳关》擅名，非为其真切有情乎？凿混沌者皆下风也。

《唐诗选脉会通评林》：谢枋得曰：意味悠长。　　唐汝询曰：信手拈出，乃为送别绝唱。作意者正不能佳。　　蒋一梅曰：片言之悲，令人魂断。

《唐风定》：风韵超凡，声情刺骨，自尔百代如新，更无继者。

《唐诗摘钞》：先点别景，次写别情，唐人绝句多如此，毕竟以此首为第一，惟其气度从容，风味隽永，诸作无出其右故也。失粘须将一、二倒过，然毕竟移动不得，由作者一时天机凑泊，宁可失粘而语势不可倒转。此古人神境，未易到也。

《唐音审体》：刘梦得诗云"更与殷勤唱渭城"，白居易诗云"听唱阳关第四声"，皆谓此曲。相传其调最高，倚歌者笛为之裂。

《此木轩论诗汇编》：古今绝调。　　"渭城朝雨浥轻尘"下面决不是遇着个高僧，遇着个处士，此钩魂摄魄之说。　　第三、第四句不可连读。落句冷水一浇，却只是冲口道出，不费寻思。

《唐诗笺要》：不作深语，声情沁骨。

《而庵说唐诗》：人皆知此诗后二句妙，而不知亏煞前二句提顿得好。　　此诗之妙只是一个真，真则能动人。后维偶于路旁，闻人唱诗，为之落泪。

《唐贤三昧集笺注》：惜别意悠长不露。　　《阳关三叠》艳称今古，音节最高者。按"三叠"为度曲者叠第三句也。相传倚笛亦为之裂。

《唐诗别裁》：阳关在中国外，安西更在阳关外。言阳关已无故人矣，况安西乎？此意须微参。

《唐人万首绝句选评》：送别诗要情味俱深，意境两尽，如此篇真绝作也。

《瓯北诗话》：人人意中所有，却未有人道过，一经说出，便人人如其意之所欲出，而易于流播，遂足传当时而名后世。如李太白"今人不见古时月，今月曾经照古人"，王摩诘"劝君更尽一杯酒，西出阳关无故人"，至今犹脍炙人口，皆是先得人心之所同然也。

《唐诗真趣编》：只体贴友心，而伤别之情不言自喻。用笔曲折。　刘仲肩曰：是故人亲厚话。

齐州送祖二

送君南浦泪如丝，君向东州使我悲。
为报故人颜颔尽，如今不似洛阳时。

【汇评】

《唐诗选脉会通评林》：周珽曰：今昔异时，老少异感，此正见"使我悲"处，写得真切。

《诗式》：[评]三、四句又从送别发出一种感慨，所谓辞尽意不尽也。　[品]悲慨。

送韦评事

欲逐将军取右贤，沙场走马向居延。
遥知汉使萧关外，愁见孤城落日边。

【汇评】

《唐诗直解》：两种情思，结作一堆。

《唐诗镜》：意外含情。

《唐诗选脉会通评林》：周敬曰：右丞"遥知汉使萧关外"、"遥知兄弟登高处"，与王龙标"忆君遥在湘山月"、皇甫冉"归舟明日毗陵道"，俱以第三句想出远道情景，亦唐绝一体。

《历代诗发》：右丞善用"遥"字，俱是代人设想，莫不佳绝。

《唐贤三昧集笺注》：深远雅正。

《诗式》：四句纯系用事，盖送韦而用汉将军事也。首句二句，言欲立功于外，故向塞上去。三句忽转，言出关远适，满目皆愁，孤城落日，写出十分愁思，却从对面看出。用"遥知"二字，句法与《忆山东兄弟》作同。　　〔品〕悲壮。

送沈子归江东

杨柳渡头行客稀，罟师荡桨向临圻。

唯有相思似春色，江南江北送君归。

【汇评】

《唐诗直解》：相送之情随春色所至，何其浓至！末二语情中生景，幻甚。

《唐诗解》：盖相思无不通之地，春色无不到之乡，想象及此，语亦神矣。

《唐诗选脉会通评林》：别景落寞，别思悠远，造意自慰，抒尽离情。　　周敬曰：造出情致，自不落套，非苦思何由得？

《唐贤三昧集笺注》：乐府音节。　　顾云：别景寥落，情殊怅然。

《唐诗别裁》：春光无所不到，送人之心犹春光也。

《网师园唐诗笺》：援拟入情，乐府神髓（末二句下）。

《唐绝诗钞注略》：妙摄入"送"字，以行送且以神送，且到处相随,遂写得淋漓尽致。"春色"跟首句,衬垫渲染法。

与卢员外象过崔处士兴宗林亭

绿树重阴盖四邻,青苔日厚自无尘。
科头箕踞长松下,白眼看他世上人。

【汇评】

《唐诗直解》:气自睥睨,句却清雅。结傲世语,寔出世语。

《唐诗选脉会通评林》:周敬曰:玩世情态,真是嵇、阮家风。

《诗式》:[评]首句写林亭,二句承林亭,写出一种幽静之景。崔处士退隐林亭,自少往来者,故地上青苔日见其厚,不必明言无人走而自可见无人走,所谓对景兴起也。三句从二句转写出遗世独立之态:"科头"见处士之潇洒,"箕踞"见处士之高傲,"长松下"见处士之隔越尘俗,只七字耳,做出如许神境;一句中有层次,耐人寻味。四句从二句发之,找足睥睨一切之概,神理全在"看他"二字,"他"字尤见处士以青眼看摩诘也。
[品]疏野。

寒食汜上作

广武城边逢暮春,汶阳归客泪沾巾。
落花寂寂啼山鸟,杨柳青青渡水人。

【汇评】

《王孟诗评》:顾云:此对结体也,最要意尽,否则半截诗矣。

《增订评注唐诗正声》:对结颇有馀思。

《批点唐诗正声》:感时伤远。末意只如此,彼自足尽。

《四溟诗话》:绝句如王摩诘"广武城边逢暮春"云云,与"渭城朝雨"一篇,韦应物"雨中禁火空斋冷"云云,皆风人之绝响也。

《唐诗解》:景亦佳,通篇细读必有不堪者。

《唐诗归》:谭云:更胜上句。钟云:画(末句下)。

《唐贤三昧集笺注》:一幅活画,对收。

《唐诗笺注》:此春暮归途感时之作。落花寂寂,杨柳青青,伤春事之已阑,而归人之尚滞。末二句神致黯然。

《唐人万首绝句选评》:上二句写完意思,下只闲闲缀景,意在言外。

戏题盘石

可怜盘石临泉水,复有垂杨拂酒杯。
若道春风不解意,何因吹送落花来?

【汇评】

《王孟诗评》:迭荡野兴甚浓。

《唐诗绝句类选》:景物会心处在乎无意相遭,类如此。

《唐诗选脉会通评林》:"若道"、"何因"四字妙。　　唐孟庄曰:四语俱适。

《诗式》:首句就题起,"盘石"二字亦已点清,而"盘石临泉水"故觉可怜。二句承盘石写,言石畔复有垂杨。坐石上,临水边,酌酒举杯,而垂杨复来拂之,此境大可玩,要从开首"可怜"二字贯下。三句转变,此为虚接,言人坐石上举杯,垂杨可以来拂之,只是春风吹来,似解人意而为人增趣者。而句法反跌,作开笔,紧呼下意,谓不是春风解意,何以又吹送落花于石上举杯时耶?两句开与合相关,下句如顺流之舟矣。以落花显出垂杨,以拂杯显出临水,以春风解意显出盘石可怜,各尽妙境。　　〔品〕自然。

寄河上段十六

与君相见即相亲，闻道君家在孟津。

为见行舟试借问，客中时有洛阳人。

【汇评】

《王孟诗评》：容易尽情，旧未有此。

《唐诗归》：谭云：是他乡见同乡生人，实境。　　钟云："时有"二字可怜。

菩提寺禁裴迪来相看说逆贼等凝碧
池上作音乐供奉人等举声便
一时泪下私成口号诵示裴迪

万户伤心生野烟，百僚何日更朝天！

秋槐叶落空宫里，凝碧池头奏管弦。

【汇评】

郑处海《明皇杂录补遗》：天宝末，群贼陷两京，大掠文武朝臣及黄门宫嫔乐工骑士，每获数百人，以兵仗严卫，送于洛阳。……禄山尤致意乐工，求访颇切，于旬日获梨园弟子数百人。群贼因相与大会于凝碧池，……乐既作，梨园旧人不觉歔欷，相对泣下，群逆皆露刃持满以胁之，而悲不能已。有乐工雷海清者，投乐器于地，西向恸哭，逆党乃缚海清于戏马殿，支解以示众，闻之者莫不伤痛。王维时为贼拘于菩提寺中，闻之赋诗曰："万户伤心生野烟……"。

《震泽长语》："凝碧池头奏管弦"，不言亡国，而亡国之意溢于言外。

《增订评注唐诗正声》：感叹浑然。

《唐诗援》：有无限说不出处,而满腔悲愤俱在其中,非摩诘不能为。

《唐诗镜》：景中情。

《唐诗解》：盛唐绝句妙在言外,此极可想。藉令晚唐人为之,必露筋骨。

《唐诗选脉会通评林》：蔡正声曰：此诗深寓凄愤之意。吴山民曰：意厚不露。

叹白发

宿昔朱颜成暮齿,须臾白发变垂髫。
一生几许伤心事,不向空门何处销!

王　缙

王缙(700？—781)，字夏卿，太原祁（今山西祁县）人，迁居蒲州（今山西永济）。开元中，连登草泽自举及文词雅丽科。天宝中，累授侍御史、武部员外郎。安史乱起，选为太原少尹。以守太原功，加宪部侍郎。入拜国子祭酒。改凤翔尹、秦陇防御使、蜀州刺史。历工部侍郎、左散骑常侍。广德二年，拜黄门侍郎、同平章事。出为河南副元帅，兼太原尹、北都留守、河东节度、营田观察等使。归朝授门下侍郎、中书门下平章事。坐附元载，贬括州刺史，移处州刺史。大历末除太子宾客，留司东都，卒。缙与兄维俱有文名。《全唐诗》存诗八首。

【汇评】

（缙）少好学，与兄维俱以名闻。举草泽、文辞清丽科上第。（《新唐书》本传）

"绿树重阴盖四邻，青苔日厚静无尘。科头箕踞长松下，白眼看他世上人。"一高旷尽之。"声名不问十年馀，老大谁能更读书！林中独酌邻家酒，门外时闻长者车。"更觉英英不群，有笼罩一世之概。视卢象之"环堵蒙笼一老儒"，真孤凫介双鹄也。（《载酒园诗

话又编》）

　　"下阶欲离别,相对映兰丛。含辞未及吐,泪落兰丛中。高堂静秋日,罗衣飘暮风。谁能待明月,回首见床空。"置之乐府无辨。不愧难兄,又不专效阿兄,因笑苏公动称家法之陋。（同上）

别辋川别业

<blockquote>
山月晓仍在,林风凉不绝。

殷勤如有情,惆怅令人别。
</blockquote>

【汇评】

　　《唐诗品汇》：刘云：清洒顿挫,略不动容。

　　《批点唐音》：风月谁不道？要道得好,方见情思,此作是也。

　　《诗薮》：顾华玉云：五言绝以调古为上乘,以情真为得体。"打起黄莺儿……",调之古者；"山月晓仍在……",此所谓情真者。

　　《汇编唐诗十集》：吴云：句句有紧要字,莫漫看了。

　　《唐诗选脉会通评林》：周敬曰：不尽之思,句句含着。

　　《唐人万首绝句选评》：语语含蓄,清远亦不让乃兄。

　　《唐贤清雅集》：先写山月林风,收到"别"字住,兜得紧,是倒装法。

　　《诗境浅说续编》：山月林风,焉知惜别,而殷勤向客者,正见己之心爱辋川,随处皆堪留恋,觉无情之物,都若有情矣。

裴　迪

裴迪，生卒年不详，闻喜（今属山西）人，一说关中（今陕西）人。天宝中，与王维、崔兴宗隐居终南山，相与唱和。安史乱起，陷贼中，居洛阳。上元中，曾至蜀中，与杜甫有诗唱和。《全唐诗》存诗二十九首。

【汇评】

王摩诘、韦苏州集载裴迪、邱丹唱和诗，其语皆清丽高胜，常恨不多见。如迪"安禅一室内，左右竹亭幽。有法知不染，无言谁敢酬？鸟飞争向夕，蝉噪意先秋。烦暑自兹退，清凉何处求？"如丹"卖药有时至，自知往来疏。遂辞池上酌，新得山中书。步出芙蓉府，归乘毂觫车。猥蒙招隐作，岂愧班生庐。"其气格殆不减二人，非唐中叶以来嘤嘤以诗鸣者可比。乃知古今文士，淹灭不得传于子孙者，不可胜数。然士各言其志，其隐显亦何足多较？观两诗趣尚，其胸中殆非汲汲于世者，正尔无闻，亦何所恨？其姓名偶见二人集，亦未必不为幸也。（《蔡宽夫诗话》）

迪诗雅淡，有类摩诘，恨力弱鲜超拔处。（《汇编唐诗十集》）

辋川倡和，裴迪尤多，其诗体反不甚与王近，较诸公骨格稍重。

裴早友王维,晚交杜甫,篇什必多。今所存惟维集数篇,不胜遗珠之恨。(《载酒园诗话又编》)

辋川集二十首（选六首）

华子冈

落日松风起,还家草露晞。

云光侵履迹,山翠拂人衣。

【汇评】

《唐贤三昧集笺注》:刘云:第三句费力。

木兰柴

苍苍落日时,鸟声乱溪水。

缘溪路转深,幽兴何时已。

【汇评】

《唐贤三昧集笺注》:有幽深之情。

《唐人万首绝句选评》:十字(按指前二句)画亦不到,如有清音到耳。

茱萸沜

飘香乱椒桂,布叶间檀栾。

云日虽回照,森沉犹自寒。

【汇评】

《唐贤三昧集笺注》:绿树重阴之状可想。

《唐人万首绝句选评》:置身深林中,人人看得出,人人说不出。

宫槐陌

门前宫槐陌，是向欹湖道。

秋来山雨多，落叶无人扫。

【汇评】

《批点唐音》：此篇景兴造语皆清。

《唐诗选脉会通评林》：周敬曰：清峭。　　吴山民曰：苦学王，故近。　　陆士钪曰：风致好。

《唐贤三昧集笺注》：幽峭。

《唐人万首绝句选评》：徘徊欲绝。

《诗境浅说续编》：裴迪与右丞倡和，如《鹿柴》、《茱萸沜》诸诗，皆质朴而少馀味，其才力未能跨越右丞也。此作虽仅言秋来落叶，而写萧寥景色，有遁世无闷之意，与右丞"涧户寂无人，纷纷开且落"，诗意相似。其咏《白石滩》云"日落川上寒，浮云淡无色。"皆五言高格也。

欹　湖

空阔湖水广，青荧天色同。

舣舟一长啸，四面来清风。

白石滩

跂石复临水，弄波情未极。

日下川上寒，浮云澹无色。

【汇评】

《删定唐诗解》：下二句为难堪，然裴、王总无苦寂之意。

《历代诗发》：此作亦堪撑拄右丞。

《唐贤清雅集》：幽淡有情致。

【总评】

《唐诗正声》：吴逸一云：迪诗佳者，独《辋川》诸作。然王诗多于题外属词，裴就题命意，伎俩自别。

《唐人万首绝句选评》：盛唐王、裴辋川唱和，工力悉敌，刘须溪有意抑裴，谬论也。

《唐诗别裁》：较之王作，味差薄矣。然笔意古淡，自是辋川一派，宜其把臂入林也。

《读雪山房唐诗钞凡例》：裴迪辋川唱和，不失为摩诘劲敌。

《养一斋诗话》：辋川唱和，须溪论王优于裴，渔洋论王、裴劲敌，吾以须溪之言为允。

崔兴宗

崔兴宗,生卒年不详,博陵安平(今属河北)人。王维内弟。隐居终南山,与王维、裴迪、卢象等交游唱和。游蜀,王维有诗送之。曾任右补阙,官终饶州长史。《全唐诗》存诗五首。

留别王维

驻马欲分襟,清寒御沟上。
前山景气佳,独往还惆怅。

【汇评】

《唐贤清雅集》:爱山景,恋友朋,两意合写,十分浓至。

《批唐贤三昧集》:善于运词。

丘 为

丘为(约702—约797),嘉兴(今属浙江)人。累举进士不第,归山读书数年,天宝二年(743)方登进士第。累官太子右庶子,以左散骑常侍致仕。卒年九十六。为诗长于五言,与王维、刘长卿友善唱和。有《丘为集》,已佚。《全唐诗》存诗十三首。

【汇评】

王维甚称许之,尝与唱和。(《唐才子传》)

丘为,苏人,未免染吴音,然亦清倩不凡。(《唐诗解》)

读丘为、祖咏诗,如坐春风中,令人心旷神怡。其人与摩诘友,诗亦相近,且终卷和平淡荡,无叫号噤嗽之音。唐诗人唯丘几近百岁,其诗固亦不干天和也。(《载酒园诗话又编》)

寻西山隐者不遇

绝顶一茅茨,直上三十里。
扣关无僮仆,窥室唯案几。
若非巾柴车,应是钓秋水。

差池不相见，黾勉空仰止。

草色新雨中，松声晚窗里。

及兹契幽绝，自足荡心耳。

虽无宾主意，颇得清净理。

兴尽方下山，何必待之子。

【汇评】

《唐诗归》：钟云：真境（"窥室"句下）。　　钟云：说得"不遇"不败兴（"颇得"句下）。　　钟云：若作怅然语便浅矣（末句下）。

《唐诗选脉会通评林》：模情摅旨，淡荡深微，隐者得是诗，益成高矣。

《唐贤三昧集笺注》：此是清澈一路。插入对句，前后俱震。

《唐贤清雅集》：直起老笔，"上"、"下"字前后照应成章法。　　着想幽异，蹊径甚别，结得更洒脱。

题农父庐舍

东风何时至，已绿湖上山。

湖上春已早，田家日不闲。

沟塍流水处，耒耜平芜间。

薄暮饭牛罢，归来还闭关。

【汇评】

《唐诗归》：钟云：不说出草树甚有味。此"绿"字虚用有情（"已绿"句下）。

《唐贤三昧集笺注》：超然。　　三、四叠上句而为流水对，对法甚奇。

《唐贤清雅集》：妙不费力，是炼神法。

泛若耶溪

结庐若耶里，左右若耶水。
无日不钓鱼，有时向城市。
溪中水流急，渡口水流宽。
每得樵风便，往来殊不难。
一川草长绿，四时那得辨？
短褐衣妻儿，馀粮及鸡犬。
日暮鸟雀稀，稚子呼牛归。
住处无邻里，柴门独掩扉。

【汇评】

《唐诗归》：谭云：说来只是清幽，全不萧条。　　钟云：说得透迤而不闲散（"往来"句下）。　　钟云："门"、"扉"二字不觉犯。

《唐风定》：萧然人外如画，乐志论所不及。

左掖梨花

原注：同王维、皇甫冉赋。

冷艳全欺雪，馀香乍入衣。
春风且莫定，吹向玉阶飞。

【汇评】

《唐诗直解》：只是说得有情，寓意甚微。

《唐诗训解》：写意在彼。　　此咏梨花，而起近君子之想，岂始第而未擢用软？

《汇编唐诗十集》：唐云：调响语秀，咏物之神品。

《唐贤三昧集笺注》：已开后人咏物法门。

《唐贤清雅集》：寄意深婉，得力在一"且"字。

《诗境浅说续编》：此殆取喻之词。……王维亦有《左掖梨花》诗，借以寓意。并可见梨花之盛，故诗人以之入咏也。

崔　颢

崔颢(704？—754)，汴州(今河南开封)人。开元十一年(723)登进士第。曾南游吴越、武昌等地。开元后期入河东军幕。天宝初，为太仆寺丞。终司勋员外郎。颢长于诗，开元、天宝间与王昌龄、孟浩然同以位不显而文知名。有《崔颢诗》一卷。《全唐诗》编诗一卷。今人万竞君有《崔颢诗注》。

【汇评】

颢年少为诗，名陷轻薄，晚节忽变常体，风骨凛然。一窥塞垣，说尽戎旅。至如"杀人辽水上，走马渔阳归。错落金锁甲，蒙茸貂鼠衣"，又"春风吹浅草，猎骑何翩翩。插羽两相顾，鸣弓上新弦"，可与鲍昭并驱也。(《河岳英灵集》)

崔诗在闺情较胜。(《批点唐音》)

崔汴州自善从军诗，亦学鲍体。(同上)

颢诗气格奇俊，声调蒨美，其说塞垣景象，可与明远抗庭。然性本靡薄，慕尚闺帏，集中此类殊复不少，竟以《少妇》之作取弃。高贤疏亮之士，直取为心流之戒可尔。李白极推《黄鹤楼》之作，然颢多大篇，实旷世高手，《黄鹤》虽佳，未足上列。(《唐诗品》)

崔颢《邯郸宫人怨》叙事几四百言,李、杜外,盛唐歌行无赡于此,而情致委婉,真切如见。后来《连昌》、《长恨》,皆此兆端。(《诗薮》)

崔颢五言古,平韵者间杂律体,仄韵者亦多忌"鹤膝";七言古语多靡丽,而调有不纯,当在摩诘之下。(《诗源辩体》)

崔颢七言律虽皆匠心,然体制、声调靡不合于天成,所谓"从心所欲不逾矩"是也。(同上)

唐诗七律,……崔司勋、李青莲间出古意,品外独绝。(《唐诗韵汇》)

(颢)五律精能,七律尤胜。(《围炉诗话》)

(颢)善为乐府歌行,辞旨俊逸,不减明远。《黄鹤楼》诗尤脍炙人口,为唐人拗律半格之始,实则晋宋七言歌行之变体也。(《诗学渊源》)

古游侠呈军中诸将

少年负胆气,好勇复知机。

仗剑出门去,孤城逢合围。

杀人辽水上,走马渔阳归。

错落金锁甲,蒙茸貂鼠衣。

还家且行猎,弓矢速如飞。

地迥鹰犬疾,草深狐兔肥。

腰间带两绶,转盼生光辉。

顾谓今日战,何如随建威?

【汇评】

《批点唐诗正声》:游侠自是一体,须本色乃佳。六朝及唐诸公时时有作,辄杂入他调,惟崔颢为绝纯。

《唐诗选脉会通评林》:刘辰翁曰:说得雄劲,有气魄。　　　周敬曰："杀人"四句壮丽,出口有锋。"还家"四句精警,下字不苟。　　周珽曰:雄悍之气可以鞭石使行。　　吴山民曰:"负胆气"三字含一篇意。"好勇知机"总说。"错落"二语瑰丽。"还家"二句以上说好勇,以后说知机。"地迥"二语活。"腰间"二语大有气色。通篇写出游侠本色,自矜自喜。

《唐贤三昧集笺注》:英姿爽飒,有风云之气。　　画出一个游侠士。

入若耶溪

轻舟去何疾,已到云林境。

起坐鱼鸟间,动摇山水影。

岩中响自答,溪里言弥静。

事事令人幽,停桡向馀景。

【汇评】

《唐诗归》:谭云:"云鸟间"妙矣,起坐其间尤妙("起坐"句下)。　　钟云:"向"字妙(末句下)。

《汇编唐诗十集》:唐云:幽细。

《唐诗归折衷》:吴敬夫云:事有胜情,笔挟灵气("动摇"句下)。

孟门行

黄雀衔黄花,翩翩傍檐隙。

本拟报君恩,如何反弹射?

金罍美酒满座春,平原爱才多众宾。

满堂尽是忠义士,何意得有谗谀人。

谗言反覆那可道?能令君心不自保。

北园新栽桃李枝，根株未固何转移？

成阴结实君自取，若问旁人那得知？

【汇评】

《批点唐诗正声》：《孟门行》刺谗，末句含蓄，得古乐府高处。

《唐诗广选》：有《选》意（"黄雀"句下）。　蒋仲舒曰：前四句自喻，中六句赋谗，后四句讽听谗者。

《唐诗直解》：苦词中意自佳。入座便骂，大快人心。末语宜告养士者，坚其念顾。

《唐诗选脉会通评林》：周敬曰：起得《选》意，含讽委婉。"不自保"三字，危言可畏。以恬细结才妙。　黄家鼎曰：借山川以破人心之险。字字入情，句句竦听。　周明翙曰："本拟"、"如何"二句，乐府妙语。

《唐诗评选》：宛转兴比，直逼鲍照《行路难》。诗至七言，为句已长，更用巧合砌饰，则当局成累；轻直透脱，毕竟以是为正声。

《唐诗归折衷》：吴敬夫云：迹其厉言类规，温言类讽，足令闻者起悟，而言者无罪，深合风人之旨。

《历代诗发》：以譬作结，用乐府古诗法于歌行，真是作家。

《唐贤三昧集笺注》：似有所讽刺。　去《风》《雅》不远，司勋自是深于乐府者。

《唐诗别裁》：刺谗之作，浑厚乃尔（"如何"句下）。　比体作结，委曲深婉，耐人寻绎。

《网师园唐诗笺》：起结俱用比体，中间直叙处语有斟酌，末冀其自悟，深情委婉。

《唐贤清雅集》：慷慨蕴藉，是李东川一类手笔。持平之论，消尽不平。

渭城少年行

洛阳三月梨花飞，秦地行人春忆归。

扬鞭走马城南陌，朝逢驿使秦川客。

驿使前日发章台，传道长安春早来。

棠梨宫中燕初至，葡萄馆里花正开。

念此使人归更早，三月便达长安道。

长安道上春可怜，摇风荡日曲江边。

万户楼台临渭水，五陵花柳满秦川。

秦川寒食盛繁花，游子春来不见家。

斗鸡下社尘初合，走马章台日半斜。

章台帝城称贵里，青楼日晚歌钟起。

贵里豪家白马骄，五陵年少不相饶。

双双挟弹来金市，两两鸣鞭上渭桥。

渭城桥头酒新熟，金鞍白马谁家宿？

可怜锦瑟与琵琶，玉壶清酒就倡家。

小妇春来不解羞，娇歌一曲杨柳花。

【汇评】

《唐诗品汇》：刘云：崔颢落落，酣歌自得，刻削乃不能及。

《唐诗选脉会通评林》：此诗写尽当年渭城豪侈冶游情景，以致讥意。末句正引以刺杨贵妃、杨国忠也。

《唐风定》：顾云：高处正在气不断续。　　轻飔婉媚，如游丝袅絮。

雁门胡人歌

高山代郡东接燕，雁门胡人家近边。
解放胡鹰逐塞鸟，能将代马猎秋田。
山头野火寒多烧，雨里孤峰湿作烟。
闻道辽西无斗战，时时醉向酒家眠。

【汇评】

《诗源辩体》：崔颢七言有《雁门胡人歌》，声韵较《黄鹤》尤为合律。胡元瑞、冯元成俱谓"《雁门》是律"，是也。《唐音》、《品汇》俱收入七言古者，盖以题下有"歌"字故耳。然太白《秋浦歌》有五言律，《峨眉山月歌》乃七言绝也。崔诗《黄鹤》首四句诚为歌行语，而《雁门胡人》实当为唐人七言律第一。

《载酒园诗话又编》：唐人最喜写勇悍之致。有竭力形容而妙者，王龙标之"邯郸饮来酒未消，城北原平掣皂雕。射杀空营两腾虎，回身却月佩弓弰"是也。有专叙萧条沦落，而沉毅之概令人回翔不尽者，崔司勋之"闻道辽西无斗战，时时醉向酒家眠"是也。觉摩诘"试拂铁衣如雪色，聊持宝剑动星文"，未免着色欠苍。

《唐贤三昧集笺注》：边境之状如见（后四句下）。

七　夕

长安城中月如练，家家此夜持针线。
仙裙玉佩空自知，天上人间不相见。
长信深阴夜转幽，瑶阶金阁数萤流。
班姬此夕愁无限，河汉三更看斗牛。

【汇评】

《唐诗训解》：妇倚人为天，失宠可愁；孤臣逐客则一退足矣，岂依人为命而愁为？　　此咏牛女事，为弃妾逐臣发也。

《唐诗选脉会通评林》：陆士钪曰：流丽不纤，非老手不能。

《唐诗评选》：忽入宫怨，读乃觉之，始知前四句之为宫怨引也，此之谓浑成。佳句生色。

《唐贤三昧集笺注》：写得幽艳尽致。

《唐诗别裁》：言长信孤居，不能如牛女之一年一见也。情深无限。

长门怨

君王宠初歇，弃妾长门宫。
紫殿青苔满，高楼明月空。
夜愁生枕席，春意罢帘栊。
泣尽无人问，容华落镜中。

【汇评】

《唐诗选脉会通评林》：周敬曰：情诸威蕤。　　周珽曰：以莫何之感，发无聊之思，怨不伤怒，司勋此诗诚可以怨矣。方之《卢女曲》一章，则状得意人之景况，欢愁各尽其实。大抵诗人赋悲赋喜，妙在情旨明透。至"王家少妇"篇，翩翩娇宠矜满，要亦寓意有在，亦艳诗之常也。李邕何得便成大骂也。　　徐充曰：八句皆佳。　　唐孟庄曰："生"字与"落"字好。

《闻鹤轩初盛唐近体读本》：陈德公曰：此公本是隽才，矜慎笔墨，落纸便多有颖色。　　评：第四压"空"字，老气已得苍凉。五、六著"愁"、"意"二字，生异波峭。一结尤隽。　　徐山文曰：三、四句各为对，"青苔"对"紫殿"、"明月"对"高楼"也。

王家少妇

> 十五嫁王昌，盈盈入画堂。
> 自矜年最少，复倚婿为郎。
> 舞爱前溪绿，歌怜子夜长。
> 闲来斗百草，度日不成妆。

【汇评】

《唐国史补》：崔颢有美名，李邕欲一见，开馆待之。及颢至，献文，首章曰："十五嫁王昌。"邕叱起曰："小子无礼！"乃不接之。

《唐诗援》：宗子发谓晚唐温、李、韩偓辈纤巧浮靡、雕香刻艳，去周美成、柳耆卿填词恶道不远，风雅扫地尽矣。此论极当。似此闺情诗何等大雅！

《唐诗归》：钟云：此亦艳诗之常，而李邕大骂何也？朋友遇合有数，况君臣之间乎？宜浩然之见黜于明皇也。　　钟云："倚"字妙，得小女郎见识（"复倚"句下）。　　钟云：娇甚（"闲来"句下）。

《汇编唐诗十集》：唐云：不至读诗，命题便见轻薄，北海安得不骂！

《载酒园诗话又编》：写娇憨之态，字字入微，固是其生平最得意笔，宜乎见人索诗，应口辄诵。然不闻北海《铜雀妓》乎："丈夫有馀志，儿女焉足私？扰扰多俗情，投迹互相师。"此老生平好持正论，作杀风景事，真是方枘圆凿。

《瀛奎律髓汇评》：纪昀：司勋以此诗为北海所叱，然自不恶。

题潼关楼

客行逢雨霁，歇马上津楼。

山势雄三辅，关门扼九州。

川从陕路去，河绕华阴流。

向晚登临处，风烟万里愁。

【汇评】

《瀛奎律髓》：中四句壮哉，老杜同调。

《唐诗选脉会通评林》：陈继儒曰：笔力雄健。　　唐汝询曰：取其气象雄浑。　　周珽曰：天造地设，险要通衢，远近在目，极畅登临大观。

《唐诗矩》：尾联见意格。　　司勋《黄鹤楼》以五、六出景特佳，故太白云"眼前有景道不得，崔颢题诗在上头"耳。试以此诗较之：前四语作歌行体，非律诗正格；结语更不及此诗之浑融。千古人多从太白耳食，可笑也。

《唐诗成法》："向晚"、"万里"字应首句。五、六呆写近景，遂令通篇减色。或写情如少陵《岳阳楼》，或写长安兴废，则得之矣。

《闻鹤轩初盛唐近体读本》：评：此是雄亮正声，第六尤健，盖是殷生所谓风骨也。　　周际斯曰：浑然大气，语复具骨格，莽而不楛，止见生气。后半复乃矫健。

《唐诗笺注》：大境界以大手笔写之，自极宏壮。

《瀛奎律髓汇评》：冯班：壮哉！　　何义门：起得自在，不为题所压。凡遇大题，而发端遽求雄杰，往往始龙终蚓，非佳手也。结句收得住。　　纪昀：气体自壮，然壮而无味，近乎空腔。

《精选评注五朝诗学津梁》："雄"字气象万千，"流"字韵，笔情曲折。

送单于裴都护赴西河

征马去翩翩,城秋月正圆。

单于莫近塞,都护欲临边。

汉驿通烟火,胡沙乏井泉。

功成须献捷,未必去经年。

【汇评】

《瀛奎律髓》:盛唐人诗,师直为壮者乎?

《批点唐诗正声》:全首气格字句无一不佳,崔颢诗体胜在不用功处,太白推之亦在此。

《唐诗选脉会通评林》:周珽曰:《送张都督》则曰:"闻君为汉将,虏骑不南侵。"《送裴都护》则曰:"单于莫近塞,都护欲临边。"不惟侈张国威,抑且壮人志略,极无胆人到此,当亦勃发无前矣。崔颢怀才,每伤见弃,观此两诗,借它人酒浇自己傀儡,政复如是。   吴山民曰:次联陡健,结建慰别意。   郭濬曰:浅语自劲。

《唐诗评选》:三、四似古歌谣入律,奇绝。

《唐贤三昧集笺注》:起得伟丽。

《瀛奎律髓汇评》:纪昀:起句矫健,次句雄阔。匈奴常以月满进兵,次句用古无痕。   起四句壮极,结亦须以壮语配之,此是定法。若以惜别衰飒语作收,则非选声配色之谓矣。

黄鹤楼

昔人已乘黄鹤去,此地空馀黄鹤楼。

黄鹤一去不复返,白云千载空悠悠。

晴川历历汉阳树，芳草萋萋鹦鹉洲。

日暮乡关何处是？烟波江上使人愁。

【汇评】

《沧浪诗话》：唐人七言律诗，当以崔颢《黄鹤楼》为第一。

《瀛奎律髓》：此诗前四句不拘对偶，气势雄大。李白读之，不敢再题此楼，乃去而赋《登金陵凤凰台》也。

《唐诗品汇》：刘后村云：古人服善。李白登黄鹤楼有"眼前有景道不得，崔颢题诗在上头"之句，至金陵乃作《凤凰台》以拟之。今观二诗，真敌手棋也。刘须溪云：但以滔滔莽莽，有疏宕之气，故胜巧思。

《七修类稿》：古人不以饾饤为工，如"鹦鹉洲"对"汉阳树"，"白鹭洲"对"青天外"，超然不为律缚，此气昌而有馀意也。

《艺圃撷馀》：崔郎中作《黄鹤楼》诗，青莲短气，后题《凤凰台》，古今目为勍敌。识者谓前六句不能当，结语深悲慷慨，差足胜耳。然余意更有不然，无论中二联不能及，即结语亦大有辨。言诗须道兴比赋，如"日暮乡关"，兴而赋也，"浮云""蔽日"，比而赋也，以此思之，"使人愁"三字虽同，孰为当乎？"日暮乡关"、"烟波江上"，本无指著，登临者自生愁耳，故曰"使人愁"，烟波使之愁也；"浮云""蔽日"，"长安不见"，逐客自应愁，宁须使之？青莲才情，标映万载，宁以予言重轻？尺有所短，寸有所长，窃以为此诗不逮，非一端也，如有罪我者则不敢辞。

《诗薮》：崔颢《黄鹤楼》、李白《凤凰台》，但略点题面，未尝题黄鹤、凤凰也。……故古人之作，往往神韵超然，绝去斧凿。

《批点唐诗正声》：气格音调，千载独步。

《唐诗广选》：李宾之曰：崔颢此诗乃律间出古，要自不厌。

《唐诗训解》：田子薮曰：篇中凡叠十字，只以四十六字成章，尤奇尤妙。

《唐诗镜》：此诗气格高迥，浑若天成。

《唐诗归》：谭云：此诗妙在宽然有馀，无所不写。使他人以歌行为之，尤觉不舒，宜尔太白起敬也。

《唐诗选脉会通评林》：前四句叙楼名之由，何等流利鲜活？后四句寓感慨之思，何等清迥凄怆？盖黄鹤无返期，白云空在望，睹江树洲草，自不能不触目生愁。赋景摅情，不假斧凿痕，所以成千古脍炙。　　李梦阳云：一气浑成，净亮奇瑰，太白所以见屈。　　周敬曰：通篇疏越，煞处悲壮，奇妙天成。

《诗源辩体》：崔《黄鹤》、《雁门》，读之有金石宫商之声，盖晚年作也。

《唐风定》：本歌行体也，作律更入神境。云卿《古意》犹涉锻炼，此最高矣。

《贯华堂选批唐才子诗》：此诗正以浩浩大笔，连写三"黄鹤"字为奇耳。……四之忽陪"白云"，正妙于有意无意，有谓无谓。　　通解细寻，他何曾是作诗，直是直上直下放眼恣看，看见道理却是如此，于是立起身，提笔濡墨，前向楼头白粉壁上，恣意大书一行。既已书毕，亦便自看，并不解其好之与否。单只觉得修已不须修，补已不须补，添已不可添，减已不可减，于是满心满意，即便留却去休回，实不料后来有人看见，已更不能跳出其笼罩也。且后人之不能跳出，亦只是修补添减俱用不着，于是便复袖手而去，非谓其有字法、句法、章法，都被占尽，遂更不能争夺也。　　此解（按：指后四句）又妙于更不牵连上文，只一意凭高望远，别吐自家怀抱，任凭后来读者自作如何会通，真为大家规摹也。　　五、六只是翻跌"乡关何处是"五字，言此处历历是树，此处凄凄是洲，独有目断乡关，却是不知何处。他只于句上横安得"日暮"二字，便令前解四句二十八字，字字一齐摇动入来，此为绝奇之笔也。

《唐诗评选》：鹏飞象行，惊人以远大。竟从怀古起，是题楼诗,非登楼。一结自不如《凤凰台》,以意多碍气也。

《春酒堂诗话》:评赞者无过随太白为虚声耳。独喜谭友夏"宽然有馀"四字,不特尽崔诗之境,且可推之以悟诗道。非学问博大,性情深厚,则蓄缩羞赧,如牧竖咶席见诸将矣。

《删订唐诗解》:不古不律,亦古亦律,千秋绝唱,何独李唐?

《唐诗归折衷》:吴敬夫云:吊古伤今,意到笔到之作。

《唐七律选》:此律法之最变者,然系意兴所至、信笔抒写而得之,如神驹出水,任其蹴踏,无行步工拙,裁摩拟便恶劣矣。前人品此为唐律第一,或未必然,然安可有二也。

《增订唐诗摘钞》:前半一气直走,竟不作对,律之变体。五、六"川""州"一类,"草""树"一类,上下互换成对(犄角对)。前半即吊古之意,凭空而下。"晴川历历"、"芳草萋萋",即从"白云""悠悠"生出。结从"汉阳树"、"鹦鹉洲"生出"乡关",见作者身分;点破"江上",指明其地;又以"烟波"唤起"愁"字,以"愁"字绾上前半。前半四句笔矫,中二句气和,结又健举,横插"烟波"二字点睛。雄浑傲岸,全以气胜,直如《国策》文字,而其法又极细密。

《碛砂唐诗》:今细求之,一气浑成,律中带古,自不必言。即"晴川"二句,清迥绝伦,他再有作,皆不过眼前景矣。而且痕迹俱消,所以独步千古乎?

《初白庵诗评》:此诗为后来七律之祖,取其气局开展。

《唐三体诗评》:此篇体势可与老杜《登岳阳楼》匹敌。

《唐诗成法》:格律脱洒,律调叶和,以青莲仙才即时阁笔,已高绝千古。《凤凰台》诸作屡拟此篇,邯郸学步,并故步失之矣。《鹦鹉洲》前半神似,后半又谬以千里者,律调不叶也。在崔实本之《龙池篇》,而沈之字句虽本范云,调则自制,崔一拍便合,当是才性所近。盖此为平商流利之调,而谪仙乃宫音也。

《近体阳秋》:灏高排空,怆浑绝世,此与太白《凤凰台》篇当同冠七言。顾太白不拘粘，唯心师之，不敢辄以程后学，不得不独推此作尔。

《而庵说唐诗》：字字针锋相凑，如此作转，方是名手。

《历代诗发》：此如十九首《古诗》，乃太空元气，忽然逗入笔下，作者初不自知，观者叹为绝作，亦相赏于意言工拙之外耳。

《唐贤三昧集笺注》：此诗得一叠字诀，全从《三百篇》化出。

《唐诗别裁》：意得象先，神行语外，纵笔写去，遂擅千古之奇。

《山满楼笺注唐诗七言律》：妙在一曰黄鹤，再曰黄鹤，三曰黄鹤，令读者不嫌其复，不觉其烦，不讶其何谓。尤妙在一曰黄鹤，再曰黄鹤，三曰黄鹤，而忽然接以白云，令读者不嫌其突，不觉其生，不讶其无端。此何故耶？由其气足以充之，神足以运之而已矣。若论作法，则崔之妙在凌驾，李之妙在安顿，岂相碍乎？

《昭昧詹言》：崔颢《黄鹤楼》，此千古擅名之作，只是以文笔行之，一气转折。五六虽断写景，而气亦直下喷溢。收亦然。所以可贵。　　此体不可再学，学则无味，亦不奇矣。细细校之，不如"卢家少妇"有法度，可以为法千古也。

《瀛奎律髓汇评》：冯舒：但有声病，即是律诗，且不拘平仄，何况对偶？　　冯班：真奇。上半有千里之势。　　起四句宕开，有万钧之势。　　纪昀：偶尔得之，自成绝调。然不可无一，不可有二。再一临摹，便成窠臼。　　许印芳：此篇乃变体律诗，前半是古诗体，以古笔为律诗。　　无名氏（乙）：前六句神兴溢涌，结二语蕴含无穷，千秋第一绝唱。　　赵熙：此诗万难嗣响，其妙则殷璠所谓"神来，气来，情来"者也。

《唐七律隽》：毛秋晴云：张南士谓人不识他诗不碍，惟崔司勋《黄鹤楼》、沈詹事《古意》，若心不能记、口不能诵，便为不识字白丁矣。

《唐诗选胜直解》：此体全是赋体，前四句因登楼而生感。

《湘绮楼说诗》：起有飘然之致，观太白《凤凰台》、《鹦鹉洲》诗学此，方知工拙。

《唐宋诗举要》：吴曰：渺茫无际，高唱入云，太白尚心折，何况馀子？

《诗境浅说》：此诗向推绝唱，而未言其故，读者欲索其佳处而无从。评此诗者，谓其"意得象先，神行语外"，崔诗诚足当之，然读者仍未喻其妙也。余谓其佳处有二：七律能一气旋转者，五律已难，七律尤难，大历以后，能手无多。崔诗飘然不群，若仙人行空，趾不履地，足以抗衡李、杜，其佳处在格高而意超也。黄鹤楼与岳阳楼并踞江湖之胜，杜少陵、孟襄阳登岳阳楼诗，皆就江湖壮阔发挥。黄鹤楼当江汉之交，水天浩荡，登临者每易从此着想，设崔亦专咏江景，未必能出杜、孟范围，而崔独从"黄鹤楼"三字着想。首二句点明题字，言鹤去楼空，乍观之，若平直铺叙，其意若谓仙人跨鹤，事属虚无，不欲质言之。故三句紧接黄鹤已去，本无重来之望，犹《长恨歌》言人地升天、茫茫不见也。楼以仙得名，仙去楼空，馀者唯天际白云，悠悠千载耳。谓其望云思仙固可，谓其因仙不可知，而对此苍茫，百端交集，尤觉有无穷之感，不仅切定"黄鹤楼"三字着笔，其佳处在托想之空灵、寄情之高远也。通篇以虚处既已说尽，五、六句自当实写楼中所见，而以恋阙怀乡之意总结全篇。犹岳阳楼二诗，前半首皆实写，后半首皆虚写，虚实相生，五七言同此律法也。

行经华阴

岧峣太华俯咸京，天外三峰削不成。
武帝祠前云欲散，仙人掌上雨初晴。
河山北枕秦关险，驿树西连汉畤平。

借问路旁名利客,无如此处学长生。

【汇评】

《瀛奎律髓》:五、六痛快而感激。

《批点唐音》:此篇六句皆雅浑,独结语似中唐。

《批点唐诗正声》:雄浑沉壮,后人不敢着笔。

《唐诗直解》:李于鳞论七律独推王、李,如此作当不在"温泉"、"万日"下。

《诗薮》:盛唐王、李、杜外,崔颢《华阴》、李白《送贺监》、贾至《早朝》、岑参《和大明宫》《西掖》、高适《送李少府》、祖咏《望蓟门》,皆可竞爽。

《唐诗训解》:此览华阴山水之胜,而有栖隐之意也。

《唐诗选脉会通评林》:周敬曰:孤峭。   蒋一葵曰:起翻奇,中联完整。

《唐诗评选》:"削不成",言削不成而成也。诗家自有藏山移月之旨,非一往人所知。

《贯华堂选批唐才子诗》:"削不成"之为言,此非人工所及。盖欲言其削成,则必何等大人,手持何器,身立何处,而后乃今始当措手。此三字与上"俯咸京"三字,皆是先生脱尽金粉章句,别舒元化手眼,真为盖代大文,绝非经生恒睹也。   此五、六运笔,真如象王转身,威德殊好。

《五七言今体诗钞》:三、四壮于嘉州"秦女"一联。

《删订唐诗解》:"秦关"、"汉畤",皆足感人,故宜"学长生"也。

《唐诗贯珠笺释》:起处堂皇雄特,妙在"俯"字有神。

《唐诗成法》:前四经华阴而望岳也;后四经华阴而生感也。"削不成"用典活动。五、六包含多少兴废在内,方逼出七、八意。

《唐贤三昧集笺注》:盛唐平正之作,以此为主。作此体者,须于此等辨取。

《唐诗别裁》：太华三峰如削，今反云"削不成"，妙。

《山满楼笺注唐诗七言律》：着一"俯"字，便见从来仙灵高出于名利之上。

《历代诗发》：净炼之极，句挟清音。

《昭昧詹言》：起二句破题。次句句法带写，加琢。三、四句写景，有兴象，故妙。五、六亦是写，但有叙说而无象，故不妙也。收托意亦浮浅。姚云"三、四壮于嘉州'秦女'一联"，愚谓诗意一般，只是字面有殊耳。……然此自是初唐气格。

《湘绮楼说诗》：人多学此种句，是写景工切，不落凡近。

《历代诗评注读本》：前六句，句句切太华说，移不到他处，一结忽作世外之想，意境便觉高超。

《唐宋诗举要》：雄浑壮阔。　　方曰：写景有兴象故妙（"仙人掌上"句下）。

长干曲四首（选三首）

其一

君家何处住？妾住在横塘。

停船暂借问，或恐是同乡。

【汇评】

《批点唐音》：蕴藉风流。

《唐诗归》：钟云：急口遥问语，觉一字未添。

《唐诗选注》：玉遮曰：忽问"君家"，随说自己，下"借问"、"恐是"俱足上二句意，情思无穷。

《姜斋诗话》：论画者曰："咫尺有万里之势。"一"势"字宜着眼。若不论势，则缩万里于咫尺，直是《广舆记》前一天下图耳。五言绝句，以此为落想第一义。唯盛唐人能得其妙，如"君家何处住"

云云,墨气所射,四表无穷,无字处皆其意也。

《增订唐诗摘钞》:次句不待答,亦不待问,而竟自述,想见情急。

《围炉诗话》:绝无深意,而神采郁然。后人学之,即为儿童语矣。

《历代诗发》:一问一答,婉款真朴,居然乐府古制。

《诗法易简录》:此首作问词,却于第三句倒点出"问"字,第四句醒出所以问之故,用笔有法。

《唐诗真趣编》:望远杳然,偶闻船上土音,遂直问之曰:"君家何处住耶?"问者急,答者缓,迫不及待,乃先自言曰:"妾住在横塘也,闻君语音似横塘,暂停借问,恐是同乡亦未可知。"盖惟同乡知同乡,我家在外之人或知其所在、知其所为耶? 直述问语,不添一字,写来绝痴绝真。用笔之妙,如环无端,心事无一字道及,俱在人意想间遇之。

其二

家临九江水,来去九江侧。

同是长干人,生小不相识。

【汇评】

《唐诗品汇》:只写相问语,其情自见。

《批点唐音》:颢素善情诗,此篇亦是乐府体。

《唐诗镜》:宛是情语。

《唐诗归》:谭云:"生小"字妙(末句下)。

《唐诗选脉会通评林》:周敬曰:此与前篇含情宛委,齿颊如画。 杨慎曰:不惊不喜正自佳。

《诗法易简录》:此首作答词。二首问答,如《郑风》之士女秉简,而无赠芍相谑之事。沈归愚云"不必作桑、濮看",最得。

其三

下渚多风浪，莲舟渐觉稀。
那能不相待，独自逆潮归？

【汇评】

《唐诗品汇》：刘云：其诗皆不用思致，而流丽畅情，固宜太白之所爱敬。

《批点唐诗正声》：《长干行》三首，妙在无意有意、有意无意，正使长言说破，反不及此。

《唐诗归折衷》：吴敬夫云：于直叙中见其蕴藉，若一往而无馀意可思者，不可与言诗也。

《而庵说唐诗》：字字入耳穿心，真是老江湖语。

《读雪山房唐诗序例》：读崔颢《长干曲》，宛如舣舟江上，听儿女子问答，此之谓天籁。

《唐人万首绝句选评》：长干之俗，以舟为家，以贩为事。此商妇独居，求亲他舟之估客，故述己之思，问彼之居，且以同乡为幸也。前二章互为问答，末章则相邀之词也。

《诗境浅说续编》：第一首既问君家，更言妾家，情网遂凭虚而下矣。第二首承上首同乡之意，言生小同住长干，惜竹马青梅，相逢恨晚。第三首写临别馀情，日暮风多，深恐其迎潮独返，相送殷勤。柔情绮思，视崔国辅《采莲曲》但言"并着莲舟"，更饶情致。

祖 咏

祖咏,生卒年不详,洛阳(今属河南)人。开元十二年(724)登进士第。王维为济州司仓参军,与唱和。后因仕途失意,移居汝坟。王翰为汝州长史、仙州别驾,与当地名士游赏,祖咏常在座。曾南游江南,北上蓟门。后被贬,其事未详。与王维、储光羲、卢象、丘为友善。有《祖咏诗》一卷。《全唐诗》编诗一卷。

【汇评】

　　咏诗剪刻省净,用思尤苦,气虽不高,调颇凌俗。至如"霁日园林好,清明烟火新",亦可称为才子也。(《河岳英灵集》)

　　殷璠评祖诗"剪刻省静,用思尤苦",此当未知祖诗者也。唐自天宝以后,极工锁尾而略于发端,务谐声偶而劣于递送,祖诗殊脱此病。若谓苦思得之,则声响结滞,安得音调谐协乃尔?祖病乃在古风《观古意》一篇,叠韵偏侧,命意芜浅,殊少风云之气。其在开元之间,品望雌矣。(《唐诗品》)

　　祖咏诗甚少,五言古仅数篇,俱不为工。五言律,声调既高,语亦甚丽。七言"燕台一去"一篇,实为于鳞诸子鼻祖。(《诗源辩体》)

　　咏与卢象,稍有悲凉之感,然亦不激不伤。卢情深,祖尤骨秀。

（《载酒园诗话又编》）

祖咏诸公，篇什不多，自是盛唐正轨。（《唐七律诗钞》）

苏氏别业

别业居幽处，到来生隐心。

南山当户牖，沣水映园林。

屋覆经冬雪，庭昏未夕阴。

寥寥人境外，闲坐听春禽。

【汇评】

《唐诗境》：景趣幽绝。

《唐诗归》：谭云：才"生隐心"妙（"到来"句下）！　钟云："未夕"，"未"字生得，有景（"庭昏"句下）。　钟云：静（末句下）。

《唐诗选脉会通评林》：蒋一葵曰：似有得者之谈。　吴国伦曰：结联有洒乐无边景象。　徐中行曰：结别有幽致。徐用吾曰：王维《河北城楼》诗"寂寥天地暮，心与广川平"，与此诗结皆萧洒出尘。

《唐诗选》：玉遮曰："生隐心"句有清致。

《唐诗摘钞》：起联总冒格。一、二平直，三、四雄浑，五、六精工，七、八渊永。五律调法匀称无逾此篇。

《增订唐诗摘钞》：通篇以"生隐心"作骨，而所以生隐心，则在一"幽"字，故中二联极力写"幽"字。

《唐贤三昧集笺注》：宛然仙境，使人神思清旷。

《唐诗合选详解》：王一士曰：前以"幽"、"隐"二字伏根，以下俱描写幽隐。

《唐宋诗举要》：吴曰：中四语极力出奇。

陆浑水亭

> 昼眺伊川曲,岩间霁色明。
> 浅沙平有路,流水漫无声。
> 浴鸟沿波聚,潜鱼触钓惊。
> 更怜春岸绿,幽意满前楹。

【汇评】

《唐诗解》:真五律,真盛唐。

《唐诗归》:钟云:四句静心细语(按指"浅沙"以下四句)。

《唐诗选脉会通评林》:薛蕙曰:平易景,道人所不道。　　徐用吾曰:景兴少许自足。

《唐诗绪笺》:平旷静定之怀可掬,是有道气象。

过郑曲

> 路向荥川谷,晴来望尽通。
> 细烟生水上,圆月在舟中。
> 岸势迷行客,秋声乱草虫。
> 旅怀劳自慰,浙浙有凉风。

【汇评】

《唐诗归》:谭云:"劳自慰"三字,一时看不出妙处,凄凉中生出游戏来("旅怀"句下)。

《唐风定》:微开浪仙一派。

《唐诗评选》:祖诗往往露刻画痕,如"海色晴看雨"竟以名世,要不足取。此作安静,迥异他篇。

江南旅情

楚山不可极，归路但萧条。

海色晴看雨，江声夜听潮。

剑留南斗近，书寄北风遥。

为报空潭橘，无媒寄洛桥。

【汇评】

《唐诗训解》：起洒而朗。

《唐诗归》：谭云："看"字属人说，妙，妙（"海色"句下）。谭云：报橘妙，妙（"为报"句下）。

《唐诗选脉会通评林》：杨慎曰：次联须亲历此景，方知佳趣。　宗臣曰：起联洒而朗。颔联幽而雅，颈联奇而秀。

《唐诗摘钞》：八句重一"寄"字，后人以"赠"字易之，然唐人只欲句格之老，正不琐琐避忌，但后人不可为法耳。

《闻鹤轩初盛唐近体读本》：三、四秀稳，唐人正调。第五述情，使古语得警异。对语亦超。

泊扬子津

才入维扬郡，乡关此路遥。

林藏初过雨，风退欲归潮。

江火明沙岸，云帆碍浦桥。

客衣今日薄，寒气近来饶。

【汇评】

《唐诗境》：次联苦思，然却少色，故景有所不赋者，此类是也。

《唐诗归》：钟云："藏"字微矣，说"初过雨"尤妙（"林藏"句下）。　　谭云：二句皆妙，出尤胜（"风退"句下）。

《唐诗选脉会通评林》：周珽曰：风生潮涨，潮落风微，势原递相鼓动，用"欲归"二字，多少神思！

《唐诗矩》：尾联见意格。　　此路去乡关已远，然犹才入维扬郡，则前途尚莫知纪极。回顾乡关，真是日望日远，无限悲酸俱在言外。　　结叹客衣之薄，所谓冷暖自知也，寓思乡之意更浑。

《唐三体诗评》：中四句细写不泊。落句以归里之迫，反收"泊"字。妙在发端"才入"字、"遥"字，便已见更不容于淹泊也。

《唐诗成法》："才入"者，甫离乡关而来此也。三妙在"藏"字，四妙在"欲"字；雨惟"初过林"乃能藏，潮非"欲归风"不能退。五江夜远景，六津夜近景；"碍"字妙，若无浦桥，则云帆远去而不泊矣。七结一、二，八结中四。

《近体秋阳》："明"、"碍"两皆炼字。"明"字人人解得，亦人人道得；"碍"字人人解得，却人人道不得（"江火"二句下）。

七　夕

闺女求天女，更阑意未阑。
玉庭开粉席，罗袖捧金盘。
向月穿针易，临风整线难。
不知谁得巧，明旦试相看。

【汇评】

《近体秋阳》：清浅确当，只在眼前口头，浅者不能，深者不肯，所以为佳。又曰：此诗大有初气。

望蓟门

燕台一望客心惊,箫鼓喧喧汉将营。

万里寒光生积雪,三边曙色动危旌。

沙场烽火连胡月,海畔云山拥蓟城。

少小虽非投笔吏,论功还欲请长缨。

【汇评】

《批点唐诗正声》:壮健之气,直欲与卫、霍同出塞上。

《唐诗直解》:调高语壮,"生"、"动"、"连"、"拥"四字犯。

《批选唐诗》:此等诗全不著事理,直以声华胜,近体多类此。

《唐诗分类绳尺》:善状物色,清兴洒然。

《唐诗训解》:此因临边而有志于立功也。　　次联语顿挫又雄壮。

《唐风定》:整峻高亮,睥睨王、李。

《诗源辩体》:"燕台一去"一篇,实为于鳞诸子鼻祖。

《汇编唐诗十集》:唐云:调高语壮,是盛唐最上格。

《唐诗选脉会通评林》:周珽曰:起寓讥边将,便有耻为碌碌尸素之想。中四句极状边庭之景。末以班超、终军自许,树勋报国之志挺然。　　蒋一梅曰:气象朗开。结壮。　　薛蕙曰:铺叙得体,词意正大。

《贯华堂选批唐才子诗》:此诗已是异样神彩,乃读末句,又见特添"少小"二字,便觉神彩再加十倍。

《唐诗绎》:此诗见蓟城为防胡险要之地,望之动立功塞上之思。一气旋转,浑成无迹。

《删订唐诗解》:气象自佳,而中四句太相似。

《唐诗贯珠笺释》:通首有气色,是盛唐格调。

《唐贤三昧集笺注》：亦是盛唐正声。　　气格雄浑，以为盛唐正声，洵然。

《唐诗成法》：法亦紧严。中四句法稍同，亦是小疵。通首雄丽，读之生人壮心。

《历代诗发》：高响不浮。

《网师园唐诗笺》：悲壮称题（"万里"一联下）。

《唐诗笺要》：格调高秀，自不待言。"生"、"动"、"侵"、"拥"，皆炼第五字。

《山满楼笺注唐诗七言律》：开口先补出"燕台"二字，此身便有着落。"客心惊"，一"惊"字包得下文七句之义；而"汉将营"三字，又七句中之提纲也。

《读雪山房唐诗序例》：调高气厚，为七言律正始之音，惜不多见。

《唐诗三百首》：字字是"望"，非泛咏蓟门也。

《唐诗五七言近体五七言绝句选评》：黄钟大吕，音响铿锵。

《昭昧詹言》：六句写蓟城之险，而以首句一"望"字包之。收托意，有澄清之志。岂是时范阳已有萌芽耶？

《唐贤三昧集》：潘德舆曰：通体遒俊。三、四尤得穷边陈垒情色。

《唐诗近体》："望"字空洞。

《唐宋诗举要》：吴曰：前六句皆写边隅景象，盖自恨来此穷裔，故云"客心惊"也，而末句乃掉转，意思故佳。

别　怨

送别到中流，秋船倚渡头。

相看尚不远，未可即回舟。

《唐诗归》：钟云：多情（末句下）。

《唐诗真趣编》：写"怨"字入微。佛云："别离者，疗痴之良药，割爱之慧刀。"谁能棒下觉悟？　　刘仲肩曰：从《邶风》"汎汎其景"、"汎汎其逝"八字化出。

终南望馀雪

终南阴岭秀，积雪浮云端。

林表明霁色，城中增暮寒。

【汇评】

《唐诗纪事》：有司试《终南山望馀雪》诗，咏赋……四句，即纳于有司。或诘之，咏曰"意尽"。

《增订评注唐诗正声》：凛凛有寒色。

《唐诗分类绳尺》：结句有讽。

《唐诗训解》：已霁犹寒，越见积雪。

《唐诗归》：钟云：说得缥缈森秀。

《唐诗选》：玉遮曰："浮"字极好，诗亦佳绝，但只赋得积雪，不赋得馀雪。

《诗绎》：庸手必刻画残雪正面矣，作者三、四只用托笔写意，体格高浑。

《唐诗归折衷》：吴敬夫云：可见诗不论何体，终期意尽而止。几绝句意不尽者，皆未成之律诗也。

《此木轩论诗汇编》：如此不拘，诗安得不高？意尽即不须续，更难在举场中作如此事。

《而庵说唐诗》：此首须看其安放题面次第，如月吐层云，光明渐现，闭目犹觉宛然也。　　此诗处处针线细密，真绣鸳鸯手也。……此外真更不能添一语也。

《网师园唐诗笺》：写"残"字高浑。

《岘傭说诗》：苍秀之笔，与韦相近。

《唐宋诗举要》：《渔洋诗话》（卷上）曰：古今雪诗，惟羊孚一赞及陶渊明"倾耳无希声，在目皓已洁"，及祖咏"终南阴岭秀"一篇，右丞"洒空深巷静，积素广庭宽"，韦左司"门对寒流雪满山"句，最佳。

《诗境浅说续编》：咏高山积雪，若从正面着笔，不过言山之高，雪之色，及空翠与皓素相映发耳。此诗从侧面着想，言遥望雪后南山，如开霁色，而长安万户，便觉生寒，则终南之高寒可想。用流水对句，弥见诗心灵活。且以霁色为喻，确是积雪，而非飞雪，取譬殊工。

李 颀

李颀（？—约751），籍贯不详。开元二十三年（735）登进士第，授新乡尉。去职，归隐颍阳（今河南登封西南）之东川。天宝八载秋，高适授封丘尉，颀有诗送之。天宝十三、十四载殷璠编《河岳英灵集》，谓颀"只到黄绶"。颀工诗，尤以边塞诗著称。与王昌龄、崔颢、綦毋潜、岑参、王维、高适等交游，时辈咸重之。有《李颀诗》一卷。《全唐诗》编诗三卷。

【汇评】

颀诗发调既清，修辞亦绣。杂歌咸善，玄理最长。至如《送暨道士》云"大道本无我，青春长与君"，又《听弹胡笳声》云"幽音变调忽飘洒，长风吹林雨堕瓦。迸泉飒飒飞木末，野鹿呦呦走堂下"，足可歔欷，震荡心神。惜其伟才，只到黄绶，故论其数家，往往高于众作。（《河岳英灵集》）

欧阳公好称诵唐严维诗"柳塘春水漫，花坞夕阳迟"及杨衡"竹径通幽处，禅房花木深"之句，以为不可及。予绝喜李颀诗云："远客坐长夜，雨声孤寺秋。请量东海水，看取浅深愁。"且作客涉远，适当穷秋，暮投孤村古寺，中夜不能寐，起坐凄恻，而闻檐外雨声，

其为一时襟抱,不言可知。而此两句十字中,尽其意态,海水喻愁,非过语也。(《容斋随笔》)

顾诗意主浑成,遂无斫练,然情思清澹,每发羽调。七言古诗善写边朔气象,其于玄理间出奇秀。七言律体如《送魏万》、《卢司勋》、《澄公山池》等作,可谓翛然远意者也。(《唐诗品》)

李颀不善五言,而善七言,故歌行与七言律皆有高处。(《批点唐音》)

李颀七言律最响亮整肃。(《艺圃撷馀》)

李律仅七首,惟“物在人亡”不佳。“流渐腊月”,极雄浑而不笨;“花宫仙梵”,至工密而不纤。“远公遁迹”之幽,“朝闻游子”之婉,皆可独步千载。(《诗薮》)

七言律体,诸家所难,王维、李颀颇致其妙,即子美篇什虽众,愦焉自放矣。(《唐诗选》)

李颀七律,诗格清炼,复流利可诵,是摩诘以下第一人。(《唐诗镜》)

盛唐名家称王、孟、高、岑,独七言律祧孟,进李颀,应称王、李、岑、高云。(《唐音癸签》)

新乡七古,每于人不经意处忽出异想,令人心赏其奇逸,而不知其所从来者。

新乡七律,篇篇机宕神远,盛唐妙品也。(《唐诗选脉会通评林》)

李颀五言古平韵者多杂用律体,仄韵者亦多忌鹤膝。七言古在达夫之亚,亦是唐人正宗。五七言律多入于圣矣。(《诗源辨体》)

王元美云:七言律,李有风调而不甚丽,岑才甚丽而情不足,王差备美。愚按……李较岑、王,语虽熔液,而气稍劣。后人每多推之者,盖由盛唐体多失粘,讽之则难谐协,李篇什虽少,则篇篇合

律矣。（同上）

盛唐之有李颀，犹制艺之有袁黄，古文词之有李觏，朽木败枝，区区以死律缚人。（《唐诗评选》）

李颀五律高澹，大胜七律，可与祖咏相伯仲。（《围炉诗话》）

唐李颀诗虽近于幽细，然其气骨则沉壮坚老，使读者从沉壮坚老之内领其幽细，而不能以幽细名之也。唯其如此，所以独成一家。（《诗筏》）

旧盛唐名家多以王孟、王岑并称，虽襄阳、嘉州与辋川并肩而不并，然尚可并题。至嘉、隆诸子以李颀当之，则颀诗肤俗，不啻东家矣。明诗只存体面，总不生活，全是中是君恶习，不可不察也。（《唐七律选》）

唐人七言律，以李东川、王右丞为正宗，杜工部为大家，刘文房为接武。（《师友诗传录》）

东川诗典瞻风华，兼复音调句亮，盛唐能手。（《唐诗笺要》）

新乡长于七字，古诗、今体并是作家。其蕴气调辞，含毫沥思，缘源触胜，别有会心。向来选家徒以音节高亮赏之，乃牝牡骊黄之见耳。（《历代诗发》）

东川七律，故难与少陵、右丞比肩，然自是安和正声。自明代嘉、隆诸子奉为圭臬，又不善学之，只存肤面，宜招毛秋晴太史之讥也。然讥诸子而痛扫东川，毋乃因噎而废食乎？（《唐诗别裁》）

东川比高、岑多和缓之响。（同上）

东川七律，自杜公而外，有唐诗人，莫之与京。徒以李沧溟揣摹格调，几嫌太熟。然东川之妙，自非沧溟所能袭也。（《石洲诗话》）

东川句法之妙，在高、岑二家上。高之浑厚，岑之奇峭，虽各自成家，然俱在少陵笼罩之中。至李东川，则不尽尔也。学者欲从精密中推宕伸缩，其必问津于东川乎！（同上）

李颀赋笔轻新,以作七律,流丽婉润,自觉胜人。所垂七篇,尽为济南标录。(《闻鹤轩初盛唐近体读本》)

李东川摛词典则,结响和平,固当在摩诘之下,高、岑之上。(《读雪山房唐诗序例》)

李东川七言古诗,只读得《两汉书》烂熟,故信手挥洒,无一俗料俗韵。(同上)

东川缠绵,情韵自然深至,然往往有痕。于鳞以东川配辋川,姚先生以为不允。东川视辋川,气体浑厚微不及之,而意兴超远则固相近。(《昭昧詹言》)

李东川五七古俱卓然成家,沧溟独取其七律,非作者知己者。(《海天琴思录》)

李东川七律为明代七子之祖,究其容貌相似,神理犹隔一黍。(《批唐贤三昧集》)

东川七律风骨凝重,声韵安和,足与少陵、右丞抗行,明代李于鳞深得其妙。(《唐诗三百首续选》)

五言其源出于鲍明远,发言清隽,骨秀神清,虽偶泛弦中,仍复自然合奏。七言变离,开阖转接奇横,沉郁之思,出以明秀,运少陵之坚重,合高、岑之浑脱,高音古色,冠绝后来。(《三唐诗品》)

(颀)古诗犹是齐梁一体,独七言乐府雄浑雅洁,一片神行,与崔颢同一机杼,而使事写怀,或且过之矣。(《诗学渊源》)

塞下曲

黄云雁门郡,日暮风沙里。
千骑黑貂裘,皆称羽林子。
金笳吹朔雪,铁马嘶云水。
帐下饮蒲萄,平生寸心是。

《批点唐诗正声》：只在影响，绝佳。

《唐贤三昧集笺注》：有惨淡之气象。

赠张旭

张公性嗜酒，豁达无所营。

皓首穷草隶，时称太湖精。

露顶据胡床，长叫三五声。

兴来洒素壁，挥笔如流星。

下舍风萧条，寒草满户庭。

问家何所有？生事如浮萍。

左手持蟹螯，右手执丹经。

瞪目视霄汉，不知醉与醒。

诸宾且方坐，旭日临东城。

荷叶裹江鱼，白瓯贮香秔。

微禄心不屑，放神于八纮。

时人不识者，即是安期生。

【汇评】

《唐诗广选》：狠做狂语（"露顶"句下）。

登首阳山谒夷齐庙

古人已不见，乔木竟谁过？

寂寞首阳山，白云空复多。

苍苔归地骨，皓首采薇歌。

毕命无怨色，成仁其若何？

我来入遗庙，时候微清和。

落日吊山鬼，回风吹女萝。

石崖向西豁，引领望黄河。

千里一飞鸟，孤光东逝波。

驱车层城路，惆怅此岩阿。

【汇评】

《唐贤三昧集笺注》：有凄怆之气。

《唐诗别裁》：二语中精灵如在（"落日"一联下）。　谒夷齐庙，何容复下赞语耶？淡淡着笔，风骨最高。

宋少府东溪泛舟

登岸还入舟，水禽惊笑语。

晚叶低众色，湿云带残暑。

落日乘醉归，溪流复几许？

【汇评】

《唐诗归》：钟云：李颀劲浑，是储、王一派，而润洁处微逊之，时有奥气出纸墨外。

送王昌龄

漕水东去远，送君多暮情。

淹留野寺出，向背孤山明。

前望数千里，中无蒲稗生。

夕阳满舟楫，但爱微波清。

举酒林月上，解衣沙鸟鸣。

夜来莲花界，梦里金陵城。

叹息此离别，悠悠江海行。

【汇评】

《唐诗归》：谭云：“暮”字妙（“送君”句下）。　　谭云：真凄凉（“中无”句下）。　　钟云：又从凄凉中生出一段绝好情景（“但爱”句下）。　　谭云：十字在有意无意之间（“举酒”二句下）。

《汇编唐诗十集》：唐云：造词洁，布情款，送别佳作。

《诗筏》：作诗须一意浑融，前后互映。如李颀《送王昌龄》诗……因第二句有“暮情”二字，自此后，不独夕阳微波、月上鸟鸣、夜来花界、梦里金陵种种暮景，而满篇幽澹悲凉，字字皆“暮情”也。暮景易写，暮情难描，此为独绝。

留别王卢二拾遗

此别不可道，此心当报谁？
春风灞水上，饮马桃花时。
误作好文士，只令游宦迟。
留书下朝客，我有故山期。

【汇评】

《唐诗归》：谭云：此作诗者偶然笔墨而已矣。今人动欲师之，安得复佳？　　钟云：眼前口头，妙！妙（“饮马”句下）！

《唐贤三昧集笺注》：发纤浓于简古，不知文生情、情生文也。　　高怀可想（“留书”句下）。

古从军行

白日登山望烽火，黄昏饮马傍交河。
行人刁斗风沙暗，公主琵琶幽怨多。

野云万里无城郭，雨雪纷纷连大漠。

胡雁哀鸣夜夜飞，胡儿眼泪双双落。

闻道玉门犹被遮，应将性命逐轻车。

年年战骨埋荒外，空见蒲桃入汉家。

【汇评】

《唐诗选脉会通评林》：李颀此作，实多刺讽意。　　吴山民曰：骨气老劲。中四句乐府高语。结联具几许感叹意。　　周明翊曰：体格少逊《古意》篇，气亦自老。

《唐风定》：音调铿锵，风情澹冶，皆真骨独存，以质胜文，所以高步盛唐，为千秋绝艺。

《唐诗绪笺》：周末"渐石"之章，不胜哀怨，读此令人心酸，有不忍闻者。

《唐贤三昧集笺注》：气格雄浑，盛唐人本色。　　一结寓感慨之意。

《唐诗别载》：以人命换塞外之物，失策甚矣。为开边者垂戒，故作此诗。

《网师园唐诗笺》：讽刺蕴藉（末句下）。

行路难

汉家名臣杨德祖，四代五公享茅土。

父子兄弟绾银黄，跃马鸣珂朝建章。

火浣单衣绣方领，茱萸锦带玉盘囊。

宾客填街复满座，片言出口生辉光。

世人逐势争奔走，沥胆堕肝惟恐后。

当时一顾登青云，自谓生死长随君。

一朝谢病还乡里，穷巷苍苔绝知己。

秋风落叶闭重门，昨日论交竟谁是？

薄俗嗟嗟难重陈，深山麋鹿可为邻。

鲁连所以蹈东海，古往今来称达人。

【汇评】

《批点唐音》："火浣"、"茱萸"二语，是诗中藻缋，大篇不可少。"秋风"、"昨日"二语，善说冷落。

《唐诗镜》：饶有气格。

《唐诗选脉会通评林》：吴山民曰：说世情处可畏可愤。用鲁连事结意深。　　王世贞曰：俯仰世情，感甚叹甚。

《唐风定》：与太白《南平太守》篇意格略同。而太白纵笔太过，失于流易，不如此锻炼精工，结意斩截奇矫。

《唐诗别裁》：此借杨氏发论，为势利之徒言之。末言鲁连蹈海，正能一空势利之见耳。

《网师园唐诗笺》：言之慨然泪下（"昨日论交"句下）。

琴　歌

主人有酒欢今夕，请奏鸣琴广陵客。

月照城头乌半飞，霜凄万树风入衣。

铜炉华烛烛增辉，初弹《渌水》后《楚妃》。

一声已动物皆静，四座无言星欲稀。

清淮奉使千馀里，敢告云山从此始。

【汇评】

《唐诗归》：谭云：七字安插得妙（"请奏鸣琴"句下）！　　钟云：一字不说琴，却字字与琴相关（"月照城头"二句下）。　　谭云：穆然深思之言。钟云：世间妙理妙物皆有此一段光景（"一声已动"句下）。　　谭云："星欲稀"，只是物静耳，真静者见出许多妙来（"四座无言"句下）。　　　谭云："敢告"妙，以此作琴歌结尤妙。钟云：又妙在结处一字不沾着琴，此之谓远（末句下）。

《唐诗快》：妙处可以意会，不可以言传（"一声已动"句下）。　　句法妙。

《唐诗别裁》：比高堂如空山，能使"江月白"等语更微更远。

放歌行答从弟墨卿

小来好文耻学武，世上功名不解取。
虽沾寸禄已后时，徒欲出身事明主。
柏梁赋诗不及宴，长楸走马谁相数。
敛迹俯眉心自甘，高歌击节声半苦。
由是蹉跎一老夫，养鸡牧豕东城隅。
空歌汉代萧相国，肯事霍家冯子都？
徒尔当年声籍籍，滥作词林两京客。
故人斗酒安陵桥，黄鸟春风洛阳陌。
吾家令弟才不羁，五言破的人共推。
兴来逸气如涛涌，千里长江归海时。
别离短景何萧索，佳句相思能间作。
举头遥望鲁阳山，木叶纷纷向人落。

【汇评】

《批点唐音》：唐诗说到无已处，便着一隐语收括，此是传灯教宗也。

《唐诗选脉会通评林》：周珽曰：从自叙说到从弟，一往浩瀚之气，能磅礴于手眼之前后左右。

《唐诗绪笺》：嬖幸用事，文学退藏，意在言外，诗故可贵。

《唐贤三昧集笺注》：雄深古雅，虽然，未足以为绝奇之作。

送刘十

三十不官亦不娶,时人焉识道高下。

房中唯有老氏经,枥上空馀少游马。

往来嵩华与函秦,放歌一曲前山春。

西林独鹤引闲步,南涧飞泉清角巾。

前年上书不得意,归卧东窗兀然醉。

诸兄相继掌青史,第五之名齐骠骑。

烹葵摘果告我行,落日夏云纵复横。

闻道谢安掩口笑,知君不免为苍生。

【汇评】

《笺注唐贤三体诗法》:时时插入对句,乃觉格调锵然。

《唐诗评选》:清劲不减高、岑,一结得象外之象。

别梁锽

梁生倜傥心不羁,途穷气盖长安儿。

回头转眄似雕鹗,有志飞鸣人岂知!

虽云四十无禄位,曾与大军掌书记。

抗辞请刃诛部曲,作色论兵犯二帅。

一言不合龙颔侯,击剑拂衣从此弃。

朝朝饮酒黄公垆,脱帽露顶争叫呼。

庭中犊鼻昔尝挂,怀里琅玕今在无?

时人见子多落魄,共笑狂歌非远图。

忽然遣跃紫骝马,还是昂藏一丈夫。

洛阳城头晓霜白,层冰峨峨满川泽。

但闻行路吟新诗，不叹举家无担石。

莫言贫贱长可欺，覆篑成山当有时。

莫言富贵长可托，木槿朝看暮还落。

不见古时塞上翁，倚伏由来任天作。

去去沧波勿复陈，五湖三江愁杀人。

【汇评】

《唐诗广选》：描得俗眼如画（"时人见子"句下）。

《唐诗选脉会通评林》：周珽曰：言梁生气负不群、志多凌俗，时人未可以穷厄轻之。观其曾与主帅言论，侃侃不合即去，其风节有足多者。及纵酒狂叫，不以家贫落魄、无人测识，少改昂藏盖世之气，总见其心豪放不羁也。"莫言"四句举大概世局言，因欲梁生忘情得失，终如塞翁，弗致违天所任，虽涉穷途皆乐地矣。此与《送章甫》作俱有大力量。"龙画旁分、螺书扁刻"，崔融《禹碑赞》也，举以赞此二诗，应自无憾。　蒋一梅曰：胜事乃得胜语才相称。多定见语，结束亦佳。　唐孟庄曰："途穷气盖长安儿"一语，说尽生平，馀可无读。"抗辞"、"作色"二语，有意气，有作用。"脱帽"句描写狂态。"但闻"、"不叹"二句，穷处放诞，才是真不羁。"不见"、"倚伏"二语，达者之言。　唐陈彝曰：惟其尚弃，故甘于落魄。"朝朝饮酒"八句，反覆抑扬。"莫言"四句，语虽肤浅，论极透彻。结隐非豪士所乐。

《历代诗发》：歌行纯任气力，便有竭蹶怒张之态。辋川而外，东川雅度，良堪心赏。

《唐贤三昧集笺注》：宕逸（"庭中犊鼻"句下）。　奇绝快绝，使人读此意强（"忽然遣跃"句下）。　雄健磊落。隔句换对，韵平仄互用，法格谨严。一结极得声韵。

《唐诗别裁》：结有世路风波意，非专言江湖难涉也。

《昭昧詹言》：《别梁锽》起飒爽作色。"论兵"句，此等句最为费力。收二句似是喷薄,然适足见其痕迹,以气不能浮举之也。此言有谁知耶?

送陈章甫

四月南风大麦黄,枣花未落桐阴长。

青山朝别暮还见,嘶马出门思旧乡。

陈侯立身何坦荡,虬须虎眉仍大颡。

腹中贮书一万卷,不肯低头在草莽。

东门沽酒饮我曹,心轻万事如鸿毛。

醉卧不知白日暮,有时空望孤云高。

长河浪头连天黑,津吏停舟渡不得。

郑国游人未及家,洛阳行子空叹息。

闻道故林相识多,罢官昨日今如何?

【汇评】

《批点唐音》:首二句化腐处须自得。接二句浅浅说便佳。"有时空望孤云高",豪语胜前多矣。

《增订评注唐诗正声》:起四语浅妙,中段豪甚,不见其谀。

《唐诗解》:叙别有次第,中段数语何等心胸!

《唐诗选脉会通评林》:吴山民曰:高华悲壮,李集佳篇。"虬须"句,道子写真岂复过此?"醉卧"、"不知"二语,知是高调。结系钵手。

《唐诗评选》:顾集绝技,骨脉自相均适。

《唐贤三昧集笺注》:读来神韵悠然("四月南风"四句下)。

丰骨超然("醉卧不知"二句下)。

《唐贤清雅集》:开局宏敞,音节自然。写奇崛如见。　　收得妙。

《昭昧詹言》：何等警拔，便似嘉州、达夫。起二句奇景涌出。
"东门沽酒"句换气。

听安万善吹觱篥歌

> 南山截竹为觱篥，此乐本自龟兹出。
> 流传汉地曲转奇，凉州胡人为我吹。
> 傍邻闻者多叹息，远客思乡皆泪垂。
> 世人解听不解赏，长飙风中自来往。
> 枯桑老柏寒飕飗，九雏鸣凤乱啾啾。
> 龙吟虎啸一时发，万籁百泉相与秋。
> 忽然更作渔阳掺，黄云萧条白日暗。
> 变调如闻杨柳春，上林繁花照眼新。
> 岁夜高堂列明烛，美酒一杯声一曲。

【汇评】

《唐诗归》：谭云：与世人学舞只是舞，同一高寄之言，而"长飙风中"句形容聋聩人光景可笑（"世人解听"二句下）。

《历代诗发》：行间善自裁制，故不至于烦芜，而笔情所向，又多油然惬适。

《唐贤三昧集笺注》：步步踏实，绝不空衍。　　亦是对叠，妙乃如此（"傍邻闻者"二句下）。　　都是叠，甚得声韵。　　换韵平仄互用，而多用二句一解，自觉音调急促。

爱敬寺古藤歌

> 古藤池水盘树根，左攫右拿龙虎蹲。
> 横空直上相陵突，丰茸离缅若无骨。

风雷霹雳连黑枝,人言其下藏妖魑。

空庭落叶乍开合,十月苦寒常倒垂。

忆昨花飞满空殿,密叶吹香饭僧遍。

南阶双桐一百尺,相与年年老霜霰。

【汇评】

　　《唐诗归》:钟云:将全副看松柏心眼付之一古藤,气骨风韵与之相敌,所谓小题大做。　　钟云:"骨"字奇矣,然又妙在"若无骨",若以"若有骨"三字形容古藤奇老之状,便是庸笔俗眼("丰茸离缅"句下)。　　谭云:深杳,非老杜不能为此句("风雷霹雳"句下)。　　谭云:三字深妙("空庭落叶"句下)。　　谭云:"吹香饭僧"即指藤花言,莫将"饭僧"另读,失其幽奇("密叶吹香"句下)。

　　《唐贤三昧集笺注》:形容绝佳("风雷霹雳"四句下)。

　　《唐贤清雅集》:俯仰情深,更寻一陪客作结,寄意无穷。

崔五六图屏风各赋一物得乌孙佩刀

乌孙腰间佩两刀,刃可吹毛锦为带。

握中枕宿穹庐室,马上割飞鹥蝓塞。

执之魍魉谁能前?气凛清风沙漠边。

磨用阴山一片玉,洗将胡地独流泉。

主人屏风写奇状,铁鞘金镮俨相向。

回头瞪目时一看,使予心在江湖上。

【汇评】

　　《唐诗广选》:奇警响亮可玩("磨用阴山"二句下)。

　　《唐诗直解》:奇警响亮,不见有缺陷处。结不甚超。

　　《唐诗选》:玉遮曰:雄绝,读之凛凛。

　　《汇编唐诗十集》:唐云:诗体亦如此刀,一片昆吾铁炼成,绝不见有缺陷处。

《唐诗选脉会通评林》：宗臣曰：长歌短韵，万籁之音。

古　意

男儿事长征，少小幽燕客。

赌胜马蹄下，由来轻七尺。

杀人莫敢前，须如猬毛磔。

黄云陇底白雪飞，未得报恩不能归。

辽东小妇年十五，惯弹琵琶解歌舞。

今为羌笛出塞声，使我三军泪如雨。

【汇评】

《唐诗训解》：前为壮士生色，后为壮士短气。

《唐诗选脉会通评林》：总为边士思归之辞，而自况之意，言外可思。　　吴山民曰："未得报恩不得归"，用两"得"字更健。王世贞曰：音节短亮，而意自古。

《唐贤三昧集笺注》：古意苍然可掬。　　妙在先作一垫（"未得报恩"句下）。

《唐贤清雅集》：奇气逼人，下忽变作凄音苦调，妙极自然。

杂　兴

沉沉牛渚矶，旧说多灵怪。

行人夜秉生犀烛，洞照洪深辟滂湃。

乘车驾马往复旋，赤绂朱冠何伟然！

波惊海若潜幽石，龙抱胡髯卧黑泉。

水滨丈人曾有语，物或恶之当害汝。

武昌妖梦果为灾，百代英威埋鬼府。

青青兰艾本殊香，察见泉鱼固不祥。

济水自清河自浊，周公大圣接舆狂。

千年魑魅逢华表，九日茱萸作佩囊。

善恶死生齐一贯，只应斗酒任苍苍。

【汇评】

《唐诗归》：谭云：古今伟人之言，长吉服得不错（"济水自清"二句下）。

《载酒园诗话又编》：李颀五言，犹以清机寒色，未见出群，至七言，实不在高适之下。《放歌行答从弟墨卿》曰："吾家令弟才不羁，五言破的人共推。兴来逸气如涛涌，千里长江归海时。"真善写文士下笔淋漓之状。又《送刘十》曰："前年上书不得意，归卧东窗兀然醉。诸兄相继掌青史，第五之名齐骠骑。烹葵摘果告我行，落日夏云纵复横，闻道谢安掩口笑，知君不免为苍生。"曲折磊落，姿态横生。至"青青兰艾本殊香，察见泉鱼固不祥。济水自清河自浊，周公大圣接舆狂。千年魑魅逢华表，九日茱萸作佩囊。善恶死生齐一贯，只应斗酒任苍苍"，每一读之，胜呼龙泉、击唾壶矣。

《诗筏》：李颀七言古诗，佳者本多，其《杂兴》二句云："济水至清河至浊，周公大圣接舆狂"，亦偶然兴到语耳，而乐天独叹服此语，以为绝伦。

送刘昱

八月寒苇花，秋江浪头白。

北风吹五两，谁是浔阳客？

鸬鹚山头微雨晴，扬州郭里暮潮生。

行人夜宿金陵渚，试听沙边有雁声。

《批选唐诗》：情境无着，凄寂可念。

《汇编唐诗十集》：仲言云：意不甚超，辞极精雅。

《历代诗发》：寄兴空虚，相赏在毫素外。

《唐贤三昧集笺注》：五七言凑成短古，好模范。

《唐贤清雅集》：转折有神，无迹可称，一片宫商。

《昭昧詹言》：天地间别有此一种情韵。

听董大弹胡笳声兼寄语弄房给事

蔡女昔造胡笳声，一弹一十有八拍。

胡人落泪沾边草，汉使断肠对归客。

古戍苍苍烽火寒，大荒沉沉飞雪白。

先拂商弦后角羽，四郊秋叶惊摵摵。

董夫子，通神明，深山窃听来妖精。

言迟更速皆应手，将往复旋如有情。

空山百鸟散还合，万里浮云阴且晴。

嘶酸雏雁失群夜，断绝胡儿恋母声。

川为净其波，鸟亦罢其鸣。

乌孙部落家乡远，逻娑沙尘哀怨生。

幽音变调忽飘洒，长风吹林雨堕瓦。

迸泉飒飒飞木末，野鹿呦呦走堂下。

长安城连东掖垣，凤凰池对青琐门。

高才脱略名与利，日夕望君抱琴至。

【汇评】

《增订评注唐诗正声》：说得宛转沦动，足可感人。结弄给事
自雅。

《汇编唐诗十集》：吴逸一云：真得心应手之作，有气魄，有光彩，起有原委，结有收煞。盛唐杰作如此篇者，亦不能多得。

《唐诗选脉会通评林》：周珽曰：翻筛调收入琴自文姬始，故先状其曲之悲，而后叙董音律之妙，迟速应手，往旋有情。如下诸语无非摹写其通神明之处，盖酸楚哀恋之声能逐飞鸟，遏行云，灵感鬼神，悲动夷国，所奏真足高绝古今。至变调促节若风吹林，雨堕瓦，泉飒木末，鹿走堂下，说出变态，陡起精采。殷璠所谓"足可歔欷，震荡心神"者，非胸中另具一元化，安能有此幽远幻妙？   周启琦曰：雄浑，机致横流。

《唐诗笺要》：真是极其形容，曲尽情态，昔人于纤小题如此摹拟，一句不苟。

《历代诗发》：写筛极为浓至，机神散朗，不可方物。

《唐贤三昧集笺注》：形容佳妙，比之白氏《琵琶行》等，亦自有一种奇气。

忽插入短句，诗亦有琴声转换之妙（"董夫子"句下）。   对仗入妙（"言迟更速"二句下）。   愈出愈妙（"长风吹林"句下）。

《昭昧詹言》："胡人"句接不舒。"汉使"句费力。"四郊"句凑。收有远致生气。

寄镜湖朱处士

澄霁晚流阔，微风吹绿蘋。
鳞鳞远峰见，淡淡平湖春。
芳草日堪把，白云心所亲。
何时可为乐？梦里东山人。

【汇评】

《唐诗归》：钟云：细得明净（"鳞鳞"二句下）。   谭云：极蕴藉,不知者以为淡("白云"句下)。

《唐贤三昧集笺注》：前半叙景如画。

宴陈十六楼

西楼对金谷,此地古人心。

白日落庭内,黄花生涧阴。

四邻见疏木,万井度寒砧。

石上题诗处,千年留至今。

【汇评】

《唐诗归》：谭云：五字浑沦("此地"句下)。　　钟云：活而润("黄花"句下)。　　谭云：结弱(末句下)。

《唐诗选脉会通评林》：周敬曰：快竖一谛,使人块垒之胸、尘土之面同时洗尽。

《唐诗矩》：不叙宴会,但叙怀古之思,故出景亦觉悲凉,此以景衬情之法也。淡似浩然。

《近体秋阳》：杰而老,慷爽而婉("此地"句下)。　　高做不可名,"落"字浅而异("白日"联下)。　　肖拟楼情,矜阔浩沦("万井"句下)。

《闻鹤轩初盛唐近体读本》：陈德公曰：澹极生情,与"物在人亡"如同一格。纵极轻薄,不失盛唐风致。　　三、四直置景语,却耐寻味。五、六确是楼宴时情绪,悟此方知景语未容浪着。

望秦川

秦川朝望迥,日出正东峰。

远近山河净,逶迤城阙重。

秋声万户竹，寒色五陵松。

客有归欤叹，凄其霜露浓。

【汇评】

《唐诗分类绳尺》：委婉感慨，自不可遗。

《唐诗训解》：置秋声千竹上，便顿挫。

《唐诗选》：玉遮曰：五、六摹写极目处，最为雄丽。

《唐诗解》：三、四净雅。五、六亦壮。结复雅淡。

《唐诗选脉会通评林》：杨慎曰：通篇炼净。　　蒋一梅曰：五六佳境佳语。

《唐律消夏录》：妙在自己不得意全不提起，只将光景淡淡写去，恰已尽情说出。觉襄阳留别摩诘诗，甚是小样。　　中四句全是眼前闲景，却全是胸中妙意。中晚人专要写景，能有此妙意否？

《唐诗成法》：景中有情，格法固奇，笔意俱高甚。　　帝都名利之场，乃清晨闲望，将山河、城阙、万户、五陵呆看半日，无所事事。将自己不得意全不一字说出，只将光景淡淡写去，直至七、八，忽兴"归欤"之叹，又虚托霜露一笔，觉满纸皆成摇落，已说得尽情尽致。

《唐三体诗评》："万户"此生新，用"千亩"即死对也。

《唐贤三昧集笺注》：颈联可诵。

《近体秋阳》：四句一气，几于贯珠，联络而又似绝不相关，笔气高空，一至于是(末句下)。　　情警法密。

觉公院施鸟石台

石台置香饭，斋后施诸禽。

童子亦知善，众生无惧心。

苔痕苍晓露，盘势出香林。

锡杖或围绕，吾师一念深。

【汇评】

《唐诗归》：谭云：使人胸中惊动，开口难言，有慧根，有静理者，须从此等悟入。此是禅家第一首诗。　　钟云：昔人欲以佛语置菩萨语中，辩其孰是，"童子亦知善"二语，如入佛国，"锡杖或围绕"二语，如睹佛面，恐菩萨混不得。禅诗宜于虚，此妙在步步实，作成佛人可，作修行人亦可。　　谭云：说尽了，下只写其意（首二句下）。　　谭云："苔痕"句是"石"字，"盘势"句是"台"字，苦心之极（"苔痕"二句下）。　　钟云：古佛像，低眉舒臂，光景在目。从"锡杖"句看出"一念深"，妙（末二句下）。

《唐律消夏录》：佛法广大平等，俱从一念中看出。妙在只就此一事说，不另作儡侗语。

寄司勋卢员外

流澌腊月下河阳，草色新年发建章。
秦地立春传太史，汉宫题柱忆仙郎。
归鸿欲度千门雪，侍女新添五夜香。
早晚荐雄文似者，故人今已赋长杨。

【汇评】

《增订评注唐诗正声》：郭云：起句健。次联虽太实，如比乃切。五、六新秀，风格不落中晚。

《唐诗直解》：七言律患后联易弱，结句易疏。如此起固雄浑，后联尤新，结又郑重，真为杰作。

《唐诗选脉会通评林》：汪道昆曰：高雅有致。　　陈继儒曰：通篇机神淋快。周启琦曰：五、六芳气郁郁。

《贯华堂选批唐才子诗》：前人如此解法，后人乃曾未到。看其手下只是一折一迭，纸上早是七曲八曲，真为名家之名笔也。

试思才写欢喜，如何又斗写相思？此又是其笔体轻健所得，彼苦心吟哦者固无是事也（"秦地立春"联下）。前解送卢，后解自托也。言明年归鸿叫雪之时，是君含香人殿之时，知己若复荐我，我敢俨然不让？又妙于虚虚用"文似"二字自赞，盖前解固已暗推员外为相如矣（末二句下）。

《唐诗快》：李君古诗多豪爽，近体却如此韶倩。

《删订唐诗解》：李诗工于修饰，有张绪风流之态，而意味尚少。此诗第五句不当又入景矣。结只用"似者"二字，亦未妥。

《唐诗摘钞》：寓意只在结句，前路但写新年之景，手法甚高。

《唐体馀编》：一句立春，一句员外，承上分切，妍秀。

《唐诗观澜集》：首联"流澌腊月下河阳，草色新年发建章"，融情景于一家。

《唐贤三昧集笺注》：手腕柔和，自是盛唐中正之音。　　　第七艰涩。

《唐诗别裁》：望人荐引，却能自占身分。

《山满楼笺注唐诗七言律》：七八望其援引，而以扬雄自比，谦言不敢齐驱，婉而多风，定当独步。

《昭昧詹言》：此诗只意兴好，无大可取法处。

《湘绮楼说诗》：振起有高远之意，其实仍上意耳。对必以藻采助之。

寄綦毋三

新加大邑绶仍黄，近与单车去洛阳。
顾眄一过丞相府，风流三接令公香。
南川粳稻花侵县，西岭云霞色满堂。
共道进贤蒙上赏，看君几岁作台郎。

【汇评】

《增定评注唐诗正声》：郭云：此等诗但看其气格，却有一种高迈处。

《诗薮》：起联意稍疏野，亦自一种风致。

《唐诗训解》：次联流利，颈联尽县尉之致。

《唐诗解》："一过"、"三接"装点风格。五、六景物清幽，迥超俗吏。

《唐诗选脉会通评林》：何景明曰：清意雅调，可诵可法。

《贯华堂选批唐才子诗》：题是寄綦毋三，诗却为綦毋三讽切朝堂，此一最奇章法也。

《唐风怀》：与瞻曰：风致清丽，隐伏钱、刘一派。

《唐诗笺要》：似慰似劝，馀味转浓。

《昭昧詹言》：起二句叙事，已顿挫入妙。三、四复绕回首句，更加顿挫，第四句含蓄不说出，更妙。五、六大断离开，遥接第二句。七、八又从题后绕出。大约有往必收，无垂不缩，句句接，句句断，一气旋转，而似千回百折，所以谓之往复顿挫也。此为正宗。

《唐宋诗举要》：姚曰：往复顿挫，章法殊妙。

《诗式》：〔品〕自然。

送魏万之京

朝闻游子唱离歌，昨夜微霜初渡河。

鸿雁不堪愁里听，云山况是客中过。

关城树色催寒近，御苑砧声向晚多。

莫见长安行乐处，空令岁月易蹉跎。

【汇评】

《批点唐音》：此篇起语平平，接句便新，初联优柔，次联奇拔，结蕴可兴，含蓄不露，最为佳作。

《唐诗广选》：顾华玉曰：不知多少宛转。

《唐诗直解》：其致酸楚，其语流利。"近"字好，"多"字工。

《诗薮》：盛唐脍炙佳作，如李颀"朝闻游子唱离歌……"，"朝"、"曙"、"晚"、"暮"四字重用，惟其诗工，故读之不觉。然一经点勘，即为白璧之瑕，初学首所当戒。

《唐诗镜》：五、六老秀，结语寄况无限。

《唐诗归》：钟云：净亮无浮响，铢两亦称。　　谭云：起得清厉（首联后）。

《唐诗选脉会通评林》：何景明曰：多少宛转，诵之悠然。徐中行曰：词意大雅，爱情更深。　　蒋一葵曰：宛转流亮，愈玩愈工。

《唐风定》：高华俊亮，与摩诘各成一调。

《贯华堂选批唐才子诗》：质言之，只是如此四句（按指前四句），而其手法转接离即，妙至于此，真绝调也。

《唐诗归折衷》：唐云：逗漏大历气（"云山况是"句下）。

《唐诗贯珠笺释》：三承二，四承起，用虚字为脉，诸句皆灵活。五六单承第二，言到京之景。

《此木轩五言律七言律诗选读本》：作者本自从喉中唱出，奈学舌头者多何？

《唐诗成法》：通首有缠绵之致。

《唐贤三昧集笺注》：景中情（首四句下）。　　此种和平之作，后人终拟不到，能辨此作，七律方有归宿处，可知庾词替语、剑拔弩张，二者皆非也。

《昭昧詹言》：《送魏万之京》言昨夜微霜游子，今朝渡河耳，却炼句入妙。中四情景交写，而语有次第。三、四送别之情，五、六渐次至京，收句勉其立身立名。初唐人只以意兴温婉轻轻赴题，不著豪情重语。杜公出，乃开雄奇快健，穷极笔势耳。

《诗境浅说》：此诗首二句平衍而已。三、四句叙客况，句中以"不堪"、"况是"四字相呼应，遂见生动，与"江客不堪频北望，塞鸿何事亦南飞"同一句法。六句之向晚砧多，承五句关城寒近而来。收句谓此去长安当以功名自奋，勿以游乐自荒，绕朝赠策，犹有古风。

送李回

知君官属大司农，诏幸骊山职事雄。
岁发金钱供御府，昼看仙液注离宫。
千岩曙雪旌门上，十月寒花辇路中。
不睹声明与文物，自伤流滞去关东。

【汇评】

《唐诗归》：谭云：调中有骨。

《唐诗选脉会通评林》：雅丽有度，得脉得机。

《唐诗镜》："十月"句芬藻。

《历代诗话》：起句言回侍从而往骊山也。领联上句是承第一句官司农而言也，下句是承第二句幸骊山而言也。颈联是往骊山景语，盖此篇总以第二句为主也。结句则顾之反而自道耳。此等格律，非盛唐何以有此！

宿莹公禅房闻梵

花宫仙梵远微微，月隐高城钟漏稀。
夜动霜林惊落叶，晓闻天籁发清机。
萧条已入寒空静，飒沓仍随秋雨飞。

始觉浮生无住著，顿生心地欲皈依。

【汇评】

《唐诗广选》：顾华玉曰：咏物绝唱无以逾此。起句带景欲其富丽，两联形容梵声清切奇拔，结归释理，乃见本色。

《唐诗镜》：不精亦得不俚。

《唐诗归》：钟云：细润幽亮，静理深心。　　谭云：微妙处，只似人作五言律，非大手不能（"飒沓仍随"句下）。

《唐诗选脉会通评林》：写梵之乍鸣乍寂，若无若有，灵妙，非深于禅理者说不出。从闲有悟之作。　　薛应旂曰：宽缓绝难。

《贯华堂选批唐才子诗》：只起句"远微微"三字实写，已下悉用揣测成文，奇绝，妙绝！犹言此何声耶？为是钟，为是漏？论此时，月落城阴，即钟漏已歇。然则霜叶耶，抑天风耶？若在夜动，则或霜叶，今自晓闻，恐是天风。凡写三七二十一字，悉不写梵，而梵之妙谛已尽（首四句下）。　　妙绝，妙绝。此天然是闻梵，天然不是闻歌，……"萧条已入"妙，便是过去法过去；"飒沓仍随"妙，便是现在法无住（末四句下）。

《唐诗归折衷》：唐云：深浑清绝，字字入禅，七律中求可敌此者，指不多屈。

《唐诗成法》：起"远微微"三字好，以下无情致。看长卿《观休如师梵》五言律自知。

《唐贤三昧集笺注》：开后人咏物之体例。　　五、六振得起。　　此诗清微萧爽，能得声韵，故佳。

《唐诗别裁》：二语正写梵音（"萧条已入"句下）。

题璿公山池

远公遁迹庐山岑，开士幽居祇树林。

片石孤峰窥色相，清池皓月照禅心。

指挥如意天花落，坐卧闲房春草深。

此外俗尘都不染，惟馀玄度得相寻。

【汇评】

《批点唐音》：此篇初看似音律参差，句法错杂，详玩乃见古朴处不得不如此，自是老态。

《批点唐诗正声》：不事拘对，而诗韵俱佳。

《唐诗直解》：王敬美曰：李颀七言律最响亮整肃，忽于"远公遁迹"诗第二句下一拗体，馀七句皆平正，一不合也。"开山"二字最不古，二不合也。"开山幽居"文理不接，三不合也。重上一"山"字，四不合也。余谓必有误。苦心得之，曰必"开士"也，易一字而对仗流转，尽祛四失矣。

《唐诗训解》：看他不拘处。"都"、"惟"一字相呼应。

《唐诗镜》：五、六语境，最是自得。

《唐诗归》：谭云：人知下句"照"字妙，不知"窥"字妙（"片石孤峰"句下）。　谭云：每将中二联闲时诵之，道心顿生（"坐卧闲房"句下）。　钟云：可恨用套语作结（末二句下）。

《唐诗解》：五、六化境。

《唐诗选脉会通评林》：周珽曰：新乡《山池》《闻梵》二诗，维摩之朗悟，楞迦之幽深，狎入笔端，可与禅经诸子中分鼎足。　蒋一梅曰：首尾用事相应。

《贯华堂选批唐才子诗》：此借远公当璿公也。……三，"色相"句，著"片石孤云"妙，石亦不常，云亦不断，若问色相，色相如是。四，"禅心"句，着"清池白月"妙，月亦不一，池亦不异，若问禅心，禅心如是。

《唐诗绪笺》：李颀僧寺诗每多超悟语。

《围炉诗话》：李颀诸体俱佳，七律中之《题璿公山池》、《宿莹公禅房》、《题卢五旧居》,亦是佳作。唯《寄卢员外》、《寄綦毋三》、《送魏万》、《送李回》者,是灿烂铿锵、肤壳无情之语。

《唐贤三昧集笺注》:起极有势。　　诗亦有皓月映池、天花散山之色相。

《网师园唐诗笺》:深于禅者("片石孤峰"句下)。

题卢五旧居

> 物在人亡无见期,闲庭系马不胜悲。
> 窗前绿竹生空地,门外青山如旧时。
> 怅望秋天鸣坠叶,巑岏枯柳宿寒鸦。
> 忆君泪落东流水,岁岁花开知为谁?

【汇评】

《唐诗广选》:王元美曰:李颀"花宫仙梵","物在人亡"二首,高适"黄鸟翩翩""嗟君此别"二咏,张谓"星轺计日",孟浩然"梁城南面",不作奇事丽语,以平调行之,却足一唱三叹。

《批选唐诗》:衡慎恳恻,无笔墨痕。

《唐诗镜》:五六作法老气。

《唐诗归》:钟云:此首好而人反不称,大要今人选七言律,以假气格掩真才情。　　李颀本七言律佳手,而近人称其妙者,推"流澌腊月",黜"物在人亡",请问其所为妙者何居?　　钟云:"闲庭系马",此景难堪,不必读下六句矣(首联下)。

《汇编唐诗十集》:唐云:"流澌腊月"是送司勋入朝,体宜台阁,以典雅高华为主,通篇沉着,风格非假也。若"物在人亡",则一于伤感,才情毕露,浅于"流澌"则有之,未见其胜也。大抵才情易赏,风格难知。藏才情于风格者,其"流澌腊月"乎?藏风格于才情者,其"物在人亡"乎?

《唐诗选脉会通评林》：黄家鼎曰：情至自不落色相，在悼往诗甚难。　　蒋一梅曰：感慨逼真。

《唐诗成法》：通首平庸，无一毫味，"竹"、"柳"、"坠叶"复甚，较常建《宿王昌龄隐居》五律相去天渊。

宿香山寺石楼

夜宿翠微半，高楼闻暗泉。

渔舟带远火，山磬发孤烟。

衣拂云松外，门清河汉边。

峰峦低枕席，世界接人天。

霭霭花出雾，辉辉星映川。

东林曙莺满，惆怅欲言旋。

【汇评】

《批点唐音》："渔舟"一句，常语中翻来。"霭霭"二句学鲍。

《唐诗归》：谭云：幽清夜境，然他处清夜幽境套用不得（"高楼"句下）。　　钟云：真境，解不出。谭云："发"字妙甚（"山磬"句下）！　　钟云："花出雾"三字在夜境妙（"霭霭"句下）。

《唐诗选脉会通评林》：周敬曰：李颀诗情思清淡，禅寺作每多超悟语。　　周珽曰：秀润，有泽媚山辉之致。

《唐诗归折衷》：敬夫云："带"字、"发"字同为句中眼，然"带"字轻而有致，"发"字重而有力（"渔舟"一联下）。

《历代诗发》：发端落响，使谢客为之，亦不能过。

《唐贤三昧集笺注》：山寺清幽之状可想。

《闻鹤轩初盛唐近体读本》：赋笔轻生，此亦有致。　　"霭霭"二句写晓色森然。　　评：三、四"带"、"发"字，七、八"低"、

"接"字,九、十"出"、"映"字,法并老。落句"曙莺","曙"字正从九、十引出;"言旋"上着"惆怅"字,更是情深。

寄韩鹏

为政心闲物自闲,朝看飞鸟暮飞还。

寄书河上神明宰,羡尔城头姑射山。

【汇评】

《唐诗广选》:亦旷亦痴。

《唐诗训解》:寄令诗得不俗,即妙。

《唐诗归》:谭云:至理。钟云:"心闲物自闲",此幽人妙境,写入为政中,梦想不到,然实是确论("为政心闲"句下)。 钟云:只得如此轻接,一实便痴("朝看飞鸟"句下)。 谭云:"羡尔"二字说得不浅不深。钟云:落句亦旷亦痴(末句下)。

《唐诗选脉会通评林》:李梦阳曰:慰勉俱至。 蒋一梅曰:闲雅又脱。

《唐风怀》:季贞曰:赠作令者此为第一,以其神韵高耳。

《唐诗摘钞》:"心闲物自闲",即老子"我无为而民自化,我好静而民自正"意。语本涉道理,看他接句却不说向道理去,自是唐人手法。后二句亦只承"闲"字说下,益觉缥缈松动。

《唐贤清雅集》:对法灵活。后人无此气格,谓印板唐诗不足学,甘作纤巧之词,殊不可解。明明赞他"神明宰",却说"羡尔姑射山",用意参差入妙。

《而庵说唐诗》:羡姑射山,正是赞韩鹏为政心闲处,具如许气力,却恬然不觉,诗之有养者。

百花原

　　百花原头望京师，黄河水流无已时。

　　穷秋旷野行人绝，马首东来知是谁？

【汇评】

　　《此木轩论诗汇编》：有汉魏之味。

　　《唐贤三昧集笺注》：顾华玉云：惨淡可伤。　　又云：音律虽柔，终是盛唐骨格。

綦毋潜

綦毋潜(692？—755？)，字孝通，虔州(今江西赣县)人。开元十四年(726)登进士第，授宜寿尉。入为集贤院待制，为校书郎。天宝初，弃官归乡。复入为右拾遗，天宝末，为著作郎。寻卒。潜与张九龄、储光羲、卢象、韦应物友善，与李颀、王维唱酬尤多。有《綦毋潜诗》一卷，《全唐诗》编为一卷。

【汇评】

盛得江左风，弥工建安体。(王维《别綦毋潜》)

潜诗屹崒峭蒨足佳句，善写方外之情。至如"松覆山殿冷"，不可多得；又"塔影挂清汉，钟声和白云"，历代未有。荆南分野，数百年来，独秀斯人。(《河岳英灵集》)

綦毋拾遗诗，举体清秀，萧萧跨俗。桑门之说，于己独能。至如"松覆山殿冷"，不可多得；又如"钟声和白云"，历代少有。借使若人加气质，减雕饰，则高视三百年以外也。(《唐诗纪事》)

潜诗摘其隽句，觉花影零乱。(《唐诗选脉会通评林》)

綦毋潜似觉风气稍别，如"石路在峰心"，非诸公所能道，大似王昌龄句法。(《载酒园诗话又编》)

诗中近体,间入齐梁,清雅峻洁,绝类晋宋人语。盛唐以后拟齐梁者,当以此为最。(《诗学渊源》)

冬夜寓居寄储太祝

自为洛阳客,夫子吾知音。

尽义能下士,时人无此心。

奈何离居夜,巢鸟悲空林。

愁坐至月上,复闻南邻砧。

【汇评】

《唐诗归》:钟云:只一真直,深婉闲细俱不出其内。　钟云:古真而奥("夫子"句下)。　谭云:奇士感怀,使人欲涕("时人"句下)。　谭云:五字何等奥("愁坐"句下)。

《唐贤三昧集笺注》:凄切。

《历代诗发》:一时兴感,无意雕琢,使观者想其风致欲其忘言,然不可拟作,一拟便索然无味矣。

春泛若耶溪

幽意无断绝,此去随所偶。

晚风吹行舟,花路入溪口。

际夜转西壑,隔山望南斗。

潭烟飞溶溶,林月低向后。

生事且渺漫,愿为持竿叟。

【汇评】

《唐诗解》:秀古。

《唐诗归》:钟云:有气力("此去"句下)。　谭云:好境

（"花路"句下）。　　　谭云：妙语浮出，如不经心手者。钟云：静中看出（"潭烟"二句下）。

《唐诗选脉会通评林》：陈继儒曰：遗其形迹，动乎天机，诗至此进乎技矣。

《历代诗发》：景色佳胜，呈露笔端。

《唐贤三昧集笺注》：第四奇句。第七、五平，亦一异例也。

《王闿运手批唐诗选》：真景实赋，便成奇句。

题灵隐寺山顶禅院

招提此山顶，下界不相闻。

塔影挂清汉，钟声和白云。

观空静室掩，行道众香焚。

且驻西来驾，人天日未曛。

【汇评】

《唐诗归》：钟云："影挂"便妙（"塔影"句下）。　　　钟云：上句妙在"影"字，此句妙在"和"字（"钟声"句下）。　　　谭云："众香"好（"行道"句下）。

《唐诗选脉会通评林》：周敬曰：风骚句法。云"塔影"二语为雁阵惊寒，谓先见后闻也。

《唐诗评选》：平善。"钟声和白云"句，入幽出朗，扣者钟，与云而俱和也。无名理者不能作景语。　　　结近凑泊。

《唐贤三昧集笺注》：颔联的是山顶佛寺景状。

宿龙兴寺

香刹夜忘归，松青古殿扉。

灯明方丈室，珠系比丘衣。

白日传心静，青莲喻法微。

天花落不尽，处处鸟衔飞。

【汇评】

《唐诗选》：玉遮曰：无刻炼，无脂粉，渐近自然。

《唐诗解》：此诗语极无味，格调甚卑，入于鳞选，我所不解。

《唐诗选脉会通评林》：何景明曰：词意浑沉，足悟禅趣。

蒋一梅曰：工出自然，天趣特逸。

《唐诗评选》：三、四用事入化，结尤神合禅理，诗只此不堕蔬笋气。

《近体秋阳》：上句由净得传，下句由喻得微，然上可及，下不可及（"白日"联下）。　　奇丽松动，使读者兴逸神往（末句下）。

《闻鹤轩初盛唐近体读本》：评：通首婉丽，一结尤出妍姿。严敬礼曰：披读一过，如入清净世界，足使尘虑都除。

过融上人兰若

山头禅室挂僧衣，窗外无人溪鸟飞。

黄昏半在下山路，却听钟声恋翠微。

【汇评】

《唐诗归》：钟云：不独幽韵，音响亦甚清奥。　　谭云："半在"妙（"黄昏半在"句下）。

《诗境浅说续编》：诗言上人兰若所在，托地既高，境复幽静。首句言寂寂禅房，但见僧衣挂壁，状室中之静也。次句言窗外足音不到，时有溪鸟飞鸣，等忘机之鸥鹭，状室外之静也。后二句言黄昏出寺，将下半山，仰望兰若已暮云回合，惟远听钟声出翠微深处，状寺之高也。凡涉胜境者，身在其中，若与之相忘，及回首名山，如玉井樊桐之在上界。李白《下终南山》诗"却顾所来径，苍苍横翠微"，与此诗同意。

储光羲

储光羲(706？—762？)，润州延陵(今江苏丹阳)人，郡望兖州(今属山东)。开元十四年(726)，与綦毋潜、崔国辅同榜登进士第。诏中书试文章，授冯翊主簿。曾任安宜、汜水、下邽尉。开元二十一年前后辞官归乡。后入秦，隐终南山。复为太祝，天宝末，迁监察御史。安史乱中陷贼，受伪职，脱身归。两京收复，系狱，贬死。有《储光羲集》七十卷，已佚。殷璠集光羲及包融等润州籍诗人十八人诗，编为《丹阳集》，亦佚。有《储光羲诗集》五卷行世。《全唐诗》编诗四卷。

【汇评】

储公诗格高调逸，趣远情深，削尽常言，挟《风》、《雅》之迹，得浩然之气。《述华清宫》诗云："山开鸿濛色，天转招摇星。"又《游茅山》诗云："小门入松柏，天路涵虚空。"此例数百句，已略见《荆扬集》，不复广引。璠尝睹公《正论》十五卷、《九经外义疏》二十卷，言博理当，实可谓经国之大才。(《河岳英灵集》)

(储诗)宏赡纵逸，务为直置。(《吟窗杂录》引殷璠语)

《栾城遗言》云：储光羲诗高处似陶渊明，平处似王摩诘。(《唐诗品汇》)

储公诗格调高远，兴寄超绝，亦《风》《雅》之馀波也。盛唐作者太尚格气，而尽黜文藻，六代浮夸，铲削殆尽，而储公与王昌龄、常建皆其流也。储诗更多直致，而锁尾感叹，气象卑促。珪璋本宗庙器，而山人用之，亦瓦缶同驱尔。（《唐诗品》）

储光羲闲婉真至，农家者流，往往出王、孟上。（《诗薮》）

钟云：储诗清骨灵心，不减王、孟，一片深淳之气，装裹不觉，人不得直以清灵之品目之。所谓诗文妙用，有隐有秀，储盖兼之矣。（《唐诗归》）

储光羲五言古最多，平韵者多杂用律体，亦忌上尾，仄韵者多忌鹤膝，而平韵亦有之，盖唐人痼疾耳。其《樵父》《渔父》等词，格调虽奇，然既不合古，又不成家，正变两失。若《田家》诸诗，则犹有可采者。律诗亦未为工，五言绝始多入录。（《诗源辩体》）

储光羲五言古诗，虽与摩诘五言古同调，但储韵远而王韵隽，储气恬而王气洁，储于朴中藏秀，而王于秀中藏朴，储于厚中有细，而王于细中有厚，储于远中含澹，而王于澹中含远，与王着着敌手，而储似争得一先，观《偶然作》便知之。然王所以独称大家者，王之诸体悉妙，而储独以五言古胜场耳。（《诗筏》）

摩诘才高于储，拟陶则储较王为近。但储诗亦惟此种佳，有廉颇用赵人之意。王兼长，储独诣也。（《载酒园诗话又编》）

储光羲诗多龙虎铅汞之气，《田园》《樵》《牧》诸篇，又迂阔不切事情。（《居易录》）

太祝诗学陶而得其真朴，与王右丞分道扬镳。（《唐诗别裁》）

此家淡逸之品，作近体自隽耳，入律不细。（《闻鹤轩初盛唐近体读本》）

白石云："句意欲深、欲远；句调欲清、欲古、欲和，是为作者。"予观储太祝古诗，"深""远""清""古"则有之矣，独于"和"字有缺。彼虽自有一种沉奥音节，然终不似陶、韦、王、孟之谐适入人心者，殆由强探力索而为之，非其本心所欲出欤？其诗云"为己存实际，忘形同化初"，又曰"松柏生深山，无心自贞直"，可谓极有见地者，而何以失节于安禄山也？其非本心安之，亦可知矣。（《养一斋诗话》）

其源出于陶公，淡饰成妍，天然入韵。千里莼羹，固是南中佳味，犹嫌意尽于言。（《三唐诗品》）

太祝真朴，善说田家，《偶然作》"见人"四语，邢孟真谓其温厚虚和中一露丰棱。（《历代五言诗评选》）

储光羲诗篇既富，著体相类，然以多为胜，殊未足称工也。（《诗学渊源》）

野田黄雀行

啧啧野田雀，不知躯体微。
闲穿深蒿里，争食复争飞。
穷老一颓舍，枣多桑树稀。
无枣犹可食，无桑何以衣！
萧条空仓暮，相引时来归。
斜路岂不捷？渚田岂不肥？
水长路且坏，恻恻与心违。

【汇评】

《唐诗品汇》：刘须溪云：兴寄杂出，无不有味，愈古愈淡，愈淡愈浓。

《批点唐诗正声》：风雅之作，无问浓淡皆佳，刘批绝是。此诗以野田黄雀起兴，至"穷老"处始归正意，转归本旨，盖言士虽穷困，以正自守，终不为斜路渚田，枉己从人耳。

《唐诗归》：谭云：风雅。　　钟云：闲适诗，笃厚不作清态，又无田野气。　　钟云："啧啧"二字，写出小鸟情形（首句下）。　　谭云：从野田黄雀外别出荒凉语,妙得题韵("枣多"句下)。

《唐诗选脉会通评林》：周敬曰：心闲手敏,觉意味沉涵,愈古愈淡,愈淡愈隽。

渔父词

泽鱼好鸣水,溪鱼好上流。
渔梁不得意,下渚潜垂钓。
乱荇时碍桨,新芦复隐舟。
静言念终始,安坐看沉浮。
素发随风扬,远心与云游。
逆浪还极浦,信潮下沧洲。
非为徇形役,所乐在行休。

【汇评】

《批点唐音》：潇洒晋魏之间。

《批点唐诗正声》：无一字不佳。

《唐诗归》：钟云：大原委("静言"句下)。　　谭云：深细。钟云：亦复阔而远("安坐"句下)。

《汇编唐诗十集》：唐云：《渔》、《樵》二诗,俱有天际真人想。

《唐诗选脉会通评林》：吴山民曰：起妙得鱼情。"安坐看沉浮",正好着此冷眼。

《载酒园诗话又编》：《樵父》、《渔父》、《牧童》皆寄托之词,止写恬适。

牧童词

不言牧田远,不道牧陂深。

所念牛驯扰，不乱牧童心。

圆笠覆我首，长蓑披我襟。

方将忧暑雨，亦以惧寒阴。

大牛隐层坂，小牛穿近林。

同类相鼓舞，触物成讴吟。

取乐须臾间，宁问声与音！

【汇评】

《批点唐音》：道语自别。

《唐诗援》：于常情常境中别有领会处，可谓深得鸿濛雀跃之旨。

《唐诗归》：钟云：闻道之言，有道气，无理语。　　钟云：深（"不乱"句下）。　　谭云：纯是理，以为理则不可（"同类"二句下）。　　钟云：读此四语，想其胸中造化（末四句下）。

《唐诗选脉会通评林》：周珽曰：刻露中不失浑厚之致，世便骇为奇特。治天下者皆如此牧童，何忧世不太平？　　黄家鼎曰：一团天趣。悟到此大有快活受用。

《网师园唐诗笺》：化境。（"同类"句下）。

《唐诗别裁》：与《无羊》之诗同，总言牧童性情，归于忘机也。

采菱词

浊水菱叶肥，清水菱叶鲜。

义不游浊水，志士多苦言。

潮没具区薮，潦深云梦田。

朝随北风去，暮逐南风旋。

浦口多渔家，相与邀我船。

饭稻以终日，羹莼将永年。

方冬水物穷，又欲休山樊。

尽室相随从，所贵无忧患。

【汇评】

《唐诗品汇》：刘云：恳款备至，不在多，不在深。

《唐诗归》：钟云：胸眼高，偶然吐出（"义不"句下）。

《唐诗评选》：起四句即比即兴，妙合无垠。通首序次变化，而婉合成章。盛唐之储太祝、中唐之韦苏州，于五言已入圣证，"唐无五言古诗"岂可为两公道哉！乃其昭质敷文之妙，俱自西京《十九首》来，是以绝伦。俗目以其多闲逸之旨，遂概以陶拟之，二公自有闳博深远于陶者，固难以古今分等杀也。

《王闿运手批唐诗选》：忽发狂言，陶渊明一辈人。

渭桥北亭作

停车渭阳暮，望望入秦京。
不见鸱鸢道，如闻歌吹声。
乡魂涉江水，客路指蒲城。
独有故楼月，今来亭上明。

【汇评】

《唐诗归》：谭云：无限悲凉（"乡魂"句下）。　　谭云："今来"二字妙（末句下）！

《汇编唐诗十集》：唐云：惟此是律调。

杂咏五首（选一首）

钓鱼湾

垂钓绿湾春，春深杏花乱。
潭清疑水浅，荷动知鱼散。

日暮待情人，维舟绿杨岸。

【汇评】

《批点唐音》：天趣自别。

《批点唐诗正声》：意象清远，自足正不在多寡。

《唐诗解》：此见无心于钓，借之以适情，故即景之幽，真乐自在。

《唐诗选脉会通评林》：吴山民曰：有逸兴。

《唐诗评选》：涟漪赴曲，晴色在眉。"日暮"二句忽入，自有条理。

《唐诗别裁》："待情人"，候同志也。见钓者意不在鱼。

题太玄观

门外车马喧，门里宫殿清。

行即骑若木，坐即吹玉笙。

所喧既非我，真道其冥冥。

【汇评】

《唐诗归》：钟云：深于静理，不必作闭门入山之态。储《华清》、《太玄》六句数诗，穆穆皇皇，雍雍肃肃，忽而郊庙，忽则涧壑，忽而雅颂，忽而偈录，盖鬼神于诗矣。　谭云：游仙诗须如此，始无凡胎，郭景纯诸人如何使得？　谭云：着一"其"字，神妙遂不可言（末句下）。

《唐诗选脉会通评林》：陈继儒曰：古隽宕逸，神气不群。

《唐诗别裁》：肃肃穆穆，无游仙凡语。

题陆山人楼

暮声杂初雁，夜色涵早秋。

独见海中月，照君池上楼。

山云拂高栋，天汉入云流。

不惜朝光满，其如千里游。

【汇评】

《唐诗归》：钟云：写景高妙（"照君"句下）。

《汇编唐诗十集》：唐云：不甚有脉理。

《此木轩论诗汇编》：起用钩魂摄魄之法。

《唐贤三昧集笺注》：独造。　　"暮声"字甚奇。　　"云流"字亦奇。

《唐贤清雅集》：矜练是盛唐人风格，此首酷似襄阳，骨气稍平。

吃茗粥作

当昼暑气盛，鸟雀静不飞。

念君高梧阴，复解山中衣。

数片远云度，曾不蔽炎晖。

淹留膳茶粥，共我饭蕨薇。

敝庐既不远，日暮徐徐归。

【汇评】

《批点唐诗正声》：情真，写得出，愈见大家。

《唐诗归》：钟云："粥"字有理，但用以说"茗"，字面似欠清雅。　　钟云："静不飞"三字与茗饮无干，茶理、茶趣、茶景在此，与"素磁传静夜"同其妙("鸟雀"句下)。一语说茶,是深于茶者("淹留"句下)。质厚,深于陶者(末句下)。

钟云:妙在通篇只此钟云:只如说话,气自

《唐风定》:似陶在声色之外。

终南幽居献苏侍郎三首时拜太祝未上 (其三)

> 卜筑青岩里,云萝四垂阴。
> 虚室若无人,乔木自成林。
> 时有清风至,侧闻樵采音。
> 凤凰鸣南冈,望望隔层岑。
> 既言山路远,复道溪流深。
> 偓佺空中游,虬龙水间吟。
> 何当见轻翼? 为我达远心。

【汇评】

《唐诗品汇》:刘云:幽素成章("侧闻"句下)。

《批点唐音》:野趣宛然。

《唐诗选脉会通评林》:周珽曰:山居幽寂,渺然绝境,远心可知。凤凰喻苏,偓佺、虬龙自喻,想藉飞翼以"达远心",正以侍郎所处辽隔,有未易得慰所望也。此与上篇俱有密致。

田家即事

> 蒲叶日已长,杏花日已滋。
> 老农要看此,贵不违天时。
> 迎晨起饭牛,双驾耕东菑。
> 蚯蚓土中出,田乌随我飞。

群合乱啄噪，嗷嗷如道饥。

我心多恻隐，顾此两伤悲。

拔食与田乌，日暮空筐归。

亲戚更相诮，我心终不移。

【汇评】

《批点唐音》：此诗太直率，"老农"句无乃太易。

《批点唐诗正声》：老练，无不悉合人意。

《唐诗归》：谭云："要"字奥而直（"老农"句下）。　　钟云：体物（"嗷嗷"句下）。

《唐诗选脉会通评林》：周珽曰：此是善阴阳术田家，又是念佛田家，移此理治国家，何时务之失？宜民物之垂爱也。

《唐诗评选》：以"蚯蚓"句与"田乌"句作排偶，正是古诗至处。《豳风》"鹳鸣"、"妇叹"亦但如此，注疏家必欲立"食蚁知雨"之说，固哉！其为诗也，思远力闲，有力而后能闲，故曰力闲。

《唐诗别裁》：爱物之心，胜于爱己，田父中不易有此人。

同王十三维偶然作十首（选二首）

其一

仲夏日中时，草木看欲焦。

田家惜功力，把锄来东皋。

顾望浮云阴，往往误伤苗。

归来悲困极，兄嫂共相诮。

无钱可沽酒，何以解劬劳？

夜深星汉明，庭宇虚寥寥。

高柳三五株，可以独逍遥。

《唐诗归》：钟云：三字（按指"惜功力"）非老农不知。　　钟云：读此觉老杜"仰面贪看鸟，回头错应人"语轻些（"顾望"二句下）。

《唐诗解》：全篇合作，末二语更有风韵。"伤苗"亦偶然中事。

其三

野老本贫贱，冒暑锄瓜田。
一畦未及终，树下高枕眠。
荷蓧者谁子？皤皤来息肩。
不复问乡墟，相见但依然。
腹中无一物，高话羲皇年。
落日临层隅，逍遥望晴川。
使妇提蚕筐，呼儿榜渔船。
悠悠泛绿水，去摘浦中莲。
莲花艳且美，使我不能还。

【汇评】

《唐诗归》：谭云：此一语最难，无此不能"高话羲皇"（"腹中"句下）。钟云：写出高人（"高话"句下）。　　谭云：味长（末句下）。

《唐诗选脉会通评林》：刘辰翁曰：末入别调，转觉悠远。

《唐诗评选》：得转皆无预设，此乃似陶，亦似江文通之拟陶。

《网师园唐诗笺》：纯乎天趣（"不复"句下）。

【总评】

《唐诗归》：钟云：寄兴人想，皆高一层，厚一层，远一层，《田家》诸诗皆然。有此心手，方许拟陶，方许作王、孟，莫为浅薄一路人便门。末首较前数首觉气平，其极厚、极细、极和乃从平出。此储诗之妙。亦须平气读之。 谭云：此君与右丞真难上下，想当日同笔砚之乐，因缘不小。

《唐诗选脉会通评林》：周珽曰：大抵储诗冲淡中涵深厚，幽细中见高壮，每多道气语，如《田家》、《与王十三偶然作》等篇，名理悟机跃跃在前。钟伯敬谓其极厚、极细、极和乃从平出，此储诗之妙，亦须平气读之。不知惟平故成其为奇；不善奇者，必不能平。平，正所以近乎陶也。

《唐风定》：诸篇温厚虚和。

《古唐诗合解》：其意深厚，其气平和，虽胸中似有不平，令人不觉风人之旨也。

田家杂兴八首（选四首）

其一

春至鸧鹒鸣，薄言向田墅。

不能自力作，黾勉娶邻女。

既念生子孙，方思广田圃。

闲时相顾笑，喜悦好禾黍。

夜夜登啸台，南望洞庭渚。

百草被霜露，秋山响砧杵。

却羡故年时，中情无所取。

【汇评】

《唐诗品汇》：刘云：真隐者违俗之谈。

《批点唐音》："夜夜登啸台"以下方远。

《唐诗归》：谭云：真澹，真远，真厚。 钟云：真得有趣（"黾勉"句下）。 钟云：好农夫行径（"南望"句下）。 钟云：结得老甚（末句下）。

《唐诗选脉会通评林》：蒋一葵曰：道出本情，亦是素分语。　　吴山民曰："闲时"二句，田家真境。

《唐风定》：思出六合以外，旨入微芒之内，绝非尘劫中语。

《唐诗别裁》：所羡者故年之收获，不必别有所取也（末二句下）。

《网师园唐诗笺》：真朴（"既念"句下）。　　乐意自在言外（"百草"句下）。

其四

田家趋垅亩，当昼掩虚关。
邻里无烟火，儿童共幽闲。
桔槔悬空圃，鸡犬满桑间。
时来农事隙，采药游名山。
但言所采多，不念路险艰。
人生如蜉蝣，一往不可攀。
君看西王母，千载美容颜。

【汇评】

《唐诗选脉会通评林》：周珽曰：储诗近陶，刻处是骨，转处是神，遂觉字字得力，语语得趣。

其六

楚山有高士，梁国有遗老。
筑室既相邻，向田复同道。
糗糒常共饭，儿孙每更抱。
忘此耕耨劳，愧彼风雨好。
螳蚷鸣空泽，鹪鹩伤秋草。
日夕寒风来，衣裳苦不早。

【汇评】

《唐诗品汇》：刘云：别是一种意态，言外悄然。

《唐诗广选》：刘履曰：末四句含蓄，意味可玩。

《唐诗归》：钟云：宫观肃清，田园雍穆，二端略尽储诗之妙。　　钟云：此即是"高话羲皇年"（"儿孙"句下）。　　钟云：此一"愧"字消却多少怨尤，生却多少止足（"愧彼"句下）。

《唐诗解》：此为同好劝勉之辞，有幽人遗音。

《唐诗别裁》：老农极知足安分语（"愧彼"句下）。

《网师园唐诗笺》：盎然太和（"糗糒"句下）。　　视"帝力何有"更进一筹（"忘此"句下）。

其八

种桑百馀树，种黍三十亩。
衣食既有馀，时时会亲友。
夏来菰米饭，秋至菊花酒。
孺人喜逢迎，稚子解趋走。
日暮闲园里，团团荫榆柳。
酩酊乘夜归，凉风吹户牖。
清浅望河汉，低昂看北斗。
数瓮犹未开，明朝能饮否？

【汇评】

《唐诗品汇》：刘云：比陶差健，而赡然各自好。

《批点唐音》：只就家常写出至乐，作家之文，信多近道。

《唐诗选脉会通评林》：蒋一梅曰：摹想田舍翁乐事，殊有意兴。　　吴山民曰：似易写来，而趣味自深。陶何必独佳？三十年尘鄙心，一诵消之。余五十山林人，每诵此诗心开神爽。

《而庵说唐诗》："数瓮犹未开，来朝能饮否？"轻轻一带，通首皆灵。　　描写田家之乐，千载而下使人神往，犹昨日也。

【总评】

《唐诗广选》：刘会孟曰：六首首首皆妙。有此田家，真隐者远俗之语。

《唐诗选脉会通评林》："杂兴"，亦杂言之义。张震《唐音注》：此诗虽以"田家杂兴"命题，而诗中"百草被霜露"……等语，要皆感时伤古，托兴取喻而言也。

《载酒园诗话又编》：《田家杂兴》、《同王十三维偶然作》，最多素心之言。

《唐诗别裁》："既念生子孙，方思广园圃"、"糗糒常共饭，儿孙每更抱"，此种真朴，右丞田家诗中未能道著。

《剑溪说诗》：储、王并称，储自不及王，独《田家》诸诗，归愚先生以为储胜，盖此题诗更宜朴质也。

《岘傭说诗》：储光羲《田家》诸作，真朴处胜于摩诘。

新丰主人

新丰主人新酒熟，旧客还归旧堂宿。
满酌香含北砌花，盈尊色泛南轩竹。
云散天高秋月明，东家少女解秦筝。
醉来忘却巴陵道，梦中疑是洛阳城。

【汇评】

《唐诗品汇》：刘云：跌宕殊态。

登戏马台作

君不见宋公仗钺诛燕后，英雄踊跃争趋走。

小会衣冠吕梁壑,大征甲卒碻磝口。
天门神武树元勋,九日茱萸飨六军。
泛泛楼船游极浦,摇摇歌吹动浮云。
居人满目市朝变,霸业犹存齐楚甸。
泗水南流桐柏川,沂山北走琅玡县。
沧海沉沉晨雾开,彭城烈烈秋风来。
少年自言未得意,日暮萧条登古台。

【汇评】

《全唐风雅》：黄绍夫云：沉着快痛,有无限感慨之意,妙在不尽吐露。

《唐贤三昧集笺注》：四句一解,平仄互用,七古正体。一结无尽,音节甚好。

《唐贤清雅集》："小会"、"大征",下字用意。　收处奇气郁勃,妙用浑笔兜住,通首气局都完厚。

蔷　薇

袅袅长数寻,青青不作林。
一茎独秀当庭心,数枝分作满庭阴。
春日迟迟欲将半,庭影离离正堪玩。
枝上莺娇不畏人,叶底蛾飞自相乱。
秦家女儿爱芳菲,画眉相伴采葳蕤。
高处红须欲就手,低边绿刺已牵衣。
蒲萄架上朝光满,杨柳园中暝鸟飞。
连袂踏歌从此去,风吹香气逐人归。

【汇评】

《唐诗品汇》：刘云：转换流丽,可歌可舞,皆切题语。

《唐诗镜》："春日迟迟"四句,本色人,本色语。

《唐诗归》：钟云：说得有品（"青青"句下）。　钟云：秀细（"数枝分作"句下）。　谭云："就手",俗语也,用来甚新,妙（"高处红须"句下）。

《汇编唐诗十集》：唐云：储诗五言,颇以涩滞惹厌,此独秀媚疏朗可喜。

《唐风定》：纤妍妩媚,气韵仍自高浑。

《唐诗评选》：适！以莺不畏人写蔷薇,可谓色外取色。

临江亭五咏并序（选二首）

建业为都旧矣,晋主来此,而礼物尽备。虽云在德,亦云在险,京口其地也。呜呼！有邦国者,有兴亡焉。自晋及陈,五世而灭,以今怀古,五篇为咏。临江亭得其胜概,寄以兴言,虽未及乎辩士,亦其志也。

其一

晋家南作帝,京镇北为关。

江水中分地,城楼下带山。

金陵事已往,青盖理无还。

落日空亭上,愁看龙尾湾。

其三

城头落暮晖,城外捣秋衣。

江水青云抱,芦花白雪飞。

南州王气疾,东国海风微。

借问商歌客,年年何处归？

《唐诗选脉会通评林》：周敬曰：殷璠评储诗格高调逸、趣远情深，如此作真盛唐之超越者也，与《渭桥北亭》作同一无限悲凉。他如《汉阳即事》、《山中流泉》等作，翩翩才思，出人意表，谁谓参军俪偶参错、五律合度者少！

《近体秋阳》：高灏健越，直追古风。

寒夜江口泊舟

寒潮信未起，出浦缆孤舟。

一夜苦风浪，自然增旅愁。

吴山迟海月，楚火照江流。

欲有知音者，异乡谁可求？

【汇评】

《唐诗归》：钟云：傲甚（"自然"句下）。 谭云："楚山、楚水、楚云"等字俱不佳，惟"楚火"甚新（"楚火"句下）。

《唐诗评选》：如此颔联，作流水句即不厌。结语用意矣，以清平出之，自有风局。 储诗入处曲折，出路佳爽，亦始开深炼一格于近体。而甫已渊微，即尔振脱，消息于康乐、玄晖之间，唐以下人更无伦匹。其他琢刻幽细者，相视如鸾笙之与蛮吟均为希声，正相千万。然其可存者亦止于此，故知切调之难工也。

《历代诗发》：意无奇特，正于平处标趣移情，决非强力者所能及。

《唐贤三昧集笺注》：客况凄然。

咏山泉

山中有流水，借问不知名。

映地为天色，飞空作雨声。

转来深涧满，分出小池平。

恬澹无人见，年年长自清。

【汇评】

《批点唐音》：高处全在自然，咏物尤难。

《唐诗归》：谭云：寒气欲怯。　　钟云："不知名"妙（"借问"句下）！谭云：奇（"映地"句下）。

《唐诗选脉会通评林》：周敬曰：三、四禅机，五、六道体。　　陈继儒曰：结得雅素。　　周弼曰：寓感兴远而为诗者易，验物切近而为诗者难。太远则疏，太近则陋，此诗和易宽缓中精切者也。

《唐律消夏录》：以"不知名"三字说出流水，如此奇特，如此功用，如此孤洁。人乎？水乎？

《唐诗成法》：有层次，有寄托，语亦清利。"不知名"三字感慨起，末二句感慨结，两相照应，最有法。

《唐诗笺要》：奥别又极天然，储君五律独往独来，落拓声色形影之外，于诸家中另是一种。

寻徐山人遇马舍人

泊舟伊川右，正见野人归。

日暮春山绿，我心清且微。

岩声风雨度，水气云霞飞。

复有金门客，来参萝薜衣。

【汇评】

《唐诗归》：钟云：直得妙（"正见"句下）！　　钟云：实实有会之言（"我心"句下）。

《汇编唐诗十集》：唐云：安放两人得好。

《唐贤三昧集笺注》：对联声律俱疏，这等诗宜入古体中。

蓝上茅茨期王维补阙

山中人不见，云去夕阳过。
浅濑寒鱼少，丛兰秋蝶多。
老年疏世事，幽性乐天和。
酒熟思才子，溪头望玉珂。

【汇评】

《唐诗归》：钟云：储五言律诸作，骨相奇老，不当于一字一句一篇中求之。钟云：妙在"过"字（"云去"句下）。

田家即事

桑柘悠悠水蘸堤，晚风晴景不妨犁。
高机犹织卧蚕子，下坂饥逢饷馌妻。
杏色满林羊酪熟，麦凉浮垄雉媒低。
生时乐死皆由命，事在皇天志不迷。

【汇评】

《唐诗归》：钟云：细而适（"麦凉浮垄"句下）。

《唐体馀编》：于不相属处得景，景乃真；于不著意处取致，致乃别。此点染天成，非搜索所及也。

《诗式》：题有"田家"二字，自应切"田家"起。发句如桑柘悠悠，而水又蘸堤，分两层摹写田家之景。晚风晴景，此时不妨耕犁，写景兼写事，妙能得神。颔联上句织，下句耕。颈联写景一句高，一句低，细腻风光。落句言皆由命，见生时乐死且不必问，盖皆任之于命，己之志不可惑也。　　　［品］疏野。

洛阳道五首献吕四郎中（选二首）

其一

洛水春冰开，洛城春树绿。

朝看大道上，落花乱马足。

【汇评】

《唐诗真趣编》：才开春冰，旋看绿树，转瞬花又落矣。"乱马足"三字说得痛楚可怜。　　千红万紫，不免委弃埃尘，人何苦劳劳名利而不知止耶？怆然，悚然。

其三

大道直如发，春日佳气多。

五陵贵公子，双双鸣玉珂。

【汇评】

《唐诗直解》：满肚不平。

《唐诗训解》：贵介乘春得意，举措直道安在？

《唐诗解》：此赋道中所见，盖有"世胄蹑高位，英俊沉下僚"之意。

长安道二首（其二）

西行一千里，暝色生寒树。

暗闻歌吹声，知是长安路。

【汇评】

《唐诗广选》：有画意（"暝色"句下）。

《唐诗选》：起语甚豪，结句忽冷。

《唐诗归》：谭云：真风流！真意气！钟云：难在末句（末二句下）。

江南曲四首（选三首）

其一

绿江深见底，高浪直翻空。

惯是湖边住，舟轻不畏风。

其二

逐流牵荇叶，缘岸摘芦苗。

为惜鸳鸯鸟，轻轻动画桡。

【汇评】

《唐诗归》：谭云：好色。　　钟云：有式怒蛙之心，则壮士轻生；有惜鸳鸯之心，则佳人效死。异事同情，异情同笃。

《唐诗真趣编》："轻轻"是"惜"字实际。圣人之不忍，学者之勿施，参禅之平等，皆是此念，无二心也。

其三

日暮长江里，相邀归渡头。

落花如有意，来去逐船流。

【汇评】

《唐诗解》：凡唐人《江南》、《长干》、《采莲》等曲，皆以为男女相悦之词。夫日暮相邀，人既多情，花之逐船，亦觉有意。

《唐诗选脉会通评林》：徐用吾曰：情景两活。　　周明辅曰：有情在"来去"二字。

《唐诗别裁》：艳而不亵。

《诗境浅说续编》：此诗与崔国辅之《采莲曲》、崔颢之《长干曲》，皆有盈盈一水、伊人宛在之思。但二崔之诗皆着迹象，此诗则托诸花逐船流，同赋闲情，语尤含蓄。古乐府言情之作，每借喻寓怀，不着色相，此诗颇似之。题曰《江南曲》，亦乐府之遗也。

关山月

一雁过连营，繁霜覆古城。

胡笳在何处？半夜起边声。

【汇评】

《唐诗直解》：先布苦境，才说胡笳，更惨。

《唐诗分类绳尺》：储之诗皆刻画摹拟，然咏《关山月》，无出太白之右者。

《唐诗训解》：《关山月》，笳中所吹。先述边庭之景，而后言笳者，意谓此时而有此声，良非征人所乐闻也。

明妃曲四首（其三）

日暮惊沙乱雪飞，傍人相劝易罗衣。

强来前殿看歌舞，共待单于夜猎归。

【汇评】

《批点唐音》：咏明妃者多矣，惟此篇与明妃传神。直将不对景语，形出凄凉。

《唐诗归》：钟云：写出不情愿（末二句下）。

《唐诗解》：惊沙非罗衣可御，相劝易之者，盖更以毡裘也。于是强看歌舞，以待单于之归，无聊甚矣。

《唐诗笺注》：曰："旁人相劝"，曰："强来"，嗟忧乐之异情，将郁郁其谁语！如储又有"朝来马上箜篌引，稍似宫中闲夜时"，王僧"一双泪落黄河水，应得东流入汉宫"，白居易"君王若问妾颜色，莫道不如宫里时"，写意皆妙。

《唐人万首绝句选评》：语语画出憔悴神伤，传神极笔。

《唐人绝句精华》：此诗设为明妃在胡中情事，代之抒情，与他作但叙情语者不同。

寄孙山人

新林二月孤舟还，水满清江花满山。
借问故园隐君子，时时来往住人间？

【汇评】

《唐诗直解》：骨格奇老。

《唐诗训解》：既隐矣，后"住人间"，刺意具见。

《唐诗归》：钟云：画意（"水满清江"句下）。

《唐诗解》：此讥山人之不深隐也。讽意含蓄。

《唐诗选脉会通评林》：周常山曰：雅淡，自有风致。　　何景明曰：潇洒绝群。　　蒋一梅曰：心闲而语俊。

《唐风怀》：宋民曰：风味冲淡，在王、孟之间。

《唐贤三昧集笺注》：第二（按指第二句）伟丽。